译文名著精选

YIWEN CLASSICS

三个火枪手

[法] 大仲马 著　郝运 王振孙 译

Alexandre Dumas

Les Trois Mousquetaires

上海译文出版社

图书在版编目(CIP)数据

三个火枪手 / (法) 大仲马(Dumas, A.)著; 郝运, 王振孙译.
—上海: 上海译文出版社,2011.1(2024.5 重印)
(译文名著精选)
ISBN 978-7-5327-5241-6

Ⅰ.①三… Ⅱ.①大… ②郝… ③王… Ⅲ.①长篇小
说-法国-近代 Ⅳ.①I565.44

中国版本图书馆 CIP 数据核字(2010)第 230666 号

Alexandre Dnmas
LES TROIS MOUSQUETAIRES

三个火枪手
〔法〕大仲马 著 郝运 王振孙 译

上海译文出版社有限公司出版、发行
网址: www.yiwen.com.cn
201101 上海市闵行区号景路 159 弄B座
浙江新华数码印务有限公司印刷

开本 890×1240 1/32 印张 22.75 插页 2 字数 474,000
2011 年 1 月第 1 版 2024 年 5 月第 17 次印刷
印数: 56,401-59,400 册

ISBN 978-7-5327-5241-6/I·3005
定价: 66.00 元

译本序

一

大仲马可能是中国读者心目中最为熟悉的外国作家之一。他的长篇小说《三个火枪手》和《基督山伯爵》很早就被译成中文，特别是根据这两部小说拍摄的电影又在我国广为放映，产生了巨大的影响，大仲马的知名度自然也就随之提高了。

大仲马的祖父，安托万·亚历山大·达维·拉伯耶特侯爵，面临破产之际，卖掉祖传的庄园，来到中美洲的圣多明各，买了一大片土地，定居下来。后来他与一个名叫瑟赛特·仲马的黑人女奴同居，一七六二年生了一个男孩，取名叫托马·亚历山大，这就是大仲马的父亲。

托马·亚历山大十岁那年，母亲去世，八年后随父亲回到法国，这个强壮英俊的混血儿报名参加龙骑兵，因父亲认为有辱他的贵族姓氏，于是用了母亲的姓氏，改名为托马·亚历山大·仲马。

一七八九年法国资产阶级革命爆发，托马·亚历山大·仲马成了坚决拥护共和国的军人，深信惟有革命才能给人们带来平等。由于他的忠诚和勇敢，他一步步升到共和国将军的高位。但是后来他失宠于拿破仑，被迫退役，在巴黎附近的小城维莱尔-科特莱过着清贫的生活。一八〇六年，仲马将军因病去世，当时大仲马只有四岁。

大仲马生于一八〇二年。父亲的去世使得他一家人的生活更加艰难。在十五岁那年，他被送进一家公证人事务所当办事员。在这一阶段，他阅读了大量书籍，弥补了他所受教育之不足。他结识了几位热爱文学、颇有教养的朋友，在他们的影响下，萌发了当作家的念头。他的文学生涯是从翻译意大利小说和诗歌开始的，随后他又写了几个剧本，但这些起步时期的作品未能引起人们的注意。

一八二三年大仲马来到巴黎，靠了父亲的老朋友的帮助，进入奥尔良公爵的秘书处当了一名小文书。刚到巴黎不久，他便和一个大他九岁的漂亮女工同居，并在一八二四年七月有了一个儿子，也和他一样取名叫亚历山大。为了区别两个亚历山大·仲马，世人称父亲为大仲马，儿子为小仲马，也就是后来写出不朽之作《茶花女》的小仲马。

到巴黎最初的日子里，大仲马写小说，写剧本，虽然也有两个剧本被搬上了舞台，但均不理想。在工作的同时，具有惊人记忆力和顽强精神的大仲马，继续如饥似渴地阅读小说、剧本和有关法国历史的著作；这为他后来的文学创作打下了牢固的基础。

接着大仲马参加了法国文学史上的浪漫主义运动。在当时，进步的浪漫主义流派，成为反对封建贵族反动势力的先锋力量。一八二八年，维克多·雨果的沙龙已经成为浪漫主义运动的司令部，聚集着许多法国文学新流派的拥护者，有维尼、圣勃夫、缪塞、爱弥尔·德尚，大仲马也在其中。

一八二八年前后，浪漫主义文学在法国已稳固地占领了阵地，浪漫主义作家已在许多文学体裁方面创造出优秀的成绩，如像史达尔夫人的小说，雨果的诗歌，年轻的梅里美的戏剧；但是他们还没有创作出足够多的戏剧作品来满足舞台的需要。因此，创造出浪漫主义的戏剧作品来占领到当时为止还为古典主义剧作家占有的戏剧舞台，成了以雨果为首的这一群作家的首要任务。年轻作家大仲马，在这场对法国浪漫主义文学的命运至关重要的斗争中，扮演了重要角色。他的剧本《亨利三世和他的宫廷》，比雨果的《欧那尼》上演还早一年，于一八二九年二月十一日在巴黎上演，获得了巨大的成功，打响了浪漫主义戏剧的第一炮。

《亨利三世和他的宫廷》在文学史上具有一定的地位，首先在于这个剧本体现了浪漫主义戏剧的原则，其次也在于它的积极的社会意义。大仲马以揭露十六世纪法国宫廷的罪恶来表达他反对君主专制，反对教权的思想，这种思想与一八三〇年爆发的反对波旁王朝的斗争精神是完全一致的。

大仲马一生共写了五十五个正剧、三个悲剧、二十三个喜剧、四个通俗剧和三个喜歌剧。除《亨利三世和他的宫廷》以外，主要的戏剧作品有爱情悲剧《安东尼》（1831）、历史剧《拿破仑·波拿巴》（1831）、诗体悲剧《纳斯尔塔》(1832)、喜剧《贝里斯尔小姐》(1839)和《路易十五时代的婚姻》(1841)。

法国国王查理十世企图恢复一七八九年法国资产阶级大革命前存在的贵族和教士享有的特权，遭到了来自自由民主力量的反对；一八三〇年七月二十七日，巴黎爆发了革命，工人和广大群众拿起武器与政府军作战，又一次推翻了波旁王朝。在这场七月革命中，大仲马背着双管枪，帽子上插着蓝、白、红三种颜色的羽毛，热情地投入战斗，他和许多热爱自由的作家一样，天真地以为这场革命会给人民带来自由和平等的幸福生活。但是七月革命后，大仲马的老东家奥尔良公爵，即路易·菲利浦，在金融资本家支持下取得王位，建立了代表金融贵族利益的七月王朝，继续执行镇压工人和民主运动的政策，从而引起广大群众的不满。具有强烈共和党人意识的大仲马愤怒地谴责路易·菲利浦，又一次投入斗争的行列，积极反对七月王朝。

一八三一年六月，在法国爆发了反对七月王朝的六月起义。大仲马虽然大病未愈，仍然勇敢地参加了起义。不幸的是，第二天他就发高烧晕倒在家里。尽管如此，他仍然上了七月王朝统治当局的黑名单，成为逮捕对象。在朋友们的劝告下，大仲马被迫离开法国到了瑞士。此后他经常出国旅游，以戏剧家特有的敏感和好奇，了解各地的风土人情，收集奇闻轶事，甚至深更半夜还去教堂听故事。每次旅行之后，他都写下了一系列内容丰富、生动有趣的游记，这为他以后的小说创作准备了必要的材料。

一八三二年，大仲马发表了一篇文章，题为《我是怎样成为剧作家的?》，表达了他的共和党人的观点；他还肯定地说，他之所以有这些观点，是受了他的在共和国军队里当将军的父亲的影响。

十九世纪三十年代，法国的报刊为了争取更多的订户，纷纷开辟文学专栏，特别是长篇小说的连载专栏如雨后春笋般出现。报社的负责人不惜重金邀请著名作家为自己的报纸撰稿。一些作家为了能得到更高的稿酬，也乐意为报纸写小说，巴尔扎克、欧仁·苏、斯克里布等人都在《新闻报》上发表过作品。报社更欢迎大仲马的作品，因为他懂得连载小说的特点：必须是开门见山，情节生动，对话有趣，而且每一段都必须有精彩结尾，制造一个悬念，以引起读者强烈的兴趣。这使大仲马赢得了成千上万的读者，他们每天等着看下回如何分解，而大仲马也就必须每天不停笔地写下去。

在三十年代，大仲马就制定了写系列长篇小说的宏伟计划，以反映法国从查理二世(1422—1461)到十九世纪中叶这样一个漫长的、波澜壮阔的历史时期。不过他的第一部长篇小说《巴伐利亚的依莎博》以及其他几部长篇小说，写得不很出色，一直到一八四四年《三个火枪手》问世，才获得空前的成功，从而奠定了他作为历史小说家的地位，而过去他是以剧作家而闻名于世的。

大仲马的作品数量惊人，多达五百卷；其中最著名的小说除了《三个火枪手》以外，还有《基督山伯爵》(1844—1845)、《玛戈王后》(1845)、《红屋骑士》(1846)、《蒙梭罗夫人》(1846)、《四十五卫士》(1848)、《昂热·皮都》(1853)、《 夏尔尼伯爵夫人》(1852—1855)等。

有一点必须指出，大仲马大部分的长篇小说是他在四十年代以后，和历史教师奥古斯特·马盖(1813—1888)等人合写的。

马盖是位热爱历史与文学的中学历史教师，但他却不满意自己的职业，一心想成为作家。无奈这位教师缺乏文学家的气质，他写的剧本屡遭拒演。一八三八年，他写了一出三幕剧《狂欢节之夜》，再度失败后，经大仲马重写，才于一八三九年一月搬上舞台，马盖的名字也见于海报之上，不过上演时剧名已被大仲马改为《巴蒂尔德》。

后来，马盖又写了一部历史小说《老好人布瓦》，命运仍然不佳，于是他又想到了大仲马。大仲马很喜欢这个题材，表示愿意再度合作。大仲马不愧为文学大师，经他修改之后，小说立即显示出迷人的光彩，篇幅也由一卷增加到四卷，并且改名为《达芒塔尔骑士》。但是《新闻报》经理爱弥尔·德·季拉尔丹提出，如果以大仲马一人名义发表，每行值三法郎，如果由大仲马与马盖联合署名，每行只给三十苏。一个法郎折合二十个苏，这样一来，经济上的损失是不难算出的。马盖同意由大仲马一人署名，而他本人分到了八千法郎的稿酬。从此开始了他们两人的作品由大仲马一人署名的先例。

对这种合作方式，后来马盖是有些不满的，也招来了一些人的非议。但不能否认，大仲马是个勤奋的作家，每天工作十小时，常常是一挥而就，连标点符号似乎也来不及加。他的小说大都具有以下特点：统一的文学风格，严谨的故事结构，对历史事件完整一致的观点。应该说这是大仲马在创作过程中所起的主导作用的结果。

从一八四三年起，大仲马几乎告别了戏剧创作，即使在一八四七年他创办了他私人的“历史剧院”以后，他也只是将他的小说改编成舞台剧；先后上演过的有《玛戈王后》、《三个火枪手》和《基督山伯爵》。一八四八年五月二十五日剧院初次上演了巴尔扎克的名剧《后娘》。只是好景不长，由于一八四八年的革命前的经济危机，历史剧院每况愈下，只维持了两年便关门了。

推翻七月王朝并建立了第二共和国的一八四八年革命，把不少著名作家都吸引了进来，雨果当选为制宪议会的议员，拉马丁当上了外交部长，乔治·桑不仅参加编写官方的《共和国报》，而且还创办了自己的报纸《人民事业》。大仲马也有投身政治的愿望，热衷于议会的竞选活动，但是他最后失败了。同年十二月，路易·波拿巴当选为总统，一八五一年十二月他发动政变，实行军事独裁，一八五二年称帝，建立了法兰西第二帝国。

这几年法国的社会一直处于动荡不安之中，大仲马面对这样的局势，再加上自己竞选的失败，便在一八四八年创办《月报》，以此来介入法国的政治生活。当路易·波拿巴称帝野心逐渐暴露之后，以雨果为首的左翼共和党人积极组成反对派，与路易·波拿巴斗争。路易·波拿巴疯狂进行反扑，密令逮捕反对派人士。大仲马得到消息后，通知了雨果，使他得以逃亡国外免遭毒手。大仲马也相继流亡到布鲁塞尔，直到一八五三年十一月初才重返祖国。

回国后，大仲马筹办了《火枪手》晚报。这是一份文学性的报纸，由于它的内容精彩，形式多样，又多系名流撰稿，因而颇受欢迎，如像纳瓦尔的中篇小说和十四行诗，邦维尔和梅利的短诗，莱蒙托夫和爱伦·坡的短篇小说。当然，报纸最主要的供稿人是大仲马本人，他的《回忆录》、《漫谈录》以及长篇小说《巴黎的莫希干人》、《耶户的伙伴们》（又译《双雄记》）最后都是登载于《火枪手》晚报上的。后因经费拮据，这份备受欢迎的报纸不得不在一八五七年停刊。

《火枪手》的停刊使读者失去了一份优秀的文学报刊，但对大仲马来讲却是一次解脱，使这位热爱旅行的大作家又可自由出游了。一八五八年六月至一八五九年四月，大仲马来到遥远的俄罗斯，他到了圣彼得堡、莫斯科、阿斯特拉罕等地。最值得一提的是，一八五八年九月，他在下诺夫戈罗德见到了他的长篇小说《一个剑术师的回忆录》的男女主人公；这部小说反映了反对俄国沙皇专制制度的一八二五年十二月党人起义，曾使沙皇尼古拉一世大为恼火。这时亚历山大二世继承了尼古拉一世的统治，大仲马方能愉快地游历俄罗斯，所到之处都受到国宾般的礼遇。

一八六〇年，意大利民族解放运动的领袖加里波第率领红衫军从热那亚出发，前去解放西西里和那不勒斯。大仲马一向钦佩为希腊独立运动而献身的英国诗人拜伦，他这时寓居于比利时的布鲁塞尔。当听到加里波第胜利进军的消息后，大仲马以极大的热情奔赴意大利参加革命。到意大利后，又曾回到法国为加里波第购买武器。这位满怀共和理想的浪漫主义大文豪穿着义勇军的红衬衫，在群众的欢呼声中，和加里波第并肩进入那不勒斯。

后来，加里波第任命他为文物总监，委托他领导庞贝古城的发掘工作，目的是因为他希望大仲马少参与政治、军事和外交。但大仲马仍旧竭力鼓吹建立意大利共和国，甚至还提出建立法兰西—意大利共和国的设想。原先也想建立共和国的加里波第，这时却与萨伏依王朝妥协了，将解放了的大片土地合并于撒丁王国。鼓吹共和的大仲马自然也就成为不受欢迎的人物，于是他在一八六三年怀着无比懊丧的心情回到巴黎。

这一阶段他留下不少作品，重要的有《加里波第回忆录》。

大仲马为人豪爽大方，生活上却十分奢侈、放荡。他撰写连载长篇小说，得到巨额的收入，成了百万富翁。一八四七年他在创建“历史剧院”的同时，花费数十万法郎建成了豪华的住宅“基督山城堡”。他挥金如土，慷慨好客，一大帮食客靠他混饭度日；所以尽管他收入巨万，却总是入不敷出。他纵然拼命写作，也永远还不清债务，一八四九年他的“基督山城堡”被查封，这座地上天堂仅以三万零一百法郎的低价在拍卖场上被一位美国牙科医生买去！大仲马尽管体魄健壮，精力过人，但是到了一八六五年，他的智力和精力都日渐衰退。一八六七年开始，他几乎已无力从事文学创作。一八七〇年普法战争爆发，小仲马赶在普鲁士军队包围巴黎之前，把他送到自己在诺曼底省第厄普城附近的海滨别墅去居住。当年十二月五日，一代文豪大仲马死在女儿玛丽的怀中。

一八七二年四月十六日，在大仲马的故乡维莱尔-科特莱举行了正式葬礼，他的墓穴就在他父母亲坟墓的近旁。

二

为了让读者深入了解《三个火枪手》这部长篇小说，有必要介绍一下故事发生的历史背景。大仲马的历史小说尽管不是写历史，甚至和历史的本来面目差得很远，但是却又离不开历史，离不开历史这一大背景。

十六世纪初，在以天主教为主的法国开始了宗教改革，到了十六世纪中期，新教开始广泛流行，已有四百万新教徒，并且成立了法国新教会；在法国，这些新教徒称为胡格诺派。一五六二年爆发的胡格诺战争，就形式而论，是一场天主教派和胡格诺派之间的宗教战争，实际上则是各派封建主，大贵族，以宗教分歧为名而进行的一场内讧。一五七二年，当某些天主教派封建主同胡格诺派谋求和解时，巴黎的天主教派制造了“圣巴托罗缪惨案”，大举屠杀胡格诺派，随后蔓延至各省，死者以千计；两派内战因之更趋剧烈。后来因为农民起义的发展和西班牙的干涉，双方开始互相妥协；一五八九年，胡格诺派的首领纳瓦拉的亨利继承王位，建立波旁王朝，称亨利四世。一五九三年，亨利四世改宗天主教，次年进入巴黎，成为全国公认的国王。一五九八年四月十三日，亨利四世颁布《南特敕令》，胡格诺战争始告结束。

《南特敕令》实际上是交战双方妥协的和约，对胡格诺派作了相当大的让步，既有宗教信仰上的让步，也有政治上的让步；如容许胡格诺派保留两百个左右的要塞和城堡，两万五千人的军队等。这种国中有国的局面继续存在，自然不利于加强集权。但是《南特敕令》的颁布，结束了旷日持久的胡格诺战争，使法国得到统一，亨利四世实施了一系列经济和政治措施，巩固了中央政权。

但是一六一〇年亨利四世被一个疯狂的天主教徒刺死，继位的路易十三年幼，由母后玛丽·德·美迪奇摄政，天主教派与胡格诺派的贵族乘机掀起新的内讧，向王权进攻，使法国的政治再度陷入危机。一六一四年，贵族坚持召集三级会议，企图利用这次会议作为反对王权的工具。但是贵族的计划没有得逞，因为城市代表支持王室。不久，三级会议解散，而进一步巩固和加强法国绝对专制制度的责任最后落到了路易十三的首相黎塞留的肩上。

法国的统一，政权的巩固，首先要求消灭胡格诺派的国中之国。一六二五年，胡格诺派贵族在拉罗舍尔集会，以德·洛昂公爵和德·苏比斯亲王兄弟两人为首领，举兵叛乱，他们联络英国，反对政府。红衣主教黎塞留亲自指挥军队围攻拉罗舍尔；次年，城中弹尽粮绝，被迫投降。一六二九年，国王颁布《恩典法令》，剥夺了胡格诺派的政治与军事特权。

这段法国历史可以说是波澜壮阔，激动人心。《三个火枪手》上卷第一章一开始就标明了故事发生的时间是一六二五年四月，也就是黎塞留就任首相的第二年；下卷的尾声部分又明确指出一六二八年十月二十八日拉罗舍尔投降，同年十二月二十三日，路易十三凯旋回到巴黎。这就明确告诉我们，故事是以围攻拉罗舍尔这一场激烈战争为背景来描写的。

大仲马这样写的目的是想要把读者带入这样一个境界，似乎他讲的这一切都是真实的。事实恰恰相反，《三个火枪手》和大仲马的其他长篇历史小说一样，历史背景是真的，人物也大都在历史上出现过，但是作家只是把这些事件与人物升华为小说，不再是历史本身。大仲马喜欢历史，可是他在写小说时并不尊重历史，更不拘泥于历史。他以历史作为舞台，作为框架来渲染他的主人公的冒险奇遇。正如他本人说的："历史是什么？是我用来挂小说的钉子。"《三个火枪手》正是挂在一六二五年到一六二八年这段法国历史的钉子上的一部引人入胜的小说。围攻拉罗舍尔这件与国家命运有关的大事，在书中却被写成是由黎塞留的嫉妒和与白金汉的争风吃醋引起的："黎塞留知道，跟英国打仗就是跟白金汉打仗，打败英国就是打败白金汉；总而言之，使英国在所有欧洲人面前出丑就是使白金汉在王后面前出丑。""从白金汉方面来讲，表面上是为英国的荣誉而战，而实际上也跟红衣主教一样，完全是受了个人利益的驱使。白金汉也是在追求一种个人的报复行动：白金汉现在再也找不到任何借口以大使的身份来到法国，所以他想以征服者的身份来旧地重游。"一件关系国家命运的大事，却被大仲马写成了个人的恩怨，这当然与历史本身相去甚远，但当你把它作为小说来读的时候，这似乎又都是在情理之中。

大仲马在《三个火枪手》的序中自称，他为了编写一部路易十四的历史，在皇家图书馆里搜寻资料，无意之中见到一部名叫《达尔大尼央先生回忆录》的书。这部书确实存在，它的书名叫《国王第一火枪队副队长达尔大尼央先生回忆录》，一七〇〇年出版，作者是曾在军队里当过上尉军官的小说家库尔蒂兹。大仲马吸取了这本书里提供的主要素材，进行了再创作，从而出现了一部伟大的通俗历史小说《三个火枪手》。

《三个火枪手》中的主人公达尔大尼央和他的三个亲密的伙伴，以及火枪队队长德·特雷维尔、博纳希厄太太、米莱狄都取自库尔蒂兹的作品。据考，这些人物也都有实在的原型：达尔大尼央本名叫吕皮阿克，原是平民，因其兄在国王的火枪队里卓有功勋，取得贵族身份，改姓达尔大尼央；一六四〇年他也加入了火枪队，担任过火枪队队长，以及里尔城军事长官，曾受命去英国和克伦威尔打过交道，后又执行过逮捕财政总监富凯的重任，一六七三年行将接受元帅权杖时，在对荷兰战争中去世。阿多斯等三个火枪手原系表兄弟，也是在一六四〇年前后成为火枪手的，库尔蒂兹把他们写成了亲兄弟。

小说家大仲马没有照搬库尔蒂兹书中的人物，他把达尔大尼央和他的三个伙伴改写成来自法国四个不同地区的人，通过他们构成了整个法兰西的缩影；同时，他又把他们加入国王的火枪队的时间提前了大约十五年，这就使他们得以经历小说中所描写的那些惊心动魄的历史事件。

在七月王朝时期当过省长的罗德莱写的《查理九世、路易十三、路易十四、摄政和路易十五时代的政治和爱情阴谋》一书中，谈到法国王后奥地利安娜曾经赠给白金汉公爵一副钻石坠子作为爱情的信物，黎塞留曾计划以此事加以陷害。这段多少带有一些史实性的记载，为《三个火枪手》的故事提供了一条得以展开的重要线索。

《三个火枪手》的主要文学成就，在于它描绘了一系列生动的人物形象。达尔大尼央是其中最鲜明的一个。大仲马把他写成了一个勇敢、机智、见义勇为、珍视友谊的英雄。他武艺高强，而且忠于爱情。他刚一出场，就为国王立下了汗马功劳；为了解救王后，又敢于冒着生命危险，冲破红衣主教布下的重重罗网，两渡英吉利海峡，到伦敦去见白金汉公爵；红衣主教对他威胁利诱，心狠貌美的米莱狄对他阴谋陷害，都没能使他低头。大仲马从多方面刻画了达尔大尼央的性格，塑造了一个有血有肉的人物形象。其他三个火枪手也都各具鲜明的性格特点：阿多斯为人冷静，处事老练，又嫉恶如仇，正气凛然；波尔朵斯另具一格，他大胆鲁莽，头脑简单，却又爱慕虚荣；阿拉密斯则举止文雅，风度翩翩，在他那教士般严肃的外貌下，却隐藏了许多风流韵事，是个能为了爱情牺牲宗教信仰的多情种子。这四个性格各异的好朋友抱成一团，为了路易十三和王后的利益敢于赴汤蹈火。在他们身上充满了浪漫主义的气息，给读者以全新的审美感受，因而受到了人们的欢迎。

博纳希厄太太和米莱狄这两个人物也是库尔蒂兹作品中的人物，但到了大仲马的笔下，已经面目全非了。在库尔蒂兹作品中博纳希厄太太是个小酒店的老板娘，在《三个火枪手》中变成了惹人喜爱、不可或缺的重要人物，她的出现为小说增添了许多曲折动人的故事。米莱狄这个女人的变化就更为明显了。在库尔蒂兹的笔下她是个不安分的女人，不重要的小人物，大仲马则把她写成了一个“比男人更凶残”的女人。大仲马对这两个女人进行了精心的安排，把她们安排到惊心动魄的政治斗争中去，为作品抹上了瑰丽的色彩。

黎塞留是王后的对立面，当然也就是达尔大尼央及其伙伴们的对立面，我们不能简单地把他划到反面人物这一范畴中去。历史上的黎塞留可以说是法国著名的政治家，为巩固君主专制，提高法国的国际地位，都作出过重大贡献。在《三个火枪手》中，大仲马当然也对他重新进行了塑造。他在大仲马的笔下成了一个老谋深算，玩弄权术的人物。这位红衣主教对国王路易十三表面上十分尊崇，内心里却是十分鄙视；他对和他作对的达尔大尼央及其伙伴们不是加以杀害，而是采取笼络的办法，最后赢得了达尔大尼央的诚服。这就使得这位权臣具有了多方面的性格特点。

大仲马不愧是大手笔，他对人物性格和心理活动，不是用大段大段冗长的文字来描述，而是通过人物一连串的活动和生动有个性的语言来表达。的确，整部小说从头至尾都充满了妙趣横生的对话，这是《三个火枪手》的又一个艺术特色。不难想象，这是他在戏剧创作时练就的非凡的本领，戏剧不正是通过对话和动作来刻画人物的吗？

由于连载小说体裁的要求，《三个火枪手》不仅情节曲折、层次分明，而且还有另外一个特点：它可以说是由许多既有密切联系而又独立成章的小故事组成的，如白金汉公爵和王后的爱情，阿多斯的不幸婚姻，费尔顿中尉的受骗，达尔大尼央对博纳希厄太太的一见钟情，波尔朵斯与诉讼代理人夫妇的微妙关系等等。这些故事都可独立来读，因为它们是完整的，又能引起悬念，吸引读者想了解究竟。大仲马的这点本事恐怕连巴尔扎克都不能与之相比；这就充分显示出了作为通俗历史小说家的大仲马的才能。更值得一提的是，这些故事不但使小说趣味盎然，而且还从不同角度，或多或少地反映了时代的风貌，也在不同程度上揭露了法国宫廷中的腐朽生活和统治阶级人物间的伪善关系。这也是这部小说至今仍有生命力的一个重要原因。

大仲马在序言中曾经许诺："如果这第一部分，如同我深信不疑的那样，获得了它理应得到的成功，我就立即发表第二部分。"《三个火枪手》问世后，引起了巨大的轰动，几乎是街头巷尾，茶余饭后，无人不在谈论达尔大尼央和他的三个伙伴，他们的命运和遭遇引起了广大读者的关注。因此，靠了这部作品发了大财的报馆老板和出版商，当然希望大仲马继续写下去；对达尔大尼央和他的三个伙伴的故事着了迷的成千上万读者更是急待了解主人公的命运，大仲马真的是欲罢不能了。于是，满怀喜悦的大仲马一鼓作气，在第二年，也就是一八四五年，又写了《三个火枪手》的续集《二十年后》，一八四八年至一八五〇年更发表了《二十年后》的续集《布拉热洛纳子爵》，从而完成了《达尔大尼央三部曲》。上海译文出版社已经分别出版了这两部续集，我们相信，喜爱《三个火枪手》的读者，一定也迫切地想知道达尔大尼央和他的三个伙伴的结局如何，那就不妨看看这两部续集，便能了却这个心愿。

译　者

一九九五年三月十二日

目　录

上　卷

下　卷

序

我们即将有幸叙述给读者听的故事中的主人公，尽管他们的名字以OS和IS结尾，还是完全可以肯定他们与神话毫无关系。①

大约在一年以前，我为了写《路易十四②史》，在皇家图书馆搜寻资料，意外地看到了一本《达尔大尼央先生回忆录》，像那个时期的大部分作品一样，这本书是在阿姆斯特丹③的红石书店出版的，因为那个时期的作者既要坚持讲真话，而又不想去巴士底狱④或长或短地蹲上一段时间。这本书的书名吸引了我；当然是在征得图书馆馆长的同意之后，我把它带回家，如饥似渴地读了一遍。

我并不打算在这儿对这部奇异的作品作一次分析，仅限于向我的读者中那些喜欢欣赏特定时代画卷的人加以推荐。他们在书中将会找到一些出自大师之手的画像；虽然这些速写往往是草草画在营房的门上和酒馆的墙上，他们仍然能够认出路易十三⑤、奥地利安娜⑥、黎塞留⑦、马萨林⑧，以及当时的大部分廷臣的形象，一个个都和昂格蒂尔⑨先生的历史书中描绘的一样，与本人十分相似。

但是，大家都知道，能打动诗人变幻莫测的心灵的，并不总能给广大读者留下深刻的印象。正如别人毫无疑问也会赞赏的那样，在我赞赏我提到的那些细节时，最吸引我的是一件在我之前肯定还不会有人注意过的事。

达尔大尼央叙述他初次拜访国王的火枪队队长德·特雷维尔先生时，在候见厅里遇到了三个年轻人，他们当时正在他请求得到录用的这个著名的部队里效力，名字叫阿多斯、波尔朵斯和阿拉密斯。

我承认，这三个外国名字引起了我的注意，我立刻想到它们只不过是些化名，是达尔大尼央用它们来隐瞒一些也许非常显赫的人名，要不然就是用这些名字的人自己在由于一时任性，由于心怀不满，或者由于缺少钱财而穿上普通的火枪手制服的那一天挑选的。

打这以后我再也得不到安宁，直到有一天，我在当代作品中找到了与这些曾经引起我如此强烈的好奇心的、离奇的人名有关的记载。

为了达到这个目的我阅读过的书籍，单单把书目开列出来，就可以构成整整一章；也许开列出来有很大益处，但是对我的读者来说，肯定不是很有趣的。因此我仅仅对读者说，在一再徒劳无功地查阅以后，我已经失去信心，准备放弃我的查找，谁知就在这时候，我的名声显赫、学识渊博的朋友保兰·帕里斯⑩来指点我，我终于找到了一部对开的手

---

①希腊神话中的人物有许多都是以OS或IS结尾，如财神普路托斯、天神乌拉诺斯、月亮和狩猎女神阿尔忒弥斯以及法律和正义女神忒弥斯等。这儿提到的主人公指阿多斯、波尔朵斯和阿拉密斯，他们的名字的结尾不是OS，就是IS，不像一般法国人的名字。

②路易十四(1638—1715)，法国国王(1643—1715)，路易十三之子。即位初由其母奥地利安娜摄政，首相马萨林掌握实权。1661年亲政后，加强专权统治，使封建专制制度达到顶峰。

③阿姆斯特丹，荷兰首都。17世纪时是欧洲重要城市和港口。

④巴士底狱：法国巴黎的一座要塞和国家监狱，建于14世纪。原为防御外来侵略的军事要塞，从17世纪起成为专门关押政治犯的国家监狱，成为封建专制制度的象征。1789年7月14日，巴黎人民攻克巴士底狱，开始了法国资产阶级革命。

⑤路易十三(1601—1643)，法国国王(1610—1643)。1610年5月父王亨利四世遇刺后即位。初由其母玛丽·德·美迪奇摄政。1624年黎塞留任首相，很快成为政府中有势力的人物。1635年向西班牙宣战，到1642年12月黎塞留去世时，法国已经取得对西班牙的重大胜利，路易十三被人尊为欧洲最强大的君主之一。

⑥奥地利安娜(1601—1666)，法国国王路易十三的王后。西班牙国王腓力三世之女。路易十三一生对她十分冷淡，而首相黎塞留又极力阻止她对丈夫施加任何影响。她和母后玛丽·德·美迪奇试图劝说路易罢免黎塞留，没有成功。1635年黎塞留向安娜的哥哥，西班牙国王腓力四世宣战，而她始终同情西班牙。1643年路易十三死后，她的儿子路易十四即位，由她摄政至1661年。

⑦黎塞留(1585—1642)，红衣主教，公爵，法国国王路易十三的首相(1624—1642)。执政期间，取消胡格诺派的政治特权，惩治叛乱贵族，加强专制主义，对外鼓励航海和殖民掠夺。1628年，他亲自指挥军队，攻占胡格诺派的重要据点拉罗舍尔。三十年战争中支持德意志新教诸侯和荷兰、瑞典等国，反对哈布斯堡参战。由于不断增税，人民不胜负担，接连爆发起义，但均为其镇压。

⑧马萨林(1602—1661)，红衣主教，原籍意大利，1639年加入法国国籍。法国国王路易十四即位后，因年幼由其母奥地利安娜摄政，奥地利安娜重用马萨林为首相(1643—1661)。首相任内继续执行前首相黎塞留政策，对内巩固专制王权，对外积极扩张，扩大了疆土，加强了法国在欧洲的地位。

⑨昂格蒂尔(1723—1806)，法国历史学家，著作有《法国史》。

⑩保兰·帕里斯(1800—1881)，法国学者，曾任皇家图书馆馆长。对法国中世纪文学史特别有研究。

写本，编号是 4772 还是 4773，我已经记不太清楚了，标题是：

《德·拉费尔伯爵先生回忆录——有关路易十三国王统治末期到路易十四国王统治初期的这段期间在法国发生的几件大事》。

这部手写本是我的最后希望，在翻阅中我在第二十页发现了阿多斯这个名字，在第二十七页发现了波尔朵斯这个名字，在第三十一页发现了阿拉密斯这个名字；读者不难猜想这时候我有多么快乐。

在历史科学发展到这样高度的一个时代，发现一部完全不为人知的手写本，在我看来简直是个奇迹。因此我赶快请求许可将之付印出版，目的是为了有朝一日如果我不可能——十之八九不可能——带着自己的作品进入法兰西学院①，至少，我还可以带着别人的作品成为铭文与美文学学院②的一名成员。我应该声明，我的请求有幸被接受了；我把这事记载在这儿，是为了公开揭穿那些不怀好意的人的谎言，他们断言我们生活在一个对文人相当不友好的政府的统治之下。

我今天奉献给读者的是这部珍贵的手写本的前一部分，还给它起了一个合适的书名，并且许下诺言：如果这第一部分，如同我深信不疑的那样，获得了它理应得到的成功，我就立即发表第二部分③。

同时，因为教父④就是第二个父亲，所以我要求读者读了以后不论是感到愉快还是感到乏味，都把责任归诸于我，而不要归诸于德·拉费尔伯爵。

说完这些以后，让我们开始讲我们的故事吧。

---

①法兰西学院，法国最高学术机构，也是组成法兰西研究院的五个学院中最古老的一个，由黎塞留创办于 1634 年。院士四十名，享有极高荣誉和威望，被称为“不朽者”，主要任务之一是编纂《法兰西语言词典》。法兰西研究院的其余四个学院是：铭文与美文学学院，自然科学学院，美术学院，伦理学与政治学院。

②铭文与美文学学院，1663 年由法国财政总监柯尔培尔创办的法国学术研究机构，院士四十名。主要从事历史学、考古学和文献学方面的研究工作。

③这儿提到的第二部分，指大仲马的长篇小说《二十年后》，出版于 1845 年。再加上 1850 年出版的《布拉热洛纳子爵》合成了达尔大尼央三部曲。

④教父，基督教人教者接受洗礼时男监护人称为教父或代父，女监护人称为教母或代母，他们有责任监督并保护受洗者的宗教信仰和行为，犹如父母之于儿女。

上　卷

第一章
老达尔大尼央先生的三件礼物

一六二五年四月的头一个星期一，《玫瑰传奇》[①]的作者的出生地默恩[②]镇看上去就像胡格诺派[③]教徒打算把它变成第二个拉罗舍尔[④]似的，陷在一场大混乱之中。不少市民看见妇女朝大街那个方向奔跑，听见孩子在家门口哭喊，就急急忙忙套上护胸甲，拿起一支火枪或者一把槊来稳住自己多少有点不够坚定的信心，朝诚实的磨坊主客店赶去。客店门前密密麻麻地聚集着一群吵吵闹闹、满怀好奇的人，人数一分钟比一分钟增多。

在那个时代里，恐慌经常出现，难得有一天没有这个城市或者那个城市把这一类事记入档案。有领主与领主之间的争斗，有国王与红衣主教之间的动武，有西班牙人与国王之间的战争。除掉这些暗的、明的、秘密的、公开的战争以外，另外还有盗匪、乞丐、胡格诺派教徒、狼和穿号衣的仆从，向所有的人开仗。市民们一直要拿起武器抵抗盗匪、狼、穿号衣的仆从，——常常要拿起武器抵抗领主和胡格诺派教徒，——偶尔也要拿起武器抵抗国王；——但是从来没有拿起武器抵抗红衣主教和西班牙人。因此这个根深蒂固的习惯得出的结果是，在上述的一六二五年四月的头一个星期一，市民们听见喧闹声，既没有看见黄红两色的军旗[⑤]，也没有看见德·黎塞留公爵的侍从号衣，于是匆匆忙忙朝诚实的磨坊主客店的方向赶去。

他们到了以后，每个人都能看见而且看清了这场骚动的原因。

一个年轻人——让我们用一两笔勾勒出他的画像——请你们想象一下十八岁时的堂吉诃德[⑥]；没有紧身胸甲，没有锁子甲，也没有护腿甲的堂吉诃德，身上穿一件蓝颜色褪成近乎葡萄酒渣和碧空的色调的紧身短上衣的堂吉诃德。棕色的长脸；颧骨突出，这是头脑精明的象征；颌部的肌肉非常发达，这是即使不戴一顶贝雷帽也能让人认出是加斯科尼[⑦]人的万无一失的标记，何况我们的年轻人还戴着一顶插着一根羽毛的贝雷帽；眼神坦诚又聪颖；鼻子是鹰钩鼻，但是模样很秀气；身材对青少年人来说显得太高，对成年人来说又显得太矮。如果没有那把挂在皮肩带上的长剑，缺乏经验的人会把他看成一个出门在外的农夫的儿子。那把长剑在它的主人走路时，拍打着他的腿肚子，在他骑马时，拍打着他的坐骑身上的倒竖的毛。

因为我们的年轻人有一匹坐骑，而且这匹坐骑甚至是那么值得注意，以致它确实引起了注意：这是一匹贝亚恩⑧小马，十二岁到十四岁，黄色皮毛，尾巴上的毛脱落，腿上长着坏疽。它走路时头低得比膝

---

①《玫瑰传奇》，十三世纪法国寓言长诗。分上下两卷。上卷有4 000多行，作者基洛姆·德·洛利思，以玫瑰象征贵族妇女，写一个诗人怎样爱上玫瑰而受到环境阻碍的故事。洛利思死后，民间诗人让·德·默恩续成下卷，约1.8万行，叙述诗人在理性和自然的帮助下，终于获得玫瑰。

②默恩，全名为卢瓦尔河畔默恩，巴黎南边卢瓦雷省的小城镇，是《玫瑰传奇》下卷作者让·德·默恩的故乡。

③胡格诺派，16至17世纪法国基督教新教徒形成的派别。多数属加尔文宗，亦有少数属路德宗和其他独立宗派。主要成员为反对国王专制、企图夺取天主教会地产的新教封建显贵和地方中小贵族，以及力求保存城市“自由”的市民阶级和手工业者。1562年至1598年间曾与法国天主教派发生胡格诺动武，后虽在形式上得到“宽容”，但仍多次遭受迫害，转而在下层群众中得到秘密发展。

④拉罗舍尔，法国西部滨海夏朗德省省会，大西洋港口城市，在巴黎西面，相距477公里。宗教改革时期和圣巴托罗缪惨案(1572)后，成为大批胡格诺派教徒的避难地，不仅修筑坚固工事，而且几乎建立了一个独立的共和国。1573年安茹公爵，也就是后来的法国国王亨利三世未能攻破城防。1627至1628年黎塞留因该城支持入侵雷岛的英国人，将之围困长达15个月，居民四分之三饿死，后投降。这也是本书中的重要故事情节。

⑤黄红两色的军旗指西班牙军旗。

⑥堂吉诃德，西班牙作家塞万提斯(1547—1616)的同名长篇小说的主人公。穷贵族堂吉诃德阅读骑士小说入迷，带同侍从桑丘·潘沙出门行侠，企图用理想化的骑士精神改造社会。他痛恨专横残暴，主持正义，但耽于幻想，脱离实际，结果在现实面前四处碰壁，最后终于醒悟过来。

⑦加斯科尼，法国西南古地区，相当于今朗德、热尔和上比利牛斯三省，和大西洋沿岸比利牛斯、洛特—加龙、塔恩—加龙、上加龙、阿列日诸省的一部分。9世纪形成加斯科尼公国，11世纪隶属于阿奎丹。1154年成为英国王室领地。1453年合并于法国。加斯科尼方言是奥克语的一种，但受巴斯克语和拉丁语的影响很大。当地不分遗产的风俗导致分不到遗产的子女外出谋生。当地贵族多在法国国王卫队中服役。

⑧贝亚恩，法国西南部古地区，相当于今大西洋沿岸比利牛斯省的大部分，南与西班牙接壤，东、北、西三面为加斯科尼所包围。历史上曾为加斯科尼公国的附庸，后又转属纳瓦拉王国，首府为波城。

盖还低，那条马颌缰因此成为多余的了；尽管如此，它还是照样地每天走八法里[①]路。不幸的是这匹马的优点完全被它的古怪的毛色和不恰当的走相所掩盖，以致在一个人人都对马很在行的时代里，上述的这匹小马差不多一刻钟以前从博让希门进来，出现在默恩镇时，就引起了轰动，马产生的不好印象甚至殃及到骑在马上的人。

这种轰动使年轻的达尔大尼央（骑在这另一匹罗西朗特[②]上的堂吉诃德就叫这个名字）感到格外难受的原因是，尽管他是一个无比高明的骑手，他还是不能装着看不见这样的一匹坐骑给他带来的可笑的一面。也就是因为这个缘故，他在老达尔大尼央先生把它作为礼物送给他时，他一边接受，一边频频地叹气。他知道像这样的一头牲口至少值二十利弗尔[③]；至于随着这件礼物讲的那番话更是无价之宝。

"我的儿子，"那位加斯科尼贵族用亨利四世[④]至死未能改掉的那种纯正的贝亚恩土话说，"我的儿子，这匹马出生在您父亲家里，一转眼快满十三年了，从那时候起一直没离开过我，因此您应该喜爱它。千万不要把它卖掉，让它平平静静、体体面面地寿终正寝。如果您骑着它上战场，您要像照顾一个老仆人那样照顾它。在宫廷上，"老达尔大尼央先生继续说，"万一您有到宫廷上去的荣幸，再说，您的古老的贵族姓氏也让您有权享受这种荣幸。在宫廷上您务必不失尊严地维护您的贵族姓氏，您的祖先们不失尊严地使用它已经有五百多年了。为了您，也为了您的亲近的人——我说您的亲近的人，指的是您的亲人和朋

---

①法里，指法国古里，约合 4 公里。

②罗西朗特，长篇小说《堂吉诃德》主人公堂吉诃德骑的一匹马的名字。

③利弗尔，法国古时在使用法郎前的货币，最初相等于 1 古斤银子，后来价值随着时间和地点而异。

④亨利四世（1553—1610），法国波旁王朝国王（1589—1610）。1572 年继母位为纳瓦拉国王，成为胡格诺派首领。同年娶法王查理九世之妹玛格丽特为妻。天主教徒原想通过联姻缓和矛盾，但当年 8 月 24 日发生了对胡格诺派教徒的大屠杀，即圣巴托罗缪惨案，导致胡格诺战争再起。1589 年 8 月法王亨利三世遇刺身死，亨利四世即位。1593 年不顾胡格诺派教徒反对，改宗天主教。1594 年进入巴黎，正式加冕，至此胡格诺战争遂告结束。1598 年颁布《南特敕令》，宣布天主教为国教，同时承认胡格诺派教徒享有信教自由等权利，在欧洲开创了宗教宽容之先例。

友，——决不容忍别人对您有任何一点冒犯，除非冒犯来自红衣主教先生和国王。一个贵族子弟在今天取得成功，是靠了他的勇敢，仔细听好，只能是靠了他的勇敢。谁有一秒钟的胆怯，谁就有可能失去幸运之神正好在这一秒钟内给他送过来的机会。您还年轻，您有两个理由应该勇敢：一是您是加斯科尼人，二是您是我的儿子。机会来了不要害怕，还要去寻找冒险的事干。我教过您击剑；您有两条铁打的腿，一双钢铸的手臂；您要动不动就跟人决斗；特别是因为决斗已经遭到禁止，决斗需要加倍的勇气，所以您更要跟人决斗。我的儿子，我要给您的只有十五个埃居①，我的马和您刚才听到的忠告。您的母亲会另外添上从一个波希米亚②女人那儿得到的调制某一种药膏的秘方，对一切创伤，只要不触及心脏，这个秘方都有神奇的疗效。尽量利用这一切，幸运地、长久地活下去。——我还有一句话要补充，我提供给您一个榜样，这个榜样可不是我，因为我呀，我从来没有去过宫廷，仅仅作为志愿兵参加过宗教战争；我想谈的是德·特雷维尔先生，他从前是我的邻居，有幸在还是个孩子的时候跟我们的路易十三国王——愿天主保佑他——在一起玩耍。他们的游戏有时候转变为打架，在这些打架中，国王并不总是强者，在打架中挨的打反而使他对德·特雷维尔先生更加敬重，更加友好。后来，德·特雷维尔先生在他初次到巴黎的旅行中与人决斗过五次，从前国王去世一直到小国王成年，决斗过七次，还不算一次次战争和围城；从小国王成年一直到今天，也许有一百次！——因此，尽管有那些敕令、规定和判决，瞧，他还是当上了火枪队队长，也就是说，成了国王十分看重而红衣主教先生颇为畏惧的一群勇士的首领；可是大家都知道红衣主教先生这个人，他是无所畏惧的。此外，德·特雷维尔先生每年挣一万埃居；因此他是个很阔很阔的达官贵人。——可他开头和您一样。您带着这封信去见他；以他为榜样，像

① 埃居，法国古代钱币，种类很多，价值不一，本章下面提到当时 1 个埃居折合 3 个利弗尔。

② 波希米亚，捷克西部地区。法国有一些到处流浪的民族，以算命、治病、乞讨为生，他们被认为是波希米亚人。

他一样去做。”

说到这儿，老达尔大尼央先生亲手把自己的剑给儿子佩上，亲切地吻了他的双颊，并且为他祝福。

年轻人从父亲的房间出来，找到他母亲，她拿着那张了不起的药方，正在等他。从我们刚刚提到的那些忠告看来，这张药方以后要经常用上了。这一次的告别比刚才的那次告别时间长而且更亲切，这并不是达尔大尼央先生不爱他的儿子，他的儿子是他惟一的后嗣，而是因为达尔大尼央先生是个男子汉，他认为听从自己的感情摆布与一个男子汉不相称；达尔大尼央夫人呢，她是女人，而且是母亲。——她痛哭流涕，让我们讲几句赞扬小达尔大尼央先生的话：不管他做出多大的努力来像一个未来的火枪手所应该的那样保持坚定，但是天性还是占了上风，他流了大量的眼泪，而且好不容易才掩饰住了其中的一半。

就在这一天，年轻人动身了，他带着父亲给他的三件礼物，我们前面已经说过，包括十五个埃居，一匹马和一封给德·特雷维尔先生的信；至于忠告，我们也很清楚，那是额外添加的。

带着这番临别赠言，达尔大尼央在身心两方面都成了和塞万提斯的小说主人公完全一致的复制品；当我作为一个历史学家有责任把他描绘一番时，我曾经那么成功地拿他和塞万提斯的小说主人公做过比较。堂吉诃德把风车当成巨人，把羊群当成军队，而达尔大尼央把每个微笑都当成一个侮辱，把每道目光都当成一个挑衅。结果是从塔布①一直到默恩，他的拳头始终紧握，平均每天都有十次把手伸向剑柄；尽管如此，拳头总算没有落到任何一个人的颚部，剑也从未离开过剑鞘。并不是说过路人看见这匹倒霉的小黄马脸上没有绽出过微笑，而是因为在这匹小马之上有一把长度可观的剑在发出响声，在这把剑之上闪烁着一双与其说是高傲的目光毋宁说是凶狠的目光的眼睛，所以过路人

① 塔布，法国南部上比利牛斯省省会，古时属加斯科尼。在巴黎西南，相距779公里。

都忍住不笑出来，如果想笑出来的欲望超过了谨慎心的话，他们至少也像古代的面具那样，努力做到只让半边脸笑。因此达尔大尼央在到达默恩这个不幸的城市以前，一直保持着自己的尊严，他的感情也没有受到丝毫的伤害。

但是到了默恩，达尔大尼央在诚实的磨坊主客店门口下马时，不论是老板、伙计还是马夫，竟然没有一个人过来扶住他的马镫。他从底层一扇半开着的窗户望进去，看见一个身材高大，尽管脸上带有一点愠色，神情却很高傲的贵族，正在和两个人说话，这两个人看上去是在恭恭敬敬地听。达尔大尼央照例十分自然地相信自己是他们谈话的题目，于是仔细地听。这一次达尔大尼央没有完全弄错，他们谈的不是他，而是他的马。那个贵族好像是在列举它的所有优点，正如我们前面说过的，听的人好像对讲的人非常恭敬，所以他们时时刻刻都发出哈哈大笑声。既然一个半露的微笑就足以激起性格暴躁的年轻人的怒火，我们也就不难猜到像这样喧闹的大笑会对他产生怎样的影响了。

然而达尔大尼央首先想看清楚这个在嘲笑他的傲慢无礼的人的长相。他用傲气十足的目光打量那个陌生人，看清楚了那个陌生人年龄在四十岁到四十五岁之间，一双目光锐利的黑眼睛，面色苍白，鼻子突得非常出，黑唇髭修剪得十分仔细。他身上穿的是一件紫色的紧身短上衣和一条紫色的、上面有同样颜色的饰带的齐膝短裤，除了露出衬衣的、通常在袖子上开的衩缝以外，没有别的装饰。这条短裤和这件紧身上衣，虽然是新的，看上去好像长时间搁置在旅行箱里的旅行服装一样，皱得很厉害。达尔大尼央以细心的观察者的锐利目光迅速地注意到这一切，毫无疑问他还本能地感觉到这个人对他的一生将会产生重大的影响。

然而就在达尔大尼央盯着穿紫色紧身短上衣的贵族看的时候，那个贵族正在针对那匹贝亚恩小马提出他那些最渊博、最精辟的论证中的一个，他的两个听众哈哈大笑，他自己也破例有了一抹淡淡的微笑，明显地在他脸上飘忽不定，如果可以用飘忽不定这四个字的话。这一次再没有什么可怀疑的了，达尔大尼央真的受到了侮辱，因此他满怀这种确信，把头上的贝雷帽往下拉拉，低得几乎遮住眼睛，尽力模仿他在加斯科尼碰巧看见的那些正在旅行的爵爷们显出的宫廷派头，一只手按在剑的护手上，另一只手叉在腰上，向前走去。不幸的是随着他一步步朝前走，怒火越来越使他失去理智，他在舌头尖上找到的不是他为了提出挑战而准备的那一番既尊严而又高傲的话，而是伴随着狂怒的手势的、粗鲁的人身攻击。

“喂，先生，”他大声嚷道，“站在这扇护窗板后面的先生！对，就是您，把您在笑什么说点给我听听，让我们一起来笑。”

那个贵族慢慢地把目光从马转移到骑马的人身上，就像他需要一些时间才能明白这番如此奇怪的指责是冲着他说的。接着，他再也不能有任何一点怀疑了，于是眉头微微蹙紧，在相当长时间的停顿以后，用难以描述的挖苦讽刺和蛮横无理的口气回答达尔大尼央：

“我不是在跟您说话，先生。”

“可是我，我在跟您说话！”年轻人被这种又蛮横又得体、又客气又轻蔑的口气激怒了，大声喊道。

陌生人又面带淡淡的笑意，把他打量了一会儿，接着离开窗口，慢慢走出客店，来到和达尔大尼央相距两步远的地方，正好在马的前面站定。他的平静的态度和嘲笑的表情使和他谈话的那两个人笑得更加厉害了，他们仍旧留在窗口。

达尔大尼央看见他来到，把剑从剑鞘里拔出一尺来长。

“这匹马肯定是，或者说得更确切些，在它年轻时曾经是毛茛色，”陌生人说，他继续他已经开始的探究，话是对窗口的听众说的，看上去好像一点也没有注意到达尔大尼央已被激怒的神色，然而达尔大尼央就站在他和他们中间，“这是在植物学里非常著名的一种颜色，但是直到现在在马身上还非常罕见。”

“笑马的人未必敢笑马的主人！”特雷维尔的效法者在狂怒中大声嚷道。

“我并不常常笑，先生，”陌生人说，“这一点您自己从我脸上的表情也可以清楚地看出；不过我要坚决保留我什么时候高兴笑就什么时候笑的权利！”

“我呢，”达尔大尼央大声嚷道，“我不愿意别人在我不高兴他笑的时候笑！”

“真的吗，先生？”陌生人接着说，他显得越发平静了，“好吧！这倒也很公正。”说着转过身去，准备从大门回到客店里去。达尔大尼央刚才来到的时候曾经注意到大门底下有一匹备好鞍的马。

但是，就这样把一个曾经蛮横无理地嘲笑过他的人放走，这不是达尔大尼央的性格。他把剑从剑鞘里拔出，开始一边追，一边叫喊：

“转过身来，转过身来，爱嘲笑人的先生，我可不愿意从背后刺您。”

“我！刺我！”对手猛地转身，一边说，一边望着年轻人，目光中流露出同样多的惊奇和蔑视，“好啦，好啦，朋友，您一定是疯了！”

接着他就像自言自语地继续低声说下去：

“真可惜！陛下正在到处寻找勇士来充实他的火枪队，对他来说，这是多好的一个活宝！”

他刚说完，达尔大尼央已经猛地一剑刺过来，他要不是急忙往后跳了一步，很可能这是他最后一次开玩笑了。陌生人看到事情已经超出开玩笑的范围，于是拔出自己的剑，向对手行了个礼，认认真真地摆好架式。可是就在这同时，他的两个听众在客店老板的伴随下扑了过来，他们用棍子、铲子和火钳猛打达尔大尼央。这是一次来势迅猛、完全彻底的牵制进攻，当达尔大尼央转过身来对付这雹子般的打击时，他的对手同样动作准确地把剑插回了鞘内，从他差点儿演成的角色又变成了斗殴的旁观者，他一边像平常那样无动于衷地扮演着旁观者的角色，一边嘴里喃喃自语：

“该死的加斯科尼人！让他骑上他的橙黄马，赶快滚开。”

“那要等我先把你杀掉，胆小鬼！”达尔大尼央叫道。他尽力抵挡三个敌人的围攻，一步也没有后退。

“还在吹牛，”贵族低声说，“以我的名誉担保，这些加斯科尼人真是不可救药！那就继续跳你们的舞吧，既然他坚决要这么办。等他累了，他就会说他跳够了。”

但是陌生人还不知道同他打交道的是怎样一种顽固的人；达尔大尼央决不是一个会讨饶的人。因此斗殴又继续了几秒钟；最后达尔大尼央筋疲力尽，丢下了被一棍子打成两截的剑。另外一棍子，几乎就在这同时打破了他的额头；他血流满面地倒在地上，差不多昏过去了。

就在这时候，人们从四面八方跑到出事地点来。客店老板怕事情闹大，让他的伙计们帮着，把受伤的人抬进厨房，略微给他医治了一下。

至于那个贵族，他已经回到窗口原来的位子上，带着几分不耐烦的神色望着这一大群人；他们留在这儿不走，似乎引起了他的强烈的不快。

“喂！那个疯子怎么样了？”他听见开门的声音回过头去，对来探问他的身体状况的老板说。

“阁下安然无恙吧？”老板问。

“是的，安然无恙，我亲爱的客店老板，我要问您，我们的那个年轻人怎么样了？”

“他好些了，”老板说，“他刚才已经昏过去了，人事不省。”

“真的吗？”贵族说。

“不过他在昏过去以前，曾经拼着命喊您，一边喊，一边向您挑战。”

“这么说，这个家伙真是个魔鬼了，”陌生人叫了起来。

“啊！不，阁下，他不是魔鬼，”老板轻蔑地撇了撇嘴回答说，“因为他昏过去以后我们曾经搜过他，他的包裹里只有一件衬衣，他的钱袋里只有十二个埃居，尽管如此，他在昏过去时还是说，这件事如果发生在巴黎，您会立刻后悔的，在这儿呢，您以后也会后悔的。”

“如此说来，”陌生人冷静地说，“他是一个乔装改扮的王族。”

“我把这个情况告诉您，爵爷，”老板接着说，“是为了让您有所提防。”

“他在发怒时没有提到什么人吗？”

“恰恰相反，他拍拍口袋说：‘我们以后会看到，德·特雷维尔先生在知道他的被保护人受到这个侮辱以后会怎么想。’”

“德·特雷维尔先生？”陌生人说，他变得警觉起来，“他拍拍口袋说出德·特雷维尔先生的名字？……嗯，我亲爱的老板，您的年轻人昏过去以后，我敢断定，您不会不去看看这个口袋，口袋里面有什么？”

“一封写给火枪队队长德·特雷维尔先生的信。”

“真的吗？”

“就像我有幸对您说的一样真，阁下。”

老板没有敏锐的洞察力，丝毫没有注意到自己说的话在陌生人脸上引起的反应。陌生人原来肘尖一直支在窗台上，这时他离开了窗口，心事重重地皱紧了眉头。

“见鬼！”他低声嘀咕，“难道特雷维尔会派这个加斯科尼人来对付我？他还非常年轻！但是一剑总是一剑，不管刺这一剑的人是什么年纪，况且一个孩子不像大人那样容易引起怀疑。有时候一个小小的障碍就足以破坏一个伟大的计划。”

陌生人陷入沉思之中有好几分钟之久。

“听好，老板，”他说，“您难道不能替我把这个疯子摆脱掉吗？良心不允许我杀死他，然而，”他脸上又露出一种冷酷无情的威胁表情补充说，“然而他碍我的事。他现在在哪儿？”

“在二楼我老婆的房间里，有人在替他包扎伤口。”

“他的衣服和袋子跟他在一起吗？他没有脱下他的紧身短上衣吗？”

“正相反，这些东西全都在楼下厨房里。不过，这个年轻的疯子既然妨碍您的事……”

“那还用问。他在您的客店里闹出这么大的乱子，凡是正派的人都受不了。上楼到您的房间去，把我的账算清，再通知一下我的仆人。”

“怎么！先生要离开我们这儿了？”

“这您知道得很清楚，既然我早已吩咐过您给我的马备上鞍子。难道您没有照我吩咐的去做？”

“做了。阁下也能够看到，您的马就在大门底下，完全做好了出发的准备。”

“很好，那就照我说的去做。”

“原来是这么回事，”老板心里想，“他莫非害怕这个毛孩子？”

但是陌生人射来的一道命令式的目光把他心里想的打断了。他谦恭地行完礼走了出去。

“不能让米莱狄①被这个怪家伙看见，”陌生人继续说，“她很快就要在这儿经过；她甚至已经迟到了。最好还是让我骑上马去迎她……要是我能知道写给特雷维尔的那封信的内容就好了！”

陌生人低声咕哝着，朝厨房走去。

客店老板深信是年轻小伙子的来到迫使陌生人离开他的客店，这时候他回到楼上他妻子的房间里，看到达尔大尼央终于完全清醒过来了，于是让他明白警察很可能来找他的麻烦，因为他曾经找碴儿跟一位达官贵人吵架，——因为照老板看来，陌生人只可能是一位达官贵人，——因此劝他别顾身体虚弱，赶快起床，继续赶他的路。达尔大尼央还有些头晕，身上没有穿紧身短上衣，头上缠满了绷带，爬起来，被老板推着，开始下楼；但是到了厨房里，他头一眼看见的是他的挑衅者，正站在一辆套着两匹粗壮的诺曼底②马的、重型四轮马车的踏板上平静地在跟人谈话。

他的交谈者的头从车窗的窗框里露出来，是一个二十岁到二十二岁之间的女人。我们已经说起过，达尔大尼央能以怎样敏锐的观察力抓住一个人脸上的全部特征。因此他头一眼就看出这个女人既年轻又貌美。不过她的美之所以特别打动他，是因为这种美在他到当时为止一直居住的法国南方是十分罕见的。她脸色苍白，头发金黄，卷曲的长发披

---

① 米莱狄，一般来说，米莱狄后面要加个姓氏，但在原来的手写本中就是如此，所以我们也不作改动。——原注。“米莱狄”(Milady)是英语 My lady(我的夫人，我的太太)这两个词的变形，意思是“我的夫人”。

② 诺曼底，法国西北部旧省，北临英吉利海峡，包括现在的芒什、卡尔瓦多斯、厄尔、滨海塞纳、奥恩诸省。

在肩头，蓝色的大眼睛没精打采，玫瑰色的嘴唇，雪花石膏一般洁白晶莹的手。她这时正在激动地和陌生人谈话。

“这么说，法座①命令我……”夫人说。

“立即返回英国，如果公爵②离开伦敦，直接向他禀报。”

“还有什么指示？”美丽的女旅客问。

“全藏在这个盒子里，等您到了拉芒什海峡③的另一边才能打开。”

“好，您呢，您怎么办？”

“我吗，我回巴黎。”

“不教训教训那个蛮横无理的浑小子吗？”夫人问。

陌生人正要回答，但是嘴刚张开，全都听在耳里的达尔大尼央冲到了门口。

“是那个蛮横无理的浑小子来教训别人，”他大声喊道，“我希望应当受到教训的人这一次不会像刚才那样从他的手掌中逃脱。”

“不会从他手掌中逃脱？”陌生人皱紧眉头说。

“是的，在女人面前，我敢断定，您不敢逃走。”

“考虑考虑吧，”米莱狄看见那个贵族把手伸到剑柄上，便大声叫起来，“考虑考虑吧，极小的延误就可能毁掉一切。”

“您说得对，”贵族大声说，“那您就走您的路吧；我也走我的。”

他朝那位夫人点点头告别以后，就跳上他的马，同时四轮马车的车夫也使劲用鞭子抽打拉车的马。两个对话者都动身了，各自朝大街的相反方向飞速离去。

“嗨！您的账呢，”老板叫了起来，他看到他的旅客没有结账就走了，对这个旅客的好感陡地变成了极端的蔑视。

“快付钱，该死的，”旅客一直骑着马飞奔，一边向他的穿号衣的仆人喊道。这个仆人扔下两三个银币在客店老板的脚边，跟着他的主人

---

①法座，对红衣主教，此处是对红衣主教黎塞留的尊称。

②公爵，此处指当时的英国的白金汉公爵。

③拉芒什海峡，法国和英国之间的海峡，西通大西洋，东北通北海，英国称英吉利海峡。

飞驰而去。

“啊！胆小鬼，啊！坏蛋，啊！冒牌贵族！”达尔大尼央也跟在仆人后面向前跑去。

但是受伤者还太虚弱，经不住这样用劲；他刚跑了十步，耳朵就嗡嗡作响，一阵头晕，眼前模模糊糊一片血红色；他栽倒在路中间，嘴里还在嚷着：

“胆小鬼！胆小鬼！胆小鬼！”

“他确实非常胆小，”老板一边走到达尔大尼央跟前，一边嘴里咕哝，他想用这句奉承话来跟这个可怜的年轻人和解，就像寓言里的那只鹭鸶想跟它晚上遇到的蜗牛和解一样。①

“是的，非常胆小，”达尔大尼央咕哝道，“但是她，非常美丽！”

“她是谁？”老板问。

“米莱狄，”达尔大尼央含糊不清地说。

接着他又一次昏了过去。

“不管怎样，”老板说，“我失掉了那两个，但是我还剩下这一个，我有把握至少可以把他留上几天。好歹能赚进十一个埃居。”

我们知道十一个埃居正好是达尔大尼央的钱袋里剩下的数目。②

老板估计养好伤需要十一天，每天一个埃居，但是他没有和这个旅客在一起估计。第二天，早上刚刚五点钟，达尔大尼央就起床，亲自从楼上下来，到了厨房里，除了几样因为明细单子没有流传下来、我们不得而知的药剂成分以外，还要了一点儿葡萄酒、橄榄油和迷迭香。他手上拿着他母亲的药方，为自己配制药膏，抹在许多伤口上，亲自换敷料，不愿意再请任何医生。毫无疑问靠了波希米亚人的药膏的功效，也许还靠了没有任何医生插手，达尔大尼央当天晚上就可以站起来，第二天就差不多痊愈了。

---

①法国寓言诗人拉封丹(1621—1695)有一首题为《鹭鸶》的寓言诗，诗中说有一只鹭鸶挑食，看见冬穴鱼、鮈鱼都不屑吃，到后来“饿得发慌，这时刚好碰到一只蜗牛，认为自己真算走运，心里也真感到舒畅”。

②前面提到是12个埃居，恐系作者之疏忽。

马主人绝对禁食，用在迷迭香、橄榄油和葡萄酒上的花费就是他的惟一开支，至于那匹黄马呢，正相反，照客店老板的说法，它吃的至少要比我们照它的身坯可能做出的合理估计要多出三倍以上。但是在付钱的时候，达尔大尼央在他的口袋里只找到了他的已磨损的天鹅绒钱袋和钱袋里的十一个埃居；至于写给德·特雷维尔先生的那封信，却不见踪影。

年轻人开始极其耐心地寻找这封信，把衣服上的大小口袋翻过来翻过去，足足翻了有二十遍，在他的旅行袋里一次次搜寻，又把他的钱袋打开关上，关上又打开；但是等他深信这封信再也无法找到以后，他的怒火又第三次骤然上升，差点造成他再一次使用加上香料的葡萄酒和橄榄油；因为看到这个坏脾气的年轻人大发雷霆，威胁说如果不把信找出来就把客店里的东西全都砸烂，店老板已经抓起一支长矛，他的老婆抓起一根扫帚柄，他的伙计们也各自抓起了前天使用过的那几根棍子。

“我的介绍信！”达尔大尼央大声喊道，“我的介绍信！他妈的！否则我把你们全都像雪鹀那样串在铁扦子上烤来吃！”

不幸的是有一个情况妨碍了年轻人实现他的威胁：他的剑，我们前面已经提到，在他第一次打斗中已断成了两截。这件事他已经完全忘了。结果是当达尔大尼央真想拔剑出鞘时，拔出来握在手里的只有差不多八寸到十寸长的一段残剑，是老板仔细地插进剑鞘里的。至于剑身的其余部分，厨房领班师傅已经偷偷地藏了起来，准备将来用它改制成将猪膘塞进瘦肉中去的扦子。

然而这个挫折也许不能阻止我们这个暴躁的年轻人，如果不是老板考虑到他的旅客向他提出的要求是完全合理的。

“不过，”他放低了他的长矛，说，“这封信究竟到哪里去了？”

“对，这封信到哪里去了？”达尔大尼央喊道，“我预先告诉您，这封信是给德·特雷维尔先生的，非找到不可；如果找不到它，他有办法让你们找到的！”

这句威胁话终于把老板吓住了。除了国王和红衣主教先生，德·特雷维尔先生的名字是最经常被军人，甚至被市民提到的。不错，还有约瑟夫神父①；但是他的名字只敢低声提，从来都是如此，因为被人称为“灰衣法座”的这位红衣主教的亲信引起的恐怖是那么巨大。

因此他把他的长矛扔得远远的，并且命令他的妻子把她的扫帚柄，他的伙计们把他们的棍子也像他一样扔掉。他首先做出榜样，开始寻找那封丢失的信。

“这封信里装着什么贵重的东西吗？”老板徒然地寻找了一会儿以后问。

“他妈的！我想是的！”加斯科尼人大声喊道，他指望靠这封信帮他走上通往宫廷的道路，“里面有我的财富。”

“西班牙债券吗？”老板着急地问。

“陛下私人金库的债券，”达尔大尼央回答，他指望靠这封介绍信去为国王效劳，自认为作出这个多少有点轻率的回答并不是在撒谎。

“见鬼！”老板在完全绝望中说。

“不过关系不大，”达尔大尼央神色泰然地接着说，“钱算不了什么，——那封信却无比重要。我宁可丢掉一千皮斯托尔②，也不愿意丢掉那封信。”

他即使说两万也不会有更大的危险；但是年轻人的羞耻心阻止他这样说。

老板费了九牛二虎之力寻找，还是找不到，忽然间有一道亮光射进他的脑海。

“这封信没有丢！”他大声叫起来。

“啊！”达尔大尼央说。

“没有丢；是给人偷走了。”

“偷走了！谁偷的？”

---

①约瑟夫神父(1577—1638)，法国红衣主教黎塞留的亲信和顾问，绰号叫“灰衣法座”。

②皮斯托尔，法国古币，折合10个利弗尔。

“昨天的那个贵族。他到过厨房，您的紧身短上衣就放在厨房里。他独自一个人待在里面。我敢打赌是他偷的。”

“您这么想？”达尔大尼央嘴里回答，心里却不大相信；因为他比任何人都清楚这封信仅仅对他个人有重要性，他想不出有什么理由会引起别人的贪图。事实上任何仆人，任何住店的旅客，拿了这封信都不会捞到什么好处。

“您是说，”达尔大尼央接着说，“您怀疑那个蛮不讲理的贵族。”

“我要对您说，我能肯定是他，”老板继续说，“当我告诉他老爷您是德·特雷维尔先生的被保护人，您甚至有一封给这位大名鼎鼎的贵族的信时，他显得非常不安，问我这封信在哪里，接着便立刻到厨房里去了，他知道您的紧身短上衣就放在厨房里。”

“这么说，他是贼了，”达尔大尼央回答，“我会向德·特雷维尔先生申诉，德·特雷维尔先生会向国王申诉。”

接着他神色威严地从口袋里掏出两个埃居付给老板，老板手里拿着帽子，把他一直送到门口。他骑上他的黄马，一路上没有再出任何意外事故，最后来到了巴黎的圣安东尼门，把马卖了三个埃居，这个价钱已经很不错了，因为达尔大尼央在最后一段旅程中已经把它累得筋疲力尽。因此以上述的九个利弗尔买达尔大尼央的这匹马的马贩子，非常坦率地对年轻人说，他出这个高得惊人的价钱仅仅是因为这匹马的毛色非常独特。

达尔大尼央于是夹着他的小包步行进入巴黎城，他一直走到找着了一间和他的微薄的财力相称的房间。这是一间有复折屋顶的顶楼房间，坐落在卢森堡宫[①]附近的掘墓人街。

定金付出，达尔大尼央就立刻住进他的房间，这一天剩下的时间他用来把花边缝在他的紧身短上衣和齐膝短裤上，这些花边是他母亲从老达尔大尼央的一件几乎还是新的紧身短上衣上拆下来，偷偷给他的。接

① 卢森堡宫，法国巴黎王宫，建于 1615 年到 1620 年。现为法国参议院所在地。周围公园是著名法国式园林，叫卢森堡公园。

着他到铁器沿河街去给他的剑重新配一个剑身；然后他回到罗浮宫[①]，向头一个他遇到的火枪手打听德·特雷维尔先生的府邸。德·特雷维尔先生的府邸坐落在老鸽笼街，也就是说正好在达尔大尼央租下的那间屋子的附近。他把这个情况看成是一个好兆头：他这趟旅行必定会获得成功。

随后他怀着对自己在默恩的表现十分满意的心情，对过去不感到后悔，对现在信心百倍，对未来充满希望，躺在床上，立刻陷入了勇士才有的那种酣睡。

这种酣睡而且还是外省人才有的，他一直睡到第二天早上九点钟，才从床上起来上德·特雷维尔先生家里去。根据他父亲的判断，这位大名鼎鼎的德·特雷维尔先生是王国里的第三号人物。

第二章
德·特雷维尔先生的候见厅

德·特鲁瓦维尔先生(他的家族在加斯科尼还姓这个姓)，或者说，德·特雷维尔先生(他后来在巴黎给自己改成了这个姓)，开始的时候确实像达尔大尼央一样，也就是说，身无分文，但是作为本钱，他拥有胆量、机智和判断力，正是这些使得最贫困的加斯科尼小贵族预期得到的父方的遗产常常要比最富有的佩里戈尔[②]和贝里[③]的贵族实际得到的要多得多。他的异乎寻常的勇气，他的在一个动辄动刀动剑的时代里的更加异乎寻常的好运气，使他爬上了被称之为宫廷恩宠的那座难以登上的梯子的顶端，而且是四级一跨地攀登上去的。

---

①罗浮宫，法国巴黎王宫，建于13世纪。18世纪末资产阶级大革命后改为美术陈列馆。

②佩里戈尔，法国西南部古伯爵领地，1607年被法国国王亨利四世并入王国；包括现在的多尔多涅省以及洛特—加龙省的一部分。

③贝里，法国中部古省，历史上曾为伯爵和公爵领地，1100年并入法国。包括现在的谢尔和安德尔两省的大部分。

他是国王的朋友；大家都知道，国王怀着十分崇敬的心情追念着自己的父亲亨利四世。德·特雷维尔先生的父亲曾经在对天主教同盟[①]的战争中那么忠心耿耿地为亨利四世效劳，以至于亨利四世由于没有现金——这个贝亚恩人终生都缺少这个东西，经常总是用他惟一的一种不需要去借的东西，也就是说，用精神鼓励来偿还他欠下的债。——我们说到，以至于亨利四世由于没有现金，在巴黎投降以后，准许德·特雷维尔先生的父亲用一只在红直纹底子上作行走姿态的金狮子做纹章，纹章上还有这么一句题铭：Fidelis et fortis[②]。就荣誉来说，这可以说是很了不起，可是对生活享受来说，这起不到什么作用。因此当伟大的亨利国王的这位杰出的伙伴去世后，留给他的少爷的遗产只有他的那把剑和他的纹章上的那句题铭；靠了这两件遗赠以及伴随它们的毫无污点的姓氏，德·特雷维尔先生被录用，参加了年轻王子的侍从队伍。他用他的剑尽心尽力地效劳，而且忠于他的纹章上的题铭，以致路易十三，王国的击剑好手之一，平常总是说，如果有朋友要参加决斗的话，他会建议这个朋友请副手，首先是请他，其次是请特雷维尔，甚至也许会建议这个朋友先请特雷维尔。

因此路易十三对特雷维尔怀有一种真正的喜爱，不错，是国王的喜爱，自私的喜爱，但是仍然不失为一种喜爱。这是因为在那个动乱的年代里，谁都力图在自己身边聚集一批像特雷维尔这样坚强的人。许多人都能把作为他的题铭的第二部分的“坚强的”当作座右铭；但是贵族中只有很少的人能有资格要求得到作为第一部分的这个修饰语：“忠诚的”。特雷维尔属于后面这种人；这种人可以说是凤毛麟角，具有像看

---

①天主教同盟，1572 年巴托罗缪惨案发生后，胡格诺派和天主教派的内战重起，整个法国陷于分裂局面，胡格诺派控制了法国南部和西部，代表人物就是纳瓦拉国王亨利，即后来的法国国王亨利四世，他属于瓦罗亚家族的旁系波旁家族。北方的天主教贵族以洛林家族的亨利·德·吉兹公爵为首，于 1576 年成立“天主教同盟”，它表面上是为了反对胡格诺派，保卫天主教，真实目的是企图推翻在巴黎掌握中央政权的瓦罗亚家族的法国国王亨利三世，由德·吉兹家族登上王位。至此宗教战争演变成三个家族之间争夺王位之战，这就是历史上所谓的“三亨利之战”。

②拉丁文，意思是：“忠诚的和坚强的”。

门狗那样的驯服天性，盲目的勇猛，敏锐的眼力，迅捷的出手；眼睛长在他身上仅仅是为了看国王是不是对某一个人感到不满，手长在他身上仅仅是为了打击某一个讨厌的人，某一个贝姆①，某一个莫尔维尔②，某一个波特罗·德·梅雷③，某一个维特里④。总之，直到当时特雷维尔所缺少的仅仅是机会；不过他在等待，而且他下定决心，一旦机会来到手边，他一定会把它紧紧抓住，绝不放过，因此路易十三让特雷维尔做他的火枪手的队长。这些火枪手对路易十三的忠诚，或者不如说，对路易十三的狂热崇拜，其程度和常备卫队对亨利三世⑤，以及苏格兰卫队对路易十一⑥相比有过之无不及。

在这方面红衣主教也并不比国王落后。法国的这位第二号国王，或者更可以说是第一号国王，看见路易十三身边这支可怕的精锐队伍，也想有自己的卫队。因此他像路易十三一样有了自己的火枪手。当时的人看到，这两个相互竞争的统治者在法国的各个省份，甚至在国外各个地方，挑选因剑术高超而出名的人来为他们效劳。因此黎塞留和路易十三晚上下棋的时候，常常为了各自的侍卫人员的品质发生争执。各人夸耀各自的手下人的仪表和英勇。他们一边公开反对决斗，反对斗殴，一边却又私下怂恿手下人动武，对自己人的失败或者胜利会感到真正的悲伤或者过分的快乐。至少有一个人的回忆录是这么说的，这个人曾经亲身经历过这种失败和这种胜利。不过失败的次数很少，胜利的次数很多。

特雷维尔抓住他的主子的弱点，正是靠了这种机灵的手段他才能得到一位身后并没有留下十分忠于友谊的好名声的国王的持久的、不变的

① 贝姆，德·吉兹公爵雇用的凶手，1572 年在巴托罗缪惨案中，他杀害了胡格诺派首领之一的科利尼元帅。1575 年被胡格诺派所杀。

② 莫尔维尔，未查到，估计也是一个有名的刺客。

③ 波特罗·德·梅雷(约 1537—1563)，胡格诺派贵族，1563 年把领导天主教派军队的弗朗索瓦·德·吉兹公爵刺成致命伤。后被判死刑。

④ 维特里(1581—1644)，法国国王路易十三的卫队长，他 1617 年逮捕并杀死拒捕的孔奇尼，因而被封为法兰西元帅。

⑤ 亨利三世(1551—1589)，法国瓦罗亚王朝末代国王(1574—1589)。

⑥ 路易十一(1423—1483)，法国瓦罗亚王朝国王(1461—1483)。

宠信。他让他的火枪手像接受检阅似的在红衣主教阿尔芒·德·普莱西[①]面前列队走过，脸上流露出嘲笑的表情，气得法座的灰色小胡子直往上翘。特雷维尔通晓那个时代的战争；在那个时代里，不靠敌人养活的时候，就得靠自己的同胞养活；所以他的士兵组成了一个无法无天的魔鬼军团，除了他，对任何人都不服从。

国王的火枪手，或者更确切地说，德·特雷维尔先生的火枪手，他们总是衣冠不整，醉醺醺的，身上带着擦破碰坏的伤痕，分散在酒馆、散步场、游乐场里，他们大声喊叫，捋着小胡子，身上的佩剑碰得哐当哐当响，遇到红衣主教的卫士，就成心地去碰撞；接着他们在大街上拔出了剑，嘴里还说着笑话；他们偶尔也会被人所杀，但是在这种情况下他们确信会有人哀悼他们，为他们报仇；他们经常会把别人杀死，这种时候他们拿得稳不会长久泡在监牢里发霉，因为有德·特雷维尔先生在，他会把他们要出来。因此，德·特雷维尔先生受到这些人百般赞扬，千般歌颂。这些人崇拜他；尽管他们全都是凶神恶煞，见了他却像小学生见了老师，浑身直打哆嗦，对他惟命是从，如果受到他的责备，哪怕再轻，为了洗刷干净，连自己的性命都可以牺牲。

德·特雷维尔先生运用着这个强有力的工具，首先是为了国王和国王的朋友，其次是为了他自己和他自己的朋友。但是那个时代留下的那么多部的回忆录里，却没有一部提到过这个可敬的贵族受到过指责，甚至敌人的指责也没有提到过，——他在文人中间的敌人和他在军人中间的敌人一般多，——请听清楚，没有一处提到过这个可敬的贵族受到过指控，说他派亲信去为人效劳，从中收取钱财。他具备罕见的策划阴谋的天分，能和最高明的阴谋家旗鼓相当，可是他仍然是一个正直的人。此外，尽管执剑猛刺会把腰扭伤，艰苦操练会把人累得筋疲力尽，他还是变成了他那个时期经常出入内室沙龙的最风流的人物之一，最优雅的纨袴子弟之一，最善于说委婉动听话的行家之一。大家谈特雷维尔

---

①阿尔芒·德·普莱西，红衣主教黎塞留的名字。

在情场上交的那些好运，就像二十年前谈巴松皮埃尔[①]交的好运一样，可了不得了。火枪队队长因此受到钦佩、畏惧和爱戴，换句话说，他已经功成名就，达到了最高峰。

路易十四用他巨大的光辉淹没了他的宫廷里的所有那些小星星，使他们变得黯淡无光；但是他的父亲却是颗 Pluribus impar[②] 太阳，让每个亲信都有自己的荣耀，让每个廷臣都有个人的价值。除掉国王的起身[③]和红衣主教的起身以外，当时在巴黎还有两百多受到不同程度重视的小起身。这两百多小起身中，参加人数最多的就有特雷维尔的小起身。

他的府邸坐落在老鸽笼街。府邸的院子夏天从六点钟起，冬天从八点钟起，简直就像一座兵营。五六十个火枪手仿佛为了始终保持可观的人数，在院子里轮流值班，他们不断地来来去去，身上全副武装，做好了应付一切情况的准备。楼梯很宽大，足够我们今天的建筑师在它所占的地盘上盖整座的房子。沿着宽大楼梯上上下下的有遇上什么事情来请求照顾的巴黎人，有渴望被招募的外省贵族，也有替主人给德·特雷维尔先生送信的、穿着饰有各自主人的纹章的号衣的仆人。候见厅里，沿墙排列的那一圈长凳上坐着挑选出来的人，也就是说，得到召见的人；嗡嗡的谈话声从早到晚一直不断；德·特雷维尔先生呢，在和这间候见厅邻接的书房里接受拜访，听取申诉，发布命令，他只要站在窗口就能像国王在罗浮宫的阳台上一样，检阅自己的士兵和他们的武器。

达尔大尼央来到的那一天，那人多势众的场面，显得十分森严可畏，特别是对一个刚从外省来的外省人来说，尽管这个外省人确实是一个加斯科尼人，而达尔大尼央的同乡在那个时代又特别享有不会让自己

---

① 巴松皮埃尔(1579—1646)，法国元帅，外交家。曾先后任驻西班牙、瑞士、英国大使。因密谋反对黎塞留于1631年被关入巴士底狱，长达十二年。

② 拉丁文，意思是“与众不同的”。

③ 起身，法国古代宫廷礼仪中的一种觐见礼节。起身又分小起身和大起身。从国王早晨醒来至梳洗以前，称为小起身，在此期间，国王接受经过选择的王亲国戚及显赫的朝臣的觐见；国王梳洗期间称为大起身，此时接受较一般的朝臣的觐见。王后亦与此相同。本书中提到红衣主教及许多高官显爵家中也有此种礼节。

给轻易吓倒的名声。事实上，一旦跨进钉着方头长钉的笨重的大门，就落到一群军人中间；他们在院子里走来走去，交错而过，互相打招呼，一会儿争吵，一会儿又在一起玩耍。要想在所有这些汹涌的波涛中间为自己开辟出一条通道，非得是军官、大贵人或者漂亮女人不可。

因此在这拥挤和混乱的人群中间，我们的年轻人前进时心怦怦直跳，让他的长剑紧贴他的瘦腿，一只手举到毡帽的帽边，脸上带着局促不安却又想显得泰然自若的外省人的那种似笑非笑的笑容。他从一群人中间穿过以后，可以比较自由地呼吸了；但是他明白别人在回过头来看他。达尔大尼央到这一天为止一直对自己很有好评，如今他平生第一次觉得自己可笑了。

到了楼梯那儿，情况还要糟：在头几级梯级上有四个火枪手在拿下面就要讲到的练习剑法作消遣，他们的十一二个同组弟兄在楼梯平台上等候着轮到他们参加比赛。

四个人中间的一个站在上面一级上，出鞘的剑握在手中，正在阻止，或者说正在竭力阻止其他三个人上楼。

这另外三个人舞动他们的灵活的剑来对付他。达尔大尼央起先把这些剑当成了训练用的花剑，以为剑头是钝的。但是他很快从一些划破的伤痕看出每件武器都已尽可能磨得又快又尖；每逢划出一道伤口，不仅旁观的人，连比剑的人都笑得像发了疯。

占据上面梯级的那个人这时候出色地抵挡住了他的三个对手。大家把他们围住，根据规则，每一个被刺中的人都要退出比赛，把轮到他谒见德·特雷维尔先生的轮次让给刺中他的人。在五分钟里有三个人被梯级的保卫者轻微刺伤，一个伤在手腕，一个伤在下巴，一个伤在耳朵；梯级的保卫者本人没有被刺中；灵巧的剑法，按照规定，为他赢得了三次谒见的荣幸。

我们的年轻的旅行者，不管使他感到惊奇有多么困难，或者说得更确切些，不管让他显露出他感到惊奇有多么困难，反正这种消遣已经使他感到惊奇了。在他的外省家乡，虽然人们动辄发怒，但是他看到，如果真要决斗的话，毕竟还是需要有稍许多一点的理由；而且这四个比赛者吹的那些牛皮，是他直到当时，甚至在加斯科尼也没有听到过的最大言不惭的自吹自擂。他以为自己被送到了后来格列佛[①]去过并且感到如此害怕的巨人国；然而他还没有走到头，前面还有楼梯平台和候见厅呢。

楼梯平台上没有人在斗剑了，而是在讲有关女人的故事；候见厅里的人在讲宫廷里的故事。在楼梯平台上，达尔大尼央脸红了；在候见厅里，他发抖了。他的活跃的、任意驰骋的想象力，在加斯科尼使他在年轻的贴身女仆的眼里，甚至有时候在年轻的女主人眼里变得很可怕，但是即便是在这种最狂热的时刻，也从来没有能想象出这些爱情奇迹的一半，这些情场上的成就的四分之一。这些情场上的成就由于提到一些最为人所熟悉的人名，提到一些最赤裸裸的细节，听起来特别富刺激味儿；但是如果说他由于热爱美德，在楼梯平台上感到不快，那么，由于尊敬红衣主教，在候见厅里他更加感到了愤慨。使达尔大尼央大吃一惊的是，在候见厅里他听到了有人在对使整个欧洲都怕得发抖的政策，对红衣主教的私生活，大声地进行批评，要知道有那么多位有权有势的达官贵人就因为企图深入探究红衣主教的私生活，受到了惩罚。老达尔大尼央尊敬的这位伟大人物，成了德·特雷维尔先生的火枪手们的笑料。他们嘲笑他的两膝外翻的腿和驼背。有的人用唱歌来讽刺他的情妇代吉荣夫人，讽刺他的外甥女德·孔巴莱夫人，还有人在商量怎么来对付红衣主教—公爵[②]的年轻侍从和卫士。这一切在达尔大尼央看来都是难以想象的不可能的事。

然而当国王的名字意外地偶尔出现在所有这些嘲笑红衣主教的谈论中间时，好像有什么东西突然把所有这些嘲笑者的嘴巴一下子堵住了似的；大家犹豫不定地朝周围张望，仿佛害怕德·特雷维尔先生的书房的隔墙会把话传进去似的；但是很快地一句带有暗示的话又把话题拉回

---

①格列佛，英国作家斯威夫特（1667—1745）的幻想小说《格列佛游记》的主人公。该书分四部分，第三部分为《巨人国游记》。

②红衣主教黎塞留拥有公爵爵位。

到法座身上，嗓音又开始提高，对他的所作所为都毫不留情地一一进行评论。

“可以肯定，这是一些就要关进巴士底狱被绞死的人，”达尔大尼央惊骇万分地想，“我呢，毫无疑问也要跟他们一块儿去了，因为我不仅听而且听见了他们的谈话，我会被人看成是他们的同谋犯。我的父亲曾经狠狠地叮嘱我要尊敬红衣主教，如果他老人家知道我和这样一些不信教的人交往，又会怎么说呢？”

因此，不用我说，读者也能猜到，达尔大尼央不敢参加这些谈话；不过他睁大了眼睛看，竖起了耳朵听，为了不漏掉一点，贪婪地尽量利用五种感官的功能。尽管他深信他父亲的叮嘱是正确的，他还是感觉到自己受到了自己的爱好和本能的左右，更愿意颂扬而不是谴责在这儿发生的种种闻所未闻的事。

然而，在德·特雷维尔先生的这一群追随者中间，他完全是个陌生人，而且这是头一次让人在这儿看见他，所以有人过来问他有何贵干。达尔大尼央听到有人问他，谦逊地说出了自己的姓名，特别强调了同乡人的资格，请求过来问他话的随身男仆替他去要求德·特雷维尔先生抽出片刻时间接见他，这个随身男仆用屈尊俯就的口气答应在适当时候转达他的这个请求。

达尔大尼央从他最初的惊讶中略微恢复过来以后，这时有了空闲时间来稍稍研究研究那些人的服装和相貌了。

处于最活跃的一群人中心的，是一个身材高大、神态高傲的火枪手，服装古怪得引起了普遍的注意。当时他身上没有穿宽袖的制服上衣，不过在那个自由权比较少，而自主权比较多的时代里，穿制服上衣倒并不是绝对强制性的；他身上穿的是一件天蓝色的齐膝紧身上衣，稍许有点褪色，有点磨损；在这件衣服上有一条金线绣花的、华丽的肩带，像大太阳下起着鳞波的水面一样闪闪发光。一件深红色的天鹅绒长披风披在肩上，优雅地垂落下来，仅仅在前面露出那条富丽堂皇的肩带，肩带上挂着一把奇大无比的剑。

这个火枪手刚刚下岗，抱怨得了感冒，时不时装模作样地咳嗽两声。因此，他对周围的人解释，他不得不披上了披风；当他一边倨傲地捻着小胡子，一边大声说话时，每个人都在起劲地赞赏他的那条金线绣花的肩带，达尔大尼央比别人更起劲。

“有什么办法，”火枪手说，“如今时兴这个。我也知道，这太浪费，但是如今时兴这个。况且，上辈留下的那份儿钱，总该用在什么上面才对。”

“啊！波尔朵斯！”在场的人中间有一个大声说，“快别打主意让我们相信这条肩带来自于你父亲的慷慨解囊，它一定是上个星期日我在圣奥诺雷门附近遇见你时，跟你在一起的那位戴着面纱的夫人送给你的。”

“不对，我以我作为贵族的荣誉和人格担保，是我自己买的，用的是我自己的钱，”刚刚被人用波尔朵斯这个名字称呼的人回答。

“不错，”另外一个火枪手说，“正像我买这个新钱袋一样，用的是我的情妇放在旧钱袋里的钱。”

“我说的是真话，”波尔朵斯说，“证据就是我买它付了十二个皮斯托尔。”

尽管怀疑还继续存在，赞美声却成倍地增加了。

“难道不对吗，阿拉密斯？”波尔朵斯转过身来问另外一个火枪手。

这另外一个火枪手，和问他这句话的，并且刚刚用阿拉密斯这个名字来称呼他的火枪手，形成了十分强烈的对比：这另外一个火枪手是一个只有二十二三岁的年轻人，显得相当天真而且过于温柔，黑眼睛十分温存，脸蛋儿粉红色，像秋天的桃子一样长着绒毛：稀疏的唇髭在上唇以上勾画出一条笔直的线条；他的手仿佛害怕青筋会肿胀起来，不敢放下去，时不时捏捏耳朵尖，为的是让耳朵保持一种浅淡透明的肉红色。通常他说话说得又少又慢，经常鞠躬行礼；他笑起来不出声音，但是露出一口漂亮的牙齿；像他身体的其余部分一样，这口牙齿看上去也受到他无微不至的关怀。他点了点头，作为对他朋友的问话的回答。

这个肯定的表示看来把有关肩带的所有疑问都打消了。因此大家继续赞赏它，但是不再议论它。说话随着思路常有的那种突然改变，一下子转到了另外一个话题上。

“你们对夏莱[①]的马厩总管说的事怎么想？”另外一个火枪手问，他没有直接问任何人，相反的是在向所有在场的人发问。

“他说了什么事？”波尔朵斯用自命不凡的口气问。

“他说他在布鲁塞尔遇到了红衣主教的死心塌地的追随者罗什福尔，化装成嘉布遣会[②]修士。这个该死的罗什福尔，靠了这样乔装改扮，把德·莱格先生像傻瓜似的耍弄了。”

“他确实是个傻瓜，”波尔朵斯说，“不过这件事是真的吗？”

“我是从阿拉密斯那儿听来的，”火枪手回答。

“真的吗？”

“但是，你明明知道，波尔朵斯，”阿拉密斯说，“我就是在昨天也讲给您本人听过；我们不要再谈它了。”

“不要再谈它了，这就是您的意见，”波尔朵斯反驳道，“不要再谈它了！哟！您下结论下得好快呀。怎么！红衣主教派一个叛徒，一个强盗，一个无赖，暗中侦察一个贵族，偷他的信件；在这个奸细的帮助下，利用偷来的信件，捏造一个莫须有的罪名，硬说夏莱打算杀死国王，让大王爷[③]和王后结婚，从而达到把夏莱的头砍下来的目的！一直没有人知道这个谜的谜底，您昨天告诉了我们，大家都十分满意，我们一个个都还被这个消息惊得目瞪口呆呢，可您今天竟来对我们说：不要再谈它了！”

“既然你们希望谈，好，那就谈吧，”阿拉密斯耐心地说。

“这个罗什福尔，”波尔朵斯大声叫了起来，“如果我是可怜的夏莱的马厩总管，我要好好让他尝尝我的厉害。”

---

①夏莱(1599—1626)，伯爵，法国国王路易十三的宠臣，他在他的情妇德·谢弗勒兹夫人的唆使下，密谋反对红衣主教黎塞留，被处死刑。

②嘉布遣会，天主教方济各会的一支，1528年由意大利人玛窦·巴西创立于意大利。“嘉布遣”是意大利文的音译，原意为“尖顶风帽”，因该会会服附有尖顶风帽，故名。

③大王爷，法国对国王的长弟的称呼。

“那红衣公爵也会让您尝尝他的厉害，”阿拉密斯说。

“啊！红衣公爵！好极了，妙极了，红衣公爵！”波尔朵斯一边回答，一边还拍手，点头，“红衣公爵，真不错。我要把这个绝妙的俏皮话传播出去，亲爱的，您放心好了。这个阿拉密斯，他真风趣！亲爱的，您没有能够按照您的志向选择职业，多么可惜！您可以成为一个多么有趣的神父！”

“啊！这事不过是暂时往后推推罢了，”阿拉密斯说，“总有一天我会成为神父。您也知道，波尔朵斯，我在为了这个目的继续学神学。”

“他说了就会做到，”波尔朵斯说，“不过迟早而已。”

“只会早不会迟，”阿拉密斯说。

“他只等着一件事来做出最后决定，重新穿上他那件挂在制服后面的道袍，”一个火枪手说。

“他等的是什么事？”另外一个火枪手问。

“他在等王后为法兰西的王位添一位继承人。”

“不要拿这件事开玩笑，先生们，”波尔朵斯说，“感谢天主，王后的年纪还能生孩子呢。”

“听说，白金汉①先生在法国，”阿拉密斯说着，狡猾地笑了笑，笑声给这句表面上如此简单的话添上了几分诽谤性的含意。

“阿拉密斯，我的朋友，这一回您就错了，”波尔朵斯打断他的话说，“您的这种爱说俏皮话的怪癖总是让您越过了界限。如果德·特雷维尔先生在场，您这样说，可就不恰当了。”

“您打算教训我吗，波尔朵斯？”阿拉密斯叫了起来，他的那双温和的眼睛里好像有一道火光闪过。

“我亲爱的，做火枪手或者做神父。随便做哪一种人，不要同时做两种人，”波尔朵斯说，“瞧，阿多斯有一天还对您说过：‘您吃所

---

①白金汉(1592—1628)，公爵，英国政治家，英国国王詹姆士一世和查理一世的宠臣。1628 年 8 月准备援助被围攻的拉罗舍尔时，被英国海军军官费尔顿刺死。

有槽里的料。'啊！咱们可别发火，我求您了，这会于事无补，您知道在您、阿多斯和我之间是怎么讲定的。您上代吉荣夫人的家里去，您向她献殷勤；您上德·谢弗勒兹夫人[①]的表妹，德·布瓦-特拉西夫人的家里去，您被人认为已经大大地获得这位夫人的欢心。啊！我的天主，别承认您交的好运，没有人盘问您的秘密，我们也都知道您这个人守口如瓶。不过，既然您有这种美德，见鬼，就把它用到有关王后陛下的事上。谁都可以谈论与国王和红衣主教有关的事，高兴怎么谈论都可以；但是王后是神圣不可侵犯的，如果谈论她，只能谈好的方面。"

"波尔朵斯，我要告诉您，您简直像那喀索斯[②]一般自负，"阿拉密斯回答，"您知道我讨厌教训，来自阿多斯的例外。至于您，亲爱的，您有一条非常华丽的肩带，可这没什么了不起。我在合适的时候会去做神父；目前，我是火枪手。凭这个身份，我想说什么就说什么，而此时此刻我想对您说的是，您让我感到厌烦。"

"阿拉密斯！"

"波尔朵斯！"

"好啦！先生们！先生们！"他们周围的人叫了起来。

"德·特雷维尔先生在等候达尔大尼央先生！"穿号衣的跟班打开书房门打断了他们的话。

在这样通知时，门一直开着，每一个人都闭上了嘴，年轻的加斯科尼人在一片肃静中穿过候见厅的一部分，走进火枪队队长的书房，同时也为自己能及时地避开这场奇怪的争吵的结局，打心里感到庆幸。

---

①德·谢弗勒兹夫人(1600—1679)，公爵夫人，1618年成为路易十三的王后奥地利安娜的宫室总管。头一个丈夫是路易十三的宠臣德·吕伊纳。1621年丧夫后，改嫁德·谢弗勒兹公爵。1626年因密谋反对红衣主教黎塞留而被放逐到普瓦图，不久退隐到洛林，劝其情夫洛林公爵参与英国白金汉的反法联盟。1628年黎塞留容许她返回巴黎。后在投石党运动及反对首相马萨林的密谋活动中起了很大作用。

②那喀索斯，希腊神话中的美少年，只爱自己，不爱任何人。后因拒绝仙女厄科求爱，受阿佛洛狄忒的惩罚，对水中自己的倒影发生爱情，憔悴而死。死后化为水仙花。

第三章
谒　见

德·特雷维尔先生这时的情绪非常坏；然而在年轻人一躬到地朝他行礼时，他还是很有礼貌地还了礼，并且面带笑容地接受了对他的恭维。年轻人的贝亚恩口音使他同时回想起他的青年时代和他的故乡，这种双重的回忆能使任何年纪的人都露出笑容。但是他几乎立刻就向候见厅走去，并且朝达尔大尼央做了一个手势，仿佛是请达尔大尼央允许在他们谈话之前，先让他把他和其他人之间的事了结一下。他连叫了三遍，嗓门一遍比一遍高，因此在命令口气和愤怒口气之间的所有语调他全都用上了：

"阿多斯！波尔朵斯！阿拉密斯！"

我们已经认识了的那两个火枪手，听见这三个名字中的后两个，立即应声回答，离开他们参与其中的那一群人，朝书房走去。他们一跨进书房的门，门紧跟着就关上了。他们的神态，虽然不能说是泰然自若，但却可以说是无拘无束的，无拘无束里还同时充满了尊敬和服从，激起了达尔大尼央的钦佩之情。在他眼里这两个人成了半神①，而他们的首领成了手执雷电作为武器的、奥林匹斯山上的朱庇特②。

在两个火枪手进来，门紧接着关上以后，候见厅里的嗡嗡的说话声又重新开始；刚才两个人被叫进书房，毫无疑问，给谈话增添了新的内容。德·特雷维尔先生一言不发，蹙紧眉头，从书房的这一头踱到那一头，踱了三四个来回，每回都在像接受检阅似的挺直身体、默不作声的波尔朵斯和阿拉密斯前面经过；最后他突然停在他们面前，用愤怒的目光上下打量他们。

"你们知道国王对我说了什么吗？"他大声嚷道，"是昨天晚上才

---

①半神，古希腊罗马神话中神与人所生的后代，以及因建立丰功伟绩而被神化的人，如赫拉克勒斯和忒修斯等。

②朱庇特，罗马神话中的主神，即希腊神话中的宙斯。奥林匹斯山是希腊神话中诸神的住所。

说的。你们知道吗，先生们？”

“不知道，”两个火枪手沉默了片刻回答，“先生，我们一点也不知道。”

“不过我希望您能赏脸告诉我们，”阿拉密斯添了这么一句，语气极其谦恭，同时还姿势极其优雅地行了一个礼。

“他告诉我，他今后要在红衣主教的卫士中间挑选他自己的火枪手！”

“在红衣主教先生的卫士中间！这是为什么？”波尔朵斯迫不及待地问。

“因为他清楚地看到，他的葡萄酒太差，需要掺些好葡萄酒来增加酒劲。”

两个火枪手脸一直红到了耳根。达尔大尼央不知所措，恨不得能钻到一百尺深的地底下去。

“是的，是的，”德·特雷维尔先生继续说，火气越来越大了，“是的，陛下是对的，因为，我可以用名誉担保，火枪手在宫廷上确实总是丢人现眼。红衣主教先生昨天在和国王打牌的时候，脸上带着叫我生气的同情表情说，前天这些该死的火枪手，这些爱寻衅闹事的鬼东西——他强调这些字眼儿，用的那种嘲笑的口气叫我更加生气——这些浑充好汉的人，他又这么补充，同时用他那双野猫眼望着我，深更半夜还逗留在费鲁街的一家小酒馆里，他的卫士组成的一支巡逻队——我当时相信他就要冲着我的脸哈哈大笑了，——不得不逮捕这些扰乱治安的人。见鬼！你们多少应该知道一些情况！逮捕火枪手，你们，你们也在其中，不要辩解，你们给认出来了，红衣主教还提到你们的名字。这都得怪我，是的，怪我，既然我的人都是我挑选的。就说您吧，阿拉密斯，您眼看就要穿上那件对您十分合身的修士服，为什么偏偏向我要火枪手的制服？还有您，波尔朵斯，您有一条如此漂亮的金肩带，难道仅仅是为了在上面挂一把用麦秸扎成的剑吗？还有阿多斯！我没有看见阿多斯，他在哪儿？”

“先生，”阿拉密斯愁容满面地回答，“他病了，病得很重。”

“您说什么，病了，病得很重？是什么病？”

“担心是天花，先生，”波尔朵斯回答，他也想插进来说两句，“真是的，那可糟了，因为脸肯定要破相。”

“天花！波尔朵斯，您这又是在给我编一段动听的故事啦！……在他这个年纪，出天花？……才不会呢！……肯定是受了伤，也许是送了命……啊！我要是早知道就好了！……他奶奶的！火枪手先生们，我不允许像这样经常到这种坏地方去，不允许在大街上争吵，也不允许在十字路口动剑。总之我不愿意给红衣主教先生的卫士们提供笑料，他们是勇敢的人，沉着，机智，他们决不会落到被人逮捕的地步，而且他们也决不会让自己被人逮捕！……这一点我可以肯定……他们宁愿死，也决不后退一步……溜呀，跑呀，逃呀，这些只适合国王的火枪手！”

波尔朵斯和阿拉密斯气得浑身发抖。如果他们不是从这番话的骨子里感觉到，德·特雷维尔先生正因为对他们爱得深才对他们这么说，他们真的会扑过去亲手把他掐死。他们的脚在地毯上跺得咚咚响，嘴唇咬出了血，手死劲地握住剑柄。外面的人，我们已经说过，听见叫阿多斯、波尔朵斯和阿拉密斯，而且从德·特雷维尔先生的嗓音猜出了他正在气头上。十来个好奇的人的脑袋靠在门帘上，脸气得发了白，因为他们的耳朵贴在门上，里面说的话一句也没有漏掉，他们的嘴陆陆续续向候见厅里所有的人重复说着队长的那些骂人的话。没有一会儿工夫，从书房门一直到临街的大门，整座府邸都沸腾起来了。

“啊！国王的火枪手听任自己被红衣主教先生的卫士逮捕，”德·特雷维尔先生继续说，他的心里和他的士兵们一样愤怒，但是他故意断断续续地说着他的话，可以说是把它们一句一句地刺进听他说话的人的胸膛，简直就像是用一把短剑在一下一下地刺，“啊！法座的六个卫士逮捕了陛下的六个火枪手！见鬼！我已经打定主意。我这就上罗浮宫去；我要辞掉国王的火枪手队长职务，要求在红衣主教的卫队里当一名队副。要是遭到拒绝，见鬼，我就去当神父。”

听到这些话，外面的窃窃议论声爆发成一片怒吼，到处都能听到粗话和叫骂声：见鬼！他妈的！他奶奶的！在空中这一句来那一句往。

达尔大尼央在寻找一幅帷幔，好藏到它后面去；他还感到自己有一股想钻到桌子底下去的特别强烈的愿望。

“好吧，我的队长，”波尔朵斯怒不可遏地说，“我们确实是六个对六个，但是他们趁我们不备，阴险地攻击我们，在我们有时间拔出剑以前，我们中间的两个人已经倒下死去了，阿多斯受了重伤，情况也好不了多少。阿多斯这个人，您也了解他；嗯，队长，他试着站起来，试了两次，两次都又倒下去。然而，我们没有投降！不！是他们强行把我们带走的。在路上我们逃走了。至于阿多斯，他们以为他死了，听任他留在战场上，根本没有想到还值得把他抬走。经过就是这样。见鬼，队长！没有一个人能百战百胜。伟大的庞培[①]在法萨罗战役中被打败，弗朗索瓦一世[②]国王，我听人说，并不亚于任何人，然而也在帕维亚战役中被打败过。”

“我荣幸地向您保证，我也杀死了一个，用的是他自己的剑，”阿拉密斯说，“因为我的剑在第一次招架时就折断了……说杀死的还是攮死的，先生，那就随您的高兴吧。”

“我不知道这些事，”德·特雷维尔先生接着说，口气有点缓和了，“我看，红衣主教先生过分夸大了。”

“但是，求求您，先生，”阿拉密斯继续说，他看见队长平静下来了，大着胆子提出一个请求，“求求您，先生，不要说阿多斯受了伤，如果传到国王耳朵里，他会感到绝望的；而且伤势非常严重，肩膀刺穿，一直刺进胸部，只怕……”

就在这同一瞬间，门帘撩了起来，一张高贵而英俊，但是非常苍白的脸出现在流苏下面。

---

① 庞培（前106—前48），古罗马统帅。公元前60年与恺撒、克拉苏结成三头政治，对抗元老院。畏恺撒在高卢得势，图削弱其兵权，转与元老院妥协。公元前49年恺撒占据罗马城，次年率兵至希腊，与庞培会战于希腊北部帖萨里亚境内的法萨罗。庞培败，逃至埃及被杀。

② 弗朗索瓦一世（1494—1547），法国瓦罗亚王朝国王（1515—1547）。与神圣罗马帝国皇帝争夺神圣罗马帝国皇位，1525年在意大利北部的帕维亚的战役中失败被俘。

“阿多斯！”两个火枪手叫了起来。

“阿多斯！”德·特雷维尔先生也跟着叫起来。

“您召见我，先生？”阿多斯对德·特雷维尔先生说，嗓音微弱，但是十分沉着，“弟兄们告诉我，您召见我，我急忙赶来听候您的差遣；请问，先生，您有什么吩咐？”

说到这儿，这个制服穿得整齐得无懈可击、腰身像平时一样裹得紧紧的火枪手，迈着坚定的步伐走进书房。德·特雷维尔先生被他的这种勇敢表现一直感动到内心深处，急忙朝他迎过去。

“我正在对这两位先生说，”德·特雷维尔先生说，“我禁止我的火枪手毫无必要地去冒生命危险，因为勇敢的人在国王看来是非常宝贵的，国王知道他的火枪手是世上最勇敢的人。把您的手给我，阿多斯。”

德·特雷维尔先生不等这个刚来的人对这个友爱表示做出反应，就抓住了他的右手，用尽全身力气握紧，没有注意到阿多斯不管多么能够控制自己，还是痛得哆嗦了一下，而且他那似乎已经苍白得不能再苍白的脸，变得更加苍白了。

门一直半开着。阿多斯的受伤虽然保密，但是人人都知道，他的来到引起了轰动。一片满意的喧哗声迎接队长的最后几句话，有两三个人兴奋过度，忍不住把头从门帘缝里伸进来。毫无疑问，德·特雷维尔先生就要用措词严厉的话来制止这种违反礼节的行为了，谁知他突然感觉到握在他手里的阿多斯的手抽搐起来，朝阿多斯一看，发现阿多斯就要晕过去了。在这同一瞬间，集中全身力量来与疼痛斗争的阿多斯终于被疼痛打败了，像死了似的倒在地板上。

“找一个外科医生来！”德·特雷维尔先生喊道，“找我的，找国王的，找最好的！快找一个外科医生来，否则，他奶奶的！我的英勇的阿多斯就要死了。”

随着德·特雷维尔先生的叫声，所有的人都涌进了他的书房，他根本没有想到关上门不准人进来。每个人都热心照料受伤的人。但是他们的热心全都将是徒劳无益的，如果要找的医生不是正好在府邸里。外科医生从人群中挤出一条路，来到仍然昏迷不醒的阿多斯身边。因为人多，又吵又闹，对他妨碍很大，他提出的第一个要求，也是最紧急的要求，是把这个火枪手抬到隔壁房间去。德·特雷维尔先生立刻打开一扇门，给抱起自己伙伴的波尔朵斯和阿拉密斯领路。外科医生走在他们后面，门在外科医生后面又关上了。

德·特雷维尔先生的书房，这个平时受到如此敬重的地方，暂时变成了候见厅的一个分厅。每个人都在夸夸其谈，大发议论，提高嗓音说话，骂街，说渎神的话，叫红衣主教和他的那些卫士见鬼去。

片刻之后，波尔朵斯和阿拉密斯出来了，外科医生和德·特雷维尔先生还留在伤者的身边。

最后德·特雷维尔先生也出来了。伤者已经恢复知觉；外科医生说，这个火枪手的情况没有什么可以叫他的朋友们担心的，他的虚弱纯粹是失血过多造成的。

接着，德·特雷维尔先生做了一个手势，在场的人一一退了出去，不过达尔大尼央除外，他没有忘记自己是来谒见的，所以怀着加斯科尼人特有的那股倔强劲儿留在原地不动。

等所有的人都走了，门关上以后，德·特雷维尔先生转过身来，跟年轻人单独在一起。刚发生的事多少有点打断了他的思路，他询问固执的求见者有何要求。达尔大尼央于是说出了自己的名字，德·特雷维尔先生一下子把现在和过去的事全都记起来了，对自己应持的立场也完全清楚了。

"对不起，"他面带笑容对达尔大尼央说，"对不起，我亲爱的同乡，我完全把您给忘了。有什么办法！一个队长也是一个一家之长，不过责任比普通的一家之长要重得多。弟兄们都是一些大孩子；但是我一定得让国王的命令特别是红衣主教先生的命令得到执行……"

达尔大尼央掩饰不住自己的心情，露出了微笑。德·特雷维尔先生从这个微笑判断出自己不是跟一个傻瓜在打交道。于是改变了谈话内容，直接谈起了本题。

"我过去非常喜爱令尊，"他说，"我能为他的儿子做点什么呢？

请快点说，因为我的时间不由我自己支配。”

“先生，”达尔大尼央说，“我离开塔布到这儿来，打算向您要求一件火枪手穿的上衣，作为对您没有忘记的这个友谊的纪念；但是两个小时以来我亲眼目睹这一切以后，我明白了这个恩典太重，我怕我不配得到。”

“这确实是个恩典，年轻人，”德·特雷维尔先生回答，“但是它对您来说，可能也并不像您相信的或者说看上去相信的那么高不可攀。不过陛下有过决定，对这件事作出了规定，因此我遗憾地告诉您，任何人在被接纳为火枪手之前，必须经过以下的事先考验：参加过几场战役，立过某些卓越的功勋，或者是在其他的条件不如我们的军队里服役满两年。”

达尔大尼央鞠了一个躬，什么也没有回答。他在知道得到火枪手的制服有那么困难以后，反而感到自己更加渴望能够穿上它了。

“但是，”特雷维尔继续说，同时盯住他的同乡看，目光是那么锐利，好像要一直看到他的同乡的内心深处，“但是，考虑到令尊，正如我已经说过的，他是我的老朋友，我愿为您做点什么，年轻人。我们的贝亚恩子弟通常并不富有，我不相信我离开家乡以后那儿的情况会有很大的改变。因此您身上带的钱未必够您维持生活。”

达尔大尼央挺直了腰，高傲的态度表示出他不向任何人请求施舍。

“很好，年轻人，很好，”特雷维尔继续说，“这种态度我明白；我口袋里放着四个埃居来到巴黎时，谁要是对我说我买不起罗浮宫，我会跟他决斗。”

达尔大尼央的腰挺得越来越直了；他靠了卖掉他的马，开始他的生涯时，要比德·特雷维尔先生当年多了四个埃居。

“因此，您想必，依我看，需要保存好您所有的钱，不管数目有多大；但是您想必也需要在适合一个贵族子弟的那些训练中得到提高。我今天就写封信给皇家学院①的院长，明天他就免收任何费用接纳您。请

① 皇家学院，法国供贵族子弟学习骑马、击剑和舞蹈等的专门学校。

不要拒绝这个小小的礼物。我们的那些出身最好、家产最多的贵族子弟有时候请求得到它，还不能得到呢。您要学马术、剑术和跳舞。您会在那里结识一些有用的人，您也可以不时来看看我，谈谈您的情况，看看我能为您做点什么。”

达尔大尼央尽管对宫廷的客套还一无所知，还是看出了这次接待的冷淡。

“唉，先生，”他说，“我看出我今天多么缺少我父亲让我带给您的那封介绍信啊！”

“确实如此，”德·特雷维尔回答，“我也感到奇怪，您这样长途跋涉，却不带这件旅行必备品，我们这些贝亚恩人的惟一指望。”

“我有过，先生，而且谢天谢地，写得符合规定格式，”达尔大尼央嚷道，“不过有人不怀好心地从我这儿偷走了。”

接着他把在默恩发生的事的全部经过讲了一遍，仔仔细细地把那个不认识的贵族描述了一番。他讲得既生动又真诚，德·特雷维尔先生听得出了神。

“这真奇怪，”德·特雷维尔先生一边考虑一边说，“这么说，您曾经大声地提到过我？”

“是的，先生，我毫无疑问干出了这件冒失事，有什么办法！一个像您这样的人的名字应该成为我一路上的护身符；请您想想看，我是不是常常会用它来保护自己！”

奉承话在当时非常流行，德·特雷维尔先生像当国王的或者像当红衣主教的一样喜欢听别人恭维。因此他不由得怀着明显的满意心情露出了微笑，但是微笑转眼就消失了，他自己又把话题拉回到在默恩发生的那件事上。

“告诉我，”他继续说，“这个贵族鬓角上是否有一个不很明显的伤疤？”

“有，好像是一颗枪弹擦伤的。”

“他是不是长得相貌堂堂？”

“是的。”

“高身材？”

“是的。”

“脸色苍白，棕色头发？”

“是的，是的，是这样。这个人，您怎么会认识他的？啊！万一我能找到他，我向您发誓，我会找到他，哪怕在地狱里……”

“他在等一个女人？”特雷维尔继续说。

“他至少是在和他等的那个女人谈了一会儿话以后才走的。”

“您不知道他们谈些什么吗？”

“他交给她一个盒子，说盒子里放着给她的指示，叮嘱她到伦敦以后再打开。”

“这个女人是英国人吗？”

“他叫她米莱狄。”

“是他！”特雷维尔低声说，“是他！我以为他还在布鲁塞尔呢！”

“啊！先生，如果您知道这个人是什么人，”达尔大尼央叫了起来，“请告诉我他是谁，他在哪里，然后我就什么也不再求您了，甚至不求您答应把我收进火枪队；因为首先我要报仇。”

“千万别这样做，年轻人，”特雷维尔叫了起来，“如果您看见他从街的一边来了，您就走另一边！别去碰这样一块岩石，您会像一只玻璃杯一样碰个粉碎。”

“尽管如此，”达尔大尼央说，“只要让我找到他……”

“目前，”特雷维尔说，“如果要我给您一个忠告的话，还是不要去找他。”

特雷维尔突然起了疑心，停住不说下去了。年轻的出门人说这个人偷了他父亲的信件，听上去不可能是真的；他表现出那么大的仇恨，这种仇恨隐藏着什么阴险毒辣的用心呢？这个年轻人是不是法座派来的呢？是不是来设下圈套让他钻呢？这个自称叫达尔大尼央的人是不是红衣主教的一个暗探？有人企图安插到他的家里来，布置在他身边，骗取他的信任以后，再毁掉他。这种事经常发生。他第二次望着达尔大尼央，比第一次还要聚精会神，看到达尔大尼央脸上表现出来的近乎诡谲的机智和虚假的谦卑，他感到不太放心。

“我清楚地知道他是加斯科尼人，”他想，“但是尽管如此，他能为我效劳，同样也能为红衣主教效劳。好，让我们来考验考验他。”

“我的朋友，”他慢吞吞地对达尔大尼央说，“我希望，像对我的老朋友的儿子那样对待您，因为我把丢失那封信的故事看成是真的，我是说，为了补偿您起先在我的接待里看出的冷淡，我希望把我们的政治上的那些秘密说给您听听。国王和红衣主教是最好的好朋友；他们表面上的争执仅仅是为了哄骗那些傻瓜。我不认为我的一个同乡，一个英俊的骑士，一个具备获得功成名就的条件的、正直的小伙子，会跟在其他许多被搞糊涂了的人的后面，受到所有这些弄虚作假的事的欺骗，像个傻瓜似的上当。您要想到我是忠于这两个全能的主人的，我所采取的每一个重大步骤，除了为国王效力和为红衣主教先生效力以外，没有其他的目的。红衣主教先生是法兰西所能产生出的那些最卓越的天才中的一个。现在，年轻人，您就把这个作为您为人处世的依据；如果您由于家庭或者朋友的关系，或者甚至是由于本能的关系，对红衣主教先生怀有敌意，正如我们看见有些贵族所表现出的那样，那就请您对我说声再见，我们就此分手。以后我可以在各种情况下给您帮助，但是不能够把您留用在我本人身边。我希望我的坦率无论如何都能使您成为我的朋友，因为直到现在为止，您是惟一的一个我向他说这番话的年轻人。”

特雷维尔心里却在对自己说：

“如果是红衣主教把这只年轻的狐狸派到我这儿来的，他知道我恨他恨到了什么程度，决不会不对他派来的密探说，讨好我的最好办法莫过于讲他的坏话。因此，尽管我刚才作出了保证，这个狡猾的家伙肯定还会回答我说，他对法座感到极其厌恶。”

偏偏和特雷维尔预料的相反，达尔大尼央极其直爽地回答：

“先生，我正是怀着完全和您相同的意图来到巴黎。我的父亲叮嘱过我，决不容忍别人对我有任何一点冒犯，除非冒犯来自国王、红衣主教先生和您，他认为这是当今法国的三位首要人物。”

正如我们能够看出的，达尔大尼央在另外两个人后面添上了德 · 特雷维尔先生，不过他认为这个增添不会有什么坏处。

“因此我对红衣主教先生极其崇敬，”他继续说，“对他的所作所为无比尊重。如果您像您说的那样是在坦率地跟我交谈，先生，那真是让我感到高兴；因为这意味着您看得起我，注意到了我们的观点是一致的。反之，如果您对我抱有某种戒心，况且这也是很自然的，我感到我刚才说了真话就是在毁掉我自己；但是反正一样，您仍然会尊重我，而这在我看来比世上任何东西都更加重要。”

德·特雷维尔先生惊讶到了极点。总之，达尔大尼央眼光这么敏锐，态度这么坦诚，激起了他的钦佩，但是还没有完全消除他的不信任。这个年轻人越是胜过其他的年轻人，如果他看错了的话，就越是可怕。然而他还是握住达尔大尼央的手，说：

“您是个正直的小伙子，不过目前我能做的只有我刚才向您提出的事。我的府邸的大门将永远为您开放。今后您能够随时来找我，因此也就能够抓住一切机会，最后您很可能会得到您所希望得到的东西。”

“换句话说，先生，”达尔大尼央回答，“您等着我使得自己配得上得到它。好，请放心，”他又用加斯科尼人特有的那种轻松随便的口气补充说，“您不会等多久的。”

他行了一个礼，打算退出去，好像从此以后其余的事就全靠他一个人去干了。

“请等一等，”德·特雷维尔先生拦住他，说，“我答应您给学院的院长写封信。您是不是自尊心太强，不肯接受，我的年轻贵族？”

“不，先生，”达尔大尼央说，“我向您保证这一回决不会出上一回的事了。我得好好地保存这封信，我向您发誓，一定把它送到收信人手里，谁要是企图从我手里抢走，那就活该他倒霉！”

听了这番夸口的话，德·特雷维尔先生露出了微笑。他们本来待在窗口，在一起交谈，这时，德·特雷维尔先生把年轻的同乡留下，自己到一张桌子前面坐好，开始写答应写的介绍信。在这一段时间里，达尔大尼央没有事可做，一边用手指在窗玻璃上敲打一首进行曲的节拍，一边望着那些陆陆续续离开的火枪手，目光跟随着他们一直跟随到他们在街角消失为止。

德·特雷维尔先生写完信，在信上盖封印，站起来，走近年轻人，准备交给他。但是就在达尔大尼央伸出手来接的那一瞬间，德·特雷维尔先生大吃一惊地看到他的被保护人突然跳起来，脸被怒火烧得通红，接着朝书房外面冲去，嘴里还叫着：

“啊！他妈的！这一次他逃不了啦。”

“谁？”德·特雷维尔先生问。

“他，我的那个小偷！”达尔大尼央回答，“啊！坏蛋！”

接着他便跑走了。

“该死的疯子！”德·特雷维尔先生咕哝了一句，“除非这是一条巧妙的脱身之计，”他接着这么补充，“因为他看到自己的企图已经失败了。”

第四章

阿多斯的肩膀、波尔朵斯的肩带和阿拉密斯的手绢

达尔大尼央火冒三丈，噌噌噌，三个箭步就穿过了候见厅，向楼梯冲去，打算四级一跨地下楼。他在奔跑中收不住脚，低着的头朝一个由边门从德·特雷维尔先生的房里出来的火枪手撞去，额头撞到了他的肩膀，撞得他发出一声叫喊，或者说得更确切些，发出一声号叫。

“对不起，”达尔大尼央说，一边想继续往前跑，“对不起，不过我有急事。”

他刚跑下头一段楼梯，就有一只铁爪般的手抓住他的肩带，迫使他停下。

“您有急事！”那个火枪手脸白得像裹尸布，大声嚷道，“在这个借口下您撞我，说声‘对不起’，您以为这就够了吗？完全不够，我的年轻人。就因为您听见德·特雷维尔先生今天跟我们说话稍微粗暴了一点，您就以为别人也可以跟他一样对待我们吗？您错了，朋友，您

呀，您不是德·特雷维尔先生。”

“请相信我，”达尔大尼央辩解道，他认出了阿多斯；阿多斯是在医生进行包扎以后，回到自己的住所去，“请相信我，我不是故意的，我说过了‘对不起’。因此我觉得这就够了。然而我向您再重说一次，这一次，也许是多余的，我以名誉担保，我有急事，很急很急。因此我请您放开我，让我到我急着要去的地方去。”

“先生，”阿多斯放开他，说，“您不懂礼貌。看得出您是从很远的地方来的。”

达尔大尼央已经一步跨下三四级楼梯，但是听见阿多斯的评语，他又一下子停住了。

“见鬼，先生！”他说，“我告诉您吧，不管我从多么远的地方来，也轮不到您来给我上礼貌课。”

“那也说不定，”阿多斯说。

“啊！如果我不是有急事，”达尔大尼央嚷道，“如果我不是去追赶一个人……”

“有急事的先生，您用不着追赶就能找到我，您明白吗？”

“请问，在什么地方？”

“在赤足加尔默罗会①修道院旁边。”

“几点钟？”

“中午十二点左右。”

“十二点左右，好，我一定到。”

“尽量设法别让我等着！因为到了十二点一刻，我要预先通知您，将是我追赶您，在奔跑中割下您的两只耳朵。”

“好！”达尔大尼央向他喊道，“十二点差十分到。”

接着他就像有魔鬼附身似的开始狂奔，希望还能追上他的那个步伐

---

① 加尔默罗会，一称“圣衣会”。天主教托钵修会之一。12世纪中叶创建于巴勒斯坦的加尔默罗山，故名。会规严密，会士持守苦行、缄默不语、与世隔绝。后分“住院会”和“保守会”两派，前者可穿鞋，后者赤脚或穿草履。赤足加尔默罗会指后者。

平稳，看来还不会走远的陌生人。

但是波尔朵斯这时正立在临街的门口，和一个站岗的士兵谈话。两个谈话者之间正好有一个人宽的空当儿。达尔大尼央认为这个空当儿对他来说足够了，于是一直向前冲，指望像一支箭一样从他们中间一穿而过。但是达尔大尼央没有把风估计在内。他正要穿过去时，风猛地吹进波尔朵斯的长披风，达尔大尼央一头栽进了披风。毫无疑问，波尔朵斯一定有理由不放弃他的服装中这个主要部分，因为他非但没有放开手中握着的下摆，反而朝自己这边拉，以致达尔大尼央随着固执的波尔朵斯的抵制造成的旋转动作，裹在天鹅绒披风里了。

达尔大尼央听见这个火枪手在骂街，想从遮得他什么也看不见的披风底下钻出来，在披风的皱褶里摸索着。他尤其害怕碰坏了我们知道的那条崭新的华丽肩带。但是，当他胆怯地睁开双眼时，发现自己的鼻子正贴在波尔朵斯两个肩膀的中间，也就是说，正好贴在那条肩带上。

唉！正像世上的大部分东西都是徒有其表的一样，这条肩带前面是金的，后面却是普通水牛皮的。波尔朵斯是个真正的自命不凡的人，他不能有一条整条是金的肩带，至少也有一条半条是金的；现在我们终于明白了伤风感冒为什么是必需的，披风为什么不可少了。

“见鬼！”波尔朵斯一边叫喊，一边使出全身力量来摆脱在他的背后乱动的达尔大尼央，“您像这样朝人扑过来，莫非是疯了！”

“对不起，”达尔大尼央说，一边从巨人的肩膀下面重新露了出来，“不过我有急事，我在追赶一个人，而且……”

“您追人，难道忘了带眼睛？”波尔朵斯问。

“没有忘，”恼怒的达尔大尼央回答，“没有忘，正是靠了我的一双眼睛，我甚至看见了别人看不见的东西。”

波尔朵斯也许听懂了，也许没有听懂，反正他控制不住自己，大发雷霆了。

“先生，”他说，“我预先通知您，您要是像这样招惹火枪手，是成心找挨揍。”

“挨揍，先生！”达尔大尼央说，“话说得过重了。”

“对一个惯于面对敌人而毫无惧色的人来说，说这话正合适。”

“啊！见鬼！我知道您决不会把您的背转过来对着您的敌人。”

年轻人对自己的这句玩笑话感到很得意，他敞开喉咙笑着走了。

波尔朵斯气得发了狂，动了一下，想朝达尔大尼央扑过去。

“以后吧，以后吧，”达尔大尼央朝他喊道，“等您不再披您的披风的时候。”

“那就一点钟，在卢森堡宫后面。”

“好，一点钟，”达尔大尼央一边回答，一边在街角拐弯了。

但是不论是在他刚跑过的那条街上，还是在他现在举目眺望的这条街上，他都看不见人。那个陌生人，不管走得多慢，也该走得很远了；说不定他还走进了哪所房子里去了。达尔大尼央一路上向遇到的每一个人打听，沿着下坡道往下一直走到渡口，又沿着塞纳街和红十字路口往上走；可是没有，连影子也没有。然而随着他的额头上汗如雨下，他的心却冷静下来了；从这个意义上说，他的这段奔跑还是有益的。

他于是开始考虑刚发生的事；发生的事真还不少，而且挺不吉利。这时才上午十一点钟， 而这个上午已经让他失去了德·特雷维尔先生的好感；德·特雷维尔先生不会不认为达尔大尼央离开他所采取的方式有点唐突无礼。

另外他还给自己招来了两场货真价实的决斗，跟他决斗的这两个人每个人都能杀死三个达尔大尼央，总之是两个火枪手，也就是说，是他如此敬重，因而不论在脑子里还是在心里，都看得比其他人高的那些人中间的两个。

推测起来，结果是不容乐观的。十拿九稳会被阿多斯杀死，所以我们也能够理解，年轻人并不太担心波尔朵斯。然而因为在人的心里最后破灭的总是希望，所以他到最后还希望自己在两场决斗以后能活着，当然身上带着可怕的重伤，而且是在假定自己幸免于死的情况下，他为了未来对自己作出了以下的谴责：

“我是个多么没有头脑的蠢人啊！这个勇敢而不幸的阿多斯伤在肩膀上，而我偏偏像山羊似的一头撞在这边肩膀上。我感到奇怪的是他没有当场把我杀了。他有权利这么做，我给他造成的疼痛一定难以忍受。至于波尔朵斯！啊！至于波尔朵斯，说真的，就有点滑稽可笑了。”

年轻人不由自主地笑了起来，然而他同时又四面张望，看看他的笑会不会伤害到哪个过路的人。他独自一个人笑，在看着他笑的人眼里是笑得毫无理由的。

“至于波尔朵斯，就有点滑稽可笑了；但是我并不因此就不是一个可鄙的冒失鬼。连个招呼都不打一声就这样朝人扑过去！不仅如此！还钻到披风底下去看，看见了里面所有的东西！他肯定不会原谅我；如果我没有向他提起那条该死的肩带，也许他会原谅我，不错，我没有明说，用的是隐语，可是多么高明的隐语呀！啊！我真是个该死的加斯科尼人，我落到煎锅里也要说俏皮话。好啦，我的朋友达尔大尼央，”他表现出他认为自己应该有的和蔼态度，继续对自己说下去，“如果你能幸免于难，看来这个可能性不大，将来做人一定要礼貌周全。从此以后应该让人钦佩你，应该让人把你引为自己的典范。待人和蔼可亲，彬彬有礼，这不是懦弱。看看阿拉密斯吧；阿拉密斯，他是文雅的化身，谦恭的化身。有没有人想到说阿拉密斯是懦夫呢？没有，肯定没有，从此以后我要处处以他为榜样。啊！他正好在这儿。”

达尔大尼央边走边自言自语，这时来到了离代吉荣府邸几步远的地方。他看见阿拉密斯正在这座府邸前兴高采烈地跟国王卫队中的三个贵族聊天。阿拉密斯看见了达尔大尼央，但是他没有忘记德·特雷维尔先生就是当着这个年轻人的面发那么大的火，而且他无论如何也不会喜欢亲眼看见火枪手挨训的人，因此他装着没有看见。达尔大尼央正相反，他全神贯注地想着他的和解和谦恭的计划，走到四个年轻人跟前，郑重其事地朝他们行了一个礼，同时脸上还露出极其亲切的微笑。阿拉密斯稍微点了点头，但是没有微笑。而且四个人全都立即停止了他们的谈话。

达尔大尼央还不至于傻到看不出自己是多余的人；但是他还不很熟悉上流社会的礼数；一个人来到他勉强认识的人中间，打扰了与他无关的谈话，陷入的那种尴尬处境，他还不会很巧妙地摆脱掉。因此他心里在寻找一种尽可能显得不那么笨拙的办法离开，恰巧这时候他注意到阿拉密斯的手绢掉了下来，而且显然是出于无心地踩在上面；他觉得弥补自己失礼的机会来了，于是弯下腰，不管火枪手多么使劲踩住不放，还是以他能找到的最优雅的姿势从火枪手的脚底下把手绢拉了出来。一边奉还给火枪手，一边说：

“这儿有一条手绢，先生，我想您丢了一定会感到遗憾的。”

手绢确实绣得很华丽，一只角上还绣着冠冕和纹章。阿拉密斯脸涨得通红，与其说是从加斯科尼人手里把手绢接过去，还不如说是夺了过去。

“哈！哈！”卫士中的一个叫起来，“守口如瓶的阿拉密斯，你以后还要说你跟德·布瓦—特拉西夫人关系不好吗？这位可爱的夫人跟你亲热得连自己的手绢都借给你了。”

阿拉密斯朝达尔大尼央看了一眼，用的那种目光让他一下子就明白了自己刚给自己招来一个死敌；接着阿拉密斯又恢复了过分温柔的表情。

“你们弄错了，先生们，”他说，“这条手绢不是我的，我不知道这位先生为什么会想到把它交给我，而不是交给你们中间的一个。能为我说的话作证的是我的手绢，它当然在我的口袋里。”

说到这儿，他掏出了自己的手绢，这条手绢也非常雅致，是上等细麻布的，虽然在当时细麻布很贵，不过这条手绢没有绣花，没有纹章，仅仅有一个姓名起首字母组成的图案作为装饰，是手绢主人的姓名起首字母组成的图案。

这一次达尔大尼央没有吭气，他已经意识到自己犯了错误，但是阿拉密斯的朋友们并没有被他否认的话说服，他们中间的一个装出一副严肃认真的态度对年轻的火枪手说：

“如果情况确实像你所说的，我亲爱的阿拉密斯，我就不得不向你讨回它；因为，你也知道，布瓦—特拉西是我的知交，我不愿意有人拿他妻子的东西来炫耀自己。”

“你这个要求提得很不妥当，”阿拉密斯说，“就内容来说，我承认你的要求是正确的，但同时我也因为你提出要求所采用的方式而要加以拒绝。”

“事实上，”达尔大尼央战战兢兢地大着胆子说，“我没有看见手绢从阿拉密斯先生口袋里掉出来。他的脚踩在上面，仅此而已；我当时想，既然他的脚踩在上面，手绢一定是他的。”

“您弄错了，我亲爱的先生，”阿拉密斯冷冰冰地回答，对达尔大尼央改正过错的表示毫不领情。

阿拉密斯接着朝自称是布瓦—特拉西的朋友的那个卫士转过身去，继续说：

“况且，我考虑到，我亲爱的布瓦—特拉西的知交，我也是他的朋友，而且交情并不比你浅；因此严格地说，这条手绢可以是从我的口袋里掉出来的，同样也可以是从你的口袋里掉出来的。”

“不是的，我以人格担保！”陛下的卫士叫了起来。

“你以你的人格来发誓，我呢，我以我的荣誉发誓，我们两人中间显然有一个人在说谎。好，让我们想个更好的办法，蒙塔朗，让我们每人拿半条。”

“半条手绢？”

“是的。”

“好主意，”另外两个卫士嚷了起来，“所罗门王①的审判。没错儿，阿拉密斯，你满脑子都是智慧。”

年轻人都哈哈大笑，我们也想象得到，事情不会有别的结果。过了一会儿，谈话停止了，在友好地握过手以后，三个卫士朝他们的房间走去，阿拉密斯也朝自己的方向走去。

“跟这个高尚的人和解的时机到啦，”达尔大尼央心里想；在这场谈话的整个后半部分时间里，他一直略微离开一些站在一边。他怀着这

---

①所罗门王，古代以色列王国国王（公元前10世纪）。《圣经·撒母耳记》记载，所罗门智慧过人，有二妇女讼于所罗门前，争夺一婴儿，各称自己是婴儿的生母。所罗门佯命将婴儿劈成两半，分与二人。一妇同意，另一妇坚决反对。所罗门乃断定后者是婴儿生母。

个美好的愿望走近阿拉密斯，阿拉密斯已经离开，根本没有注意他。

“先生，”他对阿拉密斯说，“我希望您能原谅我。”

“啊！先生，”阿拉密斯打断他的话，说，“请允许我向您指出，您在今天的这个场合里的表现，不像个高尚的人所应有的表现。”

“什么，先生！”达尔大尼央叫了起来，“您认为……”

“我认为，先生，您不是一个傻瓜；尽管您从加斯科尼来，您还是清清楚楚地知道别人不会无缘无故地踩在手绢上。见鬼！巴黎的街道又不是用亚麻布铺成的。”

“先生，您企图侮辱我是大错而特错了，”达尔大尼央说，他的喜欢争吵的天性开始压倒了他的和解的决心，“不错，我是来自加斯科尼；既然您已经知道，我也用不着告诉您，加斯科尼人是不大有耐心的；因此他们道过一次歉，哪怕是为了一件蠢事道过一次歉，他们也相信他们所做的已经比他们应该做的多了一半。”

“先生，我对您这么说，”阿拉密斯回答，“我决不是为了找碴儿跟您吵架。谢天谢地！我不是一个好斗的人，我当火枪手仅仅是暂时性的，我只有在我被逼得非打架不可的时候，才跟人打架，而且总是极其勉强；但是这一次事情比较严重，因为是一位夫人的名誉受到了您的损害。”

“应该说，受到我们的损害，”达尔大尼央叫了起来。

“您为什么那么笨，把手绢交给我？”

“您为什么那么笨，让它掉出来？”

“我说过，我再重复一遍，先生，这条手绢不是从我的口袋里掉出来的。”

“好呀，您说了两次谎，先生，因为我看见它掉出来的！”

“啊！您竟用这种口气说话，加斯科尼人先生！好吧，我要教教您怎么做人。”

“我呢，我要送您回去做您的弥撒，神父先生！请拔出剑来吧，就是现在。”

“请别拔，我的漂亮朋友；至少别在这儿。您没有看见我们是在代吉荣府的对面吗？那里面全是红衣主教的亲信。谁能向我保证不是法座派您来替他取我的脑袋的呢？可笑的是我十分珍惜我的这颗脑袋，因为我觉得它配我的肩膀再合适没有了。因此我要宰了您，您放心好了，不过在一个偏僻、幽静的地方慢慢地宰，在那里您就不可能拿您的死来向任何人夸耀了。”

“我同意，不过您别太自信了；带好您的手绢，不管它是不是您的，也许您有机会用上它。”

“先生是加斯科尼人？”阿拉密斯问。

“是的。为慎重起见，先生不推迟碰头的时间吗？”

“慎重，先生，对火枪手来说是一种无益的美德，这我知道，但是对教会里的人来说，却是必不可少的；因为我当火枪手只是暂时性的，所以我坚持要慎重行事。两点钟，我将荣幸地在德·特雷维尔先生的府邸等您。在那里我再把合适的地点告诉您。”

两个年轻人互相行完礼以后，阿拉密斯沿着向上通往卢森堡宫的那条街走去，达尔大尼央呢，他看见时候已经不早，就朝赤足加尔默罗会修道院的方向走去。他一边走，一边心里想：

“可以肯定我再也不能死里逃生了；但是我如果被杀死，至少也是被一个火枪手杀死的。”

第五章

国王的火枪手和红衣主教的卫士

达尔大尼央在巴黎没有认识的人。因此他到阿多斯约定的地点去，没有带副手，决定接受对方挑选的副手作自己的副手。况且，他的意图也很明确，他要采取一切适当的方式向这个英勇的火枪手道歉，不过决不能因此显得软弱可欺。他之所以有这个意图，是因为担心一个年轻、健壮的人和一个受伤、虚弱的人决斗，后果总是令人不快的；打败了，他会使对手获得加倍的荣誉；打赢了，别人会说他占便宜，胜利得来太容易。

再说，不是我们没有把我们的这个惊险生涯的追求者的性格描绘好，就是我们的读者大概已经注意到，达尔大尼央决不是一个普通的人。因此，他一边重复对自己说他的死不可避免，一边又不甘心像另外一个没有他那么勇敢，没有他那么稳健的人处在他的地位那样，听任自己去死。他考虑他将与之决斗的那几个人的不同性格，开始把自己的情况看得更清楚了。他非常喜欢阿多斯的贵族气派和严峻的表情，他希望能够靠了他为阿多斯准备好的坦诚的道歉，成为阿多斯的朋友。他因为自己能用肩带的故事使波尔朵斯害怕而感到得意，如果他没有当场给杀死，他可以把这个故事讲给所有的人听，只要讲得巧妙，效果好，一定会使波尔朵斯成为众人的笑柄。至于狡猾的阿拉密斯，他倒并不怎么害怕，假如能轮到和阿拉密斯决斗，他保证把阿拉密斯干净彻底地打发掉，或者至少，采取恺撒①叮嘱的对付庞培的士兵的办法，专刺阿拉密斯的脸，把阿拉密斯感到那么自豪的美貌永远破坏掉。

其次，达尔大尼央的决心有着不可动摇的基础，那是他父亲的教导在他心里奠定的。他父亲的教导的要点是："除了国王、红衣主教和德·特雷维尔先生以外，决不容忍任何人对自己有一点冒犯。"因此他与其说是走向，不如说是飞向赤足加尔默罗会——或者简简单单像当时人那样称呼：赤足会——的修道院。那座修道院是一幢没有窗子的建筑物，边上是干旱的草地，可以说是教士草地②的一个分号，没有时间好浪费的人通常把它用作决斗的场地。

---

① 恺撒（前100—前40），古罗马统帅、政治家和作家。公元前60年，与庞培、克拉苏结成三头政治，旋出任高卢总督。公元前49年初，元老院与庞培合谋，企图解除其军权并召之回国。公元前48年在法萨罗战役中打败庞培，庞培逃至埃及被杀，恺撒成为罗马的独裁者。法萨罗战役中，庞培的士兵多为年轻人，恺撒命令他的士兵："朝脸上打。"庞培的士兵怕被毁容，纷纷逃走。

② 教士草地，巴黎古时塞纳河南岸有一座圣日耳曼·德·普莱修道院，它的西面和北面是一片平原，叫教士草地；16世纪开始成为出名的决斗场所。赤足加尔默罗会修道院在教士草地南面，紧挨卢森堡宫的花园，所以文中说要决斗而没有时间好浪费的人常选中赤足加尔默罗会修道院的草地，因而说它是教士草地的一个分号。

达尔大尼央终于看见修道院旁边的那一小片荒地时，阿多斯不过刚等了他五分钟。中午十二点的钟声这时敲响了。因此他像撒马利亚女人水塔①上的时钟一样准时，即使是对决斗规则要求最严格的裁判也无话可说。

阿多斯的伤口虽经德·特雷维尔的外科医生替他重新包扎过，但还是疼得难以忍受。他坐在一块界石上等着他的对手，显露出他从来没有丧失过的安详的态度和庄严的神色。一看到达尔大尼央，他就立起来，很有礼貌地走了几步迎向前。达尔大尼央呢，他把帽子拿在手里，走近他的对手，帽子上的羽毛一直拖到地上。

"先生，"阿多斯说，"我请人通知我的两个朋友做我的副手，但是这两个朋友还没有到。我对他们迟迟不到感到奇怪，他们通常不是这样的。"

"我没有副手，先生，"达尔大尼央说，"因为我昨天刚到巴黎，除了德·特雷维尔先生以外，我还不认识其他人。我的父亲有幸多少算得上是德·特雷维尔先生的朋友，是我父亲介绍我来找他的。"

阿多斯考虑了片刻。

"您只认识德·特雷维尔先生？"他问。

"是的，先生，我只认识他。"

"居然有这样的事……"阿多斯继续说，一半是对自己一半是对达尔大尼央说的，"居然有这样的事……不过如果我把你杀了，那我看上去不是像一个吃小孩子的怪物了吗？"

"不太像，先生，"达尔大尼央回答，同时行了一个礼，但是行礼之中又不缺乏尊严，"不太像，既然您身上带着一处伤，使您感到十分不便，还肯拔剑和我交手，这是给我的莫大荣幸。"

"我可以发誓，确实很不便，我还应该说，您撞了我一下，撞得非

---

① 撒马利亚女人水塔，1603 年至 1608 年建造于巴黎塞纳河新桥右岸，靠近第二个桥孔的桩基上的水塔，抽塞纳河水供邻近的罗浮区使用。水塔正面有铅制镀金装饰图像，图上是雅各井边的耶稣和撒马利亚女人，故名。图像上方还有大时钟。1813 年拆毁。

常疼；但是我可以用左手，我在这种情况下通常总是如此。因此您别以为我是在让您，我两只手使剑使得一样好。甚至这会对您不利，一个左撇子对事先没有得到通知的人来说，不好应付。我感到抱歉，没能把这个情况早点告诉您。”

“先生，”达尔大尼央又鞠了一个躬说，“您真是殷勤周到，让我不知怎么感激才好。”

“您叫我感到惭愧，”阿多斯带着贵族的气派回答，“如果您不感到不愉快，请让我们谈谈别的事吧。啊！见鬼！您那一下，把我撞得多么疼啊！肩膀像有火在烧。”

“如果您允许的话……”达尔大尼央胆怯地说。

“什么事，先生？”

“我有一种医治伤口、疗效神奇的药膏，从我母亲那里得来的，我曾经在我自己身上试用过。”

“嗯？”

“嗯，我有把握，用不了三天这种药膏就能把您治好，三天以后，等您治好了，好吧，先生，能和您交锋，对我来说仍然是一个莫大的荣幸。”

达尔大尼央的这番话说得那么朴实，既为他的谦恭增添光采，又无损于他的勇敢。

“见鬼，先生，”阿多斯说，“这是一个我喜欢的建议，并不是说我接受它，而是它在一法里以外就能让人感到是贵族提出来的。查理曼[①]时代的那些勇士就是这样说的，也是这样做的，每一个骑士都应该努力去模仿他们。不幸的是我们已经不是生活在伟大的皇帝的时代。我们是生活在红衣主教先生的时代，三天以后，他们会知道，我是说，不管秘密保守得多么好，他们也会知道我们要决斗，他们会阻止我们决

① 查理曼（742—814），又译查理大帝。法兰克王国加洛林王朝国王。对外执行扩张政策，先后征服伦巴德人、撒克逊人和巴伐利亚人，并与阿瓦尔人、阿拉伯人和斯拉夫人不断作战，建成庞大帝国。公元800年，由罗马教皇加冕称帝，号为“罗马人皇帝”。

斗。怎么回事！这些在外面闲逛的人难道不来了？”

“如果您时间来不及了，先生，”达尔大尼央说，口气和片刻前他向阿多斯提出把决斗推迟三天时的口气同样朴实，“如果您时间来不及了，而且您高兴立刻把我打发掉，那我就请您别感到不好意思。”

“这又是一句我喜欢的话，”阿多斯说，同时动作优雅地向达尔大尼央点了点头，“说这句话的非但不是一个没有头脑的人，而且可以肯定是一个心地高尚的人。先生，我喜欢您这种性格的人，我看，如果我们两人谁也没有杀死谁，以后我会从您的谈话里得到真正的快乐的。请让我们再等等这两位先生吧，我有的是时间，那样比较符合规则。啊！我相信来了一位。”

果然在沃吉拉街的尽头开始出现了身材魁梧的波尔朵斯的身影。

“怎么！”达尔大尼央叫了起来，“您的第一个证人是波尔朵斯先生？”

“是的。这让您感到不满意吗？”

“不，丝毫没有感到不满意。”

“第二个也来啦。”

达尔大尼央朝阿多斯指的方向转过头去，认出了阿拉密斯。

“怎么！”他用比第一次更加惊讶的语气叫了起来，“您的第二个证人是阿拉密斯先生？”

“当然；从来没有人看到我们分开过，在火枪手中间和卫士中间，在宫廷上和城里，都管我们叫阿多斯、波尔朵斯和阿拉密斯，或者叫三个形影不离的人，难道这些您都不知道？话说回来，您刚从达克斯[1]或者波城[2]来……”

“从塔布来，”达尔大尼央说。

“……不知道这个细节也是情有可原的，”阿多斯说。

---

①达克斯，法国西南部朗德省城市。

②波城，法国西南部大西洋沿岸比利牛斯省的省会，在巴黎西南，相距760公里。

“我看，”达尔大尼央说，“这样称呼三位先生十分恰当，我的这次惊险遭遇如果宣扬出去，至少可以证明你们的友谊决不是建立在性格的悬殊差别之上的。”

这时波尔朵斯走到跟前，举手向阿多斯打了个招呼；接着朝达尔大尼央转过身来，一惊之下愣住了。

让我们顺便说一句，他已经换了肩带，脱下了披风。

“啊！啊！”他说，“这是怎么回事？”

“是我跟这位先生决斗，”阿多斯一边说，一边用手指着达尔大尼央，并且通过这同一个手势向他打招呼。

“我也是跟他决斗，”波尔朵斯说。

“不过要等到一点钟，”达尔大尼央回答。

“我呢，我也是跟这位先生决斗，”阿拉密斯也来到跟前，说。

“不过要等到两点钟，”达尔大尼央用同样沉着的口气说。

“不过，你，阿多斯，你为什么要决斗？”阿拉密斯问。

“说真的，我也不太清楚，他撞疼了我的肩膀；你呢，波尔朵斯？”

“说真的，我因为决斗而决斗，”波尔朵斯回答，脸涨得通红。

阿多斯什么也不会漏掉，他看见在加斯科尼人的嘴唇上掠过一丝微笑。

“我们在衣着上有过一场争论，”年轻人说。

“你呢，阿拉密斯？”阿多斯问。

“我，我为了神学而决斗，”阿拉密斯回答，同时向达尔大尼央示意，请求达尔大尼央为他的决斗原因保守秘密。

阿多斯看见在达尔大尼央的嘴唇上掠过第二次微笑。

“真的？”阿多斯说。

“是真的，在圣奥古斯丁[①]的一个论点上我们意见不一致，”加斯

---

①圣奥古斯丁(354—430)，基督教神学家、哲学家、拉丁教父的主要代表。他使用新柏拉图主义哲学论证基督教义，把哲学和神学结合起来，提出“理解为了信仰，信仰为了理解”。主要著作有《论上帝之城》和《三位一体论》等。

科尼人说。

“可以肯定这是个聪明人，”阿多斯低声咕哝。

“先生们，既然你们聚到一起，”达尔大尼央说，“请允许我向你们道歉。”

听到“道歉”这两个字，阿多斯的额头上出现一片阴影，波尔朵斯的嘴唇上掠过一丝傲慢的微笑，阿拉密斯的回答是一个否定的示意动作。

“你们没有听懂我的话，先生们，”达尔大尼央抬起头来说，正好这时候一道阳光照来，把他清秀、果敢的脸镀上了一层金黄色，“我向你们道歉是防备万一我不可能把我欠你们三人的债都还掉，因为阿多斯先生有权头一个杀我，这就使得您的债权的价值减少许多，波尔朵斯先生；而您的债权几乎完全没有价值了，阿拉密斯先生。现在，先生们，我再重复一遍，请接受我的道歉，不过仅仅为了这个原因，现在请作好准备！”

说完这番话，达尔大尼央便用我们所能看到的最最自负的动作拔出了剑。

达尔大尼央已经热血沸腾，在这瞬间，他可以拔出剑来对付王国的所有的火枪手，正像他刚刚拔出剑来对付阿多斯、波尔朵斯和阿拉密斯一样。

时间是中午十二点一刻。烈日当空，选作决斗场所的这块土地整个儿晒在火辣辣的阳光下。

“天气很热，”阿多斯也拔出剑来，说，“然而我不能脱掉我的紧身短上衣；因为刚才我还感觉到我的伤口在出血，先生，我担心让您看到不是您亲自刺出来的血，您会感到不自在。”

“这倒是真的，先生，”达尔大尼央说，“不论是别人还是我刺出来的，我向您保证，看到一个如此英勇的贵族的血我总会感到遗憾的。因此我像您一样穿着紧身上衣决斗。”

“好啦，好啦，”波尔朵斯说，“客套话也说得够多了，别忘了我们在等着轮到我们呢。”

“您要是有这样不得体的话要说，波尔朵斯，就代表您自己一个人去说吧，”阿拉密斯打断他的话说，“至于我，我觉得这两位先生互相说的那些话说得非常好，而且完全和这两位的贵族身份相配。”

“请开始吧，先生，”阿多斯说着摆好架势。

“听候您的吩咐，”达尔大尼央说着两剑交了锋。

但是就在两剑相碰，刚发出一下响亮的声音时，法座的一个卫士班，在德·朱萨克先生的率领下出现在修道院的拐角。

“红衣主教的卫士！”波尔朵斯和阿拉密斯同时叫起来，“快收剑，先生们，快收剑！”

但是已经太迟了。两名对手被看见时的姿势让人对他们的意图不会产生任何怀疑。

“喂！”朱萨克一边叫喊，一边朝他们走过来，同时还招手叫他的部下也跟上，“喂！火枪手，这么说，是在这儿决斗？那些禁令，咱们把它们当成什么了？”

“你们都是很大度的，卫士先生们，”阿多斯满怀怨恨地说，因为朱萨克是前两天的那些向他们挑衅的人中的一个，“如果我们看见你们决斗，我呢，我向你们保证，我们决不来阻止你们。因此让我们干我们的吧，你们用不着花什么力气，就可以大饱一下眼福。”

“先生们，”朱萨克说，“我十分遗憾地告诉你们这是不可能的。我们的职责高于一切。因此请把剑插回剑鞘，跟我们走一趟。”

“先生，”阿拉密斯戏谑地模仿朱萨克的腔调说，“如果我们可以作主的话，我们会非常乐意接受您的亲切的邀请；不过，很遗憾，这不可能，德·特雷维尔先生严禁我们这样做。因此请您走您的路吧，这对您来说是上策。”

这番玩笑话惹恼了朱萨克。

“如果你们不服从，”他说，“我们就向你们发动进攻。”

“他们五个人，”阿多斯低声说，“我们只有三个人；我们又要被打败；我们必须死在这里，因为我声明，我决不在被打败的情况下再次出现在队长的面前。”

在朱萨克把他的士兵排成一行时，阿多斯、波尔朵斯和阿拉密斯也互相靠拢。

这短短的一刹那就足够达尔大尼央作出决定。出现在面前的那种对一个人的一生起决定性作用的事件：必须在国王和红衣主教之间作出选择。这个选择一旦作出，他就得坚持下去。参加决斗，也就是说，不服从法律，也就是说，拿脑袋去冒险，也就是说，一下子变成了一位权力比国王本人还大的大臣的敌人。年轻人隐约看到了以上这些，让我们说句称赞他的话，他连一秒钟也没有犹豫。他朝阿多斯以及阿多斯的朋友们转过身来，说：

“先生们，请允许我对你们的话稍稍作一点修正。你们说你们只有三个人，但是我觉得我们是四个人。”

“不过您不是我们中间的人，”波尔朵斯说。

“不错，”达尔大尼央回答，“我没有你们的制服，但是我有颗和你们一样的心。我的心是火枪手的心，我能感觉到这一点，先生，也正是这个促使我作出了决定。”

“走远点，年轻人，”朱萨克喊道，毫无疑问他从达尔大尼央的手势和表情已经猜到他的打算，“您可以离开，我们同意。逃命吧；快逃！”

达尔大尼央没有动。

“您确实是个好小伙子，”阿多斯抓住年轻人的手说。

“快点！快点！快作决定，”朱萨克又喊起来。

“哦，我们总该干点什么，”波尔朵斯和阿拉密斯说。

“这位先生真是心地高尚，”阿多斯说。

但是三个人全都想到达尔大尼央还年轻，担心他缺乏经验。

“我们只有三个人，其中一个还带伤，另外加一个孩子，”阿多斯继续说，“但是以后别人仍旧会说我们有四个人。”

“对，但是后退！”波尔朵斯说。

“这有困难，”阿多斯回答。

达尔大尼央懂得他们为什么犹豫不决。

“先生们，还是让我试试吧，”他说，“我以人格向你们保证，如果我们打败了，我决不活着离开这儿。”

“您叫什么名字，我的朋友？”阿多斯问。

“达尔大尼央，先生。”

“好，阿多斯、波尔朵斯、阿拉密斯和达尔大尼央，前进！”阿多斯大声喊道。

“喂，先生们，你们作出决定了吗？”朱萨克第三次叫喊。

“已经作出了，先生们，”阿多斯说。

“你们决定怎么办？”朱萨克问。

“我们就要有向你们进攻的荣幸了，”阿拉密斯回答，一只手略微举了举帽子，另一只手拔出了剑。

“啊！你们抗拒！”朱萨克大声叫喊起来。

“见鬼！这让您感到吃惊了？”

九个参加厮杀的人相互朝对方猛扑过去，在狂怒中他们还是没有忘记一定的章法。

阿多斯选中红衣主教手下的红人，一个叫卡于扎克的家伙；和波尔朵斯交锋的是比斯卡拉；阿拉密斯同时对付两个敌手。

至于达尔大尼央，他向朱萨克本人冲了过去。

年轻的加斯科尼人心跳得那么厉害，几乎把他的胸膛都要炸开了，谢天谢地！不是因为害怕，他没有感到丝毫害怕，而是因为好胜心强，他像一只狂怒的老虎那样厮杀，不停地围着对手转，一再改换招式和位置。朱萨克正像当时人说的，是个剑迷，经验极其丰富；然而遇到这样一个对手，他使出浑身解数，还是难以招架，因为这个对手身体灵活，蹦蹦跳跳，时时刻刻都背离成规，同时从各个方向进攻，又像对自己的性命特别看重的人那样一下下挡住了攻击。

这种打法到最后终于使朱萨克失去了耐心。他因为自己被一个他看成是毛孩子的人困住，怒不可遏；他过分激动，开始犯了一些错误。达尔大尼央缺乏实践经验，却掌握着深厚的理论基础，他成倍加快了动作的速度。朱萨克一心想赶快结束，于是一腿跨前，膝部尽量向前一屈，同时狠狠地一剑朝对手刺去；但是对手敏捷地挡开，就在他重新挺直身子时，像蛇一样钻到他的剑底下，一剑刺穿了他的身体。朱萨克一头栽倒在地上。

达尔大尼央这时焦急地朝整个战场迅速望了一眼。

阿拉密斯已经杀死了两个对手中的一个；但是另一个却紧紧逼住他不放。然而阿拉密斯的情况很好，他还能够抵挡。

比斯卡拉和波尔朵斯刚刚同时刺中了对方：波尔朵斯胳膊上挨了一剑，比斯卡拉大腿上挨了一剑。但是双方的伤势都不严重，他们反而斗得更加顽强凶猛了。

阿多斯再一次被卡于扎克刺伤，脸色显得十分苍白，但是他一步也不后退，只不过剑换了手，用左手在战斗。

按照当时的决斗规则，达尔大尼央可以去支援别人，在他用目光寻找他的伙伴中有哪一个需要他支援时，遇到了阿多斯的一个眼色。这个眼色具有卓越无比的说服力。阿多斯宁愿死也不愿意喊人来帮忙；但是他可以用眼睛看，用目光来请求支援。达尔大尼央猜到了，猛地朝前跳了一步，落到了卡于扎克的侧面，叫道：

"冲我来吧，卫士先生，我要杀了你！"

卡于扎克转过身来；真险哪！阿多斯仅仅靠了非凡的勇气支撑着，这时一条腿已跪倒在地。

"他妈的！"他向达尔大尼央嚷道，"不要把他杀了，年轻人，我要求你；等我伤养好，身体健康了，我还有一笔旧账要跟他算。解除他的武装，缠住他的剑。就是这样。好！很好！"

这句欢呼是阿多斯看见卡于扎克的剑飞到二十步以外时发出的。达尔大尼央和卡于扎克同时扑过去，一个想重新拾起来，另一个想占有它；但是达尔大尼央比较敏捷，他先到一步，用脚踩住。

卡于扎克朝被阿拉密斯杀死的那个卫士奔去，拾起他的长剑，想回来找达尔大尼央；但是半路上遇上了阿多斯。阿多斯在达尔大尼央帮他得到片刻休息以后，已经喘过气来，他担心达尔大尼央会替他杀死他的仇敌，因此想重新加入战斗。

达尔大尼央明白如果不让阿多斯动手，会惹得阿多斯不高兴。果然在几秒钟以后，卡于扎克的喉咙被一剑刺穿倒了下去。

在这同一瞬间，阿拉密斯用剑抵住翻倒在地的对手的胸口，逼着他讨饶。

还剩下了波尔朵斯和比斯卡拉。波尔朵斯不停嘴地自吹自擂，他问比斯卡拉可能有几点钟了，还祝贺他的兄弟在纳瓦拉军队里荣升了连长；但是他尽管开玩笑，却什么也没有捞到手。比斯卡拉是那种只有死了才倒下去的铁汉子。

然而又一定得赶快结束。巡逻队可能来到，参加战斗的人，不管受伤没有受伤，不管是国王派还是红衣主教派，全都要抓起来。阿多斯、阿拉密斯和达尔大尼央团团围住比斯卡拉，勒令他投降。尽管一个人对付所有的人，而且大腿上还刺中了一剑，比斯卡拉还是要坚持打下去；但是朱萨克用臂肘支起身子，大声叫他投降。比斯卡拉像达尔大尼央一样是加斯科尼人，他假装没有听见，只是笑，在两次招架之间找出时间来用剑尖在地上划定一个位置。

“这儿，”他戏谑地模仿《圣经》里的一句话说，“比斯卡拉，在所有那些与他在一起的人中间，只有他一个将死在这儿。”

“可是他们四个对付你一个；住手吧，我命令你。”

“啊！如果你命令我，那就是另一回事了，”比斯卡拉说，“你是我的班长，我必须服从。”

他朝后跳了一步，为了不交出剑，在膝头上使劲把剑折断，然后把断剑扔过修道院的围墙，双臂交叉在胸前，用口哨吹着一支红衣主教派的曲子。

勇敢永远受人敬重，哪怕它表现在一个敌人身上。火枪手们举剑向比斯卡拉致敬，然后把剑插回剑鞘。达尔大尼央也跟他们一样做，接着在比斯卡拉这个惟一还没有倒下去的人的帮助下，把朱萨克、卡于扎克和阿拉密斯的对手中仅仅受伤的那一个，抬到修道院的门廊下。第四个，我们说过，他已经死了。接着他们敲响了钟，带着五把剑中的四把，欣喜若狂地朝德·特雷维尔先生的府邸走去。

他们挽着胳膊，占去了街道的整个宽度，他们叫上遇到的每一个火枪手，到最后成了一次凯旋大游行。达尔大尼央的心陶醉在幸福之中。他走在阿多斯和波尔朵斯中间，亲切地挽紧他们。

“如果说我还不是一个火枪手，”他在跨进德·特雷维尔先生的府邸的大门时，对他的新朋友们说，“至少，我现在已经被收下做学徒了，是不是？”

第六章
路易十三国王陛下

这件事引起了轰动。德·特雷维尔先生大声地训斥他的火枪手，低声地向他们表示祝贺；但是没有时间好浪费了，得赶紧禀报国王，德·特雷维尔先生急急忙忙赶到罗浮宫。已经太迟了，国王和红衣主教关着门在密谈；德·特雷维尔先生被告知国王正在工作，这时候不接见任何人。晚上，德·特雷维尔先生在国王打牌时又来了。国王赢了钱。陛下非常爱财，所以赢了钱情绪非常好，远远地看见特雷维尔，就说：

“过来，队长先生，过来让我好好训斥训斥您。您知道不知道法座来向我告您的火枪手的状，而且他那么激动，今天晚上病得起不来了？唉呀呀，您的火枪手，都是些暴徒，该绞死的人！”

“不，陛下，”特雷维尔回答，他头一眼就看出情况会朝什么方向发展，“不，恰恰相反，他们是些善良之辈，像羔羊一样温顺；而且我可以保证，他们只有一个愿望，就是他们的剑仅仅为了替陛下效劳才从剑鞘里拔出来。可是，有什么办法呢，红衣主教先生的卫士不断地找碴儿跟他们寻衅，正是为了团体的荣誉，这些可怜的年轻人才不得不自卫还击。”

“您听我说，德·特雷维尔先生！”国王说，“您听我说，这简直就像是在谈一个修道院！说真的，我亲爱的队长，我真想解除您的职务，把它给德·谢姆罗小姐，我曾经答应让她掌管一个女修院。不过您别以为我会相信您的话。我被人称为是公正者[①]路易，德·特雷维尔先生，等一会儿，等一会儿我们再看吧。”

“啊！正因为我信赖您的公正，陛下，我将耐心地、放心地等待陛下的旨意。”

“那就等着吧，先生，等着吧，”国王说，“我不会让您等太长时间的。”

果然运气变了，国王开始输掉赢到手的钱，很高兴能够找个借口做一回查理曼[②]，请原谅我们借用一下赌徒的这个说法，我们得承认，这个说法的来源我们一无所知。因此不一会儿以后国王站起来，把面前的钱放进口袋，这些钱大部分是他刚赢的。

“拉维欧维尔，”他说，“来接替我，我需要和德·特雷维尔先生谈件重要的事。啊……我面前有八十路易[③]；放同样数目在您面前，别让输钱的人有理由抱怨。首先应该公正。”

接着他朝德·特雷维尔先生转过身去，一同朝一扇窗子的窗洞走过去。

“嗯，先生，”他继续说，“您说是法座的卫士找碴儿向您的火枪手寻衅？”

“是的，陛下，跟往常一样。”

“说说看，事情是怎样发生的？因为，您也知道，我亲爱的队长，法官应该听双方当事人的陈述。”

“啊！我的天主！再简单再自然没有了。我的三名最好的士兵，陛下知道他们的名字，而且不止一次表扬过他们的忠诚，我完全可以向国王保证，他们忠心耿耿地为您效劳。我是说，我的三名最好的士兵，阿

---

①“公正者”是法国国王路易十三的外号。

②查理曼是法兰克王国国王，后加冕为帝。参见第53页注①。“做查理曼”这个成语的意思是赌钱的人“赢了就走”；可能影射查理曼之死。他在位时建立了庞大的帝国，征服的土地一直到他死时全都保留着，也就是说，他在离开人生赌台时胜利的果实一点也没有得而复失。

③路易，有国王路易十三或以后几位国王头像的法国旧金币，当时折合24利弗尔。到第一次世界大战前尚在使用，折合20法郎。

多斯先生、波尔朵斯先生和阿拉密斯先生，带着我上午托付给他们的一个从加斯科尼来投军的年轻贵族子弟出去玩玩。我相信，他们打算到圣日耳曼[①]去玩，约定在赤足加尔默罗会修道院碰头，在那里突然受到了德·朱萨克先生和卡于扎克、比斯卡拉两位先生以及另外两名卫士的打扰，这些人一下子去了那么大的一帮子，肯定不会没有违反禁令的罪恶意图。”

“啊！啊！您是要我相信，”国王说，“他们毫无疑问也是去决斗的。”

“我不是告发他们，陛下，而是说出来请您判断判断，五个全副武装的人到像加尔默罗会修道院四周围这样荒僻的地方去，会干什么。”

“对，您说得有道理，特雷维尔，您说得有道理。”

“不过，他们看见我的火枪手以后，改变了主意，他们为了团体的仇恨忘了个人的仇恨；因为陛下不是不知道，火枪手效忠于国王，仅仅效忠于国王，是效忠于红衣主教先生的卫士们的天生的敌人。”

“是的，特雷维尔，是的，”国王面带愁色地说，“像这样在法兰西形成两派，在王国有两颗脑袋，请相信我，看了的确让人伤心。不过这一切会结束的，特雷维尔，这一切会结束的。您是说那些卫士找碴儿跟火枪手寻衅？”

“我是说事情有可能是这样发生的，但是我不能保证，陛下。您也知道真相是很难了解的，除非具有使得路易十三被人称为公正者路易的那种了不起的本能……”

“您说得有道理，特雷维尔；不过不是只有您的火枪手，跟他们在一起的还有一个孩子？”

“是的，陛下，其中有一个人带着伤，因此是包括一名伤号在内的三名国王的火枪手和一个孩子，他们不仅仅顶住了红衣主教先生的最可

---

① 圣日耳曼，全称为圣日耳曼-昂莱，是巴黎西郊、坐落在塞纳河左岸的城镇。有 16 世纪建成的古城堡和美丽的圣日耳曼森林；森林中还有一片叫圣日耳曼的台地，从台地上可以远眺，风景如画。

怕的卫士中的五个，而且还把其中的四个打翻在地。”

“这可是一次胜利呀！”国王喜气洋洋地叫了起来，“一次伟大的胜利！”

“是的，陛下，正像塞桥[1]的胜利一样伟大。”

“您说四个人，其中还有一个伤号和一个孩子？”

“勉强可以说是年轻人；在这个场合中他甚至表现得十分出色，我得冒昧地把他推荐给陛下。”

“他叫什么名字？”

“达尔大尼央，陛下。他的父亲是我的一个过去的老朋友，曾经作为志愿兵跟随名垂千古的先王参加过战争。”

“您是说，这个年轻人表现得很好？讲给我听听，特雷维尔；您知道我喜欢听人讲打仗和斗殴的故事。”

路易十三国王一只手高傲地往上捋他的小胡子，一只手叉在腰上。

“陛下，”特雷维尔接着说，“我跟您说过达尔大尼央先生因为几乎还是个孩子，还没有当火枪手的荣幸，所以穿着普通老百姓的服装；红衣主教先生的卫士注意到他年轻，而且不是军队里的人，因此要他在他们发动攻击以前离开。”

“您看清楚了吧，特雷维尔，”国王打断他的话，说，“是他们发动攻击的。”

“完全正确，陛下；这样一来，就不再有任何怀疑了。他们催他赶快离开，但是他回答说，他内心里是个火枪手，完全效忠于陛下，因此他要和几位火枪手先生一起留下。”

“勇敢的年轻人！”国王咕哝了一句。

“他确实跟他们一起留下来了；陛下有了一个如此坚定的保卫者，正是他给了朱萨克那可怕的一剑，气得红衣主教先生发了那么大

① 塞桥，法国西部曼恩-卢瓦尔省城镇，在卢瓦尔河畔，由于战略上的重要性，成为兵家必争之地。法国国王路易十三之母玛丽·德·美迪奇太后被放逐到布卢瓦后曾两次发动叛乱。1620 年国王的军队曾在塞桥打败她的军队。

的火。”

“是他刺伤朱萨克的？”国王叫了起来，“他，一个孩子！这，这，特雷维尔，不可能。”

“完全和我有幸向陛下报告的一样真实。”

“朱萨克，王国的一个一流击剑好手！”

“不错，陛下！他找到了他的教师。”

“我想见见这个年轻人，特雷维尔，我想见见他；如果能做点什么，好，由我们来负责吧。”

“陛下什么时候屈尊接见他呢？”

“明天中午，特雷维尔。”

“我只带他一个人来？”

“不，把四个人给我一起带来。我想同时向他们所有的人表示谢意。忠心的人不多，特雷维尔，应该对忠心给予奖赏。”

“中午，陛下，我们准时到罗浮宫。”

“啊！走小楼梯，特雷维尔，走小楼梯。没有必要让红衣主教知道……”

“是，陛下。”

“您也明白，特雷维尔，禁令终归是禁令；决斗仍然严加禁止。”

“不过这次遭遇，陛下，完全超出决斗的一般格局；这是一场斗殴，证据就是，他们是红衣主教的五名卫士对付我的三名火枪手和达尔大尼央先生。”

“说得有理，”国王说，“不过，没有关系，特雷维尔，还是从小楼梯上走吧。”

特雷维尔露出了微笑。能够使得这个孩子反抗他的老师，[①]对特雷维尔说来，这已经很不错了，所以他恭恭敬敬地朝国王行礼，等到国王

---

① 国王路易十三生于1601年，到本书故事发生时的1625年他才24岁，而掌握朝政的首相红衣主教黎塞留已近40岁，所以这儿说国王是孩子，黎塞留是老师。

允准后，便向国王告辞了。

当天晚上，三个火枪手就得到获得这个殊荣的通知。他们早就认识国王，所以并不感到太兴奋。但是达尔大尼央呢，他的加斯科尼人的想象力使他从中看到了未来的成就，整个夜里都在做着金色的梦。因此，早上八点钟他就来到阿多斯家。

达尔大尼央发现火枪手已经穿好衣服，准备出门。因为觐见国王的时间定在中午，所以他和波尔朵斯以及阿拉密斯计划好到位于卢森堡宫的马厩旁边的网球场去打一场网球。阿多斯邀达尔大尼央跟他们一起去；达尔大尼央尽管不会打，也从来没有打过，还是接受了，因为当时才九点钟，从九点到中午十二点这段时间他不知道怎么消磨。

另外两个火枪手已经到了，正在一起练球。阿多斯对各种体育锻炼都很擅长，他和达尔大尼央走到场子的另一边，向他们挑战。他虽然用左手打球，但是刚做了头一个动作，就明白了他刚受伤不久的伤口不允许他做这样的运动。达尔大尼央单独留下；因为他公开表示他对这项运动很不熟悉，不可能按规则进行正式比赛，所以他们继续打下去，光打不记分。但是有一个球是波尔朵斯用赫丘利①般的手劲打过来的，在离达尔大尼央的脸那么近的地方飞过，以致达尔大尼央心里想，这一球如果不是从旁边飞过，而是击中他的话，那他十之八九要失去觐见国王的机会，因为他完全不可能到宫里去了。然而在他的加斯科尼人的想象中，他的整个前程都取决于这次觐见，所以他恭恭敬敬地向波尔朵斯和阿拉密斯行了个礼，宣布他要等到他能和他们做对手的时候再来跟他们打。接着他退出场子，来到观众廊的界绳旁边站定。

对达尔大尼央来说，不幸的是观众之中有一个是法座的卫士，他还在为了战友们头天刚遭到的失败愤愤不平，决心遇到机会就报仇雪恨。他相信机会来了，对他的身旁的人说：

“这个年轻人怕挨球击并不让人感到奇怪，他毫无疑问是火枪队里

---

①赫丘利，罗马神话中的英雄，即希腊神话中的赫拉克勒斯，神勇无比，力大无穷，完成十二项英勇事迹。

的一个小学徒。”

达尔大尼央就像给蛇咬了一口似的转过身去，目不转睛地望着刚说过这句蛮横无理的话的卫士。

“见鬼！”这个卫士傲慢地捋着小胡子接着又说，“您喜欢怎么看我就怎么看吧，我的小先生。我说过的话不赖账。”

“您说过的话非常清楚，不需要再解释了，”达尔大尼央压低声音回答，“我请您跟我走一趟。”

“什么时候？”卫士用同样嘲弄的口气问。

“现在，请吧。”

“您大概知道我是谁吧？”

“我吗，我完全不知道，也不在乎。”

“那您就错了，因为您要是知道我的名字，也许您就没有这么急了。”

“您叫什么？”

“贝纳儒，愿为您效劳。”

“很好，贝纳儒先生，”达尔大尼央镇静自若地说，“我到门口去等您。”

“去吧，先生，我跟着您。”

“不要太急，先生，别让人看到我们一起出去；您也明白，对我们要去办的事来说，人太多了反而会碍事。”

“对，”卫士回答，他的名字对年轻人没有产生影响，让他感到惊讶。

贝纳儒的名字确实人人都知道，也许达尔大尼央是惟一的例外；因为在国王和红衣主教的一次次禁令都没能制止的那些天天都在发生的斗殴中，最经常出现的人中间就有他。

波尔朵斯和阿拉密斯正忙于打球，阿多斯又专心地在看他们打球，他们甚至没有看见他们的年轻伙伴出去。达尔大尼央正如他对法座的卫士说的，在门口站住；过了一会儿，卫士也出来了。觐见国王定在中午，达尔大尼央没有时间好浪费，他朝四周扫了一眼，看到街上没有人，于是对他的对手说：

“说真的，尽管您叫贝纳儒，对您说来，只需要对付一个火枪队的学徒，真是运气。不过，请您放心，我将全力以赴。做好准备吧！”

“不过，”受到达尔大尼央这样挑战的人说，“我觉得这个地方选得不好，我们最好还是到圣日耳曼修道院后面去，或者到教士草地去。”

“您说得很有道理，”达尔大尼央回答，“遗憾的是我中午十二点正有个约会，我的时间不多。做好准备吧，先生，做好准备！”

贝纳儒不是一个需要别人把这种邀请话说上两遍的人。就在这同一刹那，他的剑已经拔在手中闪闪发光，他朝他的对手猛扑过去；他指望他的对手年纪轻，会被他吓倒。

但是达尔大尼央头天已经当过学徒，刚从胜利中毕业出来，心里充满了未来的恩宠，下定决心，一步也不后退。因此两把剑一直到护手都相交在一起，达尔大尼央坚持到最后，迫使他的对手后退了一步。但是贝纳儒的剑在后退一步的这个动作中，偏离了肩、臂、剑保持的一条直线，达尔大尼央抓住这个时机，来了一个冲刺，刺中了对手的肩膀，紧接着也往后退了一步，举起他的剑；但是贝纳儒向他大声叫喊说这没有关系，接着又轻率地冲刺过去，结果自投于对手的剑上。然而贝纳儒没有倒下去，也没有表示自己已被打败，只是朝德·拉特雷姆依先生的府邸退去；他有一个亲戚在为德·拉特雷姆依先生效力。达尔大尼央也不知道对手后来受的一次伤有多么重，紧紧逼住他不放，毫无疑问就要用第三剑结果他的性命了，这时突然有一片喧闹声从一直通到网球场的街道上传来。这个卫士有两个朋友曾经听见他和达尔大尼央交谈过几句，还看见他谈过后就走了出去，于是他们也手上握着剑冲出球场，向这个战胜者猛扑过去。但是阿多斯、波尔朵斯和阿拉密斯也立刻出现了，就在两个卫士攻击他们的年轻伙伴时，迫使他们不得不转过身来抵挡。就在这时候，贝纳儒倒下去了；卫士们因为自己只有两个人却要对付四个人，开始大声喊叫：“快来帮忙，德·拉特雷姆依府里的人！”听到叫喊，府邸里的人全都跑出来，朝四个伙伴冲去，四个伙伴也开始叫喊：

“快来帮忙，火枪手。”

这种叫喊通常总会有人响应；因为大家都知道火枪手是法座的仇敌，都因为他们憎恨红衣主教而喜爱他们。因此除了属于红公爵(阿拉密斯给红衣主教起的绰号)的卫士，其他卫队的卫士通常都站在国王的火枪手一边参加斗殴。这时正有德·艾萨尔先生的卫队的三个卫士路过，其中的两个当时就来援助四个伙伴，另外一个朝德·特雷维尔府邸奔去，一边奔，一边叫喊：“快来帮忙，火枪手，快来帮忙！”像平常一样，德·特雷维尔先生的府邸里满是火枪手；他们立即赶来援助他们的同伍兄弟；斗殴变成了一场大混战，但是优势在火枪手一边。红衣主教的卫士和德·拉特雷姆依先生手下的人退进府邸，及时地把一道道门关上，才阻挡住敌人，否则就会和他们一起涌进来了。至于那个受伤的人，已经先抬进去，我们已经说过，他的情况非常不妙。

火枪手和他们的同盟者全都激动到了极点，他们已经在商议，德·拉特雷姆依先生手下的人肆无忌惮地攻击国王的火枪手，为了惩罚他们是不是放把火烧掉德·拉特雷姆依先生的府邸。这个建议已经提出，而且被兴高采烈地采纳，幸好十一点的钟声敲响了；达尔大尼央和他的伙伴们记起了他们要去觐见国王，如果这样一件了不起的事他们不参加，以后会感到后悔莫及的；经他们的说服，那些人的脑袋终于冷静下来，因此仅仅朝门上砸了几块铺路的石头，但是门经得住石头砸，砸来砸去大家也砸得厌烦了；再说，被看成是干这件事的几个带头人片刻之前又离开了人群，朝德·特雷维尔先生的府邸走去。德·特雷维尔先生已经知道这次冲突，在等他们。

“赶快到罗浮宫去，”他说，“到罗浮宫去，片刻也不能耽误，让我们争取在国王得到红衣主教通知以前见到国王。我们就对他说这件事是昨天的事的继续，让两件事一同了结。”

德·特雷维尔先生因此由四个年轻人陪同，朝罗浮宫走去；但是使火枪队队长大吃一惊的是，有人通知他国王到圣日耳曼森林里去猎鹿了。德·特雷维尔先生让人把这个消息连说了两遍，每说一遍他的伙伴们都看见他的脸色变得更加阴沉。

“陛下是不是昨天就有这次打猎的计划？”他问。

“不，阁下，”随身男仆回答，“是犬猎队队长今天早上来向他禀报，昨天夜里已经替他撵出了一头鹿。一开始他回答说他不去，后来他想到这次打猎会给他带来的快乐，再也坚持不下去，吃过饭就走了。”

“国王见过红衣主教吗？”德·特雷维尔先生问。

“十之八九见过，”随身男仆回答，“因为我今天早上看见法座的马车套上了马，我问法座到哪里去，得到的回答是：‘上日耳曼。’”

“我们被他抢先了，”德·特雷维尔先生说，“先生们，我今天晚上能见到国王；至于你们，我不劝你们冒这个险。”

这个劝告太有道理了，特别是从一个对国王太了解的人的嘴里说出来的，四个年轻人没有丝毫反对的表示。德·特雷维尔先生要他们各回各的住处，等候他的消息。

德·特雷维尔先生回到他的府邸，忽然想到应该抓紧时间抢先提出控诉。他打发仆人送一封信到德·拉特雷姆依先生的家里去，信里要求德·拉特雷姆依先生把红衣主教先生的卫士赶出去，并要求他斥责他手下的人竟然大胆地向火枪手发动攻击。德·拉特雷姆依先生已经接到他的马厩总管的报告，我们知道，这个马厩总管是贝纳儒的亲戚。德·拉特雷姆依先生回信说，应该提出控诉的不是德·特雷维尔先生，也不是他的火枪手，而是正相反，应该是他，火枪手曾经攻击他手下的人，并且打算烧他的府邸。因为这两位贵族老爷之间的争论可能旷日持久，双方都会固执己见，德·特雷维尔先生想出了一个以彻底解决为目的的办法，这就是他亲自去找一趟德·拉特雷姆依先生。

因此他立刻就到德·拉特雷姆依先生的府邸去，让人给自己通报。

两个贵族老爷恭恭敬敬地互相行礼，因为在他们之间，如果说没有友谊，至少还有尊重。两个人都是勇敢的人，重视荣誉的人。德·拉特雷姆依先生是新教徒，很少见到国王，不属于任何一派，在他的社会交往中一般说来不带有任何偏见。然而这一次他的接待虽然彬彬有礼但是比平时要冷淡得多。

“先生，”德·特雷维尔先生说，“我们双方都认为自己有权控告对方，我这趟亲自来，就是为了让我们一同把这件事弄弄清楚。”

“我很乐意，”德·拉特雷姆依先生回答，“不过我要告诉您，情况我了解得一清二楚，错全在您的火枪手。”

“您是一个公正无私、通情达理的人，先生，”德·特雷维尔先生说，“不可能不接受我要提出的一个建议。”

“请提吧，先生，我在听。”

“您的马厩总管的亲戚，贝纳儒先生情况怎么样了？”

“情况吗，先生，非常坏。他肩膀上中了一剑，倒没有多大危险；除了这一剑以外，他另外还挨了一剑，刺穿了他的肺部，医生说凶多吉少。”

“不过，受伤的人神志还清醒吧？”

“完全清醒。”

“能说话吗？”

“有困难，不过还能说。”

“好，先生！我们到他身边去。他也许就要被召到天主面前去了，让我们以天主的名义要求他说真话。我把他看成是他自己案件的审判官，先生，我相信他说的话。”

德·拉特雷姆依先生考虑了片刻，因为很难提出一个更合理的建议，所以他接受了。

两个人下楼，来到伤者躺着的那间屋子里。伤者看见这两位尊贵的老爷进来看他，试图从床上起来，但是他身体太虚弱，勉强一使劲，就累得精疲力竭，又倒了下去，几乎失去了知觉。

德·拉特雷姆依先生走到他跟前，让他闻了闻嗅盐，使他苏醒过来。德·特雷维尔先生不愿意落下把柄，让人以后说他影响受伤的人，于是请德·拉特雷姆依先生亲自问他。

德·特雷维尔先生预料的事发生了。贝纳儒处在生死关头，没有丝毫隐瞒真相的想法，他把事情的经过原原本本讲给两位老爷听。

这正是德·特雷维尔先生所希望的；他祝贝纳儒早日康复，向德·拉特雷姆依先生告辞，回到自己的府邸，立刻派人通知四个朋友，他等着他们吃饭。

德·特雷维尔先生接待的都是些非常有教养的宾客，而且全都是反对红衣主教的。因此我们可以想象得到，整顿晚饭期间的谈话都是以法座卫士刚遭到的两次失败为中心。达尔大尼央是这两天的主角，所有的赞扬都落到他的身上。阿多斯、波尔朵斯和阿拉密斯不仅作为好朋友，而且作为自己经常轮到受赞扬，也愿意让人轮到一次的人，心甘情愿地把赞扬全都让给他了。

六点钟左右，德·特雷维尔先生宣布他必须到罗浮宫去一趟；不过陛下约定的觐见时间早已经过了，他没有要求从小楼梯进去，而是和四个年轻人一起来到候见厅。国王打猎还没有回来。我们的年轻人混杂在成群的廷臣中间，等了不过半小时，所有的门都打开了，有人宣布陛下驾到。

听见这声宣布，达尔大尼央感觉到自己浑身上下一阵哆嗦，一直颤抖到骨髓里。接下来的那一瞬间很可能对他以后的一生起到决定性作用。因此他的眼睛焦急不安地牢牢盯住国王应该进来的那扇门。

路易十三出现了，他走在最前面，身上穿着沾满尘土的猎装，脚登一双长统靴，手上握着一根马鞭。达尔大尼央头一眼就判断出，国王的心里正在酝酿着一场暴风雨。

陛下的这种心情虽然显而易见，但是并不能阻止廷臣们迎上前，排列在他经过的路上。在国王的候见厅里，哪怕是被愤怒的眼睛瞧上一眼，也比完全没有被看见好。三个火枪手因此毫不迟疑，向前迈了一步，达尔大尼央呢，却相反，他没有动，躲在他们后面。国王虽然认识阿多斯、波尔朵斯和阿拉密斯的面孔，但是在他们前面经过时却没有看他们，也没有跟他们说话，就像从来没有见过他们似的。至于德·特雷维尔先生，国王的眼睛在他身上停留了片刻，他那么坚定地经受住了这道目光，结果是国王把视线移开了，在这之后，陛下一边嘴里咕哝着，一边回到他的房间里去。

“情况不好，”阿多斯面露笑容说，“这一次我们又得不到骑士封号了。”

“在这儿等十分钟，”德·特雷维尔先生说，“如果十分钟后你们还没有看见我出来，就回到我的府邸去，因为再等下去也没有用了。”

四个年轻人等了十分钟，一刻钟，二十分钟；看到德·特雷维尔先生仍不露面，他们惴惴不安地走了。

德·特雷维尔先生大着胆子走进国王的书房，发现陛下情绪十分恶劣，坐在一把扶手椅上，用马鞭柄拍打着靴子；尽管如此，德·特雷维尔先生还是若无其事地问到他的健康状况。

“不好，先生，不好，”国王回答，“我感到无聊。”

这确实是路易十三的最严重的疾病，他常常抓住他的廷臣，一边拖到窗口，一边说：“某某先生，让我们一起尝尝无聊的滋味吧。”

“怎么！陛下感到无聊！”德·特雷维尔先生说，“陛下不是今天享受了打猎的快乐吗？”

“真是太快乐了，先生！凭我的灵魂发誓，一切都变得糟透了，我不知道是猎物没有了踪迹，还是狗没有了嗅觉。我们逐出一头有十只叉角的鹿，追了它六个小时，等到快要追上它，圣西蒙已经把号角举到嘴边，准备吹响围住猎物的号角声的时候，糟糕！那群猎狗忽然全都换了目标，去追一头幼鹿。我已经放弃了鹰猎，您看，我又将不得不放弃围猎了。啊！我是一个十分不幸的国王，德·特雷维尔先生！我只剩下一只大隼，它前天也死了。”

“陛下，我能理解您的失望，这确实是个巨大的不幸。不过，我觉得您好像还剩下不少隼啦，鹰啦，还有其他的猛禽。”

“可是没有人来训练它们，训练猎鹰的人都走了，懂得犬猎术的人也只剩下我一个人。在我死了以后什么都完了，将来只能用捕兽器、陷阱和活板来打猎了。我要是能有时间培养几个学生就好了！是呀，红衣主教先生在那儿，他不让我有片刻空闲的时间，他跟我谈西班牙，跟我谈奥地利，跟我谈英国！啊！提到红衣主教先生，德·特雷维尔先生，我对您感到不满。”

德·特雷维尔先生正等着国王说这最后的一句话。他对国王有长时期的了解；他懂得所有那些抱怨仅仅是一个开场白，是国王用来激励自己鼓起勇气的一种手段，国王现在终于说出了他原来想说的话。

“我在什么事上这么不幸，竟惹得陛下这么不高兴？”德·特雷维尔先生装出大吃一惊的表情问。

“难道您就是这样来尽您的职责吗，先生？”国王继续说下去，没有直接回答德·特雷维尔先生提出的问题，“火枪手杀了一个人，闹翻了整整一片市区，还想把巴黎烧个精光，而您连话也不说一句，难道我任命您做这些火枪手的队长就是为的这个？不过，”国王继续说下去，“我指责您一定是太心急了；捣乱分子也许已经下到牢里，您这趟来是向我报告对他们已经进行过审判。”

“陛下，”德·特雷维尔先生心平气和地回答，“正相反，我是来要求您进行审判的。”

“审判谁？”国王叫了起来。

“审判那些诽谤者，”德·特雷维尔先生说。

“啊！这倒是件稀奇事，”国王说，“您莫非要对我说，您的三个该死的火枪手，阿多斯、波尔朵斯和阿拉密斯，还有您的那个贝亚恩来的小伙子，并没有像疯子似的扑向可怜的贝纳儒，也没有把他打成重伤，说不定这时候他正在透大气呢！您莫非要说，接下来他们没有攻打德·拉特雷姆依先生的府邸，也没有想把它烧掉！如果在战争年代，这也许算不上是什么大不了的事，因为那儿是胡格诺派的一个巢穴[①]，可是在太平年代，就成了一个坏榜样了。说吧，您不会否认这一切吧？”

“是谁给您编的这个动听的故事，陛下？”德·特雷维尔先生心平气和地问。

“是谁给我编的这个动听的故事，先生！如果不是那个在我睡觉时守夜，在我娱乐时工作，在法国以及在整个欧洲，治理王国的内外一切事务的人，还会有谁？”

---

①前面曾提到德·特拉雷姆依公爵是新教徒，而16至17世纪在法国新教徒形成的派别就是胡格诺派，所以国王在这儿说公爵府邸是胡格诺派的一个巢穴。

“陛下想说的一定是天主，”德·特雷维尔先生说，“因为在我眼里只有天主才有可能这样高高地在您之上。”

“不，先生，我想说的是国家的支柱，我的惟一的仆人，我的惟一的朋友，红衣主教先生。”

“法座不是宗座[①]，陛下。”

“您这是什么意思，先生？”

“我的意思是只有教皇不会犯错误，他的这种不会犯错误的品德没有扩大到那些红衣主教身上。”

“您的意思是说他欺骗我，您的意思是说他背叛我。这么说，您控告他。说吧，坦白地承认您是控告他吧。”

“不，陛下；但是我要说他自己弄错了；我要说他得到的情报不正确；我要说他急于控告陛下的火枪手，他对他们不够公正，我还要说他没有从可靠的来源获取真实情报。”

“控告来自德·拉特雷姆依先生，来自公爵本人。您对这还有什么要回答？”

“陛下，我可以回答说，他在这个问题上利害关系太大，不可能是一个十分公正的证人。但是我无意于这么说，陛下，我知道公爵是一个正直的贵族，我愿意信他说的，不过有一个条件，陛下。”

“什么条件？”

“条件是陛下派人去把他召来，问他，不过要亲自单独问他，没有旁人在场；等陛下接见过公爵以后，我立刻再来见陛下。”

“当然！”国王说，“德·拉特雷姆依先生说什么您都相信？”

“是的，陛下。”

“您接受他的意见？”

“毫无疑问。”

“您接受他提出的赔偿要求？”

“全部接受。”

---

①宗座，对罗马教皇的尊称。

“拉谢斯内！”国王叫道，“拉谢斯内！”

路易十三的心腹随身男仆一直守在门口，这时走了进来。

“拉谢斯内，”国王说，“派人立刻去替我把德·拉特雷姆依先生找来；我今天晚上就要和他谈话。”

“陛下是否向我许下诺言，在德·拉特雷姆依先生和我之间不见任何人？”

“以贵族的荣誉担保，不见任何人。”

“那就明天见了，陛下。”

“明天见，先生。”

“陛下喜欢几点钟？”

“随您的便。”

“不过，来得太早，我怕会吵醒陛下。”

“吵醒我？难道我还睡觉？我不再睡觉了，先生；我偶尔做做梦，仅此而已。来吧，您愿意多早就多早，就七点钟吧；不过您的火枪手如果有事，您可得当心！”

“我的火枪手如果有事，陛下，凡是有罪的都一律交到陛下的手里，按照您的旨意处置他们。陛下另外还有什么要求？请说出来，我准备服从。”

“没有了，先生，没有了，大家叫我公正者路易不是没有道理的。明天见，先生，明天见。”

“愿天主保佑陛下！”

国王虽然睡得少，德·特雷维尔先生睡得还要差。他当天晚上就让人通知他的三个火枪手和他们的伙伴，早上六点半到他家里来。他带着他们一起去，什么也没有向他们保证，什么也没有向他们许诺，而且没有向他们隐瞒，他们是否能得到宠幸，甚至他自己是否能得到宠幸都难以预卜。

到了小楼梯下面，他让他们等着。如果国王还在对他们生气，他们就不必露面，悄悄离开算了；如果国王同意接见他们，那就只需要派个人叫一声就行了。

走进国王的专用候见厅，德·特雷维尔先生找到了拉谢斯内。拉谢斯内告诉他，头天晚上在德·拉特雷姆依公爵的府邸没有找到公爵，公爵回家太晚又不便进罗浮宫，所以公爵刚到，这时候正在国王的房间里。

这个情况让德·特雷维尔先生感到非常高兴，因为这样一来可以肯定，在德·拉特雷姆依先生的作证和他之间没有人能有机会来对国王施加影响了。

果然十分钟刚过去，书房的门就开了，德·特雷维尔先生看见德·拉特雷姆依公爵从里面出来，朝他走过来，对他说：

"德·特雷维尔先生，陛下刚派人找我来，了解昨天上午在我的府邸发生的事。我把真实情况告诉了他，也就是说，告诉他错在我的手下人这一边，还有我准备向您道歉。既然我遇到您了，请接受我的道歉，并且永远把我看作您的朋友。"

"公爵先生，"德·特雷维尔先生说，"我一向对您的为人正直充满信心，除了您我不愿意在陛下面前有别的辩护人。现在我看到我的判断是正确的，如今法国还有人完全够得上刚才我对您所作的评价，为此我要向您致谢。"

"很好，很好！"国王说，他在门里面听见了他们之间说的所有恭维话，"只不过，特雷维尔，既然他说他是您的朋友，请您对他说，我也希望做他的朋友，但是他疏远我，我没有见到他马上就要满三年了，还是我派人把他找来，才见到他一次面。把这一切都替我告诉他，因为这些话是一个当国王的不便亲口说的。"

"谢谢，陛下，谢谢，"公爵说，"不过，但愿陛下能够相信，并不是陛下一天之中每一小时都能见到的那些人，当然要把德·特雷维尔先生除外，并不是陛下一天之中每一小时都能见到的那些人才是最忠诚的人。"

"啊！您听到了我说的话；那只有更好，公爵，那只有更好，"国王一直来到门口，说，"啊！是您呀，特雷维尔！您的火枪手在哪儿？我前天曾经对您说过，把他们给我带来，为什么您没有照办？"

“他们就在楼下，陛下，您只要吩咐一声，拉谢斯内就可以去叫他们上来。”

“好，好，让他们立刻上来；快八点钟了，九点钟我还要等一个客人。请便吧，公爵先生，千万别忘了常常来。进来吧，特雷维尔。”

公爵行了一个礼走了。在他打开门时，三个火枪手和达尔大尼央由拉谢斯内领着，出现在楼梯的顶端。

“来吧，我的勇士们，”国王说，“来吧；让我来训斥训斥你们。”

火枪手一边走近，一边鞠躬；达尔大尼央跟在他们后面。

“鬼才知道是怎么回事！”国王继续说，“你们四个人，在两天里就让法座的七个卫士失去了战斗力！太多了，先生们，太多了。照这样算起来，法座在三个星期以后就不得不把卫士队伍全都换成新人，而我呢，我不得不极其严格地强制执行我的那些禁令。偶然一个，我不会说什么；但是两天里七个，我再重复一遍，太多了，真是太多了。”

“因此，陛下也看到他们悔恨万分地来请求陛下宽恕。”

“悔恨万分！哼！”国王说，“我才不相信他们虚伪的脸，特别是那边的那张加斯科尼人的脸。上这儿来，先生。”

达尔大尼央明白这句称赞话是对他说的，于是装出一副伤心绝望的表情走向前去。

“好呀，您怎么会对我说他是个年轻人？他还是个孩子，德·特雷维尔先生，一个名符其实的孩子！给朱萨克狠狠一剑的是他吗？”

“还有给贝纳儒的那出色的两剑。”

“真是难以置信！”

“还有呢，”阿多斯说，“如果他不把我从比斯卡拉的手里救下来，我肯定不会有在这时候谦卑地向陛下致敬的荣幸。”

“如此说来，这个贝亚恩人是个地地道道的魔鬼了，正如先父王说的，见他妈的鬼，德·特雷维尔先生。干这个行当，紧身短上衣肯定要刺破许多件，剑肯定要折断许多把。可是加斯科尼人如今还是那么穷，对不对？”

“陛下，我应该说，还没有人在他们的山上找到过金矿，尽管天主应该为他们创造这个奇迹，作为对他们支持先王的远大抱负所做出的贡献的奖赏。”

“您说这话的意思是，既然我是我父亲的儿子，那也是加斯科尼人让我当上国王的，对不对，特雷维尔？好得很，我不说了。拉谢斯内，去翻翻我的所有口袋，看看能不能找到四十个皮斯托尔；如果找到，就给我拿来。坦率地说吧，年轻人，事情是怎么发生的。”

于是达尔大尼央详详细细地叙述了头天发生的事：他是怎么因为能见到陛下，高兴得睡不着，在觐见前三小时来找他的朋友们；他们是怎么一块儿到网球场，以及他是怎么因为显露出怕脸上挨球的担心，遭到贝纳儒的嘲笑，为了这次嘲笑，贝纳儒差点儿付出生命作为代价，而跟这事毫无关系的德·拉特雷姆依先生也差点儿损失他的府邸。

“正是这样，”国王低声说，“是的，公爵讲给我听的也正是这么回事。可怜的红衣主教！两天里七个人，还是他最心爱的人；但是，够了，先生们，听清楚，够了，你们已经报了费鲁街的仇，甚至报得过了头，你们应该满意了。”

“如果陛下满意，”特雷维尔说，“我们也满意。”

“是的，我满意，”国王补充说，同时从拉谢斯内手里抓起一把金币，放在达尔大尼央手里。“瞧，”他说，“这就是我满意的一个证明。”

在我们今天时髦的自尊观念，在那个时代还不风行。一个贵族直接从国王手里接受金钱，并不感到丝毫丢脸。达尔大尼央因此把四十个皮斯托尔毫不客气地放进自己的口袋，还向陛下说了许许多多感谢话。

“好啦，”国王望着钟说，“好啦，现在已经八点半了，你们可以走了；我已经告诉过你们，我九点钟要等一个人。谢谢你们的忠诚，先生们。我能够依靠你们，对不对？”

“啊！陛下，”四个伙伴异口同声地叫起来，“我们可以为陛下粉身碎骨。”

“好，好；不过还是保留着完整的身体吧；这样比较好，会对我更有用。特雷维尔，”国王在其他人退出去时，低声补充说，“因为您的火枪队里没有空缺，况且我们已经决定了进这个队伍必须先有个见习期，您就把这个年轻人安排在您的妹夫德·艾萨尔先生的卫队里吧。啊！见鬼！特雷维尔，我一想到红衣主教要显露出的脸色就感到说不出的高兴，他会气坏的，但是我不在乎；我有权这么做。”

国王接着向特雷维尔挥手致意，特雷维尔退出去，找到了他的火枪手，他发现他们正在和达尔大尼央分那四十个皮斯托尔。

正如陛下说的，红衣主教确实气坏了，气得有一个星期不跟国王打牌；尽管如此，国王还是极其亲切地笑脸相迎，每次相遇都要用最温和的语气问他：

“哦，红衣主教先生，您手下那个可怜的贝纳儒和那个可怜的朱萨克身体怎么样了？”

第七章

火枪手的家务事

达尔大尼央到了罗浮宫外面，向他的朋友们请教，他从四十个皮斯托尔中分到的那份钱，该怎么使用，阿多斯建议他在松果酒店预订一顿丰盛的饭菜，波尔朵斯建议他雇一个跟班，阿拉密斯建议他找一个中意的情妇。

饭当天就吃了，跟班在一旁伺候。饭是阿多斯预订的，跟班是波尔朵斯提供的。自命不凡的火枪手为了这顿饭，当天在拉图尔内尔桥上雇的这个跟班是庇卡底[1]人，雇他时他正朝河水里吐痰，望着在河面上形成的一个个圆圈。

波尔朵斯认为这种消遣是爱深思的审慎性格的证明，没有再要任何其他推荐证明就把他带走了。这个贵族的气派十足的外表迷住了普朗歇——这是庇卡底人的名字。他原以为自己是为这个贵族雇用的，后

---

①庇卡底，法国北部古省。包括现在的索姆省和瓦兹、埃纳、加来海峡三省的一部分。

来他看见位子已经被一个叫穆斯格东的同行占据，而且波尔朵斯还向他解释说，自己的家境虽然富裕，但是还不需要用两个仆人，他应该去服侍达尔大尼央，他心里多少有点感到失望。然而等到他伺候他的主人请客吃这顿晚餐的时候，看见他的主人从口袋里掏出一把金币付账，他相信交上了好运，感谢老天爷让自己遇上这样一个克罗伊斯[①]。这个看法他一直保持到盛宴结束，他还用这顿盛宴的残羹剩菜来弥补长时期来的饮食不足。但是到了晚上给主人铺床时，普朗歇的幻想破灭了。由一间前厅和一间卧房组成的套房里只有这一张床，普朗歇睡在前厅里的一条毯子上，这条毯子还是从达尔大尼央的床上抽出来的，从此达尔大尼央就少了一条毯子。

阿多斯也有一个跟班，名字叫格里莫，是他使用了一套特殊方法训练出来服侍自己的。这位可敬的老爷沉默寡言，当然我们说的是阿多斯。他跟他的伙伴波尔朵斯和阿拉密斯亲密相处已经有五六年之久，他们记得在这五六年里，常常看见他微笑，但是从来没有听见他笑出声来。他的话简短，富有表达力，永远是光表达他想表达的意思，没有更多的了，没有修饰，没有润色，没有渲染。他的谈话内容是不带任何插曲的事实。

尽管阿多斯刚满三十岁，相貌英俊而且天资聪慧，但是没有人知道他有情妇。他从来不谈女人。不过他也不阻止别人在他面前谈，尽管很容易看出这类谈话使他感到极其不愉快，他仅仅偶尔插进一句辛酸的话或者愤世嫉俗的评语。他的矜持，他的孤僻和他的寡言少语，使他几乎变成了一个老人。为了不和他的习惯相抵触，他使格里莫养成了根据他的简单的手势或者简单的嘴唇动作来服从他的命令的习惯。他只在一些极其重要的场合才跟他说话。

格里莫一方面对他的主人十分依恋，十分崇敬他的主人的才智，一

---

① 克罗伊斯，古代小亚细亚西部的奴隶制国家吕底亚的末代国王（约前560—前546）。公元前546年波斯王居鲁士攻占其首都萨狄斯时被俘。据说他是古代巨富之一。他的名字已成为“富豪”的同义词。

方面又像怕火一样怕他的主人。有时候他以为完全理解了他的主人的要求，急急忙忙照着去做，偏偏做的却和他的主人的要求相反。阿多斯于是耸耸肩膀，也不发怒，只是把格里莫狠狠地揍上一顿。在这种日子里他才稍微开口说一两句话。

波尔朵斯，我们也能看出，他的性格和阿多斯截然不同：他不仅话说得很多，而且声音很响；不过也应该为他说句公道话：别人听不听，他倒完全不在乎。他只是为了得到说话的乐趣，为了得到听见自己说话的乐趣而说话。他上下古今，天南地北，无所不谈，但是自然科学除外，他用来为自己辩解的理由是，据他自己说，他从小就对科学家怀有根深蒂固的憎恨。他模样儿没有阿多斯那么气派；这方面的自卑感，在他们刚结交的时候，常常使他不能公正地对待这个贵族，于是竭尽全力地用他的服饰的奢华来压倒对方。但是，阿多斯穿着普普通通的火枪手上衣，仅仅靠了他朝后仰仰头的仰法，朝前伸伸脚的伸法，就立刻占据了他理应占据的位子，使摆阔的波尔朵斯相形见绌。波尔朵斯安慰自己的办法是，在德·特雷维尔先生的候见厅和罗浮宫的警卫室里大讲特讲他的艳遇，而这正是阿多斯从来不谈的。在从穿袍贵族的妻子谈到佩剑贵族的妻子，[1]从法官太太谈到男爵夫人之后，目前波尔朵斯谈的是一位外国公主，说她对自己十分钟情。

有一句古老的谚语说："有其主必有其仆。"因此让我们放过阿多斯的仆人，谈谈波尔朵斯的仆人；放过格里莫，谈谈穆斯格东。

穆斯格东是一个诺曼底人，原名博尼法斯，他的主人替他把这个温和的名字改成了一个响亮得无可比拟的名字：穆斯格东。[2]他给波尔朵斯当差，提出的条件是只要供给他穿和住，不过穿的和住的都得讲究；他仅仅要求每天给他两个小时的自由，让他从事一种能满足他的其他需要的行当。波尔朵斯接受了这笔交易，因为这些条件非常合他的心意。

---

① 穿袍贵族指中世纪法国的官僚贵族，佩剑贵族指中世纪法国的军人贵族。

② 穆斯格东这个名字，在法语中有"短筒火枪"的意思；而博尼法斯这个名字，在法语中有"头脑简单的人"的意思。

他让人用他的旧衣服和供替换的披风给穆斯格东改成了几件紧身短上衣。有一个裁缝很聪明，替他把旧衣服翻个身，变成新衣服；有人怀疑这个裁缝的老婆打算让波尔朵斯放弃他的贵族习惯。穆斯格东靠了这个裁缝，跟随在他的主人的身后，显得非常神气。

至于阿拉密斯，我们相信已经充分地阐述过他的性格，而且他的性格像他的伙伴们的性格一样，以后我们可以随着它的发展更加充分地了解。他的仆人叫巴赞。由于他的主人抱着将来有一天要进入修会的希望，他也像神职人员的仆人所应该的那样，一年到头穿着黑衣服。他是贝里人，年龄在三十五岁到四十岁之间，温和，安详，肥胖，把他主人留给他的闲暇时间用来阅读宗教书籍，严格地为两个人烧一顿菜肴的品种不多但是美味可口的晚餐。另外，他为人谨慎，可以说是又哑，又瞎，又聋，他的忠诚可靠经得起任何考验。

既然我们已经认识了，至少也是肤浅地认识了这些主人和仆人，接下来我们可以谈谈他们每个人的住处。

阿多斯住在费鲁街，离卢森堡宫只有几步远。他的套房在一所连同家具出租的房子里，一共有两小间，里面的陈设很整洁。女房东还年轻，也很美丽，白白地朝他送秋波，做媚眼。有几件能炫耀昔日辉煌的遗物，使简朴的住所蓬荜增辉。譬如说，墙上挂着一把金银丝嵌花嵌得富丽堂皇的剑，从款式看来可以追溯到弗朗索瓦一世时代，单单宝石镶嵌的剑柄就能值两百皮斯托尔，然而在最穷困的时候，阿多斯也不愿意把它当掉或者卖掉。这把剑长久以来一直是波尔朵斯垂涎的对象。为了得到这把剑，波尔朵斯连少活十年也愿意。

有一天波尔朵斯和一个公爵夫人幽会，他甚至尝试向阿多斯借用它。阿多斯什么也没有说，只是把身上所有的口袋都掏空，把所有的珠宝、钱袋、军服饰带和金链条都收集到一块儿，表示愿意将一切都给波尔朵斯；但是剑，他对波尔朵斯说，它已经牢牢地固定在墙上，只有在它的主人本人离开他的住所时，它才可以离开那堵墙。除了他的剑，还有一幅画像，画的是亨利三世时代的一位贵族老爷，服饰极其漂亮，佩带着圣灵勋章，这幅画像和阿多斯有着某些外貌的相像，某些亲属之间的相似，说明了这位大贵族，国王颁发的勋章获得者，是他的祖先。

最后还有一只华丽无比的金银细工的匣子，上面的纹章和剑、画像上的纹章相同，摆在壁炉台当中作为装饰，显得和壁炉上的其他装饰品极不协调。阿多斯把这只匣子的钥匙一直带在身上。但是有一天他当着波尔朵斯的面把它打开，波尔朵斯因此能够亲眼证实匣子里只有几封信和几份文件：毫无疑问是情书和家传的文书。

波尔朵斯住在老鸽笼街的一套很宽大、外表很奢华的房间里。波尔朵斯每次跟朋友在他的窗子前面经过，穆斯格东总是穿着全套号衣站立在一扇窗子那儿；波尔朵斯就抬起头，用手指着说："这是我的家。"但是在他家里从来找不到他，他也从来不邀请别人上楼到他家里去，也没有人能想象得出在这奢华的外表里包含着的是什么样的真实财富。

至于阿拉密斯，他的一套住房不大；有一间小客厅、一间餐厅和一间卧房。卧房像套房的其他房间一样，也是在底层，朝向一片凉爽宜人、青葱翠绿、遍地阴影、邻人的眼光穿不透的花园。

至于达尔大尼央，我们知道他的居住情况，而且我们已经认识他的仆人：普朗歇师傅。

达尔大尼央像有搞阴谋诡计的天赋的人那样，生来好奇心非常重，他尽一切努力去了解阿多斯、波尔朵斯和阿拉密斯的确切身份，因为这三个年轻人，每个人都是在入伍时用假名字来掩盖贵族的名字。特别是阿多斯，隔着一法里都能闻出他的大贵人的气味。因此他向波尔朵斯打听阿多斯和阿拉密斯的情况，向阿拉密斯了解波尔朵斯。

遗憾的是波尔朵斯对他那位沉默寡言的同伴的身世，除了从道听途说得来的一些情况以外，也是一无所知，据说他在爱情生活中遭到过很大的不幸，而且有一桩极其可怕的背信弃义的事毁了这个高尚文雅人的一生。这桩背信弃义的事到底是怎么一回事呢？没有人知道。

至于波尔朵斯，他的真名实姓和他的两个同伙一样，只有德·特雷维尔先生一个人知道，除了他的姓名以外，他的生平倒是很容易了解的。他爱慕虚荣而又守不住秘密，别人就像看透水晶似的可以把他完全看个透。只有一件事可能会把研究他的人引入歧途，那就是对他的吹嘘自己的所有那些好听话都信以为真。

至于阿拉密斯，一方面看上去好像没有任何秘密，另一方面又像是个笼罩在神秘之中的单身汉，他很少回答别人向他提出的有关其他人的问题，而且回避别人向他提出的有关他自己的问题。有一天，达尔大尼央盘问有关波尔朵斯的事盘问了很长时间，得知外面流传这个火枪手遇到了一位公主交上好运的消息，接着也想探听出他的交谈者的艳史。

“您自己呢，我亲爱的朋友？”他对阿拉密斯说，“您光谈别人的男爵夫人、伯爵夫人、亲王夫人……”

“请原谅，”阿拉密斯打断他的话，说，“我谈是因为波尔朵斯自己也在谈，是因为他在我面前大声嚷嚷所有这些好事。不过，请您相信，我亲爱的达尔大尼央先生，如果我是从另外的来源听来的，或者是作为秘密透露给我听的，那么世界上决不会有比我更守口如瓶、更可以信赖的人了。”

“关于这点我毫不怀疑，”达尔大尼央说，“但是我觉得您跟那些纹章也有相当亲密的关系，有一条绣花手绢可以作为证明，我正是靠了它才有认识您的荣幸。”

阿拉密斯这一次没有发火，而是流露出最谦逊的神色，亲切地回答：

“我亲爱的，请别忘了我希望出家做教士，我回避一切社交机会。您看见的那条手绢不是送给我的，而是我的一个朋友忘在我家里的。我不得不收起来，免得连累他和他心爱的那位夫人。至于我，我没有，也不想有情妇，在这方面我学习阿多斯的明智的榜样；和我一样，他也没有。”

“见鬼！您既然是火枪手，就不是神父。”

“临时的火枪手，我亲爱的，正如红衣主教说的那样；我是一个违反自己心愿的火枪手，但是请相信我，我内心里是一个教士，阿多斯和波尔朵斯把我塞进火枪队，好让我有点事做做；我正好在授圣品的时候，发生了一点小小的争执，是跟……不过这不会引起您的兴趣，我占用了您宝贵的时间。”

“决非如此，我非常感兴趣，”达尔大尼央叫了起来，“而且我现在一点事也没有。”

“是的，不过我现在要念我的日课经了，”阿拉密斯回答，“接下来还要写诗，是代吉荣夫人向我要的；然后我必须到圣奥诺雷街去替德·谢弗勒兹夫人买胭脂。您看见了，我亲爱的朋友，您一点不忙，可我忙得很呢。”

阿拉密斯亲切地朝他的年轻伙伴伸出手，向他告别。

达尔大尼央不管费多么大的力气，还是不能把他的三个新朋友的情况了解得更多些。因此他打定主意暂且相信别人谈到他们的过去时所说的那些话，希望将来能有更准确、更广泛的新发现。在此期间他把阿多斯看成一个阿喀琉斯①，把波尔朵斯看成一个埃阿斯②，把阿拉密斯看成一个约瑟③。

此外，这四个年轻人的生活是快乐的：阿多斯赌钱，手气总是欠佳。然而他从来不向他的朋友借一分钱，尽管他的钱袋不断地为他们打开；在他不赌现钱的时候，他总是在第二天早上六点钟叫醒债主，还清头天晚上欠的赌债。

波尔朵斯有时候也会赌兴大发。在这种日子里，如果他赢了，他会变得目空一切；如果他输了，他会一连几天完全不见踪影，接着又重新露面，脸色苍白，神情懊丧，但是口袋里有了钱。

至于阿拉密斯，他从来不赌钱。他是我们所能见到的最坏的火枪

---

①阿喀琉斯，希腊神话中的英雄。出生时被母亲海洋女神握住脚踵倒浸在冥河水中，因此除没有浸水的踵部外，任何武器都不能伤害他的身体。他在特洛伊战争中英勇无敌，使希腊联军转败为胜。后被敌人用箭射中脚踵而死。

②埃阿斯，希腊神话中的英雄，在特洛伊战争中英勇善战。攻陷特洛伊城后进入雅典娜的神庙，在那里奸污了女祭司卡珊德拉，并把她掠走。雅典娜为了报复，在他归途中使他在海陆夹击下粉身碎骨。

③约瑟，《圣经·创世记》中犹太人十二列祖之一。他曾被埃及法老的侍卫长波提乏买去做仆人。波提乏的妻子屡次勾引他，他都不从。事后她反而诬赖他，致使波提乏将他投入牢中。

手，饭桌上最令人扫兴的客人。他经常总是需要工作。有时候，晚宴吃到一半，酒喝得正酣，话谈得正欢，每个人都认为还要在饭桌边待上两三个小时，阿拉密斯却看看他的表，带着优雅的笑容立起来，向所有的人告辞，据他自己说，他要去请教一个他约好的决疑论者[①]。另外几次，他说是要回到住所去写一篇论文，还要求他的朋友们不要去打扰他。

但是这时候阿多斯却露出他那种迷人的、忧郁的笑容，跟他那张高贵的脸是那么相配；波尔朵斯却一边喝酒，一边发誓说阿拉密斯将来大不了做一个乡村教士。

达尔大尼央的跟班普朗歇在好运当头的日子里表现得十分豁达庄重；他每天能拿到三十个苏[②]的工钱；在长达一个月的时间里他回到住所时快活得像一只燕雀，对他的主人也十分亲切。等到苦难之风开始刮向掘墓人街的这户人家时，换句话说，等到路易十三国王的四十个皮斯托尔被吃光或者差不多被吃光时，他开始抱怨了；这叫阿多斯听了觉得恶心，波尔朵斯觉得粗鄙，阿拉密斯觉得可笑。阿多斯因此又劝达尔大尼央把这个家伙辞退，波尔朵斯希望先把他揍一顿，阿拉密斯却认为一个当主人的只应该听见说恭维他的话。

“对你们来说，说起来容易，”达尔大尼央回答，“对您来说，阿多斯，您跟格里莫在沉默中生活，您禁止他说话，因此您跟他在一起永远听不到不中听的话。对您来说，波尔朵斯，您过着奢华的生活，在您的仆人穆斯格东眼里，您就是一个神。最后对您来说，阿拉密斯，您总是全部心思都放在学习神学上，引起了您的用人巴赞，那个性情温和、信教虔诚的人的无上尊敬。可是我呢，我一无地位，二无钱财，我不是火枪手，甚至还不是卫士，我该怎么办才能引起普朗歇对我的喜爱、恐惧或者敬重呢？”

---

①决疑论者，决疑论是基督教道德神学的一部分。决疑论者致力于以良心应遵守的上帝的诫命和教会法规以及行善与犯罪的原则来解决良心问题。

②苏，法国辅币，旧时20苏合1利弗尔，今20苏合1法郎。

“这件事确实很重要，”三个朋友回答，“这是一件家务事，仆人跟女人一样，应该一上来就让他老老实实待在您希望他待的地方。好好考虑考虑吧。”

达尔大尼央考虑后，决定先揍普朗歇一顿以防万一；这件事就像他干任何事一样干得很认真；在狠狠揍完了以后，他还不准许普朗歇没有得到他的许可擅自走掉，不再给他当用人。“因为，”他补充说，“我不可能没有一个美好的未来；我不可避免地在等待着更好的时机。如果你留在我身边，你的好运气也是有保证的；我是一位太好的好主人，决不会你要求解雇，我就同意解雇你，让你失去交好运的机会。”

这种做法使三个火枪手对达尔大尼央的谋略产生了敬意。普朗歇也佩服得五体投地，再也不提要离开他的事了。

四个年轻人的生活变成了形影不离的共同生活。达尔大尼央来自外省，他本来没有任何习惯，一下子落到一个对他说来是崭新的世界中间，立刻沾染上了他的朋友们的习惯。

他们冬天八点钟左右起床，夏天六点钟左右起床，然后上德·特雷维尔先生的府邸去问问当天的口令和了解了解情况。达尔大尼央虽然还不是火枪手，但总是认真地执行着火枪手的任务，一丝不苟得令人感动。他总是不断地在站岗，因为他的三个朋友中不论谁站岗，他总是陪着。府邸里的火枪手都认识他，把他看成是一个好伙伴。德·特雷维尔先生头一回见面就很赏识他，现在真的喜欢上他了，不断地在国王面前推荐他。

三个火枪手呢，他们也非常爱他们的年轻伙伴。把这四个人连结在一起的友谊，还有或者为了决斗，或者为了公务，或者为了消遣，每天见面三四次的需要，使他们不断地像影子似的你跟着我，我跟着你。别人经常都能遇到这四个分不开的人在互相寻找，从卢森堡宫找到圣苏尔比斯广场，从老鸽笼街找到卢森堡宫。

在此期间，德·特雷维尔先生许诺过的事仍在继续进行。有一天国王命令德·艾萨尔骑士先生把达尔大尼央收进他指挥的卫队做见习生。达尔大尼央叹着气穿上新制服，他情愿以少活十年为代价来换取火枪手的上衣。不过德·特雷维尔先生允诺在两年见习期满后给他这个恩惠，而且见习期还可以缩短，只要达尔大尼央有机会在什么事情上为国王效劳，或者是干出了什么丰功伟绩。达尔大尼央得到这个许诺以后，退了出来，第二天就开始服役了。

现在轮到阿多斯、波尔朵斯和阿拉密斯在达尔大尼央站岗时，和他一起站岗了。德·艾萨尔骑士先生的队伍，就这样在收下达尔大尼央的那一天，收下了四个人，而不是收下一个人。

第八章
一件宫廷密谋

然而路易十三国王赐的四十个皮斯托尔，正像世界上一切事物一样，在有了一个开始以后，总会有一个结束。从这个结束起，我们的四个伙伴陷入拮据之中。先是阿多斯用他自己的钱维持这伙人的开销，维持了一段时间。以后是波尔朵斯接替他；靠了一次大家已司空见惯了的那种失踪，波尔朵斯满足了大家的需要，又满足了将近半个月；最后轮到了阿拉密斯，他高高兴兴地负起这个责任，据他说，他卖掉了他的神学书籍，终于弄到几个皮斯托尔。

于是他们像往常一样求助于德·特雷维尔先生。德·特雷维尔先生答应他们预支一部分军饷；但是三个火枪手每人的账上都有不少拖欠，而一个卫士还拿不到军饷，因此他们靠预支的钱也维持不了多久。

最后他们看到自己就要一无所有了，于是尽最后一次努力凑集了八九个皮斯托尔，交给波尔朵斯去赌博。不幸的是他手气不好，钱不仅输光，而且还欠下了二十五个皮斯托尔的赌债。

手头的拮据于是变成了真正的贫困。我们看到这几个饥肠辘辘的人，后面跟随着他们的跟班，跑遍一条条沿河街和一个个卫队，到外面的朋友家里混一顿他们能够混到的饭；因为按照阿拉密斯的意见，一个人在兴旺发达的时候，应该向左右播撒一顿顿饭，等到倒霉的时候就多少可以收获几顿了。

阿多斯被邀请了四次，每次都带着他的朋友和他们的跟班。波尔朵斯有六次机会，他也让他的伙伴们一同享用。阿拉密斯有八次机会。我们已经能够看出，他是一个说得少、干得多的人。

至于达尔大尼央，他在京城里还一个人也不认识，仅仅在一个是他同乡的教士家里混了一顿喝巧克力茶的早餐，在一个卫队掌旗官家里混了一顿晚餐。他带着他的全班人马到教士家里，一顿早餐吃光了教士两个月的储备品；他带着他的部队到掌旗官家里，掌旗官表现得空前的慷慨大方；但是正如普朗歇说的，即使吃得再多，也仅仅是吃一顿。

作为和阿多斯、波尔朵斯和阿拉密斯弄到的那些丰盛宴会交换，达尔大尼央只有一顿半饭提供给他的伙伴们，因此感到很丢脸；说一顿半饭，是因为在教士家里吃的那顿早餐只能算是半顿。他认为自己是受着大伙儿的供养，但是他却怀着满腔青年人的诚意，忘记了他曾经养活这伙人，足足养活了一个月，他的忧虑重重的头脑开始积极地活动起来。经过再三考虑后他认为这四个勇敢的、有进取心的、精力充沛的年轻人的联盟除了摇摇摆摆闲逛、上剑术课和多少有点疯狂的插科打诨以外，还应该另外有一个目标。

确实如此，四个像他们这样的人，四个彼此之间从钱袋到生命都可以作出牺牲的人，四个永远互相支持、决不后退、共同作出的决定不论是单独执行还是一起执行都会坚决执行到底的人；四条或者威胁四个方向，或者转向同一个方向的胳膊，不可避免地应该或者秘密地，或者公开地，或者通过坑道，或者通过战壕，或者用计谋，或者用武力，为自己打开一条通往他们希望达到的目标的道路，尽管这个目标被防卫得那么好，或者离得那么远。惟一的一件使达尔大尼央感到惊奇的事是，他的伙伴们都没有想到这件事。

他却想到了，甚至想得很认真；他绞尽脑汁要给这股绝无仅有的、增大了四倍的力量寻找一个方向，他毫不怀疑使用这股力量，就能像使用阿基米德[①]寻找的杠杆一样，把地球撬起来。正当他这样想着的时候，忽然有人轻轻敲门。达尔大尼央叫醒普朗歇，吩咐他去开门。

但愿读者别从达尔大尼央叫醒普朗歇这句话，推测出当时天已经黑了，或者天还没有亮。不！四点钟的钟声刚刚敲过。两个小时前普朗歇来向他的主人讨饭吃，他的主人用下面这句谚语来回答："谁睡觉谁就是在吃饭。"因此，普朗歇是在拿睡觉来代替吃饭。

一个男子被带进来，他穿戴朴素，看上去像一个市民。

作为饭后点心，普朗歇很想听听他们的谈话，但是这个市民对达尔大尼央明确地表示，自己要和他谈的事很重要，而且绝对机密，因此希望能和他单独谈。

达尔大尼央把普朗歇打发出去，请客人坐下。

片刻的沉默，两个人互相望着，好像是为了初步认识一下，接着达尔大尼央点了点头，表示他在听。

"我听人说起达尔大尼央先生是个非常勇敢的年轻人，"市民说，"他完全有理由享有的这个好名声，促使我作出决定，把自己的一桩秘密说给他听。"

"请说吧，先生，请说吧，"达尔大尼央说，他本能地觉察到会有什么对他有利的事。

那个市民停顿了一下，接着又说下去：

"我的妻子在宫里给王后管理内衣，先生，她长得可以说是既聪明又美丽。在别人安排下我娶她为妻转眼就要满三年啦。尽管她只有一笔很小的财产，然而王后的持衣侍从，德·拉波尔特[②]先生，是她的教

---

① 阿基米德（前287—前212），古希腊学者。生于叙拉古。曾发现杠杆定律和阿基米德定律，确定许多物体的表面积和体积的计算方法，并设计了多种机械和建筑物。罗马进犯叙拉古时，他应用机械技术帮助防御，城破时被害。据说他曾有过一句豪言：如果给他一个支点，他可以把地球撬起来。

② 德·拉波尔特（1603—1680），18岁入宫充当法国王后奥地利安娜的持衣侍从，对王后十分忠心，王后与其弟西班牙国王反对黎塞留和路易十三的来往信件由他译成密码，并把密码译出来。被发现后，1637年关入巴士底狱，后被放逐到法国西部曼恩-卢瓦尔省的索米尔城。奥地利安娜成为执政后，任命他为年轻的国王路易十四的随身侍从。留有回忆录，写得十分公正。

父，保护她……”

“接下来呢！先生？”达尔大尼央问。

“接下来！”市民回答，“接下来！先生，我的妻子昨天上午从她的工作间出来后，被人绑架了。”

“您的妻子是被谁绑架的？”

“我当然不知道，先生，但是我怀疑一个人。”

“您怀疑的这个人是谁？”

“一个追踪她已经追踪了很久的男人。”

“见鬼！”

“不过，请允许我对您说，先生，”市民继续说，“我相信在这件事里面爱情的成分比政治的成分要少。”

“爱情的成分比政治的成分要少，”达尔大尼央带着深思的样子跟着说了一遍，“您怀疑什么？”

“我不知道我是不是应该把我怀疑的事告诉您……”

“先生，我提请您注意，我没有向您提出任何要求。是您找上门来的。是您对我说您有一桩秘密要说给我听。因此随您的便吧，您要走现在还来得及。”

“不，先生，不，我看您是一个正直的年轻人，我能信赖您。我的妻子被绑架，我相信并不是因为她自己的什么恋情，而是因为一个地位比她高得多的贵夫人的恋情。”

“啊！啊！会不会是德·布瓦-特拉西夫人？”达尔大尼央说，他想在这个市民面前显得自己对宫廷里发生的事十分了解。

“比她高，先生，比她高。”

“代吉荣夫人？”

“还要高。”

“德·谢弗勒兹夫人？”

“比她高，高得多！”

“那是王……”达尔大尼央停住说不下去了。

“是她，先生，”惊骇万分的市民回答，声音低得几乎听不见。

“跟谁？”

“还能跟谁，如果不是跟那位公爵……”

“跟那位公爵……”

“是他，先生！”市民回答，嗓音低得更加听不分明了。

“您，您是怎么知道这些事的？”

“啊！我是怎么知道的？”

“对，您是怎么知道的？不要说一半留一半，否则……您也明白。”

“我是从我的妻子那儿，先生，从我的妻子本人那儿知道的。”

“她又是从谁那儿知道的？”

“从德·拉波尔特先生那儿。我不是对您说过，她是王后的亲信德·拉波尔特先生的教女吗？嗯，德·拉波尔特先生把她安置在王后陛下身边，好让我们的可怜的王后在像她那样受到国王的抛弃，受到红衣主教的侦察，受到所有人的背叛的情况下，至少有一个可以信赖的人。”

“啊！啊！事情开始清楚起来啦，”达尔大尼央说。

“我的妻子四天前回来过，先生；她提出的工作条件中有一条是她每个星期得回来看我两次；因为正如我有幸向您说过的，我的妻子非常爱我，因此我的妻子她回来了，私下里告诉我，王后现在非常害怕。”

“真的吗？”

“是的。红衣主教先生看来比以往任何时候都更加紧跟踪她，迫害她。他为了跳萨拉班德舞①的那件事不能原谅她。您知道跳萨拉班德舞那件事吗？”

“还用问，当然知道！”达尔大尼央回答，其实他一无所知，但是他希望装得了如指掌。

“因此，现在不再是仇恨，而是报复了。”

---

①萨拉班德舞，起源于西班牙，17世纪流行于法国的宫廷舞，舞曲庄严，速度缓慢而平稳。

“真的吗？”

“王后相信……”

“嗯，王后相信什么？”

“她相信有人以她的名义写信给白金汉公爵。”

“以王后的名义？”

“是的，为了把他引到巴黎来，一旦来到巴黎，再把他诱进一个陷阱。”

“见鬼！但是您的妻子，我亲爱的先生，她怎么会卷到这件事里面去的？”

“他们知道她对王后忠心耿耿；他们的打算或者是迫使她离开她的女主人，或者是恐吓她说出王后陛下的秘密，或者是引诱她充当密探。”

“很可能，”达尔大尼央说，“但是绑架她的那个人，您认识吗？”

“我对您说过，我相信我认识他。”

“他的名字？”

“我不知道；我只知道他是红衣主教的一个亲信，一个死心塌地的走狗。”

“您见过他吗？”

“是的，我的妻子前一天指给我看过。”

“他有什么体貌特征，让人能够认出他来？”

“啊，当然，他是一个态度傲慢的老爷，黑头发，晒得黑黑的脸色，锐利的目光，雪白的牙齿，鬓角上有一道伤疤。”

“鬓角上有一道伤疤！”达尔大尼央叫了起来，“还有雪白的牙齿，锐利的目光，晒得黑黑的脸色，黑头发，傲慢的态度；他正是我在默恩遇到过的那个人！”

“您说，他是您遇到过的那个人？”

“是的，是的，不过跟这件事没有一点关系。不，我说错了，正相反，如果您的这个人就是我的那个人，反而会使这件事简单化了，我可以一下子报两个仇，就是这么回事；不过，上哪儿去找这个人？”

“我不知道。”

“您对他的住处一点线索也没有吗？”

“一点也没有。有一天我送我的妻子到罗浮宫去，她进去的时候，他正好出来，她指给我看过。”

“见鬼！见鬼！”达尔大尼央低声咕哝，“所有这些都太含糊，不够明确；您是从谁那儿知道您的妻子被绑架的？”

“是从德·拉波尔特先生那儿。”

“他告诉您什么详细的情况没有？”

“什么详细的情况也没有告诉我。”

“您没有从其他方面了解到什么吗？”

“不，我接到过……”

“什么？”

“可是我不知道我说出来是不是太不谨慎。”

“您又提这个了；不过我要提醒您，这一次您要后退已经有点迟了。”

“因此我决不后退，他妈的！”市民嚷了起来，他骂街是为了给自己鼓起勇气，“而且以博纳希厄的人格起誓……”

“您叫博纳希厄？”达尔大尼央打断他的话问。

“是的，这是我的名字。”

“您刚才说以博纳希厄的人格起誓！请原谅我打断您的话；不过这个名字我觉得挺耳熟。”

“有这个可能，先生。我是您的房东。”

“啊！啊！”达尔大尼央一边说，一边略微弯了弯腰行了个礼，“您是我的房东？”

“是的，先生，是的。您住到我这儿来已经有三个月，毫无疑问您忙着重要的事，忘了付我房租；我是说，我连一分钟也从来没有打搅过您，我想您一定注意到我的体贴入微。”

“当然，我亲爱的博纳希厄先生，”达尔大尼央说，“请相信我对受到这样的厚待感激不尽；正如我对您说过的，如果我能够在什么事上对您有用的话……”

“我相信您，先生，我相信您，正如我刚才准备对您说的，以博纳希厄的人格发誓！我信任您。”

“那就把您已经开始对我说的话说完。”

市民从口袋里掏出一张纸，递给达尔大尼央。

“一封信！”年轻人说。

“今天早上刚收到。”

达尔大尼央打开信，因为天色已经暗了，就走到窗前，市民跟着他。

“不要寻找您的妻子，”达尔大尼央念道，“等到不再需要她时，会把她给您送回来的。如果您为了找到她而进行任何活动，您必将完蛋。”

“说得很明确，”达尔大尼央接着说，“不过这毕竟只是一个威胁。”

“是的；但是这个威胁叫我害怕，我，先生，我不是一个军人，我害怕巴士底狱。”

“哼！”达尔大尼央说，“不过我呀，我也并不比您更喜欢巴士底狱。要是光动动剑的话，还可以。”

“可是，先生，在这件事上我原来就指望着您呢。”

“真的？”

“我看见不断有一些外表令人肃然起敬的火枪手围在您身边，并且认出这些火枪手是德·特雷维尔先生的火枪手，因此也就是红衣主教的敌人，于是想到您和您的朋友们一定高兴插手帮助我们的可怜的王后，给法座来一个恶作剧。”

“那当然。”

“后来我还想到您还欠着三个月房租，我从来没有向您提过。”

“是的，是的，您已经向我提到了这个理由，我觉得这个理由很不错。”

“而且我还打算在您赏光继续居住我的房子期间，我决不向您提以后的房租……"

"很好。"

"另外，如果需要的话，如果您目前手头拮据，当然这根本不可能，我打算奉送您五十个皮斯托尔。"

"太好了；这么说您很有钱了，我亲爱的博纳希厄先生。"

"说得恰当些，先生，我生活还算富裕。我做服饰用品买卖积攒了一笔钱，大约有两三千埃居的年收入，特别是在著名航海家让·莫凯①的最近一次旅行里投资了一笔数目；因此，您也明白，先生……啊！……"市民叫了起来。

"什么事？"达尔大尼央问。

"在那边我看见了什么？"

"哪边？"

"大街上，您的窗子对面，那家人家的门洞里，一个裹着披风的人。"

"是他！"达尔大尼央和市民一同叫了起来，他俩同时认出了他们要找的人。

"啊！这一次，"达尔大尼央一边嚷着，一边朝他的剑跳过去，"这一次他再也逃不了啦！"

他从剑鞘里拔出剑，冲出了他的套房。

在楼梯上他遇到了来看他的阿多斯和波尔朵斯。他们避到一旁，达尔大尼央像一支离弦的箭从他们中间一穿而过。

"啊，您这是上哪儿去？"两个火枪手同时向他大声问道。

"默恩的那个人！"达尔大尼央回答；接着就跑得不见了踪影。

达尔大尼央曾经不止一次向他的朋友们讲起过他与那个陌生人的冲突，讲起过那个美丽的女旅客的出现，那个陌生人当时很可能有一封

① 让·莫凯，法国旅行家，生于1575年，死于1617年后。原为法国宫廷药剂师，国王亨利四世准许他周游各国，要他为自己搜集可能搜集到的各种珍奇物品。从1601年至1612年他游历了非洲西海岸、圭亚那、摩洛哥、西印度群岛、巴勒斯坦，回国后担任皇家珍品陈列馆馆长。

重要的信件交给她去送。

阿多斯的意见是，达尔大尼央在斗殴中自己丢失了信：照他看来，一个贵族，根据达尔大尼央对陌生人的描绘，这只可能是一个贵族，一个贵族不会干偷一封信这种卑劣的勾当。

波尔朵斯则把整个这件事仅仅看成是一次幽会，不是一个夫人约一个骑士，就是一个骑士约一个夫人，结果被达尔大尼央和他的黄马的出现搅散了。

阿拉密斯说，这件事太神秘，最好还是不要深究。

因此他们根据达尔大尼央说出的几个字，就明白了是怎么回事。他们认为，达尔大尼央不论是追上他要找的那个人，还是没有找到他要找的那个人，最后总会回到楼上自己的家里来，所以他们继续上楼。

他们走进达尔大尼央的房间，房间里空无一人；房东认为在年轻人和陌生人之间肯定会发生冲突，他害怕冲突造成的后果，根据他自己所说的性格作出的估计，认为比较谨慎的做法还是赶快溜走。

第九章
达尔大尼央大显身手

正如阿多斯和波尔朵斯预料的，半小时以后达尔大尼央就回来了。这一次他又没有找到他要找的那个人，那个人像施了魔法似的消失得无影无踪。达尔大尼央握着剑，跑遍了附近所有的街道，连个和他要找的那人相像的人都没有找到。最后他回过头来做他也许一开始就应该做的事：敲陌生人身子靠过的那扇门。但是他连续用门环白白地敲了十一二次，也没有人答应；邻居们听到响声，有的跑出自己的家门，有的把头伸出窗口，一致肯定地对他说，这所房子已经有半年没有人住了；再说，所有的门窗也确实都关得严严实实的。

达尔大尼央在街上奔跑、敲门时，阿拉密斯来和他的两个伙伴碰头，因此达尔大尼央回到家里时发现该到的人都到齐了。

“怎么样？”三个火枪手看见达尔大尼央进来，满头大汗，脸气得变了色，他们一齐问道。

“怎么样！”达尔大尼央一边把剑扔到床上，一边大声嚷道，“这个人一定是魔鬼的化身；他像幽灵、像影子、像鬼魂一样消失得无影无踪了。”

“您相信有鬼魂出现吗？”阿多斯问波尔朵斯。

“我吗，我只相信我看见的；我从来没有看见过鬼魂出现，所以我不相信。”

“《圣经》，”阿拉密斯说，“告诉我们必须相信：撒母耳的鬼魂曾经出现在扫罗[①]面前。这是一个信条，如果有人不相信，我会感到不快的，波尔朵斯。”

“不论是人还是鬼，不论是肉体还是影子，不论是幻影还是现实，这个人总之是我的灾星；因为他逃走了，害得我们做不成一桩大买卖，先生们，本来有一百皮斯托尔可赚，也许还不止呢。”

“怎么回事？”波尔朵斯和阿拉密斯同时问。

至于阿多斯，信守他的沉默寡言的原则，仅仅用目光询问达尔大尼央。

“普朗歇，”达尔大尼央对他的仆人说，这时候他的仆人正从门缝里探进头来打算偷听三两句谈话，“下楼去找一趟房东博纳希厄先生，告诉他给我送六瓶博让西[②]葡萄酒来，这是我喜欢喝的酒。”

“哟！这么说您在您的房东那儿开了一个赊购账户了？”波尔朵斯问。

“是的，”达尔大尼央回答，“从今天开始，你们放心好了，如果

---

①撒母耳，《圣经·旧约》中的希伯来先知和最后一个士师。幼年时被父母送去侍奉耶和华，成为先知后，与非利士人作战，进行宗教改革，并奉耶和华之命，遵照民意立扫罗为王。后来扫罗违背神命，撒母耳斥责他，并秘密立大卫为以色列王。撒母耳死后，扫罗在与非利士人交战前，去见隐多珥的一个女巫，要她招撒母耳的鬼魂来。撒母耳的鬼魂责备扫罗，并预告他次日必死于非利士人手里。果然第二天扫罗的三个儿子战死，扫罗本人自杀。

②博让西，法国中部卢瓦雷省城镇。

他的酒不好，我们可以再打发他去找别的酒。”

“应该使用而不应该滥用，”阿拉密斯用教训人的口吻说。

“我一直说达尔大尼央是我们四个人中最有才能的一个，”阿多斯说，达尔大尼央鞠了一个躬作为对他的这个意见的回答，而阿多斯自己在发表这个意见以后，立刻又陷入在他成为习惯的沉默之中。

“但是，您说说看，到底是怎么回事？”波尔朵斯问。

“对，”阿拉密斯说，“有什么秘密说给我们听听吧，我亲爱的朋友，除非是牵涉到某一位夫人的荣誉；真要是那样，您最好还是守口如瓶，只让您一个人知道吧。”

“放心，”达尔大尼央回答，“我说给你们听的事，不会损害到任何一个人的荣誉。”

他于是把刚刚在他和房东之间发生的事原原本本地讲给他们听，还讲了绑架可敬的房东的妻子的人，和他从诚实磨坊主客店起就与之发生纠纷的那个人，是同一个人。

“您的这桩买卖不坏，”阿多斯在很内行地品尝过葡萄酒，点了点头表示他觉得酒很好以后，说，“我们还可以从这个好心人那里挤出五六十皮斯托尔。现在剩下来要知道的是为了这五六十个皮斯托尔，是不是值得拿四颗脑袋去冒险。”

“不过，请你们注意，”达尔大尼央大声嚷道，“在这桩买卖中有一个女人，一个被劫持的女人，一个毫无疑问受到威胁，也许还受到折磨的女人；之所以会这样，是因为她忠于她的女主人。”

“当心，达尔大尼央，当心，”阿拉密斯说，“依我看，您有点过分关心博纳希厄太太的命运了。女人是为了毁掉我们而创造出来的，我们的一切不幸都来自她们。”

阿多斯听到阿拉密斯的这个格言警句，皱紧了眉头，咬住了嘴唇。

“我决不是为博纳希厄太太担心，”达尔大尼央大声嚷道，“而是为王后，她遭到国王的遗弃，她受到红衣主教的迫害，她眼睁睁地看着她的所有朋友一批接一批地人头落地。”

“为什么她要爱我们在这个世界上最恨的人，西班牙人和英国人呢？”

“西班牙是她的祖国，”达尔大尼央回答，“她爱西班牙人也是很自然的事，因为西班牙人和她是同一块国土上的孩子。至于你们对她的第二个指责，我曾经听人说她不是爱所有的英国人，只是爱一个英国人。”

“说真的！”阿多斯说，“应该承认这个英国人确实值得爱。我还从来没见过比他更有气派的人呢。”

“且不提他的穿戴没有人能和他比，”波尔朵斯说，“他撒珍珠的那一天我正好在罗浮宫；真的，我拾到两颗，每颗卖了十个皮斯托尔。您呢，阿拉密斯，您认得他吗？”

“不比你们差，先生们，因为我是在亚眠[①]的花园里抓他的人中间的一个，是王后的马厩总管德·皮唐热先生把我带进去的。当时我还在神学院上学，我觉得这件事对国王说来是很残酷的。”

“尽管如此，”达尔大尼央说，“如果我现在知道白金汉公爵在哪里，我还是会抓住他的手，把他带到王后身边去，只要能惹得红衣主教生气；因为我们真正的，我们惟一的，我们永恒的敌人，先生们，是红衣主教；如果我们能够有办法狠狠地同他开一个玩笑，我承认，我情愿拿我的脑袋去试一试。”

“还有，”阿多斯说，“达尔大尼央，那个服饰用品商对您说过，王后认为有人用一封假信把白金汉骗来。”

“她是这么担心的。”

“请等一等，”阿拉密斯说。

“等什么？”波尔朵斯问。

“继续谈下去吧，让我回忆回忆一些情况。”

“现在我相信，”达尔大尼央说，“劫持王后手下的这个女人与我们谈的这些事有关系，也许与白金汉先生来巴黎也有关系。”

“这个加斯科尼人真有见解，”波尔朵斯怀着钦佩的心情说。

---

① 亚眠，法国北部索姆省省会，曾是旧庇卡底省省会。

“我非常喜欢听他说话，”阿多斯说，“他的方言我听了觉得很有趣。”

“先生们，”阿拉密斯说，“听听这件事吧。”

“让我们听阿拉密斯说，”三个朋友说。

“昨天，我在一位造诣很深的神学博士家里；为了研究神学，我偶尔去向他求教……”

阿多斯露出了笑容。

“他住在一个僻静冷落的街区，”阿拉密斯继续说下去，“因为他的爱好，他的职业要求如此。后来，在我从他家里出来时……”

说到这儿阿拉密斯停住了。

“怎么啦？”他的听众们问，“在你从他家里出来时，怎样啦？”

阿拉密斯看上去就像一个说着谎话，突然被没有料到的障碍挡住的人那样，在竭力勉强自己违心地说下去。但是他的三个伙伴的眼睛盯住他，他们的耳朵竖起了在等着听，没有办法再退却了。

“这位博士有一个侄女，”阿拉密斯继续说。

“啊，他有一个侄女，”波尔朵斯打断他的话。

三个朋友都笑出声来。

“啊！如果你们笑或者你们不相信，”阿拉密斯说，“你们就什么也不会知道了。”

“我们像伊斯兰教徒一样坚信不移，像灵柩台一样保持缄默，”阿多斯说。

“那我就继续说下去，”阿拉密斯说，“这个侄女偶尔来看看她的叔父；昨天她碰巧和我同一时间来到，我当然应当主动提出送她上她的马车。”

“啊！博士的侄女，她有一辆马车？”波尔朵斯插了一句嘴，他有一个缺点就是管不住自己的舌头，“结识了一个挺不错的人嘛，我的朋友。”

“波尔朵斯，”阿拉密斯说，“我已经不止一次提醒您注意，您这个人太冒失；这会在女人眼里给您带来损害的。”

“先生们，先生们，”达尔大尼央大声嚷道，他已经隐约猜到了这次奇遇的内情，“事情很严重；因此，如果可能的话，让我们尽力做到不要开玩笑。说下去，阿拉密斯，说下去。”

“突然间有一个男人，身材高大，棕色头发，举止像一个贵族……瞧，达尔大尼央，和您那个人十分相像。”

“也许就是同一个人，”达尔大尼央说。

“很可能，”阿拉密斯继续说下去，“他走到我跟前，有五六个伴随他的人，在他后面十步以外跟着，他用极其客气的口气对我说：‘公爵先生，’接着又对挽着我的胳膊的那位夫人说：‘还有您，夫人。’……”

“对博士的侄女说？”

“别作声，波尔朵斯！”阿多斯说，“您真叫人无法忍受。”

“那人说，‘请上这辆马车，不要有一点反抗的打算，也不要出一点声音。’”

“他把您当成白金汉了！”达尔大尼央大声嚷道。

“我相信是这样，”阿拉密斯回答。

“可是这位夫人呢？”波尔朵斯问。

“他把她当成王后了！”达尔大尼央说。

“完全正确，”阿拉密斯回答。

“这个加斯科尼人真鬼！”阿多斯叫了起来，“无论什么都逃不过他。”

“应该承认，”波尔朵斯说，“阿拉密斯的高矮和英俊的公爵一样，体形上也有些相似之处，不过我觉得火枪手的服装……”

“我穿了一件大得异乎寻常的披风，”阿拉密斯说。

“在七月里，见鬼！”波尔朵斯说，“是不是博士怕您被认出来？”

“密探被体形骗住，”阿多斯说，“这我还能够理解；但是脸……”

“我戴了一顶大帽子，”阿拉密斯说。

“啊！我的天主，”波尔朵斯叫起来，“为了研究神学，采取了多少预防措施啊！”

“先生们，先生们，”达尔大尼央说，“不要把我们的时间浪费在开玩笑上；让我们分散开，去寻找服饰用品商的妻子，这是揭破这个阴谋的关键。”

“一个身份如此低下的女人！您真的相信，达尔大尼央？”波尔朵斯轻蔑地撇着嘴说。

“她是王后的心腹仆人德·拉波尔特的教女。我不是已经对你们说过吗，先生们？再说，王后陛下这一次找一个如此卑下的人作为依靠，也许有她的打算。地位高的人的脑袋老远就能看见，而红衣主教的眼力又非常好。”

“好吧！”波尔朵斯说，“您先跟服饰用品商谈好价钱，价钱要高。”

“用不着，”达尔大尼央说，“因为我相信即使他不付，另外一方也会付给我们大价钱的。”

这时候楼梯上响起急促的脚步声，门砰的一声打开，不幸的服饰用品商冲进正在开会商量的房间。

“啊！先生们，”他大声嚷叫，“救救我，看在老天的份上，救救我！来了四个人要抓我；救救我，救救我！”

波尔朵斯和阿拉密斯站了起来。

“等一等，”达尔大尼央大声叫喊，同时向他们做了一个手势，要他们把已经拔出一半的剑重新插进剑鞘，“等一等，此时此刻需要的不是勇气，而是谨慎。”

“可是，”波尔朵斯大声叫喊，“我们不能让……”

“你们让达尔大尼央去对付，”阿多斯说，“我再重复一遍，他是我们所有人中间能力最强的人；至于我，我声明我服从他。你愿意怎么办就怎么办吧，达尔大尼央。”

这时候四个卫士出现在前厅的门口，他们看见四个火枪手站立着，身边还佩着剑，于是犹犹豫豫，无法决定是不是再往前走。

“请进，先生们，请进，”达尔大尼央嚷道，“你们这是在我家里；我们全都是国王和红衣主教先生的忠实仆人。”

“那么，先生们，你们不反对我们执行我们接到的命令吧？”看上去像是班长的那个人问。

“正相反，先生们，如果需要的话，我们还准备协助你们。”

“他这是在说什么？”波尔朵斯低声咕噜。

“你是一个傻瓜，”阿多斯说，“别作声！”

“可是您答应过我……”可怜的服饰用品商低声说。

“我们只有在不失去自由的情况下，才能救您，”达尔大尼央迅速地低声回答，“只要我们显出要保卫您的样子，他们就会把我们和您一起抓走。”

“然而我觉得……”

“来吧，先生们，来吧，”达尔大尼央高声说，“我没有任何理由保卫这位先生。今天我才第一次看见他，而且为的是什么，他亲自会对你们说的，是为了来向我讨我欠他的房租。是真的吧，博纳希厄先生？回答呀！”

“完全是真的，”服饰用品商大声嚷道，“不过这位先生没有告诉你们……”

“千万不要提到我，不要提到我的朋友们，特别是不要提到王后，否则您会毁掉所有的人而又不能救你自己。动手吧，动手吧，先生们，把这个人带走！”

达尔大尼央把惊慌失措的服饰用品商推到卫士们的手边，同时对他说：

“您是一个无赖，我亲爱的；您来找我要钱！找一个火枪手要钱！关进监狱！先生们，再说一遍，把他带到监狱去，关起来，尽可能多关些日子，这样我就可以有宽裕的时间来准备还钱了。”

这几个打手连声道谢，把他们抓住的人带走。

在他们正要下楼时，达尔大尼央拍拍班长的肩膀。

“为什么我们不相互举杯祝对方健康呢？”他一边说，一边斟满两杯博纳希厄先生慷慨大方地送给他的博让西葡萄酒。

“这对我说来将是个莫大的荣幸，”打手的头儿说，“我怀着感谢的心情接受。”

“好，为您的健康干杯，先生……请问您叫什么名字？”

“布瓦勒纳尔。”

“布瓦勒纳尔先生！”

“为您的健康干杯，我的贵族。现在轮到我问您了，请问您叫什么名字？”

“达尔大尼央。”

“为您的健康干杯，先生！”

“在所有这些祝词之上，”达尔大尼央好像在兴奋中控制不住自己，叫了起来，“再让我们为国王和红衣主教的健康干杯。”

如果酒不是好酒，打手的头儿也许会对达尔大尼央的真诚产生怀疑，但是酒是好酒，他相信了。

“您这玩的是什么卑劣勾当？”波尔朵斯说，这时那个打手的头儿追赶他的伙伴们去了，四个朋友单独留下，“呸！四个火枪手竟让人从他们中间抓走一个求救的不幸的人！一个贵族跟一个狗腿子碰杯！”

“波尔朵斯，”阿拉密斯说，“阿多斯告诉过你，你是一个傻瓜，我完全赞同他的意见。达尔大尼央，你是一个伟大的人，将来你到了德·特雷维尔先生的地位上，我要请求你的保护，让我能主持一座修道院。”

“哎呀！我搞糊涂了，”波尔朵斯说，“你们赞成达尔大尼央刚才做的事？”

“当然是这样，”阿多斯说，“我不仅赞成他刚才做的事，还要向他表示祝贺呢。”

“现在，先生们，”达尔大尼央说，他没有费力气去向波尔朵斯解释他的所作所为，“全体为一人，一人为全体；这是我们的座右铭，对不对？”

“不过……”波尔朵斯说。

“伸出你的手来，宣誓！”阿多斯和阿拉密斯同时嚷了起来。

波尔朵斯被榜样的力量挫败了，他一边低声发着牢骚，一边伸出了手，四个朋友异口同声地重复说着达尔大尼央口授的誓词：

“全体为一人，一人为全体。”

“很好，现在各人回各人的家，”达尔大尼央说，倒好像他这一生除了下命令没有做过别的事似的，“注意，因为从此刻起，我们开始和红衣主教较量了。”

第十章
十七世纪的捕鼠笼

捕鼠笼不是我们这个时代的新发明；人类社会在形成中，不管发明了哪一种警察局，这个警察局就立即发明了捕鼠笼。

读者也许还不熟悉耶路撒冷街[①]的这个切口，而且我写书写了十五年，这还是第一次使用具有这方面含义的这个词，因此让我来解释解释捕鼠笼是什么。

一所房子，不论是什么房子，如果在里面逮捕了一个被怀疑犯有某桩罪行的人，就对这次逮捕严守秘密，然后埋伏四五个人在头一间屋子里，只要有人敲门，就把门打开，待人进来立即再关上门，进来的人无一例外地都加以逮捕；这样一来，用不了两三天就差不多可以把常来这所房子的人全都抓起来。

这就是一个捕鼠笼。

因此博纳希厄老板的那套房间就变成了一个捕鼠笼，不论谁进来，都加以逮捕，受到红衣主教先生手下的人审问。通到达尔大尼央住的二楼有一条单独的过道，上他家来的人当然都没有遇到麻烦。

况且上他这儿来的也只有三个火枪手；他们三人已经开始调查，各

---

①耶路撒冷街，法国当时巴黎的警察局所在地。耶路撒冷街的切口，也就是警察局里的人的切口。

人调查各人的，但什么情况也没有查到，什么情况也没有发现。阿多斯甚至跑去询问德·特雷维尔先生。因为这个可敬的火枪手平时沉默寡言，所以这件事使得他的队长大为惊奇。但是，德·特雷维尔先生最近一次见到红衣主教、国王和王后时，红衣主教看上去忧虑重重，国王神情不安，王后的眼睛红红的，说明她彻夜不眠或者哭过，除此以外他就什么也不知道了。不过这最后一个情况并没有使他感到惊讶，因为王后自从结婚以来，经常彻夜不眠和哭泣……

德·特雷维尔先生不管怎样还是嘱咐阿多斯要为国王效劳，特别是要为王后效劳，还请他把相同的嘱咐转告他的朋友们。

至于达尔大尼央，他一步也没有离开他的家。他把他的房间改变成为观察所。从窗口他可以看见那些自投罗网的人来到；另外他搬开地上的方砖，挖掉镶木地板，只剩下一层天花板把他和楼下的房间隔开，审讯就在楼下这间房间里进行，他能听到审问者和被审问者之间的一切情况。

审讯之前先要对被逮捕的人进行一次仔细的搜身。审讯的内容几乎千篇一律。

“博纳希厄太太交给您什么东西，要您转交给她的丈夫或者其他什么人吗？”

“博纳希厄先生交给您什么东西，要您转交给他的妻子或者其他什么人吗？”

“他们两人口头上向您透露过什么秘密吗？”

“如果他们知道什么情况，他们就不会这么问了，”达尔大尼央心里这么对自己说，“现在，他们想知道什么呢？显然是想知道白金汉公爵是不是在巴黎，他是不是已经和王后见过面，或者打算和王后见面。”

达尔大尼央停留在这个想法上，根据他听到的那一切来判断，他的这个想法看上去很可能是正确的。

不管怎样，捕鼠笼还要使用下去，达尔大尼央的警惕也不能放松。

逮捕可怜的博纳希厄的第二天晚上，阿多斯刚刚离开达尔大尼央到德·特雷维尔先生家里去，九点钟的钟声刚刚响过，还没有铺床的普朗歇开始动手干活儿了，突然传来敲临街的大门声；这扇门立刻打开又关上了：有人刚刚被捕鼠笼捉住。

达尔大尼央连忙跑到搬开方砖的地方，俯卧在地上，仔细地听。

立刻响起了几声叫喊，接着是几声有人企图堵住不让喊出来的呻吟声。这一次没有审讯。

“见鬼！”达尔大尼央心里想，“听上去像个女人：有人搜她的身，她进行反抗，有人对她使用暴力，这伙坏蛋！”

达尔大尼央尽管为人谨慎，还是好不容易才克制住自己，没有介入到发生在他楼下的事中去。

“我要告诉你们，我是这所房子的女主人，先生们；我要告诉你们，我是博纳希厄太太；我要告诉你们，我是王后手下的人！”不幸的女人大声叫嚷。

“博纳希厄太太！”达尔大尼央低声说，“我找到了大家都在找的人，可以说运气够好了吧？”

“我们等的正是您，”那些审问者回答。

女人的声音被捂住，变得越来越低；一阵乱哄哄的骚动震得护墙板都发出了响声。受害的女人尽最大的力量在反抗四个男人。

“放开我，先生们，放……”女人说，声音很低，听上去含糊不清了。

“他们塞住她的嘴巴，他们要把她带走，”达尔大尼央一边大声嚷叫，一边像装了弹簧似的，一下子蹦了起来，“我的剑；好，它就在我身边。普朗歇！”

“先生？”

“快跑去找阿多斯、波尔朵斯和阿拉密斯。三个人中间肯定有一个人在家，也许三个人都回家了。让他们拿上武器，让他们来，让他们跑着来。啊！我记起来了，阿多斯上德·特雷维尔先生家里去了。”

“可是您上哪儿去，先生，您上哪儿去？”

“我从窗口跳下去，”达尔大尼央大声叫喊，“好早一点到；您呢，把方砖重新铺好，扫扫干净，从门口出去，赶快跑到我叫您去的地方去。”

“啊！先生，先生，您会摔死的！”普朗歇叫了起来。

“闭嘴，蠢货，”达尔大尼央说。他紧紧抓住窗台，让自己从二楼落下去，二楼幸好不高，他连皮也没有擦破一点。

紧接着他就去敲门，一边敲，一边低声说：

“我也把自己送进这个捕鼠笼了，活该那些猫倒霉了，谁叫他们招惹这样一只老鼠。”

门环刚在年轻人的手底下发出响声，里面的骚动就停止了，传来走近的脚步声，门打开，达尔大尼央握住出鞘的剑，冲进博纳希厄先生的套房，门毫无疑问地装着弹簧，紧接着在他背后砰的一声关上。

接下来，还住在博纳希厄的这所不幸的房子里的人，还有靠得最近的邻居，都听见了高喊声，顿脚声，剑与剑相碰的丁当声，家具毁坏的哗啦声。过了一会儿以后，听到这些声音感到惊奇的人，都跑到窗口来看看究竟是怎么回事，他们所能看到的是门打开了，四个穿黑衣服的人不是从门里走出来，而是像四只受了惊吓的乌鸦飞出来，地上，桌子角上留下了翅膀上的羽毛，换句话说，留下了他们的衣服的破布片和他们的披风的碎片。

达尔大尼央，应该说，没有费多大的力气就成了胜利者，因为只有一个打手有武器，而且他也只不过是做做样子，稍微抵抗了一下。其他三个人确实试图用椅子、凳子和陶瓷器皿砸死这个年轻人；但是加斯科尼人的长剑划破的两三处轻伤把他们吓得屁滚尿流。花不了十分钟就把他们打败了，达尔大尼央控制了整个战场。

邻居们用巴黎居民在这个经常发生骚乱和斗殴的时代里特有的冷静态度打开窗子，等到他们看到四个穿黑衣服的人逃走，立刻就把窗子关上，他们的本能告诉他们，这一切暂时告一个段落。

况且时间已经很晚了，那时候和今天一样，卢森堡区的人都睡得很早。

达尔大尼央单独一个人和博纳希厄太太留在屋里，他朝她转过身去，可怜的女人仰卧在一把扶手椅上，处在半昏迷状态之中。达尔大尼央迅速地打量了她一下。

她是个二十五六岁的极其可爱的女人，棕色头发，蓝眼睛，鼻子微微有点翘，一口牙齿非常好看，面色白里透红。然而能够使她被人误认为是一位贵夫人的特征也就到此为止。手虽然白，但是不够细巧；脚也不是出身高贵的女人的脚。幸好达尔大尼央对这些细节还不关心。

达尔大尼央打量博纳希厄太太，而且正如我们说的，打量到她的脚的时候，他看见地上有一条细麻布手绢，他按照他的习惯把它拾起来；手绢的角上，他认出了他在那条差点儿害得他和阿拉密斯拼命的手绢上看见过的相同的姓名起首字母组成的图案。

从那时候起达尔大尼央对绣有纹章的手绢就存有戒心了，因此他什么也没有说，把拾起的手绢塞进博纳希厄太太的口袋里。

这时候博纳希厄太太恢复了知觉。她睁开眼睛，万分恐惧地朝四周围张望，看见套房空了，她单独一个人和她的救星在一起，立刻露出微笑，朝他伸出双手。博纳希厄太太有着世上最迷人的微笑。

“啊，先生！”她说，“是您救了我，请允许我向您表示感谢。”

“太太，”达尔大尼央说，“我做的仅仅是换了另外一个贵族处在我的地位都会做的事，因此您完全不用谢我。”

“不，先生，恰恰相反，我希望向您证明您不是帮助一个忘恩负义的女人。可是这些人到底要我干什么？起初我还以为他们是强盗，为什么博纳希厄不在这儿？”

“太太，这些人比起强盗来可要危险得多了，因为他们是红衣主教先生手下的人。至于您的丈夫，博纳希厄先生，他不在这儿，因为昨天有人来抓他，把他带到巴士底狱去了。”

“把我丈夫带到巴士底狱去了！”博纳希厄太太叫了起来，“啊！我的天主！他究竟做了什么事？可怜的心爱的人！他是清白无辜的化身呀！”

一种有几分像微笑的表情在年轻女人的还是惊慌失措的脸上显露出来。

“他做了什么事吗，太太？”达尔大尼央说，“我相信他惟一的罪过是，他同时既是有幸而又是不幸地做了您的丈夫。”

“这么说，先生，您知道……”

“我知道您曾经被绑架，太太。”

“被谁绑架的？您知道吗？啊！如果您知道，您说给我听听。”

“被一个四十到四十五岁的男人，黑头发，晒得黑黑的皮肤，左边鬓角有一块伤疤。”

“不错，一点不错；不过他的名字呢？”

“啊！他的名字吗？这我就不知道了。”

“我的丈夫，他知道我被绑架了？”

“有一封信通知他，信是绑架者亲自写的。”

“他是不是在猜测造成这件事的原因？”博纳希厄太太局促不安地问。

“我相信，他认为这件事出于一个政治原因。”

“我起初还不相信，现在我和他想法一样。这么看来，这位亲爱的博纳希厄先生连一分钟也没有对我起过疑心……”

“啊！非但没有起过疑心，太太，他还对您的明智，特别是对您的爱情感到过分的自豪呢。”

几乎难以觉察的微笑又一次掠过美丽的年轻女人玫瑰红的嘴唇。

“不过，”达尔大尼央继续说下去，“您是怎么逃出来的呢？”

“我趁着他们让我单独待着的机会；因为我从今天早上起就知道了绑架我是为了什么，我借助我的床单从窗口吊下来；当时我相信我的丈夫在这儿，我就跑来了。”

“为了寻求他的保护？”

“啊！不，可怜的心爱的人，我清楚地知道他不可能保护我；但是他可以在别的事上帮助我们，我想通知他。”

“什么事？”

“啊！这可不是我本人的秘密，因此我不能告诉您。”

“况且，”达尔大尼央说，“请原谅，太太，尽管我是一名卫士，我还是要提醒您要谨慎小心，况且，我认为我们现在在这儿不是在一个适合于说秘密话的地方。我打跑的那些人就要带着支援人员回来。如果他们再在这儿找到我们，那我们就完了。不错，我，派人去通知我的三个朋友了，但是谁知道是不是能在他们家里找到他们！”

“对，对，您说得有道理，”惊慌失措的博纳希厄太太叫了起来，“快逃，让我们赶快离开这儿。”

说着这几句话，她用胳膊挽住了达尔大尼央的胳膊，急忙把他拉走。

“可是往哪儿逃呢？”达尔大尼央说，“上哪儿去呢？”

“首先让我们远远离开这所房子，其他的以后再说。”

这一女一男两个年轻人，甚至连门也用不着关，就迅速地沿着掘墓人街往下走去，转入王子壕沟街，一直走到圣苏尔比斯广场才停下。

“现在我们怎么办？”达尔大尼央问，“您要我把您送到哪儿去？”

“我向您承认，我感到非常为难，没法回答您，”博纳希厄太太回答，“我本来打算让我的丈夫去通知德·拉波尔特先生，好让德·拉波尔特先生能够明确地告诉我们三天来在罗浮宫里发生的事，我现在到罗浮宫去是不是有危险。”

“不过，我，”达尔大尼央说，“我可以去通知德·拉波尔特先生。”

“当然；不过仅仅只有一个麻烦，这就是罗浮宫里的人认识博纳希厄，会放他进去，而您呢，那儿的人不认识您，连门也不会让您进的。”

“没关系！”达尔大尼央说，“您在罗浮宫里一定有哪个边门的看门人忠心于您，他凭一个暗号……”

博纳希厄太太目不转睛地望着年轻人。

“我如果把这个暗号告诉您，”她说，“您在用过以后，会不会立刻把它忘掉？”

“以荣誉保证，以贵族的名义保证！”达尔大尼央说，使用的那种口气让人决不会对他的真诚产生怀疑。

“好，我相信您；您看上去像一个正直的年轻人；况且您的前程也许会跟随您的效忠之后来到。”

“我将不需要任何许诺，真心诚意地做一切能为国王效劳，能让王后高兴的事，”达尔大尼央说，“像支使一个朋友那样支使我吧。”

“可是我呢，在这段时间里您把我安顿在哪儿？”

“难道您没有一个人，可以让德·拉波尔特先生上他家里去找您吗？”

“没有，我不愿意信赖任何人。”

“等等，”达尔大尼央说，“我们来到了阿多斯的门口。好，就这么办。”

“阿多斯是谁？”

“我的一个朋友。”

“可是他如果在家里，看见我，怎么办？”

“他不在家，等我把您送进他的套房以后，我把钥匙带走。”

“如果他回来呢？”

“他不会回来；即使回来了，有人会告诉他，我带来一个女人，这个女人在他家里。”

“可是这会使我的名誉受到极大的损害，您知道吧！”

“对您有什么关系！没有人认识您；况且就我们现在的处境来说，也顾不到什么礼仪了。”

“那就上您的朋友家里去吧。他住在哪儿？”

“费鲁街，离这儿只有几步远。”

“走吧。”

两个人继续赶路。果然不出达尔大尼央所料，阿多斯不在家。达尔大尼央是阿多斯的挚友，看门人习惯了把钥匙交给他；他取了钥匙，上楼，把博纳希厄太太领进我们已经描绘过的那套不大的房间里。

“您到了这儿就跟到了您自己家里一样，”他说，“等着，把门从里面关上，任何人来了也别开门，除非您听见像这样敲三下，听好。”他敲了三下：两下连着，相当重；一下时间比较隔开一点，比较轻。

“很好，”博纳希厄太太说，“现在轮到我给您指示了。”

“我听着。”

“您去朝着梯子街的罗浮宫的边门，找热尔曼。”

“好。接下来呢？”

“他会问您要干什么，您就用这两个词儿回答他：塔楼和布鲁塞尔。他立刻就会听候您的吩咐。”

“我吩咐他什么呢？”

“去找王后的近侍拉波尔特先生。”

“他去找拉波尔特先生，拉波尔特先生来了以后呢？”

“您叫他上我这儿来。”

“好的，但是我以后在哪儿，又怎么再见到您呢？”

“您非常希望再见到我吗？”

“那当然。”

“好吧！让我来安排这件事，您放心好了。”

“我相信您的话。”

“您完全可以相信。”

达尔大尼央向博纳希厄太太行礼告别，同时把他尽可能集中到她那娇小可爱的身体上的最钟情的目光投向她。下楼梯时他听见背后传来门关好，紧紧锁上的声音。他三蹦两跳就到了罗浮宫；他进梯子街的边门时，十点的钟声敲响了。我们刚叙述的那些事是在半个小时之内连续发生的。

接下来的一切都照博纳希厄太太说的做了。热尔曼听到约定的暗号以后，照吩咐他的去做。十分钟后，拉波尔特来到门房里；达尔大尼央三言两语向他说明了情况，并且告诉他博纳希厄太太在哪里。拉波尔特连问了两次，把准确地址记住以后，立刻跑着走了。然而他刚跑了十步又转了回来。

“年轻人，”他对达尔大尼央说，“提个忠告。”

“什么忠告。”

“您可能因为刚发生的事而受到追究。”

“您这么认为吗？”

“是的。您有没有什么朋友，他的钟经常总是走得慢？”

“有又怎么样？”

“去看他，好让他能证明您九点半钟在他家里。在法律上这叫做‘不在现场’。”

达尔大尼央认为这个忠告很明智。他拔腿就跑，来到了德·特雷维尔家里；但是他没有到客厅里去跟大家在一起，而是请求到书房里去。因为达尔大尼央是府邸里的常客，所以他的请求没有遇到任何阻挠就得到了同意。有人去禀报德·特雷维尔先生，他的年轻同乡有重要的事要告诉他，请求一次特别接见。五分钟以后，德·特雷维尔先生问达尔大尼央，他能帮什么忙，有什么事值得他这么晚还来看他。

“请原谅，先生！”达尔大尼央说，他利用他单独一个人待着的几分钟把钟拨慢了三刻钟，“我想才九点二十五分，上您这儿来还不算太晚。”

“九点二十五分！”德·特雷维尔望着钟，叫了起来，“可是，这不可能呀！”

“您还是看看吧，先生，”达尔大尼央说，“瞧，它可以证明。”

“不错，”德·特雷维尔先生说，“我还以为已经很晚了呢。好，说说看，您要我做什么？”

达尔大尼央于是讲了一个与王后有关的长故事给德·特雷维尔先生听。他叙述了他替王后陛下担心，他讲了他耳闻的红衣主教针对白金汉定下的一些计划。他讲的时候态度是那么平静，那么有把握，德·特雷维尔先生不能不相信，特别是因为他自己也正如我们前面说过的，已经注意到在红衣主教、国王和王后之间出现了什么新问题。

十点钟的钟声敲响了，达尔大尼央离开德·特雷维尔先生。德·特雷维尔先生感谢他提供了一些情况，嘱咐他要时刻把为国王和王后效劳记在心上，接着就回到客厅里去了。但是，达尔大尼央到了楼梯底下，记起了他把他的手杖忘了，又急急忙忙上楼，回到书房里，用手指一转，立刻把钟拨回到原来的时间，免得第二天让人发现钟被拨慢过。在有把握从此以后可以有一个证人证明他不在现场以后，他下了楼梯，很快地就到了街上。

第十一章
事情渐渐复杂起来了

拜访过德·特雷维尔先生以后，达尔大尼央陷在沉思之中，挑了最远的一条路回家。

他这样绕道，望着天上的星星，时而叹气，时而微笑，在想什么呢?

他在想博纳希厄太太。对一个见习火枪手来说，这个年轻女人几乎可以说是一个理想的恋爱对象。她漂亮，神秘，熟悉几乎所有的宫廷秘密，因而给她的妩媚的容貌添上了那么迷人的一种严肃表情。她看上去不像是一个冷漠的人，这对情场上的新手来说具有不可抗拒的诱惑力；况且，达尔大尼央把她从那些想要搜她身，想要折磨她的魔鬼手里解救出来，这次事关重大的效劳在她和他之间奠定了一种感恩的感情，而这种感情是很容易产生出一种性质更加温柔的感情的。

美梦由幻想的翅膀载着，飞得那么快，达尔大尼央已经看见年轻女人派了一个信使来到他身边，交给他一封约他幽会的短信，还有一根金链条或者一粒钻石。我们前面说过，当时的年轻的骑士们会毫不感到耻辱地从国王手里接受财物；现在让我们再加以补充：在那个社会风气败坏的时代里，他们在他们的情妇面前也没有什么羞耻感。情妇们几乎不断地送给他们珍贵的、耐久的纪念品，好像她们是在试图用她们的礼物的坚固来克服他们的感情的脆弱。

当时的人靠了女人发迹并不感到脸红。那些除了自己的美貌以外一无所有的女人付出她们的美貌，毫无疑问下面这句谚语就是从这儿出典："世上最美丽的姑娘也只能付出她之所有。"有钱的女人另外还付出她们的部分钱财，我们可以举出不少那个风流时代的英雄，如果没有他们的情妇挂在他们的马鞍架上的、多少装着些钱的钱袋，就不可能先是小立战功，然后是在一次次战役中大获全胜。

达尔大尼央一无所有。外省人的犹豫不决的心情只不过是薄薄的一层清漆、生命短暂的花朵、桃子皮上的绒毛，在听了三个火枪手作为朋友向他所作的那些不符合正统观念的劝告以后，就像给一阵风吹得无影无踪了。达尔大尼央按照当时的离奇的习俗，把自己所在的巴黎看成是一个战场，完完全全就像在佛兰德斯[①]：那儿是西班牙人，而这儿是女人。到处都有需要去攻打的敌人，到处都有需要去征收的军税。

不过我们应该说，达尔大尼央此时此刻还是受着一种比较高尚、比较无私的感情左右。服饰用品商曾经告诉年轻人他很有钱；年轻人不难猜到，跟像博纳希厄先生这样一个傻瓜生活在一起，可以肯定是妻子掌管钱财。但是这一切对见到博纳希厄太太后产生出来的感情没有丝毫影响，金钱利益差不多仍然跟这刚萌发出来的爱情毫不相干，虽然说起来这刚萌发出来的爱情还是贪图金钱利益的后果。我们说“差不多”，是因为想到一个美丽、和蔼、聪明的年轻女人同时又有钱，非但不能削弱这刚萌发出来的爱情，反而能够加强它。

生活在富裕中的女人有许许多多对仪表上的要求，有许许多多高雅的爱好，和她的美丽非常相配。一双精美的白袜子，一件绸连衫裙，一件镶花边的无袖胸衣，脚上一双漂亮的皮鞋，头上一根鲜艳的缎带，不会使一个丑女人变得漂亮，但是可以使一个漂亮女人变得越发美丽，更何况还有一双被这一切衬托得秀美无比的手：手，特别是女人的手，需要一直闲着才能一直保持美丽。

再说，达尔大尼央，我们没有向读者隐瞒他的经济情况。因此正如读者所知道的，达尔大尼央不是一个百万富翁。他当然希望有一天能变成这样的人，但是他自己为这个幸运的转变所定的时间是相当遥远的。眼下呢，眼看着一个心爱的女人希望得到女人们用来构成她们的幸福的

---

①佛兰德斯，一译佛兰德尔，中世纪公国，包括今法国的北部省、比利时的东佛兰德斯省和西佛兰德斯省。14 至 15 世纪英法两国曾因争夺富饶的佛兰德斯，以及争夺英国在法国境内的封建领地而进行百年战争。15 至 17 世纪归属西班牙哈布斯堡王室统治，因而西法两国之间又发生冲突。

那许许多多的小玩意儿，而自己却不能把这许许多多的小玩意儿提供给她，这有多么让人绝望啊！如果女的富有而情夫并不富有，他不能向她提供的东西，至少她可以自己向自己提供；虽然她通常是靠了丈夫的钱获得这种快乐，但是她丈夫却很少会为此而受到感激。

而且，准备做最温柔体贴的情夫的达尔大尼央，暂且还是忠实可靠的朋友。他在针对服饰用品商的妻子做着各种爱情的打算时，并没有忘掉他的朋友们。博纳希厄太太那么漂亮，是完全可以在阿多斯、波尔朵斯和阿拉密斯的陪同下，领到圣德尼①平原上或者圣日耳曼集市上去散步的女人，达尔大尼央能在他们面前炫耀炫耀被自己征服的女人将会感到骄傲。散步的时间长了以后，饥饿就会来到；达尔大尼央注意到这一点已经有好一会儿了。那么就共进那种小型的可爱的晚餐，在这种晚餐上可以一边碰碰朋友的手，一边碰碰情妇的脚。最后，在紧急的时刻，危难的关头，达尔大尼央还可以成为接济他的朋友们的救星。

还有博纳希厄先生呢，达尔大尼央曾经高声否认和他有关系，把他推到警探的手里，可是又曾经悄声答应过救他。这个博纳希厄先生又怎么样呢？我们应该向读者承认，达尔大尼央根本就没有想到过他，或者说，即使想到过他，也是为了对自己说，不管他在哪儿，只要他待在那儿就行：爱情是所有情感中最自私的一种。

然而我们的读者可以放心；如果说达尔大尼央忘记了房东，或者在不知道他被人带到哪里去的借口下，假装把他忘记了，而我们呢，我们并没有忘记他，我们知道他在哪里；不过暂且让我们像坠入情网的加斯科尼人一样把他忘了吧。这位可敬的服饰用品商，我们以后还会回过头来谈他。

达尔大尼央一边考虑他未来的爱情，向黑夜倾诉着，朝星星微笑着，一边沿寻找中午街，或者按当时的叫法，沿猎取中午街，朝上坡走去。因为他当时是在阿拉密斯居住的街区里，所以他想到了去拜访一次

---

①圣德尼，巴黎北面城镇，相距 5 公里。名胜古迹颇多，有 11 到 13 世纪修建的修道院附属教堂，法国一些国王的陵墓。

他的这个朋友，解释解释他刚才打发普朗歇去找他，要他立刻去捕鼠笼的原因。普朗歇去时，如果阿拉密斯在家，那么他毫无疑问会赶到掘墓人街去，也许那儿除掉他的两个伙伴以外什么人也找不到，可以肯定他们谁也不会知道发生了什么事。因此这次对他们的打扰需要解释，这就是达尔大尼央高声自言自语的内容。

接着他又暗自心里想，对他说来这是一个谈谈他的漂亮的博纳希厄太太的机会，如果不是在他的心里，至少在他的脑子里已经充满了她。对自己的初恋，并没有必要守口如瓶。初恋总是伴随着无比巨大的快乐，必须让这种快乐往外流，否则会把您憋死。

巴黎在两个小时以前就已经是黑黝黝的了，而且变得十分冷清。圣日耳曼区的所有大时钟都同时敲响了十一点的钟声，天气很暖和。达尔大尼央沿着一条小街走去，这条小街坐落在今天的阿萨街的位置上。他呼吸着被风从沃吉拉街吹来的馥郁的香气，那是在傍晚的露水和深夜的薄雾下变得清新凉爽的花园里散发出来的。散落在平原上的几家小酒馆里有人在喝酒，远远地传来了他们的歌声，不过因为厚实的护窗板关着，歌声变得不太清晰了。到了小街的尽头，达尔大尼央朝左转。阿拉密斯住的那所房子就坐落在首饰箱街和塞尔旺多尼街之间。

达尔大尼央刚刚走过首饰箱街，就已经认出他的朋友住的那所房子的大门，房子隐藏在一丛桐叶槭和铁线莲下面，桐叶槭和铁线莲的枝叶在房子上面形成了一圈青葱翠绿的天篷。这时他突然发现一样东西，好像是个人影，从塞尔旺多尼街出来。这个人影裹着一件披风，达尔大尼央起初以为是个男人；但是从身材的矮小，步伐的迟疑不决和迈步的困难上他很快就认出了这是个女人。而且这个女人好像不能肯定这所房子是她要找的房子，抬起眼睛来辨认，停下来，往回走，接着又重新朝前走。达尔大尼央感到有点儿奇怪。

“我是不是主动去帮帮她的忙？”他想，“从她的步伐可以看出她很年轻；也许她还很美丽。啊！当然美丽。不过一个女人这个时候在街上奔走，肯定是出来会她的情夫。哎哟！如果我去打扰了他们的幽会，那才是找错了和她结识的门呢。”

这时候年轻女人一边数着房子和窗户，一边继续朝前走。其实这并不是一件需要很长时间和很困难的事。在那一边街上一共只有三所住宅和两扇朝着这条街的窗子；一扇是和阿拉密斯的房子平行的房子的，还有一扇是阿拉密斯本人的房子的。

“见鬼！”达尔大尼央忽然想起了那个神学家的侄女，对自己说，“见鬼！这只深夜还在外面飞的小鸽子，如果找的是我们的朋友的房子，那才有趣呢。不过，凭良心说，还真像是这么回事。啊！我亲爱的阿拉密斯，这一次我非弄弄清楚不可了。”

达尔大尼央尽可能把身子缩拢，躲进这条街的最暗的一侧，藏在墙龛里的一条石凳旁边。

年轻女人继续朝前走；除了她的轻盈的步子泄露出她年纪很轻以外，她刚刚还轻轻咳嗽了一声，嗓音再清脆没有了。达尔大尼央想，这声咳嗽该是个暗号。

这时候，也许是有人用一个相同的暗号回答了这声咳嗽，使得这个在夜间寻找的女人不再犹豫不决，也许是在没有外来帮助的情况下，她自己认出了她这趟奔走的目的地，只见她果断地走到阿拉密斯的护窗板跟前，用她的弯曲的手指间隔相等地连续敲了三下。

“她找的正是阿拉密斯，”达尔大尼央低声说，“啊，伪君子先生！这下子可让我撞见您是在怎样学神学了！”

三下刚敲过，里面的窗子就打开了，灯火从护窗板的玻璃上透出来。

“哈哈！”不是在门边而是在窗边偷听的人想，“哈哈！里面的人在等着她来。现在护窗板就要打开了，这位女士就要爬进去了。很好！”

但是使达尔大尼央大吃一惊的是护窗板一直关着。灯光亮了片刻也消失了，一切恢复到黑暗之中。

达尔大尼央心里想，不可能一直就这样持续下去，他继续张大了眼睛看，竖起了耳朵听。

他没有想错：几秒钟以后，里面响起了连敲两下的笃笃声。

街上的那个年轻女人只敲了一下作为回答，护窗板微微打开了一点儿。

我们可以判断出达尔大尼央是不是在贪婪地看，贪婪地听。

不幸的是灯被转移到另一间屋子里去了。但是年轻人的眼睛已经习惯了黑暗；况且，加斯科尼人的眼睛，有人深信不疑地说，像猫眼睛一样，具有在黑夜里看见东西的本领。

达尔大尼央因此看见了年轻女人从口袋里掏出一样白蒙蒙的东西，迅速地把它展开，样子看上去像一条手绢。这样东西展开后，她要她的交谈者看它的一个角。

这使达尔大尼央想起了在博纳希厄太太脚边拾到的那条手绢，而那条手绢曾经使他想起在阿拉密斯脚边拾到另一条手绢。

见鬼，这条手绢可能表示什么意思呢?

达尔大尼央在他那个位置上看不到阿拉密斯的脸，可年轻人毫不怀疑从里面和外面的女人对话的是他的朋友。因此好奇心战胜了谨慎心，他趁着我们搬上舞台的两个人物看那条手绢似乎看得十分专心之际，从躲藏的地方出来，像闪电一样迅速，但是不发出一点脚步声地过去贴在一个墙角上，从那儿他的眼睛可以一直看到阿拉密斯的房间里面。

到了那里，达尔大尼央差点儿大吃一惊地叫出来：和深夜来访的女人谈话的不是阿拉密斯，而是一个女人。可惜的是他只能够分辨出她的衣服的式样，却不能看清楚她的容貌。

在这同一瞬间，房间里的女人从口袋里掏出第二条手绢，和刚刚让她观看的那一条做了交换。接着在两个女人之间匆匆交谈了几句。最后护窗板又关上了；窗子外面的那个女人转过身来，一边把披风上的兜帽拉拉低，一边在离达尔大尼央四步远的地方走过去；但是她采取这种预防措施采取得太晚了，达尔大尼央已经认出她是博纳希厄太太。

博纳希厄太太！当她从口袋里掏出手绢时，他心头已经有过怀疑是她的念头；但是博纳希厄太太曾经打发他去找德·拉波尔特先生，为了让德·拉波尔特先生把她领回罗浮宫；她怎么可能晚上十一点半钟，冒着第二次被绑架的危险，单独一个人在巴黎的街上奔走呢?

因此这一定是为了一件非常重要的事；什么才是一个二十五岁的女人的重要事呢？爱情。

不过，她冒这样的危险是为她自己呢，还是为另外一个人？这正是年轻人向自己提出的问题。嫉妒的恶魔在咬他的心，就像他已经是正式的情夫似的。

有一个挺简单的办法可以查清博纳希厄太太上哪儿去：这就是跟踪她。这个办法如此简单，因而达尔大尼央十分自然地，而且是出自本能地使用了。

但是博纳希厄太太看见年轻人像一尊雕像离开壁龛似的离开墙壁，又听到在背后响起一阵脚步声，便低低地叫了一声，朝前逃去。

达尔大尼央跟在她后面追。对他说来，追上一个披着披风行动不便的女人，不是一件难事。因此他在她逃进的那条街的三分之一处就把她追上了。不幸的女人筋疲力尽，不是因为太累，而是因为害怕，当达尔大尼央的手放到她的肩膀上时，她一条腿跪倒在地，用哽住的嗓音叫喊：

“如果您愿意，就把我杀了吧，您什么也不会知道的。”

达尔大尼央伸出胳膊抱住她的腰，把她扶起来；但是他从她的重量上感觉到她就要昏过去了，于是急忙用一些效忠的保证来使她放心。这些保证对博纳希厄太太说来毫无意义，因为怀有世上最坏的意图的人也可以作出这样的保证；但是嗓音的作用巨大。年轻女人相信听见过这个嗓音，她睁开眼睛，朝那个把她吓得半死的人望了一眼；她认出了达尔大尼央，发出一声高兴的叫喊。

“啊！是您呀，是您呀！”她说，“谢谢，我的天主。”

“不错，是我，”达尔大尼央说，“是天主打发我来照看您的。”

“您就是抱着这个愿望跟着我的吗？”年轻女人卖弄风情地微笑着说；她的略微有点爱开玩笑的性格重新又占了上风，从她认出她原来以为是敌人的人是一个朋友的那一时刻起，她的恐惧已经完全化为乌有了。

“不是的，”达尔大尼央说，“我承认，不是的；我是偶然和您走到同一条路上来的；我看见一个女人敲我的一个朋友的窗子……”

“您的一个朋友？”博纳希厄太太打断他的话，问。

“当然，阿拉密斯是我最要好的朋友。”

“阿拉密斯！他是谁？”

“得啦！您是不是要对我说您不认识阿拉密斯？”

“我还是第一次听见这个名字。”

“这么说您是第一次来到那所房子？”

“当然。”

“您不知道那儿住着一个年轻男子？”

“不知道。”

“是一个火枪手？”

“根本不知道。”

“这么说您不是来找他的了？”

“绝对不是。况且，您也看清楚了和我谈话的是个女人。”

“确实如此，不过这个女人是阿拉密斯的朋友。”

“那我就一点也不知道了。”

“既然她住在他的家里。”

“这与我无关。”

“不过她是谁呢？”

“啊！这就不是我本人的秘密了。”

“亲爱的博纳希厄太太，您很可爱；但同时您也是最神秘的女人……”

“是不是我因此就不好了呢？”

“不，您反而更值得崇拜了。”

“既然如此，让我挽着您的胳膊。”

“乐意效劳。现在做什么？”

“现在送送我。”

“送到哪儿？”

“送到我去的地方。”

“可是您去哪儿呀？”

“您会知道的，因为您要一直把我送到门口才分手。”

“需要等您吗？”

“不必了。”

“这么说您单独一个人回去？”

“也许是，也许不是。”

“不过以后陪伴您的，是一个男人呢，还是一个女人？”

“我还一点也不知道。”

“我呀！我能知道！”

“怎么知道？”

“我等您，看着您出来。”

“如果这样的话，那就再见了！”

“为什么？”

“我不需要您。”

“可是您曾经请求……”

“一个贵族的帮助，而不是一个暗探的监视。”

“这个词儿有点严厉了。”

“对那些违背他人意愿而跟在他人后面的人怎么称呼呢？”

“冒失鬼。”

“这个词儿太温和了。”

“好啦，太太，我明白了，一切都必须照您所希望的去做。”

“为什么您不能立即照我所希望的去做呢？”

“难道就不可以后悔了吗？”

“您真的后悔吗？”

“我自己还不知道。但是我知道的是，如果您让我护送您，一直护送到您要去的地方，我答应您做您所希望做的每一件事。”

“然后您就离开我？”

“是的。”

“不在我出来的时候侦察我？”

“是的。”

“以名誉保证?”

“以贵族的人格保证!”

“挽住我的胳膊，让我们走吧。”

达尔大尼央把胳膊伸给博纳希厄太太，她紧紧地挽住，虽然她有说有笑，身体却还在颤抖。两个人走到了竖琴街的地势高的一头。到了那里，年轻女人显得犹豫不决，就像她在沃吉拉街上已经表现过的那样。然而她似乎从一些特征上认出了一扇门；她走到这扇门前，说：

“现在，先生，我就是来这儿；非常感谢您的高尚的陪伴，使我免遭我单独一个人走会遇到的所有危险。但是执行您的诺言的时刻到了：我已经到了我的目的地。”

“在回去的路上您什么也不再害怕了吗?”

“我只有强盗好害怕。”

“难道这不要紧吗?”

“他们能抢我什么呢?我身上一分钱也没有。”

“您忘了那条饰有纹章的绣花手绢。”

“哪一条?”

“我在您脚边找到，放回到您口袋里的那条。”

“住嘴，住嘴，坏东西!”年轻女人叫了起来，“难道您想毁掉我?”

“您清楚地看到对您说来还存在危险，既然一个词儿就能吓得您发抖，而且您也承认如果有人听见这个词儿，您就会给毁掉。啊!听我说，太太，”达尔大尼央握住她的手，用火热的目光盯住她，叫了起来，“听我说!请您更大方一点，请您信赖我；难道您没有从我的眼睛里看出我的心里有的只是忠诚和同情吗?”

“看出了，”博纳希厄太太回答，“因此请您问我个人的秘密吧，我会说给您听的，但是别人的秘密，那是另一回事了。”

“好吧，”达尔大尼央说，“我会发现的；既然这些秘密会影响到您的生命，就应该让这些秘密变成我的秘密。”

“千万不要这么做，”年轻女人叫了起来，严正的态度使达尔大尼央不由自主地打了个哆嗦，“啊！千万不要插手那些与我有关的事，千万不要想方设法在我要完成的那些事里协助我。以您被我引起的对我的关怀的名义，以您给予我的、今生今世我不会忘掉的帮助的名义，我要求您这样做。您应该相信我对您说的话。不要管我，对您说来我已经不存在，就像您从来没有见过我一样。”

“阿拉密斯也应该跟我一样做吗？”达尔大尼央问，他被激怒了。

“您向我提到这个人名已经有两三次了，先生，然而我曾经对您说过，我不认识他。”

“您敲那个人的护窗板，却不认识那个人。得了吧，太太！别以为我这个人太容易轻信别人。”

“老实承认吧，您编出这段故事，造出这个人物，是为了使我说出真相。”

“我什么也没有编，太太，我什么也没有造，我说的是没有半点虚假的事实。”

“您说您有一个朋友住在那所房子里？”

“我还要说，而且第三遍重复说，那所房子里住着我的朋友，这个朋友就是阿拉密斯。”

“这一切以后会弄明白的，”年轻女人低声说，“现在呢，先生，把嘴闭上！”

“如果您能够一直看到我完全向您敞开的心房里，”达尔大尼央说，“您会看到那么多的好奇心，您就会可怜我，您会看到那么多的爱情，您就会立刻满足我的好奇心。对爱您的人没有什么可害怕的。”

“您太快地谈到爱情，先生！”年轻女人摇着头说。

“这是因为爱情朝我来得快，而且是第一次来，要知道我还不满二十岁。”

年轻女人偷偷看了他一眼。

“请您听好，我已经掌握了一些蛛丝马迹，”达尔大尼央说，“三个月前我差点儿为了一条手绢跟阿拉密斯决斗，这条手绢和您给待在他家里的那个女人看的那条手绢一个样，而且我可以肯定，上面有着相同的标志。”

“先生，”年轻女人说，“我向您发誓，您拿这些问题烦我已经把我烦得受不了啦。”

“可是您，那么谨慎，太太，好好想想，如果您带着这条手绢被逮捕，如果这条手绢被搜出来，您不就受到它牵连了吗？”

“怎么会呢，姓名开头字母不就是我的姓名开头字母吗：C·B·，康斯坦丝·博纳希厄。”

“或者是卡米耶·德·布瓦-特拉西[①]。”

“别作声，先生，再说一遍，别作声！啊！既然我为我自己所冒的危险不能阻止您，那就请您想想您可能冒的危险！”

“我？”

“是的，您。认识我会有进监狱的危险，会有生命危险。”

“那我就再也不离开您。”

“先生，”年轻女人双手合掌恳求说，“先生，以上天的名义，以一个军人的荣誉的名义，以一个贵族的谦恭的名义，请您走吧，瞧，午夜十二点的钟声敲响了，有人等我的时刻到了。”

“太太，”年轻人鞠了一个躬说，“像这样对我提出要求的人，我什么也不能拒绝她；放心吧，我走了。”

“不过您不会跟着我，您不会侦察我吧？”

“我立刻回自己的家。”

“啊！我原本就知道，您是个正直的年轻人！”博纳希厄太太大声说，她把一只手伸给他，另一只手放到一扇几乎嵌在墙里面的小门的门环上。

达尔大尼央抓住伸过来的那只手，满腔热情地吻着。

“啊！我真希望从来没有见过您，”达尔大尼央态度粗暴地叫起来；这种天真的粗暴态度，女人往往比彬彬有礼的矫揉造作的态度更喜

---

①卡米耶·德·布瓦-特拉西，本书第2章中曾提到德·布瓦-特拉西夫人是德·谢弗勒兹夫人的表妹。

欢，因为它暴露出真实思想，它证明了感情胜过了理智。

“不！”博纳希厄太太用几乎是温存的嗓音说，同时握紧达尔大尼央的手，达尔大尼央的手一直没有放开她的手，“不，我不会跟您一样说；今天不成功，将来就未必不成功。谁知道将来有一天我自由了，我会不会满足您的好奇心呢？”

“您对我的爱情也作出同样的许诺吗？”达尔大尼央快乐到了顶点，叫了起来。

“啊！这方面我不愿意作出保证，这取决于您以后能在我心里激起的是什么感情。”

“那么，今天呢，太太……”

“今天，先生，我还只有感激之情。”

“啊！您太可爱了，”达尔大尼央伤心地说，“您辜负了我的爱情。”

“不，我利用了您的好心，仅此而已。但是，请您务必相信，跟有些人打交道，一切都有可能重新获得。”

“啊，您使我成为最最幸福的人。别忘了今天晚上，别忘了这个许诺。”

“放心吧，在适当的时间和场合我会记起一切的。好！您就走吧，以上天的名义，走吧！有人在午夜十二点整等我，我已经迟了。”

“迟了五分钟。”

“是的；但是在某些情况下，五分钟就是五个世纪。”

“当一个人在爱的时候。”

“哟！谁对您说我不是在和一个恋人打交道？”

“等您的是一个男人？”达尔大尼央叫了起来，“一个男人！”

“瞧，争论又开始了，”博纳希厄太太说着，脸上露出了带着不耐烦的、淡淡的笑容。

“不，不，我这就走，我这就离开。我相信您，我希望我的忠诚能得到您的充分信任，哪怕这种忠诚近于愚蠢。再见，太太，再见！”

达尔大尼央就像感到自己非得猛下决心，才能放开他握住的那只手似的，急匆匆地跑了。这时候博纳希厄太太就像敲护窗板那样慢慢地、间隔均匀地敲了三下。后来，达尔大尼央跑到了街角，回过头来看看：门打开又关上，漂亮的服饰用品商的妻子不见了。

达尔大尼央继续走他的路，他曾经许下诺言不去侦察博纳希厄太太；即使她的生命全靠她去的那个地方或者将陪伴她的那个人来决定，他也要回家去，因为他已经说过要回家去。五分钟以后他到了掘墓人街。

“可怜的阿多斯，”他说，“他闹不清是怎么回事了。他不是等我等得睡着了，就是已经回到他自己家里去了；如果回到家里他会听说有一个女人来过。一个女人在阿多斯家里！总之，”达尔大尼央继续说下去，“在阿拉密斯家里也有一个女人。这一切太离奇了，我真想知道知道这件事怎么了结。”

“糟透了，先生，糟透了，”有人回答；年轻人从声音上听出是普朗歇；因为他一边像忧心忡忡的人那样高声自言自语，一边已经走进了一条过道，通往他的房间的楼梯就在这条过道的尽头。

“怎么，糟透了？蠢货，您这是什么意思？”达尔大尼央问，“到底发生了什么事？”

“各种各样的不幸。”

“哪些不幸？”

“首先是阿多斯先生被逮捕了。”

“被逮捕了！阿多斯！被逮捕了？为什么？”

“有人在您家里找到他，他们把他当成您了。”

“是谁逮捕他的？”

“是被您赶跑的那些黑衣人找来的卫队。”

“他为什么不说出自己的名字？他为什么不说他跟这件事无关？”

“他不肯说，先生，相反的他走到我跟前，对我说：‘这时候需要自由的是您的主人，而不是我，既然他知道一切，而我什么也不知道。别人以为抓的是他，这样他就可以有充分的时间；三天以后我再说出我是谁，他们只能把我放掉。’”

“好样的，阿多斯！高尚的心胸，”达尔大尼央低声说，“只有他才会这样！那些卫士做了些什么？”

“四个人不知把他带到什么地方去了，也许是带到巴士底狱，也许是带到主教堡。两个人跟那些黑衣人留下来。到处都搜遍了，带走了所有的文件。还有两个人在那些人搜查时，到门口站岗放哨。等一切都结束以后，他们走了，留下了门窗大开的空房子。”

“波尔朵斯和阿拉密斯呢？”

“我没有找到他们，他们没有来。”

“但是，您曾经让人转告他们我在等他们，他们随时都有可能来吧？”

“是的。先生。”

“好，别离开这儿；如果他们来了，就把我遇到的事告诉他们，让他们到松果酒店去等我；这儿会有危险，房子可能受到监视。我马上赶到德·特雷维尔先生家里去，把这一切向他报告，然后我上那儿去找他们。”

“好的，先生，”普朗歇说。

“不过您得留下，您用不着害怕！”达尔大尼央又折回来鼓起他的跟班的勇气。

“请放心，先生，”普朗歇说，“您还不了解我这个人；我想到要勇敢，就会勇敢；问题在于我想到要；况且我是庇卡底人。”

“那就说定了，”达尔大尼央说，“你宁可让人把你杀了也不要离开你的岗位。”

“是的，先生，为了向先生证明我对先生的忠诚，没有什么事我不能去做。”

“好，”达尔大尼央心里说，“看来我针对这个小伙子使用的方法肯定是正确的；以后遇到机会我还要使用。”

达尔大尼央一天奔走下来，两条腿已经感到有点累，然而他还是迈开双腿，以最快速度朝老鸽笼街奔去。

德·特雷维尔先生不在府邸；他的队伍在罗浮宫值班，他跟他的队伍在一起。

必须找到德·特雷维尔先生；重要的是让他知道发生的事。达尔大尼央决定试试进入罗浮宫。他身上穿着德·艾萨尔先生部队的卫士服装，对他说来，应该算是一张通行证。

因此他沿着小奥古斯丁街往下坡走，又顺着沿河街往上坡走，一直朝新桥走去。有一瞬间他曾经想到乘渡船过河，但是到了河边，他无意识地把手伸进口袋，发现他没有付渡船艄公的钱。

当他走到盖内戈街附近时，他看见有两个人结伴从王太子妃街出来，他们的外表引起了他的注意。

这两个结伴同行的人，一个是男人，一个是女人。

女人的身材与博纳希厄太太一样，男人和阿拉密斯像得简直毫无区别。

而且女人披着的那件黑披风，达尔大尼央眼前似乎还浮现着它出现在沃吉拉街的护窗板前和竖琴街的大门前的情景。

此外，男人穿着火枪手的制服。

女人的兜帽拉得很低，男人拿着手绢遮住脸。这种双重的预防措施也表明了他们两人全都不希望自己给人认出来。

他们走上了桥，就是达尔大尼央走的那条路，既然达尔大尼央是到罗浮宫去。达尔大尼央跟着他们。

达尔大尼央还没有走满二十步，就确信这个女人是博纳希厄太太，这个男人呢，是阿拉密斯。

就在这同一瞬间他感觉到所有那些由嫉妒引起的怀疑都在他心里折腾开了。

他受到了他的朋友和他已经像爱情妇那样爱着的女人的双重背叛。博纳希厄太太曾经发誓赌咒说她不认识阿拉密斯，在她向他发了这个誓以后才一刻钟，他又遇到她挽着阿拉密斯的胳膊。

达尔大尼央仅仅没有考虑到他认识漂亮的服饰用品商的妻子才不过三个小时，除了因为他把她从那些打算绑架她的黑衣人手里解救出来，她应该对他有点儿感恩之情以外，她什么也不欠他的，而且她什么也没有答应过他。他却把自己看成一个受到侮辱，受到背叛，受到嘲笑的情人；血和怒火涌上了他的脸，他决定把一切弄弄清楚。

年轻女人和年轻男人已经发觉有人跟着他们，他们加快了步伐。达尔大尼央开始奔跑，超过他们，接着正好在他们到了撒马利亚女人水塔前面时，又回过身来朝他们走了回来，一盏路灯照亮了撒马利亚女人水塔，还把灯光投在这一部分桥面上。

达尔大尼央在他们面前停住，他们也在他面前停住。

“您想干什么，先生？”火枪手往后退了一步问，用的那种外国人的口音向达尔大尼央证明他的部分猜测是错误的。

“这不是阿拉密斯！”他叫了起来。

“是的，先生，不是阿拉密斯；从您的惊呼声我看出您把我当成另外一个人了，我原谅您。”

“您原谅我！”达尔大尼央大声嚷道。

“是的，”陌生人回答，“让我过去，既然您不是找我打交道。”

“您说得对，先生，”达尔大尼央说，“我不是找您打交道，是找这位太太。”

“找这位太太！您并不认识她呀，”外国人说。

“您弄错了，先生，我认识她。”

“啊！”博纳希厄太太用责备的口气说，“啊！先生！我得到过您作为军人的保证，作为贵族的诺言；我希望我能够信任它们。”

“我呢，太太，”达尔大尼央局促不安地说，“您曾经答应过我……”

“挽住我的胳膊，太太，”外国人说，“让我们继续走我们的路。”

但是达尔大尼央已经被他遇到的事弄得晕头转向，不知所措，他一直抄着手，呆呆地站在火枪手和博纳希厄太太面前。

火枪手朝前走了两步，用手把达尔大尼央推开。

达尔大尼央往后跳了一步，拔出了剑。

在这同时，那个陌生人也迅如闪电地拔出了剑。

“以上天的名义，米罗尔[①]！”博纳希厄太太一边叫喊，一边冲到

---

① 米罗尔，从英语 my lord 演变来的法语词 milord 的音译，是对英国的爵士、高贵人士的尊称，意思是：爵爷、老爷、大人。

两个殴斗者中间，两只手抓住了两把剑。

“米罗尔！”达尔大尼央叫了起来，一个想法突然在他的脑子闪现，“米罗尔！请原谅，先生；难道您是……”

“米罗尔白金汉公爵，”博纳希厄太太小声说，“现在您可能把我们全都毁了。”

“米罗尔，太太，请原谅，请多多原谅；但是我爱她，米罗尔，因此我嫉妒了；您知道爱是怎么回事，米罗尔；请原谅我，并且请告诉我怎样才能为公爵大人献出我的生命。”

“您是一个正直的年轻人，”白金汉说着朝达尔大尼央伸出一只手，达尔大尼央恭敬地握了握，“您提出为我效劳，我接受；隔着二十步跟着我们，一直跟到罗浮宫；如果有人侦察我们，把他杀了！”

达尔大尼央把拔出剑鞘的剑夹在腋下，让博纳希厄太太和公爵先走了二十步以后，才跟着他们，准备严格地执行查理一世[1]的这位高贵的、优雅的大臣的指令。

不过，幸运的是这个年轻的狂热亲信没有机会来向公爵证明他的忠诚。年轻女人和英俊的火枪手从梯子街的边门进入罗浮宫，没有遇到任何麻烦。

至于达尔大尼央，他立刻到松果酒店去，找到在那儿等他的波尔朵斯和阿拉密斯。

但是，他没有解释他为什么打扰他们，仅仅告诉他们，他一度以为需要他们干预的那件事，他已经单独一个人处理完毕了。

现在我们已经被我们的故事吸引住了，那就让我们的三个朋友各回各的家；我们呢，就跟随着白金汉公爵和他的向导进入罗浮宫，转弯抹角地朝前走吧。

---

①查理一世(1600—1649)，英国斯图亚特王朝国王(1625—1649)。白金汉是他的首相。

第十二章

白金汉公爵乔治·维利尔斯

博纳希厄太太和公爵进了罗浮宫，没有遇到什么困难。博纳希厄太太，大家都知道她是王后手下的人；公爵穿的是德·特雷维尔先生的火枪手的制服，我们已经说过，这天晚上，德·特雷维尔先生的火枪手在宫里值班。况且热尔曼把王后的利益看得高于一切，如果发生什么事，博纳希厄太太会受到把情夫带进罗浮宫的控告，仅此而已。她会把罪过揽在自己一个人身上；不错，她的名声会败坏，但是一个小小的服饰用品商的妻子的名声在这个世界上又有什么价值呢？

公爵和年轻女人到了院子里，立即贴着墙脚走了大约二十五步的距离；走完这段路以后，博纳希厄太太推推一扇供仆人进出的后门，这扇门白天开着，但是到了晚上通常都关上。门一推就推开了，两个人走进去，到了黑暗之中，但是博纳希厄太太熟悉罗浮宫里供仆人使用的这一部分地方的迂回曲折的道路。她随手关上门，拉住公爵的手，摸索着走了几步，抓住一个楼梯扶手，用脚触到一级梯级，开始上楼；公爵计算出已经上了两层楼。接着她向右转，沿着一条长走廊走下去，又下了一层楼，再走了几步，把钥匙插进锁孔里，打开一扇门，把公爵推进一套点着一盏彻夜不灭的小灯的房间，说："待在这儿，米罗尔公爵，一会儿她就来了。"接着她从同一扇门出去，用钥匙锁上门，公爵成了个货真价实的囚犯。

然而白金汉公爵尽管孤孤单单一个人，我们还是应该说，他没有一刹那感到恐惧；他的性格的显著特点之一就是渴望冒险和喜爱浪漫色彩，勇敢，大胆，敢闯敢干，他在类似的情况下冒生命危险，已经不是第一次了。他因为相信奥地利安娜的信是真的，才来到巴黎，但是当他知道了那封所谓的奥地利安娜的信是个陷阱以后，非但没有回到英国去，反而趁机利用别人给他造成的处境，向王后表示他不见到她就不离开。王后起初坚决拒绝，可是后来她又担心公爵一气之下会干出什么蠢事来。她已经决定接见他，并且要求他立刻离开；也就是在作出这个决定的当天晚上，负责去找公爵，并且把公爵领进罗浮宫的博纳希厄太太被绑架了。在连着两天的时间里，没有人知道她的下落，一切只好暂时停止。但是她一旦获得了自由，和拉波尔特恢复了联系，事情又重新进行；她刚刚完成了危险的使命，如果她不被逮捕的话，这个使命她原来应该在三天前执行的。

白金汉一个人留下，走到一面镜子前面。这身火枪手制服他穿在身上再合身没有了。

他当时三十五岁，有充分理由被认为是法英两国的最英俊的贵族，最风雅的骑士。

白金汉公爵乔治·维利尔斯，是两代国王的宠臣，腰缠万贯，在一个王国里具有无限权力，只要他高兴就可以让这个王国动荡不安，只要他愿意就可以让这个王国平静无事。他过着那种传奇般的生活，在一连几个世纪里一直引起后代人的惊奇。

他对自己充满信心，对自己的力量坚信不疑，对那些支配别人的法律不能伤害自己有绝对把握，因此他朝着他确定的目标径直地走下去，这个目标，即使是那么高不可攀，炫人眼目，换了另外一个人连想想都会认为是发疯。他就是这样成功地几次接近了美丽而高傲的奥地利安娜，靠了自己令人着迷的力量，使自己被她爱上了。

正如我们前面说过的，乔治·维利尔斯立在镜子前面，使他那被帽子压平了的美丽的金黄色头发重新恢复波浪形，把小胡子捋得重新向上翘起，他心里充满了快乐，为了他盼望已久的时刻临近而感到高兴和得意。他骄傲地、充满希望地对自己微笑着。

就在这时候，一扇隐藏在挂毯后面的门打开，进来了一个女人，白金汉从镜子里看见她，忍不住叫了出来，进来的是王后！

奥地利安娜当时二十六七岁，也就是说，正处在她的美貌的顶峰时期。

她的步态是一个王后或者一个女神的步态；她的眼睛闪出绿宝石般的光彩，非常非常美，同时充满了温柔和威严。

她的嘴又小又红，虽然下唇像那些奥地利王族一样，略微有点比上唇突出，但是在微笑时显得分外地和蔼，不过在鄙视时，却又显得极度地倨傲。

她的皮肤以柔嫩、光滑而著称于世，她的手和胳膊美得出奇，当时的诗人无一例外地都曾歌唱过它们，说它们举世无双。

最后，她的头发在少年时代是金黄色的，现在变成了褐色，很淡很淡的褐色，卷曲，上面扑了许多粉[①]，令人赞赏地围绕着她的脸；对她的这张脸，最严厉的批评家也只能希望红润的面色稍微再淡一点，最苛求的雕塑家也只能希望鼻子稍微再细巧一点。

白金汉看得出了神，呆呆地站了好一会儿。他在舞会上，在节日里，在骑兵竞技场上，看见过奥地利安娜，但是在他看来她从来没有这一时刻那么美丽，这时候她穿的是一件普通的白缎子连衣裙，由唐娜[②]埃斯特法尼亚陪伴着。她手下的那些西班牙女人，遭到国王的嫉妒和黎塞留的迫害，已经被驱赶得只剩下唐娜埃斯特法尼亚一个人了。

奥地利安娜向前走了两步；白金汉猛地跪倒在她膝下。在王后能够阻止他以前，他连连吻着她的连衣裙的下摆。

“公爵，您已经知道不是我叫人写信给您的。”

“啊！是的，王后，是的，陛下，”公爵叫了起来，“我知道我是一个疯子，一个突然相信冰雪会活动，大理石会变热的失去理智的人。但是，有什么办法呢，当一个人在爱的时候，他很容易相信爱情；况且，我这趟旅行并不是白跑一趟，因为我见到了您。”

“是的，”安娜回答，“但是您知道为什么我见您，因为您对我的所有痛苦无动于衷，坚持要留在这样一个城市里，在这个城市里留下来，您自己要冒生命危险，而且让我也冒名誉受到败坏的危险。我见您是为了对您说，大海的深渊，两个王国之间的敌视，誓言的神圣，一切都把我们分隔开。向这么许多东西作斗争，这是犯渎神罪，米罗尔。我见您，最后还是为了对您说，我们不应该再见面了。”

---

①头发上或假发上扑粉是欧洲古时的习俗，而且还是宫廷礼节的一种规定。
②唐娜，西班牙人用于女子名字前面的尊称，意思是，太太，夫人。

“请说吧，王后，请说吧，”白金汉说，“您的嗓音的温柔掩盖了您说的话的冷酷。您说到渎神罪！可是，把天主为了彼此而造出来的两颗心强行分开，这就是犯渎神罪。”

“米罗尔，”王后叫了起来，“您忘了我从来没有说过我爱您。”

“但是您也从来没有对我说过您不爱我。说真的，对我说这样的话，陛下未免太负情了。因为，您倒说说看，您到哪儿能找到像我这样的爱情，时间、分离、绝望都不能扑灭的爱情，一根遗落的缎带、一道短暂的目光、一句脱口而出的话就能满足的爱情？

“三年前，王后，我第一次见到您，三年来我一直是这样地爱着您。

“您愿意让我说说您在我第一次见到您时的穿戴吗？您愿意让我详细地说说您衣服上的每一件饰物吗？瞧，我现在还能清清楚楚地看见：您按照西班牙的习俗坐在坐垫上，您身上穿着一件上面有金银线绣花的绿缎子连衣裙，宽松下垂的袖子用大粒的钻石扣在您的美丽的胳膊上，您的这双令人赞不绝口的胳膊上。您脖子上围着一圈绉领，头上戴着一顶小无边软帽，颜色和您的连衣裙一样，在这顶软帽上插着一根白鹭的羽毛。

“啊！瞧，瞧，我闭上眼睛，我看见的是当时的您；我睁开眼睛，我看见了现在的您，也就是说比当时还要美上一百倍的您！”

“简直是发疯！”奥地利安娜低声说，她没有勇气责怪公爵把她的形象那么清楚地储存在他的心头，“用这样的回忆来维持一种毫无希望的爱情，简直是发疯！”

“那么您愿意我用什么活下去呢？我呀，我只有回忆，它是我的幸福，我的财富，我的希望。我每看见您一次，就多出一颗钻石，我把它珍藏在我心头的首饰盒里。这一颗是我捡起的您丢下的第四颗，因为在三年里，王后，我只见到您四次；我刚对您说起的是第一次，在德·谢弗勒兹夫人家里是第二次，在亚眠的花园里是第三次。”

“公爵，”王后说，脸涨红了，“请不要说那天晚上。”

“啊！正相反，我们要谈，王后，要谈：那是我一生中最幸福、最光辉的一个夜晚。您还记得那天美丽的夜色吗?空气多么温和、多么芳香，天空多么蓝，布满了多少星星啊！啊！那一次，王后，我能够单独和您待上一会儿；那一次您把您生活的孤独，把您的心头的忧伤，把一切都告诉我。您靠在我的胳膊上，瞧，就是这条胳膊上。我头向您这边歪，感觉到您美丽的头发轻拂到我的脸，每次拂到我的脸，我都从头哆嗦到脚。啊！王后，王后！啊！您不知道天国的幸福，极乐世界的快乐全都蕴藏在像这样的片刻时间里。瞧，我的财产，我的前程，我的光荣，今生我都可以放弃！因为这个夜晚，王后，我可以向您发誓说，您是爱我的。”

“米罗尔，地点的影响力，这个美丽夜晚的魅力，您的目光的迷惑力，总之有时合在一起毁掉一个女人的那许许多多的情况，很可能，是的，在那个致命的夜晚聚集在我周围；但是，您已经看见了，米罗尔，王后的身份出来援助一个变软弱了的女人：您刚敢于对我说出头一句话，您刚有我必须回答的头一个大胆表示，我就立刻叫人来了。”

“啊！是的，是的，确实如此，换了别人的爱情，而不是我的爱情，一定会在这个考验下屈服了；但是我的爱情，反而会变得更强烈，更永恒。您以为回到巴黎来就可以避开我，您以为我不敢离开我的主人委托我照管的宝藏。啊！世上所有的宝藏，人间的所有国王，对我又算得了什么！一个星期以后我又回来了，王后。这一次您没有什么好指责我的了：我冒着失去恩宠，失去生命的危险，为了和您见上一秒钟的面；我甚至没有碰您的手，您看到我如此驯服，如此后悔，因而宽恕了我。”

“是的，但是诽谤利用了所有这些疯狂的傻事，米罗尔，您十分清楚，在这些傻事中我是完全无辜的。国王在红衣主教的挑动下，大发雷霆。德·韦尔内夫人被赶走了，皮唐热被流放了，德·谢弗勒兹夫人也从此失宠，当您打算作为大使再来法国时，国王本人，请您记住，米罗尔，是国王本人提出了反对。”

“是的；法国对他的国王的这次拒绝所付出的代价是一次战争。我不能再见到您了，王后；好吧！我希望您每天都能听见谈到我。

“我计划的这次远征雷岛[1]，以及这次和拉罗舍尔的新教徒结成联盟，您认为有什么目的吗？不过是想得到和您见面的快乐！

“我并不希望一直手执武器进入巴黎，这一点我知道；但是这场战争可以带来和平，而和平又将需要一个谈判代表，这个谈判代表将会是我。到那时没有人再敢拒绝我，我将再到巴黎来，我将再见到您，我将有片刻的幸福。成千上万的人，不错，将为我的幸福付出他们的生命；但是这对我有什么关系，只要我能重新见到您！这一切也许是真的发疯，也许是真的丧失理智，但是，请告诉我，哪个女人能有一个比我更钟情的情人？哪个王后能有一个比我更热心的仆人？”

“米罗尔，米罗尔，您为了替您辩护引用的这些事，反而是对您的更进一步的指责。您指望向我提出的所有这些爱情的证据，几乎是一桩桩罪行。”

“因为您不爱我，王后；如果您爱我，您对所有这一切都会有另外的看法；如果您爱我，啊！如果您爱我，这会是太大的幸福，我会发疯的。啊！德·谢弗勒兹夫人，您刚才谈到了她，德·谢弗勒兹夫人至少没有您这么残酷；霍朗[2]爱她，她对他的爱情作出了反应。”

“德·谢弗勒兹夫人不是王后，”奥地利安娜低声说，她已经不由自主地被他表达出的如此深厚的爱情所打动了。

“这么说，您如果不是王后，您，您就会爱我了，是不是，您就会爱我了？因此我能够相信，使您对我残酷的，仅仅是您的尊贵的身份。因此我能够相信，如果您是德·谢弗勒兹夫人，可怜的白金汉就可以抱希望了？谢谢您这些美妙动听的话，我的美丽的陛下哟，谢您一百次。”

“啊！米罗尔，您听错了，理解错了；我的意思并不是说……”

“别说了！别说了！”公爵说，“如果我是因为理解错误而感到幸

---

①雷岛，法国西部滨海夏朗德省沿海岛屿，在拉罗舍尔对面，离海岸平均距离为4公里。

②霍朗，法国伯爵，是德·谢弗勒兹夫人的众多情夫之一。

福，请您别那么残酷地替我把它纠正。您自己也说过，有人在把我诱进一个陷阱，我的生命也许将留在里面，因为，瞧，很奇怪，近来我有预感，预感到我就要死了。”公爵露出微笑，是那种既忧郁而又迷人的微笑。

“啊！我的天主！”奥地利安娜叫了起来，那种恐惧的声调证明了她对公爵的关心远远超出她愿意说出来的程度。

“我说这些，决不是为了吓唬您，王后，决不是；我说给您听的甚至很可笑，请相信我并不把这样的梦放在心上。但是您刚说的话，几乎给了我希望，将对我可能遇到的一切，甚至失去我的生命，是一个补偿。”

“咦！”奥地利安娜说，“我，公爵，我也有预感，我也做过梦。我梦见您受了一处伤，倒在血泊中。”

“在左肋，对不对，一把刀子扎的？”白金汉打断她的话说。

“不错，是这样，米罗尔，是这样，在左肋，一把刀子扎的。有谁可能对您说过我做了这个梦？我只吐露给天主听过，而且还是在我做祷告的时候。”

“我不再有所求了，您爱我，王后，很好。”

“我爱您，我？”

“是的，您。如果您不爱我，天主会把相同的梦也送给您吗？如果我们两人的生命不是靠心维持在一起，我们会有相同的预感吗？您爱我，王后啊，您会为我哭泣！”

“啊！我的天主！我的天主！”奥地利安娜叫了起来，“这超出了我所能承受的范围。瞧，公爵，以上天的名义，走吧，离开吧；我不知道我是不是爱您，或者说，是不是不爱您；但是我知道的是我不会做一个违背结婚誓言的人。因此请您可怜可怜我，赶快走吧。啊！如果您在法国受到攻击，如果您死在法国，如果我能够假定您对我的爱是造成您死亡的原因，那我就永远无法安慰自己，我会因此而发疯的。因此您走吧，我求求您，走吧。”

“啊！您这样有多么美呀！啊！我多么爱您哟！”白金汉说。

“走吧，我求求您，走吧！以后再回来；作为大使再回来，作为大臣再回来，再回来时周围簇拥着保护您的卫士，照看您的仆人，到那时我就不会再为您的生命担忧，我就能从再和您见面中得到幸福了。”

“啊！您对我说的这些话，是真的吗？”

“是真的……”

“好！请给我一件证明您宽容的证物，一件来自您的、能使我明白我不是在做梦的东西；一件您曾佩戴过，我也能够佩戴的什么东西，一枚戒指，一条项链，一根链条。”

“如果我把您向我要的东西给您，您会走吗，您会走吗？”

“会的。”

“立刻就走？”

“立刻就走。”

“您离开法国，您回到英国去，是吗？”

“是的，我可以向您发誓！”

“那就等一等，等一等。”

奥地利安娜回到她的套房，几乎立刻又回出来，手上拿着一只香木匣子，上面有用金丝镶嵌出的她的姓名起首字母组成的图案。

“拿去，米罗尔公爵，拿去，”她说，“好好保存这个作为对我的纪念。”

白金汉接过小匣子，第二次跪倒在地。

“您答应过我要走的，”王后说。

“我遵守诺言。您的手，您的手，王后，我一定走。”

奥地利安娜闭上眼睛伸出手去，同时用另一只手按在埃斯特法尼亚身上，因为她感到她的力气快要没有了。

白金汉热情地把嘴唇贴在这只美丽的手上，然后立起来说：

“用不了半年，只要我不死，我就会再见到您，王后，为了这个目的即使把整个世界闹个天翻地覆，我也在所不惜。”

他信守他已许下的诺言，匆匆地走出了这间房间。

在走廊上他遇到了在等他的博纳希厄太太。她同样谨慎地、同样顺利地把他送出了罗浮宫。

第十三章

博纳希厄先生

在这整个事件中，读者能够注意到，有一个人物尽管处境不妙，大家却对他并不关心。这个人物就是博纳希厄先生，政治阴谋和爱情密谋的可敬的受害者。在那个富有骑士精神，同时又充满了风流韵事的时代里，政治阴谋和爱情密谋总是错综复杂地互相交织在一起。

幸好，读者记得也罢，不记得也罢，幸好我们曾经答应过不把他忘掉。

逮捕他的那些打手把他直接送到巴士底狱，到了巴士底狱以后，他被押着，浑身颤抖地在一小队正在给火枪装弹药的士兵前面经过。

接着他被带进一条一半陷在地下的长走廊里，遭受到来自押送他的那些人的最粗鲁的辱骂和最野蛮的对待。打手们看到与他们打交道的不是一个贵族，于是把他当成真正的乡下佬对待。

差不多半个小时以后，来了一名书记官，下令把博纳希厄先生带到审讯室去，这一来虽然结束了他受到的折磨，但是没有结束他的担心。通常审讯犯人都是在犯人的牢房里，但是对博纳希厄先生就不必这样客气了。

两个卫士抓住服饰用品商，押着他穿过一座院子，进入一条有三名卫兵守卫的走廊，打开一扇门，把他推进一间低矮的房间，房间里只有一张桌子、一把椅子和一名审判官。审判官坐在椅子上，正忙着在桌子上写着什么。

两个卫士把犯人带到桌子前面；根据审判官的一个手势，他们退到声音能听到的距离以外的地方去。

在这之前，审判官的脑袋一直俯在纸上，这时抬了起来看看站在面前的是怎样一个人。这个审判官相貌可憎，尖鼻子，黄颜色的高颧骨，眼睛虽然小，但是锐利有神，他的样子像榉貂，同时又像狐狸。他的脑袋由一个活动的长脖子支撑着，从他的宽大的黑长袍里伸出来，不停地晃动，有点像乌龟把脑袋伸出甲壳后的动作。

他一开始先问博纳希厄先生的姓名、年龄、职业和住址。

被告回答说他叫雅克-米歇尔·博纳希厄，五十一岁，退休的服饰用品商，家住掘墓人街十一号。

审判官没有再问下去，而是长篇大论地向他谈到参与国家大事对一个地位微贱的市民会有多么危险。

他接着开始一段叙述，使他的这番开场白变得复杂起来；在这段叙述里他谈到了红衣主教先生的权力和他的所作所为；这位无与伦比的大臣，这位击败了过去的大臣们的胜利者，这位未来的大臣们的楷模，没有一个人能够反抗他的权力和行为而不受到惩罚。

在他的长篇大论的第二部分以后，他一边用他那老鹰般的目光盯住可怜的博纳希厄先生，一边要博纳希厄先生好好考虑考虑自己的情况的严重性。

服饰用品商的考虑早已经成熟：他诅咒德·拉波尔特先生想到让他娶他教女的那一瞬间，特别诅咒这个教女同意做王后的内衣保管女侍的那一瞬间。

博纳希厄老板性格的基础是和可鄙的吝啬混在一起的极端的自私，另外再加上过分的怯懦。他的年轻妻子在他心里激起的爱，完全是一种次要的感情，根本敌不过我们刚才一一列举的那些原始的感情。

博纳希厄确实考虑了刚才对他说的话。

“不过，审判官先生，”他冷静地说，“务必请您相信，我比任何人都知道而且敬重无与伦比的法座的功勋，在他的统治下我们感到无比荣幸。”

“真的吗？”审判官用怀疑的口气问，“如果真是这样，您怎么会在巴士底狱里呢？”

“我怎么在这儿，或者不如说，我为什么在这儿，”博纳希厄先生回答，“这正是我完全不可能说给您听的，因为连我自己也不知道；但是可以肯定，不是因为冒犯过，至少不是故意地冒犯过红衣主教先生。”

“然而您一定犯了罪，因为您在这儿被指控的罪名是叛国。”

“叛国！”博纳希厄吓了一跳，叫了起来，“叛国！一个厌恶胡格诺派、痛恨西班牙人的服饰用品商，怎么会被指控犯了叛国罪？请您考虑考虑，先生，这件事实际上是不可能的。”

“博纳希厄先生，”审判官说，同时望着被告，就像他那双小眼睛有一直看到别人内心深处的能力似的，“博纳希厄先生，您有一个妻子吗？”

“是的，先生，”服饰用品商浑身打着哆嗦回答，他感觉到这样一来他的事情要变得复杂了，“换句话说，我曾经有过一个。”

“怎么？您曾经有过一个？如果您现在没有了，您把她弄到哪里去了？”

“她给人绑架了，先生。”

“她给人绑架了？”审判官说，“啊！”

博纳希厄从这个“啊”里感觉到事情越来越复杂了。

“她给人绑架了！”审判官接着说，“您知道绑架她的人是谁吗？”

“我相信我认识他。”

“他是谁？”

“请您注意，我什么也不能肯定，审判官先生，我仅仅是有所怀疑。”

“您怀疑谁？好，痛痛快快地回答吧。”

博纳希厄先生完全不知所措了；他应该什么都不说呢，还是什么都说出来？什么都不说，别人会以为他知道得太多不能招认出来；什么都说出来，他就表现出了诚意。因此他决定什么都说出来。

“我怀疑，”他说，“一个高个子、棕色头发的人，态度傲慢，看上去像个贵族大老爷。我在罗浮宫边门前等我的妻子接她回家时，我觉得有好几次他跟着我们。”

审判官好像感到了几分不安。

“他的名字？”他问。

“啊！至于他的名字，我就一点不知道了；不过，如果我遇见他，我一下子就可以认出他，我可以向您保证，哪怕是在一千个人中间。”

审判官的脸色变得阴沉了。

“您说，您在一千个人中间也认得出他来？”他问。

“我是说，”博纳希厄回答，他看出自己走错了路，“我是说……”

“您已经回答说您认识他，”审判官说，“很好，今天就到此为止；在我们进一步问下去以前，先要通知一个人，告诉他您认识绑架您妻子的人。”

“可是我没有对您说我认识他！”博纳希厄在绝望中叫了起来，“我对您说的正相反……”

“把犯人带走，”审判官对两个卫士说。

“应该把他押到哪儿去？”书记官问。

“单人囚室。”

“哪一间？”

“啊！我的天主，随便哪一间，只要能锁住就行，”审判官回答，那种冷淡的口气，让可怜的博纳希厄感到了恐惧。

“唉！唉！”他对自己说，“灾难落到了我的头上；我的妻子一定是犯了什么滔天大罪；他们以为我是她的同谋，会把我和她一起惩办；她会说出来，会承认她什么都告诉过我；一个女人哟，是那么软弱！一间单人囚室，随便哪一间！正是这样！一夜很快就会过去，明天，上车轮刑[①]，上绞架！啊！我的天主！我的天主！可怜可怜我吧！”

两个卫士根本没有去听博纳希厄老板的哀诉；况且这种哀诉他们也一定习以为常了，他们一人抓住犯人的一条胳膊，把他押走了。这时候审判官在匆匆地写一封信，书记官等着。

博纳希厄没有闭上眼睛，并不是因为他的单人囚室太不舒服，而是

---

① 车轮刑，法国古时的一种刑罚，将犯人四肢打断后绑在大轮子上示众，任其死去。

因为他的忧虑太重了。他整夜坐在他的凳子上，听见一点响声就吓得发抖；当黎明的头几道亮光钻进他的牢房时，他觉得曙光都有了哀悼的色彩。

忽然间他听见有人拉门闩，吓得他一下子跳得老高。他以为是来找他，要把他送到断头台上去的；因此当他看见进来的不是他等待的刽子手，而仅仅是头天的审判官和书记官时，他几乎跳起来去搂他们的脖子。

“您的案子从昨天晚上起变得非常复杂，我的老实人，”审判官对他说，“我劝您把真实情况全都说出来；因为只有您的真诚的悔过才能平息红衣主教的怒火。”

“可是我已经准备好什么都说出来，”博纳希厄叫了起来，“至少把我知道的都说出来。问吧，我求您了。”

“首先，您的妻子在哪里？”

“可是我已经告诉您，她给人绑架了。”

“是的，但是从昨天下午五点起，她靠了您的帮助逃走了！”

“我的妻子逃走了！”博纳希厄大声叫嚷，“啊！不幸的女人！先生，如果她逃走了，这不能怪我，我可以向您发誓。”

“那么您到您的邻居达尔大尼央先生家去干什么？您当天白天跟他有过一次长时间的谈话。”

“啊！是的，审判官先生，是的，这是真的，我承认我错了。我到过达尔大尼央先生家里。”

“您这趟去的目的何在？”

“求他帮助我找回我的妻子。我当时认为我有权把她找回来。现在看来，我错了，我请求您多多原谅。”

“达尔大尼央先生怎么回答？”

“达尔大尼央先生答应帮助我，但是我很快发觉他出卖了我。”

“您在欺骗法庭！达尔大尼央先生和您达成协议，根据这个协议他赶跑了逮捕您的妻子的警方人员，并且帮助她逃避所有的搜捕。”

“达尔大尼央先生抢走了我的妻子？啊！您这是在跟我说些什么？”

“幸好达尔大尼央先生落到我们手里，您这就跟他对质。”

“啊！说真的，我求之不得，”博纳希厄先生叫了起来，“能见到一张熟悉面孔，我不会感到不高兴的。”

“带达尔大尼央先生进来，”审判官对两个卫士说。

两个卫士带阿多斯进来。

“达尔大尼央先生，”审判官对阿多斯说，“讲讲在您和这位先生之间发生的事吧。”

“不过！”博纳希厄叫了起来，“您让我看的这个人不是达尔大尼央先生！”

“怎么！他不是达尔大尼央先生？”审判官也叫了起来。

“绝对不是，”博纳希厄先生回答。

“这位先生叫什么名字？”审判官问。

“我没法告诉您，我不认识他。”

“怎么！您不认识他？”

“不认识。”

“您从没见过他。”

“见过；但是我不知道他叫什么。”

“您的名字？”审判官问。

“阿多斯，”火枪手回答。

“不过这不是一个人的名字，这是一座山的名字①！”可怜的审讯者叫了起来，他的脑袋已经开始被搞糊涂了。

“这是我的名字，”阿多斯心平气和地说。

“但是您曾经说过您叫达尔大尼央。”

“我？”

“是的，您。”

---

①希腊北部有一座山叫阿多斯山，又叫圣山，早在公元850年以前圣山就有隐士居住。在拜占庭皇帝尼塞福鲁士二世福卡斯的资助下，修士圣阿萨纳修斯创建了第一座隐修院。16世纪首次建立了苦修士居住区，到目前有二十座正教修士的隐修院。

“不对，是有人对我说：‘您是达尔大尼央先生吗？’我回答：‘您这么认为？’抓我的那些卫士嚷着说他们有把握。我不想惹他们生气。况且我也可能弄错了。”

“先生，您无视法律的尊严。”

“决没有的事，”阿多斯平静地说。

“您是达尔大尼央先生。”

“您倒是看看，您自己还在对我这么说。”

“可是，”博纳希厄先生也叫了起来，“我对您说，审判官先生，没有一秒钟好怀疑的。达尔大尼央先生是我的房客，因此尽管他没有付我房钱，甚至正因为这个缘故，我应该认识他。达尔大尼央是一个十九岁出头不满二十岁的年轻人，而这位先生至少有三十岁。达尔大尼央先生是德·艾萨尔先生的卫队里的卫士，这位先生是德·特雷维尔先生的火枪队里的火枪手；请看看他的制服，审判官先生，请看看他的制服。”

“对，”审判官低声说，“再对没有了。”

这时候，门忽然打开，一个信使被巴士底狱边门的看门人带进来，交给审判官一封信。

“啊！这个该死的女人！”审判官叫了起来。

“怎么？您说什么？您说的是谁？我希望，不是我的妻子吧？”

“正相反，是她。您的案子这一下可不得了啦。”

“怎么回事！”服饰用品商恼怒地叫起来，“先生，请您讲给我听听，我关在监狱里，我的案子怎么会因为我的妻子做的事变得更糟了！”

“因为她做的事是你们之间拟订的一个计划，一个恶毒的计划的结果！”

“我向您发誓，审判官先生，您陷在一个天大的错误中，我一点儿也不知道我的妻子要干什么，我和她干的事毫不相干，如果她干了什么蠢事，我就不认她，我要揭穿她；我诅咒她。”

“好啦！”阿多斯对审判官说，“如果您不再需要我了，请把我送到什么地方去，您的这位博纳希厄先生，实在叫人厌烦。”

“把犯人们送到各自的牢房去，”审判官用同一个手势指着阿多斯和博纳希厄，说，“让他们受到比以往更加严厉的看管。”

“不过，”阿多斯用他那习以为常的冷静口吻说，“您要找的是达尔大尼央先生，我完全看不出我在哪一方面能代替他。”

“照我说的去做！”审判官大声叫嚷，“绝对保密！您听清楚！”

阿多斯耸耸肩膀，跟着看守他的卫士们走了；博纳希厄先生呢，哭得那么伤心，连老虎听了也会心碎。

服饰用品商被带到他原来过夜的那间单人囚室，整个白天就关在里面。整个白天他哭得像一个真正的服饰用品商，因为他完全不是一个军人，他自己也跟我们这么说过。

晚上，九点钟左右，在他就要下决心上床睡觉的时候，他听见走廊里有脚步声。脚步声离他的单人囚室越来越近，门打开，几个卫士出现了。

“跟我走，”一个跟在卫士后面进来的士官说。

“跟您走！”博纳希厄叫了起来，“在这个时候跟您走！我的天主，上哪儿去？”

“上我们奉命送您去的地方去。”

“但是这不是一个回答。”

“然而是我们惟一能够向您作出的回答。”

“啊！我的天主，我的天主，”可怜的服饰用品商低声说，“这一次我完蛋了！”

他机械地、没有丝毫反抗地跟着来找他的卫士们走了。

他走过曾经走过的那条走廊，穿过头一个院子，接着穿过第二座主体建筑物；最后到了前面院子的大门口，发现一辆由四名骑马的卫士围着的马车。他给押上马车，那个士官坐在他身边，车门被钥匙锁上，两个人就像被关在一间装有轮子的活动监狱里。

马车开始动了，慢得像一辆柩车。隔着用挂锁锁上的窗栅栏，犯人仅仅能看见房屋和路面，但是作为真正的巴黎人，博纳希厄从界石、招牌、路灯可以认出每一条街。到了圣保罗教堂，处决巴士底狱的犯人的地方，他差点儿昏过去，连着划了两次十字。他本来以为马车要在这儿停下来，然而马车却走过去了。

再往前些，他又一次被吓得心惊胆战，这是在沿着圣约翰公墓走的时候，国家的要犯都埋在这座公墓里。只有一件事让他多少放下了一点心，这就是在埋葬他们之前一般都先砍下他们的脑袋，而他的脑袋还好好地长在他的肩膀上。但是当他看到马车走上去沙滩广场①的那条路，见到了市政厅的尖屋顶，马车钻进了拱廊时，他相信对他说来一切都完了，他想向那个士官忏悔，但遭到了拒绝，于是发出一声声如此可怜的叫喊；士官不得不宣布，他吵得自己耳朵都聋了，如果他再这样继续吵下去，非用东西把他的嘴塞住不可。

这个威胁使博纳希厄稍微平静了一点；如果定在沙滩广场上处他死刑，那么现在差不多已经到了处刑的地点，犯不上再用什么东西塞他的嘴了。事实上，马车在这个凶险的广场上穿了过去，没有停下。还剩下特拉瓦尔十字架②这一个地方叫他害怕。马车走的路正是通向那里。

这一次再没有什么可以怀疑的了，处决那些次要的罪犯通常是在特拉瓦尔十字架。博纳希厄原以为自己配得上圣保罗教堂或者沙滩广场，还感到骄傲呢。他的旅途和他的命运将终止在特拉瓦尔十字架！他还不能看见这个不幸的十字架，但是他几乎感觉到它在迎着他过来。在离它还剩下二十步的距离时，他听见一片喧哗声，马车停住了。可怜的博纳希厄已经被他连续感到的激动情绪压垮了，他再也支持不住，发出一声微弱的、别人听了会当成是垂死者的咽气声的呻吟，接着就昏过去了。

---

①沙滩广场，巴黎的一个靠塞纳河的广场，从1310年至1830年是民众举行庆祝节日的场地，更是执行死刑的刑场。1806年起改名为市府广场。

②特拉瓦尔十字架，13世纪起在巴黎圣奥诺雷街和枯树街的十字路口中心有一座叫这个名字的十字架。16世纪初在十字架旁并排修建了公共水池。后因妨碍交通，1606年公共水池迁移到两条街的街角上，到1636年十字架迁移到新建公共水池上，后倒坍，于1774年再建公共水池，十字架没有保留。

第十四章
默恩的那个人

人群聚集在那儿并不是等候一个应该上绞刑架的人，而是在观看一个已经上绞刑架的人。

因此马车停了片刻，又动了，穿过人群，继续赶路，驶进圣奥诺雷街，绕过老好人街，在一扇低矮的门前停下。

门开了，两个卫士把士官扶住的博纳希厄接到怀里；他们把他推进一条过道，让他爬上一座楼梯，把他安置在一间前厅里。

所有这些动作，对他说来，都是以一种机械的方式进行的。

他走路像做梦的人在梦中走路一样；他看到的东西像隔着一层雾似的模糊不清；他的耳朵听到声音却不明白是什么意思；如果在这时候处决他，他不会做一个动作来进行自卫，也不会发出一声叫喊来乞求怜悯。

因此他就这样背靠着墙，两条胳膊搭拉着，留在卫士们把他安置在那儿的长凳上。

然而，因为他望望四周围，没有看见任何一样威胁他生命的东西，因为没有一样东西表明他遇到真正的危险，因为长凳的软垫凳面坐着挺舒适，因为墙面蒙着漂亮的科尔多瓦[①]皮，因为用金丝带系住的红锦缎大窗帘在窗子前面飘动，所以他渐渐明白他害怕得太过分了，于是开始向左向右，由下向上扭动他的脑袋。

没有人来阻止他做这个动作，他恢复了一点儿勇气，冒险抽回一条腿，接着又抽回另外一条腿；最后，在两只手的帮助下，他从凳子上抬起身子，站了起来。

这时候有一个相貌和蔼可亲的军官撩起门帘；一边继续在跟待在隔壁一间屋子里的人谈话，谈了几句以后才朝犯人转过身来。

"您叫博纳希厄？"他问。

"是的，军官先生，"服饰用品商结结巴巴地说，他已经吓得半死

---

① 科尔多瓦，西班牙南部古城，科尔多瓦省省会。古时以出产皮革而著名。

不活，“愿为您效劳。”

“进来，”军官说。

然后他侧转身子，让服饰用品商过去。服饰用品商老老实实地服从了，走进房间；显然房间里有人在等他。

这是一间很大的书房，墙上挂着进攻性武器和防御性武器作为装饰，门窗紧闭，空气很闷，虽然才九月末，屋子里已经生了火。屋子中间有一张方桌子，堆满书籍和文件，书籍和文件上摊开着一张很大很大的拉罗舍尔城的地图。

壁炉前站着一个中等身材的男人，神情高傲自负，两眼炯炯有神，前额宽阔，瘦瘦的脸由于蓄了一撮山羊胡子，越发显得长了，山羊胡子上面有两撇八字胡。这个人虽然才三十六七岁，头发，八字胡和山羊胡子却开始花白了。这个人没有佩剑，给人的印象却完全像个军人，他的水牛皮靴子上还微微沾着一层尘土，说明他当天骑过马。

这个人就是德·黎塞留红衣主教阿尔芒–让·德·普莱西。他并不像通常所说的那样弯腰曲背像个老人，病痛缠身像个殉道者，身体虚弱不堪，声音微弱得听不清，整个身子像埋在提前安排的坟墓里一样埋在一张大扶手椅里，仅仅靠了他的天才的力量活着，仅仅靠了他的思想的永不停止的运用，来支持与整个欧洲的斗争；而是像他在那个时代实际的情况那样，是一个灵活的、风流的骑士，身体虽然衰弱，但是靠着一股精神力量支持着，正是这股精神力量使他变成世上曾经有过的最杰出的人物之一。他支持德·内维尔公爵①在芒托瓦的公爵领地的统治以及在攻占尼姆、加斯特尔和于宰斯②以后，正在准备把英国人赶出雷岛和

---

① 内维尔公爵(1580—1637)，名查理，生于巴黎。父亲路易·德·贡扎格是意大利北部城市芒托瓦的公爵弗朗西斯科二世，他从小在法国亨利二世宫廷里长大成人，娶内维尔公国的女继承人为妻后成为内维尔公爵。1627 年继承芒托瓦公爵领地，遭到同一家族的瓜斯塔拉公爵反对，法国国王路易十三的首相黎塞留果断出面干涉，问题得到有利于内维尔公爵的解决，内维尔公爵成为芒托瓦查理一世公爵。

② 这三个城市都在法国南方，尼姆是加尔省省会，加斯特尔是塔恩省省会，于宰斯是加尔省城市，它们从 16 世纪中期开始就成为新教徒控制的据点。

围攻拉罗舍尔。

因此在初次见面时，从他身上一点儿也看不出他是红衣主教，不认识他的脸的人根本不可能猜到面对的是谁。

可怜的服饰用品商站在门口没有动，刚被我们描绘了一番的那个人物，眼睛牢牢盯住他，就像要把他的过去底细看个一清二楚似的。

“这就是那个博纳希厄？”沉默了一会儿以后，他问。

“是的，大人，”军官回答。

“好，把这些文件给我，让我们单独待着。”

军官从桌上拿起那些文件，交给向他要的人，然后一躬到地，行完礼就走了出去。

博纳希厄认出这些文件就是他在巴士底狱的审讯记录。站在壁炉边上的那个人不时从记录上抬起眼睛，像两把匕首似的目光一直扎进可怜的服饰用品商的内心深处。

在阅读了十分钟，观察了十秒钟以后，红衣主教已经打定主意。

“这个家伙从来没有搞过阴谋，”他低声说，“不过没有关系，还是让我们看看再说。”

“您被控告犯了叛国罪，”红衣主教慢慢地说。

“别人已经跟我这么说过，大人，”博纳希厄叫了起来，他刚才听见军官这么称呼问他话的人，于是也用了这个称呼，“但是我向您发誓，我什么也不知道。”

红衣主教抑制住微笑。

“您和您的妻子，德·谢弗勒兹夫人，以及米罗尔白金汉公爵共同搞阴谋。”

“说真的，大人，”服饰用品商回答，“我确实听说过这些人名。”

“是在什么情况下听说的？”

“我妻子说德·黎塞留红衣主教引诱白金汉公爵到巴黎来，是为了毁掉他，也是为了在毁掉他的同时，毁掉王后。”

“她这么说了？”红衣主教口气粗暴地嚷了起来。

“是的，大人，不过我对她说：您说这样的话是错误的，法座不可能……”

“闭嘴，您是一个蠢货，”红衣主教说。

“我的妻子正是这么回答我的，大人。”

“您知道是谁绑走了您的妻子吗？”

“不知道，大人。”

“然而，您有所怀疑？”

“是的，大人；但是这些怀疑好像让审判官先生感到不快，我现在不再有了。”

“您的妻子逃走了。您知道吧？”

“不知道，大人，我还是到了监狱里才听说的，也是通过审判官先生，一个非常和蔼可亲的人！”

红衣主教又一次抑制住微笑。

“那么您不知道您的妻子逃走以后的情况了？”

“当然不知道，大人；不过她应该回到罗浮宫去了。”

“凌晨一点钟她还没有回去。”

“啊！我的天主！那她怎么样了？”

“我们会知道的，放心吧；什么事也瞒不过红衣主教，红衣主教什么都知道。”

“在这种情况下，大人，您相信红衣主教会同意告诉我，我的妻子怎么样了？”

“也许；但是，您知道的有关您的妻子和德·谢弗勒兹夫人之间的关系的情况，您首先应该招认出来。”

“不过，大人，我什么也不知道；我从来没有见过她。”

“您到罗浮宫去接您的妻子时，她直接跟您回家吗？”

“几乎从来没有：她总是有事要去找布商，我送她到他们家里去。”

“有多少个布商？”

“两个，大人。”

“他们住在什么地方？”

“一个，沃吉拉街；另一个，竖琴街。”

“您和她一起走进他们家吗？”

“从来没有，大人；我总是在门口等她。”

“她单独一个人这样进去，用的是什么借口？”

“她没有用什么借口；她要我等着，我就等着。”

“您是一个随和的丈夫，我亲爱的博纳希厄先生！”红衣主教说。

“他叫我亲爱的先生！”服饰用品商暗自琢磨，“哟！事情好转了！”

“您还认识那两扇门吧？”

“认识。”

“您知道门牌号码吗？”

“知道。”

“什么号码？”

“沃吉拉街是二十五号；另外一个是竖琴街七十五号。”

“很好，”红衣主教说。

说完这句话，他拿起一只银铃摇了摇，军官进来了。

“去给我找罗什福尔，”他低声说，“如果他回来了，让他立刻就进来。”

“伯爵在这儿，”军官说，“他迫切请求和法座谈话！”

“那就让他进来，让他快进来！”黎塞留急忙说。

军官冲出房间，用的是红衣主教的所有仆人们通常服从他的差遣时用的速度。

“和法座谈话！”博纳希厄一边低声说，一边惊慌失措地转动着一双眼睛。

军官出去了还没有五秒钟，门开了，进来一个新出场的人物。

“是他！”博纳希厄叫了起来。

“他是谁？”红衣主教问。

“绑架我的妻子的那个人。”

红衣主教第二次打铃。军官又进来了。

“把这个人交到看管他的那两个卫士手里，让他等着我再次传唤他。”

“不，大人！不，不是他！”博纳希厄叫了起来，“不，我弄错了，这是另外一个人，跟他一点也不像。这位先生是个正派人。”

“把这个蠢货带走！”红衣主教说。

军官用胳膊挟住博纳希厄，把他带到前厅里，找到看管他的那两个卫士。

我们刚介绍的这个新出场的人物焦急地望着博纳希厄，一直望到他出去；等到门在他背后刚关上，这个新出场的人物就立刻三步并做两步走到红衣主教跟前说：

“他们见过面了。”

“谁？”法座问。

“她和他。”

“王后和公爵！”黎塞留叫了起来。

“是的。”

“在什么地方？”

“在罗浮宫。”

“您能肯定？”

“完全能肯定。”

“谁告诉您的？”

“德·拉努瓦夫人，法座，您知道，她是完全效忠于您的。”

“她为什么没有早点说？”

“或者是偶然，或者是不信任，王后让德·絮尔吉夫人睡在她房里，并且把她留了一整天。”

“很好，我们打败了。让我们想办法进行报复。”

“我们一定尽心尽力帮助您，大人，请放心。”

“这件事的经过是怎样的？”

“午夜十二点半，王后跟她的那些女侍……”

“在哪里？”

“在她的卧房里……”

“好。”

“这时有人用她的主管内衣的女侍的名义交给她一条手绢……”

“后来呢？”

“顿时王后表现得非常紧张，尽管她涂着胭脂，脸还是一下子变白了。”

“后来呢！后来呢！”

“她站起来，嗓音都变了，她说：‘夫人们，等着我，我十分钟就回来。’她打开她的凹室的门，接着就出去了。”

“为什么德·拉努瓦夫人不立刻就来通知您？”

“当时还什么也不能肯定；况且，王后说过‘夫人们，等着我’；她不敢违背王后。”

“王后在卧房外面待了多长时间？”

“三刻钟。”

“她的女侍没有一个陪伴她吗？”

“只有唐娜埃斯特法尼亚一个人。”

“她后来回来了？”

“是的，不过是回来取一只香木小匣子，那上面有她的姓名首字母组成的图案，接着立刻又出去了。”

“后来她回来时，带着那只小匣子吗？”

“没有。”

“德·拉努瓦夫人知道这只小匣子里盛的是什么吗？”

“知道是陛下送给王后的钻石坠子。”

“她没有带着小匣子回来？”

“没有。”

“德·拉努瓦夫人认为是王后把它们交给白金汉了？”

“这她可以肯定。”

“为什么？”

“德·拉努瓦夫人，作为王后的梳妆女侍，在第二天白天寻找过这只匣子，没有找到，显得很着急，最后问到了王后。”

“王后说什么？”

“王后脸涨得通红，回答说，前一天这些坠子中有一颗打碎了，她送到她的金银匠那儿去修配了。”

“应该上那儿去一趟，查明这件事是真是假。”

“我已经去过了。”

“很好！金银匠怎么说？”

“金银匠不知道有这么回事。”

“好！好！罗什福尔，并不是一切都完了，也许……也许反而更好。”

“事实是我相信法座的天才不会……”

“不会没有办法弥补他手下人干的蠢事，对不对？”

“如果法座让我有时间把我的话说完，这正是我所要说的。”

“现在，您知道德·谢弗勒兹公爵夫人和白金汉公爵躲在什么地方吗？”

“不知道，大人，我的人还没有能够告诉我有关这方面的任何准确的情况。”

“我倒知道了。”

“您，大人？”

“是的，或者说，至少我猜到了。他们一个在沃吉拉街二十五号，一个在竖琴街七十五号。”

“法座是不是要我派人把他俩都抓起来？”

“太晚了，他们可能都离开了。”

“不管怎样，可以去查查清楚。”

“您从我的卫士中挑十个人，搜查那两所房子。”

“我这就去，大人。”

罗什福尔奔出房间。

红衣主教单独留下，他考虑了一会儿，又第三次打铃。

同一个军官又出现了。

“带那个犯人进来，”红衣主教说。

博纳希厄老板又被带进来，红衣主教做个手势，军官又退了出去。

“您欺骗了我，”红衣主教声色俱厉地说。

“我，”博纳希厄叫了起来，“我，欺骗法座！”

“您的妻子，到沃吉拉街和竖琴街去，并不是去见布商。”

“那她去见谁，公正的天主？”

“她去见德·谢弗勒兹公爵夫人和白金汉公爵。”

“对，”博纳希厄说，他全都记起来了，“对，是这样，法座说得对。我曾经好几次对我的妻子说，布商住在这样的房子里，连块招牌都没有，真是太离奇了，我的妻子每次听到我这么说，都会笑起来。啊！大人，”博纳希厄跪倒在法座的脚边，继续说下去，“啊！您的确是红衣主教，伟大的红衣主教，人人尊敬的天才人物。”

尽管打败像博纳希厄这样一个平凡人物所取得的胜利微不足道，红衣主教还是享受到了片刻的快乐。接着，几乎可以说是立刻，就像有一个新的主意出现在他的脑际，只见一丝微笑掠过他的嘴唇；他把手伸给服饰用品商，说：

“起来吧，我的朋友，您是一个好人。”

“红衣主教碰过我的手！我碰过伟人的手！”博纳希厄叫了起来，“伟人称我为他的朋友！”

“是的，我的朋友；是的！”红衣主教说，他有时候很会使用这种慈祥的口气，但是只能欺骗那些不熟悉他的人，“因为您受到了不公正的怀疑，好吧！应该给您补偿；喂，拿去吧，这个袋子里装着一百皮斯托尔；并且说您原谅我。”

“要我原谅您，大人！”博纳希厄说，他犹豫不决，想拿这个袋子又不敢拿，毫无疑问是怕这个所谓的礼物仅仅是一个玩笑，“但是您完全有让人把我逮捕起来的自由，您现在也完全有让人拷打我的自由，完全有让人把我绞死的自由：您是主人，我决不会有半句怨言。原谅您，大人！我看，您不是这个意思！”

“啊！我亲爱的博纳希厄先生！您表现得非常宽宏大量，我看出来了，我感谢您。因此，您拿上这个袋子离开，不会感到过分不高兴吧？”

“我将非常高兴地离开，大人。”

“那就告别了，或者不如说，再见了，因为我希望我们还能见面。”

“大人愿意什么时候就什么时候，我完全听凭您法座的吩咐。”

“会经常见面的，请放心，因为我发现跟您谈话有极大的乐趣。”

“啊！大人！”

“再见，博纳希厄先生，再见。”

红衣主教朝博纳希厄摆了摆手，他一躬到地作为回答，接着一步步倒退着出去，到了前厅以后，红衣主教听见他在兴高采烈中声嘶力竭地喊着：“大人万岁！法座万岁！伟大的红衣主教万岁！”红衣主教面带笑容地听着博纳希厄老板欣喜若狂的情绪的精彩表达；等博纳希厄的喊声在远处消失以后，他说：

“好，这是一个从今以后会为我卖命的人。”

红衣主教开始聚精会神地研究拉罗舍尔的地图，我们曾经说过，这幅地图摊开在他的书桌上；他用铅笔画出一条线，一年半以后封锁住这座被围困城市的港口的那条著名堤坝，位置就在这条线上。

他正深入地在作战略思考，门开了，罗什福尔走了进来。

“嗯？”红衣主教连忙站起来说，他站起来的速度那么快，证明了他对交给伯爵办的事是何等重视。

“嗯！”伯爵说，“一个二十六七岁的女人和一个三十五岁到四十岁之间的男人确实在法座指出的那两所房子里住过，一个住了四天，一个住了五天；但是女的昨天夜里走了，男的今天早上走了。”

“是他们！”红衣主教叫了起来，他望着时钟；“现在，”他继续说下去，“追赶他们已经太晚了；公爵夫人到了图尔①，公爵到了布伦②。应该到伦敦去找他们。”

---

① 图尔，法国安德尔-卢瓦尔省省会，在巴黎西南，相距237公里。本书下一章内说德·谢弗勒兹夫人被放逐到这个地方。

② 布伦，法国北部加来海峡省港口城市，渡多佛尔海峡即可到达英国。

“法座有什么命令？”

“一个字也别提已经发生的事；让王后继续感到绝对的安全；别让她知道我们晓得她的秘密；让她以为我们在另外策划什么别的密谋。去替我把掌玺大臣塞吉埃[①]找来。”

“那个人，法座把他怎么处置了？”

“哪个人？”红衣主教问。

“那个博纳希厄？”

“我已经尽我们所能地安排了他。我已经把他变成了他妻子身边的暗探。”

德·罗什福尔伯爵像对主子的无比高超的能力甘拜下风的人那样深深地鞠了一个躬，退了出去。

剩下了红衣主教一个人，他重新坐下，写好一封信，用他的私章盖在封口的火漆上；然后打铃。军官第四次进来。

“去把维特雷叫来，”他说，“告诉他做好旅行准备。”

片刻之后，他找的那个人站立在他面前，不仅穿好了靴子，而且上好了马刺。

“维特雷，”他说，“您马上赶到伦敦去。在路上您连片刻都不要停留。您把这封信交给米莱狄。这是一张两百皮斯托尔的付款凭证，到我的司库那儿去一趟，让他把钱付给您。如果您六天之内赶回来，如果我交办的差使您完成得好，还可以拿到同样数目的一笔钱。”

信使一句话也没有回答，鞠了一个躬，拿了信和两百皮斯托尔的付款凭证，就出去了。

这封信的内容如下：

米莱狄：

去参加白金汉公爵将参加的第一个舞会。他的紧身短上衣上

---

① 塞吉埃（1588—1672），法国路易十三和路易十四两代国王的司法大臣，不过他被任命为司法大臣是1637年以后的事。

将会有十二颗钻石坠子，接近他，割下两颗。

这两颗坠子一旦到手，立刻通知我。

第十五章
司法人员和军人

发生这些事的翌日，阿多斯没有出现，德·特雷维尔先生得到达尔大尼央和波尔朵斯的通知，说他已经失踪了。

至于阿拉密斯，他请了五天假，据说他为了处理一些家务事到鲁昂[①]去了。

德·特雷维尔先生是他的士兵们的父亲。他们之中哪怕是最最微不足道，最最默默无闻的人，只要一穿上火枪队的制服，肯定可以得到他的帮助和支持，就像肯定可以从亲兄弟那里得到帮助和支持一样。

因此他立即去见刑事长官[②]。指挥红十字街口哨所的军官被找来；根据接连来到的情况报告，查明了阿多斯暂时关押在主教堡[③]。

阿多斯经受了我们看见博纳希厄经受过的种种考验。

我们曾经见到两个犯人的对质场面。阿多斯因为担心达尔大尼央也会受到追究，没有他所需要的时间去办他的事，所以在对质以前什么也没有说过，直到对质时才开始说出自己的名字叫阿多斯，而不是叫达尔大尼央。

他还补充说，他既不认识博纳希厄先生，也不认识博纳希厄太太；他从来没有和这一个谈过话，也从来没有和那一个谈过话；他在晚上十点钟左右去拜访他的朋友达尔大尼央先生，不过在这时候以前他一直是待在德·特雷维尔先生家里，在德·特雷维尔先生家吃的晚饭；他还补

---

①鲁昂，法国塞纳滨海省省会，在塞纳河下游，为巴黎的外港。

②刑事长官，法国古时在王国京城设置的总管刑事案件的官员。

③主教堡，法国巴黎的一座古代监狱，在罗浮宫东面不远。毁于1780年。

充说，有二十个证人可以为这件事作证，他提到了几个名声显赫的贵族，其中有德·拉特雷姆依公爵先生。

第二个审判官听到这个火枪手的简单而又坚定的声明，和头一个审判官一样吃了一惊；他很想向这个火枪手进行报复，因为司法人员是那么喜欢打败军人；但是德·特雷维尔先生的名字和德·拉特雷姆依公爵先生的名字值得他郑重考虑。

阿多斯也被送到红衣主教那儿去，不巧的是红衣主教到罗浮宫去晋见国王了。

也就是在这时候，德·特雷维尔先生分别见过刑事长官和主教堡司令官以后，没有能够找到阿多斯，也来到国王陛下那儿。

作为火枪队队长，德·特雷维尔先生随时可以入宫晋见国王。

我们知道国王对王后抱有多么大的成见，而且红衣主教能够巧妙地使国王的成见长久地保持下去。红衣主教认为在搞阴谋诡计方面女人要远比男人可怕。造成这种成见的最大原因之一是奥地利安娜对德·谢弗勒兹夫人怀有的友谊。这两个女人比法国和西班牙之间的战争、和英国之间的纠纷以及法国本国财政上的困难还要让他感到担心。在他的眼里，而且在他的信念中，德·谢弗勒兹夫人不仅仅在政治阴谋中为王后效劳，而且在爱情密谋中也为王后效劳。

红衣主教谈到被放逐到图尔的德·谢弗勒兹夫人，别人都以为她在那个城市里，其实已经来到巴黎，在她留在巴黎的五天里巧妙地甩掉了警察的跟踪。国王刚听他谈头一句，就大发雷霆。国王喜怒无常而且不忠实，偏偏要别人称呼他“公正者路易”和“贞洁者路易”。后代人将很难理解他的这种性格，因为历史仅仅用事实，而从来不用推理来解释它。

红衣主教又补充说，不仅仅德·谢弗勒兹夫人来到过巴黎，而且王后还借助了当时叫做魔法的那种神秘的通信方法与她恢复了联系；他还肯定地说，他，红衣主教本人，有一次眼看就要理清这次阴谋的那些最模糊不清的线索，在掌握了充分罪证，准备当场逮捕现行犯罪的、王后派去与被放逐的女人联系的密使时，有一个火枪手竟敢使用暴力阻止司法侦讯的进程，手里握着剑扑向负责秉公审讯这件案子，以便把结果呈报国王过目的司法人员。路易十三听了以后再也控制不住自己，朝王后的套房迈了一步，他憋在心头的那股气使他脸色发白，说不出话来的怒火，一旦爆发出来，会驱使他干出最最冷酷无情的蛮不讲理的事来。

不过红衣主教在他所说的这一切里，还只字未提白金汉公爵。

就在这时候德·特雷维尔先生进来了；他冷静沉着，彬彬有礼，浑身穿戴无懈可击。

从红衣主教的在场，以及从国王变得十分难看的脸色，德·特雷维尔先生猜出刚发生了什么事；这时候他感到自己和在非利士人面前的参孙[①]一样坚强有力。

路易十三已经把手放在门的执手上了；听见德·特雷维尔先生进来的声音，他转过身来。

“您来得正好，先生，”国王说，他在怒火升到一定程度后再也不能掩饰，“我听到一些有关您的火枪手的好事。”

“我呢，”德·特雷维尔先生冷静地回答，“我也有一些关于司法人员的好事要禀报陛下。”

“您说什么？”国王口气高傲地说。

“我荣幸地向陛下禀报，”德·特雷维尔先生用同样冷静的口气接着说下去，“有一伙检察官、审判官、警务人员，都是些值得尊重的人，但是看来对军人抱有极其仇视的态度，擅自在一所房子里逮捕了我的一个火枪手，或者说得更确切些，陛下，您的一个火枪手，押着他在大街上行走，最后还关进主教堡，所有这一切根据的是一份拒绝让我看的命令。这个火枪手是一个品行无懈可击，名声几乎可以说是十分显赫的火枪手，陛下也很赏识他，他就是阿多斯。”

---

① 参孙，《圣经·旧约》中的力大无比的勇士，以色列的第七十五代士师。后来非利士人收买了他的情妇大利拉。大利拉从参孙口中探出了他力大无穷的秘密在于他的头发，并趁他沉睡时剃去他的头发，他于是被缚住，遭到非利士人的戏侮。后来他求告神再赐给他一次力量，然后推倒柱子，倾覆神室，与敌人同归于尽。

“阿多斯，”国王不由自主地说，“不错，我知道这个名字。”

“但愿陛下还记得，”德·特雷维尔先生说，“阿多斯先生就是在那场您也知道的令人遗憾的决斗中，不幸地把德·卡于扎克先生刺成重伤的火枪手。顺便问一句，大人，”特雷维尔对红衣主教继续说下去，“德·卡于扎克先生完全恢复了，是不是？”

“谢谢！”红衣主教愤怒地咬紧嘴唇说。

“阿多斯先生是去拜访他的一个当时没有在家的朋友。”德·特雷维尔先生继续说下去，“这个朋友是一个年轻的贝亚恩人，德·艾萨尔先生卫队里的为陛下效力的见习卫士。但是他刚在他朋友家坐下来，拿起一本书，边看边等，就有一大帮法警和士兵，乱哄哄混在一起，围攻这座房屋，冲破了好几扇门……”

红衣主教朝国王做了一个示意动作，意思是说：“就是我刚对您说的那件事。”

“我们完全知道，”国王进行反驳，“因为所有这一切都是在为我们效劳。”

“这么说，”特雷维尔说，“抓住我的一个清白无辜的火枪手，像罪犯似的挟在两个卫士中间，而且押着这个曾经流过十次鲜血为陛下效劳，还做好了再流一次准备的、高尚文雅的人，在蛮横无理的下等人中间走过去，这也是为陛下效劳了。”

“哦！”国王开始动摇了，说，“事情经过是这样的吗？”

“德·特雷维尔先生没有说，”红衣主教异常冷静地开口说，“这个清白无辜的火枪手，这个高尚文雅的人，一个小时以前，刚用剑刺伤了四名预审官，他们是我派去预审一件非常重要的案子的。”

“我看法座未必能拿得出证据来，”德·特雷维尔先生以他那完全是加斯科尼人的坦率和完全是军人的粗暴的口气叫了起来，“因为在一个小时以前，阿多斯先生，我作为秘密吐露给陛下，他是一个出身极其高贵的人，他在我家吃完晚饭以后，又赏光在我的府邸的客厅里，跟在场的德·拉特雷姆依公爵先生和德·夏吕伯爵先生聊天。”

国王望望红衣主教。

“有一份笔录可以作证，”红衣主教大声回答陛下的没有出声的询问，“那几个遭到粗暴对待的人写的这份笔录，我有幸呈给陛下过目。”

“司法人员的笔录，”特雷维尔自负地说，“能和军人以荣誉作出的保证有同等的价值吗？”

“好啦，好啦，特雷维尔，别说了，”国王说。

“如果法座对我的一个火枪手有什么怀疑，”特雷维尔说，“红衣主教先生的公正是相当出名的，因此我要求亲自进行一次调查。”

“在进行这次现场侦查的那所房子里，”红衣主教沉着地说，“我相信，住着一个贝亚恩人，火枪手的朋友。”

“法座想说的是达尔大尼央先生。”

“我想说的是受到您保护的一个年轻人，德·特雷维尔先生。”

“不错，法座，是这么回事。”

“难道您不怀疑这个年轻人曾经唆使……”

“唆使阿多斯先生，一个年纪有他两倍的人？”德·特雷维尔先生打断他的话说，“不可能，大人。况且，那天晚上达尔大尼央先生是在我家里度过的。”

“哟！”红衣主教说，“这么说所有的人都在您家里度过晚上了？”

“法座对我说的话有怀疑吗？”特雷维尔说，脸气得通红。

“没有，绝对没有！”红衣主教说，“不过，他几点钟到您家的？”

“啊！这个吗，我可以准确地告诉法座；因为他进来时，我注意看了看钟，是九点半，尽管我当时认为已经很晚了。”

“他几点钟离开您的府邸？”

“十点半钟，在事件发生后一小时。”

“但是，”红衣主教回答，他对德·特雷维尔先生的正直不曾有过片刻的怀疑，感到胜利又从他的手里逃走了，“但是，阿多斯毕竟是在掘墓人街的那所房子里逮捕的。”

“难道禁止朋友拜访朋友吗？禁止我的队伍里的火枪手跟德·艾萨尔先生的队伍里的卫士亲如兄弟地来往吗？”

“是的，如果他在里面跟这个朋友亲如兄弟地来往的那所房子是可疑的。”

“因为那所房子是可疑的，特雷维尔，”国王说，“也许您还不知道吧？”

“确实如此，陛下，我不知道。不管怎样，它到处都可以是可疑的；但是我否认达尔大尼央先生住的那一部分是可疑的；因为我可以向您肯定，陛下，如果我相信他说的话，那么陛下就没有一个更忠诚的仆人，红衣主教先生就没有一个更由衷的仰慕者了。”

“这个达尔大尼央是不是有一天在赤足加尔默罗会修道院旁边进行的那场不幸的决斗中刺伤了朱萨克？”国王望着红衣主教说，红衣主教气得满脸通红。

“第二天，又刺伤了贝纳儒。是的，陛下，是的，正是这样，陛下的记性真好。”

“好啦，我们怎么决定？”国王说。

“这件事与陛下的关系比我大，”红衣主教说，“我可以肯定他有罪。”

“我呢，我否认，”特雷维尔说，“但是陛下有不少法官。法官们会作出判决的。”

“是这样，”国王说，“让我们把这个案子交给法官，审判是他们的事，他们会作出判决的。”

“不过，”特雷维尔又说，“十分可悲的是，在我们所处的这个不幸的时代里，最清白无辜的生活，最毋庸置疑的德行，也不能使一个人免遭污辱，免遭迫害。因此，军队如果因为治安案件而遭到严厉对待，我敢保证，他们是一定不会感到满意的。”

这些话说得太轻率，有点儿不顾后果了；但是德·特雷维尔先生说出口时充分明白自己是在说什么。他是希望来一次爆炸，因为火药爆炸会产生火，火会照亮周围的一切。

“治安案件！”国王抓住德·特雷维尔先生的话，叫了起来，“治安案件！您知道些什么，先生？管管好您的那些火枪手，别在这儿跟我瞎嚷嚷。听您这么说，如果不幸抓了一个火枪手，整个法国似乎就会处在危险之中。为了一个火枪手，吵成什么样了？我要让人逮捕十个，他妈的！甚至一百个；整个火枪队！而且我还不准别人说一句话。”

“既然火枪手在陛下眼里是可疑的，”特雷维尔说，“那他们就是有罪的；因此，您瞧，陛下，我准备把我的剑交还给您；因为在控告我的士兵以后，我猜想红衣主教最后还会控告我本人。这样我最好还是投案自首，跟已经逮捕的阿多斯和毫无疑问即将逮捕的达尔大尼央关在一起。”

“加斯科尼人的牛脾气，您有个完没有？”国王说。

“陛下，”特雷维尔回答，丝毫没有压低嗓音，“请下命令把我的火枪手还给我，或者让他受到审判。”

“会审判他的，”红衣主教说。

“那就太好了！因为在这种情况下，我得请求陛下准许我为他辩护。”

国王担心双方会一下子闹翻，他说：

“只要法座没有什么个人的理由……”

红衣主教明白国王的意思何在，抢在他前面说：

“请原谅；不过，既然陛下认为我是一个有成见的法官，那我就退出这件案子。”

“哦，”国王说，“特雷维尔，您能以我父亲的名义对我发誓说，事件发生时阿多斯先生在您家里，他没有参与？”

“以您光荣的父亲的名义，并且以我在这个世上最热爱最崇敬的您本人的名义发这个誓。”

“请您考虑考虑，陛下，”红衣主教说，“如果我们就这样把犯人放掉，就再也不可能查清真实情况了。”

“阿多斯先生将始终在这儿，”德·特雷维尔先生说，“准备随时回答司法人员的询问。他不会逃跑，红衣主教先生；请放心，我，我可以替他担保。”

“不错，他不会逃跑，”国王说，“正像德·特雷维尔先生说的，随时都可以找到他。况且，”他压低嗓音，用恳求的目光望着法座，补充说，“让我们给他们安全感；这是策略。”

路易十三的这种策略使黎塞留露出了笑容。

“那就下命令吧，陛下，”他说，“您有特赦权。”

“特赦权仅仅适用于罪犯，”特雷维尔说，他希望获得彻底胜利，“我的火枪手是没有罪的。因此，陛下，您要做的不是特赦，而是主持公道。”

“他关在主教堡吗？”国王问。

“是的，陛下，而且像罪大恶极的罪犯那样秘密地关在单人囚室里。”

“见鬼！见鬼！”国王低声说，“应该怎么办呢？”

“签署无罪释放的命令，事情就会了结了，”红衣主教说，“我像陛下一样，相信有德·特雷维尔先生的保证就足够了。”

特雷维尔恭恭敬敬地鞠了一个躬，在他的喜悦里并不是没有掺杂着恐惧；比起这种突如其来的随和态度来，他更喜欢红衣主教的顽强到底的抵制态度。

国王签署了释放命令，特雷维尔立即把它带走了。

在他正要走出去时，红衣主教朝他友好地微微一笑，接着对国王说：

“在您的火枪队里，陛下，长官和士兵之间非常和睦融洽；这对为陛下效劳有利，对大家也带来荣誉。”

“他马上就会再要坏点子对付我了，”特雷维尔心里在想，“遇到这样一个人你永远不能说你获得了最后胜利。但是，让我们赶快点，因为国王很可能过一会就改变主意，而且一个从巴士底狱或者主教堡出来的人，再把他关进去，毕竟要比把没有放出来的犯人继续关在里面麻烦得多。”

德·特雷维尔先生得意洋洋地走进主教堡，救出了一直抱着安详的无所谓态度的火枪手。

后来，在他第一次重新见到达尔大尼央时，他对达尔大尼央说：

“您总算走运逃脱了，这是您给朱萨克的那一剑的报酬。还剩下您给贝纳儒的那一剑，您可别掉以轻心。”

德·特雷维尔先生对红衣主教不信任，认为一切并没有结束，这完全是对的，因为火枪队队长刚把背后的门关上，法座就对国王说：

“现在只剩下我们两个人了，如果陛下高兴的话，让我们严肃认真地谈谈。陛下，白金汉先生五天前来到巴黎，今天早上刚离开。”

第十六章

掌玺大臣塞吉埃像从前那样不止一次地寻钟敲

这简简单单的几句话对路易十三产生了怎样的影响，是不可能想象出来的。他的脸一阵红，一阵白；红衣主教首先看出的是自己一下子就把失去的地盘全都收回来了。

“白金汉在巴黎！”国王叫了起来，“他来干什么？”

“毫无疑问是跟您的敌人，胡格诺派和西班牙人，进行密谋。”

“不对，他妈的，不对，他是来跟德·谢弗勒兹夫人、德·隆格维尔夫人[①]和孔代家[②]的那些人密谋破坏我的荣誉！”

“啊！陛下，想到哪儿去了！王后太贤惠，特别是太爱陛下了。”

“女人是软弱的，红衣主教先生，”国王说，“至于说到非常爱我，我对她的这种爱有我的看法。”

“我还是坚决认为，”红衣主教说，“白金汉公爵到巴黎来是为了一个完全是政治性质的计划。”

“我呢，我可以肯定他是为了另外的事来的，红衣主教先生；不

---

① 在本书故事发生期间，法国有一位德·隆格维尔公爵（1595—1663），他在1626年曾参加反对红衣主教黎塞留的密谋。他的第一个妻子死于1637年。

② 孔代家族是法国封爵贵族，波旁王室主系之一。本书故事发生期间是亨利二世孔代亲王（1588—1646）。在路易十三统治初年曾阴谋进行反叛，1616年被捕入狱。三年后释放，改变主张，从此成为王室的忠实奴仆。1620年攻打叛变贵族，1621年和1627年至1629年攻打胡格诺派教徒。

过，如果王后有罪，那就让她发抖吧！”

“说实在的，”红衣主教说，“不管我多么不情愿朝这种背叛的事上去想，陛下还是使我不得不想。遵照陛下的吩咐，我曾经问过德·拉努瓦夫人好几次，她今天早上对我说昨天夜里王后陛下熬夜熬到很晚才睡，早上哭得很厉害，整天都在写。”

“是这样，”国王说，“毫无疑问是写给他。红衣主教，我需要拿到王后写的信。”

“可是，怎么样才能拿到呢，陛下？我觉得我和陛下都不能担负这样一桩使命。”

“过去对当克尔元帅夫人[①]是怎么干的？”国王的愤怒已经升到顶点，他叫了起来，“搜查了她的橱柜，最后还搜查了她本人。”

“当克尔元帅夫人仅仅是当克尔元帅夫人，一个从佛罗伦萨[②]来的女冒险家，仅此而已。而陛下的尊严的妻子是奥地利安娜，法兰西王后，也就是说，是世界上最伟大的王后之一。”

“她因此反而罪更大，公爵先生！她越是忘掉她所处的高位，她越是堕落得低下。况且我早已经打定主意要结束所有这些政治的和爱情的小密谋。她身边也有一个叫拉波尔特的……”

“我承认，我相信他是这一切的关键人物，”红衣主教说。

“这么说，您像我一样认为她在欺骗我吗？”国王说。

“我相信，我再向陛下重复一遍，王后在密谋反对她的国王的权力，不过我没有说过，她在反对他的荣誉。”

---

①当克尔元帅夫人（1580—1617），原名莱奥诺拉·多里·加利盖，生于意大利佛罗伦萨，父是木匠，母是洗衣妇。她是玛丽·德·美迪奇的同奶姐妹。玛丽·德·美迪奇嫁法国国王亨利四世，她作为王后女侍来到法国，后嫁亨利四世的宠臣孔奇尼。亨利四世遇刺后，玛丽·德·美迪奇成为其子路易十三的摄政，孔奇尼夫妇成为她的主要顾问，孔奇尼虽从未曾打过仗，却被任命为法国元帅，即当克尔元帅。以孔代亲王为首的大贵族利用他的不得人心，曾发动两次叛乱。1617年又扬言要发动叛乱：在路易十三的亲信查理·达尔贝·德·吕伊纳的策划下，皇家卫队在罗浮宫的吊桥上将孔奇尼枪杀，尸体被肢解。当克尔元帅夫人被斩首，尸体火焚。

②佛罗伦萨，意大利中部城市，历史上曾是托斯卡纳公国首府。

“我要对您说，两者都反对；我要对您说，王后并不爱我；我要对您说，她爱另外一个人；我要对您说，她爱白金汉这个无耻之徒！他在巴黎的时候，您为什么不派人逮捕他？”

“逮捕公爵！逮捕查理一世国王的首相！您这么想吗，陛下？那会引起怎样的哄动啊！如果陛下的那些猜疑——我继续抱不相信的态度——有几分可靠的话，那会引起多么可怕的哄动啊！会成为怎样令人悲痛的丑闻啊！”

“但是，既然他像一个流浪汉，像一个小偷那样来冒险，就应该……”

路易十三对自己要说的话感到害怕，他自己停住不说下去了；黎塞留呢，伸长脖子，白白地等待留在国王唇间没有说出来的话。

“就应该？”

“没什么，”国王说，“没什么。不过他在巴黎的时候，您一刻都没有让他逃过您的监视吧？”

“没有，陛下。”

“他住在哪里？”

“竖琴街七十五号。”

“这条街在哪里？”

“在卢森堡宫旁边。”

“您能肯定王后和他没有见过面吗？”

“我相信王后非常看重她的职责，陛下。”

“不过他们通过信，王后写了一整天的信，就是写给他的；公爵先生，我需要这些信！”

“陛下，不过……”

“公爵先生，不论花什么代价，我都要得到。”

“然而我要提请陛下注意……”

“难道您也背叛我，红衣主教先生，所以才一直像这样反抗我的旨意？难道您也和西班牙人，和英国人，和德·谢弗勒兹夫人以及和王后串通一气？”

“陛下，”红衣主教叹了口气，回答说，“我还以为我决不会受到像这样的怀疑。”

“红衣主教先生，您听见了我说的话，我要得到这些信。”

“那只有一个办法。”

“什么办法？”

“把这个使命交给掌玺大臣塞吉埃先生去完成。这件事完全在他的职责范围之内。”

“立刻派人去把他找来！”

“他大概在我家里，陛下；我曾经请他来一趟，我上罗浮宫来的时候，曾经吩咐过，如果他来了，就请他等着。”

“那就立刻去把他找来。”

“陛下的命令将得到执行；不过……”

“不过什么？”

“不过王后也许会拒绝服从。”

“拒绝服从我的命令？”

“是的，如果她不知道这些命令是来自国王。”

“好吧！为了不让她有怀疑，我亲自去通知她。”

“陛下别忘了我曾经尽了我所能尽的一切力量来防止二位陛下闹翻。”

“是的，公爵，我知道您对王后非常宽容，也许过于宽容了；我预先通知您，我们以后还要谈谈这件事。”

“陛下愿意什么时候谈就什么时候谈；不过，我希望看见您和法国王后和睦相处；能为这种和睦相处鞠躬尽瘁，陛下，我将永远感到幸福和骄傲。”

“好，红衣主教，好；不过，暂且还是请您先派人把掌玺大臣先生找来；我呢，我去找王后。”

路易十三推开一扇便门，走进从他的住处通往奥地利安娜住处的走廊。

王后在她的那些女侍，德·吉托夫人，德·萨布莱夫人，德·蒙巴

松夫人和德 · 盖梅内夫人中间。在一个角落里的是跟她从马德里来的那个西班牙女侍唐娜埃斯特法尼亚。德 · 盖梅内夫人正在朗读；大家都聚精会神地听着她念，只有王后一个人例外，她发起这次朗读，是为了一边装着听，一边能够顺着她自己的思路想下去。

她想的那些事虽然被最后一道爱情的反光染成金黄色，但仍然是忧郁的。奥地利安娜得不到丈夫的信任，受到红衣主教的仇恨的困扰；红衣主教之所以不能原谅她是因为她拒绝接受一种更为温存的感情，她眼前就有太后这个榜样，太后被这种仇恨折磨了整整一生，尽管玛丽 · 德 · 美迪奇①，如果当时的一些回忆录可以相信的话，一开始就把奥地利安娜始终拒绝给的那种感情给予了红衣主教。奥地利安娜看见自己的那些最忠诚的仆人，那些最亲密的心腹，那些最心爱的宠臣，纷纷地在她周围倒了下去。正像那些具有不祥的天赋能力的不幸者一样，她给她接触到的一切带来不幸；她的友谊是给人招来迫害的灾星。德 · 谢弗勒兹夫人和德 · 韦尔内夫人已经被放逐；最后连拉波尔特也不向他的女主人隐瞒，他随时都在等待被逮捕。

就在她陷入这些最深刻的、最阴郁的思考之中时，房门开了，国王走了进来。

朗读顿时停止，所有的女侍都站了起来，屋里一片寂静。

至于国王，他没有做出任何礼貌方面的表示，仅仅在王后面前站住，用变了调的嗓音说：

"王后，您将接待司法大臣②先生的晋见，他有我交他办的事转

---

①玛丽 · 德 · 美迪奇(1573—1642)，意大利托斯卡纳大公的女儿，嫁法国国王亨利四世。1610 年亨利四世遇刺后，成为亲生儿子路易十三的摄政，1614 年路易十三达到亲政年龄，但她和她的宠臣当克尔元帅置之不理。1617 年当克尔元帅被杀，她被放逐到布卢瓦。1619 年和 1620 年发动两次叛乱，皆失败。但曾是她主要顾问的黎塞留为她取得优惠条件。1622 年她被允许参加国王的枢密院，为黎塞留取得红衣主教之位，并于 1624 年劝路易十三任命他为首相。但黎塞留不愿受她支配，1628 年成为她的死敌，1630 年她要求路易十三罢黜黎塞留，路易十三却与黎塞留站在一起，于 1631 年把她放逐到贡比涅，后逃到布鲁塞尔，再也没有回国。

②法国古时的司法大臣同时是掌玺大臣。

告您。”

不幸的王后不断地受到离婚、放逐，甚至审判的威胁，她擦着胭脂的脸一下子发白了，忍不住说：

“为什么晋见，陛下？司法大臣要对我说什么，陛下为什么不能亲口对我说？”

国王转身就走，没有回答，几乎就在这同时，卫队长德·吉托先生禀报司法大臣求见。

司法大臣出现时，国王已经从另外一扇门走了。

司法大臣走了进来，脸上似笑非笑，半红不红。在这个故事讲下去的时候，我们多半还要遇到他，因此我们的读者从现在起就熟悉熟悉他，没有什么坏处。

这位司法大臣是一个可笑的人物。巴黎圣母院的议事司铎德·罗什·勒玛尔，从前给红衣主教当过随身男仆，是他把司法大臣作为一个忠心耿耿的人推荐给法座的。红衣主教信任他，对他感到十分满意。

有关他的故事外面流传着不少，下面就是其中之一：

生活放荡的青年时代过去以后，他躲进一座修道院，至少可以在一段不长的时间里为年轻时干的那些荒唐事赎赎罪。

但是在这个可怜的悔罪者进入这块圣地时，没有能够那么快地就把门重新关上，以至于他所逃避的情欲也跟着他一起进去了。他不间断地受到情欲的纠缠；他把这个不幸告诉了院长；院长愿意尽一切力量帮助他摆脱这种纠缠，建议他使劲地拉钟绳打钟来驱除引诱人的魔鬼。钟声一响，修道士们就得到通知：诱惑开始纠缠一个兄弟，于是整座修道院的人都开始祈祷。

未来的司法大臣觉得这个建议很不错。他用修道士的大量祈祷来驱除恶魔；但是魔鬼在什么地方住下后，是不会轻易放弃的。你越是加倍地驱魔，魔鬼也越是加倍地诱惑你。因此钟不论白天黑夜都在拼命地敲响，宣告悔罪者怀有的禁绝肉欲的强烈愿望。

修道士们再也没有片刻的休息时间了。白天他们在那座通往小教堂的楼梯上不停地上上下下；夜里，除了晚祷和晨祷以外，他们还不得不从床上跳下来二十次，匍匐在他们的单人小室的方砖地上。

也不知是魔鬼放弃了，还是修道士们厌倦了，反正在三个月以后，这个悔罪者带着世上从不曾有过的最可怕的魔鬼附身者的名声，重新出现在世俗社会中。

从修道院出来，他进了司法界，代替他的叔父当上了最高法院院长，投到了红衣主教一边，这件事足以证明他不乏远见，因而变成了司法大臣。他在法座对太后的仇恨中，对奥地利安娜的报复中，起劲地为法座效劳，他还在夏莱案件中鼓励那些法官，支持法国最大的猎物袋制造者德·拉弗玛①先生的种种试验。最后，他得到了红衣主教的完全信任，也是他理应得到的信任，终于接受了特殊的使命；为了完成这个使命，他来见王后。

他进来时王后还站着，但是她看见他以后，就立刻在她的扶手椅上重新坐下，并且向她的女侍们做了个手势，要她们也在她们的坐垫和凳子上重新坐下，然后用极其高傲的口气问：

“您要干什么，先生；您上这儿来有什么目的？”

“以国王的名义，请王后陛下恕我冒昧，在您的文件中进行一次仔细的搜查。”

“什么，先生！在我的文件里进行一次搜查……在我的文件里！这可是一件可鄙的事！”

“请原谅我这么做，王后；不过，在这种情况下，我仅仅是国王使用的工具。陛下不是从这儿出去，亲自要您为这次搜查做好准备吗？”

“那就搜查吧，先生；看来我是一个罪犯；埃斯特法尼亚，把我的桌子和写字台的钥匙交出来。”

司法大臣在形式上查了查那些家具，他知道王后决不会把白天写的那封重要信件收藏在家具里。

---

① 德·拉弗玛(1589—1650)，最高法院律师，花钱买了行政法院审查官职务，1632年为巴黎民事长官。他是黎塞留委派的审判叛乱贵族的特别委员会的成员，他毫不容情对他们判刑，身后留下了坏名声，因此这儿说他是“最大的猎物袋制造者”。

司法大臣把写字台的那些抽屉开了关，关了开，开关了二十次以后，他不得不，我是说他尽管有点犹豫，还是不得不迈出最后一步，也就是说搜查王后本人。司法大臣因此朝奥地利安娜走过去，口气很困惑地，神色非常为难地说：

“现在我还剩下最主要的搜查要进行。”

“什么搜查？”王后问，她不懂，或者说得更确切些，她不愿意懂。

“国王陛下肯定您在白天写过一封信；他还知道这封信没有按地址送出去。这封信没有在您的桌子里和写字台里找到，然而这封信一定在什么地方。”

“您敢碰您的王后吗？”奥地利安娜挺直身子立起来说，同时两眼紧紧盯住司法大臣，射出几乎可以说是威胁性的凶光。

“我是国王的一个忠实的臣民，王后；凡是国王命令的事，我都得做到。”

“不错，确实如此！”奥地利安娜说，“红衣主教先生手下的那些暗探替他干得多么出色。我今天是写过一封信，这封信没有发出。信在这儿。”

王后把她的那只美丽的手放到连衫裙的胸前。

“那就请您把这封信交给我，王后，”司法大臣说。

“我只交给国王，先生，”安娜说。

“如果国王希望这封信交给他，王后，他早就亲自向您要了。但是，我再对您重复一遍，他派我来向您索取，如果您不交出来……”

“怎么样？”

“他派我从您那儿取。”

“什么，您这是什么意思？”

“我的意思是我接到的命令的适用范围很广，王后，我被授权在陛下的身上寻找这封可疑的信件。”

“真是骇人听闻！”王后叫了起来。

“因此，王后，请您表现得更随和一些。”

“这是下流可耻的强暴行为；您知道吗，先生？”

“国王下的命令，王后，请宽恕我。”

“我不能容忍，不，不，宁可死！”王后叫了起来，西班牙王室和奥地利王室的傲慢的血在她身上沸腾了。

司法大臣深深地鞠了一个躬，然后带着为了完成一项他接受的委托、决不后退一步的明显意图，像刽子手的助手在拷问室里会做的那样，走近了奥地利安娜，就在这同一刹那，愤怒的泪水从她的眼睛里夺眶而出。

王后，正如我们说过的，真是美极了。

因此司法大臣的这项使命可以说是很危险的；国王由于嫉妒白金汉，对任何人也不再嫉妒了。

毫无疑问司法大臣塞吉埃这时候正在用眼睛寻找那口出了名的钟的钟绳；但是他没有找到，于是打定主意，朝王后承认放信的地方伸出手去。

奥地利安娜朝后退了一步，脸色白得让人会以为她就要死了；为了不至于倒下去，她左手撑在背后的一张桌子上，用右手从胸口掏出一张纸递给司法大臣。

“拿去，先生，这封信，在这儿，”王后叫了起来，嗓音断断续续、微微有点抖动，“别让我再看到您那可憎的脸，赶快滚吧。”

司法大臣这方面也因为很容易理解的情绪激动得浑身发抖，他接过信来，一躬到地行完礼以后就退了出去。

门刚在他背后重新关上，王后就半昏迷地倒在女侍们的怀里。

司法大臣去把信呈给国王，自己一个字也没有看。国王用一只抖动的手接过信来，寻找收信人的姓名地址，信上没有写，他的脸变得十分苍白，慢慢打开信以后，从头几个字看出信是写给西班牙国王①的，他

① 当时在位的西班牙国王是腓力四世（1605—1665），他是奥地利安娜的弟弟。下面提到的奥地利皇帝是神圣罗马帝国皇帝斐迪南二世（1578—1637）。奥地利安娜和腓力四世的曾祖父是神圣罗马帝国皇帝、西班牙国王查理五世（1500—1558），而斐迪南二世的祖父神圣罗马帝国皇帝斐迪南一世（1503—1564）是查理五世的弟弟。因此他们都属于哈布斯堡王朝，有着极密切的亲属关系。

匆匆地看了一遍。

这封信是一个向红衣主教发动进攻的完整计划。黎塞留念念不忘的是如何打垮奥地利皇室，她的弟弟和奥地利皇帝受到了黎塞留的政策的伤害，她劝说她的弟弟和奥地利皇帝假装向法国宣战，提出免去红衣主教的职务作为和平条件。至于爱情，在这封信里从头至尾一个字也没有提到。

国王非常高兴，询问红衣主教是不是还在罗浮宫里。他得到的回答是法座在书房里等候陛下的吩咐。

国王立刻去找他。

"瞧，公爵，"国王对他说，"您说得对，是我错了。整个密谋是政治性质的，瞧，在这封信里丝毫没有提到爱情。然而谈到您的地方非常多。"

红衣主教接过信来，聚精会神地看；等他从头至尾看完了以后，又看第二遍。

"很好！陛下，"他说，"您看见了我的敌人猖狂到了什么地步。他们用两场战争来威胁您，要您把我免职。说真的，换了我是您，陛下，我会对这样强有力的要求让步，我这方面呢，能退出国家事务，也会得到真正的幸福。"

"您在说些什么呀，公爵？"

"我是说，陛下，我的健康在这些过分紧张的斗争中，在这些永远干不完的工作中遭到了损害。我是说，十之八九我不能经受住围攻拉罗舍尔的劳累，最好您能委派德·孔代先生，或者德·巴松皮埃尔先生，或者哪个以指挥作战为职业的勇敢的人到那里去，而不是委派我去。我是一个神职人员，被人不断地从我按自己的志愿选定的终身职业中引开，让我去干些我没有任何能力干的事。这样一来您在国内事务中会更顺利，陛下，我也不怀疑您在国外事务中会更强大。"

"公爵先生，"国王说，"我明白，请放心；所有在这封信里提到名字的人都将受到应得的惩罚，连王后本人也不例外。"

"您这是在说些什么，陛下？但愿王后不要因为我而感到一点不快！她一直认为我是她的敌人，陛下，尽管陛下能够证明我经常总是支持她，甚至支持她反对您。啊！如果背叛您，玷污了您的荣誉，这就是另外一回事了，我会是头一个说：‘对女罪犯决不宽恕，陛下，决不宽恕！’幸好并非如此，陛下刚刚掌握了新的证据。”

“确实如此，红衣主教先生，”国王说，“您跟往常一样是对的；但是王后仍然值得我大动肝火。”

“是您，陛下，惹得她大动肝火；说真的，她认真地跟您赌气的时候，我完全能够理解；陛下待她太严厉……”

“我将永远像这样对待我的敌人和您的敌人，公爵，不管他们的地位有多高，也不管我严厉地对待他们要冒多大的危险。”

“王后是我的敌人，不是您的敌人，陛下；恰恰相反，她是一个忠诚、顺从、无可指责的妻子；因此陛下，请让我为她向陛下说情。”

“那就让她低下头来，让她先来向我认错。”

“正相反，陛下，请您做出榜样来；既然是您怀疑王后，首先有错的是您。”

“我先认错！”国王说，“决不！”

“陛下，我求您啦。”

“况且，我用什么办法先认错呢？”

“做一件能使她感到高兴的事。”

“什么事？”

“开一个舞会；您知道王后多么喜欢跳舞；我向您保证，看到您这样殷勤，她的怨恨会坚持不下去的。”

“红衣主教先生，您也知道，我不喜欢所有那些社交性的娱乐。”

“王后既然知道您讨厌这种娱乐，那她就会对您更加感激了。况且，这对她将是一个佩戴您在她生日的那天送给她，而她还没有来得及用来打扮自己的那些钻石坠子的机会。”

“以后再说吧，红衣主教先生，以后再说吧，”国王说，他发现王后犯的是他不怎么关心的一种罪行，没有犯他非常害怕的一种错误，心里非常快乐，已经准备和她言归于好，“以后再说吧，不过，以我的荣誉发誓，您太宽容了。”

“陛下，”红衣主教说，“把严厉留给大臣们，宽容是国王的美德；使用它吧，您将看到，这对您反而会有好处。”

说到这儿，红衣主教听见时钟敲响十一点，他深深地鞠了一个躬，请求国王准许他回去，并且恳求国王和王后言归于好。

奥地利安娜在信被抄走以后，估计会受到严厉的责备，第二天当她看到国王有试图接近她的表示时，感到非常惊讶。她出自本能的头一个反应是反感，她作为女人的自尊和作为王后的尊严二者皆遭到了如此残酷的冒犯，她不可能一下子就这样重修旧好；但是她被她的女侍们的劝告说服了，终于她看上去好像已经开始忘掉发生过的事情。国王看到她态度改变，就立刻趁这个机会告诉她，他打算马上举办一个盛大的舞会。

舞会对可怜的奥地利安娜说来是那么稀罕的一种事，正如红衣主教认为的、国王刚一宣布，她那最后剩下的一点怨恨的痕迹，即使不是在她心里，至少也是在她脸上化为乌有了。她问这次舞会大概在什么时候举行，但是国王回答说，在这一点上还需要和红衣主教商量。

事实上国王每天都在问红衣主教这次舞会定在什么日期举行，红衣主教每天都找个借口推迟决定。

十天就这样过去了。

我们前面叙述的那场风波发生后的一星期，红衣主教接到了一封信，上面盖有伦敦的邮戳，信的内容只有这么寥寥几行：

> 东西到手；但是由于手头不便，我不能离开伦敦；请速送五百皮斯托尔来，收到之后四五日我即可到达巴黎。

红衣主教收到这封信的当天，国王又向他提出了老问题。

黎塞留掐着手指计算，并且低声对自己说：

“她说，她收到钱后四五天到达；钱送去需要四五天，她再需要四五天来到这儿，一共是十天；还应该估计到逆风、意外耽搁和女人的种种弱点，打宽点就算十二天吧。”

“喂！公爵先生，”国王说，“您算好了吗？”

“是的，陛下；今天是九月二十日；本市的市政官们要在十月三日举行一次庆祝会。这件事这样安排得再好没有了；因为看上去就不会像是您在对王后作一次让步。”

接着，红衣主教又补充说：

“顺便提一提，陛下，在这个庆祝会的前一天别忘了对王后陛下说，您希望看看她的钻石坠子是不是配得上她。”

第十七章
博纳希厄夫妇

这是红衣主教第二次向国王提到钻石坠子；这种旧话重提使路易十三产生了强烈印象，心想在这种再次叮嘱中肯定隐藏着什么秘密。

红衣主教已经不止一次使国王感到屈辱，因为他手下的警务人员的能耐虽然没有现代警察那样高超，但在当时也可以算是首屈一指的了；对发生在国王家里的事情，红衣主教竟然能比国王自己还要清楚几分。因此国王想和奥地利安娜谈一次话，从谈话中得到一些蛛丝马迹，随后带着一件红衣主教也许知道，也许不知道的秘密到他那儿去；那么不论哪种情况，他在他首相眼里的地位必将大大提高。

于是他便去找王后，并且根据他的老习惯，在走到她身边时对她周围的人恶言相向。奥地利安娜低下头去，任凭他滔滔不绝地发泄而不作回答，希望他到头来总会停下来。可是路易十三却不是这样想，他指望引起一场争论，在争论中他可以发现线索；他断定红衣主教心怀鬼胎，正在用他素来擅长的手法策划一次对自己的可怕的突然袭击。国王不断的指责果真产生了他预想的效果。

“可是，”王后叫了起来，对他这种不着边际的攻击终于感到厌烦了，“陛下，您还是没有把您心里的话全都讲出来。我究竟干了什么啦？说呀，我究竟犯了什么罪？陛下总不至于为了一封写给我弟弟的信而这样大做文章吧。”

这一下国王也受到了直接攻击，他不知该如何回答；他想起了不如现在就把本该到舞会前夕再叮嘱她的话告诉她。

“王后，”他神色庄严地说，“市政厅里很快就要举行舞会了；为了向我们那些正直的市政长官表示敬意，您要穿上您的礼服赴会，特别要记住佩戴我作为您生日贺礼送给您的那副钻石坠子。这就是我的回答。”

这个回答相当可怕。奥地利安娜以为路易十三全都知道了，以为是红衣主教使他熬了七八天之久没有把这件事捅出来，不过这也符合他的脾气。她一下子变得脸色煞白，一只美得令人赞叹的手这时候白得像是白蜡制成的，支在一张小茶几上；她用一双惊恐的眼睛望着国王，连一个字也回答不出来。

“王后，您听到了吗？”国王问，他正在最大限度地享受着王后的窘困在他心中引起的愉悦，不过他并未猜到个中原委，“您听到了吗？”

“听到了，陛下，我听到了，”王后结结巴巴地说。

“您去参加舞会吗？”

“去的。”

“戴上您的钻石坠子？”

“是的。”

王后的已经白得不能再白的脸色这时候变得更白了。国王发现了这种情况，并且冷酷地感到高兴；这种冷酷是他性格中的缺点之一。

“那么，讲定了，”国王说，“我要对您说的话说完了。”

“那么舞会在哪天举行？”奥地利安娜问。

路易十三从本能上觉得他不该回答这个问题，因为王后在对他提这个问题时候的声音听上去就像一个濒临死亡的人。

“就在这几天，王后，”他说，“可是我记不起确切的日子，我得去问问红衣主教。”

“这么说，是红衣主教告诉您要举行这次舞会的？”王后大声问。

“是的，王后，”国王吃惊地回答说，“可是您为什么要提这个问题？”

“要您邀请我佩戴着钻石坠子去参加舞会的也是他？”

“也就是说，王后……”

“是他，陛下，是他！”

“怎么！是他还是我有什么关系？这次邀请有什么可指责的呢？”

“不是的，陛下。”

“那么您会去参加的了？”

“是的，陛下。”

“那好，”国王一边走出去一边说，“那好，就这样吧。”

王后行了一个屈膝礼，这倒并不完全是出于宫廷礼节，而是因为她的双膝已经支撑不住她的身体了。

国王离去时显得很高兴。

“我完了，”王后失魂落魄地低声说，“因为红衣主教全都知道了，是他唆使国王这样干的，国王现在还不知道，不过他很快就会知道的。我完了！主啊！主啊！主啊！”

她跪在一个垫子上开始祷告，脑袋埋在两条微微颤动的胳膊中间。

她的处境的确很可怕。白金汉回伦敦去了，德·谢弗勒兹夫人又在图尔。王后受到比以前更加严密的监视，她隐约地感到她的女侍中有一个出卖了她，但她不知道是哪一个。拉波尔特是不可能离开罗浮宫的；在这个世界上她连一个可以信赖的人也没有。

因此，面对威胁着她的不幸，又感到自己孤立无援，她不由得哭了起来。

“难道我不能在什么事上为陛下效劳吗？”突然有一个充满温柔和怜悯的声音说。

王后急忙回过头去，因为这个声音里的感情是不会搞错的，说话的人肯定是她的朋友。

果然，从王后的套房的一扇门里，露出了漂亮的博纳希厄太太的身影；刚才在国王进来的时候，她正在内屋替王后整理衣衫，她来不及退出，所以国王和王后之间的对话她全都听到了。

王后看到自己被人撞见，不由得尖叫一声，因为在慌乱之中，她一开始没有认出这个由拉波尔特推荐给她的年轻妇人。

“啊，请不用害怕，王后陛下，”博纳希厄太太合着双手说，因为王后的苦恼，使她也流出了眼泪，“我的身心都是属于陛下的，尽管我和陛下的距离非常远，我的地位又极其低下，我相信我已找到了替陛下解决困难的方法。”

“是您，天啊！是您！”王后叫了起来，“可是，请把眼睛对着我看。到处都有人出卖我，难道我能信任您吗？”

“啊，陛下！”年轻妇人跪下来叫喊着说，“以我的灵魂起誓，我准备为陛下献出我的生命！”

这声叫喊是从心底里发出来的，就像她的第一声叫喊一样，它所包含的感情是非常真挚的。

“是啊，”博纳希厄太太接着说，“是啊，这儿是有一些奸诈小人，可是我可以凭圣母的名义发誓，没有任何人能比我更忠于陛下的了。国王向您再次提起的钻石坠子，您不是已经送给白金汉公爵了吗？这副钻石坠子不是放在一只香木匣子里，被他夹在胳膊下带走的吗？会不会是我弄错了？不是这件首饰？”

“啊，主啊！主啊！”王后低声说，她害怕得牙齿都打起架来了。

“那么，这副钻石坠子，”博纳希厄太太接着说，“一定得把它要回来。”

“是啊，一定得要回来，”王后高声说，“可是怎么办呢？怎么才能要回来呢？”

“应该派人到公爵那儿去。”

“可是派谁去呢？……派谁去呢？……我能相信谁呢？”

“请相信我，王后陛下；请给我这个荣幸，我的王后，我，我能找到这个信使！”

“不过我一定得写信！”

“啊，是的！那是免不了的。由王后陛下亲笔写下几个字，再盖上您的专用印章。”

“不过那几个字将成为我的罪证，随后是离婚和被驱逐。”

“假如这几个字落在坏人的手里，后果的确会像您所说的一样。可是我保证这封信将落在收信人的手里。”

“喔，主啊！这么说我一定得把我的生命、我的幸福和我的荣誉全都托付给您啦！”

“是的，是的，王后陛下，一定得这样办，我，我一定能把这件事挽救过来！”

“可是您用什么办法呢？至少可以对我说说吧。”

“我丈夫在两三天以前已经被释放了，因为我没有空，还没有见到他。他为人正直，对任何人都没有偏见，既不恨，也不爱。我要他干什么他就干什么：只要我吩咐一声，他就会把信送到指定要他送去的地方，甚至根本不知道他带的是什么东西，根本不知道这封信是出之于陛下之手。”

王后情绪激动地握着博纳希厄太太的两只手，就像要看到她心底里去似的紧紧地盯着她看，她看到在她的眼睛里除了真诚之外，别无其他感情，便温柔地拥抱了她。

“就这样办吧，”她大声说，“你将救出我的生命，你将救出我的荣誉。”

“啊！请别言过其实，因为我能为陛下效劳是我的荣幸；陛下只不过是一桩卑鄙的阴谋的牺牲品，根本谈不上要我来拯救。”

“是的，是的，我的孩子，”王后说，“你说得有道理。”

“陛下，请把信给我吧，时间很紧。”

王后快步走到一张小桌子前面，纸张、墨水、羽笔全在那儿。她写了两行字，用她的印章加封后便把信交给了博纳希厄太太。

“还有，”王后说，“我们忘了一样必不可少的东西。”

“什么东西？”

“钱呀！”

博纳希厄太太脸红了。

“倒也是，”她说，“不瞒王后陛下说，我丈夫……”

“你是要说你丈夫没有钱吧？”

“那倒不是，他有钱，可是他很吝啬，这是他的缺点。不过王后也不必担心，我们总会想出办法……”

“偏偏我也没有，”（凡是看过德·莫特维尔夫人[①]的回忆录的读者都不会因为王后这个回答感到奇怪。）王后说，“不过，请等一下。”

奥地利安娜跑去开她的首饰箱。

“拿去，”她说，“这只戒指据说很值钱；是我的兄弟西班牙国王给我的。这是我的东西，我可以随意处置。把这枚戒指拿去卖掉，你丈夫就有钱可以动身了。”

“一小时以后，就可以按照您的意思去做了。”

“地址你看到了，”王后接着说，声音低得几乎听不见，“送交伦敦白金汉公爵。”

“这封信一定会送到他的手里。”

“好心的孩子！”奥地利安娜高声说。

博纳希厄太太吻了吻王后的双手，把信塞进连衣裙的前胸，随后像小鸟一般轻快地走了。

十分钟以后，她便回到家里。正像她刚才跟王后说过的那样，自从她丈夫被释放以后，他们还没有见过面；所以她对她丈夫在红衣主教那儿所起的变化是一无所知的，而且这种变化，在德·罗什福尔伯爵成了博纳希厄最好的朋友，并拜访了他两三次以后，变得更加强烈了。德·罗什福尔伯爵没有费多大的劲便使博纳希厄相信了别人绑走他的妻子并非出于恶意，只不过是一种政治活动中的防范措施。

她看到博纳希厄先生独个儿在家里：这个可怜的汉子正在费劲地收拾屋子；他发现家中的家具几乎全都被砸坏了，所有的柜子差不多全

---

①德·莫特维尔夫人（1621—1689），奥地利安娜的随身女侍和心腹，曾写过一本有关这位王后的回忆录。

都是空的；司法人员不是所罗门王所说的三种“所经之处不留痕迹”的东西之一。①至于女用人呢，她已经在她主人被捕时逃之夭夭。当时那种恐怖情景吓得那个可怜的姑娘从巴黎一口气逃到了她的故乡勃艮第，中间连歇歇脚都没有。

这个正直的服饰用品商看见妻子回来，便把他如何因祸得福，安全归来的经过告诉了他的妻子。他的妻子首先向他祝贺，然后对他说，她的工作实在太忙，只要能够脱身，她的第一件事便是回家来看他。

这第一件事却让他等了五天时间。如果在从前，博纳希厄先生肯定会觉得这种等待的时间未免过于长了些，不过最近他见到了红衣主教，德·罗什福尔伯爵又经常来看他，因此他有很多重大问题要思考；大家都知道，思考是很能消磨时间的。

更何况博纳希厄思考的是自己的锦绣前程，所以他的时间也就过得更快了。德·罗什福尔称他为朋友，称他为亲爱的博纳希厄，并经常对他说，红衣主教对他非常器重。这个服饰用品商已经看到有高官厚禄在等着他。

在博纳希厄太太那方面，她也在思考，可是应当说这些思考和个人野心是毫无关系的。当时她脑子里所想的，总是那个仿佛已坠入了爱河的既正直又英俊的年轻人；她要不想也不行，这是不以她的意志为转移的。自从在十八岁上嫁给了博纳希厄先生以后，她始终生活在她丈夫的朋友们的小圈子中；由于她的情操要比她所处的地位崇高得多，她的生活引不起她任何情感，对一些庸俗的诱惑也完全无动于衷。而且，尤其是在那个时代，贵族这个头衔在市民中有举足轻重的影响，而达尔大尼央是贵族；而且他身上穿的是国王卫队的制服；除了火枪手的制服以外，那是妇女们最最珍视的服装。我们再重复一遍：他年轻，英俊，富有冒险精神；他在谈到爱情时，就像一个正在恋爱、并渴望被人爱上的青年一样。为了让一个二十三岁的妇人爱

---

①所罗门王是古代希伯来统一王国国王，参见本书第48页注①。《圣经·旧约·箴言》第30章第18节中提到他所说的三种“所经之处不留痕迹”的东西是“鹰在空中飞的道，蛇在磐石上爬的道，船在海中行的道”。

得晕头转向，这些条件已经绰绰有余了，而博纳希厄太太的年龄正好处于这个幸福阶段。

他们夫妇俩虽然已有一个多星期没有见过面，可是因为在这一周之中在他们两人之间发生过好几次严重的事件，因此夫妻俩再次重逢时各人有各人的心事；不过博纳希厄还是显示出一种由衷的高兴，张着胳膊向他的妻子迎上前去。

博纳希厄太太伸出额头接受他的抱吻。

“我们谈谈吧，”她说。

“怎么？”博纳希厄吃惊地说。

“是的，我有一件非常重要的事情要告诉您。”

“是的，我也一样，我也有些很严肃的问题要跟您谈。请把您被绑走的事稍许跟我解释一下。”

“眼下要谈的和这件事毫无关系，”博纳希厄太太说。

“那么跟什么有关系？跟我被关押的事情有关系吗？”

“那件事情我当天就知道了；可是因为您根本没有犯过任何罪，也没有参加过任何阴谋策划，而且到头来完全不知道是谁连累了您，您不知道，别人也不知道，所以我对这件事并没有过分重视。”

“您说得倒很轻巧，太太！”博纳希厄看到他的妻子并不怎么关心他，心里有些不痛快，接着说，“您知不知道我在巴士底狱的牢房里关了一天一夜？”

“一天一夜很快就过去了；我们现在先别谈您被关押的事，还是先来谈谈使我回到您身边来的原因吧。”

“什么！回到我身边来的原因！难道您不是回来看您离别一星期的丈夫的吗？”被刺痛了的服饰用品商问。

“首先是回来看您，其次还有别的事情。”

“什么事情？”

“一件有重大利害关系的事情，可能关系到我们的前途。”

“从上次我们分别以后，太太，我们的前途已经大有改观；如果几个月以后有很多人羡慕我们，我是不会感到惊奇的。”

“是的，不过首先要您按照我吩咐您的话去做。”

“吩咐我？”

“是的，吩咐您。有一件重要而神圣的事情要做，先生；同时还可以赚到很多钱。”

博纳希厄太太知道，对她的丈夫谈钱，也就是抓住了他的要害。

可是一个人如果跟红衣主教黎塞留谈过十分钟话以后，那么即使他是一个服饰用品商，也会变成另一个人了。

“可以赚到很多钱！”博纳希厄撅起他的嘴唇说。

“是的，很多。”

“大概有多少？”

“可能有一千皮斯托尔。”

“您要我做的事情很重要吗？”

“是的。”

“要做什么呢？”

“您马上动身出发，我交给您一封信，您无论如何都不能脱手，直到把这封信交到收信人的手里。”

“我要去哪儿？”

“去伦敦。”

“我，去伦敦！算了吧！您这是在打哈哈，我跟伦敦没有关系。”

“可是有些人需要您到那儿去。”

“那些人是谁？我可告诉您，我再也不会像瞎子一样随便乱闯了，我不仅要知道我冒的是什么危险，而且我要知道我是在为谁冒危险。”

“派您去的是一位有名望的人，在那儿等您去的也是一位有名望的人；所以您得到的酬劳将超过您的期望，我现在能答应您的全在这儿了。”

“又是一些见不得人的事情！总是一些见不得人的事情！多谢了，现在我不再相信这一套了，红衣主教先生在这方面已经开导过我了。”

“红衣主教！”博纳希厄太太高声说道，“您见过红衣主教了？”

“是他叫人找我去的，”服饰用品商得意洋洋地说。

“所以您就接受了他的邀请，您真是太不谨慎了。”

“我应该说我当时根本无法选择去还是不去，因为有两个卫士把我夹在中间。此外我还应该说，因为我那时候还不认识红衣主教，所以我要是能避免这次会见的话，我一定会感到非常高兴的。”

“那么他虐待您了？他威胁您了？”

“他伸出手来让我握，把我称作是他的朋友，他的朋友哪！太太，您听到了吗？我是伟大的红衣主教的朋友！”

“伟大的红衣主教！”

“您不赞成这个称呼吗，太太？”

“我没有什么不赞成，可是我要告诉您，首相的恩惠就像是昙花一现，只有疯子才会去巴结首相。有些权势比他的更大，它们并不是建立在某个人一时的好恶上，也不是建立在一个重大事件的结果上，您应该去接近这些权势。”

“我真是感到遗憾，太太，可是除了我有幸为他效劳的那位伟大人物的权势以外，我跟其他权势没有关系。”

“您为红衣主教效劳？”

“是的，太太。作为他的仆人，我不容许您参与一些危害国家安全的阴谋；也不容许您为一个不是法国籍、一心向着西班牙的女人的鬼花样效力。幸好现在有伟大的红衣主教在，他的警惕的眼光无所不在，他能洞察人心。”

博纳希厄把他从德·罗什福尔伯爵那儿听来的一句话一字不错地重复了一遍；可是这个可怜的女人，原来指望丈夫能帮助她，所以她才向王后担保了他，再想到她自己差点儿就要陷身进去的危险和她本人的软弱无能，不由得打了一个寒噤。不过她深知自己丈夫的弱点，尤其是他贪婪的本性，所以她还抱着一线希望想使他回心转意。

“喔！您成了红衣主教一派的人了，先生！”她大声说，“啊，他们那伙人既虐待您的妻子，还侮辱您的王后，您竟然为他们办事！”

“在集体利益面前，个人利益不值一提。我支持那些拯救国家的人！”博纳希厄神气活现地说。

这又是一句他记得的德·罗什福尔伯爵讲过的话；他找到了重复这句话的时机。

"您知不知道您所说的国家是什么？"博纳希厄太太耸耸肩说，"您就安心地做一个不要什么小聪明的市民吧，快回头，转到能获利最多的方面来吧！"

"喂，喂！"博纳希厄拍拍一只胀鼓鼓的口袋，发出一些金银币碰撞的响声，一边对她说，"讲大道理的太太，您对此有何说法？"

"这些钱是从哪儿来的？"

"您猜不出来吗？"

"从红衣主教那儿来的吗？"

"有的是他给的，有的是我朋友德·罗什福尔伯爵给的。"

"德·罗什福尔伯爵！可是绑架我的就是他呀！"

"这有可能，太太。"

"而您还接受他的钱？"

"您刚才不是还对我说，这次绑架完全是政治性的么？"

"是的；可是这次绑架的目的是想逼我背叛我的女主人，是用酷刑来逼取我的口供，去败坏我女主人的名声，甚至可能要谋害我至尊的女主人的性命。"

"太太，"博纳希厄接着说，"您的至尊的女主人是一个背信弃义的西班牙女人，红衣主教做的事是对的。"

"先生，"年轻女人说，"我原来以为您只是胆小、吝啬和愚蠢，可是我并不知道您还是个无耻之徒！"

"太太，"博纳希厄还从来没有见他妻子发过脾气，面对他妻子的怒火，他退让地说，"太太，您究竟在说什么？"

"我在说，您是一个不要脸的混蛋！"博纳希厄太太看到自己又能对丈夫起到一定影响，于是便接着说，"啊，您，您在搞政治，您！而且还是红衣主教派的政治哩！啊，您为了一点儿钱便把自己出卖了，把肉体和灵魂都出卖给魔鬼了。"

"不，只是出卖给红衣主教。"

“这还不是一样！”博纳希厄太太叫了起来，“红衣主教就是撒旦[1]！”

“住嘴，太太，住嘴，会让人听到的！”

“是的，您说得对，我为您的怯懦感到羞耻。”

“喂，您这样逼着我去做的究竟是什么事呀？”

“我已经对您说过了：您立即动身，先生，去忠实地完成我托付给您的使命；如果能够办到，以前的事就一笔勾销，我原谅您，还有……”她向他伸出手去说，“我仍旧和以前一样和您友好相处。”

博纳希厄是怯懦的，也是悭吝的；可是他爱他的妻子，所以他软下来了。一个五十岁的男子对一个二十三岁的女人的怀恨是不会长久的。博纳希厄太太看到他在犹豫，便说：

“喂，您拿定主意了吗？”

“可是，亲爱的，请考虑一下您逼着我去干的事情吧；伦敦离巴黎很远很远，也许您逼我去做的那件差使不是没有危险的吧？”

“如果您能避开那些危险，那又有什么关系呢？”

“听着，博纳希厄太太，”服饰用品商说，“听着，我拿定主意了，我不同意；我害怕搞阴谋诡计，我见过巴士底狱，我。乖乖！巴士底狱，太可怕了！只要一想到它，我便会浑身起鸡皮疙瘩。有人威胁过要对我上刑。您知道什么是上刑吗？用木楔子往您的腿里插，一直插到骨头碎裂！不，我打定主意了，我不去。真见鬼，您为什么自己不去？因为，说真的，我相信我对您的估计一直是错误的：我现在相信您是一个男子汉，而且是一个非常容易冲动的男子汉！”

“那么您呢，您是一个娘们，一个毫无用处，既愚蠢又糊涂的娘们。啊！您害怕了！那么，如果您不马上就走，我就用王后的命令叫人逮捕您，把你扔进那个使您怕得发抖的巴士底狱里去。”

博纳希厄陷入了沉思；他仔细地掂量着王后和红衣主教的怒火哪一种厉害，结果是红衣主教的怒火大大地占了上风。

---

①撒旦，《圣经》中的魔鬼。

“您就用王后的命令逮捕我吧，”他说，“而我，我要去法座那儿申诉。”

这一下，博纳希厄太太看到自己走得太远了，远得使自己感到了害怕。她惶恐地注视了一下这张冥顽不灵的愚蠢的脸，就像那些被吓破了胆的傻瓜的脸一样。

“那就算了！”她说，“也许说到底还是您对，因为在政治上男子汉总比女人强，尤其是您，博纳希厄先生，您曾经和红衣主教先生谈过话。不过，”她接着说，“我的丈夫，一个我认为可以作为我感情依靠的男子，对我如此无情无义，一点不能满足我一时的要求，我总觉得心里很难受。”

“那是因为您的要求可能越来越过分了，”博纳希厄得意地说，“我要有所提防。”

“那么我就放弃吧，”年轻女人叹了一口气说，“好吧，我们别再谈下去了。”

“我们还是可以谈谈嘛，至少您可以告诉我您要我去伦敦干的是什么事情，”博纳希厄接着说，因为他想起了德·罗什福尔伯爵曾嘱咐他设法探知他妻子的秘密；可是已经迟了。

“这您是没有必要知道的，”博纳希厄太太说，由于本能的疑虑，她这时开始退缩了，“只不过是一件一般女人希望做到的小事情，一笔赚头很大的买卖。”

可是越是太太不露口风，博纳希厄先生越是觉得她不肯告诉他的这件秘密事关重大。所以他决定立即跑到德·罗什福尔伯爵家里去，向他报告王后正在找一个替她去伦敦办事的信使。

“请原谅，我亲爱的太太，我现在就要离开您了，”他说，“因为我不知道您今天会来看我，我约好要去看一个朋友；不过我马上就回来，您只要等我半分钟，我跟我朋友的事一结束，我就回来。因为时间已经不早，我要陪送您回罗浮宫去。”

“谢谢，先生，”博纳希厄太太回答说，“不论替我办什么事，您的胆子都太小了点儿；我完全可以一个人回罗浮宫去的。”

“那就悉听尊便，太太，”前服饰用品商说，“我能很快再见到您吗？”

“当然；希望下一星期我们能见到，那时候我的工作不太忙，我可以抽空回来把我们的东西整理一下，这些东西好像都被搞乱了。”

“好吧，我等您。您不怨我吧？”

“我？哪儿会呢！”

“那就再见了？”

“再见。”

博纳希厄吻了吻妻子的手，匆匆走了。

“唉，”博纳希厄太太看到她丈夫关上了门、把她一个人留在家里以后便叹了口气自言自语地说，“这个白痴居然成了红衣主教的走狗了！而我呢，我曾经向王后作过保证，曾经答应过我可怜的女主人……啊，主啊！主啊！她就要把我当成是一个宫里到处都是的、被人安插在她身边监视她的无耻小人了！啊，博纳希厄先生！我从来就没有怎么爱过您；现在更加不爱了，我简直恨您！我保证，您会付出代价的！”

正在她说这几句话的当儿，她听到天花板上有人敲了一下，她抬起头来，跟着又有一个声音穿过楼板在对她叫喊：

“亲爱的博纳希厄太太，请把过道里的小门打开，我这就下楼到您这儿来。”

第十八章

情人和丈夫

“啊，太太，”达尔大尼央从博纳希厄太太为他打开的门外走进来说，“请允许我对您说，您的丈夫真不是个东西。”

“这么说，您听到了我们的谈话？”年轻女人不安地望着达尔大尼央急忙问。

“全都听见了。”

“主啊，怎么听见的？”

“我自有办法，就是用这种办法我还听到了您和红衣主教的打手们还要热闹得多的谈话。”

“从我们的谈话中您知道了些什么？”

“很多很多事情：首先，我知道您的丈夫幸好是一个傻瓜，是一个糊涂虫；其次我知道您现在的处境很尴尬，我为此感到很高兴，因为这给了我一个为您效劳的机会，天主知道我随时准备为您赴汤蹈火；最后我还知道王后需要一个勇敢聪明而且忠诚的人为她到伦敦去一次。在这三种必需的条件中，我至少符合其中的两条，所以我就来到了您的面前。”

博纳希厄太太没有回答，可是她的心却快活得怦怦乱跳，内心产生的希望使她的眼睛发亮。

“如果我同意把这项任务托付给您，”她问，“您给我什么保证呢？”

“我对您的爱情就是保证。说吧，下命令吧：该怎么干？”

“主啊！主啊！”年轻女人轻声说，“先生，究竟我该不该把这样一项秘密任务托付给您呢？您几乎还是个孩子！”

“是吗？我看得出您还需要有个人来为我担保。”

“我承认，这样可以使我放心得多。”

“您认识阿多斯吗？”

“不认识。”

“波尔朵斯呢？”

“不认识。”

“阿拉密斯呢？”

“不认识；这几位先生是些什么人？”

“都是国王的火枪手。您认不认识他们的队长德·特雷维尔先生？”

“啊，这一位我认识；不过不是认识他本人，而是听人向王后提起过好几次，说他是一个勇敢而正直的贵族。”

“您不怕他为了红衣主教而出卖您，是不是？”

“啊，当然不怕。”

“那好，那就请您把秘密告诉他，并且请您问他，不管这个秘密有多么重要，多么珍贵，多么可怕，是不是可以托付给我。”

“可是这个秘密不是我自己的，我不能就这样把秘密说出来。”

“您不是差点儿就要告诉博纳希厄先生了吗？”达尔大尼央不无气恼地说。

“这不过就像把一封信放在树洞里，系在鸽子的翅膀上，或者塞在狗的颈圈里一样。”

“可是我呢，您看得很清楚，我是爱您的。”

“您不过是说说而已。”

“我是一个正直的人。”

“我相信。”

“我是勇敢的。”

“啊！这一点，我并不怀疑。”

“那就请考验我吧。”

博纳希厄太太怀着最后一丝疑虑瞧瞧这个年轻人；可是他的眼睛里有那么一种热情，在他的声音里有那么一种使人信服的力量，以致她感到自己被征服了，终于完全相信他了。再说她当时的处境也使她不得不孤注一掷。王后固然会因为过于轻信而遭殃，同样会因为过于谨慎而遭殃。此外，我们也不能不承认，最后促使她下决心的是她对她的年轻的保护人油然而生的柔情。

“请听我说，”她对达尔大尼央说，“我相信您的保证，听从您的劝告。不过，我在正在听我们讲话的天主面前对您起誓：如果您出卖了我，而我的敌人又饶了我，那么我就自杀，用死亡来控诉您。”

“我呢，太太，我在天主跟前向您起誓，”达尔大尼央说，“如果我在执行这项您交给我的任务时被捕，我宁死也不会做出或说出什么连累别人的事情来。”

于是这位年轻女人便把这个可怕的秘密告诉了他，其中的一部分达尔大尼央已经在撒马利亚女人水塔前亲眼看到过了。

这是他们两人相互间的爱情的表白。

达尔大尼央笑逐颜开，很是得意。这个他已掌握了的秘密，这个他所爱的女人，这种信任和爱情，使他顿时变得像个巨人一样。

“我走了，”他说，“我马上就动身。”

“什么！您走了！”博纳希厄太太叫了起来，“那么您的队部呢？您的队长呢？”

“是啊，您使我把这一切都忘记了，亲爱的康斯坦丝！是的，您说得对，我一定得请个假。”

“又是一个困难，”博纳希厄太太愁云满面地低声说。

“啊，这个困难，”达尔大尼央考虑了一下后高声说，“我有办法克服，请放心好啦！”

“您有什么办法？”

“今天晚上我去找德·特雷维尔先生，请他替我向他的妹夫德·艾萨尔先生要求照顾。”

“还有另一件事。”

“什么事？”达尔大尼央看到博纳希厄太太支支吾吾不说下去便问。

“您也许没有钱吧？”

“‘也许’两个字是多余的，”达尔大尼央微笑着说。

“那么，”博纳希厄太太打开一只柜子，从里面拿出那只半小时以前她丈夫深情地抚摸过的口袋，一边接着说，“把这只口袋拿去吧。”

“红衣主教的口袋！”达尔大尼央哄然大笑地说，大家应当还记得，靠了他几块可以揭起的地板，服饰用品商夫妻间的谈话他一字不漏地全听到了。

“红衣主教的口袋，”博纳希厄太太回答说，“瞧它的外表有多么体面。”

“见鬼！”达尔大尼央高声说，“用红衣主教的钱去救王后，这件事真是有趣极了。”

“您真是一个可亲可爱的年轻人，”博纳希厄太太说，“请相信王后陛下会报答您的。”

“啊！我已经得到重大奖赏了！”达尔大尼央叫了起来，“我爱您，您也允许我对您说这句话；这已经是我原本不敢企求的幸福了。”

“别出声！”博纳希厄太太打了个哆嗦说。

“什么事？”

“街上有人说话。”

“这声音是……”

“是我丈夫的，是的，我听出是他的声音。”

达尔大尼央奔到门前，把门闩插上。

“在我走掉以前他是进不来的，”他说，“等我走了以后您再开门。”

“可是我，我也得走。如果我待在这儿，钱袋没有了，我怎么说得清楚呢？”

“您说得对，一定得出去。”

“出去？怎么出去？我们一出去，他不就看见我们了。”

“那只能上楼到我房间里去了。”

“啊！”博纳希厄太太大声说，“您说这句话的音调使我感到害怕。”

博纳希厄太太讲这句话时连眼泪也流出来了。达尔大尼央看到眼泪便没了主意，他心软了，跪倒在她的面前说：

“在我家里，您会像在一个修道院里一样安全，我以我贵族的身份向您保证。”

“那么我们走吧。”她说，“我信赖您，我的朋友。”

达尔大尼央小心地把插上的门闩又抽去，两个人轻巧得像两个影子似的从内门溜进了过道，悄没声儿地上了楼梯，走进了达尔大尼央的房间。

年轻人进了自己家门以后，为了万无一失，他把房门堵住了；随后两人走到窗前，从百叶窗的缝隙中，看到博纳希厄先生正在和一个身披披风的人谈话。

一看到这个披披风的人，达尔大尼央就跳了起来，把剑抽出一半，向门口冲去。

那正是在默恩遇到过的那个人。

“您去干什么？”博纳希厄太太大声说，“您会把我们两人都断送了的。”

“可是我曾经发誓要杀了他的！”达尔大尼央说。

“现在您的生命已经献出去了，不再属于自己的了。所以除了旅途上的危险以外，我以王后的名义不准您冒任何危险。”

“那么以您的名义您就没有任何事情要命令我吗？”

“以我的名义，”博纳希厄太太激动地说，“以我的名义，我请求您。不过注意听听，好像他们在谈论我。”

达尔大尼央靠近窗口，侧耳细听。

博纳希厄先生刚才已经打开了门，看到屋子里没有人，就回到被他留在街上的那个披披风的人身边。

“她走了，”他说，“她回罗浮宫去了。”

“您能肯定，”那个陌生人回答说，“她没有猜到您离开家里的用意吗？”

“她是猜不到的，”博纳希厄信心十足地说，“她是一个没有头脑的女人。”

“那个国王卫队里的见习卫士在不在家？”

“我想不在；您看，他窗上的百叶窗关着，窗缝里也看不见有光。”

“这没有用，应当查个明白。”

“怎么查呢？”

“去敲他的房门。”

“我去问他的跟班。”

“去吧。”

博纳希厄回到家里，穿过刚才两个逃走的人经过的那扇小门，登上楼梯来到达尔大尼央房门前敲门。

没有任何反应。因为波尔朵斯那天晚上要摆场面，把普朗歇借去了。至于达尔大尼央，他当然不会露出任何有人在家的迹象。

在博纳希厄的手指敲门的时候，两个年轻人紧张得能感到自己的心跳。

“他家里没有人，”博纳希厄下楼对那个人说。

“那就不管它了。我们还是到您家里去吧，总要比在门口谈话妥当一些。”

“啊，主啊！”博纳希厄太太轻声说，“这样我们就再也听不到了。”

“恰恰相反，”达尔大尼央说，“我们只会听得更清楚。”

达尔大尼央拿掉三四块铺在地上的方砖，把他的房间变成了另一种大狄奥尼西奥斯[①]式的耳朵；随后在地上铺一块毯子，自己跪下来，向博纳希厄太太做了个手势，要她像自己一样，向那个开口处俯下身子。

“您能肯定屋子里没有人？”陌生人说。

“我可以担保，”博纳希厄说。

“您认为您的妻子……？”

“回罗浮宫去了。”

“她除了对您讲过以外，没有对别人讲过？”

“我可以肯定。”

“这一点很重要，您可知道？”

“这么说，我告诉您的那个消息的价值……”

“非常大，我亲爱的博纳希厄，我对您并不隐瞒。”

“那红衣主教会对我满意吗？”

“我想是的。”

“伟大的红衣主教！”

“您能肯定，您妻子在跟您的谈话中，没有提到过什么有名有姓的人？”

---

① 大狄奥尼西奥斯（约前430—前367），叙拉古僭主，曾征服西西里和意大利南部，以极其残酷的手段巩固和扩充自己的权力。他对任何人都不信任；建造石屋关押被他逮捕的人，石屋中有特别的设置，可使屋内人说话的声音传到屋外，他则在外面窃听。

“我想没有。”

“她没有提起过德·谢弗勒兹夫人，白金汉公爵，德·韦尔内夫人的名字？”

“没有，她只是对我说，要我到伦敦去，为一个非常有名望的人办事。”

“叛徒！”博纳希厄太太低声说。

“别出声！”达尔大尼央说，一边握住了她无意之中伸给他的一只手。

“不管怎么说吧，”披披风的人接着说，“您没有假装接受她的托付真是个白痴，否则这封信现在在您手中了；受到威胁的国家得救了，而您……”

“我？”

“是啊，您！红衣主教就会把贵族称号给您了……”

“他对您说起过？”

“说起过，我知道他原来想给您一个意外的惊喜。”

“请放心，”博纳希厄接着说，“我的妻子非常爱我，现在还来得及。”

“笨蛋，”博纳希厄太太低声说。

“别出声！”达尔大尼央说，他把她的手握得更紧了。

“怎么还来得及？”披披风的人说。

“我这就去罗浮宫，要求见我的妻子；我对她说，经过考虑我愿意接受这个使命；我一拿到信就跑去找红衣主教。”

“好，快去吧，我回头再来听您这件事的结果。”

陌生人走了。

“无耻之徒！”博纳希厄太太又一次把这个称呼给了她的丈夫。

“别出声！”达尔大尼央又说了一遍，一边更加紧地握着她的手。

突然，一声可怕的号叫打断了达尔大尼央和博纳希厄太太的思考，因为她的丈夫发现他那只装钱的口袋不见了，大喊大叫地要捉贼。

“啊，主啊！”博纳希厄太太说，“他要把附近一带的人全都叫来了！”

博纳希厄叫了很长时间；可是因为这样的叫声住在附近一带的人经常能听到，尤其是因为服饰用品商的房子近来声誉不好，所以竟然没有把任何人吸引到掘墓人街上来。他看到没有人来，便走出门去一路喊叫，可以听到他的声音朝着摆渡街的方向越去越远了。

“现在他走了，您也得走了，”博纳希厄太太说，“勇敢些，不过首先要谨慎小心，要想到您这是在为王后办事。”

“为王后，也是为您！”达尔大尼央大声说，“请放心，美丽的康斯坦丝，我以后回来，一定配得上王后对我的感谢；不知道是不是能配得上您的爱情？”

年轻女人的脸涨得绯红，这是她惟一的回答。过了几分钟以后，达尔大尼央也出去了，他也披上一件大披风，一柄长剑的剑鞘把披风顶了起来，看上去威风凛凛。

博纳希厄太太的眼睛一直跟在他的后面，这种久久注视的、充满爱的目光是妇女们陪伴所爱的男人时那种特有的目光。可是当达尔大尼央在街角转弯消失以后，这个女人却跪了下来，合起双手高声说道：

“啊，主啊！请保护王后，保护我吧！”

第十九章

作战计划

达尔大尼央径直去了德·特雷维尔先生那儿。他已经考虑到那个陌生人显然是红衣主教的手下，只需几分钟以后，红衣主教就会得到他的报告，所以他有充分理由想到时间紧迫，容不得有半点耽误。

年轻人这时正乐得心花怒放。一个既可以得到光荣又能得到钱的机会出现在他的面前；而且，就像是对他的第一次鼓励似的，刚才他成功地接近了一个他所爱的女人。对他来说，这种偶然的巧合几乎是一开始便超出了他敢于祈求上苍的期望。

德·特雷维尔先生在客厅里，身旁是些经常和他来往的贵族。达尔大尼央是府上的熟客，一直走进了他的书房，并叫人通报德·特雷维尔先生说有重要事情要跟他会面。

达尔大尼央等了五分钟光景，德·特雷维尔进来了。一看到年轻人脸上快乐的神色，这位正直的队长便知道，一定是发生了什么新的事情。

达尔大尼央在来这儿的路上，一直在考虑他该不该信任德·特雷维尔先生，把一切都告诉他，或者只是请求德·特雷维尔先生给他搞到一张准假单，让他去办一件秘密的事情。可是德·特雷维尔先生对他一直关怀备至，对国王和王后又那么忠心耿耿，而且也十分厌恶红衣主教，所以年轻人决定对他和盘托出。

“年轻的朋友，是您叫人找我的吗？”德·特雷维尔先生说。

“是的，先生，”达尔大尼央说，“当您知道了这件事的重要性以后，我希望您能原谅我打扰了您。”

“那就请说吧，我听着。”

“这件事，”达尔大尼央压低声音说，“跟王后的荣誉，也许还跟王后的生命关系十分重大。”

“您说什么？”德·特雷维尔向四周望望，看看是不是只有他们两个人，随后又回过头来，用询问的眼光盯着达尔大尼央问。

“我说，先生，由于偶然的机会，我知道了一个秘密……”

“那我就希望您，年轻人，用生命来保住这个秘密。”

“可是我应当告诉您，先生，因为只有您才能在王后陛下交给我的这个使命中帮助我。”

“这个秘密是属于您自己的吗？”

“不，先生，这个秘密是属于王后的。”

“王后是否允许您告诉我？”

“不，先生，恰恰相反，因为有人叮嘱我一定要严守秘密。”

“那您为什么还要向我泄漏这个秘密？”

“因为，我要对您说，如果没有您的帮助，我将一事无成；为了这件事我要向您提出一个请求，但是如果您不知道我提这个请求的原因，我怕您会拒绝我的。”

“守住您的秘密吧，年轻人，请把您的请求说给我听听。”

“我希望您能代我从德·艾萨尔先生那儿取到一张为期十五天的准假单。”

“什么时候开始？”

“今天晚上。”

“您要离开巴黎吗？”

“我去完成我的任务。”

“您能告诉我去哪儿吗？”

“去伦敦。”

“如果您到不了目的地，有谁能从中得到好处？”

“我相信红衣主教将竭尽全力来阻止我的成功。”

“您一个人去吗？”

“我一个人去。”

“这样的话，您连邦迪①也过不去；这句话是我，德·特雷维尔对您说的，错不了。”

“怎么会呢？”

“有人会派人来暗杀您。”

“那我就以身殉职。”

“可是您的使命就完成不了啦。”

“倒也是，”达尔大尼央说。

“请相信我，”特雷维尔接着说，“要办这样一件事，去四个人才能有一个人到达目的地。”

“啊，您说得对，先生，”达尔大尼央说，“您了解阿多斯、波尔朵斯和阿拉密斯，您看我能不能让他们也参与此事？”

“如果您不把我不想知道的那个秘密告诉他们，他们肯定会参与此

---

①邦迪，法国塞纳-圣德尼省城镇，在巴黎东面，相距20公里。

事吗？”

“我们曾经起过誓，我们一辈子都要不问情由地相互信任，忠心耿耿地接受任何考验。此外，您可以对他们说，您对我绝对信任，那么他们肯定也会像您一样信任我。”

“我可以给他们每人送一张十五天的准假单去，这件事就这样安排；阿多斯的伤口始终未能痊愈，要去福尔日[①]温泉休养；波尔朵斯和阿拉密斯不愿置他们的伤势未愈的朋友于不顾，决定陪他一同前去。给他们送准假单就是证明我同意他们去旅行。”

“谢谢，先生，您真是太好了。”

“马上去找他们吧，一切都要在今晚办妥。啊！首先，您要把要求德·艾萨尔先生的事写一个书面申请给我。也许已经有个暗探在盯您的梢，那么您到这儿来，红衣主教已经知道。如果这样的话，有个书面申请，这件事就名正言顺了。”

达尔大尼央填好了申请表格，德·特雷维尔先生在亲手收下时，保证在清晨两点钟以前，四份准假单都将送达各位旅行者家中。

“请费心把我那张也送到阿多斯家里，”达尔大尼央说，“我怕我回到家里会遇到什么麻烦事。”

“放心吧。再见，祝您一路顺风！噢！”德·特雷维尔先生又叫住他说，“还有一件事。”

达尔大尼央又折了回来。

“您有钱吗？”

达尔大尼央拍拍口袋里的钱袋，响起一阵钱币的声音。

“够了吗？”德·特雷维尔先生问。

“三百皮斯托尔。”

“很好，有了这些钱，全世界都能去了；走吧。”

达尔大尼央向德·特雷维尔先生行礼，后者伸出手来，达尔大尼央怀着尊敬和感激的心情和他握手。自从他来到巴黎以后，他一直在称颂

---

①福尔日，法国北部滨海塞纳省城镇，有富有铁质的温泉。

这个杰出的人，他始终认为这个人非常高贵、公正和伟大。

他首先要去拜访阿拉密斯，自从他跟踪博纳希厄太太那个值得记住的夜晚以后，他还没有到他那位朋友家里去过。还有，他本来就很少见到这个年轻的火枪手，而且每次见到的时候，他总认为在他的脸上有一种深沉的痛苦表情。

这天晚上同样如此，阿拉密斯神色忧郁地在沉思；达尔大尼央问他为什么如此愁闷，阿拉密斯推说下个星期要交出一篇用拉丁文写的关于圣奥古斯丁一部著作的第十八章的评论文章，所以他有点心事重重。

两位朋友交谈了一会儿，德·特雷维尔的一个仆人送来了一件加封的纸包。

“这是什么东西？”阿拉密斯问。

“这是先生要的准假单，”跟班回答说。

“我，我又没有要求请假。”

“别说了，收下就是了，”达尔大尼央说，“还有您，我的朋友，这半个皮斯托尔是给您的；您去对德·特雷维尔先生说，阿拉密斯先生表示衷心的感谢。去吧！”

跟班一躬到地，然后出门走了。

“这是怎么回事？”阿拉密斯问。

“拿上旅行半个月的必需品，跟我走。”

“可是眼下我不能离开巴黎，除非能知道……”

阿拉密斯不说下去了。

“她现在怎样了，是不是？”达尔大尼央接下去说。

“谁？”阿拉密斯问。

“原来待在这儿的女人，用绣花手帕的女人。”

“谁对您说这儿待过一个女人？”阿拉密斯说，他的脸色白得像死人一样。

“我见过她。”

“您知道她是谁吗？”

“我想我至少能够猜到。”

“请听我说，”阿拉密斯说，“既然您知道这么许多事情，您可知道这个女人现在怎么了？”

“我想她回图尔去了。”

“回图尔去了？是的，肯定是这样；您认识她。可是她为什么回图尔去也不对我说一声？”

“因为她怕被逮捕。”

“她怎么没有写信给我呢？”

“因为她怕连累您。”

“达尔大尼央，您真是救了我的命！”阿拉密斯叫了起来，“我原来以为自己受到蔑视，被背叛了。我重新见到她时是多么幸福啊！我不能相信她为了我竟然还冒着丧失自由的危险，可是她是为了什么又回到巴黎来的呢？”

“原因和今天我们要去英国一样。”

“什么原因？”阿拉密斯问。

“总有一天您会知道的，阿拉密斯；可是眼下，我要学学博士的侄女的谨慎态度。”

阿拉密斯微微一笑，因为他想起了他有一天晚上讲给他朋友们听的那个故事。

“好吧，既然您认为她肯定已经离开巴黎，达尔大尼央，我就什么牵挂也没有了，我准备跟您走。您说我们要去……？”

“眼下我们要去阿多斯家里，如果您愿意去，我请您还得赶紧些，因为我们已经耽误了很多时间。还有，请带上巴赞。”

“巴赞也和我们一起去吗？”阿拉密斯问。

“有可能。无论如何，现在他得跟我们一起去阿多斯家里。”

阿拉密斯把巴赞叫来，吩咐他到阿多斯家里去找他。

“我们走吧！”他对达尔大尼央说，一边拿起他的披风、长剑和三支短枪，还打开三四只抽屉，看看会不会有遗留在里面的皮斯托尔；随后，在肯定了他这种努力是白费工夫以后，便跟在达尔大尼央身后走了，一边心中在想，这个年轻的见习卫士怎么会和他一样知道被他留宿的女人是谁，而且对她的情况，了解得比他还清楚。

不过在走出门的时候，阿拉密斯把手搭在他的胳膊上，眼睛紧紧地盯着他问：

"关于这个女人的事情，您没有对任何人说过吧？"

"没有对任何人说过。"

"甚至对阿多斯和波尔朵斯也没有说过？"

"我连一个字也没有提起过。"

"那太好了。"

对这个重要问题感到放心以后，阿拉密斯跟着达尔大尼央继续往前走，两人很快就到了阿多斯家里。

他们看到阿多斯正一只手拿着他的准假单，另一只手拿着德·特雷维尔先生的一封信。

"你们能不能给我解释一下，我刚才收到的这张准假单和这封信是怎么回事？"阿多斯说，他感到有点儿莫名其妙。

我亲爱的阿多斯，既然您的健康情况需要，我批准您休养十五天的假期。您可以去福尔日温泉或者其他您认为合适的地方去疗养，使您尽快康复。

您的挚友

特雷维尔

"是这么回事，这张准假单和这封信的意思是要您跟着我走，阿多斯。"

"去福尔日温泉吗？"

"是的，也可以去其他地方。"

"是为国王效劳吗？"

"为国王或者王后：我们不是他们两位陛下的仆人吗？"

这时候，波尔朵斯进来了。

“真见鬼，”他说，“这真是一件怪事：从什么时候开始，火枪队队员没有请假便可以拿到准假单？”

“从他们的朋友，”达尔大尼央说，“代替他们请假时开始。”

“啊！啊！”波尔朵斯说，“看来这儿有什么新闻了？”

“是的，我们要出门了，”阿拉密斯说。

“去什么地方？”波尔朵斯问。

“老实说，我也不太知道，”阿多斯说，“问达尔大尼央吧！”

“去伦敦，先生们，”达尔大尼央说。

“去伦敦！”波尔朵斯叫了起来，“我们去伦敦干吗？”

“这我就不能告诉你们了，先生们；你们一定得信任我。”

“可是去伦敦一定得有钱，”波尔朵斯说，“我可没有。”

“我也没有，”阿拉密斯说。

“我也没有，”阿多斯说。

“我呀，我有，”达尔大尼央接着说，一边从口袋里掏出他的钱包放在桌子上，“这只口袋里有三百皮斯托尔；每人拿七十五个皮斯托尔，去伦敦打个来回刚好够用。还有，请大家放心，我们不会全去伦敦的。”

“为什么？”

“因为，很可能我们中间有几个人要留在半路上。”

“我们是不是去打仗？”

“而且还是危险性非常大的仗，我预先告诉你们。”

“啊，是这样！不过，既然我们要冒生命危险，”波尔朵斯说，“至少，我很想知道究竟是怎么回事。”

“你似乎想得太多了！”阿多斯说。

“可是，”阿拉密斯说，“我同意波尔朵斯的意见。”

“国王是不是总是对你们说明原因的呢？不是的吧。他只是简单地对你们说：‘先生们，加斯科尼或者佛兰德斯在打仗，你们去打吧，’你们就去了。那又是为什么？你们并不会因为不知道原因而感到担心。”

“达尔大尼央说得对，”阿多斯说，“这是德·特雷维尔先生送来的三张准假单，这是不知道从哪儿来的三百皮斯托尔。我们就到要我们去的地方去拼命吧。为了自己的性命犯得上花心思提这么许多问题吗？达尔大尼央，我准备好了，我跟你去。”

“我也去，”波尔朵斯说。

“我也去，”阿拉密斯说，“再说我也很高兴能离开巴黎，我需要散散心。”

“好吧！散心的事你们有的是，先生们，请大家放心！”达尔大尼央说。

“接下来，我们什么时候动身？”阿多斯说。

“马上就动身，”达尔大尼央回答，“连一分钟也不能再耽搁了。”

“来啊！格里莫，普朗歇，穆斯格东，巴赞！”四个年轻人呼唤他们的跟班，“替我们的靴子上油，到队部里去把我们的马牵来！”

每个火枪手的确都把他们的马和跟班的马留在队部里，就像留在兵营里一样。

普朗歇，格里莫，穆斯格东和巴赞立即都走了。

“现在，我们来拟定作战计划吧，”波尔朵斯说，“我们首先去哪儿？”

“去加来[①]，”达尔大尼央说，“这是去伦敦的最近路线。”

“好吧，”波尔朵斯说，“我的意见是这样的。”

“讲吧。”

“四个人一起旅行会引起怀疑。达尔大尼央给我们每个人下指示。我首先动身，从通往布伦的大路走，先去探路；两个小时以后阿多斯动身，走通往亚眠的大路；阿拉密斯从通往诺瓦永[②]的大路走，跟在我们后面；至于达尔大尼央，他喜欢走哪条路就走哪条路，不过他要穿上普

---

①加来，法国北部加来海峡省港口城市，滨多佛尔海峡，与英国的多佛尔隔海相望，相距34公里。

②诺瓦永，法国北部瓦兹省城市，位于巴黎东北。

朗歇的衣服；普朗歇呢，穿上国王卫队的服装，扮成达尔大尼央跟在我们后面。”

“先生们，”阿多斯说，“我的意见是，这样一件事情让跟班参与进去是不合适的。一件秘密有时候会被贵族无意中泄漏出去，可是如果让跟班们知道了，十之八九会被出卖的。”

“波尔朵斯的计划，我看似乎难以实行，”达尔大尼央说，“我也不知道我能给你们下什么指示。我负责送一封信，仅此而已。这封信我没有三份，也不可能抄三份，因为这封信是封住的；因此依我看，应该结伴同行。这封信在这儿，在这只口袋里，”他指指放信的口袋，“假如我被杀死，你们之中的一个就把信拿去继续赶路；如果他也被杀死了，那么另一个就接替上去，以后也一样；只要有一个人抵达目的地，这件事就算办成了。”

“好啊，达尔大尼央！我的意见和您一样，”阿多斯说，“此外，我们还必须做到合情合理；我去洗温泉浴，你们陪我去；我不去福尔日而去洗海水浴，这是我的自由。如果有人要逮捕我们，我就把德·特雷维尔的信给他们看，你们可以拿出你们的准假单；如果有人攻击我们，我们就自卫；如果有人审问我们，我们就众口一辞说我们只是想去洗几次海水浴，没有其他目的；如果四个人分开走，敌人会占很大便宜，而四个人一起走就成了一支队伍了。我们用手枪和火枪把我们的四个跟班武装起来；如果有人派一支人马来攻打我们，我们就可以开战，而最后一个活下来的，就像达尔大尼央所说的那样，把信拿走。”

“讲得真好，”阿拉密斯高声说，“你不经常讲话，阿多斯，可是你一讲话就像金嘴圣约翰[①]。我同意阿多斯的计划。波尔朵斯，你呢？”

“我也同意，”波尔朵斯说，“如果达尔大尼央认为合适的话。达尔大尼央身上带着信，他是这件事的当然首领；让他作决定，我们来执行。”

---

① 金嘴圣约翰(349—407)，一译圣克里索斯托，古代基督教希腊教父。擅长辞令，讲道博得众多赞赏，因而被誉为“金嘴”，后被任命为君士坦丁堡主教。

“好，”达尔大尼央说，“我决定我们接受阿多斯的计划，半小时以后我们就动身。”

“赞成！”三个火枪手齐声叫道。

大家都向那只装钱的口袋伸出手去，每人拿了七十五个皮斯托尔，随后去作准备，以便在约定的时间准时出发。

第二十章
旅途中

凌晨两点钟，我们的这四位冒险家从圣德尼门出了巴黎。天色很黑，他们谁也不说话；他们不由自主地受到黑暗的威胁，仿佛看到处处都有陷阱。

天刚拂晓，他们的话匣子便打开了；随着太阳的出现，他们的快乐的心情也重新恢复了。这就像在战斗的前夜，心儿在跳动，眼睛里洋溢着笑意，那可能就要离开的生命让人觉得终究是个好东西。

此外，这队人马的气势使人望而生畏：火枪手们的黑马，他们雄赳赳的姿态，这几匹作为高贵的军人之友的马在行进中的列队前进的习惯，使得最最严格的隐姓埋名也暴露无遗了。

跟班们全副武装，紧随在后。

早上八点钟，他们平安无事地来到了尚蒂利[1]，是吃早饭的时间了。他们在一家客店前面下了马；客店的招牌上画着圣马丁[2]把自己的披风分一半给穷人的故事。他们吩咐跟班别卸下马鞍子，以便随时可以立即启程。

他们走进客店的大堂里，在一张饭桌前面坐下。

---

① 尚蒂利，法国瓦兹省城镇，在巴黎北面，相距40公里。

② 圣马丁（316—397），高卢人，法国图尔主教。15岁被征入罗马军队。传说在一个严寒的冬天，他随着军团来到亚眠城门口，遇见一个穷人；看见这个穷人衣衫单薄，把披风割了一半给他。

有一个贵族刚由通往达马尔坦[1]的大路来到，和他们坐在同一张桌子前吃早饭。他开始谈起了天气好坏，他们也和他交谈；他为他们的健康干杯，他们也还之以礼。

可是就在穆斯格东来向他们报告马已经准备好，大家都站立起来准备动身时，那个陌生人向波尔朵斯提议要为红衣主教干杯。波尔朵斯回答说，如果对方愿意为国王的健康干杯，他当然也愿意为红衣主教干杯。可是那个陌生人大声叫着说，他除了法座以外不认识其他的国王。波尔朵斯骂他是醉鬼，陌生人拔出了剑。

“您真是干了一件蠢事，”阿多斯说，“不过现在已经骑虎难下；把这个家伙宰了，随后尽快赶来和我们会合。”

随后他们三人上了马，策马疾驰而去；波尔朵斯则向他的对手说，他要使出击剑术中所有的绝招来刺穿他。

“少掉了一个！”阿多斯在走出五百步以后开口说。

“可是那个人为什么要跟波尔朵斯过不去，而不是跟其他人？”阿拉密斯问。

“因为波尔朵斯讲起话来声音比我们都高，那个人把他当作我们的首领了，”达尔大尼央说。

“所以我总是说这个加斯科尼的见习卫士是个机灵鬼，”阿多斯低声说。

这几个旅行者继续赶路。

他们在博韦[2]逗留了两个小时，一方面为了让牲口喘口气，另一方面也是为了等波尔朵斯。两个小时以后波尔朵斯还是没有赶来，也没有他的消息，他们只好继续赶路。

在离开博韦一法里地的地方，有一段路被两道土坡紧紧地夹在中间，铺路面的石板，已清除掉，有十来个人好像在那儿干活；有的在挖坑，有的在掘泥泞的车辙。

---

①达马尔坦，法国塞纳-马恩省城镇，在巴黎东面。

②博韦，法国瓦兹省省会，在巴黎北面。

阿拉密斯怕在这些人造的烂泥坑里弄脏他的马靴，骂了他们几句，阿多斯想拦阻也来不及了。这些工人开始嘲笑他们，甚至连沉着冷静的阿多斯也被他们的傲慢无礼激怒了，他策马向他们中间的一个人撞去。

这一下他们全都往后退到路边的土沟里去，每个人取出一支预先藏在那儿的火枪；结果是，我们的七个旅行者成了枪靶子了。阿拉密斯中了一枪，子弹穿过了他的肩膀，穆斯格东也被打中了，子弹嵌在他的屁股里。可是落马的只有穆斯格东一个人；倒不是受伤严重，完完全全是因为他看不见自己的伤口，以为自己受了重伤，实际上却并非如此。

“这是埋伏，”达尔大尼央说，“我们别开枪，快走吧。”

阿拉密斯尽管受了伤，还是抓住他那匹马的马鬃，和大家一起走。穆斯格东的马失去了它的主人以后独自奔上前来，回到队列里一起往前赶路。

“这样我们倒有一匹可以替换使用的马了，”阿多斯说。

“我宁愿它是一顶帽子，”达尔大尼央说，“我的帽子被一粒子弹打飞了。不过说实话，还真算运气好，我没有把我带的那封信放在帽子里。”

“是吗！可是等会儿波尔朵斯过来时，他们会打死他的，”阿拉密斯说。

“如果波尔朵斯能站起来，他现在已经赶上我们了，”阿多斯说，“我认为那个醉鬼到了决斗场上，酒就醒了。”

尽管他们的马已经跑得很累，随时都有拒绝再向前跑的可能，他们还是继续骑着马奔驰了两个小时。

旅行者走了一条近路，指望这样可以减少些麻烦，可是在到达克雷沃克尔[1]时，阿拉密斯声称他再也不能往前走了。事实上，他能来到这儿已经是毅力惊人，因为他不顾伤痛，还是保持着他风流倜傥的外表和彬彬有礼的风度。他的脸色时不时青一阵，白一阵，别人不得不经常扶着他，不让他从马上摔下来。在一家小酒店门口，大家把他扶了下来，

①克雷沃克尔，法国瓦尔省城镇，在博韦的北面，亚眠的南面。

并把巴赞留给了他；这个跟班在这种小冲突中非但派不上用场，反而是个累赘。随后大家继续赶路，希望能赶到亚眠投宿。

“见鬼！”阿多斯说，当他们再次上路时，只剩下了两个主人以及格里莫和普朗歇两个跟班了，“见鬼！我再也不会受他们的骗了。我向你们保证，从这儿到加来，他们再也别想让我开口，再也别想让我拔出剑来了。我发誓……”

“我们别发誓了，”达尔大尼央说，“我们快跑吧，只要我们的马能同意。”

这几个旅行者用马刺狠狠地刺压马的肚子，牲口受到了强刺激，又提起了精神。他们到达亚眠时已经是半夜了，在一家名叫金百合花的客店下榻。

客店老板看上去像是天下最最老实的人；他一手托着烛台，一手拿着他的棉睡帽接待他的顾客。他要他的两位旅客各住一个漂亮的大房间，不幸的是这两个房间在这家客店的两头。达尔大尼央和阿多斯不愿接受；客店老板回答他们说，没有其他配得上两位大人使用的房间了。可是两位旅客声称他们两人愿意合用一个房间，只要在地上铺两张床垫就行。老板拼命坚持，旅客寸步不让；最后只能按照旅客的意思去办。

他们两人刚把床铺安排停当，把门从里面堵住，就听到有人从院子里敲打房间的百叶窗。他们问外面是谁，听出是他们两个跟班的声音才开了窗。

果然是普朗歇和格里莫。

“管住马匹有格里莫一个人就够了，”普朗歇说，“如果两位先生愿意，我可以横在你们的房门口睡；这样的话，就可以保证谁也到不了你们的身边。”

“那么你睡在什么东西上面呢？”达尔大尼央问。

“这就是我的床，”普朗歇回答。

他指指一捆麦秆。

“那你就进来吧，”达尔大尼央说，“你说得对，客店老板的那张脸我不喜欢，过于殷勤了。”

“我也不喜欢，”阿多斯说。

普朗歇从窗口爬进来，横在门口睡下，格里莫则把自己关在马棚里，他负责到早上五点钟，把四匹马准备好，自己也要收拾停当。

夜里相当安静，只是在清晨两点钟左右有人想打开房门；可是普朗歇被惊醒了，他高声问“外面是谁”时，有人回答说是走错了房间，随后便走掉了。

早晨四点钟，从马房里传来很大的响声。格里莫想叫醒马棚里的小斯，却被他们打了一顿。房间里的人打开窗子，看到这个可怜的小伙子已失去了知觉，脑袋被叉柄打开了花。

普朗歇跑到院子里想去备马，发现马脚都跛了。只有原来归穆斯格东使用的那匹马，头天空跑了五六个小时，兴许还能继续赶路；可是，出于一个难以理解的错误，一个原来被派来为客店老板的马放血的兽医，却阴差阳错地替穆斯格东的马放了血。

情况看来有些不妙：所有这些接二连三的意外，也许事出偶然，但也可能是一次阴谋的结果。阿多斯和达尔大尼央走出客店，这时候普朗歇则去打听附近有没有三匹马可以出售。走到门外，他便看见有两匹鞍辔齐全，而且身强力壮的骏马，正好是可以派用场的。他问这两匹马的主人在哪儿；有人告诉他马主人昨晚在客店里过的夜，现在正在和客店老板结账。

阿多斯去付房钱，达尔大尼央和普朗歇站在大门口。老板在客店的缩在后面的、一间天花板低矮的屋子里，他请阿多斯到里面去。

阿多斯毫无戒备地走了进去，拿出两个皮斯托尔付账；老板独自一人坐在他的桌子后面，桌子的抽屉有一只半开着。他接过阿多斯交给他的钱，拿在手里翻来覆去看了又看，突然他一声大叫，说这钱是假的，说阿多斯和他的旅伴是造假币的人，要叫人把他们全都抓起来。

“坏蛋，”阿多斯一边向他走去一边说，“我要割掉你的耳朵。”

就在这时，四个全副武装的汉子从边门冲进来，扑向阿多斯。

“我中计了！”阿多斯用足力气大喊一声，“走吧！达尔大尼央，快冲，快冲！”接着他又放了两枪。

达尔大尼央和普朗歇不等他说第二遍，解开那两匹系在门外的马便跳了上去，用马刺拼命刺马肚子，风驰电掣般地跑掉了。

“你知道阿多斯怎样了？”达尔大尼央一边赶路一边问普朗歇。

“啊！先生，”普朗歇说，“我看到他放了两枪以后有两个人倒下了；从门上的玻璃望进去，好像他在用剑跟人厮杀。”

“阿多斯真是好样的！”达尔大尼央低声说，“真不忍心就这样离开他！而且，说不定几步以外同样也有人在等着我们。快走吧，普朗歇，快走吧！你是条好汉！”

“我曾经跟您说过，先生，”普朗歇回答，“庇卡底人要到派得上用场时才会显出能耐；而且这儿是我的家乡，我更加觉得浑身是劲了。”

他们两人更加使劲地用马刺刺马，一口气跑到了圣奥梅[①]。在圣奥梅，他们怕再出娄子，只是把马缰绳绕在胳膊上让马休息，在街上胡乱吃了些东西，随后继续赶路。

走到离加来城门一百来步的地方，达尔大尼央的马倒下了，没有办法使它站起来了，它的眼睛和鼻子里都流出了血；只剩下普朗歇的马，可是它停下来以后，也没法使它再往前走了。

幸好就像我们刚才说过的那样，他们离加来城只不过一百来步光景，所以他们就把两匹马扔在大路上，往港口方向跑去。普朗歇要他的主人注意走在前面五十步远的一个带着一个跟班的贵族。

他们很快便赶上了那个贵族。他似乎显得很匆忙，马靴上全是尘土，正在打听能不能立即渡海到英国去。

“这本来是一件非常容易的事情，”一艘正在准备启航的海船的老板告诉他说，“只不过今天早上接到一道命令，没有红衣主教先生的特别许可证，谁也不让走。”

“我有这种许可证，”这位贵族从衣袋里拿出证件说，“这就是。”

“请拿去让港口总监签证，”船老板说，“随后请先生照顾我的生意。”

---

①圣奥梅，法国加来海峡省城市，在亚眠的北面，加来的东南面。

“港口总监在哪儿？”

“在他的别墅里。”

“他的别墅在哪儿？”

“离城四分之一法里；瞧，在这儿也望得见，就在那座小山脚边，屋顶是石板瓦盖的。”

“好吧！”那个贵族说。

他带着他的跟班向港口总监的别墅走去。

达尔大尼央和普朗歇尾随着他们，彼此相距约五百步。

一旦出了城，达尔大尼央就加快步子，等到那个贵族走进小树林，达尔大尼央已经走到他身边了。

“先生，”达尔大尼央对他说，“我觉得您很匆忙，是不是？”

“是呀，简直不能更匆忙了，先生。”

“真是太遗憾了，”达尔大尼央说，“因为我也很匆忙，所以我想请您帮个忙。”

“帮什么忙？”

“让我先走。”

“这是不可能的，”他说，“我在四十四个小时以内赶了六十法里路，明天中午我一定要抵达伦敦。”

“我用四十小时赶了同样的路程，而且一定要在明天上午十点抵达伦敦。”

“很抱歉，先生；可是我是第一个到的，不能第二个过去。”

“很抱歉，先生；可是我是第二个到的，我要第一个过去。”

“我这是国王的任务！”贵族说。

“我这是自己的任务！”达尔大尼央说。

“您好像故意在跟我找碴儿。”

“对啊！您看怎么办呢？”

“您想要什么？”

“您想知道吗？”

“当然想知道。”

“那好！我想要的是您身上带的那张出海许可证；因为我没有那东西，而我又非有不可。”

“我想，您是在开玩笑吧。”

“我从来不开玩笑。”

“让我走。”

“您走不了啦。”

“我勇敢的年轻人，我要打碎您的脑袋。来啊，吕班！把我的手枪给我！”

“普朗歇，”达尔大尼央说，“跟班由你对付，我来对付主人。”

普朗歇已经有过经验，胆子也大了；他向吕班扑去，因为他身强力壮，一下子便把吕班打倒在地，用一只膝盖顶住了吕班的胸脯。

“您干您的吧，先生，”普朗歇说，“我呢，已经干完了。”

看到这种情形，那个贵族便拔出剑来向达尔大尼央冲去；可是他的对手太强了。

在三秒钟之间，达尔大尼央便刺中了他三剑，每次都说一句话：

“这一剑是阿多斯的，这一剑是波尔朵斯的，这一剑是阿拉密斯的。”

刺中第三剑时，那个贵族扑通一下子栽倒在地上。

达尔大尼央以为他死了，或者至少是晕过去了，于是走到他身边去取那张出海许可证；可是就在他伸出胳膊要去搜他的身时，那个手里仍握着剑的受伤者，突然向达尔大尼央的胸口刺了一剑，一边说：

“这一剑是您的。”

“还有这一剑是我的，最后的也是最好的！”怒不可遏的达尔大尼央一边叫道，一边用第四剑刺进了他的肚子，把他插在地上。

这一次，这个贵族闭上眼睛，晕过去了。

达尔大尼央曾经看见这个贵族把出海许可证放进口袋里，他从这只口袋里把它搜了出来；许可证是开给德·瓦尔德伯爵的。

随后，他朝这个英俊的年轻人看了一眼；这个被刺中的年轻人看上去还不到二十五岁，已经失去了知觉，也许已经死了。他不由得叹了一口气，他叹气是为了这种奇怪的命运，正是它促使人们为了某些根本不认识的人的利益而互相残杀，这些不认识的人甚至不知道他们的存在。

不过他很快便从这种沉思中惊醒过来了，因为吕班在号叫，正在拼命呼救。

普朗歇用手按着他的脖子，使劲地掐着。

“先生，”他说，“只要我这样掐住他，他就没法叫，这我可以肯定；可是只要我一松手，他就会重新叫喊。我认出他是个诺曼底人，诺曼底人都是顽固不化的。”

果然，尽管被掐得紧紧的，吕班还是想喊叫。

“等等！”达尔大尼央说。

他拿出自己的手帕，塞住了他的嘴。

“现在，”普朗歇说，“我们来把他绑在树上！”

这件事情就这样仔细地办妥了，随后他们把德·瓦尔德伯爵拖到他的跟班的旁边。这时候夜幕已经逐渐降下；那个被绑住的人和那个受伤者都在离大路几步远的树林里，看来他们不得不在树林里过夜了。

“现在，”达尔大尼央说，“我们到港口总监家里去吧！”

“不过您好像受伤了，是吗？”普朗歇说。

“没有关系，我们有要紧的事要干，随后再来关心我的伤口，再说，好像伤得不重，没有危险。”

于是两个人迈开大步向那位可敬的官员的别墅走去。

有人通报德·瓦尔德伯爵先生来访。

达尔大尼央被带进去了。

“您有红衣主教签署的出海许可证吗？”总监问。

“有啊，先生，”达尔大尼央回答，“这就是。”

“啊，啊，证件合乎规定，介绍得很清楚，”总监说。

“这很简单，”达尔大尼央回答，“我是红衣主教的忠实部下。”

“好像法座想阻止一个人到英国去。”

“是的，那是一个叫达尔大尼央的贝亚恩人，他和他的三个朋友从巴黎动身，想到伦敦去。”

“您认识他吗？”总监问。

“您指的是谁？”

“那个达尔大尼央。”

“熟悉得很呢。”

“那么请把他的外貌说给我听听。”

“那太容易了。”

于是达尔大尼央把德·瓦尔德伯爵的外貌仔仔细细地描绘了一番。

“他有人同行吗？”

“有，一个名叫吕班的跟班。”

“我们会注意他们的，如果能抓住他们，法座就会放心了，他们一定会在严密的监护之下被押回巴黎。”

“如果能这样做，总监先生，”达尔大尼央说，“红衣主教先生对您一定会大加赞赏。”

“您回去以后能见到法座吗，伯爵先生？”

“当然能见到。”

“我请您告诉他，我是他忠实的仆人。”

“我一定做到。”

总监得到这个保证很高兴，立即在出海许可证上签了名，交还给达尔大尼央。

达尔大尼央不再多说客套话了，以免浪费时间；他向总监行了一个礼，谢了几句，退出来了。

一走到门外，他和普朗歇就开始奔跑；他们绕了一个圈子，避开了树林，从另一个城门回到城里。

那条准备出发的船还在那儿；船老板在港口等着。

“什么事？”他看到达尔大尼央就问。

“这是我的出海许可证，”达尔大尼央说。

“另一位贵族呢？”

“他今天不走了，”达尔大尼央说，“不过请放心，我付我们两个人的费用。”

“这样的话，我们走吧，”船老板说。

“我们走吧！”达尔大尼央重复了一句。

于是他和普朗歇跳上小艇，五分钟以后，他们便上了大船。

他们走得正是时候；因为他们的船刚驶出半法里光景，达尔大尼央便看到一片闪光，接着听到一声炮响。

那是通知封港的号炮。

现在可以关心他的伤口了；幸好就像达尔大尼央所想的那样，伤势不重，剑尖擦着肋骨滑到一边去了；此外，他的伤口几乎立即被他的衬衣粘住，所以仅仅出了几滴血。

这时达尔大尼央已经累得精疲力竭，有人为他在甲板上铺了一个床垫；他一倒下去便睡着了。

第二天拂晓，他离英国海岸只有三四法里了；夜里的风很小，船行驶得很慢。

十点钟，船在多佛尔[①]港下锚。

十点半钟，达尔大尼央踏上了英国的国土，一面大声喊道：

“我终于到了英国啦！”

不过他的事还没有结束：他还得去伦敦。在英国，驿站的工作被安排得有条不紊。达尔大尼央和普朗歇各人租了一匹小马，一个马夫在前面跑着带路；四个小时以后，他们便到了英国首都的城门口。

达尔大尼央在伦敦人地生疏，他又不懂英语；可是他只要在纸上写下白金汉的名字，任何人都会为他指引到公爵府邸去的道路。

公爵陪国王到温莎[②]去打猎了。

达尔大尼央去找公爵的随身仆人——这个人曾陪着公爵到处旅行，会说一口漂亮的法国话。达尔大尼央对他说，他从巴黎赶来是为了一件生死攸关的大事，他要立即跟他的主人谈话。

---

①多佛尔，英国肯特郡港口城市，滨多佛尔海峡，与法国的加来海峡隔海相望。

②温莎，英国伯克郡温莎和海登里德自治市的一个区。位于伦敦西面泰晤士河南岸。区内有英国皇家居住地温莎城堡，四周有皇家公园，从撒克逊时代起即是王室狩猎地。

这个随身仆人——英国首相的首相——的名字叫帕特里克，他被达尔大尼央说话时的充满自信的态度打动了，他叫人备了两匹马，亲自陪这个见习卫士去见白金汉公爵。至于普朗歇，他被扶下马时，全身僵直得像一根藤杖；可怜的小伙子已经累得精疲力竭了，而达尔大尼央仍然是像铁铸的一样。

到了温莎的行宫，他们打听到，国王和白金汉带着猎鹰到两三法里以外的沼泽地去打猎了。

他们又花了二十分钟才到达那里。不久以后，帕特里克便听到了他主人呼唤猎鹰的叫声。

“我该向米罗尔爵爷通报是谁来了呢？”帕特里克问。

“您就说有一天晚上，在新桥上撒马利亚女人水塔前面，跟他寻衅吵架的那个年轻人要见他就行了。”

“这种介绍真是稀奇古怪！”

“您会看到这个介绍跟别的介绍同样管用。”

帕特里克策马飞奔过去，他到了公爵身边，用上面的介绍向他报告有一位信使找他。

白金汉一听就知道来人是达尔大尼央，他以为法国出了什么事情，所以派他来告诉他消息的，因此他只是问来人在哪儿。当他远远地看到法国国王卫队的服装后，便策马径直向达尔大尼央奔过来。帕特里克审慎地避在一边。

“王后没有遭到什么不幸吧？”白金汉大声问道，在这个提问里流露出了他所有的思念和爱情。

“我相信没有；不过我相信她正处在巨大的危险之中，只有爵爷才能救他。”

“我？”白金汉大声说，“怎么回事！如果我能为她做什么事，我将感到非常幸福！快说呀！快说呀！”

“请看这封信，”达尔大尼央说。

“这封信！这封信是谁写的？”

“我想，是王后陛下写的。”

“王后陛下写的！”白金汉说，他的脸突然一下子变得像雪一般苍白，以致达尔大尼央以为他快晕过去了。

他弄碎了信口的封漆。

“怎么已经破了？”他说，一边把信封上一个窟窿指给达尔大尼央看。

“啊！啊！”达尔大尼央说，“我原先没有看到过这个窟窿；是德·瓦尔德伯爵的剑刺中我胸部时刺破的。”

“您受伤了吗？”白金汉问，一边拆开信封。

“喔，没有关系，”达尔大尼央说，“只是擦破了一点皮。”

“啊，公正的老天！我在信中看到的是什么啊！”公爵叫道，“帕特里克，你待在这儿，不不，你还是去找国王，不管他在哪儿，你去禀告陛下，我俯请陛下宽恕，有一件非常重要的事要我回伦敦去。来吧，先生，来吧。”

他们两人立即策马朝通往首都的大路疾驰而去。

第二十一章
温特伯爵夫人

一路上，公爵要达尔大尼央把事情讲给他听，不过，并不是要他讲所有已经发生的事情，而是要他讲他所知道的事情。他把年轻人讲给他听的事和他记忆中的事通盘考虑以后，对目前情况有了一个清晰的了解；此外，王后那封信虽然又短又含糊其辞，却也使他明白了情况严重到了什么程度。可是最使他感到惊奇的是，一心不愿意让这个年轻人踏上英国国土的红衣主教，却没能在半路上拦住他。达尔大尼央看出他脸上表现出来的诧异神色，便向他叙述了曾经采用过哪些预防措施；他把三个血淋淋的朋友先后留在半路上，正是靠了他们的忠诚，他才最后只挨了刺穿王后那封信的一剑，不过他已经狠狠地回报过德·瓦尔德伯爵了。公爵在听这个讲得十分简单明白的故事时，不时地用惊奇的神色望着这个年轻人，似乎他不能理解一个看上去还不到二十岁的年轻人怎么会这样谨慎、勇敢和忠心。

两匹马像风一般飞驰，没有几分钟，他们就到了伦敦的城门口。达尔大尼央原以为进了城以后公爵会减慢坐骑奔跑的速度，可是事实却并非如此，他照旧策马飞奔，不顾会不会撞倒路上的行人。果然，在穿过市中心时，发生了两三件这样的事情；可是白金汉连头也不回，根本不去看看被他撞倒的那些人。达尔大尼央紧随在后，只听到四周升起一片像咒骂似的喊叫声。

进了府邸的院子，白金汉从马上跳下，也不去管马儿会怎么样，只是把马缰绳往马脖子上一扔，就冲上台阶。达尔大尼央也和他一样做，只是对那两匹他很赞赏的名种良驹有点儿担忧，但是他看到有三四个用人从厨房和马棚里奔出来把他们的坐骑牵住，也就放下心来了。

公爵走得非常快，达尔大尼央几乎跟不上。他接连穿过好几间客厅；客厅豪华得即使是法国最大的贵族也难以想象，最后他走进一间既雅致又富丽的卧房。在这个房间放床的凹室的壁毯后面有一扇门，公爵用挂在脖子上的金链子上的一把小金钥匙打开了这扇门。

达尔大尼央出于慎重站在后面，不再往前走了；可是就在白金汉跨进这扇门时，他回过头来，看到年轻人在迟疑不决。

“请进来吧，”他说，“如果您有幸见到王后，请把您在这儿看到的一切都告诉她。”

达尔大尼央受到这个邀请的鼓励，便跟着公爵进去；公爵立即把门关上。

这时他们两人都在一个小教堂里，四面墙上都蒙着金线绣花的波斯绸缎，被许多蜡烛照得金碧辉煌。在一个像祭台的台子上，顶上装饰着红白两色羽毛的蓝天鹅绒华盖的下面，挂着一幅和真人一样大小的奥地利安娜的画像，画得非常逼真，就好像王后快要开口说话了；达尔大尼央吃惊得叫了起来。

在祭台上面，画像下面，就是那只放钻石坠子的匣子。

公爵走到祭台前面，像神父在基督前面一样跪了下来，随后他打开匣子。

“您瞧，”他一边从匣子里取出一个很大的上面满缀着光芒四射的钻石的蓝色缎带结一边说，“您瞧，就是这些我曾发誓要和我一起安葬的珍贵的坠子。王后把它们给了我，现在又要收回去；她的意志就是上帝的意志，肯定要得到尊重。”

随后他开始一颗一颗地吻着这些不得不舍弃的钻石坠子。突然，他发出一声可怕的叫喊。

“怎么啦？”达尔大尼央担心地问，“米罗尔，发生什么事了？”

“一切都完了，”白金汉大声说，他的脸色一下子白得像死人一样，“少了两颗坠子，只剩下十颗了。”

“是米罗尔自己弄丢的，还是认为被人偷走的？”

“有人从我这儿偷走的，”公爵回答，“这是红衣主教干的。瞧！系坠子的缎带被剪断了。”

“米罗尔能不能猜到是谁偷的……可能坠子还在那个人的手里。”

“等等，等等！”公爵大声说，“这些坠子我只佩戴过一次，是在一个星期以前国王在温莎举行的舞会上。我和温特伯爵夫人闹过点别扭，在那次舞会上她却主动过来和我接近，看来这次和解是一个心怀妒忌的妇人的报复手段。从那天开始，我没有再见到过她。这个女人是红衣主教的一个暗探。”

“真是全世界都有他的暗探！”达尔大尼央大声说。

“啊，是的，是的，”白金汉咬牙切齿地说，“是的，他是一个可怕的对手。可是，那个舞会什么时候举行？”

“下星期一。”

“下星期一！还有五天，时间比我们需要的还多一些。帕特里克！”公爵打开小教堂的门叫道，“帕特里克！”

他的随身仆人出现了。

“把我的首饰匠和秘书找来！”

随身仆人立即就出去了，他一句话也没有说，这证明他早已养成了只知服从、永不多嘴的习惯。

不过，尽管首先召唤的是首饰匠，先来的却是秘书；其实道理很简单，因为秘书就住在公爵府邸里。他进来时看到白金汉坐在他卧室的一张桌子前面亲手写几道命令。

“杰克逊先生，”白金汉对他说，“您这就到大法官那儿去，要他执行这几道命令。我希望立即把这几道命令颁布出去。”

“可是，大人，如果大法官问，爵爷采取这些不同寻常的措施，究竟是为了什么原因，我又该怎样回答呢？”

“就说是我高兴这么办，并对他说，我没有必要把我的意志告诉任何人。”

“如果国王陛下也偶然出于好奇心，”秘书微笑着回答，“想知道任何船只都不得驶出大不列颠各个港口的理由，他是不是也应该这样向陛下回禀呢？”

“您说得有道理，先生，”白金汉回答，“如果遇到这样的情况，就说我决定要开战，这是我针对法国的第一个敌对行动。”

秘书躬身行礼，随后就出去了。

“这方面我们现在可以放心了，”白金汉回头对达尔大尼央说，“如果那两颗坠子还没有被送到法国，它们只能在您回去以后才会送到了。”

“为什么呢？”

“因为我刚才已经对所有停泊在陛下港口里的船只下了禁航的命令，除非有我的特别批准，没有一艘船敢起锚出航。”

达尔大尼央惊讶地望着眼前的这个人；这个人为了自己的爱情，竟凭借国王对他的信任而使用了无限的权力。白金汉从年轻人的表情上看出他在想些什么，不禁微笑起来。

“是的，”他说，“是的，奥地利安娜是我惟一的王后，只要她一句话，我可以背叛我的国家，背叛我的国王，甚至背叛我的上帝。我曾经答应过派援军给拉罗舍尔的新教徒，她要求我别派，我就一个也没有派。我违背了自己的诺言，但这又算得了什么呢？我服从了她的愿望，您说，我的服从不是得到了大大的褒奖了吗？就因为这次服从，我得到了她的画像！”

达尔大尼央想到一个民族的命运和一些人的生命有时候就悬挂在一些如此脆弱和不可知的细线上，不禁感慨万分。

他正陷在这种深深的沉思之中时，首饰匠进来了。首饰匠是一个手艺非常精湛的爱尔兰人，他毫不隐讳地说，他每年要从白金汉公爵手里赚到十万利弗尔。

“奥雷利先生，”公爵一边领他走进小教堂，一边对他说，“您看看这些钻石坠子，再告诉我每颗坠子值多少钱。”

首饰匠向这些款式高雅的坠子瞥了一眼，计算了一下钻石的价值，随后毫不犹豫地回答：

“每颗一千五百皮斯托尔，米罗尔。”

“制作两颗这样的坠子要多少天？您看这上面缺了两颗。”

“一个星期，米罗尔。”

“我付三千皮斯托尔一颗，后天我一定要拿到。”

“米罗尔会拿到的。”

“您是一个不可多得的人，奥雷利先生，可是还有事情呢；这些坠子不能托付给任何别人制作，而且一定得在我的府邸里制作。”

“不可能托付给别人，米罗尔，要做得看不出新旧之间的区别，只有我才能办到。”

“所以，亲爱的奥雷利先生，您现在是我的囚犯了；您现在已经不可能再走出我的府邸了。请您打定主意吧。把您的帮手的名字和他们应该带来的工具的名称都告诉我。”

首饰匠知道公爵的脾气，知道任何反对都是没有用的。因此他马上打定了主意。

“总可以让我通知我的妻子吧，”他问。

“啊！您甚至可以和她会面，亲爱的奥雷利先生：囚禁您的环境还是很宽松的，请放心，而且因为任何打扰都应得报偿，我除了两颗坠子的代价以外，我再给您一张一千皮斯托尔的期票，让您忘记我给您带来的烦恼。”

这位首相随意差遣别人和挥金如土的作风使达尔大尼央惊讶到了目瞪口呆的地步。

首饰匠写了一封信给他的妻子，随信附去这张一千皮斯托尔的期票，嘱咐她把一个最能干的学徒派来，并且把一套他注明了重量和名称的钻石和他开列在一张单子上的必不可少的工具带来。

白金汉领着首饰匠走进一个指定给他用的房间，这个房间在半小时后变成了一个工场。随后他在每个门口派一个岗哨，不准任何人进去，除了他的随身仆人帕特里克；当然更不准首饰匠奥雷利和他的助手以任何借口走出来。

这些事解决以后，公爵又回到达尔大尼央的身边。

“现在，我年轻的朋友，”他说，“英国是属于我们两个的了，您要什么？希望得到什么？”

“一张床，”达尔大尼央回答，“我承认，这是我眼下最需要的东西。”

白金汉把他隔壁的一个房间给达尔大尼央使用。他要把这个年轻人留在身旁，不是因为不信任这个年轻人，而是为了能有人和他不断地谈到王后。

一个小时以后，不准任何客货船离港驶往法国的命令在伦敦颁布了，甚至连装载邮件的船也不例外。在所有人的眼中，这就等于是英法两个王国之间的宣战。

第三天十一点钟，两颗钻石坠子制作完毕，仿造完美，跟原来的完全一模一样，别说白金汉认不出哪几颗是新的，哪几颗是旧的，就连经验最丰富的行家也难以区分。

白金汉立即派人把达尔大尼央找来。

“瞧，”公爵对他说，“这就是您到这儿来取的钻石坠子；请为我作证，凡是人力所能做到的事我都做了。”

“请放心，米罗尔；我会把我看到的都告诉王后；可是大人为什么不把放坠子的匣子一起给我？”

“匣子会使您感到不便的。而且失去了钻石坠子，匣子对我来说更加宝贵了。您就说我把它保存起来了。”

“您交下的任务，我一定不差分毫地执行，米罗尔。”

“现在，”白金汉一边紧紧地盯着年轻人看，一边说，“我怎样来报答您呢？”

达尔大尼央的脸一下子涨得通红。他看到公爵正在设法让他接受一些什么东西，可是一想到他的伙伴们和他自己流的血将由英国的黄金来偿付，他感到非常厌恶。

“请让我们来相互了解了解吧，米罗尔，”达尔大尼央回答，“我们要事先把各种情况都考虑到，以免产生什么误会。我是为法国的国王和王后服务的，我是德·艾萨尔先生率领的国王卫队中的一员，德·艾萨尔先生和他的内兄德·特雷维尔都是无限忠于两位陛下的。而且，如果我不是为了讨一位太太的喜欢，就像您要讨王后喜欢一样，这一切我也许什么也不会做。”

“是的，”公爵微笑着说，“我甚至相信我还认识那个人，她是……”

“米罗尔，我没有说过她的名字，”年轻人急速地打断他的话说。

“对，”公爵说，“那么我应该向那个人感谢您的忠诚。”

“您说得对，米罗尔，因为恰恰在这个时候谈起了战争，我坦白地告诉爵爷，您在我眼里仅仅是一个英国人，因此也是我的敌人；我宁愿在战场上而不是在温莎的花园里和罗浮宫的走廊里遇到我的敌人；可是这并不能阻止我分毫不差地执行我的任务，甚至为了完成它，在必要时我会献出我的生命。不过，我要向爵爷再说一遍，我们第一次见面时我替爵爷做了一些事，这次我们第二次会面我替自己做了一些事，爵爷对我第二次做的事不必比对我第一次做的事表示更多的感谢。”

“我们这儿的人常常说：骄傲得像个苏格兰人，”白金汉咕噜着说。

“而我们那儿的人常常说：骄傲得像个加斯科尼人，”达尔大尼央回答，“加斯科尼人是法国的苏格兰人。”

达尔大尼央向公爵行礼后准备走了。

“那么，您就这样走吗？从哪儿走？怎么走？”

"这倒是真的。"

"该死！法国人总是不顾一切的！"

"我忘记了英国是个岛国，而您是它的国王。"

"您到港口去寻找一艘叫'桑德号'的双桅船，把这封信交给船长；他会把您送到一个平时只停泊渔船的法国小港口，肯定不会有人在那儿等您的。"

"那个小港口叫什么名字？"

"圣瓦勒里[①]，不过您再听下去，到了那个小港口以后，您去找一家没有名字没有招牌的小客店，是一间破房子，专供水手们住宿；您不会弄错，因为那儿只有这一家。"

"以后呢？"

"您去找小客店的老板，对他说：for'ward[②]。"

"这是什么意思？"

"意思是'前进'，这是暗号。他听到这个暗号会给您一匹备好了鞍辔的马，告诉您该怎么走；就这样您一路上会找到四匹替换的驿马。如果您愿意，可以把您巴黎的住处告诉每一个驿站的人，那么这四匹马都会跟随您到那儿去的。这四匹马中您已经见过两匹，我看您好像是个鉴赏家那样很欣赏它们，就是我们骑过的两匹；请相信我的话，另外两匹决不在它们之下，这四匹马都是为了作战而装备起来的。无论您有多么骄傲，您也不会拒绝接受一匹，并让您三个伙伴各收下一匹吧？再说，你们可以骑上它们跟我们作战。就像你们这些法国人所说，'只要目的正当，任何手段都可以使用。'是不是？"

"是的，米罗尔，我接受，"达尔大尼央说，"如果天主愿意，我们将会好好使用您的礼物。"

"现在，请把手伸给我，年轻人；可能我们很快就会在战场上见面；可是在此之前，我希望我们能友好地分手。"

---

①圣瓦勒里，法国北部索姆省滨拉芒什海峡的小渔港；在巴黎的西北面。

②英语，意思是：前进。

“是的，米罗尔，可是我希望我们能很快就变成敌人。”

“请放心，我答应您。”

“我相信您的诺言，米罗尔。”

达尔大尼央向公爵行礼告别，然后快步向港口走去。

他在伦敦塔对面找到了那艘船，他把公爵的信交给船长，船长又把信交给港口总监签署，随后立即启航。

有五十条船已经作好了出航准备，他在港口等待着。

在与其中的一条船擦舷而过时，达尔大尼央相信自己认出了在默恩遇到过的女人，也就是那个陌生贵族称她为米莱狄、达尔大尼央认为她长得非常漂亮的那个女人；不过由于当时水流很急，又是顺风，他的船驶得很快，没有多久他便看不见她了。

第二天早晨九点钟，到达圣瓦勒里上岸。

达尔大尼央立即向那家客店走去，他从那座房子里传出的喧嚷声认出了它。人们都在谈论英国和法国之间的战争，就好像这是一件迫在眉睫并且毋庸置疑的事，而那些兴高采烈的水手正在大吃大喝。

达尔大尼央穿过人群向老板走去，对他说了 for’ward 这个词。老板当即向他做了个手势要他跟他走，带着他从一扇通向天井的小门走出去，走到马棚里，那儿有一匹已备好鞍辔的马在等他，老板问他是不是需要其他东西。

“我需要知道我该走哪条路，”达尔大尼央说。

“从这儿到布朗齐[①]，从布朗齐到纳夫夏戴尔[②]；到了纳夫夏戴尔后，走进金耙客店，把暗号告诉老板，您就会像在这里一样得到一匹鞍辔齐全的马。”

“我要付钱吗？”达尔大尼央问。

“全部都付过了，”老板说，“而且还付得不少，快走吧，愿天主引导您！”

---

①布朗齐，法国北部滨海塞纳省城镇，在瓦勒里的南面。

②纳夫夏戴尔，法国北部滨海塞纳省城市，在瓦勒里的南面，相距 30 公里。

“阿门，”年轻人一边回答一边策马飞奔。

四个小时以后，纳夫夏戴尔到了。

他严格地按照告诉他的话去做；在纳夫夏戴尔像在圣瓦勒里一样，他看到了一匹鞍辔齐全的马在等他。他想把放在原来的马鞍旁的手枪转移到新的坐骑的鞍子旁，却发现新坐骑鞍旁的皮袋里已经配备好了同样的手枪。

“请问您巴黎的住址在哪儿？”

“德·艾萨尔指挥的国王卫队队部。”

“好，”老板说。

“我该走哪条路？”达尔大尼央问。

“走通往鲁昂的大路；从城外右面的路走，到了小村子埃古伊[①]停下，那儿只有一家小客店，店名叫法兰西盾牌。您别看它外貌不像样，马棚里也有一匹和这匹马一样好的马。”

“暗号相同吗？”

“完全相同。”

“再见，老板！”

“一路顺风，骑士先生！您还需要什么吗？”

达尔大尼央摇摇头，接着就飞也似的跑掉了。在埃古伊遇到的是同样的情况，他遇到了一个同样殷勤的客店老板，一匹生气勃勃已经休息过的马；他同样把他的地址留了下来，随后同样飞快地向蓬图瓦兹[②]进发。在蓬图瓦兹，他最后一次换了坐骑；九点钟，他的马飞快地冲进了德·特雷维尔先生府邸的院子。

他在十二小时里走完了将近六十法里路。

德·特雷维尔先生像就在当天早上还见过他似的接待了他，只是在和他握手时似乎比平时更加热烈了些，他告诉达尔大尼央说，德·艾萨

---

①埃古伊，法国西北部厄尔省村庄，在厄尔省东北角，鲁昂的南面，蓬图瓦兹的西面。

②蓬图瓦兹，法国巴黎大区瓦勒德瓦兹省省会；在巴黎西北面，距巴黎的凡尔赛仅34公里。

尔先生那一队人正在罗浮宫值勤，他可以归队去了。

第二十二章
梅尔莱松舞

第二天，全巴黎的人都在谈论市政长官先生们为国王和王后举行的舞会，在这次舞会上，国王和王后都要跳国王陛下非常喜爱的梅尔莱松舞。

一个星期以来，市政厅就是在为这个隆重的舞会作准备。市政厅的细木工搭起了一些看台，供那些被邀请来的夫人小姐们使用；市政厅的杂货供应商在一间间大厅里装上了两百支白蜡火炬；在那个时代，这是一种闻所未闻的豪华排场；最后，还请了二十位提琴手，由于要通宵演奏，据一份报告说，费用比平时高出一倍。

上午十点钟，国王卫队的掌旗官德·拉科斯特先生，率领着两名副官和十来名卫士，来向市政厅秘书克莱芒索取市政厅里所有大小房间和各处通道门的钥匙；这些钥匙马上便交出来了，每把钥匙都系着一个作为识别标记的纸条；从那时候起，德·拉科斯特便担负起看守市政厅里各处门户和出入要道的责任了。

十一点钟，国王卫队中一位队长杜阿利埃来了，他带来五十名卫士；这些卫士立即在市政厅里分散开，各自来到指定要他们警卫的门口站岗。

三点钟，来了两队卫士；一队是法国人，另一队是瑞士雇佣兵。那队由法国人组成的卫队，一半是杜阿利埃先生的部下，另一半是德·艾萨尔先生的部下。

傍晚六点钟，来宾开始入场；他们先后进来以后，都坐在大厅里预先准备好的看台上。

九点钟，高等法院院长的夫人到了，她是这次舞会上地位仅次于王后的大人物，市政厅里的官员们都出来迎接她，并安排她坐在与王后坐的包厢相对的一个包厢里。

十点钟，在靠近圣让教堂的那个小厅里，为国王摆出了一桌夜宵甜食，这张桌子的对面是一个由四名卫士守着的银酒柜。

半夜十二点，传来了响亮的呼喊声和阵阵的喝彩声：原来是国王从罗浮宫出来，穿过一条条两旁挂满五颜六色的灯笼的街道，向市政厅走来。

顿时，穿着呢长袍的市政长官们由六个手执火炬的军士引着去迎接国王，国王和他们在台阶上相遇；市长向国王致欢迎辞，国王为自己的迟到表示歉意，但是把责任推到红衣主教先生的身上，因为红衣主教留住他谈国家大事一直谈到了十一点钟。

国王身穿礼服，陪同他一起来的有大王爷，德·索瓦松伯爵①，大修道院院长，德·隆格维尔公爵②，德·埃尔伯夫公爵③，德·阿尔古尔伯爵④，德·拉罗什-居荣伯爵，德·利昂古尔先生，德·巴拉达斯先生，德·克拉马依伯爵⑤和德·苏弗雷骑士。

大家都看出国王神情忧郁，有点儿心事。

有一间休息室是为国王准备的，另一间休息室是为大王爷准备的。在两个休息室里都备有供化装用的衣服。对王后和法院院长夫人，也有同样的安排。跟随两位陛下来的那些贵族老爷和夫人可以挨次两个两个到几间为这个舞会准备的房间里去化装。

国王在进入休息室以前，吩咐说，红衣主教一到立即通知他。

---

①德·索瓦松伯爵(1604—1641)，法国将军和廷臣。1622年起为路易十三效劳，征讨胡格诺派教徒。1626年参加反对黎塞留的密谋，逃亡意大利，1628年回国参加对拉罗舍尔的围攻。后来又卷入反对黎塞留的密谋。1641年发表檄文声讨黎塞留，并率领一支哈布斯堡军队入侵法国后被击毙。

②德·隆格维尔公爵，参见本书第172页注①。

③德·埃尔伯夫公爵(1596—1657)，法国庇卡底总督，娶法国国王亨利四世的私生女为妻。后因参加反对黎塞留的密谋，逃亡国外。

④德·阿尔古尔伯爵(1601—1666)，法国将军，曾参加对西班牙的屡次战争以及路易十三从1621至1628年的各次对胡格诺派的战役，后因在投石党运动中支持王室，任安茹总督。

⑤德·克拉马依伯爵(1588—1642)，法国亨利四世和路易十三两代国王的廷臣，1630年因密谋反对黎塞留，被监禁在巴士底狱，至1642年才被释放。

国王到后半小时，又响起了一阵新的欢呼声，说明是王后驾到。市政长官们像刚才做过的一样，由军士引导着，前去迎接他们尊贵的女宾。

王后走进大厅；大家都注意到她像国王一样，神情忧郁，特别是显得很疲乏。

就在她进来时，有一间小包厢的直到当时一直拉拢的帏幔拉开了，露出了穿着西班牙骑士服装的红衣主教的那张苍白的脸。他的眼睛直勾勾地盯着王后的眼睛看，嘴角上浮现出一丝令人毛骨悚然的得意的微笑：他看到王后没有佩戴钻石坠子。

王后继续站了一会儿，倾听市政长官的颂词，回答贵妇们的敬礼。

突然，国王和红衣主教出现在大厅的一扇门的门口。红衣主教正在低声跟国王说话，国王脸色十分苍白。

国王穿过人群，他没有戴面具，紧身短上衣上的缎带还没有完全系好，他走到王后身边，用一种变了音调的声音对她说：

"王后，请问您为什么不戴上您的钻石坠子？您明明知道我很喜欢看到它们的。"

王后向四周扫视了一下，看到红衣主教在背后阴险地狞笑着。

"陛下，"王后有气无力地回答，"因为这儿的人太多，我怕出什么意外。"

"王后，您错了！我之所以把这件礼物送给您，是要您佩戴的。我对您说，您错了。"

国王的声音因生气而发抖了；大家都惊讶地看着，听着，不知道究竟发生了什么事。

"陛下，"王后说，"坠子在罗浮宫，我可以派人去取，陛下的愿望可以得到满足。"

"快派人去取，王后，快派人去取，越快越好；因为一小时以后舞会就要开始了。"

王后行了个礼表示服从，随后跟在替她引路的贵妇们去她的休息室了。

国王也回到他的休息室里去。

大厅里的人一时间有些惊慌和混乱。

所有的人都能注意到在国王和王后之间发生了什么事情，可是因为两位陛下讲话都很轻，大家出于尊敬离他们有好几步路，所以什么也没有听见。提琴手拼命地拉着，可是没有人听他们的。

国王首先走出他的休息室；他穿着一套非常漂亮的猎装，大王爷和其他贵族们的穿着和国王一样。这是国王穿起来最合适的一套服装，他这样一穿扮，真像是他王国中的首席贵族。

红衣主教走到国王身旁，递给他一只盒子。国王打开一看，里面有两颗钻石坠子。

“这是什么意思？”他问红衣主教。

“没有什么意思，”红衣主教回答，“只是王后是否还保存着整副坠子，我有点怀疑；请陛下数一数，如果只有十颗，请陛下问问王后，谁又能从她身边偷走现在就在您眼前的这两颗呢？”

国王瞧了瞧红衣主教，仿佛有话要问他，可是来不及向他提问了，因为这时大厅里响起了一片喝彩声。如果说国王像是他王国里的首席贵族，那么王后肯定是法国的首席美人。

她的那身女猎手的打扮真是太合适了；她头戴一顶插着蓝色羽毛的呢帽，身披一件用一些钻石搭扣扣住的银灰色丝绒披风，还有一条绣满银花的蓝色绸缎连衣裙。在她左肩上有一个跟羽毛和连衣裙同样颜色的大缎带结，系着光彩四射的钻石坠子。

国王高兴得全身发抖，红衣主教也在发抖，不过是给气的；然而他们两个和王后都隔着一段距离，他们没法数清王后肩上的坠子。王后的确佩戴着坠子，但是不知究竟是十颗还是十二颗 。

这时候，提琴发出了开始跳舞的信号。国王向大法官夫人走去，他应该和她共舞；大王爷应该和王后共舞。大家走到各自的位置上，跳舞开始了。

国王的位置在王后对面，每次在她旁边经过时，他总是睁大眼睛看着这些坠子，但总是数不清楚。红衣主教的额头上冒出了冷汗。

跳舞持续了一个小时，一共有十六小段。

跳舞结束，整个大厅响起了一片掌声，每个人都把自己的舞伴引回到她原来的座位上去；可是国王有他的特权，他扔下他的舞伴急匆匆地向王后走去。

“您满足了我的愿望，王后，”他对王后说，“我很感谢您，可是我相信您的坠子少了两颗，我替您把它带来了。”

说到这儿，他把红衣主教刚才给他的两颗坠子递了过去。

“怎么，陛下！”王后故作惊奇地大声说，“您又要给我两颗，那么一共不是要有十四颗了吗？”

国王细细一数，果然，王后肩上共有十二颗坠子。

国王招呼红衣主教。

“我说，红衣主教先生，这到底是什么意思？”国王声音严厉地问。

“这个意思是，陛下，”红衣主教回答，“我想请王后陛下收下这两颗坠子，可是又不敢自己献给她，所以就用了这个办法。”

“我呢，我更应对法座表示感谢，”奥地利安娜一边说，一边用微笑来表示她并没有被这种过分的殷勤所欺骗，“我可以肯定，对您来说，单单这两颗坠子的代价，就跟国王陛下送给我的那十二颗一样大。”

说完以后，王后向国王和红衣主教行了个礼，随后走向刚才她在那儿换上猎装的休息室去卸装。

本章开始之时，在我们的笔下出现了一些有名人物，我们不得不把注意力集中在他们身上，因而暂时冷落了那个使王后在对红衣主教的斗争中大获全胜的人。他这时正悄悄地混在人头攒动的某一个门口，从那儿遥望着这个只有四个人心里有数的戏剧场面，这四个人就是国王、王后、红衣主教和他自己。

王后刚刚回到她的休息室里，达尔大尼央也准备离开了；这时他突然感到有人轻轻地拍了拍他的肩膀；他回过头去，看到有一个年轻女人对他做了个手势要他跟她走。这个女人脸上蒙着一个黑丝绒的半截面具；不过她这种防范措施是为了对付别人而不是对付他的，因为他顿时就认出了他的这个普通的引路人就是那个机灵而聪明的博纳希厄太太。

前一天，达尔大尼央在罗浮宫看门人热尔曼那里，让人把她找来，匆匆见了一面。当时，博纳希厄太太急于要把她的信使幸运地带回来的天大的好消息报告王后，所以这两个情人只是简单地交谈过几句。现在达尔大尼央在跟着博纳希厄太太走，心情因爱情和好奇组成的双重感情而激动。过道中的人越来越稀少，达尔大尼央想在半路上拉住这个女人，抓住她，好好地看看她，即使看一会儿也行；可是这个女人轻巧得就像一只鸟儿一样，总是能在他的手中滑掉；而当他想说话的时候，她便用一个手指头靠在她的嘴唇上，这种带着命令意味的小动作充满魅力，使他明白自己正处于一种强大的权力之下，他只能盲目服从，即使是最最微小的抱怨也不允许。最后，在转来拐去地走了一两分钟之后，博纳希厄太太打开了一扇门，把年轻人引进一个漆黑的小房间。她在那儿又对他做了一个不准讲话的手势，随后打开一扇隐藏在一条壁毯后面的另一扇门，一束强烈的光突然从这扇门外照进来；博纳希厄太太不见了。

达尔大尼央一动不动地呆了一会儿，心里在寻思他究竟在什么地方，可是很快便有一道亮光射进这个房间，暖和而香喷喷的空气飘到他的身边，两三个女人谈话的声音，恭敬和优雅的谈吐，重复过好几次的“陛下”这个称呼，都清楚地向他说明了他现在正在一间和王后的休息室相通的房间里。

年轻人在黑暗中恭候着。

王后显得很高兴，很幸福，使得她周围的人都感到很纳闷，因为她平时似乎总是愁眉苦脸的。王后把这种快乐的情绪归之于热烈的节日气氛，归之于跳舞给她带来的乐趣，由于对王后不管是在微笑还是在落泪，她的意见是不容许持异议的，因此大家都对巴黎市政长官们的殷勤招待大加称赞。

达尔大尼央虽然不认识王后，但是很快便从很多人的声音中辨认出了王后的声音；首先是从一种轻微的外国口音，随后是从一种凡是权威的口吻中都自然流露出来的高于一切的气势。他听见她的声音渐渐接近，后来又离开了这扇开着的门，有两三次他甚至看见了一个人影子挡住了门外的亮光。

临了，突然有一条可爱的白皙的胳膊从壁毯后面伸出来，达尔大尼央懂得这是对他的奖励：他双膝跪下，握住这只手，恭敬地把嘴唇贴了上去，随后这只手又缩了回去，在他的手里留下了一样东西，他认出那是一枚戒指。那扇门立即就关上了，达尔大尼央又陷在一片漆黑之中。

达尔大尼央把这枚戒指套在指头上，重新等待。很清楚，他的事还没有完全结束。在对他的忠诚的奖励之后，接下来的该是对他的爱情的奖励。再说，跳舞虽然已经结束，但晚会还只刚刚开始；三点钟吃夜宵，圣让教堂的钟已经敲过了两点三刻。

隔壁房间里的声音果然慢慢地减少了，随后听到人声逐渐远去，最后达尔大尼央待着的那个房间的门开了，博纳希厄太太快步走了进来。

“您终于来了！”达尔大尼央大声说。

“别出声！”年轻妇人把手按在达尔大尼央的嘴上说，“别出声！走吧，从您来的地方出去。”

“可是，什么地方，什么时候我才能再见到您？”达尔大尼央高声问。

“您回家后会看到一封信，它会告诉您的。走吧，走吧。”

说到这儿，她打开了过道的门，把达尔大尼央推出房间。

达尔大尼央像孩子一样听话，他既不抗拒也不提出任何异议；这证明他的确已经坠入爱河了。

第二十三章
约　　会

达尔大尼央赶快跑回家去；虽然这时是清晨三点钟，经过的又是巴黎最不安全的街区，他却没有遇到任何麻烦。大家都知道有一个神是专门保佑酒鬼和恋人的。

他看到他家那条过道的门虚掩着，就走上楼梯，用他和他的跟班约定的方式轻轻地敲门。两个小时以前被他从市政厅打发回来在家里等他的普朗歇，这时替他开了门。

“有没有人给我送过信来？”达尔大尼央急不可耐地问。

“没有人送信来过，先生，”普朗歇回答，“可是有一封信是自己长脚走来的。”

“你这是什么意思？笨蛋！”

“我的意思是说，虽然我回来的时候，您房间的钥匙始终在我袋里，从来也没有离开过我，我却在您卧房里桌子的绿桌布上看到有一封信。”

“信在哪儿？”

“信还在那儿，我没有动，先生。信像这样进入人们的房间是不正常的。如果窗子开着或者半开着，我也没有什么可说；可是又不是这么回事，因为窗子关得严严实实。先生，要当心啊，这里面肯定有什么魔法。”

就在他说话的当儿，达尔大尼央冲进了他的房间，把信拆开，信是博纳希厄太太写的，写着这样几句话：

> 有很多热烈的谢意要向您表示和向您转达。今晚十点请到圣克卢①来，地点在矗立在德·埃斯特雷先生家的房子一隅的那座小楼对面。
>
> C. B.

在读这封信时，达尔大尼央感到他的心不停地在舒张和收缩，这种

① 圣克卢，巴黎西郊城镇，在离凡尔赛九公里的塞纳河边，与巴黎之间隔有布洛涅树林。那儿有城堡和面积极大的公园。

舒张和收缩正是折磨和爱抚情人们的心灵的那种甜蜜的痉挛造成的。

这是他收到的第一封情书，是对他提出的第一次约会。他的那颗因为快乐而陶醉、膨胀的心，感到快要在被叫作爱情的人间天堂的门口融化了。

"怎么样！先生，"普朗歇刚才看到他的主人的脸红一阵白一阵，就问，"怎么样！我是不是猜对了，大概是件倒霉的事情吧？"

"你错了，普朗歇，"达尔大尼央回答说，"证据是，这儿是一个埃居，让你去为我的健康干杯。"

"我感谢先生给我的埃居，并且我答应一定不折不扣地按先生的指示办；可是我仍然要说，这件事是错不了的，像这样进入到关上门的房子里的信……"

"是从天上掉下来的，我的朋友，是从天上掉下来的。"

"那么，先生觉得很高兴？"普朗歇问道。

"亲爱的普朗歇，我是世界上最幸福的人！"

"那么我可以托先生的福去睡觉啦？"

"可以，去吧。"

"但愿天上所有的福分全都掉在先生身上；可是我仍然要说，这件事是错不了的，这封信……"

普朗歇带着怀疑的神气摇着头出去了，达尔大尼央尽管大方地给了他一个埃居，还是消除不了他的疑虑。

只剩下达尔大尼央一个人时，他又拿起这封信读了再读，随后他又在他美丽的情妇写的几行字上一连吻了二十来次。最后他躺下去睡着了，做了些金色的美梦。

早上七点钟，他起身叫普朗歇；叫到第二遍普朗歇才来开门，脸上仍保留着头天晚上的疑虑神气。

"普朗歇，"达尔大尼央对他说，"我可能要出去一整天，晚上七点以前没有你的事，可是一到七点钟，你要把两匹马安排好，你自己也要作好准备。"

"好啦！"普朗歇说，"看来我们又要让人在身上扎几个窟窿了！"

“带上你的火枪和手枪。”

“嘿，我怎么说的？”普朗歇叫了起来，“我早就料到了，这封倒霉的信！”

“不过你放心吧，笨蛋，只不过是出去玩玩。”

“喔！就像前两天的那趟愉快的旅行；枪子像雨点般落下，到处都是陷阱。”

“好！如果您感到害怕，普朗歇先生，”达尔大尼央接着说，“我就一个人去；我宁愿一个人去，也不想有一个发抖的伙伴。”

“先生是在侮辱我，”普朗歇说，“不过这不公平，因为先生好像曾经看过我是怎样干活的。”

“是的，所以我以为你的勇气一下子都用完了。”

“先生会看到，只要机会来到，我还有剩下的勇气；不过我请先生也不要过分浪费，如果先生愿意我的勇气留得更久一些。”

“今天晚上你还有一点钱可以用用吗？”

“我希望有。”

“好！那我就指望你了。”

“到时候我会准备好的；不过我相信先生在国王卫队的马棚里只有一匹马。”

“可能现在只有一匹，不过今天晚上就会有四匹。”

“看来我们上次旅行是为了补充马匹，是吗？”

“一点不错！”达尔大尼央说。

他最后向普朗歇做了一个叮嘱的手势便走了。

博纳希厄先生正在门口。达尔大尼央本想从他旁边绕过去，不跟这位可敬的服饰用品商搭话，可是后者却和颜悦色地行了个礼，使得他的这位房客不仅仅要对他回礼，还得和他敷衍几句。

再说对一位妻子当晚要在圣克卢的德·埃斯特雷先生的小楼对面和自己约会的丈夫，怎么能不稍许客气些呢！所以达尔大尼央显出他所能显出的最亲切的态度向他走了过去。

谈话自然而然地转到了这个可怜的男人被拘捕的事情上。博纳希厄先生不知道达尔大尼央已经听到过他和默恩的那个陌生人的谈话，所以他对他的年轻房客讲起德·拉弗玛先生这个恶魔如何迫害他，在他的整个叙述过程中，他不断地称呼这个恶魔为红衣主教的刽子手，仔仔细细地描绘巴士底狱，牢狱中的门闩、矮门、通风窗、铁栅栏和各种刑具。

达尔大尼央显得十分殷勤地听他讲，等他讲完以后才说：

"博纳希厄太太呢，您知不知道是谁绑架了她？因为我没有忘记就是在那个不幸的情况下我才有幸认识了您。"

"啊！"博纳希厄先生说，"他们都不肯告诉我，而且我的妻子也对我指天罚誓地说她也不知道是谁绑架了她。不过您呢，"博纳希厄先生用一种非常亲切的语调接着说，"最近几天您在干吗？我没有见过您，也没有见过您那些朋友。普朗歇昨天在刷您的马靴，那上面厚厚的尘土大概也不会全是从巴黎的大街上沾来的吧？"

"您说得对，亲爱的博纳希厄先生，我和我的朋友曾作过一次旅行。"

"路途远吗？"

"喔，老天！不远，只不过四十来法里路；我们陪阿多斯先生到福尔日温泉去，我那些朋友还在那儿。"

"而您，您回来了，是不是？"博纳希厄先生脸上露出最最狡猾的神色接着说，"像您这样一个漂亮的小伙子，在情妇那儿是请不到长假的，有人在巴黎苦苦地等着您，是吗？"

"说句真心话，"年轻人笑着说，"我向您坦白，亲爱的博纳希厄先生，再说我看什么事也瞒不过您的眼睛。是的，有人在等我，而且是在苦苦地等着我，的确有这么回事，我承认。"

博纳希厄的额头上掠过一片阴云，但是非常轻淡，达尔大尼央没有看出来。

"我们这样殷勤就会得到回报了，是吗？"服饰用品商继续说，他的嗓音起了点儿变化，但这种变化非常小，达尔大尼央没有发觉，就像刚才他没有看到这位可敬的人的脸上有过稍纵即逝的阴云一样。

“啊！装您的正人君子去吧！”达尔大尼央笑着说。

“不是的，我只是想知道，”博纳希厄接着说，“您是不是要很晚才回来。”

“我亲爱的房东，您为什么要问这个呢？”达尔大尼央问，“您是不是打算等我回来？”

“不，因为自从我被逮捕、家中遭劫以来，每当我听到有开门的声音就感到害怕，尤其是在夜里。天啊，有什么办法呢！我，我可不是一个舞枪弄剑的人呀！”

“好！如果我一直到凌晨一点钟、两点钟或者三点钟回来，请您不必害怕；甚至我根本不回来，您也不必害怕。”

这一下博纳希厄的脸色突然变得十分苍白，甚至连达尔大尼央也看出来了，就问他是什么缘故。

“没事，”博纳希厄回答，“没事！只是在我遭到不幸以后，我总是会突然感到身子发虚，我刚才觉得一阵发冷。请您别在意，您只需忙着干一件事，就是沉湎在幸福中就行了。”

“这么说我确实很忙，因为我非常幸福。”

“还没有呢，再等等吧，您刚才说是今天晚上。”

“可是今天晚上就要到了，谢谢天主！也许您像我一样心焦地在等待今天晚上。也许今天晚上博纳希厄太太要回家来与您团聚。”

“博纳希厄太太今天晚上没有空，”这位做丈夫的神态严肃地回答说，“她在罗浮宫当差，有事走不开。”

“那对您来说真是太不幸了，我亲爱的房东，真是太不幸了。可是我，我幸福的时候希望所有的人都跟我一样幸福，可是看来这是不可能的。”

年轻人终于离开了，一想到这句也许只有他一个人才懂的玩笑话，不禁哈哈大笑起来。

“好好地去玩吧！”博纳希厄用一种阴森森的语气说。

可是达尔大尼央已经走远，他已经听不到了；而且即使他听见，在当时这种心情下，他也肯定听不出什么名堂的。

他向德·特雷维尔先生的府邸走去；我们还记得，他前一天会见队长时只待了很短一会儿，也没有讲上几句话。

他见到德·特雷维尔时心里很高兴，这是因为国王和王后在舞会上对他都很亲切，而红衣主教又显得心情很坏。

凌晨一点钟，红衣主教便借口身体不舒服退出了舞会，而两位陛下回到罗浮宫时已经是早上六点钟了。

“现在，”德·特雷维尔先生向房间四周看看有没有其他人，随后压低声音对他说，“现在，我们来谈谈您，我的年轻人，因为很明显您的幸运归来和国王的高兴、王后的得意以及法座的屈辱有些关系。您可要格外当心。”

“我有什么可害怕的，”达尔大尼央回答，“只要我有幸得到两位陛下的恩宠就行了。”

“不管怎样，请相信我，红衣主教吃了亏是不会轻易忘记的，他肯定会跟使他吃亏的人算账。而这个使他吃亏的人，据我看来是一个我认识的加斯科尼人。”

“您相信红衣主教和您一样消息灵通，知道去伦敦的是我？”

“见鬼！您去过伦敦了。您手指上那枚闪闪发光的戒指是您从伦敦带回来的吗？当心呀，我亲爱的达尔大尼央，一件敌人的礼物可不是什么好东西；不是有一句拉丁文的诗……等等……”

“有，肯定有，”达尔大尼央从来也没能把拉丁文的基本规则塞进脑子里去，以致他的老师对他完全丧失了信心，这时他却回答说，“有，肯定有，应该有那么一句。”

“肯定有那么一句，”曾经受过一点儿教育的德·特雷维尔先生说，“德·邦塞拉德[①]先生有一天曾经在我面前引用过……等等……

---

①德·邦塞拉德(1613—1691)，法国诗人，受到黎塞留的保护，写过悲剧；但他在当时出名主要是因为他先后为路易十三和路易十四的宫廷写过不少芭蕾舞的脚本(本故事发生在1625年，当时邦塞拉德仅12岁。恐系作者之疏忽)。

啊！我记起来了！……Timeo Danaos et dana ferentes.[①]意思是说：当心那个送您礼物的敌人。”

“这枚钻石戒指不是敌人送给我的，先生，”达尔大尼央接口说，“而是王后送给我的。”

“王后送的！噢！噢！”德·特雷维尔先生说，“这的确是一件真正的王室珍宝，至少值一千皮斯托尔。王后是通过谁把这件礼物送给您的呢？”

“是她自己给我的。”

“在哪里？”

“在和她换衣服的那间休息室相通的小房间里。”

“怎样给您的？”

“她伸手给我吻。”

“您吻过王后的手了！”德·特雷维尔先生看着达尔大尼央叫了起来。

“王后陛下给了我这个恩典。”

“还有别人在场吗？冒失的女人，太冒失了！”

“没有，先生，请放心，没有任何人看见，”达尔大尼央接着说。于是他把经过情形告诉了德·特雷维尔先生。

“啊，女人！女人！”这位老兵高声说，“她们脑子里全都充满了传奇故事，仅此而已；一切带有神秘色彩的事情都能使她们入迷。因此，您看到了那条胳膊，就这么回事。您将来遇见王后时也不会认识她，她将来遇见您时也不会知道您是谁。”

“不，幸亏有了这枚戒指……”年轻人接着说。

“请听我说，”德·特雷维尔先生说，“让我给您一个忠告，一个

---

① 拉丁文，意思是：我害怕希腊人，哪怕他们是来向神献供物的。这句话见于古罗马诗人维吉尔的史诗《伊尼特》第2卷。特洛伊战争中，希腊人使用木马计，并让人传言木马是留给雅典娜女神的供物，它能使特洛伊城坚不可摧。祭司拉奥孔力劝特洛伊人时就说了这句话；但特洛伊人不听，木马还是被拖进城内。半夜，藏在木马内的希腊英雄冲出来，为退兵后又返回的希腊人打开城门；特洛伊城随即被攻破。

很好的忠告，一个朋友的忠告，您要不要？”

“那是您给我的荣幸，先生，”达尔大尼央说。

“好吧！到随便哪家首饰店去把这枚钻石戒指卖了，价钱也随他们给；不管那个首饰店老板有多么贪心，至少会给您八百皮斯托尔。皮斯托尔上面不写名字，年轻人，而这枚戒指上却有一个可怕的名字，会把戴它的人出卖的。”

“把这枚戒指卖掉！一枚王后陛下给我的戒指！万万不能！”达尔大尼央说。

“那就把戒面翻转朝里，可怜的疯子啊！因为谁都知道，一个加斯科尼的见习卫士是决不可能在他母亲的首饰盒里找到这样的首饰的。”

“这么说，您真以为我有危险？”达尔大尼央问。

“也就是说，年轻人啊，即使是躺在引线已经点燃的地雷上的人也要比您安全得多。”

“见鬼！”达尔大尼央说，德·特雷维尔先生充满自信的语气开始使他感到不安，“见鬼！那该怎么办呢？”

“您随时随地都要小心翼翼。红衣主教的记性特别好，而且权势极大；请相信我，他一定会对您要什么花招的。”

“什么花招？”

“啊，这我怎么知道！魔鬼的所有那些阴谋诡计，他有哪一样不会使用？至少他会逮捕您。”

“什么！他敢逮捕一个为陛下服务的人？”

“真是的！他们逮捕阿多斯时有什么顾虑吗？无论如何，年轻人，请相信一个在宫廷里当了三十年差的人：您可别高枕无忧，否则您就完了。恰恰相反，这是我对您说的，您应该看到到处都是敌人。如果有人向您寻衅吵架，即使只是一个十岁的孩子，您也要躲开他；如果有人要跟您打架，不管是白天还是黑夜，您要不怕害臊地边战边退；如果您过桥，您要试试桥板，以防您脚下的桥板坠落。如果您在一座正在建造的房子前面走过，您要向上面望望，以免有石头掉到您的头上来；如果您很晚才回家，您得带一个跟班，如果您信得过您的跟班，您要让他带上武器。别相信任何人，不论是您的朋友，您的兄弟，您的情妇，尤其是您的情妇。”

达尔大尼央的脸红了。

“我的情妇，”他机械地重复着说，“为什么尤其是我的情妇呢？”

“那是因为情妇是红衣主教最喜欢使用的工具之一，没有比使用情妇更快速奏效的法子了：一个女人为了十个皮斯托尔就会把您卖了，大利拉[①]就是个很好的例子，您读过《圣经》，嗯？”

达尔大尼央想起了博纳希厄太太当天晚上和他的约会；不过我们应该说明，我们的英雄值得称赞，因为德·特雷维尔先生刚才对一般妇女的不好的评价并没有在他心里引起对他的漂亮的女房东的一丝一毫怀疑。

“还有，”德·特雷维尔先生接着说，“您的三位伙伴怎么样了？”

“我本来就是来问您是否有过他们的消息。”

“什么消息也没有，先生。”

“是这样的。我把他们留在半路上了：波尔朵斯在尚蒂利，为了要进行一场决斗；阿拉密斯在克雷沃克尔，肩上中了一颗子弹；还有阿多斯在亚眠，身上背着一件伪造货币案。”

“您看到了吧！”德·特雷维尔先生说，“那么说，您是怎么脱身的呢？”

“我应当说是由于出了奇迹，先生；我胸部挨了一剑，随后我就像把蝴蝶钉在壁衣上一样把德·瓦尔德伯爵钉在加来大路边的一座小树林里了。”

“您看到了吧，这又是一个证据！德·瓦尔德，他是红衣主教的手下，罗什福尔的一个表兄弟。有了，我亲爱的朋友，我有了一个主意。”

“请说吧，先生。”

---

①大利拉，《圣经·旧约》故事中的迦萨女人，参孙的情妇。参见本书第166页注①。

“如果我处在您的位置上，我会去干一件事。”

“什么事？”

“就在红衣主教在巴黎找我时，我却不声不响地又重新走上了去庇卡底的路，去打听三个伙伴的消息。是呀！他们三个是值得您稍许关心关心的。”

“这个主意倒不错，先生，明天我就走。”

“明天？为什么今天晚上不走？”

“今天晚上，先生，我有一件必须做的事情，一定得留在巴黎。”

“啊，年轻人！年轻人！是什么风流勾当吧？我再对您说一遍：当心啊；从前是女人把我们毁了的，将来毁了我们的也是女人。请相信我，今天晚上就走。”

“不可能！先生。”

“这么说您已经跟人约好了？”

“是的，先生。”

“这又另当别论了；不过您要答应我，如果您今天夜里没有给杀死，您明天一定得走。”

“我答应您。”

“您需要钱吗？”

“我还有五十个皮斯托尔，我想够花了。”

“可是您的伙伴呢？”

“我想他们也不缺钱花。我们离开巴黎时每人口袋里都有七十五个皮斯托尔。”

“在您动身前我还能看到您吗？”

“我想是看不到了，先生，除非有什么新的情况。”

“走吧，一路顺风！”

“谢谢，先生。”

达尔大尼央告辞以后便走了，德·特雷维尔先生对手下的火枪手的父兄般的关怀，使他很受感动。

他先后去了阿多斯、波尔朵斯和阿拉密斯的家里；他们谁也没有回过家，他们的跟班也没有回来，也没有他们任何人的消息。

他当然可以去向他们的情妇打听，但他既不认识波尔朵斯的情妇，也不认识阿拉密斯的情妇；至于阿多斯，他没有情妇。

在经过国王卫队队部时，他向那儿的马棚瞥了一眼：四匹马中已经有三匹回来了。受惊不浅的普朗歇正在洗刷马儿；有两匹已经洗刷好了。

“啊，先生，”普朗歇看到了达尔大尼央以后说，“看到您我真高兴。”

“普朗歇，为什么？”年轻人问。

“你相不相信我们的房东博纳希厄先生？”

“我吗？一点也不相信。”

“啊！您说得对，先生。”

“可是你怎么会问起这个问题？”

“因为在你们刚才谈话的时候，我听不见你们在说什么，可是我在观察你们；先生，我看到他的脸变了两三次颜色。”

“是吗？”

“先生没有注意到这一点，因为先生心里在想不久前收到的那封信；可是我，恰恰相反，由于这封信来得奇怪，所以我格外当心，所以他脸上的变化，我始终没有漏掉一点。”

“你觉得他脸相怎么样？”

“一副叛徒的奸相，先生。”

“是吗？”

“还有呢，先生刚一离开，在街角拐弯以后，博纳希厄先生就拿了他的帽子，关上门，朝相反方向跑去了。”

“是啊，你说得有道理，普朗歇；我觉得这一切都值得怀疑，不过，你放心吧，在把所有这些事情弄清楚以前，我们不付给他房租。”

“先生在说笑话，不过，先生，你等着瞧吧。”

“有什么办法呢，普朗歇，一切都是命中注定的，要发生的总是要发生的。”

“先生不放弃今天晚上的散步吧？”

“不放弃，而且恰恰相反，普朗歇，那封使你心神不定的信给了我一个约会。我越是憎恨博纳希厄先生，我就越是要赴这个约会。”

“如果这是先生的决定……”

“决不动摇的决定，我的朋友；因此，九点钟，你在这儿，在队部里，作好准备；我到时候来找你。”

普朗歇看到，要他主人改变计划是毫无希望了，于是长叹一声，开始洗刷第三匹马。

至于达尔大尼央，他实际上是个十分谨慎的小伙子，所以他并没有回家，而是到那个也是加斯科尼人的教士家里去吃晚饭了；那个教士在四个朋友穷困潦倒的时候曾经请他们喝过巧克力茶充当早餐。

第二十四章
小　　楼

九点钟，达尔大尼央到了国王卫队队部；他看到普朗歇已经武装好了，第四匹马也来了。

普朗歇带着他的火枪和一把手枪。

达尔大尼央带着他的剑，又在腰上插了两把手枪；随后他们两人各骑上一匹马，悄没声儿地走了。天色漆黑，没有人看见他们走出去。普朗歇跟在他主人身后，相距十步远左右。

达尔大尼央穿过那些沿河街，从会议门[①]出城，踏上了那条当时远比现在漂亮的通向圣克卢的道路。

在城里时，普朗歇一直恭而敬之地保持着他自己认为应该和他主人

---

① 会议门，巴黎古时城门，是 1563 年始建，至路易十三统治时代方才完成的巴黎的有棱堡的城墙的一部分。城门名字是纪念 1593 年亨利四世与天主教神圣联盟首脑在絮伦召开的会议。

之间保持的距离，可是当路上变得比较冷落、比较阴暗时，他就慢慢地靠近他的主人；以致在走到布洛涅树林①以后，他已经自然而然地和他的主人肩并肩地走在一起了。事实的确如此，我们不应隐瞒大树的摇曳和月光照在黑糊糊的矮树林里的反光使他感到的强烈的不安。达尔大尼央发现他的跟班心里产生了什么不同寻常的想法。

"喂，普朗歇先生，"他问，"你怎么啦？"

"您有没有觉得，先生，树林就像教堂一样？"

"普朗歇，你为什么这么说？"

"因为在树林里就像在教堂里一样，人们不敢高声说话。"

"普朗歇，为什么你不敢高声说话？因为你感到害怕了吗？"

"怕被人听到，是的，先生。"

"怕被人听到！我们的谈话是合乎道德的，我亲爱的普朗歇，谁也找不到有什么可以指责的地方。"

"啊，先生！"普朗歇又想起了他一直留在脑子里的念头，说道，"这个博纳希厄先生的眉毛长得很阴险，嘴唇的动作也使人讨厌！"

"真见鬼，你怎么又想起了博纳希厄？"

"先生，人总是想他能够想的，而不是想他希望想的。"

"因为你是个胆小鬼，普朗歇。"

"先生，别把谨慎和胆小混为一谈，谨慎是一种美德。"

"那么，普朗歇，你是有美德的人，是吗？"

"先生，那边闪闪发亮的会不会是火枪的枪筒？我们是不是把头低下来？"

"说真的，"达尔大尼央这时想起了德·特雷维尔叮嘱他的话，他低声说，"说真的，这个家伙到最后真要使我感到害怕了。"

他开始策马小跑起来。

普朗歇丝毫不差地学他主人的样，就像是他主人的影子一样在他主

---

① 布洛涅树林，在巴黎西边，面积有846公顷，原为法国王室的猎场，到18世纪以后才改为公园。

人旁边小跑。

“先生，我们要这样奔跑一整夜吗？”他问。

“不，普朗歇，因为你，你已经到了。”

“什么，我已经到了？那么先生呢？”

“我么，我还要走几步。”

“先生把我一个人留在这儿吗？”

“普朗歇，你害怕了吗？”

“不，我只是想提请先生注意，夜里将会很冷，寒气会使人得风湿病，而一个患风湿病的跟班是个很糟糕的用人，特别是对一个像先生一样灵活敏捷的主人来说就更糟糕了。”

“好吧，如果你感到冷，普朗歇，你看，那边有几家小酒店，你随便走进一家去就行了；明天早上六点，你在酒店门口等我。”

“先生，我已经把你早上给我的那个埃居恭恭敬敬地喝光吃光了，所以到了我感到冷的时候，我连一个子儿也没有了。”

“这儿是半个皮斯托尔，明天见。”

达尔大尼央跳下马，把缰绳往普朗歇的胳膊上一扔，披着他的披风急匆匆地走了。

“老天，我真冷啊！”普朗歇一等到见不到他主人的影子便叫嚷起来；因为他急于要取暖，看到一座有郊区小酒店标志的房子，便急忙跑到那儿去敲门。

这时候，达尔大尼央已经走上了一条小岔路，继续朝前走，最后来到了圣克卢。不过他进了镇以后，没有走大路，而是转到了城堡的后面，走进了一条非常偏僻的小巷子，很快便来到了信上指定的那座小楼对面。那个地方连人影也看不到一个。巷子的一边有一堵高墙，墙角处就是那座小楼，另一边是一道防止过路人进入一个小园子的篱笆，小园子深处有一座简陋的棚屋。

他已到了约会地点，因为那封信上没有对他提到他来到后要发出什么信号，所以他等着。

四下里静悄悄的，什么声音也听不见，简直就好像到了离首都一百法里以外的地方；达尔大尼央向后面察看了一下以后就背靠在那道篱笆上面。在那道篱笆、那个园子和那座棚屋另一边的无垠的空间里，迷漫着一片阴沉沉的雾气，那儿沉睡着空空的、仿佛张着大嘴的巴黎；在那无垠的空间里只有几个光亮的点子在闪烁，就像是那座地狱里的凄凉的星星。

可是对达尔大尼央说来，所有眼前的东西都蒙上了幸福的外衣，所有的念头都是乐观的，所有的黑暗也都是透明的了。约会的时间快要到了。

果然，没有过多久，从圣克卢的钟楼的黑窟窿里慢慢地传来了十下响亮的钟声。

这种像在深夜里悲叹的钟声多少带有一点凄凉的味道。

可是这每一下被期待着的钟声却温柔地拨动了年轻人的心弦。

他的眼睛注视着墙角的小楼，这座小楼只有二楼上有一扇窗子是开着的，其他所有窗子的百叶窗都是关着的。

有一道柔和的灯光，从那个窗口里射出，照亮了丛生在园子外面的两三棵椴树，在它们颤动的叶丛上洒下了一片银光。显然是在那扇灯光幽雅的小窗子里面，美丽的博纳希厄太太在等他。

达尔大尼央沉醉在这个甜美的想象里面，心平气和地等待了半个小时，眼睛盯着那个可爱的小房间；他看得见房间里一部分有金色线脚的天花板，这说明那个房间的其余部分是相当华丽的。

圣克卢的钟楼的钟敲响了十点半。

这一次，达尔大尼央自己也弄不清是什么原因忽然打了一个寒噤；可能是寒气开始侵入了他的肌体，可是他却把这种纯粹的生理反应当成了一种心理上的感觉。

接着，他想到他也许是看错了信，约会是不是会定在十一点钟？

他走近窗口，置身于一道亮光下面，从口袋里掏出信重新读了一遍；他当初没有看错：约会时间是十点钟！

他又回到刚才离开的位置上去，开始对目前这种寂静和孤独担心起来了。

十一点钟敲响了。

达尔大尼央真的开始感到害怕了，害怕博纳希厄太太遇到了什么不测。

他拍了三次掌，这是情人间通常使用的暗号；可是没有人回答他，甚至连回声也没有。

于是他又不无气恼地想到，也许年轻女人在等他的时候睡着了。

他走到墙前，试着爬上去；可是那堵墙新近抹上灰泥，达尔大尼央白白地折断了手指甲。

这时候，他又看中了那些大树，那些树叶继续被灯光照成银白色的大树。那些大树中有一棵伸到了街道上方。达尔大尼央想，他的眼睛可以穿过枝叶看到小楼的里面。

这棵树很容易爬；而且达尔大尼央才二十来岁，因此他想起了他在做小学生时的那些本领。他一下子便爬到了枝叶中间，他的眼睛通过透明的窗玻璃一直看到小楼的房间里。

事情太奇怪了，看得达尔大尼央一股寒气从脚底心一直升到头发根。那片柔和的灯光，那盏宁静的灯，照亮着一个触目惊心的凌乱场面：窗子上一块玻璃打碎了，房间的门被撞碎，已经四分五裂，挂在它的铰链上；一张本来一定是放着一顿出色的夜宵的桌子倒在地上；好些瓶子打得粉碎，被压坏了的水果滚得到处都是；一切都说明在这个房间里曾进行过一次激烈的和拼死的打斗。达尔大尼央甚至相信在这个房间的乱七八糟的东西中，认出了一些从衣服上撕下来的碎片和沾在桌布和帏幔上的血迹。

他急忙爬下树，跳到街上，心怦怦乱跳，他想看看他是不是能找到其他的暴力行为留下的痕迹。

那道不够明亮的柔和的灯光始终在宁静的夜色中照亮着。达尔大尼央这时才发现他刚才没有注意到的情况，因为当时他没有什么必要做这种仔细的观察：有些地方的土地被践踏过，有些地方留下一些坑坑洼洼，呈现出混在一起的人的脚印和马蹄留下的蹄痕。此外，马车轮子在松软的泥地上压出的车辙印子，说明车子可能是从巴黎来的，没有超过小楼再向前跑，后来又折回巴黎去了。

临了，达尔大尼央在继续探查时，在墙边又发现了一只撕碎了的女人手套。可是这只手套没有沾上一点泥泞，非常干净。这样一只香味芬芳的手套，正是情人们喜欢从一只美丽的手上脱下来的。

在达尔大尼央继续搜索时，他脑门上流出了越来越多的冷汗，他的心因可怕的焦虑而收紧，他开始喘气了；可是他为了使自己安心下来，一直在对自己说，这个小楼也许和博纳希厄太太毫无关系；她给他的约会地点是在这个小楼前面，而不是在这个小楼里面；她可能是由于宫里的事务，甚至也许是由于丈夫吃醋而没有来。

可是所有这些理性的推断，都被内心的悲痛的感觉粉碎了，破坏了，推翻了。这种悲痛的感觉在某些情况下，会控制住我们整个的人，并对着我们全身的听觉神经大声疾呼： 大祸临头了！

所以，达尔大尼央几乎变成疯子了；他在大路上奔跑，从刚才走来的路走回去，一直走到渡口，去问那个划渡船的人。

在傍晚七点钟左右，摆渡的船夫曾把一个披着黑色披风的女人从对岸渡过来，这个女人似乎尽力不想让人认出她来；可是就是因为她百般提防，船夫才对她特别注意；他看出她是一个年轻漂亮的女人。

那个年代和今天一样，也有好些年轻漂亮的女人到圣克卢来，都是不想让人看到的；可是达尔大尼央立刻就确信，船夫看到的一定是博纳希厄太太。

达尔大尼央借助船夫的棚屋里的灯光，再一次读了一遍博纳希厄太太的便函，肯定自己没有看错，约会地点在圣克卢而不是在别的地方；在德·埃斯特雷先生小楼前面，而不是在别的街上。

所有这一切都向达尔大尼央证明了他的预感完全正确： 大祸临头了。

他又向城堡那个方向跑去，他仿佛觉得在他离开以后，那座小楼里也许又发生了什么新的事情，因此有一些新的情况在等着他。

那条小巷子还是杳无人影，那个窗口仍旧射出那片和刚才一样的柔和而宁静的灯光。

这时候达尔大尼央想到了那座棚屋，它看上去好像又哑又瞎，不过它肯定看见了什么，说不定还能开口说出来。

篱笆门关着，他从篱笆上跳了进去；他不顾一条用链子拴着的狗汪汪乱叫，径直向那座棚屋走去。

他敲了头几下门，没有得到任何回答。棚屋里死一般地沉寂，就像那座小楼一样；可是因为这座棚屋是他最后的希望，所以他又继续敲门。

很快地他好像听到里面有一些轻微的响声，因为害怕而发出的、连自己都怕被听到的响声。

这时候，达尔大尼央停止敲门，而是用一种充满忧虑、许诺、害怕和奉承的语调向屋里的人恳求；他的声音可以使最胆小的人放心。终于，有一扇被虫蛀坏了的护窗板打开了，说得确切些是打开了一条缝。可是，当房子角落里一盏小灯的微光照亮了达尔大尼央身上的肩带、剑柄和手枪柄以后，那扇窗子马上又关上了。不过，虽然这个动作非常迅速，达尔大尼央还是依稀看到了一个老头儿的脸。

“看在上天的份上！”他说，“请听我说，我在等一个人，没有等着，我担心得要命。这儿附近是不是出过什么事？请告诉我。”

那扇窗子又慢慢地推开，那张脸又露出来了；只是那张脸变得比刚才更加苍白了。

达尔大尼央如实地把自己遇到的事情讲了一遍，只是没有提到有关人的姓名；他说他如何跟一个年轻女人在这座小楼前面约会；因为不见她来赴约会，他又是怎样爬上椴树，看到在微弱的灯光下，那个房间里面一片混乱的情景。

老头儿仔细地听着，一边点头表示事实的确如此；随后，当达尔大尼央讲完以后，他又摇了摇头，似乎是表示事情不妙。

“您这是什么意思？”达尔大尼央大声说，“以上天的名义，喂，请讲给我听听吧。”

“啊，先生，”老头儿说，“请什么也别问我；因为如果我把我看到的事情告诉您，可以肯定对我是一点好处也没有的。”

“这么说，您是看到什么事情了？”达尔大尼央继续说，“既然这样，那就看在上天的份上，”他一边扔了一个皮斯托尔给老头儿，一边说，“告诉我吧，把您刚才看到的事情告诉我吧。我以贵族的身份向您保证，您的话我一句也不会说出去。”

老头儿从达尔大尼央的脸上看出他一片真诚和万分痛苦，便向他做了个手势要他静听，然后低声对他说：

“今儿晚上九点钟左右，我听到街上有声音，我很想知道是怎么回事，便向门口走去，可是我发现有人正想进来。因为我很穷，不怕被人抢，便把门打开了，看见几步外站着三个人。在黑影里有一辆套着马的华丽的四轮马车和几匹牵在手里的马。那几匹牵着的马无疑就是那三个穿着骑士服装的人的。我大声嚷道：

“‘喂，先生们，你们要干吗？’

“‘你大概有梯子吧？’一个看上去像是领队的人问。

“‘有，先生，是我摘果子用的。’

“‘把梯子给我们，你回到屋里去，给你一个埃居作为打扰你的酬劳。不过你要记住，如果你把你将要看到和将要听到的事情——因为我可以肯定，不管我们如何威胁你，你总是会看到和听到的——说出去一个字，你就没命了。’

“讲到这里，他扔了一个埃居给我，我捡了起来；他把我的梯子拿走了。

“不错，我把篱笆门关上以后，装着走进屋子，可是我马上又从后门溜了出去，溜进黑暗中，一直钻进这丛接骨木里；在那里面什么我都能看见，别人却看不见我。

“那三个人招呼那辆马车悄没声儿地驶了过来，从里面拉出一个矮胖子，这个人头发已经花白，穿着一身普通的深色衣服。他小心翼翼地爬上梯子，鬼头鬼脑地往那个房间里张望了一会儿，随后又蹑手蹑脚地爬下梯子，低声说：

“‘是她！’

“那个和我讲过话的人立即走到小楼门口，从身上掏出一把钥匙把门打开，走进去关上门就不见了；与此同时，另外两人爬上了梯子。那个矮老头站在车门旁。马车夫抓着拉车的马，还有一个跟班牵着其余的马。

“突然，从这座小楼里发出尖厉的叫声，有一个女人冲到窗口，把窗打开，像是要往外跳；可是她马上就发现了窗外的两个人，于是她又缩了回去，那两个汉子紧跟着从窗口跳进去。

“此后我就什么也看不到了；可是我听到砸碎家具的声音。那个妇人呼喊救命。可是她的叫声很快便被掩盖住了；那三个人走到窗前，两个人把那个妇人挟在胳膊下面爬下梯子，抬进马车，那个小老头也跟着进去了。留在房间里的那个人关上窗子，过了一会儿又从门里出来，亲自看看那个女人是不是在马车里。从小楼里爬下来的他那两个伙伴已经骑在马上等他，他也骑上了马鞍；跟班跳上马车重新坐在马车夫旁边；四轮马车由那三个骑士护送着快速驶走，就这样一切都结束了。从那时候起，我再也看不到什么，再也听不到什么了。”

达尔大尼央被这样一个坏消息吓得不知所措，他一句话也不说，只是一动不动地待着，同时，所有的愤怒和嫉妒的魔鬼都在他心里号叫。

“可是，我的老爷，”老头儿接着说，达尔大尼央的这种无言的绝望对他产生的效果肯定胜过大哭大叫，“别伤心啦。他们没有把她杀掉，这是最重要的。”

“您大概知道，”达尔大尼央说，“那个领头干这件坏事的是什么人？”

“我不认识他。”

“可是既然他曾经和您谈过话，您一定看清楚他了。”

“噢，您是问我他的长相和外貌吧？”

“是的。”

“一个干瘦的高个儿，脸晒得很黑，黑色的小胡子，黑眼睛，外表像个贵族。”

“是啊，”达尔大尼央嚷道，“又是他，永远是他！这个人简直是我的丧门星！另外一个呢？”

“哪一个？”

“那个矮个子。”

“喔，那个人不是贵族，我可以肯定！而且他没有佩剑，其他几个人也并不尊敬他。”

“是个跟班，”达尔大尼央低声说，“啊！可怜的女人，可怜的女人！他们把你怎么啦？”

“您答应过我不说出去的，”老头儿说。

“我现在再把我的诺言重复一次，请放心。我是贵族，贵族是说话算数的，我已经答应过您了。”

达尔大尼央心情沉重地又向渡口走去。有时候他不能相信那个女人就是博纳希厄太太，他希望第二天能在罗浮宫里见到她；有时候他又怕她会不会是和另一个人有私情，由于那个人吃醋而把她突然劫走了。他犹豫，悲痛，绝望。

“啊！如果我的朋友们在身边就好了！”他叫了起来，“我至少可以有重新找到她的希望；可是谁知道他们现在怎么样了呢！”

时间将近半夜十二点了；应当去找普朗歇。于是达尔大尼央看见哪家酒店还有点灯光就去敲哪家酒店的门，可是在任何一家他都没有找到普朗歇。

一直找到第六家，他才开始想到这样寻找根本没有一点把握。达尔大尼央原来和他跟班约好早晨六点钟见面，那么不论他现在在哪儿，都是他的权利。

况且，这时候年轻人又产生了一个念头：如果他留在出事地点的附近，也许能得到一些有关这次神秘事件的线索。因此正如我们说过的，他走进了这第六家酒店，就留下不出去了，他要了一瓶上等葡萄酒，在一个最阴暗的角落里找了个位子坐下，双肘支在桌子上，下决心就这样一直等到天亮。可是他又一次失望了；虽然他竖起耳朵静听，可是因为他此时置身于其间的可敬的社交圈子里都是些工人、跟班和马车夫，所以他听到的只是一些他们之间的嘲笑和辱骂，根本没有什么有助于他去寻找那个可怜的被劫走的女人的线索。因此，由于无事可做，也为了不引起怀疑，在喝完了那瓶酒以后，他便在他的角落里，尽可能想出了一个最最舒服的姿势，好歹进入了梦乡。大家都知道达尔大尼央只有二十岁，在这个年纪上，睡眠有着不受时效约束的权利，即使对于最最绝望的心灵，也同样专横地非得到不可。

早上六点钟光景，达尔大尼央醒来了，也就像一个人一夜没有睡好早晨醒来时那样，觉得很不舒服。他的梳洗没有花太多时间，他在自己身上摸了摸，为了查明有没有人趁他睡觉时偷了他的东西；他看到他的钻戒还在他的手指上，钱袋还在衣袋里，手枪仍别在腰带上，于是他站起来付了酒账往外走去，想去看看早上寻找他的跟班是否会比晚上寻找他更顺利一些。果然，透过灰蒙蒙、湿漉漉的雾气，他第一眼看见的便是正直的普朗歇；他手里牵着两匹马，在一家不三不四的小酒店门前等着他；达尔大尼央昨天夜里在这家小酒店前面经过时，根本就不知道有它的存在。

第二十五章
波尔朵斯

达尔大尼央没有立即回家，而是在德·特雷维尔先生的府邸门口下了马，快步走上楼梯。这一次，他决定把发生的事情都告诉德·特雷维尔先生。德·特雷维尔先生一定能在这个事件中给他一些忠告；此外，由于德·特雷维尔先生几乎每天都能见到王后，他也许能从王后那儿得到一些有关这个可怜的女人的消息。几乎可以肯定的是，这个女人对她女主人忠心耿耿，别人使她为此付出了代价。

德·特雷维尔先生神情严肃地听着年轻人叙述事情经过，他的这种严肃神情证明了他在这整个事件中看到了一件和恋爱私情毫无关系的事情。当达尔大尼央讲完以后，他说：

“嗯！在一法里以外，就可以闻到这里面有法座的气味。”

“那该怎么办呢？”达尔大尼央说。

“没有办法；在这个时候，除了我对你说过的，尽快离开巴黎以外，绝对没有其他办法。我会见到王后的，我会把这个可怜的女人失踪的事情详详细细地告诉她；王后对这件事肯定还一无所知，她知道后会考虑该怎么办。在您回来的时候，也许我会有好消息告诉您。这件事就交给我吧，您放心好了。”

达尔大尼央知道，德·特雷维尔先生虽然是加斯科尼人，却并没有对人许愿的习惯，不过如果他偶尔对人许了愿，那么他做的一定会比他答应要做的更多。于是他向德·特雷维尔先生敬了个礼，为了过去也为了未来，他对他的队长非常感激；而正直的队长对这个勇敢坚强的年轻人也十分关心，所以一边亲切地和他握手，一边祝他旅途平安。

达尔大尼央决心立即按照德·特雷维尔先生的劝告去做，他向掘墓人街走去，准备去整理一下行装。在快要走到他那座房子时，他认出博纳希厄先生穿着早上穿的衣服站在家门口。他又一次记起了谨慎的普朗歇上一天对他说的关于他房东的阴险性格的话，所以比任何时候更仔细地看了看他。果然，除了那种偶然才能见到的病态的、青黄色的脸色——那种脸色证明他的胆汁可能渗进了他的血液，达尔大尼央还注意到在他脸上的皱纹里，还有些奸诈虚伪的东西。一个坏蛋的笑容和一个老实人的是不一样的，一个伪善者的哭泣和一个忠厚人的也是不同的。任何虚假都是一个面具，无论这面具制作得有多么好，只要我们稍许留意一点，总是能辨别得出它和真面目是两样的。

因此，达尔大尼央仿佛看到博纳希厄戴着一个面具，而且还觉得这个面具看上去非常不舒服。

因此他强忍着他心中对博纳希厄先生的厌恶，准备在他前面走过去而不跟他讲话，可是像上一天一样，博纳希厄先生又叫住了他。

“喂！年轻人，”博纳希厄说，“好像我们这一夜都过得很好，是吗？早上七点钟，见鬼！我似乎觉得您多少改变了普通人的习惯，在别人出去的时候您却回来？”

“别人可不会像这样来责备您，博纳希厄老板，”年轻人说，“您是品行端正的人的楷模。是啊，如果一个人有一个年轻漂亮的妻子，他是不需要去追求幸福的；因为幸福会来找他；博纳希厄先生，是不是？”

博纳希厄的脸色一下子白得像死人一样，勉强装出了一个笑容。

“啊，啊！”博纳希厄说，“您是一个爱开玩笑的朋友；不过昨天夜里您跑到哪里去了，我的小少爷？看来您走过的那些小路不太干净。”

达尔大尼央低头望望自己那双沾满泥浆的马靴，不过在做这一动作时，他也顺便看了看服饰用品商的鞋袜；看上去好像他们两人是在同一个泥坑里踩过似的，因为他们沾上的是完全相同颜色的污泥斑点。

这时候突然有一个念头在达尔大尼央的头脑中闪过。这个花白头发的矮胖子，这个穿着深色衣服、像跟班一样的人，这个被组成押送队的那些佩剑的军人瞧不起的家伙，就是博纳希厄本人！丈夫竟然领着别人去绑架自己的妻子！

达尔大尼央这时真想扑到服饰用品商的身上去掐死他；可是我们已经说过，达尔大尼央是一个很谨慎的小伙子，所以他克制住自己的冲动。不过他的心理活动在脸上显露了出来，吓得博纳希厄想往后退，可是因为他身后恰好是关着的门扉，所以他遇到的这个障碍迫使他不得不仍站在原来的位置上。

“噢，是这样吗！您真会开玩笑，我的正直的朋友，”达尔大尼央说，“我看我的马靴该擦一擦了，您的鞋袜也同样如此。博纳希厄老板，您会不会也是在找女人？啊，真见鬼！这种事对一个像您这样年纪的人来说是不可原谅的，况且您还有一个这样年轻漂亮的妻子。”

“啊！主啊，我可不是在找女人，”博纳希厄说，“昨天我去了圣芒代[①]，去打听一个我绝对少不了的女用人的消息，因为那条路很糟糕，带了些泥浆回来，我还没有来得及擦掉。”

博纳希厄提到的他去的地方，为达尔大尼央的怀疑提供了一个新的证明。博纳希厄刚说的是圣芒代，而圣芒代和圣克卢正好位于两个绝对

①圣芒代，巴黎东面一城镇。

相反的方向。

这种可能性给达尔大尼央带来了第一个安慰。如果博纳希厄知道他的妻子在哪儿，那么只要采用一些极端措施，就可以强迫这个服饰用品商开口，让他把秘密说出来。现在最重要的是怎样证实这种可能性。

“原谅我，亲爱的博纳希厄先生，如果我对您一点也不讲客气，”达尔大尼央说，“可是不睡觉是会教人口渴的，所以我现在渴得要命；请允许我到您家里去喝一杯水；您也知道，这种事在邻居间总是不好拒绝的。”

没有等到房东同意，达尔大尼央便快步走进了他的屋子，他匆匆地往床上扫了一眼。床铺得整整齐齐一点不乱：博纳希厄夜里没有睡过。所以说他回来也不过一两个小时；他把他的妻子送到了押她去的那个地点，或者至少陪送到了第一个调换马匹的驿站。

“谢谢，博纳希厄老板，”达尔大尼央喝完了那杯水以后说，“我要求您的事就是这些。现在我回家去，我要叫普朗歇擦靴子，擦完以后，如果您愿意的话，我就让他到您这儿来替您擦。”

说完他就离开了被这种古怪的告别方式吓得不知所措的服饰用品商，后者心里在嘀咕他自己是不是在作茧自缚。

达尔大尼央走到楼上，看到普朗歇的神情很慌张。

“啊，先生，”普朗歇一看到他的主人便说，“又有了一件怪事，我真希望您赶快回来！”

“究竟是什么事？”达尔大尼央问。

“啊！我让您猜一百次，先生，让您猜一千次，您也猜不出，您不在家的时候，有谁来拜访过？”

“什么时候的事？”

“半个小时以前，您在德·特雷维尔先生府邸的时候。”

“到底是谁来过了？喂，你说吧。”

“德·卡伏瓦先生。”

“德·卡伏瓦先生？”

“是他本人。”

“法座卫队队长？”

“正是他。”

“他是来逮捕我吗？”

“我想是的，先生，尽管他有点儿假客气。”

“你说他假客气？”

“也就是说口头上甜言蜜语，先生。”

“是吗？”

“他说他是法座大人派来的，法座大人对您很有好感，请您跟他到王宫去一趟。”

“你是怎么回答他的？”

“我说这是不可能的，因为您不在家，就像他看到的一样。”

“他又怎么说？”

“他说要您今天一定到他那儿去一次；随后他又压低声音补充说：‘告诉你的主人，法座大人对他非常器重，也许这次会见对他的前程非常有利。’”

“对红衣主教来说，这个圈套真是够笨拙的了，”年轻人微笑着说。

“所以，我看这里面有圈套；于是我回答他说，您回来以后一定会感到非常懊丧的。

“德·卡伏瓦先生问我：‘他到哪儿去了？’

“我回答说，‘他到香槟[1]的特鲁瓦去了。’

“‘他什么时候走的？’

“‘昨天晚上。’”

“普朗歇，我的朋友，”达尔大尼央打断他的话说，“你真是一个不可多得的人啊！”

“您也明白，先生，我心里想，如果您想去见德·卡伏瓦先生，您

---

①香槟，法国东北部古省。包括现在的马恩省、奥布省、上马恩省及阿登省。省会是特鲁瓦。

总是来得及否认我的话的，您只要说您根本没有动身就行了。这样的话，说谎的是我；因为我不是贵族，说说谎也无所谓。”

“放心吧，普朗歇，你能保持你的诚实可靠的好名声的：一刻钟以后我们就动身。”

“这正是我要劝您做的事；我们去哪儿？是不是我有点过分好奇？”

“听好！和你说我要去的地方的方向正相反。我现在急于要知道阿多斯、波尔朵斯和阿拉密斯的情况；你不是也同样急于想知道格里莫、穆斯格东和巴赞的情况吗？”

“是啊，先生，”普朗歇说，“您什么时候想走我就走；我相信眼下外省的空气比巴黎的空气对我们更有利，因此……”

“因此，赶快整理我们的行装吧，普朗歇，然后我们就动身。我呢，我先走，双手插在口袋里，不让别人怀疑我要出门。你然后到卫队队部来和我会合。还有，普朗歇，我相信你对我们房东的看法是有道理的，他的确是个下流透顶的混蛋。”

“啊，先生，我向您说什么事情的时候，请相信我说的；因为我会看相，真的！”

达尔大尼央像说好的那样先下了楼，随后，为了让自己以后不会感到懊悔，他最后又一次到他三个朋友家里去转了一圈，没有他们任何人的消息；只是阿拉密斯那儿收到一封芳香扑鼻、字迹纤细秀丽的信。达尔大尼央拿了这封信。十分钟以后，普朗歇在卫队队部的马棚里见到了达尔大尼央。为了不耽搁时间，已经替他备好了鞍子。

普朗歇把旅行包裹缚在鞍子上，达尔大尼央对他说：

“很好，现在你替我把三匹马也备上鞍子，随后我们就动身。”

“你以为我们各人骑两匹马会走得快些吗？”普朗歇神态狡猾地问。

“当然不是。普朗歇先生，你这个玩笑开得不怎么样，”达尔大尼央回答，“可是我们有了四匹马，我们就可以把我们三个朋友带回来了，如果他们还活着，我们还能找到他们的话。”

“那真是交好运了，”普朗歇回答说，“不过，我们总应该对天主的慈悲抱希望。”

“阿门！”达尔大尼央一边跨上马一边说。

他们两人出了国王卫队的队部，各自向街的相反一端跑去，一个从维莱特门出城，另一个从蒙马特尔门出城，然后在圣德尼门外会合；这个战略措施，被精确地执行，因此取得了良好的效果。达尔大尼央和普朗歇一起进入了皮埃尔菲特[①]。

应该说，普朗歇在白天要比在黑夜里勇敢。

可是他天生的谨慎的性格是片刻也不会改变的；上次旅行时遇到的那些意外他一点也没有忘记，因此他把在大路上遇到的人全都当成敌人了。结果是他不断地把帽子取下来拿在手里，可是这却引起了达尔大尼央的严厉斥责，因为达尔大尼央怕这种过分的礼貌会使别人把他看成一个地位卑微的人的跟班。

然而，也许是行人们被普朗歇这种彬彬有礼的态度感动了，也许是这一次没有人在这个年轻人经过的路上设埋伏，我们这两个旅行者终于平平安安地抵达了尚蒂利，走进了伟大的圣马丁客店，也就是他们上次旅行时歇脚的那一家客店。

客店老板看到年轻人带着一个跟班和两匹备用的马，便恭敬地来到门口迎接。这时候他们已走了十一法里路，达尔大尼央认为不管波尔朵斯在不在这家客店里，他们也应该歇一会儿了。可是他又想到，如果一开口就打听火枪手的事情也许不太适宜。出于这种考虑，达尔大尼央便什么事也不问，只是跳下马来，把牲口都交给他的跟班，走进了一间专门为不喜欢与别人接触的旅客而设的小房间里，向客店老板要了一瓶他店里最好的葡萄酒和一顿尽可能丰盛的午餐；这些吩咐更加强了客店老板第一眼看见他这位顾客时便有的好感。

因此达尔大尼央的午餐马上就准备好了，简直快得出奇。

那时候国王卫队中的卫士都是从王国的第一流贵族中征集来的，达尔大尼央后面跟着一个跟班，带着四匹骏马旅行，尽管他穿的是普通的

---

① 皮埃尔菲特，法国塞纳-圣德尼省城镇，在巴黎北面。

卫士制服，也不能不引起别人的注意。老板想亲自侍候他。达尔大尼央看到这种情况，便叫人拿来两只酒杯，开始进行以下的谈话。

“说真的，我亲爱的老板，”达尔大尼央一边把两只酒杯斟满，一边说，“我向您要的是您的最好的酒，如果您欺骗我，那您就要自作自受了，因为我讨厌一个人喝酒，您来陪我一起喝吧；请拿起这杯酒，我们一起喝。不过，为了不伤害我们任何人的感情，想想我们为什么而干杯呢？我们就为您的客店生意兴隆干杯吧。”

“爵爷阁下真使我感到荣幸之至，”客店老板说，“我真诚地感谢阁下的良好祝愿。”

“不过请别误会，”达尔大尼央还说，“在我的祝愿里面，可能更多的是我的自私的成分，您是不会想到的。因为只有在生意兴隆的客店里旅客才能受到良好的款待，而在那些营业萧条的客店里，一切都乱七八糟，旅客成了倒霉的客店老板的牺牲品。而我呢，经常旅行，尤其在这条路上，所以我希望客店老板个个都能发财。”

“真的，”老板说，“我好像不是第一次有幸见到先生。”

“啊，我在尚蒂利经过也许有十来次了，在这十来次中我至少在您店里住过三四次。瞧，大概在十一二天前，我还到这儿来过呢；我那次是带着我的朋友，几个火枪手一起来的；他们之中有一个还和一个不相识的旅客吵了起来，那个人不知为什么故意找我朋友的岔子。”

“啊，是的，一点也不错！”客店老板说，“我还记得清清楚楚。爵爷跟我谈起的不就是波尔朵斯先生吗？”

“这是我那个旅伴的名字。主啊！我亲爱的老板，请告诉我，他是不是遭到不幸了？”

“不过爵爷应该注意到，他没能继续赶路。”

“的确如此，他曾经答应要追上我们，可是我们后来没能见到他。”

“他赏了我们的面子，留在这儿了。”

“什么！他赏了你们的面子，留在这儿了？”

“是的，先生，在敝店，我们甚至还感到很担心。”

“担心什么？”

“担心他的某些开销。”

“是吗？不过他的开销，他会照付的。”

“啊，先生！您真会说宽心话！我们已经垫上了很多钱，今天早上外科医生还对我们说，如果波尔朵斯先生不付账，他就要向我收钱，因为最早是我派人找他来的。”

“这么说波尔朵斯受伤了？”

“这件事我可不能对您说，先生。”

“什么，这件事您不能对我说？可是这件事您应该比任何人都清楚呀。”

“是的，可是干我们这一行的，不是知道什么便能说什么，先生，尤其是有人预先警告过我们说，如果我们管不住自己的舌头，我们的耳朵便会被割掉！”

“好！我能见见波尔朵斯吗？”

“当然可以，先生。请从楼梯上去，他住在二楼一号房间。不过您得预先通知他是您。”

“什么，我要预先通知他是我？”

“是的，要不您也许会遇到什么意外。”

“你认为我会遇到什么意外？”

“波尔朵斯先生可能会把您当作客店里的什么人；他一生气也许会一剑把您刺个对穿，或者一枪把您的脑袋打开花。”

“你们惹过他了？”

“我们曾经向他收过账。”

“见鬼！我明白了；当他手头没钱的时候，这种要求是他最不能接受的；可是我知道他身边应该有点儿钱。”

“我们原来也是这么想的，先生！我们店有我们的店规；我们每星期结一次账，他住了一个星期我们把账单送交给他，可是我们好像送去得不是时候，因为我们刚一开口谈这件事，他就把我们轰了出来；他上一天赌过钱，这倒是真的。”

“什么，他上一天赌过钱，跟谁赌的？”

“喔，主啊，谁也不知道呢！是一位路过的爵爷，他提议和这位爵爷赌一局朗斯格内[1]。”

“对了！这个倒霉蛋会把一切都输光的。”

“连他的马也输掉了，先生，因为当那位爵爷动身时，我们发现他的跟班把鞍子装在波尔朵斯先生的马上。当时我们就向他提出了这件事，可是他回答我们说我们是多管闲事，说这匹马是他的。我们马上把这件事通知了波尔朵斯先生，可是他回答我们说，我们都是些无赖，怎么能怀疑一个贵族说的话，既然那个人说马是他的，那当然是他的。”

“我一听就知道是他，”达尔大尼央轻声说。

“于是，”老板接着说，“我叫人回答他说，既然在付账问题上看起来我们不能得到统一的看法，我希望他至少能够好心地通融一下，去照顾照顾我的同行金鹰客店的老板；可是波尔朵斯先生回答我说，我的客店是最好的，他希望住下去。

“这个回答听了真是太舒服了，我不能再坚持要他搬走。于是我退一步请求他把他住的那一个房间退还给我，住到四楼一个小巧玲珑的房间里去，因为他现在住的是本店最漂亮的一个房间。可是对这个请求，波尔朵斯回答说，因为他随时都在等候他的情妇光临，她是宫里最显赫的贵妇人之一，我应该明白他现在赏光住着的那个房间对一个那样尊贵的夫人来说还实在是太蹩脚了。

“可是，在我了解了他所说的话的真相以后，我认为我不得不坚持我的决定了。可是他简直不屑和我商量，只是拿出一把手枪放在床头柜上，声称搬家不搬家是他个人私事，与旁人无涉，谁要是胆敢对他提起搬家这件事，不论是搬出本店，还是在店内换房间，只要一开口，他就开枪打碎谁的脑袋。因此，从那时候起，先生，谁也不敢走进他的房间，除了他的跟班。”

---

①朗斯格内，一种纸牌戏。“朗斯格内”原意是指16世纪法国雇用的德国步兵。据说这种牌戏就是他们带到法国来的，故有此名。

“那么，穆斯格东也在这儿？”

“是的，先生，他走了五天以后又回来了，可是脾气非常坏；好像是在旅途中也遇到些什么不顺心的事。不幸的是他比他的主人步履轻健，因此他为了侍候他的主人，把一切都搞得乱七八糟。因为他认为我们也许会拒绝他的要求，所以他干脆想拿什么就拿什么，连问也不问我们了。”

“的确如此，”达尔大尼央回答，“我早就看出穆斯格东是个相当忠心相当聪明的人。”

“这有可能，先生；可是请先生设想一下，我每年只要跟这样的既忠心又聪明的人打上四次交道，我就得破产。”

“不会的，波尔朵斯会付账的。”

“哼！”客店老板不相信地应了一声。

“有一位贵妇人非常喜欢他，她不可能让他为了欠您这么一点小钱而陷入困境的。”

“关于这件事，如果我敢于说出我所相信的……”

“您所相信的？”

“我可以进一步说：我所知道的。”

“您所知道的？”

“甚至是我可以肯定的。”

“您可以肯定什么，嗯？”

“我要说我认识那个贵妇人。”

“您？”

“是的，我。”

“您是怎么认识她的？”

“啊，先生！如果我能相信您不随便说出去……”

“说吧，请相信贵族的信用，您信任我，将来是不会感到后悔的。”

“好，先生，您不难理解，一个人有了忧虑，会做出很多事情来。”

“您做了什么？”

“噢！全是一个债主权力范围之内的事情。”

“究竟是什么事情？”

“波尔朵斯先生把一封写给这位公爵夫人的信交给我们，吩咐我们送到驿站去。他的跟班当时还没有回来。他不能离开房间，不得不差我们替他跑跑腿。”

“后来呢？”

“驿站送信经常是靠不住的，所以我没有把信送往驿站，而是趁我店里一个伙计到巴黎去时，把信交给他吩咐他把信交给公爵夫人本人。这是为了满足波尔朵斯的心愿，因为他为了这封信曾对我们千叮嘱万关照，非常郑重，所以我们这样做了，对不对？”

“差不多。”

“好吧！先生，您知道这位贵妇人是怎么样的？”

“不知道；我只是听波尔朵斯谈起过，别的就不知道了。”

“您知不知道这位所谓的公爵夫人是怎么样的？”

“我再一次对您说，我不认识她。”

“她是夏特莱[①]一位诉讼代理人的上了年纪的妻子，名字叫科克纳尔夫人，至少有五十岁，还硬装作是一个醋劲很大的女人。使我感到非常奇怪的是，这样一位贵妇人怎么会住在狗熊街。”

“您怎么会知道这些事情的？”

“因为她收到这封信时大发雷霆，说波尔朵斯先生朝三暮四，说他这次挨了一剑又是为了女人。”

“这么说他挨了一剑？”

“啊，主啊！我说了什么啦？”

“您刚才说波尔朵斯挨了一剑。”

“是的；可是他曾严厉地禁止我谈这件事！”

“为什么？”

---

① 夏特莱，巴黎有两个要塞叫大小夏特莱；大夏特莱在塞纳河右岸，从中世纪到法国大革命，一直是法兰西王国的主要刑事审判机构所在地，也是王室大法官的办公处。小夏特莱在塞纳河左岸，充当监狱之用。

“哎哟，先生！您那天不是走了，让他和一个不相干的人吵架吗？他自吹要把那个人一剑刺个对穿，可是事实恰恰相反，尽管他吹得天花乱坠，他却被那个陌生人摆平在地上了。可是，波尔朵斯先生是个很要面子的人，他不愿意向任何人承认他挨了一剑，但是公爵夫人除外，因为他认为她听了他的冒险故事一定会感兴趣。”

“那么，是这一剑使他待在床上，动弹不得的？”

“这一剑相当厉害，我向您保证。您朋友的命一定硬得很，才没有死。”

“您当时也在场？”

“先生，我因为很好奇，所以也跟着去了；所以我看到了这场决斗，不过决斗的人没有看见我。”

“经过情形是怎么样的？”

“啊！时间并不长，我向您保证。他们都做出了防守的架势，那个陌生人先做了个假动作随后向前冲去；他的动作非常迅速，所以当波尔朵斯先生想招架时，剑尖已经刺进他的胸脯有三寸深。他向后倒下去，那个陌生人立即用剑尖顶住他的喉咙。波尔朵斯先生眼看已不能抵抗，便向他的对手承认自己输了。这时陌生人问他叫什么名字，当他听到他叫波尔朵斯先生而不是叫达尔大尼央先生时，便向他伸出胳膊，扶他回客店，随后骑上马走了。”

“这么说，陌生人要找的是达尔大尼央？”

“好像是的。”

“您知道他的下落吗？”

“不知道；在那以前我从来没有见过他，在那以后我也没有再见到过他。”

“很好；我想知道的全知道了。现在，您说波尔朵斯的房间在二楼一号？”

“是的，先生，本店最好的房间；我已经有十次机会可以把它租出去。”

“好啦！放心吧，”达尔大尼央笑着说，“波尔朵斯会用科克纳尔公爵夫人的钱付您的账的。”

“啊，先生！是诉讼代理人夫人还是公爵夫人，都没有关系，只要她肯解开她钱袋上的带子，可是她确曾回答过，她对波尔朵斯先生的一再要求和不忠实已经厌烦，她连一个子儿也不愿再送给他了。”

“您有没有把这个回答告诉您的房客？”

“这一点我们是很小心的，不会对他说；否则他会看出我们是用什么办法替他送信的。”

“所以他一直在等她寄钱来，是吗？”

“啊，主啊，是这么回事！昨天他还写了信呢；不过这一次是他的跟班把信送到驿站去的。”

“您说那位诉讼代理人夫人又老又丑！”

“至少五十岁，先生，一点也谈不上漂亮，这是我的伙计帕托说的。”

“如果是这样，您就放心吧！她的心会软下来的；再说波尔朵斯也欠不了您多少钱。”

“什么！欠不了多少钱！已经欠了二十来个皮斯托尔了，还不算医生的诊疗费用呢。啊，他什么都不能少！哼，看得出他是享福享惯了的。”

“好吧，如果他的情妇扔下他不管，他还有朋友呢，我可以向您担保。所以，我亲爱的老板，您大可以放心，继续关心他，凡是他需要的东西都给他。”

“先生已经答应过我，别向他提到诉讼代理人夫人，也别提他的伤口。”

“这件事已经讲好，相信我的诺言吧。”

“啊，否则他会杀了我的！”

“别怕；他外表凶狠，其实并不坏。”

达尔大尼央一边在说这两句话，一边在登上楼梯；留在楼下的老板对他很注重的两件东西都稍许安心了些： 债权和性命。

走到楼梯上面，达尔大尼央看到过道里最显眼的一扇门上用黑墨水写着一个巨大的“1”字；达尔大尼央敲了一下门，里面的人叫他走开，他却走了进去。

波尔朵斯躺在床上，正在和穆斯格东玩朗斯格内消遣，一只串着竹鸡的铁叉在炉火前转动，在大壁炉两边的两个角落里，各有一个上面放着一只锅子的小火盆，锅子里的东西在沸腾，从里面传出使人垂涎欲滴的白葡萄酒烩兔肉和鱼汤的味道。此外，一张写字台和一只柜子的大理石贴面上放满了喝空了的酒瓶。

波尔朵斯一看见自己的朋友，就高兴地大叫一声；穆斯格东也恭恭敬敬地站了起来，把位子让给达尔大尼央，随后走过去看看那只锅子，他似乎看得非常专心。

“啊，见鬼，是您啊！”波尔朵斯对达尔大尼央说，“欢迎光临，请原谅我不能起来欢迎您。可是，”他不安地看了看达尔大尼央接着说，“您知道我遇到了什么事吗？”

“不知道。”

“客店老板什么也没有对您说吗？”

“我问了问您住在哪个房间就直接上来了。”

波尔朵斯的呼吸似乎自然了些。

“您究竟遇到什么事了，我亲爱的波尔朵斯？”达尔大尼央接着说。

“我遇到的事是这样的：我已经刺了我对手三剑，正冲过去想用第四剑把他刺死时，我踩在一块石头上一滑，把膝盖扭伤了。”

“是吗？”

“当然是真的！算那个混蛋交运，因为我本来可以当场把他杀死的，我向您保证。”

“后来他怎样了？”

“啊，我一无所知；他也受够了，他什么也没有说便溜之大吉；可是您，我亲爱的达尔大尼央，您的事情怎么样了？”

“就因为这个扭伤，”达尔大尼央接着问，“把您留在床上了？”

“啊，主啊！是的，就是这么回事；不过，再过几天我就可以起床了。”

“那您为什么不叫人把您送回巴黎？您待在这儿一定闷死了。”

“我本来是打算这么办的；可是，我亲爱的朋友，我不得不向您承认一件事情。”

“什么事情？”

“是这样，因为我实在闷得无聊，就像您说的那样，口袋里又装着您分给我的七十五个皮斯托尔，所以我为了散散心，把一位路过这儿的贵族请了上来，提出要跟他玩骰子。他同意了，可是，天啊，我口袋里的七十五个皮斯托尔全部进了他的口袋，还没有把我那匹被他一起赢去的马计算在内。不过您呢，我亲爱的达尔大尼央？”

“有什么办法呢，我亲爱的波尔朵斯，一个人不能处处都交好运，”达尔大尼央说，“您知道有这句谚语：赌场失意，情场得意。由于您在情场上总是左右逢源，所以您在赌场上的手气就不会好了。不过损失些钱财对您来说没有什么大不了！像您这样一个交上桃花运的小伙子，你的公爵夫人肯定会来拉您一把的，是吗？”

“对呀！我亲爱的达尔大尼央，”波尔朵斯用天下最潇洒的神气来回答，“就因为我在赌场上倒了霉，所以我写信给她，要她寄五十个路易给我；由于我目前的处境，这笔钱是省不了的。”

“后来呢？”

“后来！她大概到她的领地去了，因为她连封回信也没有给我。”

“是吗？”

“是呀，所以我昨天又给她写了第二封信，口气比第一封信更加迫切；不过现在您来了，我亲爱的朋友，我们来谈谈您吧。我承认，我已经在开始为您担心了。”

“可是看来您的客店老板对您招待得很好，我亲爱的波尔朵斯，”达尔大尼央一边说，一边对病人指着两只满满的锅子和那些空酒瓶。

“凑合着过吧！”波尔朵斯回答说，“三四天以前那个不懂礼貌的家伙把他的账单交给我，我把他的账单和他一起都赶了出去，所以我现在就像是一个战胜者、一个占领者那样住在这儿。因此，您也看到了，我总是害怕在阵地上受到攻击，整天不离开武器。”

“不过，”达尔大尼央笑着说，“我好像觉得您还不时地出击。”

他指指那些空酒瓶和炉子上的锅子。

“不幸的是这些都不是我干的！”波尔朵斯说，“这个可恶的扭伤把我困在床上，不过穆斯格东可以去打游击，可以带些粮食回来。穆斯格东，我的朋友，”波尔朵斯接着说，“您看我们来了增援部队，我们的给养也得增加。”

“穆斯格东，”达尔大尼央说，“您一定得帮我一个忙。”

“什么忙，先生？”

“把您的烹调法教给普朗歇；我也可能有一天遭到围困，如果他能用您伺候您主人的同样方法来使我得到享受，我是不会感到不满意的。”

“天啊！”穆斯格东神情谦虚地说，“没有再容易的事了，只要手脚灵活就行，没有别的了。我原来是在乡下长大的，我父亲空闲时是个偷猎者。”

“那么在其余时间里他干些什么？”

“先生，他从事一种我始终认为相当幸运的行当。”

“什么行当呢？”

“天主教派和胡格诺派作战的那些年头，他看见了天主教徒灭绝胡格诺教徒，胡格诺教徒灭绝天主教徒，这一切都是以宗教的名义，于是他为自己造了一种混合的宗教，这就使他有时候是天主教徒，有时候是胡格诺教徒。因此他经常肩扛着他那支喇叭口火枪在小路旁边的篱笆后面散步；他看到走过来一个单身的天主教徒，胡格诺派的宗教观念马上在他的脑子里占了上风；他就拿下他的火枪，向来人瞄准；随后，当来人离他只有十步远时，他就开始进行对话，对话的结果差不多总是来人扔下钱袋逃命。当然不用说，如果过来的是一个胡格诺教徒，他便觉得浑身燃烧起强烈的天主教的热情，因此连自己也不明白，仅仅在一刻钟之前，他怎么能对我们神圣的宗教的优越性产生怀疑。因为我，先生，我是个天主教徒，我父亲忠于他的原则，他让我的哥哥做了胡格诺教徒。”

“这位可尊敬的人的最后结局是怎样的？”

“啊，结局非常悲惨，先生。一天，他在一条低凹的道路上和以前他曾打过交道的一个胡格诺教徒和一个天主教徒狭路相逢，他们两人都认得他，所以他们两人联合起来对付他，把他吊死在一棵树上，随后他们到附近一个村子的小酒店里把他们的丰功伟绩大吹大擂了一通，正巧我的哥哥和我也在那个小酒店里喝酒。”

“那你们怎么办呢？”达尔大尼央问。

“我们听任他们说下去，”穆斯格东接着说，“后来，他们出了小酒店，各自走向一条相反的道路，于是我哥哥去埋伏在那个天主教徒走的道路边，我去埋伏在那个新教徒走的道路旁。两个小时以后，一切都结束了，我们分别和他们算清了账，同时也赞叹我们可怜的父亲富有远见；他早已有所提防，使我们两人各信一个不同的宗教。”

“如果照您所说，穆斯格东，您的父亲的确是一条相当聪明的汉子；您刚才说这个正直的人在空闲的时候是个偷猎者，是吗？”

“是的，先生，他教会了我打捕兔子的活扣和安放沉入水底的钓丝。因此我看到我们那位坏蛋客店老板给我们吃的是一大堆粗人吃的、对我们这两个肠胃虚弱的人极为不相宜的肥肉，我就又悄悄地干起我的老行当来了。我一边在亲王先生的树林里散步，一边在一些有兔子出没的踪迹的地方放下一些活扣，有时候躺在亲王殿下的湖边，在水下放线钓鱼。所以现在，感谢天主，先生可以证明，我们不缺少竹鸡和野兔、鲤鱼和鳗鱼，还有各种适宜于病人吃的容易消化和营养丰富的食物。”

“可是葡萄酒呢，”达尔大尼央问，“谁供应葡萄酒？你们的客店老板吗？”

“也可以说是，也可以说不是。”

“这话怎么说？”

“不错，是他供应的，可是他并不知道他有这份荣幸。”

“请您说清楚，穆斯格东；跟您谈话大有教益。”

“是这样的，先生。由于偶然的机会，我在各地游历时遇见过一个西班牙人，他曾经到过很多国家，其中有新大陆。”

“新大陆和写字台以及柜子上的酒瓶子有什么关系？”

“请耐心一点，先生，每一样东西都会轮到的。”

“是的，穆斯格东；我相信您，我听您说。”

“那个西班牙人有一个陪他一起去墨西哥旅行过的跟班。这个跟班是我的同乡人；我们很快便成为好朋友，特别是因为我们的性格很相像。我们两人对打猎的喜爱超过了一切，因此他告诉了我，潘帕斯①里的那些当地土著如何用简单的套索猎取老虎和野牛，他们只是在绳子的末端打一个活结扔向那些可怕的野兽，套住它们的脖子。起先，我根本不相信人的技巧能达到如此出神入化的程度，能够在二三十步以外随心所欲地想把活结扔到哪儿就扔到哪儿；可是在活生生的证据前面，我也不能不承认他的故事的真实性了：我的朋友把一个酒瓶放在相距三十步以外，他扔出去的活结每次都套住瓶颈。我也开始用心做这种练习，因为我生来就具有某些才能，所以我今天扔起套索来不比世上任何人差。怎么样，您明白了吧？我们的客店老板有一个地窖，里面藏酒丰富，可是地窖门的钥匙他从不离身；只不过那个地窖有个通风窗口。所以我就往那个窗口里扔套索；现在我已知道哪个角落有好酒，我就往那儿扔我的套索。喏，先生，新大陆跟写字台上以及柜子上的酒瓶的关系就在于此。现在您可愿意尝尝我们的葡萄酒，然后公正地说说您对它的评价？”

“谢谢，我的朋友，谢谢；遗憾的是我刚才吃过午饭。”

“好吧！”波尔朵斯说，“摆桌子！穆斯格东；在我们吃午饭时，达尔大尼央可以把他离开我们十天以来的情形告诉我们。”

“非常愿意，”达尔大尼央说。

波尔朵斯和穆斯格东开始吃午饭了，胃口就像已开始恢复健康的人那样好；他们的兄弟般的友谊是在患难中建立起来的。达尔大尼央叙述

---

①潘帕斯，原意为没有树林的大草原。一般指阿根廷中、东部的大草原，面积76万平方公里；冬温夏热，雨量丰富。

了受了伤的阿拉密斯怎样不得不留在克雷沃克尔休养；他怎样把阿多斯留在亚眠，让他去和四个诬陷他是伪造货币犯的人较量；还有他本人达尔大尼央又是如何不得不刺倒了德·瓦尔德伯爵后，从他的肚子上跨过去，然后到了英国。

不过达尔大尼央的知心话讲到这儿就停住了；他只是说他从英国回来时带回了四匹骏马，其中一匹他自己骑，他的伙伴各得一匹；随后他告诉波尔朵斯，他的一匹已经安置在旅店的马棚里了。

这时候普朗歇走了进来，他告诉他的主人说马儿已经得到了足够的休息，赶到克莱蒙[1]去过夜是可能的。

达尔大尼央这时对波尔朵斯几乎已经放心了，他还急于知道他另外两个朋友的消息。他把手伸向这个养伤的人，告诉他说自己要动身去继续寻找，并打算以后仍从原路返回；假使七八天以后波尔朵斯仍住在伟大的圣马丁客店，那么他会在回来时接他一起回巴黎。

波尔朵斯回答说，他的扭伤不太可能容许他在这段时间内离开这儿；再说，他还得留在尚蒂利等待他的公爵夫人的回信。

达尔大尼央祝他很快便会得到使他满意的回信；然后，他再次嘱咐穆斯格东要好好照顾波尔朵斯，并且和客店老板结清了账以后，又重新带着普朗歇上路了；这时普朗歇手中牵的马已经少了一匹。

第二十六章
阿拉密斯的论文

达尔大尼央对波尔朵斯只字不提他的伤口和诉讼代理人夫人。我们的这个贝亚恩小伙子虽然年轻，却非常聪明，所以凡是他那个高傲的火枪手朋友讲的话他都装作相信。因为他深信揭穿别人的秘密肯定无助于保持友谊，尤其是那种与自尊心有关的秘密。再说如果我们知道某

---

①克莱蒙，法国瓦兹省城市，在巴黎北面。

些人的私事，那么我们总是在精神上对他们有些优越感。达尔大尼央在他为了未来的种种秘密策划中，决定把他的三个伙伴作为自己取得成功的工具，所以如果他能预先把那三条可以帮助他牵住他们的无形的绳索一起抓在手里，他是不会感到不高兴的。

可是一路上却有一种深沉的悲哀压在他的心头；他在想念那个应该对他的忠诚作些奖励的年轻漂亮的博纳希厄太太。可是我们应当赶快说明，年轻人心中的悲痛情绪，大部分来自于担心这个可怜的女人遭到不幸，只有小部分来自于对失去的幸福的懊丧。在他看来，她无疑成了红衣主教复仇的牺牲品，而谁都知道，法座的那些报复手段是非常可怕的。他怎么会得到首相的青睐，这是他自己一无所知的；也许德·卡伏瓦先生本来会替他解开这个谜，如果这位卫队队长在他家里找到了他的话。

最能使时间在不知不觉中消逝并使路程缩短的，莫过于沉湎于把一个在沉思的人的全身所有官能都吸引住的思想之中。在这种时候，一个人的外表像是在睡觉，而他的思想就成了梦幻。由于受了这种影响，时间没有了尺度，空间失去了距离。从某处出发，后来又抵达另一个地方，仅此而已。至于中间所经过的地方，在您的记忆中只不过一片迷雾；而树木、山峦、风景等成千上万的模糊的景象都在这片迷雾中消失了。这时候的达尔大尼央就沉浸在这种幻觉之中，听任他的坐骑驮着他，信步由缰地走完了从尚蒂利到克雷沃克尔之间的七八法里路，在走到这个镇口时，他一点也记不起在这段路程中他曾经遇到过些什么。

一直到这时他才恢复了记忆力，他晃了晃脑袋，发现了那家他当初把阿拉密斯留在那里的小酒店，他催马小跑起来，一直跑到小酒店门前停下。

这一次接待他的不是老板而是老板娘；达尔大尼央很会看面相，他朝那个小酒店老板娘的喜滋滋的胖脸蛋扫了一眼，就知道了他不必对她隐瞒什么，对一张如此喜气洋洋的笑脸，他根本用不到害怕。

“好心的太太，”达尔大尼央问她，“十一二天以前，我们不得不把一位朋友留在这儿了。您能不能告诉我一些关于他的情况。”

“是不是一个二十三四岁的温柔、和蔼、强壮的年轻人？”

“是的。”

“他肩上还受了伤，是吗？”

“完全对！”

“好，先生，他一直在这儿。”

“老天啊，亲爱的太太，”达尔大尼央一边下马，把缰绳扔在普朗歇的胳膊上，一边说，“您真是救了我的命了；这个亲爱的阿拉密斯，他在哪儿？我要拥抱他。因为，说真的，我急于要见到他。”

“很抱歉，先生；可是我怕他现在不能接待您。”

“为什么不能接待我？是不是有一个女人和他在一起？”

“耶稣！您在说些什么啊！可怜的小伙子！不！先生，没有女人和他在一起。”

“那跟谁在一起？”

“跟蒙迪迪埃①的本堂神父，还有亚眠的耶稣会②修道院院长在一起。”

“主啊！”达尔大尼央大声说，“可怜的小伙子，是不是他的身体更糟了？”

“不，先生，恰恰相反；可是在这场病以后，他蒙受了天主的恩宠，决定出家做神父。”

“是啊，”达尔大尼央说，“我已经忘了他做火枪手不过是暂时的。”

“先生还是一定要见他吗？”

“我更想见他了。”

“好吧，先生只要从院子右边的楼梯走上去就行，他在三楼五号房间。”

达尔大尼央往老板娘所指的方向跑过去，找到了一座建在屋外的楼

---

①蒙迪迪埃，法国北部索姆省城市。

②耶稣会，一名“耶稣连队”，天主教修会之一。1534 年由西班牙人依纳爵·罗沃拉创立于巴黎，是 16 世纪天主教会反对欧洲宗教改革运动的主要集团。

梯，这种楼梯我们今天在一些古老的客店的院子里还能见到。可是要想就这样进入那位未来的神父的房间是不可能的，因为通往阿拉密斯房间的通道，正好像阿尔米德[①]的花园那样被守着。巴赞站在走廊里挡住了他。巴赞在经受了多少年的艰苦考验以后，终于看到自己快要得到他日夜盼望的结果，所以他显得格外坚决勇敢。

事实的确如此，可怜的巴赞的梦想始终是要为一个教会人士服务，所以他一直在焦急地等着有朝一日阿拉密斯扔下他的火枪手的外套，换上教士的长袍。据巴赞说，他现在服侍一个火枪手免不了要丧失灵魂，只是因为年轻的主人每天都在答应他出家做神父的日子不会再拖延了，所以他才留下来的。

因此巴赞乐得心花怒放。根据所有情况判断，这一次他的主人是不可能再食言了。肉体的痛苦加上精神的痛苦产生了他期望已久的效果；阿拉密斯在肉体和精神上同时受到了创伤，终于把眼睛和思想都落到了宗教上，他把最近遇到的双重意外，也就是他的情妇的突然失踪和肩膀上的剑伤，看作是上天给他的警告。

我们知道了巴赞目前的境况，就会懂得为什么达尔大尼央的到来是他最最不愿意看到的了。他的主人长久以来一直被卷在世俗观念的漩涡之中，现在达尔大尼央一来，很可能重新把他的主人扔进漩涡中去。所以他勇敢地决定要把门守住；可是因为客店的老板娘已经出卖了他，他不可能再说阿拉密斯不在这儿，只得试着对这位新来的客人证明，他的主人从清晨开始，就在和人开始讨论种种有关宗教信仰的问题，而且在他看来，这种讨论在黄昏降临以前不会结束，所以在这时候去打扰他的主人是非常不知趣的。

可是达尔大尼央对巴赞滔滔不绝的雄辩根本不加理睬，而且他也不想去和他朋友的跟班进行一场争论，只是简单地一只手把他推开，另一

---

①阿尔米德，意大利诗人塔索（1544—1595）的代表作《被解放的耶路撒冷》中的回教徒魔女。她为了阻止一个名叫里纳尔多的勇士参加十字军，施用魔法把他拘禁在她的花园之中。

只手转动了五号房门上的圆把手。

门开了，达尔大尼央走进了房间。

阿拉密斯穿着一件宽大的黑罩衫，头戴一顶很像教士圆帽的平顶圆便帽。他坐在一张上面堆满了一卷卷的纸和一本本对开本的大书的长桌子前面。在他右首坐着的是耶稣会修道院院长，左首坐着的是蒙迪迪埃的本堂神父。窗幔似遮非遮，透进来的光线充满神秘气氛，适合于虔诚的沉思。一个年轻人，特别是一个年轻的火枪手的房间，可能引起我们注意的所有那些世俗的东西，全都像变戏法似的失踪了。这肯定是因为巴赞害怕主人看到这些东西会重新产生世俗的念头，所以拿走了他的剑，他的手枪，他的插有羽毛的帽子和各种各样的花边和绣饰。

可是代替这些的是，达尔大尼央相信在一个阴暗的角落里，看见有一条像苦鞭①似的东西挂在墙上的钉子上。

听见开门的声音，阿拉密斯抬起头来，认出了他的朋友。可是使达尔大尼央感到诧异莫名的是，他的出现并没有对阿拉密斯产生多大的影响，因为这个火枪手的精神世界已经和世俗的东西格格不入了。

“您好，亲爱的达尔大尼央，”阿拉密斯说，“请相信，我看到您有多么高兴啊。”

“我也是，”达尔大尼央说，“虽然我还不能肯定我这是在跟阿拉密斯本人讲话。”

“是我，我的朋友，是我；不过是谁使您产生这样的怀疑的呢？……”

“我怕我走错了房间，我起先以为我走进了哪一位教士的屋子呢，后来又看见这两位先生陪着您，使我又产生了一个错误的想法：会不会您病情危急。”

那两个穿黑袍的人领会了达尔大尼央的意思，都向达尔大尼央恶狠狠地瞪了一眼；不过达尔大尼央并没有放在心上。

“我可能打扰了您，我亲爱的阿拉密斯，”达尔大尼央接着说，

---

①苦鞭，基督教徒用来自行鞭笞以赎罪的工具。

“因为根据我看到的，我还是认为您在向这两位先生忏悔呢。”

阿拉密斯的脸微微红了起来。

“您，打扰我？啊！恰恰相反，我向您发誓，亲爱的朋友；作为对我所说的话的证明，请允许我为看到您安全健康而感到高兴。”

“啊，他总算清醒过来了！”达尔大尼央想，“还不算太坏。”

“因为这位先生是我的朋友，刚刚逃脱了一个非常严重的危险，”阿拉密斯十分热情地向两位神职人员指着达尔大尼央说。

“请赞美天主吧，先生，”这两位教士同时躬身说。

“我没有忘记这一点，两位神父，”年轻人一边回礼一边回答。

“您来得正是时候，亲爱的达尔大尼央，”阿拉密斯说，“您也可以参加我们的讨论，用您的真知灼见来启发我们的讨论。亚眠的院长先生，蒙迪迪埃的本堂神父先生和我，我们正在讨论我们早已在关注的某些神学问题；如果能听到您的意见，我将感到非常高兴。”

“一个军人的意见是无足轻重的，”达尔大尼央说，他有点担心事态的发展方向，“请相信我，您可以信任这两位先生的学识。”

两位穿黑袍的人也行了礼。

“恰恰相反，”阿拉密斯接着说，“您的意见对我们来说是很宝贵的。现在的问题是：院长先生认为我的论文应该完全符合教义，并且应该有丰富的教育意义。”

“您的论文！这么说，您在写论文！”

“当然，”那个耶稣会会士说，“对授任圣职前的审查来说，一篇论文是必不可少的。”

“授任圣职！”达尔大尼央叫了起来，他当时还不能相信老板娘和巴赞先后对他说过的话，“授任圣职！”

他用吃惊的眼光先后看看面前的三个人。

阿拉密斯继续说下去，他坐在扶手椅里，姿态优雅得就像坐在一位贵妇人的小客厅里，一边还举着他的一只像女人那样的白皙而丰满的手，让里面的血液往下流，一边满意地欣赏着；他接着说：

“噢，您已经听到了，达尔大尼央，院长先生希望我的论文符合教义，而我本人则希望它能符合理想。所以院长先生向我提出了这个从来还没有人研究过的题目，我承认对这个题目可以大加发挥。题目是：Utraque manus in benedicendo clericis inferioribus necesseria est．”①

达尔大尼央的博学我们是知道的；不久前，德·特雷维尔先生以为他接受了白金汉公爵的礼物时曾背过一句拉丁文的诗，他当时连眉头也没有皱一下，这一次他的反应也不比上次大。

“这句话的意思是，”阿拉密斯为了给他一些方便，接着说，“下级教士在祝福时，一定要用两只手。”

“值得赞赏的题目！”耶稣会会士高声说。

“既值得赞赏，又符合教义！”本堂神父跟着说；他对拉丁文方面的知识和达尔大尼央不相上下，他时时刻刻注意着耶稣会会士的一举一动，以便和他步调一致，并如同回声似的重复了一遍他的话。

至于达尔大尼央，他对两个穿黑长袍的人的激动情绪完全无动于衷。

“是的，值得赞叹！Prorsus admirabile！”②阿拉密斯继续说，“可是这需要对教父③们和《圣经》都要有很深刻的研究。我已经向这两位学识渊博的教士承认，而且是极其谦恭地承认，由于值班守夜以及为国王效劳，使我在研究方面有所忽略。因此用我自己选中的题目，我一定会觉得自在得多，也会觉得 facilius natans④，这个题目当然也属于神学方面的难题，就像在哲学上，伦理学属于形而上学一样。”

达尔大尼央感到非常厌烦，本堂神父也是如此。

“看看这是怎样一个开场白！”耶稣会会士大声说。

“Exordium，”⑤本堂神父认为自己应该说点什么，他用拉丁文重复了一遍耶稣会会士的话。

---

①拉丁文，意思是：下级教士在祝福时，一定要用两只手。

②拉丁文，意思是：真正值得赞赏！

③教父，基督教中指在神学上具有权威的早期作家(约 2 世纪至 12 世纪间)。

④拉丁文，意思是：挥洒自如。

⑤拉丁文，意思是：开场白。

“Quemadmodum inter coelorum immensitatem．”[①]

阿拉密斯向旁边的达尔大尼央瞥了一眼，看到他的朋友正在张着大嘴打呵欠。

“我们说法语吧，神父，”他对耶稣会会士说，“达尔大尼央先生就能够更好地领会我们的谈话。”

“是的，我赶路赶得很累，”达尔大尼央说，“所有这些拉丁文我都理解不了。”

“好吧，”耶稣会会士不太愉快地说，本堂神父却感到很高兴，用感激的眼光向达尔大尼央望了一眼，“现在，请看看从这个注释中能得出什么结论。”

“摩西[②]，天主的仆人……请您听清楚了，他仅仅是仆人！摩西用双手祝福；因为在希伯来人攻打他们的敌人时，他教人扶着他的两条胳膊[③]；因此，他用双手祝福。而且，《福音书》中说的是：Imponite manus...，而不是 manum...意思是把您的双手放在……而不是把您的手放在……”

“把您的双手放在……”本堂神父做着手势再一次说。

“可是对历代教皇都是他的继承人的圣彼得[④]来说就不一样了，”耶稣会会士继续说，“Porrige digitos，意思是‘伸出你的手指头’；您现在明白了吗？”

“当然，”阿拉密斯高兴地说，“不过意思很微妙。”

“手指头！”耶稣会会士接着说，“圣彼得用手指头祝福，那么教

---

①拉丁文，意思是：就像在辽阔的天空中。

②摩西，《圣经》故事中犹太人的古代领袖。他率领希伯来人脱离在埃及的被奴役生活。他过红海，抵西奈山，在那里传授上帝刻在两块石板上的十诫，命希伯来人遵守，率希伯来人在西奈半岛飘流约 40 年未能进入迦南，后指定约书亚为继承人；卒于纳波山上。

③摩西派约书亚去与亚玛力人交战。他自己拿着神杖，站在山顶上。只要他举着双手，以色列人定会获胜。他举手举累时，由亚伦和户珥在两旁扶着他的两条手臂。此事详见《旧约·出埃及记》第 17 章。

④圣彼得，《圣经》中耶稣十二门徒之一，据《使徒行传》载，耶稣死后，他为众使徒之首，集众门徒接受圣灵，建立教会。

皇也是用手指祝福；不过他用几个手指头祝福呢？用三个；一个代表圣父，一个代表圣子，一个代表圣灵。”

所有人都在胸口划了个十字；达尔大尼央认为他应该随俗，也跟着做了一遍。

“教皇是圣彼得的继承人，代表三种神权；其余的人，教士等级中的 Ordines inferiores① 都是以大天使和天使的名义祝福。地位最低的神职人员，比如说副祭和圣器室管理人，都用圣水刷祝福，刷子便代表无数祝福的手指头。这样一来题目就变得简单了，Arguementum omni denudatum ornamento②，用这个题目，”耶稣会会士接着说，“我将写出这样大小的两本书。”

说到这儿，耶稣会会士兴奋地拍了拍那本对开本的、重得把桌子也压弯了的《圣克里索斯托③集》。

达尔大尼央打了个哆嗦。

“当然，”阿拉密斯说，“我肯定这个题目相当精彩，可是同时我也承认对我来说它的分量太重。我已经选好了这个题目：‘Non inutile est desiderium in oblatione’④，或者说‘对世俗稍有留恋并不妨碍事奉天主’，亲爱的达尔大尼央，请告诉我，这是不是合乎您的口味？”

“别说了！”耶稣会会士叫了起来，“因为这个题目有点接近异端邪说，在异端邪说的鼻祖詹森⑤所写的《奥古斯丁书》中，就有一种说法几乎和您的相同，他的书迟早要被刽子手的手烧掉。当心啊，我年轻的朋友，您偏离正道，接近了伪学说；我年轻的朋友，您要把自己毁了！”

“您要把自己毁了！”本堂神父痛苦地摇摇头说。

---

①拉丁文，意思是：下级教士。

②拉丁文，意思是：没有任何修饰的论证。

③圣克里索斯托(349—407)，古基督教希腊教父。本名约翰，又名金嘴约翰。著作很多。大多是宣传教义的讲稿和《圣经》注释。参见本书第 214 页注①。

④拉丁文，意思即下面一句话。

⑤詹森(1585—1638)，荷兰天主教反正统派神学家，被称为詹森主义创始人。1628 年开始撰写《奥古斯丁书》，该书在他死后由其友人于 1640 年出版，被当时教皇乌尔班八世通谕列入禁书目录。他的教派后被罗马教皇判为异端。

"您触及了自由意志这个著名的论点，它是一种致命的暗礁。您和贝拉基[①]派和半贝拉基派的邪说有了直接关系。"

"可是，我尊敬的神父……"阿拉密斯回答，面对像雹子般落在他头上的论据，有点儿不知所措了。

"您怎么能证明，"耶稣会会士不等他讲下去便抢着说，"人在事奉天主时应该对世俗有所留恋？请听听这个两难推理吧：天主是天主，世俗是魔鬼。留恋世俗就是留恋魔鬼，这就是我的结论。"

"这也是我的结论，"本堂神父说。

"发发慈悲吧！……"阿拉密斯接着说。

"Desideras diabolum[②]，不幸的人啊！"耶稣会会士说。

"他留恋魔鬼！啊，我的年轻朋友，"本堂神父叹着气说，"请别留恋魔鬼，我求您了！"

达尔大尼央目瞪口呆发了傻；他好像进入了一座疯人院，自己也快变成他看到的那些疯子一样的疯子了。只不过他根本不懂得他们讲的话，所以只能不开口。

"可是请听我说啊，"阿拉密斯稍许有点儿不耐烦，但是仍然很有礼貌地说，"我没有说我留恋，不，我从来没有说过这句决非正统派说的话……"

耶稣会会士朝天举起了双臂，本堂神父也做出了同样的动作。

"不，但是至少你们应该承认，仅仅把自己完全厌弃的东西奉献给天主，那是太不应该了；达尔大尼央，我说得对不对？"

"我看呀，他妈的对极了，"达尔大尼央说。

本堂神父和耶稣会会士从椅子上蹦了起来。

"下面是我的出发点，是一种三段论法：世俗不缺乏吸引力，我离

---

① 贝拉基（约360—约430），古代基督教神学家。他认为人生来本无罪，始祖亚当个人犯罪与全人类无关，行善或作恶都取决于各人的自由意志，等等。这些教义与奥古斯丁的学说针锋相对，为此曾多次遭到正统教会的贬责，被迫潜居耶路撒冷。

② 拉丁文，意思是：你留恋魔鬼。

开了世俗，因此我作出了奉献；《圣经》上确实说过：向天主作出奉献。”

“这倒是真的，”两个对手说。

“而且，”阿拉密斯继续说，一边像刚才抖动手掌让它变白一样捏着耳朵让它变红，“而且，我还为此作过一首回旋诗[1]，去年我曾经给瓦蒂尔[2]先生看过，这位大人物看了后备加赞赏。”

“一首回旋诗！”耶稣会会士不屑地说。

“一首回旋诗！”本堂神父机械地跟着重复了一遍。

“念出来吧，念出来吧，”达尔大尼央叫了起来，“这会改变一下我们的气氛。”

“不会的，因为这是一首宗教小诗，”阿拉密斯回答，“是诗体的神学。”

“见鬼！”达尔大尼央说。

“下面就是，”阿拉密斯用谦虚中带着点虚伪的口气说。

哭泣的你呀，在哀悼充满魅力的过去，
你在不幸中苦苦地捱着时光，
如果你的眼泪只奉献给天主，
你的所有不幸都将化为乌有，
哭泣的你呀！

达尔大尼央和本堂神父显得有点儿高兴。耶稣会会士还是坚持他的看法。

“在神学作品的文体中您千万要防止世俗的趣味。圣奥古斯丁是怎么说的？Severus sit clericorum Sermo[3]。”

---

① 回旋诗，16 世纪法国的流行诗体，形式固定，每小节五行，第一句诗的头一个词或头几个词与最后一句重复。

② 瓦蒂尔(1597—1648)，法国诗人；法兰西学院院士，以写纤巧的情诗和谄媚的书信出名。

③ 拉丁文，意思是：神职人员的说教应该严肃。

“是的，说教应该清楚明白！”本堂神父说。

“然而，”耶稣会会士看到他的追随者弄错了，连忙打断他的话说，“然而，那些贵妇人看了您的论文会感到高兴，仅此而已；它会得到像帕特吕[①]先生的一篇辩护词那样的成功。”

“但愿如此！”阿拉密斯兴奋地说。

“您看，”耶稣会会士叫了起来，“世俗还在您心中大声说话，altissimâ voce。[②]您跟着世俗走，我的年轻朋友，我担心圣宠是没有用处了。”

“放心吧，我尊敬的神父，我为我自己负责。”

“世俗的自负啊！”

“我了解我自己，神父，我的决心是不可改变的。”

“那么您坚持要继续写您那篇论文？”

“我感到我受到召唤来探讨的是这个题目，而不是别的题目。因此我要继续完成它；我将根据你们的意见修改这篇论文，我希望明天你们会对这些修改感到满意。”

“慢慢地干吧，”本堂神父说，“我们把您留在最佳的精神状态中。”

“是啊，地上已经播满了种子，”耶稣会会士说，“我们不用害怕一部分种子掉在石头上，另一部分落在路边，天上的飞鸟吃了剩下的，aves coeli comederunt illam.”[③]

“但愿瘟疫把你和你的拉丁文一起闷死！”达尔大尼央说，他感到自己已经精疲力竭了。

“再见吧，我的儿子，”本堂神父说，“明天见。”

“明天见，鲁莽的年轻人，”耶稣会会士说，“您答应成为教会之光[④]；但愿上天别让您的这种光成为一种毁灭性的大火！”

---

①帕特吕(1604—1681)，法国律师，以雄辩的口才著名。

②拉丁文，意思是：以最大的声音。

③拉丁文，意思是：天上的飞鸟吃了剩下的。

④教会之光，指教会里的出类拔萃的人物。

达尔大尼央一个小时以来厌烦得一直在啃手指甲，现在开始啃手指了。

两个穿黑袍的人站起来，向阿拉密斯和达尔大尼央行了个礼，随后向门口走去。巴赞一直站在门口，带着虔诚的愉快心情听完了这场辩论，这时赶快迎上前去，从本堂神父手里接过日课经，从耶稣会会士手里接过弥撒经，然后恭恭敬敬地走在他们前面替他们带路。

阿拉密斯一直把他们送到楼下，又立刻上楼来到还在沉思默想的达尔大尼央身旁。

现在只剩下两个人了，一开始这一对朋友都感到有些尴尬，没有说话；然而总得有个人首先打破这种冷场，而达尔大尼央似乎已经下决心要把这种荣幸留给他的朋友。

"您看见了吧，"阿拉密斯说，"我又回到我原有的想法上来了。"

"是的，就像那位先生刚才说的，灵验的圣宠感动了您。"

"啊，这个出家的计划早已有了，您已经听我谈起过，朋友，是不是？"

"当然，不过老实对您说吧，我原来还以为您是在开玩笑呢！"

"拿这样的事开玩笑！啊！达尔大尼央！"

"是啊！人不是常拿死开玩笑吗？"

"那是不对的，达尔大尼央，因为死是把人引向永罚或者永福的门户。"

"我同意；不过请原谅，我们别再谈什么神学了，阿拉密斯；您今天谈神学已经谈得够多了，至于我，我本来也识不了几个拉丁字，现在也几乎全都忘了；此外，我还不得不向您承认，从今天早晨十点起，我就没有吃过东西，我真要饿死了。"

"我们马上就吃，亲爱的朋友；不过您要记得今天是星期五[①]；在这样一个日子里，我既不能看见肉，也不能吃肉。如果您愿意吃我的

---

① 基督教有大斋、小斋两种虔修方式。小斋意为"节制己身"，天主教正教一般规定每星期五不食肉。

饭，我只有烧熟的番杏[①]和水果。”

“您说的番杏是什么？”达尔大尼央担心地问。

“是菠菜，”阿拉密斯接着说，“不过，我另外给您加几个鸡蛋，这已经严重违反教规了，因为鸡蛋可以孵小鸡，也是肉。”

“这样的筵席没有什么味儿，不过也没有关系；为了跟您待在一起，我也认了。”

“我感谢您肯作这样的牺牲，”阿拉密斯说，“不过，即使这对您的肉体没有好处，请相信，这对您的灵魂是有益的。”

“这么说，阿拉密斯，您是肯定要进入教会了。我们的朋友们会怎么说呢？德·特雷维尔先生会怎么说呢？我告诉您，他们会把您当成开小差的。”

“我这不是进入教会，而是回到教会，从前我是为了世俗而从教会逃出来的，因为您知道我是出于无奈才穿上火枪手的外套的。”

“我，我不知道。”

“您不知道我是怎样离开修道院的？”

“我一点也不知道。”

“现在我来说说我的故事；而且《圣经》上也说过：你们要相互忏悔；达尔大尼央，我现在就向您忏悔。”

“我呢，我事先就赦免您的罪，您看得出我是个好心人。”

“请别拿神圣的事情开玩笑，我的朋友。”

“那就请说吧，我听着。”

“我从九岁起就进了修道院，再有三天满二十岁，就要当神父了，一切都安排好了。那天晚上，我按照习惯到我经常很乐意去的一户人家——当时我还年轻，有什么办法呢，我还很软弱——有一个总是用嫉妒的眼光望着我、把圣徒的传记[②]念给女主人听的军官未经通报突然

---

①番杏，一年生草本；茎圆，叶三角形，花黄，果实棱形有角。原产澳大利亚、东南亚和智利；嫩茎叶可作蔬菜。又名“夏菠菜”。

②中世纪最著名的圣徒传记是意大利多明我会修士雅各·德·沃拉吉纳（约1228—1298）编写的。

闯了进来。碰巧那天晚上我翻译了一段关于犹滴[1]的小故事，刚把译好的诗朗诵给那位女主人听，她就对我百般赞扬，俯在我的肩上和我一起念。我承认我们当时的姿势是有点儿放肆，因此伤了那个军官的自尊心。他什么也没有说，可是当我出门以后，他也跟在后面出来，并且赶上了我。

“‘教士先生，’他说，‘您想挨几棍子吗？’

“‘这很难说，先生，’我回答，‘因为从来没有人敢打我。’

“‘好吧，请听我说，神父先生，如果您再回到我今晚在那儿遇到您的人家去，我呀，我就敢打你。’

“我相信我害怕了，我脸色变得煞白，我感到我快站不稳了，我想找话回答，但是找不到，当时我一声不吭。

“那个军官在等我回答，看到我始终没有开口，他就放声大笑，转过身去，回到那个人家去了。我回到了修道院。

“我是个出身名门的贵族。而且正像您已经能够看到的；我血气方刚，亲爱的达尔大尼央，这种侮辱是可怕的。尽管这个侮辱世界上谁也不知道，但我总觉得它活在我的心中，还在活动着。于是我向我的院长声称，我对授任神职一事还没有做好充分准备；根据我的要求，院长把我的圣职授任礼延迟一年。

“我去找了巴黎最好的剑术老师，我和他讲好条件，每天一次剑术课，一连上了一年。我受侮辱已经有一周年了，我把我的教士长袍挂在一枚钉子上，穿上全套骑士服装，去参加我的一个熟悉的贵夫人举行的舞会；我知道我那个对头也会去。那是在靠近福尔斯监狱[2]的自由民街上。

“果然，那个军官在那儿；我走近他，他那时正含情脉脉地望着一

① 犹滴，古代传说中的犹太女英雄，深夜潜入敌阵，牺牲自己的色相，智取敌将之头，因而使犹太军民大胜，全以色列民族齐声歌颂犹滴。《圣经》的次经中有一卷叫《犹滴传》，作者不详，就是叙述她拯救祖国的事迹。

② 福尔斯监狱，位于巴黎马莱区。原系囚禁经济罪犯的监狱，18 世纪末法国资产阶级大革命后改为政治犯监狱。1850 年被毁。

个女人，一面在唱一首情歌，我在他唱第二段正当中的时候打断了他。

“‘先生，’我对他说，‘您是不是讨厌我回到帕叶纳街上的那所房子里去？如果我起了不服从您的念头，您还想打我几棍子吗？’

“军官惊奇地对我望望，随后说：

“‘先生，您想干什么？我并不认识您。’

“‘我是，’我回答说，‘念圣徒的传记和把犹滴的故事翻译成诗的小教士。’

“‘啊！啊！我记起来了，’军官用嘲笑的口吻说，‘您想干什么？’

“‘我希望您有空和我出去散步。’

“‘如果您真想这样，我很乐意，明天早上吧。’

“‘不要明天早上，请马上就去吧。’

“‘如果您坚持……’

“‘是的，我坚持。’

“‘那我们就出去吧，’军官说，‘各位夫人请放心，我只需要一点儿时间把这位先生宰了便回来把最后一段唱完。’

“我们出去了。

“我把他带到帕叶纳街，就是一年以前，一小时不多一小时不少，他对我讲过我已经告诉您的那些恭维话的地点。那天晚上月光明亮，我们拔剑相向，我一个冲刺便把他杀死了。”

“见鬼！”达尔大尼央说。

“不过，”阿拉密斯接着说，“因为那些夫人小姐不见歌唱家回来，后来又有人发现他被刺死在帕叶纳街，所以就有人想到是我把他搞成这样子的。这件事闹得满城风雨。所以我不得不暂时脱下教士服。我就是在那时认识了阿多斯，而波尔朵斯在我上剑术课之余，还教了我几下绝招；是他们两人使我下决心加入了火枪队。我父亲是在围攻阿腊斯[①]的战役中阵亡的，国王很喜欢他，便批准了我的要求。所以您应该

---

①阿腊斯，法国北部加来海峡省省会。1640 年路易十三从西班牙人手中夺回该城。

懂得，今天是我回到教会中去的时候了。”

“为什么是今天，而不是昨天或者明天呢？今天您遇到了什么事情？是谁给您出了这样的馊主意？”

“是这道伤口，我亲爱的达尔大尼央，这道伤口是上天对我的警告。”

“这道伤口？算了吧！它已经快痊愈了，而且我可以肯定，在今天使您最感痛苦的根本不是这道伤口。”

“那是什么呢？”阿拉密斯问，他的脸红了。

“您的心上有一道伤口，阿拉密斯，一道更加严重，更加血淋淋的伤口，一个被一个女人刺伤的伤口。”

阿拉密斯的眼睛不由得亮了一亮。

“啊！”他装作不在意地强忍着心中的激动说，“请别谈这些事情了；我，我怎么会去想这些事情，会因为失恋而伤心？Vanitas vanitatum！[①]依您看，我是神魂颠倒了吗？是为了谁呢？难道是为了我在队部驻地追求的一个缝衣女工或者女用人吗？呸！”

“请原谅，我亲爱的阿拉密斯。不过我相信您的眼界要比这高一些。”

“要比这高一些？我是什么人？会有这么大的野心？我不过是一个默默无闻的穷火枪手，讨厌种种束缚，和这个社会格格不入！”

“阿拉密斯，阿拉密斯！”达尔大尼央带着一种怀疑的神情看着他的朋友，一边叫了起来。

“我是尘土，我回到尘土之中去。人生充满了屈辱和痛苦，”他继续说，神色变得越来越忧郁，“所有把人生和幸福联系起来的线都在人类的手中一根根地断了，尤其是那些金线。啊，我亲爱的达尔大尼央，”阿拉密斯说，声音中透露出他内心的辛酸，“请相信我，一旦您也有了创口，要把它好好掩藏起来。沉默是不幸的人的最后的快乐，别让任何人知道您的痛苦的伤痕；好奇的人会吮吸我们的眼泪，就像苍蝇

① 拉丁文，意思是：虚空的虚空。见《圣经·旧约·传道书》第1章。

吮吸一头受伤的鹿的血一样。”

“唉，我亲爱的阿拉密斯，”达尔大尼央也深深地叹了一口气说，“您刚才讲的也是我的故事。”

“什么？”

“是的，一个我心爱的、我崇拜的女人，刚被人绑架走了。我不知道她现在在哪儿，也不知道她被弄到何处去了；她也许被囚禁着，也许已经死了。”

“不过您至少还可以有这个安慰，您能对自己说她并不是自愿离开您的；如果您得不到她的消息，那是因为一切和您联系的办法都禁止她使用，而……”

“而什么？……”

“没有什么，”阿拉密斯接着说，“没有什么。”

“这么说，您要永远告别尘世；主意已经打定，决心不能改变了？”

“永远告别。今天您是我的朋友，明天您对我来说不过是个影子；甚至可以说您将不再存在。至于尘世，那只不过是一座坟墓而不是别的。”

“见鬼！您说得有多凄惨啊。”

“有什么办法呢！我的天职在召唤我，它要带我走。”

达尔大尼央微微一笑，没有回答。阿拉密斯接着说：

“可是，在我还在尘世时，我想和您谈谈您，谈谈我们的朋友。”

“而我呢，”达尔大尼央说，“我本来想和您谈谈您，可是我看到您对什么都不在乎了，对爱情，您说‘呸！’还说朋友是影子，尘世是坟墓。”

“唉！您将来自己也会看到的，”阿拉密斯叹了一口气说。

“我们就别再谈了吧，”达尔大尼央说，“让我们把这封信烧了吧，这封信肯定会告诉您一些关于您的缝衣女工和女用人对您不忠实的消息。”

“什么信？”阿拉密斯迫不及待地叫了起来。

“一封在您离家以后送到您家里的信，有人交给我，要我带给您。”

“这封信是谁写来的?”

“是某个伤心的女用人，某个绝望的缝衣女工写来的吧；也许是德·谢弗勒兹夫人的使女写来的吧，她不得不跟着她的女主人回图尔了，而且为了故作风雅，她使用带香味的信纸，还在封蜡上盖上了公爵夫人的纹章的印模。”

“您在说些什么呀?”

“啊哟！我可能把那封信给搞丢了！”达尔大尼央狡猾地说，一面装作在寻找，“幸好尘世是坟墓，人，当然女人也在内，是影子，爱情也只是一种被您‘呸！’的一声唾弃掉了的情感。”

“啊，达尔大尼央！达尔大尼央！”阿拉密斯叫道，“您这可要我的命了！”

“唷！总算找到了！”达尔大尼央说。

说着，他从口袋里拿出那封信。

阿拉密斯跳过去把信抓过来，打开后便迫不及待地看了起来。他脸上露出了喜色。

“看来那个女用人文才很好，”带信来的人阴阳怪气地说。

“谢谢，达尔大尼央！”阿拉密斯叫道，他高兴得差不多快疯了，“她是没有办法才回图尔去的；她没有欺骗我，她始终是爱我的。来，我的朋友，来，让我拥抱你；我幸福得透不过气来了！”

两个朋友开始绕着可敬的圣克里索斯托的集子跳起舞来了。一页页的论文掉在地板上，他们用力地在上面践踏着。

这时候，巴赞端着菠菜和炒鸡蛋进来了。

“滚开，你这个倒霉蛋！”阿拉密斯把自己头上的无边圆帽向他的脸上扔去，“回到你来的地方去，把这些可怕的蔬菜和讨厌的炒鸡蛋快端回去！去要一盆嵌猪油的野兔肉、一只肥阉鸡、一盆大蒜煨羊腿和四瓶勃艮第[1]陈年葡萄酒。”

---

① 勃艮第，法国东部古省，包括现在的科多尔省，索恩-卢瓦尔省及罗讷河以东地区。

巴赞瞧着他的主人，对这样的突然变化感到莫名其妙，忧伤地听任手里端着的炒鸡蛋掉进了菠菜里，菠菜滑到了地板上。

“现在是把您的存在献给王中之王①的时候了，”达尔大尼央说，“如果您一定要向他表示一下礼貌，那么 Non inutile desiderium in oblatione。”②

“跟您的拉丁文一同见鬼去吧！我亲爱的达尔大尼央，我们一起来喝酒，该死的！满上就喝，喝了再满；同时请把那边发生的事儿讲些给我听听。”

第二十七章
阿多斯的妻子

“现在只剩下阿多斯的情况要知道了，”达尔大尼央把他们离开以后在首都发生的事情告诉了精神振奋的阿拉密斯以后说；美酒佳肴已经使他们一个忘了论文，另一个忘了疲劳。

“难道您认为他遭到了不幸？”阿拉密斯问，“阿多斯非常冷静，非常勇敢；他的剑又使得好。”

“是的，当然是这样，而且没有人比我更清楚阿多斯有多么艺高胆大的了；可是我宁愿我的剑碰上长矛也不愿碰上棍子。所以我担心阿多斯别挨了奴仆们的打，奴仆们打起来下手是很重的，而且一打起来就不肯罢手。因此我老实对您说，我想我还是越早动身越好。”

“我争取陪您去，”阿拉密斯说，“虽然我觉得我还不能骑马。昨天，我曾经试用过您看见挂在墙上的那条苦鞭，可是我觉得痛得难以忍受，不得不停止了这种虔诚的练习。”

“所以我亲爱的朋友，我们谁也没有见过用鞭打来治疗枪伤的。不

① 指上帝。
② 拉丁文，意思是：对世俗有所留恋并不妨碍事奉天主。

过您病了，病人的脑袋不好使，我原谅您。”

“您什么时候动身？”

“明天拂晓；今天晚上您好好休息，明天如果您能行，我们就一起动身。”

“那么明天见，”阿拉密斯说，“因为尽管您是铁打的，您也需要休息。”

第二天，达尔大尼央走进阿拉密斯房间时，看到他正站在窗前。

“您往那边看什么啊？”达尔大尼央问。

“是啊！我在欣赏马厩里的小马夫牵着的三匹骏马；能够骑在这样漂亮的牲口上旅行，一定会快活得像王子一样。”

“好吧，我亲爱的阿拉密斯，您就让自己享受一下这样的乐趣吧，因为这三匹马中有一匹是您的。”

“真的吗，哪一匹？”

“三匹随您挑一匹；我全都一样喜欢。”

“盖在马身上的华丽的马衣也是我的？”

“当然。”

“您是在开玩笑，达尔大尼央。”

“从您开始讲法语起，我就没有再开过玩笑。”

“这两只系在马鞍两旁的涂金的手枪套，这条天鹅绒的马衣，这副镶银的马鞍，都是我的了？”

“都是您的，就像那匹在用前蹄踢蹬的马是我的，另一匹在打转的马是阿多斯的一样。”

“天啊！三匹都是了不起的好马。”

“能得到您的赞赏我非常高兴。”

“这份礼物是国王送给您的吗？”

“可以肯定不是红衣主教送的；可是您别去管它们是从哪儿来的，只要想想三匹中有一匹是属于您的就行了。”

“我就要那个红头发小马夫牵着的那匹。”

“太好了！”

“伟大的主啊！”阿拉密斯嚷道，“这样一来我剩下的病痛也一扫而光了；哪怕我身上挨了三十颗枪子儿我也会骑上去的。啊，以我的灵魂起誓，多漂亮的鞍镫！喂，巴赞，到这儿来，马上就来！”

巴赞闷闷不乐、没精打采地出现在门口。

“擦亮我的剑，整整我的毡帽，刷刷我的披风，在我的手枪里装上弹药！”阿拉密斯说。

“最后一件事情可以免了，”达尔大尼央打断他的话说，“在您马鞍旁的枪套里已经有装上弹药的手枪。”

巴赞叹了一口气。

“喂，巴赞师傅，请放心吧，”达尔大尼央说，“随便干哪一行的人都可以进天国。”

“我的主人已经是个很像样的神学家了！”巴赞说，他几乎要哭出来了，“他会当上主教，说不定还会当上红衣主教。”

“嗯，我可怜的巴赞，好吧，稍许考虑考虑；请问，做神职人员又有什么用？他们也免不了要去打仗；你看得很清楚，红衣主教就要头戴头盔，手握长槊去打第一仗了。还有德·诺加莱·德·拉瓦莱特[①]，你对他怎么看的？他也是红衣主教，你不妨去问问他的跟班，他曾替他的主人包扎过多少次伤口。”

“唉！”巴赞叹了一口气说，“这我知道，先生，今天世界上的一切都乱套了。”

这时候，两个年轻人和这个可怜的跟班都已经走到了楼下。

“替我稳住马镫，巴赞，”阿拉密斯说。

阿拉密斯像过去一样用他矫捷优美的姿势跳上了马鞍，可是那匹高贵的坐骑打了几个转，还腾跃了几下，使它的骑士感到了难以忍受的痛苦，他的脸色顿时发白，身子也摇晃起来了。达尔大尼央事先就知道可

---

①德·诺加莱·德·拉瓦莱特（1593—1639），法国图卢兹大主教，1621年升任红衣主教。1628年辞去大主教职务，从事军人职业，黎塞留使他当上安茹省省长，后担任进攻德国、意大利的法军指挥官。他效忠黎塞留到了卑躬屈节的地步。

能会发生这种意外，所以一直在注意着他；这时立即冲上前去，把他抱住，送回到他的房间去。

“好了，我亲爱的阿拉密斯，您好好养伤，”他说，“让我一个人去找阿多斯吧！”

“您是铁打的，”阿拉密斯对他说。

“不，我只是运气好而已；可是在我离开您期间您怎么打发日子呢？不再为手指头和祝福做注释了吧，嗯？”

阿拉密斯微微一笑。

“我要写些诗，”他说。

“好啊，做些像德·谢弗勒兹夫人的女用人的信一样香气扑鼻的诗吧；讲些诗律学给巴赞听听，这能使他得到安慰。至于那匹马，您每天都可以稍微骑上一会儿，但时间别太长；这样您就可以恢复您骑马的习惯了。”

“啊，这方面您可以放心，”阿拉密斯说，“您回来时一定会看到我已经准备好跟您走了。”

他们相互告别，十分钟以后，达尔大尼央在再三叮嘱巴赞和老板娘要好好照顾他的朋友以后，便策马向亚眠驰去。

他怎样才能找到阿多斯呢？他还能找到他吗？

他离开阿多斯时阿多斯所处的情况是很危险的；阿多斯很可能抵挡不住，被打死了。这个念头使他脸色阴沉，叹了几口气，还使他轻轻地咕噜了几句复仇的誓言。在他所有的朋友之中，阿多斯的年龄最大，在趣味和爱好方面跟他又很不一样。

可是他对这位贵族的敬重是显而易见的。阿多斯的高贵而优雅的气派，那种从他自愿隐蔽在其中的阴影里不时放射出的崇高心灵的光芒，那种使他成为世界上最容易相处的人的永不改变的心平气和的性格，那种虽然有点儿勉强却带着辛辣味儿的快乐情绪，那种如果不是出于他的最非凡出众的镇静就会被人当作盲目的愚勇，所有这些优点在达尔大尼央身上引起的感情已经超过了尊敬和友谊，而是赞赏和仰慕了。

德·特雷维尔先生在宫廷中可以算是个风度翩翩的高贵人物，可是阿多斯若是在他心情愉快的日子里，还是可以把前者比下去的。阿多斯中等身材，可是体态健壮，四肢匀称，所以在和波尔朵斯的摔跤中，不止一次地使体力在火枪手中众口交誉的巨人波尔朵斯甘拜下风。他的炯炯有神的目光，挺直的鼻子，线条酷似布鲁图[①]的下巴，使他的头部具有一种难以描绘的威严而优雅的特征。他那双从不修饰的双手使花了好大力气用杏仁膏和香油来保养双手的阿拉密斯自叹勿如。他的嗓音既深沉有力而又和谐悦耳，最后在这个总是不声不响、事事谦逊的阿多斯身上，还有些难以形容的优点，那就是他对人情世故和最显赫的上流社会的习俗的深刻了解，以及在他的一举一动中不自觉地流露出来的大家风度。

如果是一场宴会，阿多斯会安排得比任何上流社会的人来得周到，他能使每个宾客坐在与他的祖先或者他自己的社会地位相适合的位子上。如果谈到有关纹章方面的学问，阿多斯熟悉全法国所有的名门望族，他们的世系，他们的姻亲关系，他们的家徽和他们家徽的渊源。没有什么宫廷礼仪的细枝末节他不熟悉，他知道大领主有多少权利，他对如何进行犬猎和鹰猎了如指掌，所以有一天他在谈起这门了不起的本事时，连在这方面被认为是大师的路易十三国王也不免大吃一惊。

就像那个时代所有的大贵族一样，他对马术和使用各种武器样样精通。而且他在年轻时学习就很用功，甚至那个时代的贵族很少关注的经院式的课程他也决不忽视，所以他经常对阿拉密斯说出来的、波尔朵斯装作懂得的那些拉丁文的片言只语付之一笑。甚至有两三次，当阿拉密斯说拉丁文时漏出几个属于基本语法的错误时，他还替阿拉密斯纠正了动词的时间和名词的格，使他的朋友们大为惊讶。此外，他的正直也是无可指摘的；尽管在那个世纪，军人们

---

① 布鲁图(前85—前42)，古罗马奴隶主，贵族派政治家。公元前44年3月刺死罗马独裁者恺撒的密谋集团的领袖。

对宗教和良心并不认真对待，情夫也不会像今天这样一丝不苟，穷人也很少遵守“摩西十诫”①中的第七诫。所以阿多斯是个出类拔萃的人物。

然而，我们却看到这个天性如此高贵、这个体魄如此强健、这个本质如此高雅的人，却在不知不觉中转向了物质生活，就像老年人在精神和肉体两方面都转向愚钝一样。阿多斯在他潦倒的日子里，而且这种日子是经常有的，他身上的发光部分全部熄灭了，他的光芒四射的这一方面如同被淹没在深沉的黑夜之中了。

每逢这种时候，半神消失了，剩下的只是一个普通的人。他耷拉着脑袋，两眼无光，说话迟钝而费劲；他经常久久地注视着他的酒瓶和酒杯，或者注视着他的跟班格里莫。格里莫已经习惯于根据主人示意的动作去做，从主人毫无表情的眼光领会他的最小的愿望，并且立即去满足他。如果四个朋友在这种时候聚集在一起，好不容易说出的一两句话就是阿多斯对谈话作出的全部贡献了。可是，阿多斯喝起酒来却一个人顶得上四个人，这时候他除了比平时更明显地皱着眉头和更加愁闷以外没有什么其他的表情。

我们都知道达尔大尼央是个喜欢寻根刨底、心灵聪慧的人，但是尽管在这件事上他很想满足自己的好奇心，却无法探明阿多斯这种意志消沉的原因，也没有发现在他意志消沉时有什么特殊情况发生。阿多斯从来没有接到过任何人的来信，阿多斯从来也没有做过不让他所有的朋友知道的事情。

也不能说他这种忧愁是喝酒引起的，因为恰恰相反，他喝酒正是为了消愁，可是使用这种方法的结果，就像我们说过的那样，却是借酒浇愁愁更愁。也不能把这种过度忧郁的原因归之于赌钱，因为阿多斯的赌品和波尔朵斯完全不同，波尔朵斯赢了钱就唱歌，输了钱便骂

①“摩西十诫”，据《旧约·出埃及记》载，系上帝在西奈山上亲自授予摩西，作为同以色列人订立的约法。犹太教以此为最高律法；基督教也奉为诫律。十诫中的第七诫为“毋偷盗”。

人；可是阿多斯不论输赢都是一样的无动于衷。有人看见他某天晚上在火枪手俱乐部里赢了一千皮斯托尔，接着又输得精光，还搭上了在盛大节日时使用的绣金腰带，后来又全部赢了回来，还多赢了一百个路易；他那两条清秀的黑眉毛一丝一毫也没有抬高或者降低，他那双带有珠光色泽的手也没有失去一点儿光彩，他那天晚上的愉快谈吐也始终是平静的。

他也不像我们的邻居英国人，英国人因为受气候的影响而脸色阴沉，可是阿多斯的忧愁却通常随着天气变好而格外深沉；六月和七月对阿多斯来说是两个最可怕的月份。

目前他没有什么忧心事，当有人向他谈起未来时，他总是耸耸肩膀，所以他的秘密一定是属于过去的，就像有些人对达尔大尼央泛泛地谈起过的一样。

即使阿多斯在酩酊大醉时，无论别人对他提的问题有多么巧妙，也不能从他的嘴巴里或者眼光里掏出什么来，所以这种充满他全身的神秘色彩，使别人对他更加感到兴趣。

“不过，”达尔大尼央咕噜着说，“可怜的阿多斯，他现在可能已经死了，他是因为我的错误才死的，因为是我把他拖到这件事情中来的，他根本不知道这件事情的起因，将来也不会知道这件事情的结果，而且也不能从中得到什么利益。”

“先生，还有呢，”普朗歇接口说，“我们的性命也许还可以算是他救的呢。您是否还记得他那时曾经叫过：快走，达尔大尼央！我中圈套了。后来在放了两枪以后，他在击剑时发出的叮当声有多么可怕！真像是有二十个人，或者说得更确切些，有二十个怒气冲天的魔鬼在那儿搏斗。”

这些话使达尔大尼央想快些见到阿多斯的心情更加迫切了，于是他用马刺刺他的马；他的马本来就无需他的催促，这时更放开四蹄驮着它的骑士狂奔起来。

上午十一点左右，亚眠已经在望；十一点半，他们来到了那家该死的客店门口。

达尔大尼央经常盘算着要对那个阴险的客店老板好好报复一下；用那些仅仅想到能实现就使人得到安慰的方法对他狠狠地进行报复！因此，他走进客店的时候，把帽子拉得低压在眼睛上面，左手握着剑柄，右手把他的马鞭挥得呼呼直响。

“您还认得我吗？”他对迎上前来向他行礼的老板说。

“我还没有这种荣幸，大人，”老板回答，达尔大尼央携带的华丽的行装使他眼花缭乱，一时恢复不过来。

“啊，您不认识我？”

“不认识，大人。”

“那么，我说两句话就可以使您恢复记忆力。大概在两星期以前，您竟敢控告一位贵族伪造货币；您把那位贵族怎么样了？”

老板脸色发白了，因为达尔大尼央显得一脸凶相，咄咄逼人，而且普朗歇也在学他主人的模样。

“啊！大人，请别提这件事了，”老板大声说，声音显得极其悲痛，“啊！大人，为了这个错误，我花了多大的代价啊！唉，我真是倒霉透了！”

“我问您，这位贵族怎么样了？”

“请听我说，大人，发发慈悲，请开恩坐下吧！”

达尔大尼央因为生气和担心而没有吭声，他坐了下来，脸色威严得像个审判官。普朗歇神气活现地背靠在他坐的扶手椅上。

“事情经过是这样的，大人，”老板抖抖索索地接着说，“现在我已经认出您了；当初我和您提起的那位贵族发生不愉快的纠纷时您已经走了。”

“不错，是我；所以您看得很清楚，如果您不把全部事实告诉我，我是不会饶您的。”

“请听我说吧，您会知道全部事实的。”

“我听着。”

“我得到地方当局的通知，有一个出名的伪造货币的人要和他的几个同党一起来到我的客店里，他们都将乔装改扮成国王卫队卫士或者火枪手；你们的马，你们的跟班，你们各位大人的相貌，都对我描绘过。”

“后来呢？后来呢？”达尔大尼央说，他很快便明白了那些如此正确的体貌特征是从哪儿来的。

“地方当局派了六个人来做我的帮手，我根据地方当局的命令，采取了一些我认为必需的应急措施，以便保证查获那些伪造货币的人。”

“您还这么说！”达尔大尼央说，他听到伪造货币的人这个名称觉得十分刺耳。

“请原谅，大人，请原谅我说了这些话，不过这也是我要为自己辩解的理由。地方当局使我感到害怕，您也知道客店老板不能和地方当局搞坏关系。”

“我要再说一次，这位贵族现在在哪儿？他现在怎么样了？他死了吗？还活着吗？”

“请别急，大人，我们就要讲到了。后来发生了您也知道的事，您的匆匆离开，”老板补充说，他的狡猾用心没有逃过达尔大尼央的眼睛，“使得办这件事更有理由了。这位贵族，您的朋友，拼命地抵抗；没想到他的倒霉的跟班也找碴儿和装扮成马厩小厮的地方当局的人打了起来……”

“啊！混蛋！”达尔大尼央叫了起来，“你们都是串通好的，真不知道我为什么不把你们全部杀光！”

“唉，不是的，大人，我们不是串通好的，您马上就会明白的。先生，您的朋友，请原谅没有用他无疑是很高贵的名字称呼他，不过我们不知道他的名字，您那位先生放了两枪打倒了两个人以后，便挥舞着他的剑边战边退；他把我一个手下刺成了残废，又用剑面一下子把我打得晕了过去。”

“可是，刽子手，你有完没完？”达尔大尼央说，“阿多斯呢，阿多斯怎么样了？”

“就像我对大人说的那样，他边战边退，发现身后是通向酒窖的楼梯，酒窖的门正好开着，他就取下钥匙，退进去后把门关上，守在里边。既然可以肯定他在里边，我们也就随他去了。”

“是的，”达尔大尼央说，“人家并不一定要杀掉他，只要把他关起来就行了。”

“公正的天主啊！把他关起来吗，大人？他是自己把自己关起来了，我向您保证。在这之前他使尽全力拼杀，一个人被他当场杀死，另外两个受了重伤。死去的和受伤的被他们的伙伴抬走了，从此以后我就再也没有听人谈起过他们。我自己在恢复知觉以后去找了省长，把发生的事情向他报告，并问他我应如何对待关在酒窖里的人。可是省长仿佛坠入了五里雾中，他说他根本不知道我在说些什么，那些我接到的命令根本不是他下达的，还说如果我糊里糊涂对任何人说他跟这场殴斗有关，他就要叫人吊死我。看来当初是我搞错了，先生，是我抓错了人，而让该抓的人逃走了。”

“可是阿多斯呢？”达尔大尼央嚷道，他因为地方当局对这件事撒手不管而更加烦躁起来，“阿多斯呢，他怎么样了？”

“当时因为我急于要向被关的人赔罪认错，”客店老板接着说，“就向酒窖走去，想恢复他的自由。啊！先生，他已经不再是人，而是一个魔鬼了。听到我说要放他出来，他声称这是一个对他设下的圈套，要他出来先要答应他提出的条件。我并不讳言由于我抓错了一个国王陛下的火枪手而处境尴尬，所以我非常谦卑地告诉他说我愿意接受他的条件。

“‘首先，’他说，‘要把我的全身武装好的跟班还给我。’

“我们忙不迭地服从了他的吩咐；因为您也明白，先生，我们已经作好准备，您那位朋友想要我们做什么我们就做什么。格里莫先生（虽然他很少讲话，却已报过他的名字），格里莫先生便带着伤到酒窖里去了。他的主人把他接进去以后，又把门堵了起来，命令我们仍旧待在店堂里。”

“可是，”达尔大尼央大声说，“他究竟在哪儿呢？阿多斯在哪儿？”

“在酒窖里，先生。”

“什么，混蛋，您竟然把他一直扣在酒窖里？”

“老天爷行行好吧！不是的，先生。我们把他扣在酒窖里！您这么说是不知道他在酒窖里干了些什么吧？啊！如果您能使他从酒窖里走出来，先生，我一辈子都会感激您，我要把您当作我的主保圣人①那样来崇敬。”

“这么说他在酒窖里？我能在酒窖里找到他？”

“当然，先生；他坚持一定要留在酒窖里。每天我们都用一把大叉子从气窗口把面包递给他，他要肉的时候就递给他肉。可是，唉！他最大的消费还不是面包和肉。有一次我想带着我的两名伙计到酒窖里去，可是他却大发雷霆。我听到他扳动手枪扳机和他的跟班扳动火枪扳机的声音。我们问他们想干什么，主人回答说他和他的跟班一共有四十枪好放；他们宁愿放到最后一枪也不允许我们有一个人踏进酒窖。于是，先生，我去向省长申诉。他回答我说我这是自作自受，说这样可以教训教训我以后别再侮辱在我店里住宿的高贵的老爷们。”

“因此从那个时候起……”达尔大尼央问，他看到他的老板那副可怜相不禁笑了起来。

“因此从那个时候起，先生，”老板继续说下去，“我们过的是世界上所能见到的最最悲惨的日子，因为，先生，您一定也知道，我们所有的食品都存在酒窖里；里面有我们的瓶装葡萄酒，我们的散装葡萄酒，啤酒，油，各种调味品，肥肉和香肠。由于他不让我们进去，我们没法向来到我们这儿的旅客供应吃喝，所以弄得我们客店的买卖天天都亏本。如果您的朋友在我的酒窖里再待上一个月，我们就破产了。”

“活该！坏蛋。您倒是说说看，光凭我们的外貌，难道就看不出我们是上等人而不是伪造货币的人吗？”

“是呀，先生，是呀，您说得对，”老板说，“可是，您听，您听，他又在发脾气了。”

“一定是有人打扰了他，”达尔大尼央说。

“可是没有办法呀，总得打扰他呀，”老板大声说，“刚才我们店

---

① 主保圣人，信奉天主教的国家，常常奉天主教的圣母或圣人为城市、村镇、教堂以及个人的保护者，称为主保圣人。

里来了两位英国贵族。”

“那又怎么样呢？”

“怎么样！您也知道，先生，英国人喜欢喝上等葡萄酒；他们吩咐要最好的。我的妻子一定是去央求阿多斯让她进去，好满足那两个英国人的要求；可是阿多斯先生就是不让进去。哎呀，好心的天主！现在越闹越凶了。”

果然，达尔大尼央听见酒窖那边吵得天翻地覆；他站起身来，由无奈地绞着双手的老板领着，向发生争端的地方走去，后面还跟着拿着装好弹药的短筒火枪的普朗歇。

那两位英国贵族气得七窍生烟，因为他们刚才赶了一段很长的路程，感到饥渴难忍。

“真是蛮横无理，”他们用稍带外国口音的很地道的法语大声说道，“这个疯子不让这些好人喝他们的酒。如果他再这么凶狠，我们就把门撞破；我们要把他杀了。”

“慢点，两位先生！”达尔大尼央从腰带上拔出两把手枪说，“对不起，你们休想杀人。”

“好啊，好啊，”从门后传来阿多斯的平静的声音，“这些假充好汉的人，让他们进来试试，我们等着瞧。”

那两位看上去气壮如牛的英国贵族有点犹豫了，他们相互望望，就像在酒窖里的是一个饥肠辘辘的吃人妖怪，是一个民间传说中的巨人；谁要是侵犯了他的巢穴，都会受到惩罚。

接着寂静了片刻，可是临了两个英国人有点骑虎难下，如果后退又怕被人笑话，其中的一个脾气比较暴躁，走下了通往酒窖的楼梯的五六个梯级，像要把墙踢穿似的朝门上狠狠地踢了一脚。

“普朗歇，”达尔大尼央说，一边扳上两把手枪的扳机，“我负责上面那个，你负责下面那个。喂，两位先生，你们想打一仗吗？那么，来吧！”

“主啊！”阿多斯低沉的声音响了起来，“我好像听到是达尔大尼央的声音。”

“不错！”达尔大尼央也提高了声音说，“是我，我的朋友！”

“啊！好！”阿多斯说，“那就让我们来收拾，这些撞门的家伙！”

那两位英国贵族的剑已经握在手里，可是他们现在被夹在两道火力之间，他们又犹豫了片刻；可是又像上一次一样，他们的傲气占了上风，又向门上踢了一脚，把门踢出了一条从上到下的裂缝。

“你闪开，达尔大尼央；你闪开，”阿多斯叫道，“你闪开，我要放枪了。”

“阿多斯！”达尔大尼央说，他始终是比较理智的，“你先忍耐一下！两位先生，你们好好想想：你们卷进一件糟糕的事情中来了，你们将被打得浑身都是窟窿。我的跟班和我每人都可以放三枪，酒窖里面也可以放三枪；此外我们还有剑，而且我可以向你们保证，我的朋友和我两人的剑术还是不错的。我们双方的事情就由我来安排吧。你们马上会有得喝的，我向你们保证。”

“如果还有剩下的话，”阿多斯用嘲笑的声音咕噜着说。

客店老板觉得有一道冷汗顺着他的脊梁在往下流。

“什么，如果还有剩下的话？”他喃喃地说。

“见鬼！会有剩下的，”达尔大尼央说，“请放心，他们两人是喝不完酒窖里所有的酒的。先生们，把你们的剑插回到剑鞘里去吧。”

“好！您也把您的两把手枪插回到腰带上去。”

“当然可以。”

达尔大尼央首先作出了榜样，随后回过头来示意普朗歇把他的短筒火枪的枪机扳下。

两个英国人被说服了，一边嘴里咕噜着，一边把他们的剑插回剑鞘。有人把阿多斯被关在酒窖里的经过告诉了他们。因为他们是正派的贵族，都说这件事是客店老板做得不对。

“现在，先生们，”达尔大尼央说，“请回到上面你们的房间里去吧；十分钟以后，我保证叫人把你们想要的东西都送到你们的房间里去。”

两个英国人行了个礼，走了。

“现在只剩下我一个人了，亲爱的阿多斯，”达尔大尼央说，“请替我把门打开吧。”

“马上就开，”阿多斯说。

接着便听到一阵响亮的柴捆的磨擦声和大木料的吱嘎声：那是阿多斯的护墙和防御工事，现在由他这个防卫者亲手来拆除了。

一会儿以后，门拉开了，出现了阿多斯的苍白的面孔；他快速地向四周张望了一下。

达尔大尼央跳上去搂住他的脖子亲热地拥抱了他；随后他想把阿多斯拉出这个潮湿的临时住处；这时候他才发现阿多斯的身子有点儿摇晃。

“您受伤了吗？”达尔大尼央问。

“我！一点伤也没有；我是醉得快死过去了，没有别的。在这方面还从来没有人能创造出比我更好的成绩呢。天主万岁，我的老板！我想我一个人至少喝了有一百五十瓶酒！”

“老天啊！”老板嚷道，“即使跟班喝的只有主人的一半，我也破产了！”

“格里莫是个高贵人家训练出来的跟班，他不会允许自己和我吃喝同样的东西；他只喝了些桶里的酒；哟，我相信他忘了塞桶塞子了。您听到了没有？酒还在流呢！”

达尔大尼央哈哈大笑，笑得老板从打冷战变成了发高烧。

就在这时候，格里莫在他主人身后出现了，他肩上扛着短筒火枪，脑袋瓜摇摇晃晃，像鲁本斯[①]画上的那些喝醉了酒的林神[②]。他的全身都沾着粘乎乎的液体，老板认出那是他最上等的橄榄油。

这支队伍穿过店堂，走进了这家客店最好的房间，那是达尔大尼央凭他的权威占下的。

---

①鲁本斯(1577—1640)，佛兰德斯著名画家。他创作的神话、历史、宗教、肖像、风景画、风俗画等作品的构图有气势，色彩丰富，对欧洲绘画的发展有重大影响。

②林神，或音译为“萨提罗斯”。是希腊神话中长有公羊的角、腿和尾巴的半人半山羊怪物，性好欢娱，耽于淫欲。

这时候，老板和老板娘拿着灯冲进已经有好久不准他们进入的酒窖里去了；等待他们的是一个非常凄惨的场面。

阿多斯原来的防御工事是用柴捆、木板和空酒桶根据所有兵法的常规堆筑起来的，他出来的时候在这个工事上打开了一个缺口；老板和老板娘从这个缺口走进去以后，看到这儿那儿都有一些被啃光了肉的火腿骨头浸泡在由葡萄酒和油聚积成的洼塘里；还有一大堆打碎了的酒瓶堆满在酒窖的左角；另外还有一只龙头没有关好的酒桶，正在从那个口子里流出最后几滴血。这种情况就像古代诗人所说的战场上的情况一样：满目疮痍，惨不忍睹。

原来挂在搁栅上的五十串香肠还剩下十串。

这时候，老板夫妇俩的号叫声透过了酒窖的穹顶，连达尔大尼央听了也受到了感动；阿多斯却连头也没有动一动。

可是，随着痛苦而来的是狂怒。老板绝望之余抓起一把烤肉铁扦当作武器，冲进了两个朋友待着的房间里。

“来点儿葡萄酒！”阿多斯看到老板便说。

“来点儿葡萄酒！”惊得发呆的老板说，“来点儿葡萄酒！可是您已经喝了我一百多皮斯托尔的葡萄酒了；我现在已经破产了，完了，一无所有了！”

“得了！”阿多斯说，“我们可是一直都感到口渴得很。”

“如果您只是喝喝也就罢了；可是您还把所有的瓶子都打碎了。”

“是您把我推到那堆瓶子上去的，它们一下子坍下来了；这是您的错。”

“我所有的油也完了！”

“油是涂伤口的良药，可怜的格里莫被你们打伤了，他总得敷药吧。”

“我所有的香肠也被啃完了！”

“酒窖里的耗子多得数不清。”

“这些损失，您要赔我！”老板怒气冲天地叫了起来。

“该死的坏蛋，”阿多斯说着立了起来，可是紧跟着又坐了下去，他的力气刚才已经全部使光了。达尔大尼央举起鞭子过来帮助他。

老板后退了一步，开始号啕大哭。

“这件事可以使您得到些教训，”达尔大尼央说，“对待天主给您送来的客人，您要更加客气一些。”

“天主送来的？应该说是魔鬼送来的！”

“亲爱的朋友，”达尔大尼央说，“如果您还要在我们耳朵边喋喋不休，我们就把我们四个人全都关进您的酒窖里去，好好地去看看这次损失是不是真有您说的那样大。”

“那么好吧，先生们，”老板说，“是我错了，我承认，可是任何错误都是可以得到宽恕的；你们是老爷，而我是一个可怜的客店老板，你们会对我发慈悲的。”

“啊，如果你这样说，”阿多斯说，“你会使我心碎的，眼泪会像酒桶里流出来的葡萄酒那样冒出来。我们并不像看上去那样凶恶。喂，你过来，到这儿来跟我们谈谈。”

老板提心吊胆地走近他们。

“我对你说过来你就过来，别害怕，”阿多斯接着说，“我上次付账的时候，把我的钱袋放在您的桌子上了。”

“是的，大人。”

“这只钱袋里有六十个皮斯托尔，现在钱袋在哪儿？”

“交给法院了，大人；因为当时有人说是伪造的货币。”

“好了，你去把那只钱袋要回来，六十个皮斯托尔就是你的了。”

“可是大人也知道，法院到手的东西是不肯还的。如果是假的倒还有点儿希望；不幸的是那些皮斯托尔都是货真价实的。”

“这件事你去跟法院解决吧，我的好朋友，这与我无关；再说我身上连一个子儿也没有了。”

“喂，”达尔大尼央说，“阿多斯骑来的那匹马在哪儿？”

“在马厩里。”

“它值多少钱？”

“最多值五十个皮斯托尔。”

"它值八十个皮斯托尔；你就拿去吧，这样就一切都解决了。"

"怎么！你卖掉我的马，"阿多斯说，"你卖掉我的巴雅泽？我骑什么去打仗？骑格里莫吗？"

"我给您带来了另外一匹，"达尔大尼央说。

"另外一匹？"

"而且是一匹呱呱叫的好马！"老板大声说。

"好，如果另外一匹更漂亮、更年轻，那就把这匹老的拿去吧；现在让我们来喝酒。"

"哪一种酒？"老板说，他已经心满意足了。

"尽里面，靠近那些木板条子的那一种；还剩下二十五瓶，其余的都在我摔下去时打碎了。把这种酒拿六瓶上来。"

"这家伙真能喝！"老板在一旁自言自语地说，"他要是哪怕再在这儿待上半个月，喝酒付钱，我的买卖就可以恢复了。"

"你也别忘了，"达尔大尼央说，"拿四瓶同样的酒去送给那两位英国贵族。"

"现在，"阿多斯说，"我们等他拿酒来，达尔大尼央，你先把其他人的情况对我说说；快说吧。"

于是达尔大尼央告诉了他怎样找到了因扭伤躺在床上的波尔朵斯，以及被两个神学家夹在中间坐在桌前的阿拉密斯。达尔大尼央刚讲完，老板拿着他们要的六瓶酒进来了，还有一块有幸没有藏在酒窖里的火腿。

"很好，"阿多斯一边说，一边斟满了他自己的和达尔大尼央的酒杯，"我们为波尔朵斯和阿拉密斯喝一杯；可是您呢，我的朋友，您怎么了？您自己遇到了什么事情？我看您的脸色很难看。"

"唉！"达尔大尼央说，"因为我呀，我是我们之中最不幸的一个！"

"你，[①]不幸！达尔大尼央！"阿多斯说，"嗯，你怎么不幸？讲给

---

①法国人一般用代词第二人称复数 vous 称呼对方，表示客气，本书中译为"您"，用代词第二人称单数 tu 称呼对方，本书中译为"你"，主要用于下列范围：在关系密切的人之间；成人对儿童，上级对下级，此处用第二人称复数转为用第二人称单数，是口气由客气转为亲密。

我听听。”

“以后吧，”达尔大尼央说。

“以后！为什么要以后？因为你以为我醉了？达尔大尼央，你要记住：我只有在喝酒时头脑才格外清楚。你说吧，我好好听着。”

于是达尔大尼央把他和博纳希厄太太的事讲给阿多斯听。

阿多斯听他讲完，连眉头也没有皱一下；随后他说：

“这种事算不了什么，算不了什么！”

这是阿多斯常说的一句话。

“您老是说算不了什么，亲爱的阿多斯！”达尔大尼央说，“这句话您说是不适合的，因为您从来也没有爱过。”

阿多斯的眼睛原来是死气沉沉的，这时突然发出了光辉；不过这只不过像是一道闪电，闪电过后，他的眼睛又变得和从前一样黯淡无光了。

“这倒是真的，”他平静地说，“我，我从来没有爱过。”

“那您就应该清楚，像您这样铁石心肠的人，”达尔大尼央说，“不应该对我们这些温柔多情的心肠的人这样生硬。”

“温柔多情的心肠，也就是千疮百孔的心肠，”阿多斯说。

“您说什么？”

“我说爱情是抽签，谁抽到了谁就死！您没有抽中真是太幸运了，请相信我，我亲爱的达尔大尼央。如果我可以对您提个忠告，那就是永远别抽中。”

“她好像是那么爱我！”

“她好像很爱您。”

“啊！她是爱我的。”

“真是个孩子！没有一个男人不像您一样，以为他的情妇是爱他的，可是没有一个男人不被他的情妇欺骗。”

“除了您，阿多斯，您从来不曾有过情妇。”

“这倒是真的，”阿多斯在沉默了片刻以后又说，“我，我，我从来不曾有过情妇。我们喝酒吧。”

“可是，既然您是个哲学家，”达尔大尼央说，“请指点我，支持我；我需要知识和安慰。”

“安慰什么？”

“安慰我的不幸。”

“您的不幸只会引人发笑，”阿多斯耸耸肩膀说，“如果我讲一个爱情故事给您听听，我倒很想知道知道您会说些什么。”

“是您的故事吗？”

“是我的或者是别人的，这无关紧要。”

“讲吧，阿多斯，讲吧。”

“我们喝酒，这样更好些。”

“您边喝边讲吧。”

“是啊，是可以这样，”阿多斯一边干杯一边说，接着又把杯子斟满，“这两件事完全可以同时进行，毫无冲突。”

“我听着，”达尔大尼央说。

阿多斯开始沉思，随着他沉思达尔大尼央发现他脸色越来越白；一般来说，一个人醉到这个程度就会倒下睡大觉了，可是他却没有睡着，而像是在高声说梦话。这种在沉醉中的梦游症多少使人有些害怕。

“您一定要听吗？”他问。

“我请求您讲，”达尔大尼央说。

“那我就不能不从命了。我有一个朋友，我有一个朋友，您听清楚了，不是我，”阿多斯说，同时露出一个阴郁的微笑，“我那个省的，也就是说，贝里省的一位伯爵，就像唐多罗家族①或者蒙莫朗西家族②那么高贵；他在二十五岁时爱上了一个十六岁的美得像天使般的姑娘。在她那妙龄少女的天真烂漫里，却透出一种火热的思想，不是女人的思

---

①唐多罗家族，意大利威尼斯的贵族家族，该家族有人在12世纪和14世纪任威尼斯督治。

②蒙莫朗西家族，法国贵族家族。本书故事发生期间的德·蒙莫朗西公爵(1595—1632)是法国元帅，曾参加历次反对新教徒的战争，后参加反对黎塞留的密谋，在图卢兹判处死刑。

想，而是诗人的思想，她并不想取悦别人，却能使人不知不觉地陶醉；她住在一个小镇上，她哥哥是这个镇上的本堂神父。他们两人都不是本地人，谁也不知道他们来自何方；可是谁都因为看到她长得如此美丽，她的哥哥又如此虔诚，所以没有想起要问问他们的来历；而且据说他们出身高贵。我那位朋友是当地的领主，本来是可以随心所欲地引诱她或者强逼她的，因为他是当地的主宰；谁会来帮助这两个外地来的陌生人呢？不幸的是我那位朋友是个正派人，他娶了她作妻子，真是个笨蛋，傻瓜，白痴！”

“既然他爱她，您为什么要这样说呢？”达尔大尼央问。

“等一会您就明白了，”阿多斯说，“他把她带进他的城堡，使她成了省里的第一夫人；应该替她说句公道话，她的举止完全配得上她的地位。”

“后来呢？”达尔大尼央问。

“后来吗！有一天她和她的丈夫一起去打猎，”阿多斯继续说下去，声音很低，但是说得非常快，“她从马上摔下来，晕过去了，伯爵赶过去救她，发现她被衣服束缚得喘不过气来，于是用他带在身边的匕首割破她的衣服，露出了她赤裸的肩膀。达尔大尼央，您倒是猜猜看她肩膀上有什么东西？”阿多斯讲到这儿竟放声大笑起来。

“我怎么会知道？”达尔大尼央问。

“一朵百合花，”阿多斯说，“她被上过烙刑！”

说到这里，阿多斯一仰脖子，把手里那杯酒一口喝了下去。

“真可怕！”达尔大尼央大声说，“您在对我说些什么啊？”

“这是真的，亲爱的朋友，天使原来是魔鬼。可怜的姑娘做过贼。”

“伯爵怎么办？”

“伯爵是个大贵族，他在他的领地上掌握着低级和高级裁判权[1]，

---

① 低级裁判权指法国古时领主处理一般案件的权力，高级裁判权指领主的生杀大权。

他撕去了伯爵夫人的衣服以后，把她双手绑在背后，吊在一棵树上。”

“天啊！阿多斯！这是凶杀！”达尔大尼央高声说。

“是的，也不过是凶杀而已，”阿多斯说，他的脸白得像死人一样，“不过，好像我的酒不够了。”

说着他抓起剩下的最后一瓶酒的瓶颈，嘴对着瓶口，一口气把那瓶酒喝了个涓滴不剩，就像他用一只普通的杯子干杯一样。

随后他听任他的脑袋倒在他的双手上；被吓坏了的达尔大尼央待在他的面前。

“这件事使我以后不再去想那些漂亮的、富有诗意的和多情的女人了，”阿多斯说着站了起来，他不想再继续讲他的有关那位伯爵的寓言了，“但愿天主也能使您和我一样。让我们喝酒吧！”

“这么说她死了？”达尔大尼央结结巴巴地说。

“当然啦！”阿多斯说，“举起您的杯子来；拿火腿来，混账东西！”阿多斯嚷道，“我们不能再喝了！”

“她的哥哥呢？”达尔大尼央怯生生地问。

“她的哥哥？”阿多斯重复他的话。

“是的，那个教士呢？”

“啊！我曾打听过他的消息，想把他也吊死；可是他抢了先，早一天就离开了他的教堂。”

“至少有人知道这个坏蛋是什么人吧？”

“肯定是那个美人儿的第一个情夫和共谋犯，一个可敬的人，他之所以装作本堂神父也许是为了把他的情妇嫁出去，保证她有个好的前途。我真希望他被四马分尸。”

“啊，主啊！主啊！”达尔大尼央说，他完全被这个骇人听闻的故事吓得昏头昏脑了。

“把这片火腿吃了吧，达尔大尼央，味道很好，”阿多斯一边说着，一边切了一片火腿递到年轻人的盆子里，“多遗憾啊！在酒窖里连四只这样的火腿也没有！否则，我还可以再多喝五十瓶酒。”

这样的谈话达尔大尼央没法再继续忍受下去，否则他真要发疯；他让脑袋垂倒在自己的双手上，装作睡着了。

“今天的年轻人都不会喝酒，”阿多斯用怜悯的眼光看着他说，“不过这一个还算是好样的！……”

第二十八章
归　来

阿多斯这番令人毛骨悚然的知心话使达尔大尼央听了大为震惊；可是在这件只能说揭露出一半真相的事情中，有很多情况他觉得还不清楚。首先，这些话是一个完全醉了的人向一个半醉的人倾吐的；可是，尽管那两三瓶勃艮第葡萄酒造成的醉意把达尔大尼央折腾得迷迷糊糊，第二天早晨他醒来时，阿多斯的每一句话他还记得清清楚楚，就好比那些话一句一句从阿多斯的嘴里掉出来，都铭刻在他的脑子里一样。他仍然怀着的疑问使他产生了一种更加强烈的愿望，就是一定要把事情弄清楚，所以他走进他朋友的房间，下定决心要把昨天的谈话继续下去；不过他看到阿多斯已经完全平静下来了，也就是说又成了一个很精明、很难让人看透的人。

而且，这个火枪手在跟他握过手以后，抢在前面先谈起了他想谈的事。

“昨天我醉得很厉害，亲爱的达尔大尼央，”他说，“今天早上我还感到舌头转动不过来，脉搏跳得非常快；我可以打赌我昨天一定说了很多莫名其妙的胡话。”

在讲这些话时，他直勾勾地盯着他的朋友看，看得对方很不自在。

“没有呀，”达尔大尼央说，“如果我记得不错的话，您只不过说了一些很平常的事。”

“啊！您真让我感到惊奇！我原来以为对您讲过一个非常悲惨的故事。”

接着他便死死地看着达尔大尼央，就像要看到对方心底里去似的。

“说真的！”达尔大尼央说，“昨天我好像醉得比您还厉害，因为我什么也记不起来了。”

阿多斯对这句话不以为然，他接着说：

“您不会不注意到，我亲爱的朋友，每个人醉后的表现都不一样，有的悲伤，有的高兴；而我呢，我是属于前一种类型的。我一喝醉，就把我的傻奶妈灌进我脑子的所有那些伤心的故事讲给别人听；这是我的怪癖，也是我的缺点，主要的缺点，我承认；不过，除此以外，我的酒品很好。”

阿多斯说这番话时态度是那么自然，使得达尔大尼央的信心有些动摇了。

“噢，是的，的确是这样，”达尔大尼央说，他重新又想试图引诱对方说出真相，“确实如此，我记起来了，就像记起做过的一个梦一样，我们谈到过吊死人的事。”

“瞧！您看见了吧？”阿多斯说，他的脸一下子发白了，可是他还试着要笑笑，“我可以肯定，我一做噩梦就看到吊死人。”

“是的，是的，”达尔大尼央接着说，“我现在记起来了；是的，好像……请等等……好像说的是一个女人……”

“您看，”阿多斯回答，他的脸色几乎发青了，“这是那个金发女人的动人故事；每当我讲这个故事时，也就是说我醉得快要死了。”

“不错，是这个故事，”达尔大尼央说，“金发女人，高个子，蓝眼睛，非常漂亮。”

“是的，被吊死了。”

“被她的丈夫吊死了，她的丈夫是您认识的一位领主，”达尔大尼央一边紧紧地盯着阿多斯，一边说。

“嗯！不过您看见了吧，当一个人不太知道自己在说些什么的时候，往往会损害别人，”阿多斯像怜悯自己似的耸了耸肩膀说，“我下决心不再喝醉了，达尔大尼央；这是一种非常恶劣的习惯。”

达尔大尼央没有吭声。

阿多斯接着突然改变了话题。

“噢！”他说，“谢谢您替我带来了那匹马。”

“您中意吗？”达尔大尼央问。

“中意，不过它不是一匹经得起劳累的马。”

“您错了；我骑着它不到一个半小时就赶了十法里路；它轻松得就像是在圣苏尔比斯广场①上兜了个圈子。”

“是吗！不过您要使我感到后悔了。”

“后悔？”

“是的，我已把它打发掉了。”

“怎么回事？”

“是这么回事：今天早晨，我六点钟醒来，您还在酣睡，像个聋子一样什么也听不见，我也不知道该干些什么好。因为昨天多喝了酒，我脑子里还是糊里糊涂的。我走到下面店堂里，看到我们的那两个英国人中的一个正在和一个马贩子就一匹马讨价还价，因为他的马昨天晚上中风死了。我走过去，看到他为一匹深栗色的马出到了一百皮斯托尔。我就对他说：

“‘正好，先生，我也有一匹马要卖掉。’

“‘而且是一匹相当漂亮的马？’他说，‘我昨天看见您那位朋友的跟班牵着。’

“‘您看它是不是值一百个皮斯托尔？’

“‘值；您愿意用这个价钱让给我吗？’

“‘不，可是我愿意拿它来和您赌。’

“‘您愿意拿它和我赌？’

“‘是的。’

“‘用什么赌？’

“‘用骰子。’

“我们讲完以后便赌了起来；我把马输掉了。啊，不过，还好，”阿多斯继续说，“我又把马衣给赢回来了。”

---

①圣苏尔比斯广场，法国巴黎的一个广场，在圣苏尔比斯教堂前面。

达尔大尼央露出不愉快的神色。

“我这样做您感到不高兴吗？”阿多斯说。

“是的，我承认，”达尔大尼央说，“这匹马原来可以有朝一日让我们在战场上出出风头的。它是一件证物，一件纪念品。阿多斯，您这件事做错了。”

“唉，我亲爱的朋友，请设身处地替我想想吧，”那位火枪手说，“我，我当时厌烦得要命；而且，说句真心话，我不喜欢英国马。好，如果只是为了出出风头，那么有马鞍就够了；马鞍相当不错。至于马，我们可以找到说明它失去的原因。见鬼！任何一匹马都是要死的；就当我那匹得了鼻疽病或者皮疽病好啦！”

达尔大尼央还是高兴不起来。

“您看上去这样关心那些牲口，”阿多斯接着说，“这使我感到很遗憾，因为我还没有把我的事讲完呢。”

“那您还干了些什么？”

“九点对十点输掉了那匹马，您看看这个点数！接着我念头一转，想到了拿您的那匹去赌。”

“是吗！可是我希望您仅仅限于转了转念头？”

“不是的，我立即付诸行动。”

“啊，糟糕！”达尔大尼央担心地嚷道。

“我赌了，又输了。”

“把我的马输了？”

“把您的马输了；七点对八点，只差一个点子……您知道那句谚语[①]。”

“阿多斯，我可以发誓，您的脑子不太清醒。”

“亲爱的朋友，这句话您应该在昨天我讲那些愚蠢的故事时对我说，而不是在今天早上对我说。我已经把马连同所有可能有的鞍辔装备全都输掉了。”

---

①法国有句谚语是：只差一个点子，马丁丢了自己的驴子。

“这真可怕！”

“等等，您根本就不明白，我本来可以做一个高明的赌徒，只要我不一意孤行的话；可是我却一意孤行，就像我在喝酒时一样；我一意孤行……”

“可是您还想赌什么，您什么也没有了啊！”

“有，有，我的朋友；我们还有呢，您手指上还有一枚钻戒在闪闪发光，我昨天就注意到了。”

“这枚钻戒！”达尔大尼央叫了起来，一边立即用手按住了戒指。

“这我是个行家，因为我自己也曾有过几枚，我估计您这一枚值一千皮斯托尔。”

“我希望，”吓得半死的达尔大尼央神情严肃地说，“您没有提起过我的钻戒。”

“当然提起过了，亲爱的朋友；您也知道，这枚钻戒现在是我们惟一的财产。有了它，我可以把我们的马和鞍辔赢回来，而且，还可以赢点钱来做旅费。”

“阿多斯，您真使我不寒而栗！”达尔大尼央嚷道。

“我对我那位赌友谈到了您的钻戒，他也曾注意到它。真见鬼！亲爱的，您手上戴了一颗天上的星星，却不愿意别人注意它！这不可能！”

“快说下去，我亲爱的朋友，快说下去！”达尔大尼央说，“因为，说真的，您这种若无其事的模样真要把我急死了！”

“我们就把这枚钻戒分为十份，每份一百皮斯托尔。”

“啊！您这是想开玩笑，想考验我吧？”达尔大尼央说，这时候愤怒之神抓住了他的头发，就像《伊利亚特》①里的密涅瓦②激怒了阿喀

---

①《伊利亚特》，与《奥德赛》并称为古希腊两大史诗，相传为荷马所作。主要叙述特洛伊战争最后一年的故事，希腊英雄阿喀琉斯，因女俘为阿伽门农所夺，盛怒之下拒绝作战，希腊军因而受挫。后来因好友帕特洛克罗斯战死，两度上阵，终于刺死特洛伊主将赫克托耳。作品穿插很多神话和传说，反映了古代希腊人的生活。

②密涅瓦，罗马神话中的智慧女神，即希腊神话中的雅典娜。在特洛伊战争中，她支持希腊人，阿喀琉斯是她宠爱的希腊英雄。

琉斯一样。

“不，我不是开玩笑，见鬼！您呀，我真想看看您会怎么样。我有十五天没有见过一张人脸；只跟酒瓶子打交道，有点儿呆头呆脑了。”

“您这些话决不是把我的钻戒拿去赌的理由，”达尔大尼央回答，一边像神经性痉挛似的紧握着自己的拳头。

“听我说完吧；共分十份，每份一百皮斯托尔，掷十次，输光了就不能再赌；掷到第十三次我输了个精光。十三这个数字对我总是不吉利的；又正好是七月十三日……”

“妈的！”达尔大尼央叫了起来，一边从桌前站了起来，当天的故事已经使他忘了头天的故事。

“耐心些，”阿多斯说，“我当时想到了一个计划，那个英国人有点儿古怪；早上我看到他在和格里莫谈话，格里莫告诉我说英国人要他去做他的跟班。所以我就用格里莫和他赌；沉默寡言的格里莫，也分作十份。”

“啊！真妙！真是不可思议！”达尔大尼央说，他情不自禁地大笑起来。

“就是格里莫，您听明白了！格里莫整个儿也值不了一个杜卡顿[1]，还把他分了十份；可是我就是用他赢回了钻戒。您现在还能说一意孤行不是一种美德吗？”

“是啊，这件事太滑稽了！”放下心来的达尔大尼央一边大声说，一边笑得连腰也直不起来了。

“您也明白，我觉得我运气来了，所以马上又再拿钻石去赌了。”

“啊，见鬼！”达尔大尼央说，他的脸色又阴沉了下来。

“我赢回了您的鞍辔，接着是您的马，然后是我的鞍辔和我的马；后来呢，又重新输掉。总而言之，最后我又赢回了您和我的两匹马的鞍辔；这就是我们目前的情况。这一次我赌得相当不错；所以我就歇

---

①杜卡顿，古代银币；有威尼斯铸造的和荷兰铸造的两种；相当于半个杜卡顿金币。

手了。”

达尔大尼央松了一口气，就像压在他胸脯上的一座客店被搬走了。

“总之，我的钻戒还在？”他怯生生地问。

“整个都在！亲爱的朋友；还有您的那匹布凯法拉斯[1]，和我那匹布凯法拉斯的两副鞍辔。”

“可是我们光有鞍辔没有马又有什么用？”

“我倒有个想法。”

“阿多斯，您真叫我害怕。”

“听着，您已经有很久没有赌了，达尔大尼央，是吗？”

“我根本不想赌。”

“话不能说得太绝。您已经有很久没有赌了，我看，您的手气一定很好。”

“是吗，那又怎么样呢？”

“怎么样！那两个英国人还在店里。我注意到他们非常喜欢那两副鞍辔；而您呢，您好像又非常舍不得您那匹马。换了我，我就用您的鞍辔去赌您的马。”

“可是他不会只想要一副鞍辔的。”

“那就赌两副呗，真是的！我，我可不会像您这样自私。”

“您会这么干吗？”达尔大尼央说，他有点犹豫了，因为阿多斯的信心不知不觉中影响了他。

“我保证，您一次赌两副鞍辔。”

“可是因为已经没有了马，我非常想保住鞍辔。”

“那就用您的钻戒赌吧。”

“噢，那是另一回事；我永远永远不会拿它来赌的。”

“见鬼！”阿多斯说，“我本可以向您建议拿普朗歇去赌的，可是这种办法已经用过，英国人也许不肯了。”

“我的主意已定，亲爱的阿多斯，”达尔大尼央说，“我宁愿什么

---

① 布凯法拉斯，马其顿国王亚历山大（前356—前323）的心爱战马。

也不赌。”

“真是太遗憾了，”阿多斯冷冷地说，“英国人口袋里全是皮斯托尔。啊，主啊！试一次吧，掷一下就行了，快得很。”

“如果我输了呢？”

“您会赢的。”

“万一输了呢？”

“就把两副鞍辔给他。”

“好吧，去掷一下，”达尔大尼央说。

阿多斯去找那个英国人，在马厩里找到了他，英国人正在用贪婪的目光看着那两副鞍辔；机会太好了！他提出了条件：两副鞍辔赌一匹马或者一百皮斯托尔，随便选择。英国人立即很快地盘算了一下：两副鞍辔值三百皮斯托尔。他拍板同意了。

达尔大尼央浑身在发抖，他掷下了骰子，掷出了个三点；他那苍白的脸色把阿多斯也吓着了，阿多斯只得说：

“朋友，这一下掷得糟透了；先生，您那两匹马有全副装备了。”

英国人得意洋洋，骰子拿在手里连摇也懒得摇一下，便看也不看地掷了出去；他认为自己已稳操胜券了；达尔大尼央也把头转了过去，免得别人看到他那副难受相。

“看，看，看，”阿多斯说，声音还是那么平静，“这一下掷得真是不同寻常，我一生中只见到过四次：两个幺！”

英国人看了一下，不禁目瞪口呆，达尔大尼央看了一下，顿时大喜若狂。

“是的，”阿多斯接着说，“只有四次：一次在德·克莱基[1]先生的家里；一次在我乡下的城堡里……那时候我还有一座城堡；第三次在德·特雷维尔先生家里，我们大家都吓了一跳；最后，第四次是在一家小酒店里，那是我掷的，让我输了一百个路易和一顿夜宵。”

---

①德·克莱基(1578—1638)，法国元帅，路易十三统治时期，曾参加对西班牙的战争，后战死在意大利北部的皮埃蒙特。

“这么说，先生是想要收回马了，”英国人说。

“当然，”达尔大尼央说。

“这么说，不让翻本了。”

“我们的条件里面讲定不让翻本，您还记得吧。”

“是的。那就让您的跟班把马牵去，先生。”

“等等，”阿多斯说，“先生，请允许我，跟我的朋友说几句话。”

“请说吧。”

阿多斯把达尔大尼央拉到一边。

“怎么样！”达尔大尼央对他说，“您还要我干吗？您又要吊我的胃口，让我再赌下去吗？”

“不是的，我要您再考虑考虑。”

“考虑什么？”

“您是想收回您的马，对不对？”

“当然。”

“您错了，要是我的话，我宁愿拿一百皮斯托尔；您知道您是用两副鞍辔赌一匹马或者一百皮斯托尔，随您选择。”

“是的。”

“我宁愿拿一百皮斯托尔。”

“可是我呢，我要收回马。”

“您错了，我再对您说一遍。我们两个人要一匹马干吗？我不能骑在您后面的马屁股上，否则我们看上去就像失去了兄弟的两个小埃蒙[1]。您也不能在我身边骑着这匹骏马来羞辱我。我呀，我一定拿一百皮斯托尔，连一秒钟也不会迟疑；我们回巴黎需要钱用。”

“我还是想要那匹马，阿多斯。”

“您错了，我的朋友；一匹马会扭伤，会摔跤，会膝关节受伤；一

① 法国12世纪有一首写反叛的诸侯悔过赎罪的武功歌，叫《雷诺·德·蒙托邦》，又叫《四个小埃蒙》。小埃蒙四兄弟叫雷诺、吉斯卡尔、阿拉尔和里查，他们共骑一匹叫贝亚尔的神奇的骏马。

匹马会在另一匹患鼻疽病的马吃过草料的马槽里吃草料。您看，要了一匹马，还不如说白白丢了一百皮斯托尔。马得靠它的主人供养，而一百个皮斯托尔却能供养它们的主人。”

“可是我们怎么回去呢？”

“当然是骑我们跟班的马回去！别人照样能从我们的神色看出我们是有身份的人。”

“将来阿拉密斯和波尔朵斯骑着他们的马耀武扬威的时候，我们骑的却是矮小的劣马，那才真叫好看呢！”

“阿拉密斯！波尔朵斯！”阿多斯说着笑了起来。

“笑什么？”达尔大尼央问，他对他朋友的高兴劲儿有点莫名其妙。

“很好，很好，让我们继续说下去，”阿多斯说。

“这么说，您的意思是……”

“把那一百皮斯托尔拿来，达尔大尼央；有了那笔钱以后，我们就可以舒舒服服地过到月底。我们都已经十分劳累了，您看，能够休息一下一定是不错的。”

“要我休息！啊，不！阿多斯，一到巴黎我就要去找那个可怜的女人。”

“很好，为了干这件事，难道您认为您那匹马跟您那些亮闪闪的金路易同样有用吗？去把那一百皮斯托尔拿来吧，我的朋友，去把那一百皮斯托尔拿来吧。”

其实达尔大尼央只要有一个站得住的理由就会让步的；他觉得这个理由挺不错。再说，如果他再坚持下去，他怕被阿多斯看作是自私，所以他同意了要一百个皮斯托尔不要马；英国人立刻如数点交给他。

剩下来要考虑的便是如何动身了。和客店老板的条件谈好了，除了阿多斯的那匹老马以外再贴六个皮斯托尔；达尔大尼央和阿多斯分别骑上了普朗歇和格里莫的马，两个跟班把两副鞍辔顶在头上徒步赶路。

两位朋友尽管骑的马很不好，但是没有多久便跑到他们跟班的前面，到了克雷沃克尔。他们隔着很远就看到了阿拉密斯神情忧郁地靠在窗口上，像我的姐姐安娜那样望着烟尘滚滚的地平线[1]。

“喂，喂！阿拉密斯！您在那儿干什么啊？”两位朋友叫道。

“啊，是您，达尔大尼央！是您，阿多斯！”阿拉密斯说，“我刚才在想，这个世界上的东西去得有多么迅速，我那匹英国马走了。刚刚消失在飞扬的尘埃之中，让我看到了：世间万物是多么变化无常的活生生的形象。人生可以用三个字来概括：Erat，est，fuit[2]。”

“这究竟是什么意思？”达尔大尼央问，他开始疑心出了什么事。

“意思是说，我刚才做的一笔买卖被人坑了；六十个路易卖掉了一匹马。可是从这匹马刚才奔驰的速度来看，它每小时可以跑五法里路。”

达尔大尼央和阿多斯放声大笑起来。

“亲爱的达尔大尼央，”阿拉密斯说，“请别过分埋怨我，需要面前无法律；况且首先受到惩罚的是我，因为那个下流的马贩子至少少给了我五十个路易。啊，你们两位倒是挺会爱惜！你们骑着你们跟班的马，却让他们牵着你们的好马慢慢地溜达。”

就在这时候，一辆刚才已经看到它出现在通往亚眠的大路上的大篷车来到他们面前停下；从上面走下了头上各顶着一副鞍辔的格里莫和布朗歇。那辆大篷车原来是空着回巴黎去的，两个跟班和车夫讲好一路上替他付酒钱作为车资，便搭上了这辆便车。

“这是怎么回事？”阿拉密斯看到这个情况问道，“怎么只有鞍

---

①法国作家贝洛(1628—1703)有一篇童话叫《蓝胡子》。蓝胡子把他先后娶的六个妻子一一杀死，血淋淋地吊在一间小黑屋子里。他为了考验第七个妻子的好奇心，假装出远门，把这间可怕的屋子的钥匙交给她，但又不准她进去。他刚走，年轻的女人在好奇心的驱使下，打开小屋门进去，看见了六具尸体，吓得手上的钥匙掉在地上，沾上了血迹，这血迹洗也洗不掉。蓝胡子回来后，向她宣告她的死期已到，只给她半刻钟的时间去祈求天主的保佑。不幸的女人回到卧房，她有个姐姐叫安娜，她让安娜到塔楼顶上去看她的两个说好了要来看她的兄弟来了没有。她不停地问：“安娜，我的姐姐安娜，你没有看见有人来吗？”安娜回答说：“是的，我什么也没有看见，除掉照着浮尘的太阳和青葱翠绿的野草。”最后两个兄弟及时赶来在刀下救了她，并且杀死了蓝胡子。

②拉丁文，意思是：过去存在，现在存在，将来存在。

辔了？”

“您现在明白了吧？”阿多斯说。

“朋友们，跟我完全一样。我也不知道怎么的把鞍辔给留下来了。喂，巴赞！把我那副新的鞍辔和这两位先生的放在一起。”

“您把您那两位教士怎么样了？”达尔大尼央问。

“亲爱的朋友，我在您走后第二天请他俩吃晚饭，”阿拉密斯说，“顺便说说，这儿有上好的葡萄酒；我尽量把他们灌醉，到最后那个本堂神父不准我脱下火枪手的制服，那个耶稣会会士请求我介绍他加入火枪队。”

“不用做论文！”达尔大尼央叫了起来，“不用做论文！我，我要求取消论文！”

“从那以后，”阿拉密斯接着说，“我活得很快活。我开始做一首每句只有一个音节的诗；做起来相当困难，可是任何事情的价值就在于困难。这首诗的内容是很风流的，我要把第一节念给你们听，一共有四百行，念完需要一分钟。”

“说真的，亲爱的阿拉密斯，”达尔大尼央说，他对诗的憎恶几乎和对拉丁文的憎恶不相上下，“在困难这个价值之外请再加上简洁这个价值，您至少可以肯定您的诗将会有两种价值。”

“而且，”阿拉密斯继续说下去，“我那首诗表现出了高尚而强烈的爱情，你们将会看到的。啊！我的朋友们，我们就回巴黎去吗？好啊，我已经准备好了；我们将跟那个好心的波尔朵斯重逢，那正是太好了。这个大傻瓜，你们不相信我有多么想念他吗？他决不会卖掉他的马的，哪怕是拿一个王国和他交换。我已经迫不及待地想看看他骑在马上的样子了；我可以肯定，他的神气一定像一个蒙古帝国的可汗。”

他们逗留了一个小时让马休息；阿拉密斯付清了他的账，随后让巴赞也坐上大篷车，和他的伙伴们待在一起，于是大家动身去找波尔朵斯。

找到波尔朵斯时他已经下床了，脸色也没有达尔大尼央上次见到他时那么苍白，他正坐在一张桌子旁边；虽然只有他一个人，桌子上却放着够四个人吃的一顿晚餐；有捆扎得很雅致的烤肉、上等葡萄酒和时鲜水果。

“啊，欢迎！”他站起来说，“你们来得正是时候，先生们，我正在喝汤呢，你们来跟我一起吃饭吧。”

“哟，哟！”达尔大尼央说，“穆斯格东没有用套索吊过这些瓶酒，瞧，这儿还有嵌猪油的烤小牛肉片和牛里脊肉……”

“我正在康复，”波尔朵斯说，“我正在康复，那些倒霉的扭伤最伤元气，您曾经扭伤过吗，阿多斯？”

“从来没有过；不过我记得在那次费鲁街的小接触中，我曾挨过一剑；过了两三个星期以后，我也有过和您同样的感觉。”

“亲爱的波尔朵斯，这顿饭不是为您一个人准备的吧？”阿拉密斯说。

“不是的，”波尔朵斯说，“我正在等附近几位贵族，可是刚才他们派人来通知说他们不来了，你们来了正好代替他们；这样代替我就没有损失了。喂，穆斯格东！把椅子搬来，要他们送加倍的酒来。”

“你们知道我们正在吃的是什么？”十分钟以后阿多斯说。

“那还用说！”达尔大尼央回答，“我，我吃的是配刺菜蓟和骨髓的小牛肉。”

“我吃的是羊里脊肉，”波尔朵斯说。

“我吃的是鸡胸脯肉，”阿拉密斯说。

“你们全错了，先生们，”阿多斯一本正经地说，“你们吃的是马肉。”

“哪儿会呢！”达尔大尼央说。

“马肉！”阿拉密斯说着，一边做了一个表示倒胃口的鬼脸。

只有波尔朵斯没有回答。

“是的，是马肉；波尔朵斯，我们吃的是马肉，对不对？也许连马衣也在里面了！”

“不，先生们，我还留着鞍辔呢，”波尔朵斯说。

“说真的，我们都是不约而同，”阿拉密斯说，“就好像我们事先讲好了一样。”

“有什么办法呢，”波尔朵斯说，“这匹马太棒了，会使我的客人们自惭形秽，我不愿意使他们感到屈辱。”

“再说，您那位公爵夫人一直还在温泉，是不是？”达尔大尼央问。

“还在温泉，”波尔朵斯回答，“所以，说真的，本省的省长，也就是我今天等他们来吃饭的贵族中的一位，我觉得他十分看中那匹马，我就给了他。”

“给了他！”达尔大尼央叫了起来。

“啊，主啊，是的，给了他！可以这么说，”波尔朵斯说，“因为那匹马至少值一百五十个路易，而那个吝啬鬼只肯给我八十个。”

“鞍辔没有卖？”阿拉密斯问。

“是的，鞍辔没有卖。”

“各位先生，你们可以看到，”阿多斯说，“我们之中生意做得最精明的还是波尔朵斯。”

这时候大家一阵狂笑，笑得可怜的波尔朵斯莫名其妙；其他人连忙向他解释了他们感到高兴的原因，于是他也像他平时习惯的那样，大吵大闹地和大家一起乐了起来。

“所以说现在我们每个人手头都有钱了，是不是？”达尔大尼央说。

“可是我不在其内，”阿多斯说，“因为我发现阿拉密斯喝的那种西班牙葡萄酒很好，所以我买了六十瓶，放在跟班们坐的大篷车上；这花了我不少钱。”

“我呢，”阿拉密斯说，“请你们想想，我已经把我最后一个苏给了蒙迪迪埃的教堂和亚眠的耶稣会修道院；另外我还作出过许诺，我必须遵守，讲定了请他们为我，也为了你们，先生们，做几台弥撒。这样做，先生们，别人一定会说，我也深信不疑，对我们是会有好处的。”

“我呢，”波尔朵斯说，“难道你们以为我的扭伤就不费钱了吗？还有穆斯格东的伤；为了治他的伤，我不得不请外科医生每天来两次。

外科医生要我付双倍的出诊费，用的借口是，穆斯格东这个蠢货挨枪子儿的地方一般只让药剂师看的，而现在却要他来医治。所以我已再三叮嘱穆斯格东别再让那个地方受伤了。”

“好啦，好啦！”阿多斯说，一边跟达尔大尼央和阿拉密斯交换了一个会心的微笑，“我看得出您对那个可怜的小伙子很大方，照顾得也周到：您是个好主人。”

“总之，”波尔朵斯接着说，“付清了我的开销以后，我还剩下三十来个埃居。”

“我呢，我还剩下十来个皮斯托尔，”阿拉密斯说。

“好啦，好啦！”阿多斯说，“看来我们俩是四个人中的克罗伊斯了。达尔大尼央，您那一百皮斯托尔还剩下多少？”

“我那一百皮斯托尔吗？首先，我给了您五十。”

“是吗？”

“当然啦！”

“啊，不错，我记起来了。”

“后来我又付了老板六个皮斯托尔。”

“这个老板真是个畜生！您为什么给他六个皮斯托尔？”

“是您叫我给他的。”

“我真是太好心了。一句话，还剩多少？”

“二十五个皮斯托尔，”达尔大尼央说。

“我呢，”阿多斯说，一边从口袋里掏出几个零钱，“我……”

“您，一个子儿也没有了？”

“是啊，或者说少得可怜，根本可以不必算在总数里了。现在，让我们算算我们一共有多少？”

“波尔朵斯？”

“三十个埃居。”

“阿拉密斯？”

“十个皮斯托尔。”

“您呢，达尔大尼央？”

“二十五个。”

“一共是？”阿多斯问。

“四百七十五利弗尔！”达尔大尼央说；他像阿基米德一样精通计算。

“到巴黎时，我们还能剩四百利弗尔，”波尔朵斯说，“还有鞍辔。”

“可是我们的马呢？”阿拉密斯说。

“这样吧，跟班的四匹马拿两匹出来给主人骑，我们用抽签的办法来决定由谁骑。把我们的四百利弗尔分作两份，给两个不骑马的人；再把我们口袋里剩下的零钱交给达尔大尼央，他的手气好；一路上如果遇到有赌钱的地方就去赌一下。就这么办吧。”

“好，我们吃饭吧，”波尔朵斯说，“菜要凉了。”

四位朋友对今后的前途比较放心了，开始吃了起来，并把吃剩的东西给了穆斯格东、巴赞、普朗歇和格里莫四位先生。

到达巴黎时，达尔大尼央看到有一封德·特雷维尔先生给他的信，信上说，国王刚根据他的请求，恩准他加入火枪队。

达尔大尼央除了想找到博纳希厄太太以外，在这个世界上最大的野心就是加入火枪队，所以他便兴冲冲地跑去告诉他的刚离别半个小时的伙伴们，可是发现他们个个愁容满面，心事重重。他们正聚在阿多斯家里商议；这说明情况是相当严重的。

原来是德·特雷维尔先生刚才派人通知他们，国王陛下已经下定决心要在五月一日开战；要他们立即筹措各人的装备。

这四个平时十分乐观的人却面面相觑了：德·特雷维尔先生在纪律问题上是从来不开玩笑的。

“你们估计这些装备需要多少钱？”达尔大尼央问。

“啊，没什么好说的，”阿拉密斯接着说，“我们刚才像斯巴达人[1]那样尽量节省地算了一下，每人需要一千五百利弗尔。”

---

①斯巴达人，古希腊斯巴达奴隶制国家的全权公民。斯巴达人生活极其刻苦、俭朴，对儿童实行集中的严格教育。

“四乘十五是六十，那就是六千利弗尔，”阿多斯说。

“我呢，”达尔大尼央说，“我似乎觉得，每人只要有一千利弗尔……当然，我不是像斯巴达人那样，而是像诉讼代理人那样说话……”

诉讼代理人这个词提醒了波尔朵斯。

“有了，我有了一个主意！”他说。

“那就是说已经有点儿苗头了；而我呢，我甚至连个影儿也还没有，”阿多斯冷冷地说，“至于达尔大尼央，先生们，由于他成了我们队中的一员，高兴得有点儿不正常了：一千利弗尔！我宣布，光我一个人就要两千。”

“四乘二得八，”阿拉密斯说，“那就是说我们四个人的装备需要八千利弗尔；在所有的装备中，马鞍子我们已经有了，这倒是真的。”

“此外，”阿多斯等去向德·特雷维尔先生道谢的达尔大尼央关上门以后，说，“此外还有我们朋友手指上戴的那枚闪闪发光的漂亮的钻戒。见鬼！达尔大尼央的中指上戴着价值连城的宝贝，他很够朋友，不会让我们在这件事上感到为难的。”

第二十九章
猎取装备

四个朋友中心事最重的是达尔大尼央。尽管达尔大尼央作为国王卫队的卫士，筹备起装备来要比那些既是火枪手又是爵爷的先生们容易得多，但是我们这位加斯科尼见习卫士，就像我们能够看见的那样，是一个深谋远虑，而又节俭得近乎有点儿吝啬的人；同时，他几乎比波尔朵斯更加爱慕虚荣。在由爱慕虚荣产生出的这种操心之外，达尔大尼央这时还有一种不那么自私的担忧。他曾向人打听过博纳希厄太太的消息，但一无所获。德·特雷维尔先生曾和王后谈过，王后也不知道服饰用品商的年轻的妻子的下落，不过她答应派人去找一找。只是这种许诺是不牢靠的，很难使达尔大尼央安下心来。

阿多斯则待在自己的房间里足不出户；他决心不为装备的事采取任何行动。

“我们还有十五天时间，”他对他的朋友说，“那好吧，如果十五天满了我还是什么也没有找到，或者说什么也没有来找到我，因为我是一个虔诚的天主教徒，不能用手枪来打碎自己的脑袋，我要去跟法座卫队的四名卫士或是八个英国人寻衅找碴儿，一直打到有一个人把我杀死为止。由于对方人多，我这个目的是一定能够达到的。到时候别人就会说，我是为国王而死的，因此我既尽到了我的职责，而又不必装备自己了。”

波尔朵斯把手抄在背后继续来回踱步，一边点着头说：

“我还是要照我的想法去做。”

阿拉密斯郁郁不乐，一声不吭，头发都懒得用手去卷。

从这些不幸的细节中可以看出这一伙人的心情有多么忧伤。

至于他们的跟班，就像替希波吕托斯①拉车的马一样，分担着主人的苦难。穆斯格东收集了很多面包皮；原来就十分虔诚的巴赞，现在不离开教堂了；普朗歇望着苍蝇飞来飞去；而格里莫呢，大家的忧伤没能使他打破他主人嘱咐他要沉默寡言的规定，整天长吁短叹，连石头听了也会感动。

三个朋友——因为我们已经说过，阿多斯已经发誓不为自己的装备跨出房间一步——都是一大早出门，到很晚才回家。他们在街上走来走去，留意地上每一块石板，看看有没有在他们以前经过的人遗留下的钱袋。不论在什么场所，他们都是如此留意地张望，就像他们在打猎，追索野兽的踪迹。在相互遇见时，他们那种悲痛的眼光就仿佛在说：你找到什么没有？

---

①希波吕托斯，希腊神话中雅典国王忒修斯和安提俄珀的儿子，他的后母淮德拉追求他，遭拒绝后，淮德拉在他父亲面前诬陷他，忒修斯便请海神波塞冬惩罚他。当希波吕托斯坐马车在海边奔驰时，波塞冬遣一头牛出海吓唬驾车的马匹，马惊车覆，少年王子当场摔死。

不过，因为波尔朵斯第一个有了主意，并且一直坚持要实现它，所以他就第一个行动了。这个可敬的波尔朵斯是实干家。有一天，达尔大尼央看见他朝圣勒教堂走去，便不由自主地跟在后面。在进入教堂以前，波尔朵斯先把他上嘴唇的唇髭卷得向上翘，又把下嘴唇的胡子拉拉直；这在他身上总是意味着他有了非把女人征服不可的意图。因为达尔大尼央小心翼翼地在后面躲藏着，波尔朵斯以为没有被人看见，便走进了教堂；达尔大尼央随即在后面跟了进去，波尔朵斯走到一根柱子跟前便背靠着它；始终未被发现的达尔大尼央背靠着这根柱子的另一边。

这一天教堂里在讲道，人很多；波尔朵斯趁此机会盯着一些女人在看。由于穆斯格东的悉心照料，波尔朵斯的外表丝毫没有反映出他内心的苦闷：他的毡帽的确有点儿磨损了，帽子上的鸟羽的确有点儿褪色了，绣花的确有点儿黯淡了，花边的确有点儿陈旧了，可是在光线不足的教堂里，所有这一切都看不出来：波尔朵斯始终是英俊潇洒的波尔朵斯。

在最靠近达尔大尼央和波尔朵斯靠着的柱子旁边有一条长凳，坐着一个戴着黑帽子的夫人，皮肤稍许黄了些，身材也稍许瘦了些，但态度生硬、高傲。波尔朵斯的眼睛向下偷偷地看着这个女人，随后又远远地向教堂的中殿望去。

那位夫人的脸色不时地有点儿发红，并不时地用迅如闪电的眼光向这个见异思迁的波尔朵斯望一下，波尔朵斯的眼睛立刻发疯似的扫来扫去。很明显这是一种刺激那个戴黑帽子的夫人的方法，因为她正使劲地咬自己的嘴唇，连血都咬出来了，还不停地擦着自己的鼻尖，在她的座位上绝望地扭动着身子。

看到这种情况，波尔朵斯又一次卷了卷唇髭，拉了拉胡子，开始向一个坐在祭台旁的美丽的夫人丢眼色。那位夫人不仅长得漂亮，而且很可能是一位地位很高的贵夫人，因为在她身后还侍立着一个小黑人和一个使女；她跪在膝下的那个垫子就是小黑人替她带来的，侍女手里提着一个上面绣着纹章的袋子，袋里装着她念的弥撒经书。

戴黑帽子的夫人斜着眼睛注意着波尔朵斯的转来转去的目光，看到他的目光总是落到那个跪在天鹅绒跪垫上的、身后有小黑人和使女侍候着的贵夫人身上。

这时候，波尔朵斯的把戏玩得很谨慎：眨眨眼睛，手指按在嘴唇上，迷人的微笑；可实际上这微笑却要了那个他所不屑一顾的漂亮女人的命。

因此她捶着自己的胸脯，像喊 mea culpe① 似的发出了“唔”的一声，声音响得使所有的人，包括那个跪在红色天鹅绒跪垫上的夫人都回过头来朝她看。波尔朵斯却不露声色：虽然他肚子里全明白，但他只当没有听见。

那个跪在红色天鹅绒垫子上的贵夫人长得非常美，使那个戴黑帽子的夫人产生了深刻的印象，并且使她觉得有了一个真正可怕的情敌；也使波尔朵斯产生了深刻的印象，他也发现这个女人要比戴黑帽子的女人美得多；也使达尔大尼央产生了深刻的印象，因为他认出了这个女人就是他早先在默恩、在加来和在多佛尔遇见过的那个女人，也就是那个曾欺凌过他的、脸上有伤疤的汉子用米莱狄这个尊称称呼过她的女人。

达尔大尼央的目光始终没有离开那个跪在红色天鹅绒跪垫上的女人，一边继续注意着他感到非常有兴趣的波尔朵斯的伎俩。他相信自己已经猜出了那个戴黑帽子的夫人就是狗熊街上的诉讼代理人夫人，更何况圣勒教堂和那条街离得不太远。

他通过归纳，猜到了波尔朵斯在设法为自己在尚蒂伊遭到的失败报复，当时夫人在她的钱袋问题上表现得那么难以通融。

可是在所有这一切中，达尔大尼央也注意到，没有一张脸对波尔朵斯的殷勤作出反应。所以说这不过是一个空想，一个幻象；可是对真正的爱情来说，对地道的妒忌来说，还有什么比空想，比幻象更加真实的东西呢?

讲道结束了，诉讼代理人夫人向圣水盂走去，波尔朵斯赶到她前

---

①拉丁文，意思是：我的罪。见于天主教悔罪经中。信徒念这句话时常用拳捶胸。

面，不是用一根手指，而是把整只手伸进了圣水盂。诉讼代理人夫人微微一笑，以为波尔朵斯如此卖力是为了她，可是她很快就伤心地发现自己的这种想法错了；在她走到离他有三四步远的地方，突然发现波尔朵斯侧过头去，眼睛死死地盯着那个刚才跪在红跪垫上、现在已站起来、身后跟着小黑奴和使女、正在向圣水盂走过来的贵夫人。

当跪在红跪垫上的夫人走近波尔朵斯时，波尔朵斯把他的湿淋淋的手从圣水盂里抽了出来。美丽的女信徒用她十指纤纤的手和波尔朵斯的大手轻轻地碰了一下，随后带着微笑，在胸口划了个十字，走出了教堂。

这个打击对诉讼代理人夫人来说真是太过分了：她毫不怀疑，这位贵夫人在和波尔朵斯互献殷勤。如果她自己也是个贵夫人，她一定会晕过去的，可是她只不过是个诉讼代理人夫人，所以只能强忍住心中的怒火，对这位火枪手说：

“哎，波尔朵斯先生，您不献些圣水给我吗？”

听到她的声音，波尔朵斯轻轻一跳，就像一个沉睡了一百年的人刚才醒来一样。

“夫……夫人！”他大声说，“真的是您吗？您的丈夫，您的那位亲爱的科克纳尔先生，身体怎么样？他还是像过去那样小气吗？这次讲道讲了两个小时，我怎么没有看见您？真不知道我的眼睛望到哪里去了。”

“我离您只有两步远，先生，”诉讼代理人夫人说，“可是您的眼睛老是盯着您刚才献给她圣水的那个漂亮女人看，所以您没有看见我。”

波尔朵斯故意装出很尴尬的样子。

“噢！”他说，“您看到了……”

“除非是瞎子才看不到。”

“是啊，”波尔朵斯漫不经心地说，“那是我的一个女朋友，一位公爵夫人；因为她丈夫妒忌心重，我和她会面是相当困难的；她派人通知我说，她今天要到这个僻静地区的教堂里来看看我，仅仅是为了看看我。”

“波尔朵斯先生，”诉讼代理人夫人说，“能不能麻烦您把您的胳膊让我挽上五分钟？我很想跟您谈谈。”

“当然可以，夫人，”波尔朵斯就像看到有人就要上钩、在暗自窃笑的赌徒那样，对自己眨了眨眼睛。

这时候，跟踪米莱狄的达尔大尼央正好从旁边经过；他朝波尔朵斯斜着看了一眼，看到了波尔朵斯的这个得意的眼光。

“嗯！嗯！”达尔大尼央一边用那个放荡年代的极其轻佻的道德观念推理，一边对自己说，“这一个很可能会在限期以前准备好他的装备。”

波尔朵斯这时就像一艘受舵操纵的船一样受着他的诉讼代理人夫人的胳膊的压力指挥，来到了圣马格卢瓦尔修道院的回廊，这条回廊的两端都有一个旋转栅栏门，平时很少有人经过。白天在那儿只有一些在吃东西的乞丐或者在戏耍的孩子。

“啊，波尔朵斯先生！”诉讼代理人夫人叫了起来，她已经看清楚除了一些平时在那儿的老百姓以外，没有其他人能看到他们和听到他们讲话，“啊，波尔朵斯先生，看来您真是个伟大的征服者！”

“夫人，我吗？”波尔朵斯挺胸凸肚地说，“为什么这样说？”

“刚才的那些心照不宣的暗号，还有圣水，是怎么回事呢？不过那位带着小黑人和使女的贵夫人，至少是位公主吧！”

“您搞错了；我的老天，不是的，”波尔朵斯说，“她不过是位公爵夫人。”

“那个等在门口的跟班，那辆四轮马车和那个身穿号衣坐在驾车人位子上等着的车夫又是怎么回事呢？”

波尔朵斯既没有看见那个跟班，也没有看见那辆四轮马车，可是那位妒火中烧的科克纳尔夫人的眼睛却全都看见了。

波尔朵斯对自己没有把那位跪在红跪垫上的贵夫人称作公主感到很懊悔。

“啊，您是美女的宠儿，波尔朵斯先生！”诉讼代理人夫人叹着气说。

“可是，”波尔朵斯回答，“您知道，有了上天赐给我的这副外貌，我是不会缺少好运气的。”

“我的天主！男人忘得多快啊！”诉讼代理人夫人抬头望着天嚷道。

“我看，还没有女人忘得那么快，”波尔朵斯回答，“因为，总之，就我来说，夫人，可以说我是您的牺牲品；当时我受了伤，快死了，眼看着就要被外科医生丢下不管了；而我呢，出身名门，一直信任您的友谊；可是在尚蒂利的一家蹩脚客店里，先是差点儿死于受伤，后来又差点儿死于饥饿。我给您写了那么多急如星火的信却没有得到过任何回音。”

“可是，波尔朵斯先生，”诉讼代理人夫人低声说，她开始觉得，根据当时的那些高贵的夫人的做法来判断，是自己做得不对。

“我为您曾经牺牲过一位男爵夫人。”

“这件事我清楚。”

“一位伯爵夫人。”

“波尔朵斯先生，请别再说了，我受不了啦！”

“一位公爵夫人。”

“波尔朵斯先生，请行行好吧！”

“您说得有理，夫人，我不说下去了。”

“可是，是我丈夫不愿意听到借钱的事。”

“科克纳尔夫人，”波尔朵斯说，“请您想想您写给我的第一封信吧，这封信的内容我始终铭记在心。”

诉讼代理人夫人长叹一声。

“更何况，”她说，“您要借的那笔钱数目也太大了些。”

“科克纳尔夫人，我宁愿先找您借。其实我当时只要写封信给那位公爵夫人，她的名字我不愿意说，因为我是不会去败坏一个女人的名声的。不过我所知道的就是，只要我写信给她，她就会寄给我一千五百利弗尔。”

诉讼代理人夫人流下了一滴眼泪。

“波尔朵斯先生，”她说，“我向您保证，您已经把我惩罚得够了，如果您以后再遇到这种情况，只要找我就行了。”

“算了吧，夫人！”波尔朵斯说，他好像生气了，“对不起，我们别谈钱了，这太让人感到丢脸了。”

“这么说，您不再爱我了！”诉讼代理人夫人悲伤而缓慢地说。

波尔朵斯神色威严，一言不发。

“您就这样回答我吗？唉，我懂了！”

“请想想您所给我的伤害吧，夫人；它还留在这儿呢，”波尔朵斯一边说，一边把手紧紧地按在心窝上。

“我会作出补救的；好啦，我亲爱的波尔朵斯！”

“再说，我那次要求您的是什么？”波尔朵斯和颜悦色地耸耸肩膀说，“一次借款，仅此而已。总之，我不是一个不讲道理的人。我知道您并不富有，科克纳尔夫人，而您的丈夫为了要得到几个可怜的埃居，不得不吸穷诉讼人的血。唉，如果您是一位伯爵夫人，侯爵夫人或者公爵夫人，那就是另一回事了，您也就是不可原谅的了。”

诉讼代理人夫人被激怒了。

“您要知道，波尔朵斯先生，”她说，“我的钱箱，虽然是诉讼代理人夫人的钱箱，也许比所有您的那些破落的装腔作势的女人的钱箱要丰实得多。”

“那您以前给我的损害还要加个倍，”波尔朵斯说，一边抽回了被诉讼代理人夫人挽着的那条胳膊，“因为如果您很有钱，科克纳尔夫人，您当时拒绝我的要求就更没有什么可以解释的理由了。”

“如果我说有钱，”诉讼代理人夫人发现她一时昏了头，走得太远了，接着说，“请别从字面上去理解这句话，确切地说，我并不是很有钱，而只是生活比较富裕而已。”

“好啦，夫人，”波尔朵斯说，“我们别再谈这些了，我求您啦。您看我不起；在我们之间已经没有感情可言。”

“您真是没有良心！”

“啊，您只管抱怨好了！”波尔朵斯说。

“找您的漂亮的公爵夫人去吧，我不再留您了！”

“啊，我看她还挺有风韵呢！”

“喂，波尔朵斯先生；最后一次问您：您还爱我吗？”

“唉，夫人，”波尔朵斯用他能装出的最忧伤的声调说，“当我们即将奔赴战场时，奔赴一个我们预感到自己要阵亡在那儿的战场的时……”

“唷！请别谈这些事情！”诉讼代理人夫人一边哭，一边大声说。

“我好像有这样的预感，”波尔朵斯继续说，他似乎越来越忧伤了。

“还不如说是您另有所爱了。”

“我老实对您说，不是的。没有任何新的对象打动我的心，相反，在这儿，在我的心底深处，有些什么东西在为您说话。可是，半个月以后，不管您是不是知道，这场命中注定的仗要开始打了；我将为了我的装备操碎我的心。此外，我还要到我的老家，布列塔尼的边远地区走一遭，去筹措我出征时必不可少的开支。”

波尔朵斯注意到爱情和吝啬之间在作最后的斗争。

“您刚才在教堂里看到的那位公爵夫人，”他接着说，“恰好她的领地和我的相距不远，我们将要一起动身。您也知道，旅行时有人作伴，路程会让人觉得短得多。”

“波尔朵斯先生，您在巴黎难道连一个朋友也没有吗？”诉讼代理人夫人说。

“我原来以为有的，”波尔朵斯仿佛不胜惆怅地说，“可是我现在看清了，我以前想错了。”

“您有朋友，波尔朵斯先生，您有朋友，”诉讼代理人夫人在一阵连自己也感到吃惊的冲动中说，“明天请到我家里来。您是我姑母的儿子，因此您就是我的表兄弟；您是从庇卡底的诺瓦永来的，您在巴黎要打好几场官司，可是还没有请到诉讼代理人。这些事情您是不是记住了？”

“完全记住了，夫人。”

“在吃午饭的时候来。”

“很好。”

“在我丈夫面前您可要当心，他这个人是很精明的，尽管他已经有七十六岁了。”

“七十六岁！了不得！真是高寿！”波尔朵斯接着说。

“您是想说年纪太大了吧，波尔朵斯先生。因此，我这位可怜的亲人随时都有可能让我当上寡妇，”诉讼代理人夫人一边说，一边意味深长地向波尔朵斯瞥上一眼，“幸好根据我们的结婚契约，全部财产归到最后活着的一方名下。”

“全部？”波尔朵斯问。

“全部。”

“您是个有远见的女人，我看得很清楚，我亲爱的科克纳尔夫人，”波尔朵斯亲切地握着诉讼代理人夫人的手说。

“我们现在言归于好了，亲爱的波尔朵斯先生，是不是？”她撒娇地说。

“永远不变，”波尔朵斯以同样的神情回答。

“那就再见了，我的负心人。”

“再见了，我的善忘的女人。”

“明天见，我的天使。”

“明天见，我的生命之火。”

第三十章
米 莱 狄

达尔大尼央跟在米莱狄后边，没有让她看见。他看见她登上了她的四轮马车，听到她吩咐车夫驶向圣日耳曼。

要想徒步跟上一辆由两匹奔跑的骏马拖拉的马车是根本办不到的，

所以达尔大尼央又向费鲁街走回去。

在塞纳街上，他遇到了普朗歇，普朗歇正站在一家糕点铺的前面，望着一块看上去非常美味可口的蛋糕出神。

达尔大尼央吩咐他到德·特雷维尔先生的马厩里去准备两匹马，他们两人一人一匹，随后到阿多斯家里去找他。德·特雷维尔先生曾关照过，他的马厩里所有的马任何时候都可以供达尔大尼央使用。

普朗歇向老鸽笼街走去，达尔大尼央向费鲁街走去。阿多斯正神色忧郁地在家独饮，喝的是一瓶他到庇卡底去带回来的那种出色的西班牙酒。他向格里莫做了个手势，要他拿一只酒杯给达尔大尼央，格里莫像平常一样遵照执行了。

于是达尔大尼央把教堂中发生在波尔朵斯和诉讼代理人夫人之间的事情全都告诉了阿多斯，并且说，他们的这位伙伴这时候很可能正在为自己筹措装备。

“至于我，”阿多斯听完他的叙述后回答，“我一点不急，为我提供装备费用的决不会是娘们。”

“可是，像您这样一位英俊而有礼貌的爵爷，亲爱的阿多斯，大概没有一位公主或者后妃能躲过您射去的爱情之箭。”

“这个达尔大尼央多么年轻啊！”阿多斯耸耸肩膀说。

他做了个手势要格里莫去拿来第二瓶酒。

就在这时候，普朗歇畏畏缩缩地把头伸进了半开着的门，向他的主人报告说，两匹马已经带来了。

“什么马？”阿多斯问。

“德·特雷维尔先生借了两匹马给我去遛个弯儿，我要到圣日耳曼去。”

“您到圣日耳曼去干什么？”阿多斯问。

于是达尔大尼央把刚才在教堂里相遇的事讲给他听，讲到他是怎样又见到了那个曾经和身披黑色披风、脸上有伤疤的爵爷在一起，使他老是忘不掉的女人。

“这就是说您已经爱上这个女人了，就像您以前爱上博纳希厄太太，”阿多斯一边说着，一边不屑地耸耸肩膀，好像是在对人类的弱点表示怜悯。

“我吗，根本不是这么回事！”达尔大尼央叫了起来，“我只是好奇，想弄清楚和她有关的那些神秘的事情。尽管我们俩谁也不认识谁，不知为什么我总觉得这个女人对我的一生有重大影响。”

“是啊，您说得对，”阿多斯说，“我并不认识一个如果失踪了还值得我费劲去寻找的女人。博纳希厄太太失踪了，活该她倒霉，但愿她自己能回来。”

“不，阿多斯，不，您错了，”达尔大尼央说，“我比任何时候都更爱我的可怜的康斯坦丝，如果我现在知道她在哪儿，即使是在地球的尽头，我也要去把她从她的敌人手里解救出来。可是我并不知道她在哪里，所有寻找她的力气都白费了。有什么办法呢，总得散散心吧？”

“那您就跟米莱狄去散心吧，我亲爱的达尔大尼央；我衷心地希望能这样，如果这能使您开心的话。”

“请听我说，阿多斯，”达尔大尼央说，“您别像被人关禁闭似的待在这儿闭门不出，骑上马和我一起到圣日耳曼去溜达溜达吧。”

“亲爱的朋友，”阿多斯说，“我在我有马的时候骑我自己的马，否则我就用两条腿走。”

“好吧，我呢，”达尔大尼央回答，他听了阿多斯这句愤世嫉俗的话，只是露出微微一笑，如果换了别人，非生气不可，“我，我可没有您这样高傲，只要有马我都骑。这样吧，再见了，我亲爱的阿多斯。”

“再见，”火枪手一边说，一边做手势要格里莫把刚才拿来的一瓶酒打开。

达尔大尼央和普朗歇跨上马鞍，向圣日耳曼进发。

一路上，达尔大尼央又想起了阿多斯刚才对他说的关于博纳希厄太太的那番话。尽管达尔大尼央不是一个多愁善感的人，俊俏的服饰用品商的妻子已经像他所说的那样，在他的心中留下了一个实实在在的印象，他准备去地球的尽头找她。可是地球是圆的，它的尽头太多了，也正因为这个缘故，他不知道该朝哪个方向走。眼前，他想设法搞清楚米莱狄是什么人。米莱狄曾和身披黑披风的人谈过话，所以她一定认识他。而且，在达尔大尼央的脑子里，第二次绑走博纳希厄太太的人，就是第一次绑走她的人，也就是那个身披黑披风的人。所以当达尔大尼央说他在找米莱狄时就是在找康斯坦丝，他不过是在撒一半谎，甚至连一半也不到呢。

达尔大尼央就这样一边想着一边策马疾驰，终于到了圣日耳曼。他起先顺着十年以后路易十四将在那儿出世的那座独立的小楼的外墙走，然后穿过一条行人稀少的街，左顾右盼地张望，看看有没有他那个英国美人儿的什么踪迹。他又看到了一座漂亮的房子，根据当时的习惯，这座房子没有一扇窗是朝街的；他就在那座房子的底层看到了一个似曾相识的人，这个人正在摆满鲜花的平台上散步。普朗歇首先认出了这个人。

"喂，先生，"他对达尔大尼央说，"难道您已经记不起那张正在张口呆望的脸儿了吗？"

"记不起，"达尔大尼央说，"可是我可以肯定这张脸我不是第一次看到。"

"这句话我非常相信，"普朗歇说，"他就是可怜的吕班，德·瓦尔德伯爵的跟班；一个月以前，您曾经在加来的那条通往港口监督的乡下别墅的大路上狠狠教训过那位伯爵。"

"噢，对了，"达尔大尼央说，"现在我认出他来了。你，你认为他还认得你吗？"

"说真的，先生，那时候他已吓破了胆，我怕他是不会再认得我了。"

"那好，你去和那个小伙子攀谈攀谈，"达尔大尼央说，"在谈话中间打听一下，他的主人死了没有。"

普朗歇跳下马来，径直向吕班走去，后者果然不认识他。两个跟班谈得十分投机；这时候达尔大尼央把两匹马牵到一条小巷子里，绕着一座房子兜了一个圈子，接着又走回来，躲在一道榛树篱后面偷听他们的谈话。

在树篱后面观察了一会儿，他听到有马车驶来的声音，接着看到米莱狄的四轮马车停在他的对面。这是不会错的，因为米莱狄就在车子里面。达尔大尼央的身子躺倒在马脖子上，为了把什么都看在眼里而不被别人看见。

米莱狄的美丽的金黄色头发的脑袋从车门里伸了出来，向她的使女吩咐了几句话。这个使女是个二十一二岁的漂亮姑娘，行动轻盈而活泼，做一位贵妇人的使女非常合适。她本来依照当时的习惯坐在马车的踏脚板上，这时她跳了下来，朝着达尔大尼央刚才发现吕班的地方走去。

达尔大尼央盯着那个使女看，看着她向平台走去。可是事有凑巧，屋子里有人把吕班叫进去了，平台上只留下普朗歇一个人；他正在四处张望，想看看达尔大尼央这时走到哪里去了。

使女以为他就是吕班，向他走去，并把一封信交给他。

“给您主人的，”她说。

“给我主人的？”普朗歇奇怪地问道。

“对，是封急信，快拿去吧！”

使女交出了信以后，往四轮马车跑去，马车这时已经掉头转向它来的方向；她跳上了踏脚板，马车立即驶走了。

普朗歇把信转来转去转了一会儿，随后由于养成了听命于人的习惯，他跳下平台，穿进小巷，不过走了二十来步便遇到了迎着他走过来的达尔大尼央；达尔大尼央已经把一切都看在眼里，向普朗歇迎上去。

“给您的，先生，”普朗歇说，一边把信递给年轻人。

“给我的？”达尔大尼央说，“你能肯定吗？”

“那还用说，我当然能肯定，那个使女说，‘给您主人的，’我只有您一位主人；所以……那个使女，说真的，还真是个身材苗条的美丽姑娘！”

达尔大尼央打开信，看到下面这几句话：

一个对您关心到超过她所能表达程度的人，很想知道您哪一天能到森林里来散步。明天，有一个穿红黑相间的号衣的跟班，在金锦营[①]客店等您的回信。

“噢，噢！”达尔大尼央心里想，“真有点太过分了；看来米莱狄和我牵挂着同一个人的健康，”想到这里他又喊道，“喂，普朗歇，那位瓦尔德先生身体怎么样？他真的没有死吗？”

“没有死，先生；那位亲爱的贵族，现在的身体还可以挨四剑，因为您当时就结结实实给过他四剑；不过他当时全身的血几乎流光了，身子现在还很虚弱。吕班就像我刚才说的那样没有认出我，把我们那次遭遇从头至尾讲了一遍给我听。”

“太好了，普朗歇，你是跟班之王；现在你再骑上马，和我一起去追那辆四轮马车吧。”

这并不需要很长时间；五分钟以后，他们就看到了那辆马车停在大路的边上；一个衣着华丽的骑士正靠在马车门口站着。

米莱狄和那位骑士的谈话显得很激动，使得达尔大尼央在马车的另一边停下来；除了那个漂亮的使女以外，谁也没有看到他。

他们的谈话用的是达尔大尼央听不懂的英语；可是从谈话的声调判断，达尔大尼央相信那位英国美人正在大发雷霆。她用来结束谈话的最后一个动作更使他对他们谈话的性质有了一个非常明确的看法：她用手里的扇子猛力一敲，敲得这件精巧的妇女用品立即粉身碎骨。

骑士放声大笑，这种笑声似乎更使米莱狄火冒三丈。

达尔大尼央心里想这正是他介入进去的好时机。他到了另一边车门口跟前，恭恭敬敬地除下帽子说：

“夫人，能允许我为您效劳吗？我觉得这位骑士惹您生气了。对他这种失礼，夫人，只要您一句话，我就负责来惩罚他。”

---

① 金锦营，法国国王弗朗索瓦一世（1494—1547）为了与英国国王亨利八世结成反神圣罗马帝国皇帝查理五世的联盟，于1520年在加来海峡省的两个叫吉纳和阿尔德尔的城镇之间的地方会谈，这块地方被叫成金锦营，是因为弗朗索瓦一世以极豪华的排场来招待对方。但会谈后，联盟未能缔结。

一听到说话声，米莱狄就回过头来好奇地看着这个年轻人，等他说完以后，她用纯正的法语说："先生，如果这位跟我吵嘴的人不是我的兄弟，我是会真心诚意地请求您保护我的。"

"啊！那就请原谅我吧，"达尔大尼央说，"您也知道，这一层我是不知道的。"

"这个冒失鬼来管什么闲事，"那个被米莱狄称为兄弟的骑士把身子弯到车门同样的高度，大声说，"他为什么不去赶他自己的路。"

"您自己才是冒失鬼，"达尔大尼央也把身子伏在马脖子上从另一扇马车门向这边答话，"我不去赶我自己的路是因为我喜欢待在这儿。"

那个骑士用英语和他的姐妹讲了几句话。

"我，我跟您讲的是法语，"达尔大尼央说，"请您也用同样的语言回答我。您是这位夫人的兄弟，那就算了；不过幸好您不是我的兄弟。"

大家一定会以为米莱狄像通常的妇女一样胆小怕事，马上来调停这场刚开始的争吵，免得使双方的挑衅升级；可是事实并非如此，她突然往马车深处一靠，语气果断地向车夫喊道："回府邸去！"

那个年轻的使女用不安的眼光看了达尔大尼央一眼，他的英俊的外貌似乎对她起了作用。四轮马车走了；这两个男人面对面地待在那儿，没有任何障碍物把他们隔开了。

骑士刚想策马去追赶那辆马车，可是达尔大尼央已经认出了对方就是那个在亚眠赢了他的马，还几乎从阿多斯手里赢了他的钻石戒指的英国人。他的已经升起的怒火这时更加炽烈了。他追上去拦住他。

"喂，先生，"他说，"您好像比我还要冒失，因为据我看，您已经忘记了我们之间曾经有过一点儿小争执。"

"啊，啊！"英国人说，"原来是您，我的先生。您一定是还想跟我赌点儿什么？"

"是的，您使我记起了我要翻一下本。亲爱的先生，我们来看看，您玩起剑来是不是跟玩骰子筒同样高明。"

“您看得很清楚，我身边没有带剑，”英国人说，“您是不是想在一个手无寸铁的人跟前逞英雄？”

“我很希望您家里有剑，”达尔大尼央说，“不管怎样，我身边有两把剑；如果您愿意，我可以拿出一把来跟您赌。”

“那倒不必，”英国人说，“这类家什我有的是。”

“那好，我尊敬的贵族，”达尔大尼央接着说，“请去挑一把最长的，今天傍晚时拿来给我看看。”

“请问在什么地方？”

“在卢森堡宫后面，对我向您建议的这种散步来说，那是个可爱的去处。”

“行，我会去的。”

“什么时间？”

“六点钟。”

“还有，您也可能有一两个朋友吧？”

“我有三个呢，如果他们能跟我一起来赌一局，一定会感到不胜荣幸。”

“三个？太好了！真是太巧了！”达尔大尼央说，“我也有三个。”

“现在，您说说您是谁？”英国人问。

“我是达尔大尼央先生，加斯科尼的贵族，在德·艾萨尔先生的国王卫队服役。您呢？”

“我吗？我是温特勋爵，歇菲尔德男爵。”

“好吧，听候吩咐，男爵先生，”达尔大尼央说，“尽管您的这些名字都很难记住。”

他用马刺刺了一下马，策马飞奔，顺着通往巴黎的大路疾驰而去。

就像他惯常遇到这一类情况时所做的那样，他直接去了阿多斯家里。

他看到阿多斯躺在一张长沙发上，像他说过的那样，正在等待他的装备来找他。除了写给德·瓦尔德先生的那封信以外，达尔大尼央把刚才发生的事全都告诉了他。阿多斯知道要去和一个英国人决斗，非常高兴。我们已经说过，这正是他梦寐以求的事。

他们当即派跟班去找来了波尔朵斯和阿拉密斯，把情况讲给他们听。

波尔朵斯拔出他的剑对着墙壁作冲刺动作，不时地退退进进，还像跳舞似的做出一些屈膝动作。阿拉密斯一直在做他的诗，他把自己关在阿多斯的书房里，请大家在需要拔剑出鞘的时候到来之前别去打扰他。

阿多斯向格里莫做了个手势，要他去拿一瓶酒来。

至于达尔大尼央，他心中正在盘算着一个我们稍后将要看到付诸实行的小小的计划。从他嘴边不时闪现的、照亮了他那张陷在沉思中的脸的微笑可以看出，这个小小的计划将使他有可能经历一次愉快的冒险。

下　卷

第一章
英国人和法国人

约定的时间到了，他们带着四个跟班来到了卢森堡宫后面一个有围墙的园子里，这个园子已经废弃，只有一些山羊在那儿吃草。阿多斯拿出一点零钱给放羊的人，让他走开。四个跟班负责放哨。

很快又有一群不声不响的人也来到了这个园子跟前，走进去和火枪手会合；随后，根据海峡那边人的习惯，双方作了介绍。

那些英国人都是一些出身高贵的人，一听到他们对手的几个古里古怪的名字，不仅感到奇怪，而且有点儿担心。

“可是尽管你们说了你们的名字，”温特勋爵在听了三个火枪手的自我介绍后说，“我们还是不知道你们是些什么人，我们不能和有这样的名字的人决斗；这都是些牧羊人的名字啊！”

“你们猜得不错，米罗尔，这些都是假名字，”阿多斯说。

“这就使得我们更想知道你们各位的真名实姓了，”英国人回答。

“您不知道我们的名字也跟我们赌过，”阿多斯说，“您不是还赢了我们两匹马吗？”

“是的，可是那一次我们只拿我们的皮斯托尔冒险；而这一次我们是拿我们的鲜血冒险：我们可以和任何人赌钱，但是只能和地位相等的人决斗。”

“您说得很正确，”阿多斯说，他在四个英国人中间找了一个他要跟他决斗的对手，悄悄地把自己的姓名告诉了他。

波尔朵斯和阿拉密斯也如法炮制。

“这样行了吗？”阿多斯问他的对手，“我是一个地位相当高的贵族，您可以赏脸跟我比剑了吧？”

“是的，先生，”英国人躬身说。

“那么，现在让我告诉您一件事，好吗？”阿多斯冷冷地说。

“什么事？”英国人问。

“那就是您如果刚才不坚持要我说出我的真实姓名，也许对您只有更好。”

“为什么？”

“因为有人以为我已经死了，而我又有一些不希望别人知道我还活着的原因，所以我就不得不杀死您，好让我的秘密不泄漏出去。”

英国人望望阿多斯，以为他在开玩笑；可是阿多斯决不是在开玩笑。

“各位先生，”阿多斯同时对他的伙伴们和他们的对手们说，“全都准备好了吗？”

“准备好了，”英国人和法国人异口同声地说。

“那就开始吧！”阿多斯说。

顿时，八把剑在夕阳下闪射出光芒，战斗开始了；他们既有个人恩怨，又有国家仇恨，所以拼杀得格外激烈。

阿多斯神色泰然，一招一式极其规范，就像在击剑练习场上一样。

波尔朵斯无疑在尚蒂利那场遭遇战中因为过于自信而得到了教训，所以现在表现得非常认真和谨慎。

阿拉密斯想把他那篇诗的第三节写完，所以急着想把眼下这件事赶快结束。

阿多斯首先刺死了他的对手。阿多斯只刺了他一剑，可是这一剑就像刚才预先通知他的那样，是致命的一剑，刺穿了他的心脏。

波尔朵斯第二个把他的对手撂倒在草地上；他刺穿了对方的大腿。那个英国人不想再抵抗了，就把他的剑交了出来；于是，波尔朵斯抱起他来送进他的马车。

阿拉密斯凶猛地攻击，把对方逼退了五十来步，最后杀得他在跟班们的一片喝彩声中逃跑了。

至于达尔大尼央，他起先纯粹是招架，后来看到对手已经累了，才突然开始从侧面猛地一击，把他的剑磕飞了。男爵看到自己被解除了武装，朝后退了两三步：不料突然脚底一滑，仰面摔倒在地。

达尔大尼央一步便跳到他的面前，把剑抵在他的脖子上说：

“先生，我本来是可以杀死您的，您完全在我的手掌之中；不过我看在您姐姐的份上饶您一命。”

达尔大尼央乐得心花怒放；他刚才实现了他预定的计划，正是这个计划的前景使他的脸上露出了我们曾经提到过的那种微笑。

英国人看见与他打交道的贵族竟是这样一位随和的人，心里非常高兴，伸出胳膊把达尔大尼央紧紧抱住，并对三位火枪手说了许多好话；因为这时波尔朵斯的对手已经被安置在马车里，阿拉密斯的对手已经逃之夭夭，他们只须去料理已经咽了气的那一位了。

波尔朵斯和阿拉密斯解开他的衣服，想看看他的伤口是不是致命，这时候有一只胀鼓鼓的钱袋从他腰带上掉了下来。达尔大尼央捡起钱袋，递给温特勋爵。

“您要我把这个东西怎么处置？”英国人说。

“您去把它交还给他家里的人，”达尔大尼央说。

“他家里的人才不在乎这点小钱呢；他家里继承的遗产每年有一万五千路易的年金收入！把这只钱袋里的钱留给您的跟班吧。”

达尔大尼央把钱袋放进了自己的口袋。

“现在，”温特勋爵说，“我年轻的朋友，我希望您能同意我这样称呼您，如果您愿意，我今天晚上就可以把您介绍给我的姐姐克拉丽克夫人；因为我希望她也能对您青睐有加；她在宫里有不少关系，也许日后她说一句话会对您有点儿用处。”

达尔大尼央高兴得脸都红了，弯弯腰表示同意。

这时候，阿多斯来到达尔大尼央身旁。

“您打算把这只钱袋怎么办？”他轻轻地在达尔大尼央耳边说。

“我打算把它交给您，我亲爱的阿多斯。”

“交给我？为什么？”

“当然交给您，是您把他杀了的，这是战利品。”

“我，继承一个敌人的遗产！”阿多斯说，“您把我当成什么人了？”

“这是战场上的规矩，”达尔大尼央说，“难道决斗场上就不能按这个规矩办事了吗？”

“即使在战场上，”阿多斯说，“我也从来没有这样干过。”

波尔朵斯耸耸肩膀。阿拉密斯动了动嘴唇，表示同意阿多斯的说法。

“那么，”达尔大尼央说，“就照温特勋爵建议我们做的那样，把这些钱给跟班们。”

“行，”阿多斯说，“我们把这袋钱给跟班们；不过不是给我们的跟班们，而是给英国人的跟班们。”

阿多斯接过钱袋，把它扔在马车夫的手里，说：

“给您和您的伙伴们。”

一个不名一文的人所做出的豪爽行为使波尔朵斯也受到了震动；这种后来由温特勋爵和他的那个朋友讲出去的法国式的慷慨，到处都受到了普遍的赞许；当然，格里莫，穆斯格东，普朗歇和巴赞四位先生除外。

温特勋爵在跟达尔大尼央分手时，把他姐姐的住址告诉了他；她住在王宫广场的高等住宅区，门牌号码是六号。他答应来接达尔大尼央去和他姐姐会面。达尔大尼央约他当晚八点钟在阿多斯家碰头。

去见米莱狄这件事老是在我们这位加斯科尼人的脑海中盘旋，他想起了这个女人是以多么奇怪的方式进入了他的命运。他深信她是红衣主教手下的人，可是他总是觉得有一种说不清楚的、不可抵御的感情在把他拖向她。他惟一感到害怕的是，米莱狄也许会认出他就是在默恩和多佛尔遇见过的那个人，那么她就会知道他是德·特雷维尔先生的朋友，因此也就知道他的身心都是属于国王的。这样一来，他就丧失了他的一部分优势；因为既然双方都知道了对方的底细，他和她较量时的地位就完全平等了。至于她和德·瓦尔德伯爵之间已经开始的私情，我们这位极其自负的青年是很少想到的，尽管这位伯爵年轻、英俊、有钱，并深得红衣主教大人的欢心。我们的加斯科尼人年纪只有二十岁，而且出生在塔布，在女人眼里是决不会一无可取的。

达尔大尼央先回到自己家里，把自己漂漂亮亮地打扮了一番，随后他去了阿多斯家，并且按照他的习惯，把所有的事情全都告诉了他。阿多斯听了他的计划，随后摇摇头，不无辛酸地叮嘱他要小心行事。

“什么！”他对达尔大尼央说，“您刚刚失掉了一个您说她非常温柔、美妙，几乎可以说是十全十美的女人，而现在您又在追逐另一个女人了！”

达尔大尼央感到这种责备是公正的。

“我爱博纳希厄太太是用心去爱的，而我爱米莱狄用的是头脑，”他说，“在我请人把我带到她家里去时，我主要是想搞清楚她在宫中扮演什么角色。”

“她在宫中扮演的角色，那还用说！根据您对我说过的那些话，不难猜出她是红衣主教的一个密探，是一个将要诱使您落入她陷阱里的女人，您的脑袋将来会乖乖地留在那里面的。”

“见鬼！我亲爱的阿多斯，我觉得您对什么事都是那么悲观。”

“亲爱的朋友，我对女人就是不相信，有什么办法！为了女人我已付出过代价，尤其是金黄头发的女人。米莱狄的头发是金黄色的，您不是对我说过吗？”

“她的金黄色头发漂亮得世上少有。”

“啊，我可怜的达尔大尼央，”阿多斯说。

“请听我说，我要去把事情打听清楚；等我知道了我想知道的事情以后，我就离开她。”

“那您就去打听吧，”阿多斯冷淡地说。

温特勋爵在约定的时间来了，可是阿多斯听说他要来，就避到另一个房间里去了；所以温特勋爵只看到达尔大尼央一个人。因为八点钟快到，他就带着年轻人走了。

一辆华丽的四轮马车等在楼下，拉车的是两匹出色的骏马；不一会儿他们便来到了王宫广场。

米莱狄郑重地接待了达尔大尼央。她的府邸非常豪华；尽管大部分英国人由于战事而受到驱逐，离开了法国，或者即将离开，可是米莱狄却为了装饰她的房屋新近还花了很多钱，这证明了遣返英国侨民的通令跟她没有关系。

“您看，”温特勋爵在把他的姐姐介绍给达尔大尼央时说，“这位年轻的贵族，他曾经把我的命捏在手里，可是他并未滥用他的优势，尽管我们还是双重仇敌，因为是我侮辱了他，我又是个英国人。所以您得谢谢他，夫人，如果您关心我的话。”

米莱狄微微地皱了皱眉头，有一片难以觉察的阴影掠过她的额头，接着在她的嘴唇上又露出一种十分怪异的微笑；年轻人看见她这种瞬息万变的表情不禁打了个哆嗦。

那位做兄弟的什么也没有看到；他刚才正转过身去跟米莱狄非常喜欢的一只猴子戏耍；猴子拉住了他的击剑短衣。

“欢迎光临，先生，”米莱狄说，她那少有的甜蜜的声音跟达尔大尼央刚才瞥见的不高兴的神色完全不相配，“您今天得到了让我永远感激您的权利。”

于是，温特勋爵转过头来，把白天那场决斗经过原原本本地讲了一遍。米莱狄极其仔细地听着他说；尽管她尽量掩饰自己的表情，可是旁人还是很容易看出，这个故事一点也不使她感到高兴。她的血涌上了她的脑袋，两只小脚不耐烦地在她的裙子里面动来动去。

温特勋爵什么也没有发现；接着，在他说完以后，他走到一张桌子跟前，桌子上有一个盘子，盘子里放着一瓶西班牙葡萄酒和几只酒杯。他斟满两杯酒，招呼达尔大尼央过去一起喝。

达尔大尼央知道，拒绝和一个英国人碰杯是会得罪他的，于是达尔大尼央走近桌子，拿起了第二杯酒；不过他的眼睛一刻也没有离开米莱狄，他在镜子里看到她的脸容又起了变化。她以为没有人瞧着她了，脸上突然呈现出一种近乎残酷的表情；她恶狠狠地撕咬着自己的手绢。

这时，达尔大尼央曾经注意过的那个漂亮的使女进来了，她用英语对温特勋爵讲了几句话，勋爵立即请求达尔大尼央允许他告退，说有些重要事情要他去办，并请他的姐姐为他表示歉意。

达尔大尼央和温特勋爵握过手以后又回到米莱狄身边。她的脸色变得真快，这时又变得非常亲切，只是她的手绢上留下的几个小小的血红的斑点，显示出她曾把嘴唇咬出过血。

她的嘴唇非常鲜润，就像是珊瑚做的一样。

谈话很风趣。米莱狄似乎完全恢复了镇定。她说温特勋爵只是他的小叔而并非兄弟：她嫁给了他的亲哥哥，生下一个孩子后就成了寡妇。如果温特勋爵一直不结婚，那么这个孩子就成了他的惟一继承人。这些话使达尔大尼央听了后觉得有一层幕布掩盖着什么东西，不过他还看不到幕布后面是什么。

此外，在交谈了半个小时以后，达尔大尼央断定米莱狄是他的同胞；她说的法语纯正悦耳，根本不可能不是法国人。

达尔大尼央说了很多表示殷勤和保证忠诚的话。米莱狄亲切地对着这个一味恭维她的加斯科尼小伙子微笑。该告辞的时间到了，达尔大尼央向米莱狄告别后，像一个最幸福的男人那样走出了客厅。

他在楼梯上遇到了那个漂亮的使女，在擦肩而过时她轻轻地和他碰撞了一下，又脸涨得通红地请他原谅，达尔大尼央当即宽恕了她。

第二天，达尔大尼央又去了，他受到了比头天更好的接待。温特勋爵不在场，这一天米莱狄整个晚上都是在接待他。她似乎对他很感兴趣，问他是什么地方人，他的朋友们是些什么人，还问他是不是有时候也想到要替红衣主教先生效力。

正像大家已经知道的那样，作为一个二十岁的青年，他是相当谨慎小心的，他这时想起了自己对米莱狄的种种怀疑。他对法座大大赞颂了一番，说自己如果当初认识的是像德·卡伏瓦先生那样的人，而不是认识德·特雷维尔先生，那么他一定会参加红衣主教的卫队，而不会当上国王的卫士。

米莱狄非常自然地又改变了话题，似乎漫不经心地问达尔大尼央是否去过英国。

达尔大尼央回答说，他是被德·特雷维尔先生派到那儿去采购一批军马的；他还带回了四匹样品马。

米莱狄在谈话中间咬了两三次嘴唇；因为和她打交道的是一个相当

老练的加斯科尼人。

达尔大尼央在跟头天同样的时间告辞。他在走廊里又遇到了那个美丽的名叫凯蒂的使女。她用一种毋庸置疑的脉脉含情的神态看着他。可是达尔大尼央一心都在思念她的女主人，所以根本没有注意到她的神态。

接下去的两天达尔大尼央天天都到米莱狄家中去，米莱狄对他的招待一天比一天亲切。

每天晚上，有时候在前厅里，有时候在走廊里，有时候在楼梯上，达尔大尼央总会遇到那个美丽的使女。

可是，就像我们已经说过的那样，达尔大尼央对那个可怜的凯蒂的苦苦追求根本就没有注意。

第二章
诉讼代理人的一餐午饭

尽管波尔朵斯在那场决斗中表现得很出色，他也没有忘记他那位诉讼代理人夫人邀请他去吃的午饭。所以到了第二天一点钟左右，他叫穆斯格东把他的衣服最后刷了一遍，随后便迈着像一个双喜临门的人那样的步伐向狗熊街走去。

他的心在一个劲地跳动，但不是像达尔大尼央的心那样，在为一种青年人的迫不及待的爱情而跳动；不是的，而是有一种更加物质化的利益在刺激他的血液，他终将跨进那个神秘的门槛，登上那座他从未见过的由科克纳尔大师用一个个古老的埃居堆积而成的楼梯。

他就要在现实中看到他在梦中已经看到过不下二十次的那口大钱柜，那口又长又深，装上铁闩，挂上铁锁，嵌进地面的大钱柜。那口大钱柜他经常听人谈起，而现在，诉讼代理人夫人就要用她那双的确稍显干瘦，但还算得上漂亮的手，在他赞赏不已的眼光下，把它打开了。

再说，他原是一个没有财产、没有家庭、四处漂泊的人，一个习惯于在客店、饭馆、酒店和小客栈里混日子的大兵，一个大部分时间不得不满足于遇上什么吃什么的美食家，现在他要去尝尝家常菜了，去过过舒适的家庭生活了，去听凭自己接受一些小殷勤了；据那些老兵说，越是生活艰苦，越是会觉得这些小殷勤非常受用。

以表亲的身份每天去吃上一顿好饭，设法使皮肤枯黄、满脸皱纹的老诉讼代理人开颜欢笑，以传授玩纸牌和掷骰子的巧妙手法来骗取年轻的办事员们一些钱，把他们一个月的积蓄当做替他们授课一个小时的薪金赚过来。想到这一切，波尔朵斯乐得心花怒放。

这个火枪手曾经从各个方面听到过很多至今还在流传的有关一些诉讼代理人的传闻，什么斤斤计较啦，一毛不拔啦，斋戒禁食啦。可是，除了有几件波尔朵斯始终认为有点儿不合情理的过于节约的事情以外，他觉得那位诉讼代理人夫人毕竟是相当大方的，当然，这种大方是就一个诉讼代理人夫人而言的，所以他希望看到一座很有气派的房子。

然而，刚走到门口，这位火枪手便产生了一些疑虑；那座房子是绝对吸引不了什么人的：过道里臭气熏天，漆黑一片，楼梯上光线微弱，些许阳光是从隔壁院子里通过一些狭小的气窗透进来的。二楼上有一扇低矮的门，上面钉着一些巨大的钉子，就像大夏特莱监狱的大门似的。

波尔朵斯用手指敲了敲门；出来开门的是一个高个儿的办事员，苍白的脸庞被埋在一头像原始森林般的头发下面。这个办事员从来人的魁梧身材看到了他的力量，从他的军人制服看到了他的身份，从他的满脸红光看到了他舒适的生活，所以不得不恭敬地向他行了个礼。

另外一个身材矮些的办事员站在他的后面，还有一个稍许高些的站在这第二个的后面，最后面还有一个年仅十二岁的跑腿。

一共是三个半办事员；这在当时可以说明这个事务所的生意非常兴隆。

虽说火枪手要到一点钟才会来，可是诉讼代理人夫人从中午起便在向外不断地张望，她认为她的情夫对她的一片深情，还有他的胃口，都会使他提前到达。

所以，当这位来吃饭的客人刚走进楼梯门，几乎就在同时，科克纳尔夫人便出现在她的房门口；这位高贵的夫人的出现使波尔朵斯摆脱了困境。因为当时那些办事员们的眼睛都好奇地盯着他，他也不知道对那些高矮不一的人说些什么好，所以还没有开过口。

“这位是我的表弟，”诉讼代理人夫人高声说，“请进，请进，波尔朵斯先生。”

波尔朵斯的名字在这些办事员身上产生了效果，他们都笑了起来；可是当波尔朵斯回头望他们时，他们的脸上立即又恢复了庄重的神色。

他们走过了前厅和办公室——办事员们本应待在办公室里的，这时却全在前厅里——，来到了诉讼代理人的书房里。这后面一间是一个黑糊糊的大房间，放着很多卷宗。从办公室出来，右边就是厨房；这时他们走进了客厅。

所有这些相连的房间没有给波尔朵斯一点儿好印象。所有的门都是开着的，说话声从很远的地方便能听到。此外，在路过时，他曾用探究的目光向厨房里很快地扫了一眼，却没有看到那种通常在美食的殿堂中准备宴席时必定会有的熊熊的炉火以及一片忙碌景象；他顿时感到非常失望，诉讼代理人夫人一定也感到丢了面子。

诉讼代理人肯定预先知道有这次拜访，因为他见到波尔朵斯泰然自若地走到他跟前，并彬彬有礼地对他鞠躬时，丝毫也没有露出惊讶的神色。

“波尔朵斯先生，我们好像是表亲吧？”诉讼代理人在他那把藤椅上用胳膊撑起身子说。

这个老头儿穿着一件宽大的黑色短上衣，瘦小的身体几乎都看不见了；但他虽然干瘦却仍很有精神；一双灰色的小眼睛发出宝石般的光辉，他脸上惟一还有生命的部分仿佛就是那双眼睛和那张做怪样的嘴。不幸的是他那双腿已经不愿为他那副骨头架子服务了；五六个月以来，他这种衰竭的现象越来越明显，这位可敬的诉讼代理人几乎已经变成他妻子的奴隶了。

他就这样忍气吞声地接受了这位表弟。如果科克纳尔大师手脚轻健，他也许不会承认跟波尔朵斯有任何亲属关系的。

“是啊，先生，我们是表兄弟，”波尔朵斯自然大方地说，而且他也从来没有指望过会受到做丈夫的热情接待。

“我想，是女方的吧？”诉讼代理人狡猾地说。

波尔朵斯根本没有听懂那是一句嘲讽话，而是把它当作一句天真的话了，因此在他的两撇胡子里面露出了笑容；可是科克纳尔夫人却知道天真的诉讼代理人在诉讼代理人中间是罕见的，因此她只是勉强地笑笑，脸却涨得通红。

波尔朵斯刚一进来，科克纳尔大师便心神不安地向放在他的橡木书桌对面的一口大柜子望了望。波尔朵斯知道，这口大柜子的式样虽然跟他在梦中看见的那口不一样，但肯定就是那口会给他带来幸福的大钱柜；而且，这口现实中的柜子要比他梦中的柜子高出五六尺，这就更使他欣喜不已。

科克纳尔大师不再在亲戚关系上作深究了；只是把他不安的眼光从大柜子移向了波尔朵斯，一边说：

“我们的表弟先生在奔赴前线之前，一定肯赏光和我们一起吃顿饭吧，科克纳尔夫人，是不是？”

这一次，波尔朵斯的胃上像是挨了一下，而且他感觉到了它的分量；科克纳尔夫人方面呢，看来也不是没有感觉到，因为她接着说：

“如果我的表弟觉得我们待他不好，他就不会再来了；不过，假使情况相反，他眼下能待在巴黎的时间已经不多，也就是说没有时间再来看我们了，所以我们不能请他把他动身以前的所有他能安排的时间都给我们。”

“啊，我的腿，我的可怜的腿啊！你们到哪儿去了呀？”科克纳尔大师咕噜着说。他勉强地笑了笑。

这几句表示支援的话正在波尔朵斯想大吃一顿的欲望受到攻击时说了出来，使我们这个火枪手对诉讼代理人夫人格外感激。

吃饭的时间很快就到了；大家走进餐厅，那是一间在厨房对面的光线暗淡的大房间。

办事员们仿佛已经闻到了在这幢房子里不常有的香味，都像严格遵守时间的军人那样走来了，手里端着凳子准备坐下。已经可以看到他们都在活动着牙床骨，那副模样真有些怕人。

"天啊！"波尔朵斯心中在寻思，一边看了看那三个像饿鬼般的人。大家可以想象得到，那个跑腿在这种正式场合是不能上桌的，所以就他们三个，"天啊！如果换了我是我表兄，我是不会把这些贪嘴的人留下来的，他们真像是一些已经饿了六个星期的海上遇难者。"

科克纳尔大师进来了，他是坐在他的轮椅上被他的夫人推进来的；于是，波尔朵斯也过来帮着她把她的丈夫一直推到饭桌前面。

科克纳尔大师刚一进来，便像他的几个办事员一样，鼻子和牙床骨都微微动了起来。

"噢！噢！"他说，"汤的味道真不错！"

"见鬼！他们在汤里究竟闻到了什么了不起的味道？"波尔朵斯心里在说，他看到了一盆灰白色的汤，汤盛得很满，可是看不见一丁点油花，面上漂浮着不多的几片面包皮，就像群岛中的一座座岛屿。

科克纳尔夫人微微一笑，做了个手势以后，大家便匆匆忙忙地落座了。

汤首先舀给科克纳尔大师，随后是波尔朵斯；随后科克纳尔夫人把自己的汤盆也盛满了，剩下的几片面包皮给了那几位等得急不可耐的办事员。

正在这时候，饭厅的门吱地一声自己打开了；波尔朵斯从半开着的门缝里，看到那个未能参加这顿筵席的小办事员，正在就着从厨房和饭厅两边飘过来的香味啃他的干面包。

喝完汤以后，女用人端上来一只清炖母鸡，这道菜真是太奢侈了，使得各位宾客的眼珠子都要瞪出来了。

"看得出您对您亲戚的感情很深厚，夫人，"诉讼代理人带着一种近乎悲痛的微笑说，"您对您的表弟真是照顾周到啊。"

这只可怜的母鸡瘦骨嶙峋，蒙着一层骨头绝对顶不穿的疙疙瘩瘩的老皮。寻找它的人一定花了很长时间才在它躲在上面等着寿终正寝的栖架上找到它。

“见鬼！”波尔朵斯心里在想，“这件事可真叫人有点儿伤心。一般来说，我是尊重老年的；不过要是炖熟了或是烤熟了以后，我就不大尊重了。”

于是他向周围扫了一眼，看看有没有人同意他的意见；可是出乎意料的是，所有人的眼睛都在冒火，都已经在心中吞吃着这只他不屑一顾的出色的母鸡。

科克纳尔夫人把那只盛鸡的盘子拖到自己面前，麻利地把两只黑色的鸡爪扯下，搁在她丈夫的盆子里；把鸡的脖子和脑袋留给自己；撕下一只翅膀给波尔朵斯，随后又把那只几乎还是完整的鸡还给了刚才把它端上来的女用人，让她撤走。我们的这个火枪手还没有来得及去察看每个必然会感到失望的人的脸上的表情变化——这种变化因每人的性格和气质而异——，那只鸡已经不见了。

一盆蚕豆代替失踪的鸡送了上来，这只盆子很大很大，蚕豆中还有几块乍看之下好像还带着肉的羊骨头。

可是这种骗局瞒不了这几位职员，原来是灰心失望的神色这时变成逆来顺受的了。

科克纳尔夫人像一个节俭的主妇那样把这道菜分给那些年轻的办事员们。

开始喝葡萄酒了。科克纳尔大师举起一只很小的粗陶酒瓶，在每个年轻人的酒杯里斟了三分之一杯，又给自己也斟了几乎是同样多的酒，接着又立刻把酒瓶向波尔朵斯和科克纳尔夫人那边传去。

职员们在各自的三分之一杯的酒里兑满水，随后，在喝了半杯以后又加满，再喝再加，始终如此；以致到这餐饭快吃完时，一杯原来像红宝石般鲜红的酒已经变成淡黄色的了。

波尔朵斯战战兢兢地啃着他的鸡翅膀，感到科克纳尔夫人的膝头在桌子底下碰撞他的膝头时不免一阵哆嗦。他也把他那杯主人非常珍惜的葡萄酒喝了半杯，尝出了那是难以下咽的蒙特勒伊[①]葡萄酒；对一个味觉训练有素的美食家来说，这真是太可怕了。

科克纳尔大师看着他在喝这种不兑水的葡萄酒，不禁长叹一声。

“我的表弟波尔朵斯，要不要再吃些蚕豆？”科克纳尔夫人说，可是她说话的语气好像是在说，“请相信我，别吃它。”

“我要是尝它，那才见鬼呢！”波尔朵斯低声咕哝……

接着他高声说：

“谢谢，我的表姐，我已经吃饱了。”

大家都不说话。波尔朵斯不知道应保持一种怎样的姿态才好。诉讼代理人一遍又一遍地说：

“噢，科克纳尔夫人！我要向您祝贺，您的这顿饭真是一桌丰盛的宴席哪！天啊，我这是吃完了吗？”

科克纳尔大师已经喝光了他的汤，吃完了那两只黑色的鸡爪子和惟一的一块上面稍许带有点肉的羊骨头。

波尔朵斯认为自己受了欺骗，于是开始卷胡子和皱眉头了；不过这时科克纳尔夫人的膝头凑近来轻轻地碰碰他，劝他要耐心一点。

既没有人说话，也没有再上菜，对这两件事波尔朵斯都难于理解，可是对职员们来说正相反，有着一种可怕的意义。看到诉讼代理人的眼色和科克纳尔夫人的微笑，他们都在桌子跟前慢慢地站起来，更加缓慢地折好他们的餐巾，随后打了个招呼，走了。

“去吧，你们这些年轻人，去一边工作一边消化吧，”诉讼代理人神情严肃地说。

职员们走了，科克纳尔夫人站起来，从一只食品柜里取出一块乳酪，一些木瓜果酱和一块她亲自用杏仁和蜂蜜做的蛋糕。

科克纳尔大师皱了皱眉头，因为他看到吃的东西实在太多了；波尔朵斯咬了咬嘴唇，因为他看到这餐饭简直没有什么可吃的。

他看看那盆蚕豆还在不在；蚕豆已经不见了。

---

① 蒙特勒伊，巴黎东边塞纳-圣德尼省的一个城镇。

“真正是宴席啊，”科克纳尔大师坐在他的椅子上晃动着身子大声说，“真正的宴席啊，epuloe epularum[①]；就像是卢库卢斯[②]在卢库卢斯家中吃饭。”

波尔朵斯看了看身旁的那只酒瓶，他希望将就着喝些酒，吃些面包和乳酪当作午餐。可是瓶子空了，酒已经没有了；科克纳尔夫妇似乎根本没有觉察。

“好吧，”波尔朵斯心里想，“我有数了。”

他舀了一小匙果酱舔了舔，又尝了点儿科克纳尔夫人的粘牙的蛋糕。

“现在，”他说，“牺牲已经作出。啊！如果我没有希望跟科克纳尔夫人一起去瞧瞧她丈夫的柜子里有什么东西，那我就更倒霉了。”

科克纳尔大师享用了这顿被他称作过于丰盛的美味的宴席以后，感到有小憩一下的需要。波尔朵斯希望他能在饭厅里就地休息，可是这位可恶的诉讼代理人却什么也听不进去，坚持要把他送回他的书房里去，他还高声嚷嚷要躺在那口大柜子前面，为了更小心起见，他还把他的双脚搁在柜子上面。

于是，诉讼代理人夫人把波尔朵斯带到隔壁房间里，两人开始商量重归于好的基本条件。

“您每星期可以来吃三次饭，”科克纳尔夫人说。

“谢谢，”波尔朵斯说，“我不想做得太过分；再说，我还要考虑筹措我的装备。”

“是啊，”诉讼代理人夫人唉声叹气地说……“就是那些倒霉的装备。”

“唉！是的，”波尔朵斯说，“就是那些东西。”

---

①拉丁文，意思是：宴席的宴席。

②卢库卢斯（约前117—约前57），罗马大将，曾任财务官；是一位美食家。古希腊传记作家普鲁塔克（约46—约120）写的《卢库卢斯传》第57章中记有卢库卢斯的一句话：“你不知道卢库卢斯今天晚上在卢库卢斯家中吃什么吗？”这是卢库卢斯回答他厨师的一句话，因为这一天他的厨师只替他准备了普通的饭菜，理由是他不宴请宾客。后来这句话被喜爱美食的人引用。

“可是，波尔朵斯先生，您那个部队里的装备到底包括些什么东西啊？”

“噢，包括很多东西，”波尔朵斯说，“您也知道，火枪手是士兵中的精华，他们需要很多对国王卫士和瑞士兵来说都不需要的东西。”

“不过，请对我再讲得详细点儿。”

“一共可能要花到……”波尔朵斯说，他喜欢讨论总数而不愿意在细账上多花时间。

诉讼代理人夫人心惊胆战地等待着。

“要花到多少？”她说，“我希望别超过……”

她想不出数目，说不下去了。

“啊！不会，”波尔朵斯说，“不会超过两千五百利弗尔；我甚至相信，只要节省着用，有两千利弗尔我也好歹可以把这些事办成了。”

“仁慈的天主啊，两千利弗尔！”她叫了起来，“这可以说是一笔不小的财产了！”

波尔朵斯做了一个意味深长的鬼脸，科克纳尔夫人明白这是什么意思。

“我要问问细节，”她说，“因为我在生意场上有很多亲戚朋友，所以我几乎可以完全肯定，我买这些东西，百分之百要比您自己去买便宜。”

“啊！啊！”波尔朵斯说，“如果您刚才要说的是这个意思就好了。”

“是的，亲爱的波尔朵斯先生！首先您是不是需要一匹马？”

“是的，一匹马。”

“好吧，正巧我有办法。”

“啊！”波尔朵斯兴高采烈地说，“那么我的马解决了；其次我需要全副鞍辔；那套东西只能由火枪手自己去买，而且价格不会超过三百利弗尔。”

“三百利弗尔！那么我们就算它三百利弗尔吧，”诉讼代理人夫人叹了口气说。

波尔朵斯露出了笑容：我们还记得他仍保留着白金汉送的那副鞍

辔；也就是说，他已经巧妙地把三百利弗尔装进了自己的腰包。

“此外，”他接着说，“还有我跟班骑的马和我的旅行袋；至于兵器您就别操心了，我全有。”

“您跟班骑的马？”诉讼代理人夫人犹犹豫豫地说，“您真像是一位大爵爷，我的朋友。”

“啊，夫人！”波尔朵斯骄傲地说，“难道我是一个乡巴佬？”

“不是的，我只是想对您说，一头漂亮的骡子有时候和一匹马同样有气派，所以我觉得，如果您能替穆斯格东找到一头漂亮的骡子……”

“有一头漂亮的骡子也成，”波尔朵斯说，“您说得对，我看见过有些西班牙大贵族的随从都是骑骡子的。可是，科克纳尔夫人，骡子头上要戴羽饰，脖子上要挂铃铛，您可知道！”

“这您可以放心，”诉讼代理人夫人说。

“剩下的只是旅行袋了，”波尔朵斯接着说。

“啊！这您一点也不用担心，”科克纳尔夫人大声说，“我丈夫有五六只旅行袋，您可以挑一只最好的；其中有一只他最爱使用的，大得简直可以把整个世界都装进去。”

“这么说，您那只旅行袋是空的啰？”波尔朵斯似乎很天真地问。

“当然是空的，”诉讼代理人夫人也天真地回答。

“啊！可是我需要的旅行袋，”波尔朵斯高声说，“是一只装满东西的旅行袋啊，我亲爱的。”

科克纳尔夫人又叹了几口气。那时候莫里哀[①]还没有写出他的《吝啬鬼》，所以阿巴贡只是步了科克纳尔夫人的后尘而已。

临了，其余的装备也一件件用同样的方法讨论过了，结果是由诉讼代理人夫人拿出八百利弗尔现金，再提供一匹马和一头骡子让波尔朵斯和穆斯格东两位使用。

---

①莫里哀(1622—1673)，法国古典主义喜剧家，戏剧活动家。《吝啬鬼》是他的著名喜剧之一；剧中主人公叫阿巴贡，是一个悭吝刻薄、嗜钱如命的高利贷者。

这些条件讲定以后，波尔朵斯便向科克纳尔夫人告辞。她向他做了好些媚眼想把他留住，可是波尔朵斯推托说队里有急事在等他，所以诉讼代理人夫人只得向国王的公务让步。

于是，我们这个火枪手终于饿着肚子，悻悻然地回去了。

第三章
使女和女主人

在这段时间里，就像我们说过的那样，尽管有自己良心上的呼喊和阿多斯的明智的忠告，达尔大尼央对米莱狄的爱情却在与日俱增；所以他每天都来向米莱狄献殷勤，这位喜欢冒险的加斯科尼人深信她迟早会给他回报的。

一天傍晚，他春风得意地又来到米莱狄的家里，轻松自在得像一个在等待天上落下金子的人；他在大门口遇到了米莱狄的使女，可是这一次，漂亮的凯蒂不限于在他身边经过时碰碰他，而是温柔地握住了他的手。

"好啊！"达尔大尼央心想，"她受了她女主人的嘱托，要带什么信给我，她就要把什么有人不敢对我当面讲的约会告诉我了。"

于是他瞧着这个美丽的姑娘，显出了他所能显出的最最得意的神情。

"我很想跟您讲几句话，骑士先生……"使女吞吞吐吐地说。

"说吧，我的孩子，说吧，"达尔大尼央说，"我听着呢。"

"在这儿没法说，我要对您说的话很多，而且是相当秘密的。"

"是吗！那怎么办呢？"

"骑士先生是不是愿意跟我走？"凯蒂羞答答地说。

"随便你去哪儿都行，我的漂亮的孩子。"

"那么，请来吧。"

凯蒂本来就没有松开过达尔大尼央的手，这时候就拉着他登上一条阴暗的螺旋式楼梯，走了十五六级以后，推开了一扇门。

“请进来，骑士先生，”她说，“这儿只有我们两个人，我们可以谈了。”

“我的漂亮的孩子，这是什么房间？”达尔大尼央问。

“这是我的房间，骑士先生；通过这扇门可以直接进入我的女主人的房间。不过请放心，她不会听到我们说话，她从来不在午夜之前回房睡觉。”

达尔大尼央向四周扫了一眼。这个小房间的清洁和雅致叫人赏心悦目，可是他的眼睛却不由自主地盯着凯蒂对他说的那扇通向她女主人卧房的门。

凯蒂猜出了年轻人的心事，不禁叹了一口气。

“这么说，您真是很爱我的女主人啦，骑士先生！”她说。

“啊，爱得我难于用语言来表达！凯蒂，我已经爱得发疯了！”

凯蒂又叹了一口气。

“唉，先生，”她说，“那真是太遗憾了！”

“真见鬼，你看这件事里有什么不妥当的地方？”达尔大尼央问。

“因为，先生，”凯蒂接着说，“我的女主人根本就不爱您。”

“噢！”达尔大尼央说，“是她派你来告诉我的吗？”

“啊！不是的，先生！只是因为我关心您，所以才下决心把这件事告诉您。”

“谢谢你，我的好凯蒂；不过我只谢谢你的好意，因为这个秘密让人听了很不舒服，这一点你也会承认的。”

“换句话说，您根本不相信我对您说的话，可对？”

“这样的事总是很难相信的，我的漂亮的孩子，即使只是出于自尊心。”

“所以您不相信我，是吗？”

“我承认，除非你能对刚才说过的话提出一些证据……”

“您对这个有什么可说的？”

凯蒂边说边从胸前取出一封信来。

“给我的吗？”达尔大尼央赶忙抓住那封信说。

“不是的，是给另一个人的。”

“给另一个人的？”

“是的。”

“什么名字？什么名字？”达尔大尼央高声问。

“请看看信封上写的。”

“德·瓦尔德伯爵先生。”

圣日耳曼那个场面立刻就闪现在这个自负的加斯科尼人的脑海之中；接着他用一个跟思想同样迅速的动作撕开了信封；凯蒂看到他要拆信，或者不如说看到他正在拆信的动作不由得叫了起来，他也全然不顾。

“啊！我的天主！骑士先生，”她说，“您这是要干什么？”

“我吗，我什么也不干，”达尔大尼央说，接着他看信。

> 您没有答复我上次给您的信；您是生病了，还是忘了您在德·吉斯夫人的舞会上对我使的是什么眼色？现在机会来了，伯爵！请别错过。

达尔大尼央的脸色发白了，他以为自己的爱情受到了伤害，实际上是他的自尊心受到了伤害。

“可怜的、亲爱的达尔大尼央先生！”凯蒂用充满同情的语气说，一边重新握紧了这个年轻人的手。

“你同情我，我的好姑娘！”达尔大尼央说。

“啊！是呀，我真心真意地同情您，因为我，我知道爱情是怎么回事！”

“您知道爱情是怎么回事？”达尔大尼央说，一边第一次用关注的目光看着她。

“唉！是的。”

“好吧，你与其同情我，还不如帮我向你的女主人复仇。”

“您想在她身上怎样复仇？”

“我要战胜她，取代我情敌的位置。”

“我永远也不会帮您做这件事，骑士先生！”凯蒂语气激烈地说。

“为什么？”达尔大尼央问。

“有两个原因。”

“哪两个？”

“第一个原因是我的女主人永远不会爱您。”

“你知道是怎么回事吗？”

“您伤了她的心。”

“我！我怎么会伤了她的心；我，自从认识她以后，我一直像一个奴隶般地俯伏在她的脚下过日子！说呀，我求你了。”

“这件事我永远也不会对人说，除非有人能看到我灵魂的深处！”

达尔大尼央第二次又看了看凯蒂。这个年轻姑娘鲜艳的外貌是很多贵夫人甘愿用自己的桂冠去换取的。

“凯蒂，”他说，“只要你愿意，我是能看到你灵魂深处的；这没有什么了不起，我亲爱的孩子。”

说完他吻了她一下，这个可怜的孩子的脸顿时红得像樱桃一样。

“啊，不！”凯蒂高声说，“您并不爱我！您爱的是我的女主人，您刚才还是对我这样说的。”

“这并不妨碍你把第二个原因告诉我吧？”

“第二个原因是，骑士先生，”凯蒂接着说，由于刚才的一吻和现在的年轻人的眼神，她变得大胆起来了，说，“在爱情上人人都为自己。”

直到这时候，达尔大尼央才想起了凯蒂的忧伤的眼神，他每次在前厅里，楼梯上和过道里遇到她时，她的手总是轻轻地碰碰他，还有她那强忍下去的叹息声。可是，他一心都在想讨好贵夫人，对使女是不屑一顾的：猎鹰的人是决不会关心小麻雀的。

可是这一次，我们的加斯科尼人一眼便看到了可以从凯蒂刚才如此天真，或者说如此不顾脸面地承认的爱情中得到的好处：中途截获送给德·瓦尔德伯爵的书信，在女主人的身边有一个内应，在任何时候进入和女主人卧房相通的凯蒂的房间。就像我们看到的那样，这个奸诈的家伙，为了得到米莱狄——不管是否用强迫手段——，他已经在想到牺牲那个可怜的姑娘了。

“好吧，”他对年轻姑娘说，“我亲爱的凯蒂，要不要我对你所怀疑的那种爱情给你一个证明？”

“证明哪种爱情？”年轻姑娘问。

“证明我完全准备对你倾心相爱的爱情。”

“怎样证明呢？”

“今天晚上，我用平时陪伴你女主人的时间来陪伴你，你可愿意？”

“啊！好的，”凯蒂拍着手说，“非常愿意！”

“好吧，我亲爱的孩子，”达尔大尼央在一把扶手椅上坐下来说，“过来吧，让我来对你说，你是我所看到过的最最漂亮的使女！”

他对她这样说，而且说得又那么动听，因此那个巴不得要相信他的可怜的姑娘，终于相信了他……不过，使达尔大尼央感到大为吃惊的是，漂亮的凯蒂的抵抗相当坚决。

在进攻和防卫中间，时间过得飞快。

半夜的钟声敲响了，几乎就在同时，他们听到了米莱狄房间里的打铃声。

“伟大的天主！”凯蒂高声说，“我的女主人叫我了！走，快走！”

达尔大尼央站起来，好像想听从她的话似的抓起了自己的帽子；可是紧接着他并不是去打开通往楼梯的门，而是去拉开了一口大橱的门，钻了进去，躲在米莱狄的连衣裙和睡衣之间。

“您这是干什么？”凯蒂嚷道。

达尔大尼央事先已经取下了钥匙，这时他一声不响地把自己锁在大橱里面了。

“喂！”米莱狄尖声叫道，“我打铃您怎么不来，您睡着了吗？”

接着，达尔大尼央听到有人猛地打开了两个房间之间的门。

“我来了，夫人，我来了，”凯蒂赶忙向她的女主人迎上前去，一边高声说道。

她们两人都走到隔壁的卧房里去了，因为两个房间中央的那扇门还是开着的，达尔大尼央听到米莱狄还在训斥她的使女。过了一会儿，女主人的怒气终于平息下来了。在凯蒂侍候女主人换装时，谈话内容落到了达尔大尼央的身上。

“怎么啦！”米莱狄说，“今天晚上我没有见到我们的加斯科尼人！”

“怎么，夫人，”凯蒂说，“他没有来！会不会因为他不能如愿而去另打主意了？”

“喔，不会的！一定是德·特雷维尔先生或是德·艾萨尔先生使他耽误了时间。对这个人我是了解的；凯蒂，我已经抓住了他。”

“将来您准备把他怎么办呢？”

“将来我把他怎么办……放心吧，凯蒂；在这个人和我之间有一件他不知道的事情……他差点儿害得我失去法座的信任……哼，我以后是要报复的！”

“我原以为夫人是爱他的呢？”

“我，爱他？我恨死他了！他是个白痴，他曾经把温特勋爵的生命掌握在手里，可是又不杀掉他；结果使我损失了每年三十万利弗尔的年金！”

“是啊，”凯蒂说，“您的儿子是他叔父的惟一继承人，在您儿子成年以前，您是可以享用他的财产的。”

听到这个表面温柔的女人用她难以掩饰的尖锐的声音指责他，指责他没有杀掉一个他亲眼看到对她充满友情的人，达尔大尼央不由得连骨髓里也发冷了。

“所以，”米莱狄接着说，“我本来早已经可以对他进行报复了，要不是红衣主教叮嘱我要好好地对待他；不过我不知道这是为了什么。”

“嗯，是这样！可是夫人对他爱着的那个小女人却没有好好对待。”

“噢，是掘墓人街的那个服饰用品商的老婆吗？他不是已经忘记了还有她这个人吗？这样的报复真是太妙了！”

一阵冷汗从达尔大尼央的额头上流下来：这女人真是个魔鬼。

他接着再听，可惜换装已经结束。

“行了，”米莱狄说，“回您自己的房间去吧，明天想法子去拿回信来，就是已经交给您的那封信的回信。”

“给德·瓦尔德先生的吗？”凯蒂问。

“当然是给德·瓦尔德先生的。”

“这个人看上去，”凯蒂说，“跟那个可怜的达尔大尼央先生完全不一样。”

“走吧，小姐，”米莱狄说，“我不喜欢议论人。”

达尔大尼央听到中间那扇门关上了，随后又听见米莱狄把她那边的两道门闩插上，把自己关在她的卧房里；凯蒂这一边呢，她也把钥匙转了一圈把门锁上了，但是声音非常轻。达尔大尼央这时才推开了大橱的门。

“我的天主啊！”凯蒂悄声说，“您怎么啦？您的脸色怎么这样白？”

“可怕的女人啊！”达尔大尼央低声说。

“别说话，别说话，您走吧。”凯蒂说，“我和米莱狄的卧房之间只有一道隔墙，两边说话都能听见。”

“就是因为这个我才不走呢，”达尔大尼央说。

“怎么！”凯蒂说，脸一下子红起来了。

“或者至少我要过一会儿……再走。”

说着他把凯蒂拉向自己的身边；凯蒂无法再抵抗了，因为一抵抗便会发出很大的声音！所以她只能让步。

这是一个针对米莱狄的报复行动。达尔大尼央发现“报复能得到至高无上的乐趣”这句话说得很有道理。所以，达尔大尼央只要稍许有点良心，便会对这次新的征服感到满意；可是他只有野心和自负。

不过也得说他几句好话，他首先利用对凯蒂的影响去设法打听博纳希厄太太的目前情况；可是这个可怜的女孩子对着十字架向达尔大尼央发誓，说她对此一无所知，因为她女主人的秘密，她从来只能知道一部分，不过她相信博纳希厄太太肯定还活着。

至于从前那个几乎害得米莱狄失去红衣主教的信任的原因，凯蒂更不知就里；不过对这件事，达尔大尼央知道得比凯蒂要多些：在他离开英国的时候，曾看到米莱狄在一艘当时不准离境的船上，所以他怀疑这跟钻石坠子事件有关。

不过在所有这些事情中有一件是很清楚的，那就是因为他没有杀掉她的小叔子，所以她才真正地恨他，咬牙切齿地恨他，不可理喻地恨他。

第二天，达尔大尼央又来到米莱狄的家里。米莱狄的情绪很不好，达尔大尼央怀疑是她没有收到德·瓦尔德先生的回信所以才生气。凯蒂进来了，米莱狄对她的态度很生硬。凯蒂向达尔大尼央丢了一个眼色，意思是说："我在为您受苦，您看到了吧！"

可是在这次会见快结束时，那头漂亮的母狮的态度变得温和些了；她带着微笑倾听达尔大尼央的甜言蜜语，甚至还伸手给他吻。

达尔大尼央在离开她时心中有些茫然。不过他不是一个轻易会被搅糊涂的小伙子；在他向米莱狄献殷勤时，他心里已经盘算好了一个小小的计划。

他在大门口找到了凯蒂，像头天晚上一样，他上楼到了她的房间里。凯蒂已经受到了她女主人的一顿痛斥，说她干事漫不经心。米莱狄搞不懂德·瓦尔德伯爵怎么不给她回信，吩咐凯蒂次日早上九点到她卧房里去取她写的第三封信。

达尔大尼央说服凯蒂第二天早上把那封信送他家里去；这个可怜的女孩子已经神魂颠倒，她的情夫提出任何要求她都答应。

以后的事情和头天完全一样；达尔大尼央躲在大橱里，米莱狄呼喊凯蒂替她卸装，然后把凯蒂打发走后把自己卧房的门关上。达尔大尼央也像头天一样，一直到次日清晨五点才回家。

十一点钟，他看见凯蒂来了，手里拿着米莱狄新写的信。这一次，这个可怜的姑娘甚至没有跟达尔大尼央争论，听凭他随意处置那封信；因为她的身心已经都属于这个英俊的军人了。

达尔大尼央拆开信，看到了以下的内容：

为了表示我对您的爱情，这已经是第三次写信给您了。请当心，别让我第四次写信给您说我恨您。

如果您为对待我的方式感到后悔，送这封信来给您的这个姑娘就会告诉您，一个上流社会的男子应如何求得宽恕。

达尔大尼央在看信时脸色由红转白，由白转红，来回变了好几次。

"啊！您始终在爱她！"一直在注意着达尔大尼央脸色的凯蒂说。

"不，凯蒂，你搞错了，我不再爱她了；可是我要为她对我的蔑视进行报复。"

"是的，我知道您要怎样报复；您已经对我说过了。"

"这对你有什么关系，凯蒂！你很清楚我爱的只有你一个人。"

"这我怎么能知道呢？"

"可以从我将如何轻蔑地对待她中知道。"

凯蒂叹了一口气。

达尔大尼央拿起一支羽笔写道：

夫人，在此以前，我始终怀疑您前两封信真的是写给我的，因为我根本不相信我能配得上您如此的垂青；而且我的健康状况很差，所以迟迟未给您回信。

可是今天，不仅仅有您的来信，而且还有您的使女，都向我证实了我有幸得到了您的爱情，所以我才不得不相信您对我的这种过度的优渥了。

您的使女不必告诉我一个上流社会的男子应如何求得宽恕。今天晚上十一点我一定来求您的宽恕。现在在我看来，再拖延一天也是对您的新的冒犯。

您使我成了世界上最幸福的男人。

德·瓦尔德伯爵

这首先是一封冒名顶替的信，其次写得也很粗俗；从我们今天的习俗来看，可以说是一种非常卑劣的行为。可是那个时代的人对这些方面不像我们今天这样讲究。此外，达尔大尼央根据米莱狄的自述，知道她曾在许多重要得多的事情上干过背信弃义的事，所以他对她只怀有很微小的敬意。可是，尽管这些敬意十分微小，他还是感到自己对这个女人有一种丧失理智的热情。那是一种由于蔑视而引起的醉人的热情；究竟是热情还是渴望，大家随意叫吧。

达尔大尼央的企图是很简单的：通过凯蒂的房间进入她的女主人的卧房，利用米莱狄突然看到他时产生的惊讶、羞愧和害怕去征服她。他当然也可能失败，可是有时候就应该去碰碰运气。一星期以后就要开战，一定得奔赴战场；达尔大尼央没有时间去编织完美的爱情。

“拿去，”年轻人说，一边把盖上封印的信交给凯蒂，“把这封信交给米莱狄，这是德·瓦尔德先生的回信。”

可怜的凯蒂的脸色白得像死人一样，她猜到了这封信里的内容。

“听我说，我亲爱的孩子，”达尔大尼央对她说，“你也明白，这件事不论结果如何，总得了结。米莱狄可能会发现你第一封信没有交给伯爵的跟班，而交到了我的跟班的手里；她也可能发现是我拆了另外两封本该由德·瓦尔德先生拆的信。这样的话，米莱狄就会撵走你；而且你是了解她的，她这样的女人的报复不会只限于把你撵走。”

“唉！”凯蒂说，“我这是为了谁才冒这些险的啊？”

“为了我呀，我很清楚，我的美人，”年轻人说，“所以我非常感激你，这我可以向你发誓。”

“可是，您信里究竟写了些什么啊？”

“米莱狄会告诉你的。”

“啊，您不爱我！”凯蒂嚷道，“我真是不幸啊！”

对付这种责备，有一种回答总是可以把女人们骗住的；达尔大尼央就用这种回答使凯蒂陷在极大的误解之中。

然而凯蒂在决定把这封信交给米莱狄之前哭了很久；不过最后她还是下了决心，也就是达尔大尼央一心指望的。

此外，达尔大尼央还答应晚上早些离开她的女主人；并且在下楼以后再上楼到她的房间里去。

这个许诺终于使凯蒂得到了些安慰。

第四章
阿拉密斯和波尔朵斯的装备

自从四个朋友各自去寻求自己的装备以来，他们就不再有规定好的约会时间了。他们各自寻饭吃，到什么地方就在什么地方吃，说得更确切些，能在什么地方吃就在什么地方吃。再说，队里的公务也占去了这种流逝得很快的宝贵的时间。不过他们还是约好了每星期一次，下午一点钟左右，在阿多斯家里会一次面；因为阿多斯曾发过誓决不再跨出家门一步。

凯蒂来找达尔大尼央的那一天正是他们要聚会的日子。

凯蒂刚离开，达尔大尼央便向费鲁街走去。

他看到阿多斯和阿拉密斯在讨论哲学。阿拉密斯还有点儿想重披教士袍；阿多斯根据自己的为人之道，既不劝阻他也不鼓励他。阿多斯是个听凭各人行使自由意志的人。如果别人不请教他，他从来不提供意见，而且还要请教他两次才肯说。

“一般来说，”阿多斯说，“人们征求了意见后并不听从；即使听从了也只是为了在事后能有一个曾经为他提供意见的人可以抱怨。”

达尔大尼央到了以后不久，波尔朵斯也来了；四位朋友到齐了。

四张脸上的表情各不相同：波尔朵斯心平气和，达尔大尼央满怀希望，阿拉密斯忧心忡忡，阿多斯漫不经心。

他们一起谈了一会儿，谈话中波尔朵斯隐隐约约透露出有一个地位很高的人表示愿意帮他摆脱困境；这时候穆斯格东进来了。

他是来请波尔朵斯回家的；他可怜巴巴地对波尔朵斯说家里有急事要他回家。

“是不是跟我的装备有关？”波尔朵斯问。

“也是也不是，”穆斯格东回答。

“可是究竟有什么事呢，你就不能说吗？……”

“请出来，先生。”

波尔朵斯站起来，向他的朋友们打了个招呼，跟着穆斯格东出去了。

过了一会儿，巴赞在门口出现了。

“您有什么事找我，我的朋友？”阿拉密斯语气温和地说，每逢他脑中有重返教会的念头时，朋友们总能听到这样的语气。

“有一个人在家里等着先生，”巴赞回答。

“一个人！什么人？”

“一个要饭的。”

“给他一点儿施舍，巴赞，请他为一个可怜的罪人祈祷。”

“这个要饭的一定要找您说话，还说您看到他一定会很高兴的。”

“他有没有什么特别的话要告诉我？”

“有。他说：如果阿拉密斯先生拿不定主意见不见我，您就告诉他说我是从图尔来的。”

“从图尔来的？”阿拉密斯高声说，“各位先生，非常抱歉；不过这个人肯定带来了我在等待的消息。”

他马上站起来，急匆匆地走了。

还剩下阿多斯和达尔大尼央两个人。

“我相信这两个家伙的事情都解决了；达尔大尼央，您说呢？”阿多斯说。

“我知道波尔朵斯的事进行得很顺利，”达尔大尼央说，“至于阿拉密斯，说实话，我从来没有认真地为他担心过；可是您呢，我亲爱的阿多斯；英国人的那些皮斯托尔原本是您的合法财产，可是您却慷慨地全都送光了，现在您怎么办呢？”

“杀了那个英国人我是很高兴的，我的孩子。因为杀掉一个英国人是干了一件好事；可是如果我把他的皮斯托尔放进自己的袋里，沉重的悔疚就将永远压在我的心头。”

“算了吧，亲爱的阿多斯！您的有些想法的确不可思议。”

“不谈了，不谈了！昨天德·特雷维尔先生屈尊到我这儿来看我，您知道他对我说了些什么？他说您经常去那些受到红衣主教保护的可疑的英国人家里。”

“说得正确点是我经常去一个英国女人的家里，那个英国女人我对您谈起过。”

“啊！是的，就是那个我劝过您别去跟她打交道的金黄色头发的女人；您当然不会听我的话。”

“我也曾把原因告诉过您了。”

“是的；根据您对我说的原因，我相信您是想从中得到您的装备。”

“根本不是这回事！我已经可以肯定那个女人和绑架博纳希厄太太的事件有牵连。”

“是的，我懂；为了找回一个女人，您追求另外一个女人；这可是最长的道路，也是最有趣的道路。”

达尔大尼央差点就要对阿多斯和盘托出了；可是有一件事拦住了他。阿多斯在事关荣誉方面是个严肃的贵族；而在我们这位恋人针对米莱狄所制定的小小计划中，有些方面事先就可以肯定，决不会得到这位道学先生的赞同。因此他想想还是不说为好，再说阿多斯是这个世界上最最不爱管闲事的人，所以达尔大尼央对他的推心置腹也就到此为止了。

这两位朋友没有什么重要的事要谈；我们就离开他们，去追随阿拉密斯吧。

阿拉密斯在听到消息说那个想和他谈话的人是从图尔来的以后，我们已经看到了这个年轻人如何迅速地跟着巴赞走的，或者说得更确切些，看到了这个年轻人如何迅速地超过了巴赞径自往前走的。因此他一转身就从费鲁街奔到了沃吉拉街。

回到家里以后，他果然看到有一个身材矮小的人，那个人眼睛里闪耀着智慧的火花，可是身上却穿得破破烂烂。

“是您找我吗？”火枪手说。

“我找的是阿拉密斯先生，您是这样称呼的吗？”

“就是我；您有什么东西要交给我吗？”

“有的，如果您能给我看看一块绣花手绢。”

“就在这儿，”阿拉密斯说，一面从胸前取出一枚钥匙，打开一只镶嵌螺钿的乌木小匣子，“就在这儿，请看。”

“很好，”要饭的说，“把您的跟班打发走吧。”

巴赞的确很想知道这个要饭的找他主人有什么事，所以一直紧随着他的主人，几乎是和他的主人同时到达。可是他这样的快速行动对他几乎没有什么帮助；他的主人在听了要饭的提出的要求以后便挥挥手要他走开，他不得不听从了。

巴赞走了以后，要饭的向四周迅速地扫了一眼，肯定再没有人能看到他和听到他以后，解开他用一根皮带马马虎虎地束住的破破烂烂的外衣，拆开紧身短上衣胸口的线缝，从里面掏出一封信。

阿拉密斯看到信，快乐地叫了起来，吻着信封上的字，并且带着一种近乎虔诚的恭敬态度拆开了信；信上写道：

朋友：

命运又要我们分开一些时候，不过年轻时的美好日子并非一去不复返了。您到战场上去尽您的义务吧，我在另外方面尽我的义务。请收下带信人交给您的东西；像一个优秀而英俊的贵族那样去参战吧。请想着我，想着这个温柔地吻您那双黑眼睛的人。

别了，也许更应该说再见！

要饭的一直在拆身上的线缝；从他的肮脏的衣服里面一枚枚地取出了一百五十枚西班牙的双皮斯托尔，排列在桌子上；随后他打开门，行了个礼便走了，我们这个一时间惊呆了的年轻人竟不敢跟他说一句话。

阿拉密斯接着又把这封信看了一遍，发现信后还有一个附言。

附言：您可以招待带信人，他是一位伯爵，也是西班牙的大公。

“金色的梦啊！”阿拉密斯高声说，“啊，美丽的人生！是啊，我们都还年轻！是啊，我们将来还会有幸福的日子！啊，我的爱情，我的鲜血，我的生命，是你的，是你的！一切，一切，一切，都是你的，我的美丽的情妇啊！”

他热烈地吻着那封信，甚至没有去瞧瞧那些在桌子上闪闪发光的金币。

巴赞在轻轻地敲门；阿拉密斯已经没有理由避开他了。他允许他进来。

巴赞看到桌子上的金币一下子愣住了，忘记了他是来为达尔大尼央通报的。因为达尔大尼央也很想知道要饭的是什么人，他离开了阿多斯的家来到了阿拉密斯的家里。

因为达尔大尼央跟阿拉密斯是不拘小节的，他看到巴赞忘了替他通报，便自己进来通报。

“啊，见鬼！我亲爱的阿拉密斯，”达尔大尼央说，“如果这些李子干是从图尔替您送来的，您真得替我向采摘这些李子的园丁恭维几句。”

“您搞错了，亲爱的朋友，”一向小心谨慎的阿拉密斯说，“我上次在那儿开始写的一篇单音节的诗，现在出版社替我把稿酬送来了。”

“啊！是吗！”达尔大尼央说，“嗬！您那家出版社可真大方，亲爱的阿拉密斯，现在我能对您说的全说了。”

“什么，先生！”巴赞叫了起来，“一首诗可以卖这么高的价钱！

真是使人难以置信！啊！先生！您想做什么都能做成功，您可以变成跟德·瓦蒂尔和德·邦塞拉德两位先生一样的人。我更喜欢这样。一个诗人，几乎跟一个神父差不多。啊，先生！那您就做诗人吧，我请求您！”

“巴赞，我的朋友，”阿拉密斯说，“我想您有点儿多嘴了。”

巴赞知道自己错了，垂下脑袋走了出去。

“啊！”达尔大尼央微笑着说，“您的作品卖的价格真高；您真是幸福啊，我的朋友。可是您要当心，您插在外套里的这封信要掉出来了，这封信肯定也是您那家出版社送来的吧。”

阿拉密斯的脸涨得连眼白也红了；他把信重新塞进袋里，重新扣好了紧身短上衣的纽扣。

“亲爱的达尔大尼央，”他说，“如果您愿意的话，就去找我们的朋友们吧。既然我现在有钱了，我们今天又可以开始一起吃饭了，一直到你们也富起来为止。”

“当然！”达尔大尼央说，“我非常愿意。我们已经有很久没有在一起吃过一餐像样的饭了；再说我今天晚上要去为自己干一件颇为冒险的事情，我承认，如果能喝上几瓶勃艮第的陈年葡萄酒给自己壮壮胆，我是不会不高兴的。”

“去喝勃艮第的陈年葡萄酒吧，我也喜欢喝，”阿拉密斯说；看到金币后就像有一只手把他头脑中想出家的念头驱走了。

他拿起了三四枚双皮斯托尔放在口袋里以供眼前的需要，随后把其余的放进了那只镶嵌螺钿的小匣子，匣子里已经收藏着那条他当作护身符的手绢。

两个朋友首先到阿多斯家里去，他忠于他足不出户的誓言，答应由他叫人把饮食送到家里来；因为他精通美食方面的种种细节，所以达尔大尼央和阿拉密斯毫不犹豫地便把这项重要任务交给了他。

他们两人接着往波尔朵斯家走去，刚走到巴克街的拐角，就遇到了穆斯格东；他一副可怜相，赶着身前的一头骡子和一匹马。

达尔大尼央吃惊得叫了起来，不过叫声里还带着高兴的成分。

“啊！我的黄马！”他嚷道，“阿拉密斯，您瞧这匹马。”

“啊，这匹马可真难看！”阿拉密斯说。

“是吗，亲爱的朋友，”达尔大尼央说，“我就是骑着这匹马到巴黎来的。”

“怎么，先生认得这匹马？”穆斯格东问。

“这种颜色真怪，”阿拉密斯说，“这种毛色的马我还是第一次看到。”

“我相信的确如此，”达尔大尼央接着说，“所以我三个埃居就把它卖掉了。而且肯定是由于它的毛色古怪才卖了三个埃居，因为它整副骨头架肯定不值十八个利弗尔。可是，穆斯格东，这匹马怎么会到了您的手里？”

“啊！”跟班说，“请别跟我谈这个啦，先生，这是我们那位公爵夫人的丈夫的一次恶作剧。”

“穆斯格东，怎么回事？”

“是啊，我们得到了一位有地位的夫人的青睐，那是一位公爵夫人，名字叫德……噢，对不起，我主人叮嘱过我别乱说。她一定要我们接受一点小小的纪念品，一匹西班牙的骏马和一头安达卢西亚[①]的骡子，都是非常漂亮的。那个做丈夫的知道了这件事，在半路上把那两头好牲口没收了，用这两只怕人的畜生来代替。”

“现在您把它们赶回到他那儿去吗？”达尔大尼央问。

“一点不错！”穆斯格东接着说，“您也懂得，用这样的坐骑来交换已经答应给我们的那匹骏马和那头漂亮的骡子，我们是不会接受的。”

“当然不能接受，尽管我很想看看波尔朵斯骑在我的这匹黄马上是什么样子，也许那会使我想起我刚到巴黎时的模样。可是我们并不拦住你，穆斯格东；去为你的主人办事吧，去吧。他在家吗？”

“他在家，先生，”穆斯格东说，“不过心情很不好，去吧！”

---

① 安达卢西亚，西班牙历史地区名，在该国最南端。1833 年以后划分为阿尔梅里亚、加的斯等八省。

说完后他继续向大奥古斯丁会沿河街走去，而我们这两位朋友则到倒霉的波尔朵斯家去拉门铃。波尔朵斯看到他们穿过院子却不去开门，让他们白白地拉了一阵子门铃。

这时候穆斯格东继续往前走，赶着他的两头牲口，穿过新桥，来到了狗熊街。到了那儿，他便根据他主人的命令，把马和骡子系在诉讼代理人大门的门环上；随后，他也不管这两头牲口以后会遇到什么事情，就回去找波尔朵斯，告诉波尔朵斯任务已经完成了。

这两头不幸的牲口从早上起就没有吃过什么东西，所以没过多久就扯动了门环，门环举起，落下，又举起，发出那样嘈杂的响声，诉讼代理人听到后吩咐他的学徒到附近去问问这匹马和这头骡子究竟是谁的。

科克纳尔夫人认出了那是她送人的礼物，但是一开始并不懂得这些礼物怎么被退回来了；可是很快波尔朵斯便来告诉了她。火枪手尽管强自克制着自己，但眼睛里还是冒着怒火，使他的敏感的情妇看了感到害怕。事实是穆斯格东把在路上遇到达尔大尼央和阿拉密斯的事毫不隐瞒地告诉了他，还说达尔大尼央看出了那匹黄马就是当初他来到巴黎时骑的那匹贝亚恩小矮马，后来他把那匹小马卖了三个埃居。

波尔朵斯跟诉讼代理人夫人约好在圣马格卢瓦尔修道院会面以后就告辞了。诉讼代理人看到他要走反倒要留他吃饭，但被火枪手神色威严地拒绝了。

科克纳尔夫人抖抖索索地来到修道院，因为她猜出到那儿她一定会遭到一顿痛斥；不过她被波尔朵斯的那副不可一世的派头给迷惑住了。

一个自尊心受到伤害的男人所能给与一个女人的责备和训斥，波尔朵斯全都给了他的低着头的诉讼代理人夫人了。

“唉！”她说，“我本来是想尽可能把这件事办好的。我们的委托人中有一个是马贩子，他欠我们事务所一笔钱总是不肯还。我牵了那头骡子和那匹马来抵他欠的账；他原来答应给我的是两匹非常漂亮的坐骑。”

“好啦！太太，”波尔朵斯说，“如果您那个马贩子欠您不止五个埃居，那么他就是个骗子。”

“找便宜货总还是可以的吧，波尔朵斯先生，”诉讼代理人夫人在为自己辩护。

“可以的，夫人，可是那些找便宜货的人总该允许别人去找更大方些的朋友吧。”

波尔朵斯说完以后，便回过头去，跨出一步准备离开。

“波尔朵斯先生，波尔朵斯先生！”诉讼代理人夫人叫了起来，“我错了，我承认是我错了；在事关像您这样一位骑士的装备的时候，我是不应该讨价还价的。”

波尔朵斯没有答理，继续跨出了第二步。

诉讼代理人夫人似乎看到了他在光辉夺目的云彩里，周围簇拥着许多公爵夫人和侯爵夫人，她们在往他的脚边扔着一袋袋的金币。

“请别走，看在上天的份上！波尔朵斯先生，”她嚷道，“请别走，让我们谈谈。”

“跟您谈会使我倒霉的，”波尔朵斯说。

“可是请告诉我，您究竟要什么？”

“我什么也不要，因为如果我向您要什么东西，到头来还不是这么一回事。”

诉讼代理人夫人吊在波尔朵斯的胳膊上了，一边非常伤心地嚷道：

“波尔朵斯先生，这些事，我呀，我是一窍不通；我怎么知道一匹马是怎么回事？我怎么知道一副鞍辔是怎么回事？”

“这些事您本来就该让我来办，因为我是行家，夫人；可是您却要省钱，结果却反而多花了钱。”

“这是一个错误，波尔朵斯先生，我用人格担保，我一定会补救的。”

“怎么补救？”火枪手问。

“请听我说。今天晚上科克纳尔先生要到德·肖纳公爵[1]先生家里

---

① 德·肖纳公爵(1581—1649)，法国元帅。他是法国国王路易十三的宠臣德·吕依纳公爵的弟弟。

去，是公爵召他去研究一件事情的，至少得两个小时。您来吧，只有我们两个人，我们来解决我们的问题。”

“太好了！这才像话呢，我亲爱的！”

“您原谅我了？”

“我们以后再看吧，”波尔朵斯威严地说。

两人在说过“晚上见”以后分手了。

“真见鬼！”波尔朵斯在离开时心里想，“我觉得我终于离科克纳尔大师的大钱柜越来越近了。”

第五章
黑夜里的猫全是灰色的

这一天，波尔朵斯和达尔大尼央都急不可耐地等待着天黑；天终于黑下来了。

达尔大尼央像往常一样，在九点钟左右来到了米莱狄的家里。他发现她的情绪非常好；她过去从来没有这样殷勤地接待过他。我们这个加斯科尼人一眼便看出了他写的那封信已经交到了她的手里，因此产生了作用。

凯蒂端着果汁饮料进来了。她的女主人和颜悦色地望望她，还十分妩媚地向她微笑；可是，唉！这个可怜的姑娘却非常伤心，甚至没有察觉出米莱狄对她的好意。

达尔大尼央先后看了看这两个女人。他不得不暗自承认，大自然在造就她们两人时犯了错误；它把卑劣的灵魂给了贵夫人，把公爵夫人的心灵给了使女。

到十点钟时米莱狄开始显得有点儿坐立不安起来，达尔大尼央心里明白这是怎么回事。她瞅瞅时钟，站起来，又坐下，向达尔大尼央微微一笑，意思好像是：您当然是非常可亲的，可是如果您现在就走的话那就更加可亲了。

达尔大尼央站起来，取过自己的帽子；米莱狄把手伸给他让他吻。年轻人感到她的手紧握着自己的手，知道她这不是故意卖俏，而是感谢他的离开。

“她真是爱他爱得发了疯，”他自言自语地说。随后他就走了。

这一次凯蒂没有在等他，前厅里没有，走廊里没有，大门口也没有。达尔大尼央不得不自个儿登上楼梯，走进了她的小房间。

凯蒂坐在那儿，双手捂着脸；她在饮泣。

她听到达尔大尼央进来，可是她连头也没有抬起来；年轻人向她走去，握住她两只手；这时她竟放声哭了起来。

就像达尔大尼央当初预见的那样，米莱狄在收到这封信时，在一阵狂喜之中，把所有的事情全都告诉了她这个使女；随后，为了奖励她办事得力，给了她一袋钱。

凯蒂回到自己房里，把这袋钱扔在一个角落里，袋口一直张开着，有三四枚金币撒落在地毯上。

这个可怜的姑娘在达尔大尼央的爱抚下抬起了脑袋。看到她失魂落魄的脸庞，连达尔大尼央也吓了一跳；她脸上带着祈求的神色，合着双手，可是连一句话也不敢讲。

虽说达尔大尼央是铁石心肠，他也感到自己被这种无言的痛苦感动了；可是他这个人一向总是不屈不挠地坚持实现自己的计划，这一次的计划就更不必说了，因此他绝不会改变他先前的打算。所以他不让凯蒂得到任何可以使他屈服的希望，只是告诉她说他这个行动仅仅是一次简单的报复。

而且，这种报复变得更加容易实现了，因为米莱狄，肯定是为了在情夫面前掩盖自己的羞惭，曾经吩咐凯蒂要熄掉全家的灯火，甚至连她自己的房间也不例外。德·瓦尔德先生应该在天明以前离开，让他始终处在黑暗之中。

过了一会儿，他们听到米莱狄回到她的房间里去了。达尔大尼央马上跳进他的大橱里。他刚在里面蹲下，就听见拉铃声了。

凯蒂走进女主人的房间，把中间那扇门关上；可是因为隔墙太薄，两个女人的谈话达尔大尼央几乎全能听到。

米莱狄似乎快乐得忘乎所以了，她要凯蒂一遍又一遍地告诉她所谓的她和德·瓦尔德先生会晤时的详情细节；他是怎样收下她的信的，他是如何回答的，他脸上的表情是怎样的，他是不是显得像是坠入了爱河。对所有这些问题，可怜的凯蒂不得不强作镇定地一一作答，她的女主人竟然没有从她像是快要窒息的声音中听出她的痛苦的语调；一个幸福的人有多么自私哟！

临了，和伯爵约好会面的时间快到了，米莱狄果然叫凯蒂熄掉了她房间里的灯火，要凯蒂回到自己的房间里去，等德·瓦尔德伯爵一到就把他带进来。

凯蒂等待的时间不长；达尔大尼央刚从他的大橱的锁眼里看到屋子里全都黑下来了，就在凯蒂关上中间那扇门时，从他的隐蔽处跳了出来。

"什么声音？"米莱狄问。

"是我，"达尔大尼央低声说，"是我，德·瓦尔德伯爵。"

"啊，天啊，天啊！"凯蒂喃喃地说，"他连自己定下的时间也等不及了！"

"那么，"米莱狄用一种发抖的声音说，"为什么他不进来？伯爵，伯爵，"她接着又说，"您很清楚我在等您！"

听到这声呼唤，达尔大尼央慢慢地离开了凯蒂，快步走进了米莱狄的卧房。

如果有一个心灵，不得不因为愤怒和痛苦而受到煎熬，那就是一个用别人的名字来接受一个女人对爱情的山盟海誓的情夫的心灵，因为这些山盟海誓是对他的幸运的情敌而发的。

达尔大尼央这时正陷身于一种他没有预见到的痛苦的境况之中，他的心正在受到嫉妒的煎熬，他几乎跟眼下正在隔壁房间里哭泣的凯蒂一样痛苦。

"是啊，伯爵，"米莱狄温柔地紧握着他的手，一面用她那种最最甜美的声音说道，"是啊，以前我们每次相遇时，您的眼光里和您的言语中都流露出您对我的爱情，我对此感到非常幸福。我呢，我也爱您。啊！明天，明天我希望得到一件能证明您在思念我的证物；因为您也许会忘掉我，请把这个拿去。”

说着她把自己手指上的一枚戒指套在达尔大尼央的指头上。

达尔大尼央记得曾经在米莱狄的手上见过这枚戒指，这是一枚四周镶着钻石的非常漂亮的蓝宝石戒指。

达尔大尼央第一个动作是把戒指还给她，可是米莱狄说：

“不，不，把这枚戒指作为我对您的爱情收下吧。如果您接受了，”她接着用一种十分激动的声音说，“那就是帮了我一个您难以想象的大忙啦！”

“这个女人身上充满了谜，”达尔大尼央自言自语地说。

这时候，他感到自己已经准备把一切都讲出来了。他正要张嘴对米莱狄说他是谁，他是抱着怎样的报复目的来的；可是米莱狄又接着说：

“可怜的天使，那个加斯科尼恶魔差点儿把您杀掉！”

恶魔，就是他！

“啊！”米莱狄继续说，“您的伤口还痛吗？”

“是啊，很痛，”达尔大尼央说，其实他不太知道该如何回答。

“您放心，”米莱狄轻轻地说，“我会替您报仇的，我；而且我会狠狠地替您报仇！”

“见鬼！”达尔大尼央心里想，“看来还不到说真话的时间。”

要使达尔大尼央从这次短暂的对话中清醒过来还得费点儿时间；他脑子里原有的那些要复仇的念头全都消失了。这个女人对他有一种难以想象的影响力；他既恨她同时又崇拜她。他从来也不相信这两种截然相反的感情能够在同一颗心中并存，而且在结合以后会形成一种古怪的、几乎可以称作像魔鬼一般凶狠的爱情。

然而，一点钟刚刚敲响，应该是分手的时候了；达尔大尼央在和米莱狄分手时感到难分难解，在相互依依不舍地道别时，约定了下星期再次幽会的时间。

可怜的凯蒂希望达尔大尼央在经过她房间时对他说几句话，可是米莱狄在黑暗中却亲自把他一直送到了楼梯口才分手。

第二天早上，达尔大尼央急匆匆地来到了阿多斯家里。因为他干出了这样一个罕见的冒险行动，所以想来听听阿多斯的意见。他把前后经过全告诉了阿多斯；阿多斯皱了好几次眉头。

“您那位米莱狄，”他对达尔大尼央说，“我看像是个下贱女人，可是并不说明您就可以欺骗她；无论如何您现在身边有了一个可怕的敌人。”

在跟达尔大尼央讲话时，阿多斯注意地看着他手指上戴着的那枚四周镶着钻石的蓝宝石戒指；原来戴在那个手指上的王后的戒指已被小心地放进一只首饰盒里了。

“您在看这枚戒指吗？”加斯科尼人说，一边得意洋洋地把他这件如此珍贵的礼物举到了朋友眼前。

“是啊，”阿多斯说，“这枚戒指使我想起了一件祖传的珍宝。”

“它很美，是不是？”达尔大尼央说。

“非常美！”阿多斯说，“像这样晶莹澄澈的蓝宝石，我不相信世界上还有第二颗。您是用您那枚钻石戒指去换来的吧？”

“不，”达尔大尼央说，“这是一件礼物，是我那个漂亮的英国女人，说得更确切些，是我那个漂亮的法国女人送给我的；因为我虽然没有问过她，可是我确信她是在法国出生的。”

“这枚戒指是米莱狄送给您的吗？”阿多斯嚷道，从他的声音里很容易听出他十分激动。

“是她送的；是她昨天夜里送给我的。”

“让我看看这枚戒指，”阿多斯说。

“拿去，”达尔大尼央回答，一边褪下了戒指。

阿多斯仔细地察看那枚戒指，脸色变得煞白，随后他试着套在他左手的无名指上；大小完全合适，就像是替他定制的一样。在这位贵族的平时非常安详的脸上掠过一阵愤怒和仇恨的阴影。

“不可能是那一枚！”他说，“那枚戒指怎么会在米莱狄手里的呢？可是这两件首饰又怎么会这样相似的呢？”

“您认识这枚戒指吗？”达尔大尼央问。

“我本来以为认出它了，”阿多斯说，“不过看来是我弄错了。”

接着他把戒指还给达尔大尼央，不过还是不断地望着它。

“喂，”过了一会儿他说，“达尔大尼央，把这枚戒指取下来，或者把戒指转一转，把宝石面转到里面去；它使我想起了一些非常痛苦的往事，使我心里乱得无法跟您谈话。您不是来向我征求意见的吗？您不是来跟我说您不知怎么办吗？……可是请等等……把这颗蓝宝石再给我瞧瞧；我刚才说的那一颗，有一个刻面上有伤痕，那是一次意外造成的。”

达尔大尼央又把戒指从手指上取下来，交给阿多斯。

阿多斯哆嗦了一下。

“喂，”他说，“请看，这不是很奇怪吗！”

这时他把他记忆中应该有的那条裂痕指给达尔大尼央看。

“可是这枚蓝宝石戒指是谁给您的，阿多斯？”

“是我母亲传给我的，她也是她母亲传给她的；就像我对您说过的那样，这是一件祖传的珍宝……它永远也不该从我家里流出去。”

“而您把它……卖了吗？”达尔大尼央迟疑地问道。

“不是的，”阿多斯回答，脸上流露出一种怪异的微笑，“在一个充满爱情的夜晚，我把它送人了，就像您得到它时的情况一样。”

达尔大尼央也陷入了沉思，他仿佛在米莱狄的灵魂中看到了一些黑糊糊的深不可测的无底洞。

他没有把戒指再套到手指上，而是放进了口袋。

“请听我说，”阿多斯握住他的手说，“您知道我是多么爱您，达尔大尼央；即使我有个儿子，我爱他也不会比爱您更深。听我说，请相信我，别再去找这个女人了。我不认识她，可是有一种直觉告诉我，她是一个堕落的女人，在她身上有一些不祥的气息。”

“您说得有理，”达尔大尼央说，“所以我会和她分手的；不瞒您说，这个女人也确实让我感到害怕。”

“您有这种勇气吗？”阿多斯问。

“我会有的，”达尔大尼央回答，“而且马上就这么办。”

“好吧，说真的，我的孩子，您这样做很对，”这位贵族怀着一种几乎是慈父般的感情紧握着加斯科尼人的手说，“但愿这个刚进入您生活的女人别在您的生活中留下可怕的痕迹！”

接着阿多斯朝达尔大尼央点了点头；达尔大尼央明白了，他很想一个人考虑考虑问题。

达尔大尼央回到家里时发现凯蒂正在等他。即使发一个月高烧也不会比昨天晚上这一个痛苦的不眠之夜使这个可怜的孩子有更大的变化了。

她被女主人派来找我们这位冒名顶替的德·瓦尔德。她的女主人被爱情陶醉了，快活得像发了疯一样；她想知道她的情人什么时候可以来跟她度第二个良宵。

可怜的凯蒂脸色苍白，浑身发抖，等待着达尔大尼央的答复。

阿多斯对这个年轻人具有一种巨大的影响力；他朋友的劝告和他自己心灵中的呼喊结合在一起，再加现在他的自尊心得到了挽救，他的复仇心理得到了满足，促使他下定决心不再去见米莱狄了。所以他拿起一支笔来写了以下这封信作为答复：

> 夫人，请别指望我会来赴下次的约会；自从我健康恢复以来，这类事情真是太多了，所以我不得不安排一个先后次序。到轮到您的时候，我会有幸通知您的。
>
> 吻您的手。
>
> 德·瓦尔德伯爵

关于蓝宝石的事他一字未提：这个加斯科尼人是不是想保存一件攻击米莱狄的武器？或者我们不妨坦率地说，他留下这枚蓝宝石戒指是不是想作为获得他装备的最后的财源？

此外，用这个时代的眼光去评判那个时代的行为也许是不合理的。今天被一个上流社会的人看作是羞耻的行为，在那个时候也许是一件非常普通、非常自然的事情，那时候一些名门望族的子弟一般都接受他们情妇的供养。

达尔大尼央把这封没有折好的信递给凯蒂；凯蒂看第一遍时没有看懂，可是在看了第二遍后她几乎是欣喜若狂了。

凯蒂不能相信她会有这样的幸运，所以达尔大尼央不得不把他写在信上的保证向她念了一遍。虽然那个可怜的女孩子知道米莱狄的脾气非常暴躁，把这样一封信交给她对自己肯定非常危险，可是她还是毫不犹豫地尽快奔回了王宫广场。

即使是最善良的女人的心，对情敌的痛苦也是丝毫不会感到同情的。

米莱狄拆信时的动作跟凯蒂带信来时的行动同样急不可耐；可是一看到第一句话，她的脸色就发青了，随后她把信纸揉成一团，目露凶光地向凯蒂转过头去。

“这封信是怎么回事？”她问。

“可这是给夫人的回信呀，”凯蒂抖抖索索地回答。

“不可能！”米莱狄大声说，“一个贵族怎么能写这样的信给一个女人，不可能！”

随后她突然一阵哆嗦。

“我的天主！”她说，“莫非他知道了……”说到这儿她又顿住了。

她牙齿咬得格格作响，脸色灰白；她想走到窗口去透透气，可是她只能伸起两条胳膊，两条腿却一点力气也没有，最后她跌坐在一把扶手椅上。

凯蒂以为她要晕过去了，连忙奔过来替她解开胸衣；可是米莱狄突然又一下子竖起了身子。

“您要干吗？”她说，“您的手伸到我身上来干什么？”

“我以为夫人晕过去了，我想来帮您，”使女回答；看到女主人脸上的狰狞的表情，心里害怕极了。

“我晕过去了！我！我！您竟把我当作是一个懦弱可欺的女子！我

遭到侮辱时是不会晕过去的，我要报仇，您听明白了！”

随后她向凯蒂做了个手势把她打发走了。

第六章
复 仇 梦

那天傍晚，米莱狄吩咐说，如果每天都要来的达尔大尼央先生来了，就马上带他进来；可是他没有来。

第二天，凯蒂再次来看这个年轻人，并把头天晚上发生的事情告诉了他。达尔大尼央微微笑了笑；米莱狄那种出自嫉妒而引起的愤怒，就是他复仇的结果。

到了晚上，米莱狄显得比头天还要焦躁不安，她把有关加斯科尼人的嘱咐又重复了一遍；可是像头天一样，她又白等了。

第三天，凯蒂又来到达尔大尼央的家里，可是她显得不像前两天那样快乐和活泼，相反却是忧心忡忡，愁眉不展。

达尔大尼央问这个可怜的姑娘究竟是怎么回事；可是她没有吭声，只是从口袋里掏出一封信递给他。

这封信上的笔迹是米莱狄的；不过这次真的是写给达尔大尼央而不是写给德·瓦尔德先生的。

他拆开信，看到信上是这么写的：

> 亲爱的达尔大尼央先生，像这样冷落朋友们是不好的，尤其在就要长期离别的时候。我的小叔和我两人昨天和前天都在等您，但您却没有来。今天晚上会不会是同样的结果呢？
>
> 您的对您感激不尽的
>
> 克拉丽克夫人

“这很简单，”达尔大尼央说，“我正在等这封信。由于德·瓦尔德伯爵的信用下降，我的信用就提高了。”

“您去不去？”凯蒂问。

“你听着，我亲爱的孩子，”加斯科尼人说，他正在设法为自己对阿多斯食言作辩解，“你知道，如果我不接受一个如此积极的建议是不策略的。米莱狄如果发现我不再露面，会对我突然和她断绝来往感到莫名其妙，也许会怀疑到什么事情；像她这样凶狠的女人报起仇来，后果是很难说的。”

“啊！我的天主！”凯蒂说，“无论什么事情您都有办法把自己说成是有道理的。您现在又要去向她献殷勤了。如果这一次您用您的真名字和真面目去讨她的欢心，那就会比第一次糟得多！”

这个可怜的姑娘出于本能，猜到了一部分将会发生的事情。

达尔大尼央尽力安慰她，要她放心，并向她保证自己不会受米莱狄的诱惑。

他要凯蒂回去告诉女主人，他非常感激她的一片好意，他会来听候她的吩咐的；可是他却不敢写回信，生怕目光锐利的米莱狄看出他伪造的笔迹。

九点钟敲响时，达尔大尼央来到了王宫广场。很明显等候在前厅里的仆人们已经得到过通知，因为达尔大尼央刚一到达，还没有来得及问米莱狄是否见客，就有一个仆人奔进去通报了。

“请他进来，”米莱狄说，声音短促而尖锐，连在前厅里的达尔大尼央也听到了。

他被引进去了。

“我不再见任何人了，”米莱狄说，“听明白了，任何人！”

仆人出去了。

达尔大尼央好奇地朝米莱狄瞧了一眼：她脸色苍白，眼神疲乏，也许是因为曾经哭泣过，也许是因为失眠。客厅里点的灯有意减少了，可是这个年轻女人却未能掩盖住连着两天的情绪激动所留下的痕迹。

达尔大尼央像平时一样殷勤地走到她的身旁；她尽了最大努力来接待他，可是惶惶不安的脸色和亲切的微笑总是无法协调。

达尔大尼央问起了她的健康情况。

“不好，”她回答，“很不好。”

“这么说，”达尔大尼央说，“我有点冒失了，您肯定需要休息，我这就走。”

“不，”米莱狄说，“正相反，请留下，达尔大尼央先生，有您这样一个亲切的伴侣，我会感到高兴的。”

“啊！啊！”达尔大尼央心里想，“她可从来也没有这么迷人过，可得当心啊！”

米莱狄显出她所能显出的最最亲热的神情，在她的言谈中也尽可能增加了风趣的成分。同时，那种暂时退去的激动情绪又回来了，使她的眼睛炯炯有神，使她的脸色红润，嘴唇鲜红。达尔大尼央又遇到了那个曾经迷惑过他的喀尔刻[①]。那种他原以为熄灭了的、实际上只是打了一个瞌睡的爱情又在他心头复苏了。米莱狄在微笑，达尔大尼央感到自己为了这种微笑甘愿受到天罚。

有一刻他似乎感到有点儿后悔。

米莱狄慢慢地变得话多起来了。她问达尔大尼央有没有情妇。

“唉！”达尔大尼央用尽可能伤感的语气说，“您怎么能这样残酷，向我提这样一个问题，我，自从我看见您以后，我仅仅因为您和为了您而呼吸，而叹息。”

米莱狄露出一个怪异的微笑。

“这么说，您爱我了？”她问。

“那还用我对您说吗？您难道一点也看不出吗？”

“当然看得出；可是您知道，越是高傲的心，越是难以得到。”

“啊！困难吓不倒我，”达尔大尼央说，“只有办不到的事才使我害怕。”

---

①喀尔刻，希腊神话中的美丽的女仙，精通巫术，住在地中海上一个叫埃埃厄的小岛上。旅人路过该岛受她蛊惑，就会变成牲畜或猛兽，并马上被送进畜栏。荷马史诗《奥德赛》中的奥德修斯等回国路经该岛时，他的同伴们被她变成了猪。后来奥德修斯答应在岛上住一年，她才把他的同伴们重新变回成人。

“对真正的爱情来说，”米莱狄说，“没有不可能的事情。”

“夫人，没有吗？”

“没有！”米莱狄回答。

“见鬼！”达尔大尼央暗自说，“情况完全变了。会不会碰巧是这个喜怒无常的女人爱上了我？前几天她把我当成了德·瓦尔德，送了一枚蓝宝石戒指给我；现在她是不是准备另外送一枚给我？”

达尔大尼央急忙移动自己的坐椅，向米莱狄靠近。

“嗯，”她说，“您可以做点什么来证明您所谈起的爱情呢？”

“要我做什么我就做什么。只要下命令就行，我已经作好了准备。”

“准备做任何事情吗？”

“做任何事情！”达尔大尼央高声说，他已经猜到这样的许诺并没有多大风险。

“好吧！让我们来稍许谈谈，”米莱狄也移动自己的扶手椅，跟达尔大尼央的椅子靠近。

“我听您说，夫人，”达尔大尼央说。

米莱狄一时间没有说话，似乎有点儿犹豫和顾虑，随后似乎下了决心，说道：

“我有一个仇人。”

“您？夫人！”达尔大尼央故作惊奇地说，“会有这样的事，我的天主！您是多么漂亮和善良！”

“一个不共戴天的仇人。”

“真的吗？”

“一个曾经恶狠狠地侮辱过我的仇人，因此在他和我之间是一场你死我活的斗争。我能不能够指望得到您的帮助？”

达尔大尼央马上便懂得了这个报仇心切的女人在打什么主意。

“您能够，夫人，”他夸张地说，“我的胳膊和生命也像我的爱情一样属于您。”

“那么，”米莱狄说，“既然您是这么大度又这么痴情……”

她顿住了没有说下去。

“嗯？”达尔大尼央问。

“嗯！”米莱狄过了一会儿才说，“从今天起别再说什么不可能的事。”

“您真是使我太幸福了！”达尔大尼央高声说，一边扑到米莱狄的膝下狂吻她的一双听任他吻的手。

“替我去找那个下流的德·瓦尔德报仇吧，”米莱狄心中在说，“以后我当然知道如何再来摆脱你，你这个双料的傻瓜，被人当刀使的活宝！”

“你这个虚伪而危险的女人，你先是那么无耻地嘲笑我，现在又自愿地倒在我的怀里，”达尔大尼央心里在想，“看来我将来要和那个你要借我的手去杀掉的人一起来笑你了。”

达尔大尼央抬起头来。

“我听候吩咐，”他说。

“那么您懂得我的意思了，亲爱的达尔大尼央！”米莱狄说。

“我也许能猜出您一个眼色。”

“您的坚强有力的胳膊已经很出名了，您能为我而使使您的胳膊吗？”

“现在就可以。”

“可是我呢，”米莱狄说，“对这样一种效劳，我该如何报答呢？我知道那些在谈爱情的人，他们做什么事也不会白干的。”

“您知道我所希望得到的惟一的答复，”达尔大尼央说，“惟一对您对我都是合适的答复。”

他温柔地把她拉到自己的身边。

她几乎没有挣扎。

“真是自私！”她微笑着说。

“啊！”达尔大尼央高声说，他果真被这个女人有办法在他心中点燃的狂热所激动了，“啊！我总是觉得我的这种幸福似乎不像是真的，总是怕它会像一场梦似的消失，我要赶快使它变为现实。”

“好吧，您就做些什么，让您配得上您说的这种幸福吧。”

“我听候您的吩咐，”达尔大尼央说。

“是吗？”米莱狄说，她还有最后一丝疑虑。

“请把那个使您这双美丽的眼睛流泪的下流胚的名字告诉我。”

“谁对您说我曾经哭过？”她问。

“我似乎觉得……”

“像我这样的女人是不哭的，”米莱狄说。

“那太好了！那么，请把他的名字告诉我。”

“您倒是想想，他的名字中藏有我所有的秘密。”

“可是我总得知道他的名字。”

“是的，必须知道；您看我对您有多么信任！”

“您真使我高兴死了。他叫什么？”

“您认识他。”

“真的吗？”

“真的。”

“是我的一个朋友吗？”达尔大尼央装得似乎有点儿犹豫，为的是使她相信他果真一无所知。

“如果是您的朋友，您就犹豫了吗？”米莱狄高声说，同时眼睛里闪出一道威胁意味的光芒。

“不，即使是我的兄弟也决不犹豫！”达尔大尼央大声说，兴奋得似乎发了狂。

我们的加斯科尼人不冒任何危险地往前走去，因为他知道自己正在走向哪儿。

“我喜欢您的这种忠诚，”米莱狄说。

“唉！您只爱我身上的这一点吗？”达尔大尼央问。

“我也爱您，”她握着他的手说。

热情的握手使达尔大尼央浑身颤抖，就好像通过这种接触，米莱狄的激动情绪也传到了他的身上。

“您，您爱我！”他嚷道，“啊！如果真是这样，那真会叫人丧失理智。”

于是他用两条胳膊搂着她。她并不回避他吻她的嘴唇，只是没有回吻他。

她的嘴唇是冰冷的：达尔大尼央似乎觉得刚才吻的是一座雕像。

可是他并不因此而减少了快乐的陶醉和爱情的激动。他几乎相信了米莱狄对他是一片真情，也几乎相信了德·瓦尔德是罪有应得。如果这时候德·瓦尔德在他面前，他真会杀了他。

米莱狄抓住了机会。

“他叫……”轮到她说话了。

“德·瓦尔德，我知道，”达尔大尼央高声说。

“您是怎么知道的？”米莱狄抓住他双手问，同时也试图从他的眼睛里看到他的灵魂深处。

达尔大尼央感到自己已经忘乎所以，走错了一步。

“说呀，说呀，您快说呀！”米莱狄一阵催促，“您是怎么知道的？”

“我是怎么知道的吗？”达尔大尼央说。

“是啊。”

“我是这样知道的，昨天我在一个人家的客厅里，德·瓦尔德也在；他拿出一枚戒指给人家看，说是您送给他的。”

“这个可恶的混蛋！”米莱狄嚷道。

我们可以想象得到，这样一个形容语，在达尔大尼央的心中引起了怎样的反响。

“嗯？”她继续说。

“嗯！我要为您找这个可恶的混蛋报仇。”达尔大尼央装着亚美尼亚的堂雅弗[1]的神气说。

“谢谢，我勇敢的朋友！”米莱狄嚷道，“我什么时候可以报仇？”

“明天，马上，随您的便。”

---

① 亚美尼亚的堂雅弗，法国作家斯卡隆(1610—1660)的同名喜剧中的主人公。

米莱狄差点儿要嚷出“马上”两个字，可是她想到这样匆忙从事也许对达尔大尼央不太客气。

再说，她还有许许多多的预防措施要采取，还要对她的保护人提出许许多多的劝告，免得他和伯爵在证人们面前争论不休。达尔大尼央的一句话把这一切都解决了。

“明天，”他说，“不是您的仇报了，就是我死。”

“不！”她说，“您会替我报仇的，不过您不会死。他是个懦夫。”

“他和女人打交道时也许是个懦夫，可是和男人打交道时就不是。我多少有点了解这个人。”

“可是，我觉得您在上次和他交手时，对您的运气并没有抱怨过。”

“运气是一个朝三暮四的妓女：昨天对您很好，也许明天就背您而去。”

“您的意思是不是说您现在有点儿犹豫了。”

“不，我并不犹豫，天主不让我这样做。可是让我去冒一种可能要送命的危险，却仅仅给我一些希望，其他什么也不给我，这难道是公正的吗？”

米莱狄用一个眼色回答他，意思是说：

“仅仅就这个吗？那说出来吧！”

随着这个眼色而来的是解释性的言语。

“我非常公正，”她温柔地说。

“啊，您是个天使，”年轻人说。

“那么，一切都说定了？”她说。

“除了我向您要求的以外，亲爱的！”

“不过，我告诉您，您可以相信我会对您温柔体贴的。”

“我没有明天可以等待了。”

“别说话；我听到我小叔子的声音。没有必要让他看到您在这儿。”

米莱狄拉铃：凯蒂进来了。

“您从这扇门出去，”她一边推开一扇暗门，一边说，“十一点钟您再来，到那时候我们再来结束我们的谈话。凯蒂会带您到我房间里来的。”

可怜的姑娘听到这些话，差点儿仰面摔倒。

“怎么啦！小姐，您怎么一动不动像座塑像一样待在这儿！喂，把骑士带走。今晚十一点钟，您听见了吧！”

“看来她的约会总是在十一点钟，”达尔大尼央心里想，“她已经养成习惯了。”

米莱狄向他伸出一只手来，他亲昵地吻了吻。

“喂，”他一边出去一边说，几乎没有回答凯蒂的责备，“喂，别让自己成了傻瓜；这个女人肯定是个十恶不赦的大罪人；我们可要当心啊！”

第七章
米莱狄的秘密

达尔大尼央从米莱狄的府邸里出来后，尽管凯蒂一再恳求，他还是没有立即上楼到这个年轻姑娘的房间里去。他这样做有两个理由：首先是因为他这样做可以避免种种的批评、责难和哀告，其次是因为他这时候很想研究一下他自己的思想，如果可能的话，也很想研究一下米莱狄的思想。

这件事情里面最最清楚的是，达尔大尼央像发了疯似的爱着米莱狄，可是米莱狄却一点儿不爱他。有一刹那达尔大尼央心里在想，他最好的办法是回到家里写一封长信给米莱狄，老老实实地告诉她说，直到现在为止，他和德·瓦尔德根本就是一个人，因此他不能答应去杀死德·瓦尔德，否则不就变成自杀了么。不过他也受到一种猛烈的报复欲望的刺激，他要以自己的名义占有这个女人；他觉得这种报复行动有某些甜美的滋味，所以他一点儿也不想放弃。

他在王宫广场上兜了五六个圈子，每走上十步便回过头来看看米莱狄那套房间从百叶窗里漏出来的灯光。这一次，那个年轻女人很明显不像上一次那样急于回到自己的房间里去。

灯光终于熄掉了。

最后的犹豫也随着灯光在达尔大尼央心中熄灭了。他记起了头天夜里的详情细节，他的心剧烈地跳动起来，脑袋瓜像火烧一样；他又回到米莱狄的府邸，匆匆走进凯蒂的房间。

年轻姑娘的脸色白得像死人一样，浑身都在发抖；她想拖住她的情人；可是米莱狄在留心听，她已经听到达尔大尼央进来时的响声：她把门打开了。

“进来吧，”她说。

所有这一切显得厚颜无耻到了难以置信的地步，没羞没臊到了骇人听闻的程度，以致达尔大尼央几乎不能相信他所看到的和他所听到的了。他以为自己被拉进了一个梦境中才有的那种离奇的幽会里。

可是他还是屈从了那种像磁石吸铁一样的吸引力，急忙向米莱狄奔了过去。

中间的那扇门在他们俩身后关上了。

凯蒂也朝那扇门扑过去。

嫉妒、愤怒、被伤害了的自尊心，总之，所有那些在折磨着一个在热恋中的女人的心的激情都推动着她去把这件事情揭穿。不过，如果她承认了她曾经促成这样一个诡计的实现，她也就完了；而且，最重要的是，达尔大尼央也将因为她而遭到灾难。这最后一个出于爱情的顾虑又劝她要作出最后的牺牲。

达尔大尼央这方面呢，他已达到了他最高的愿望。现在米莱狄爱他不像过去那样是在爱他的情敌，而是真正的在爱他，至少从表面上看是如此。有一个神秘的声音在他的内心深处清楚地对他说，他只不过是一件复仇的工具，别人一边爱抚他一边等他去送死。可是自负、自尊心和痴心使这种声音消失了，使这种低声的劝告窒息了。随后，我们这个加斯科尼人，怀着那种我们知道他有的坚强的信心，把自己跟德·瓦尔德作比较，并问自己，为什么米莱狄就不能真正地爱他。

所以他完全沉浸在当时的感受之中了。对他来说，米莱狄已经不是那个曾经一度使他感到恐怖的心怀叵测的女人，而是一个热情奔放的情妇，她完全沉溺于一种她似乎自己也感受到的爱情之中。将近两个小时几乎就这样过去了。

然而这对情人的激情终于平静下来了。米莱狄，她的动机跟达尔大尼央完全不同，所以她忘不了自己的目的，首先回到了现实里来；她问年轻人是不是心里已经盘算好了第二天用什么办法挑起德·瓦尔德跟他决斗。

可是达尔大尼央这时的思路跟米莱狄的大相径庭，他就像一个傻子似的忘乎所以，只是殷勤地回答说，时间已经太晚，不要去考虑用剑决斗的事情了。

可是决斗却是米莱狄惟一关心的事情，所以达尔大尼央的冷漠态度使她大吃一惊。她提的问题变得越来越急迫了。

然而达尔大尼央却从来没有认真考虑过这场不可能进行的决斗，所以他想改变话题，不过他没有力量做到。

米莱狄用她超乎常人的智慧和铁一般的意志把他限制在她预先划定好的范围以内。

达尔大尼央自以为很聪明，劝米莱狄饶恕德·瓦尔德，放弃她在盛怒之下定下的计划。

可是达尔大尼央刚说了头几句话，年轻女人就气得浑身发抖，离开了他。

“亲爱的达尔大尼央，您会不会是感到害怕了？”她说，声音尖锐而带有嘲笑意味，在黑暗中古怪地回荡着。

“您不会这样想的，亲爱的！”达尔大尼央回答，“可是，如果那个可怜的德·瓦尔德伯爵没有您想象的那样坏呢？”

“不管怎么说，”米莱狄严肃地说，“他欺骗了我；既然他欺骗了我，他就得死！”

“既然您判了他死罪，他就非死不可！”达尔大尼央语气坚定地说；米莱狄觉得这是一种能经受一切考验的忠诚的表白。

她立即又向他靠近过去。

这个夜晚对米莱狄来说究竟经历了多少时间，我们也许难以说清；不过当微弱的青灰色曙光透过百叶窗的缝隙，很快地侵入到房间里时，达尔大尼央以为自己在她身边待了还不到两个小时。

看到达尔大尼央就要和她分手，米莱狄又重新对他提起他曾经答应过她要为她去找德·瓦尔德报仇的那件事。

“我已经完全准备好了，”达尔大尼央说，“可是在此以前，我想弄清楚一件事情。”

“什么事情？”米莱狄问。

“就是您到底爱不爱我。”

“我好像已经给过您证明了。”

“是的，所以我的肉体和灵魂都属于您了。”

“谢谢，我的勇敢的情人！不过，就像我向您证明了我的爱情一样，您也将向我证明您的爱情，是吗？”

“当然。不过如果您爱我的程度就像您对我说的那样，”达尔大尼央接着说，“您难道就不为我感到一点儿担心吗？”

“我有什么可担心的？”

“不管怎么说，我有可能受重伤，甚至送命。”

“这不可能，”米莱狄说，“您是那么英勇，剑又使得那么好。”

“您难道就不喜欢用另一种方法，”达尔大尼央跟着说，“既可以为您报仇，又不必决斗？”

米莱狄默默地看着她的情夫；微弱的曙光照着他明亮的眼睛，显现出一种奇怪的悲惨的神色。

“说真的，”她说，“我相信您现在有点儿犹豫了。”

“不，我没有犹豫；只不过自从您不再爱这位德·瓦尔德伯爵以后，我真替他感到难受；因为我觉得，一个人单单失去了您的爱，就应该说是已经受到了非常残酷的惩罚，所以也不需要再有其他的惩罚了。”

“谁对您说我曾爱过他？”米莱狄问。

“至少我现在可以不是过分自负地相信，您爱着另一个人，”年轻人温柔地说，“而且我要再对您说一遍，我很同情伯爵。”

“您？”米莱狄问。

“是的，我。”

“为什么是您？”

“因为只有我知道……”

“知道什么？”

“知道他不论现在和过去，对您远不像您想象的那么坏。”

“真的吗？”米莱狄不安地说，“请您给我解释清楚，因为我真的不知道您想说些什么。”

她望着搂住她的达尔大尼央，那双眼睛似乎渐渐地燃烧起来了。

“是的，我是一个高尚的人！”达尔大尼央说，他已经下决心要了结这件事，“自从您的爱情属于我以后，自从我确信已经拥有它以后，因为我已经拥有了它，是不是？……”

“拥有了全部；快说下去。”

“好吧，我觉得我好像换了一个人，我心里有一件事一定要坦白出来。”

“要坦白出来？”

“如果我对您的爱情有所怀疑，我就不会坦白；不过您是爱我的，我的小美人，对不对，您是爱我的？”

“当然。”

“假如由于我爱您爱过了头而对您犯下了罪，您会宽恕我吗？”

“可能会。”

达尔大尼央尽量露出最最甜美的微笑，试着去吻米莱狄的嘴唇，可是她避开了。

“坦白，”她说，这时她的脸色也发青了，“有什么事要坦白？”

“上星期四，您曾经约德·瓦尔德幽会，就在这个房间里，是不是？”

“我？没有，哪会有这样的事！”米莱狄说；她说这句话时的语气坚定，神态自若，要不是达尔大尼央早已知道底细，他也许会对自己的话产生怀疑。

“别说谎了，我的美丽的天使，”达尔大尼央微笑着说，“这是没有用的。”

“究竟怎么啦？您说呀！您真要我的命了！”

“啊，您放心，您没有什么对不起我的地方，而且我已经完全原谅您了。”

“说下去，说下去！”

“德·瓦尔德不可能有什么好夸口的。”

“为什么？您亲自对我说过那枚戒指……”

“那枚戒指，我亲爱的，在我手里。星期四的德·瓦尔德伯爵和今天的达尔大尼央是同一个人。”

这个轻率的人原来以为他会看到的是一种带有惭愧的惊异表情，一阵小小的可以化解成眼泪的愤怒；可是他大错特错了，而且他的错误很快就被证明了。

米莱狄脸色煞白，神情吓人，她坐了起来，朝达尔大尼央的胸口狠狠一推，把他推开；随后便跳下床去。

这时候天色几乎已经大亮了。

达尔大尼央拉着米莱狄身上的印度细布的浴衣讨饶；可是她拼命挣扎着要逃走，一使劲那件细布浴衣撕破了，露出了她的赤裸的肩头。达尔大尼央看到她雪白浑圆而美丽的肩头上有一边烙着一朵百合花，不禁大吃一惊；这种无法消除的印记是刽子手在行加辱刑时亲手烙上去的。

“天啊！”达尔大尼央松开了抓在手里的浴衣嚷道；接着他一声不响，一动不动地愣在床上，只觉得浑身冰冷。

可是米莱狄从达尔大尼央那副惊恐莫名的样子，知道自己的秘密被发现了。毫无疑问他已经全都看见了，他现在已经知道了她的隐私，她的可怕的秘密：别人谁也不知道，可是他知道了。

她转过身子，她已经不再像是一个怒气冲天的女人，而像是一头受了伤的豹子。

“啊，坏蛋！”她嚷道，“你卑鄙地欺骗了我，而且还知道了我的秘密，你死定了！”

她接着朝梳妆台跑去，梳妆台上放着一只细木镶嵌的小匣子，她用一只因生气而发抖的手把它打开，从里面取出一把非常锋利的金柄小匕首，转过身来猛地向半裸着身子的达尔大尼央扑了过来。

虽然我们都知道这个年轻人是勇敢的，不过当他看到她那张大惊失色的脸，她那双瞳孔放大得非常吓人的眼睛，她那青灰色的脸颊和血红的嘴唇时，也吓得魂飞魄散了。他就像面对一条向他游过来的蛇一样，一直退缩到靠墙的里床旁边。他的一只满是汗水的手碰到了他的剑，他立即把剑从剑鞘里拔了出来。

可是米莱狄对他的剑并不顾忌，只是想再跳上床来刺他，直到她感到达尔大尼央的剑尖已经顶住了她的脖子才停住。

这时她又想用双手来抓他的剑，不过达尔大尼央总是能避开她不让她抓住，而且握着剑不住地在她眼睛和胸脯前面作势，一边让自己从床上滑落下来，想设法从那扇通往凯蒂房间的门逃出去。

米莱狄这时像发疯似的向他扑过来，嘴里发出可怕的咆哮声。

不过这有点像是在决斗，所以达尔大尼央倒是慢慢地平静下来了。

“好吧，美丽的贵夫人，好吧！”他说，“不过我以天主的名义对您说，您还是平静下来吧，不然我就要在您漂亮的脸蛋上画出第二朵百合花了。”

“下流胚！下流胚！”米莱狄吼道。

可是达尔大尼央始终在找那扇门，他采取了守势。

达尔大尼央藏身在家具后面来保护自己，米莱狄则推倒了几件家具向他冲去；在他们造成的一片嘈杂声中，凯蒂打开了中间的那扇门。达尔大尼央本来就在设法靠近那扇门，这时离这扇门只有三步光景。他一个箭步便从米莱狄的房间冲进了使女的房间，接着又疾如闪电地把门关上，再用他全身的重量紧紧地顶在门上，凯蒂则把门闩插上。

米莱狄使出远比一个女人大得多的气力，想把那扇门推开；随后，当她觉出这办不到以后，便用匕首戳那扇门，其中有几下甚至戳穿了门板。

她每戳一下都恶狠狠地骂一句。

“快，快，凯蒂，”达尔大尼央在门闩插上以后便低声对凯蒂说，“快想法子让我逃出去，否则等她缓过神来，她会去叫她的仆人们来杀我的。”

“可是您不能就这样出去呀，”凯蒂说，“您是光着身子的。”

“是啊！”达尔大尼央说，他这时候才发现自己身上穿着什么衣服，“是啊！你随便找点什么给我穿穿吧，不过要赶快；你要知道，现在是生死关头！”

凯蒂当然懂得；她转手间用一条绣花的连衣裙，一顶宽大的女帽和一件女用短披风把他打扮好了。随后她给了他一双拖鞋让他赤着脚套上，拉着他往楼梯下面走。他走得正是时候，因为米莱狄已经拉过铃，把整个府邸里的人都惊醒了。看门人刚拉绳子把门打开，米莱狄已半裸着身子在窗口叫唤：

“别开门！”

第八章

阿多斯如何毫不费事地得到了他的装备

达尔大尼央逃走了；米莱狄还在用不起作用的手势威胁他，直到看不见他时，她才晕倒在她的房间里。

达尔大尼央已经惊慌失措，根本顾不上凯蒂将会遇到什么麻烦，他奔跑着穿过了半个巴黎城，一直跑到阿多斯家门口才停下。他精神上的失常，刺激着他神经的恐怖，几个开始追逐他的巡逻兵的吆喝，以及几个一大清早便出门办事的行人的嘲骂，都使他加快了奔跑的速度。

他穿过院子，登上阿多斯住的三层楼，便乒乒乓乓地捶起门来。

格里莫睡眼惺忪地出来开门；达尔大尼央猛力冲进去，差点儿把他撞倒。

这个可怜的跟班平时一直噤若寒蝉，这一次却开口说话了。

“哎呀呀！”他大声嚷道，“你这个女人怎么到处乱跑，你究竟要干什么？疯婆子！”

达尔大尼央掀起帽子，从短披风里露出他的两只手。一看到他的髭须和那把出了鞘的剑，可怜的格里莫发现他是在和一个男人打交道。

这时他又以为来人是个刺客。

“救命！来人啊！救命！”他叫了起来。

“住口，混蛋！”年轻人说，“我是达尔大尼央，你不认识我吗？你的主人呢？”

“是您！达尔大尼央先生！”格里莫大声说，“真是难以想象！”

“格里莫，”阿多斯穿着睡衣从他的房间里走出来说，“您居然敢说话了。”

“啊，先生！因为……”

“别说话！”

格里莫只得伸出手向他的主人指指达尔大尼央。

阿多斯认出了自己的伙伴，尽管他是个非常冷静的人，看到了眼前这种古怪的打扮，也不禁哈哈大笑起来：歪戴的女帽，垂落到鞋子上的裙子，卷起的袖子以及因为心情激动而微微翘起的小胡子。

“请别笑，我的朋友，”达尔大尼央大声说，“看在老天的份上请别笑，因为，我用我的灵魂发誓，并没有任何可笑的事情。”

他说这几句话时的神色是那么庄严，而且还带有一种真正的恐惧感，所以使得阿多斯马上便握住他的手嚷道：

“我的朋友，您是不是受伤了？您的脸色真是苍白啊！”

“不，我没有受伤，可是我刚才遇到了一件非常可怕的事情。阿多斯，您是一个人在家吗？”

“当然！在这种时候您以为还有谁会在我的家里？”

“好，好。”

达尔大尼央立即走进了阿多斯的房间。

“喂，您说呀！”阿多斯说，一边关上门插上门闩，不让别人来打扰，“是不是国王驾崩了？是不是您把红衣主教先生杀了？瞧您那副失魂落魄的样子，喂，说呀，我真要急死了。”

“阿多斯，”达尔大尼央说着脱下身上的女人衣服，只剩下了衬衣，“您就准备好听一个令人难以置信的、闻所未闻的故事吧。”

“您先穿上这件睡衣吧，”火枪手对他的朋友说。

达尔大尼央穿睡衣时穿错了袖子，因为他心里仍很激动。

“怎么回事？”阿多斯问。

“怎么回事，”达尔大尼央弯下身子，俯在阿多斯的耳边，压低声音说，“米莱狄的肩上有百合花的烙印。”

“啊！”火枪手像心上中了一颗子弹似的叫了起来。

“喂，”达尔大尼央说，“您能肯定另外一个已经死了吗？”

“另外一个？”阿多斯说，声音轻得几乎连达尔大尼央也听不见。

“是的，就是有一天您在亚眠对我提起过的那一个。”

阿多斯叹了一口气，用双手捧住垂下的脑袋。

“现在的这一个，”达尔大尼央接着说，“是一个二十七八岁的女人。”

“金黄色的头发，”阿多斯说，“是不是？”

“是的。”

“淡蓝色的眼睛，闪着不同寻常的光芒，眉毛和眼睫毛都是黑的？”

“是的。”

“身材高而匀称，在左边犬齿旁边缺一颗牙齿，是不是？”

“是的。”

“百合花比较小，橙黄色，颜色有些暗淡，就像上面擦了一层粉似的。”

“是的。”

“可是您说她是英国人！”

“别人叫她米莱狄！不过她很可能是法国人。要知道，温特勋爵只不过是她的小叔子。”

“我想看看她，达尔大尼央！”

“当心呀，阿多斯，当心呀！您本来想杀掉她，她可是个以牙还牙、而且决不会放过您的女人。”

“她什么也不敢说，因为说了反而会暴露她自己。”

“她是什么也干得出来的！您曾经看见过她生气时的模样吗？”

“没有，”阿多斯说。

“一只老虎，一只豹子！唉，亲爱的阿多斯！我真担心已经给我们两人招来了可怕的复仇行动！”

于是达尔大尼央把前后经过全都讲了一遍，包括米莱狄的失去理智的狂怒和她要杀死他的威胁。

“您说得很有道理，我敢发誓说，我会毫无价值地送掉性命的，”阿多斯说，“幸好，我们后天就要离开巴黎；十之八九，我们要去拉罗舍尔，只要一动身……”

“阿多斯，如果她认出您，她会追您追到世界的尽头；因此让她的怒气发泄在我一个人身上吧。”

“啊！亲爱的！她杀了我又有什么关系！”阿多斯说，“是不是您竟然以为我是个贪生怕死的人？”

“在所有这一切的背后有着一些可怕的秘密。阿多斯！这个女人是红衣主教的密探，我完全可以肯定。”

“如果真是这样的话，您可得小心。如果红衣主教没有对您到伦敦去干的那件事大加赞扬，那就是说他在深深地恨您；可是他无论如何决不可能对您进行公开的指责，而仇恨又必须发泄，尤其是这是红衣主教的仇恨，所以您要小心！如果您出门，不要独个儿行走；如果您吃东西，也得处处当心；总之，对一切都别相信，甚至对您的影子也别相信。”

“幸好我们只要拖到后天傍晚不发生意外就行了，”达尔大尼央说，“因为一到部队里面，我希望我们该害怕的只是男人而已。”

“在此以前，”阿多斯说，“我放弃我的隐居计划；不论您去哪儿我都跟您一块儿走。现在您得回掘墓人街去了，我陪您一块儿去。”

“尽管掘墓人街离这儿很近，我也不能就这样回去的。”

“您说得很对，”阿多斯说着拉了拉铃。

格里莫进来了。

阿多斯向他做了个手势，要他到达尔大尼央家里去取些衣服来。

格里莫也用手势回答，表示他已完全懂得了阿多斯的意思，随后便走了。

“好吧！我亲爱的朋友，可是我们的装备还是没有进展啊，”阿多斯说，“因为，如果我没有弄错的话，您把您的全套衣服都留在米莱狄家里了，她是不会费心把这些衣服还给您的。幸好您还有那枚蓝宝石戒指。”

“蓝宝石戒指是您的，我亲爱的阿多斯！您不是对我说过，这是一枚祖传的戒指吗？”

“是的，据我父亲从前对我说，他是花了两千埃居把它买下来的[①]；是他送给我母亲的结婚礼物中的一件，非常漂亮。我母亲把这枚戒指给了我，而我却昏了头，非但没有把它作为一件神圣的遗物保存起来，反而把它送给了这个下贱的女人。”

“亲爱的，那您就把这枚戒指收回去吧；我懂得，您应该保留它。”

“我！在经过了这个女贱人的手以后，再收回它！这是永远也办不到的，这枚戒指已被玷污了，达尔大尼央！”

“那就卖掉它！”

“卖掉一颗我母亲给我的宝石！我坦白地告诉您，我把这看作是一种亵渎圣物的行为。”

“那就把它抵押掉，您肯定可以抵押到一千埃居；用这笔钱安排您的事情是绰绰有余的；将来等您手里一有钱就去把它赎回来。因为它已经经过了放高利贷者的手，到重新回到您手里时，它原来的污点已经洗净了。”

---

① 本书下卷第 5 章中说，这枚戒指是他外祖母传给他母亲，他母亲又传给他的。

阿多斯露出了微笑。

“您是一个可爱的伙伴，”他说，“我亲爱的达尔大尼央，您老是乐呵呵的，能使那些陷在苦恼中的可怜的人振奋起来！那好吧！我们就把它抵押掉，可是有一个条件。”

“什么条件？”

“抵押掉以后，您我两人各拿五百埃居。”

“您倒是想想，阿多斯！我是在国王卫队里的，需要的钱连这个数目的四分之一也不到，只要把我的鞍辔卖掉，我的事就解决了。我需要些什么呢？替普朗歇买一匹马而已。而且您忘了我自己也有一枚戒指呢。”

“不过我好像觉得这枚戒指对您，比这枚戒指对我更加重要；至少我相信我是这样认为的。”

“是的，因为在重要关头，它不仅能替我们解决重大困难，还能使我们免遭巨大的危险。那不仅是一颗宝贵的钻石，还是一件具有魔法的吉祥物。”

“我不懂您的意思，可是我相信您对我说的话。我们还是再来谈谈我的戒指吧，或者说得更确切些，谈谈您的戒指吧。抵押到手的钱您拿一半，否则我就把戒指扔到塞纳河里去；我不相信会跟波利克拉特斯①那样，会有条什么鱼殷勤地把它给我们送回来。”

“好吧，那么，我接受！”达尔大尼央说。

这时候，格里莫同普朗歇一起回来了。普朗歇一方面为他的主人担心，另一方面也很想知道他主人遇到了什么事情，所以趁此机会亲自把衣服送来了。

达尔大尼央穿上衣服，阿多斯也穿上了他的衣服；当他们两人准备

---

①波利克拉特斯：古希腊时爱琴海萨摩斯岛的僭主（约前535—前522），曾在东爱琴海上建立霸权，控制爱奥尼亚群岛和希腊大陆的城镇。为了防止诸神看到他的财富因嫉妒而发怒，有一天他把一枚戒指扔进海里作为自愿奉献的祭品。这枚镂刻的戒指是他的印章，上面镶有一粒珍贵的宝石。根据传说，不久以后有一个渔夫献给他一条鱼，他在鱼腹中发现了他的这枚戒指。

出门时，阿多斯向格里莫做了一个举枪瞄准的姿势，格里莫马上取下他的短枪，做好了陪他的主人一起走的准备。

他们平安无事地来到了掘墓人街。博纳希厄正在门口，他用一种嘲笑的神情瞧瞧达尔大尼央。

“喂，我亲爱的房客！”他说，“您要赶快；有一个漂亮姑娘在您家里等您呢，而您也知道，娘们是不喜欢等人的。”

“那是凯蒂！”达尔大尼央大声说。

他奔进了小巷子。

他果然在他的屋外的楼梯平台上，看到那个可怜的姑娘抖抖索索地紧靠在他的房门上。凯蒂一见到他就说：

“您答应过保护我，您答应过如果她发怒您会援救我；您别忘了，是您把我毁了的呀！”

“是的，当然，”达尔大尼央说，“放心吧，凯蒂。不过在我走了以后又发生了什么事情呢？”

“我当然知道！”凯蒂说，“听到她的呼喊声，所有的仆人全都跑来了，她气得像疯了一样，把您骂得狗血喷头，什么骂人的话都骂出来了。这时候我想到了她会记起您那天是从我的房间走进她的房间的，因此她会猜想到我是您的同谋；所以我就拿了我自己的那一点点钱和几件最好的旧衣服逃出来了。”

“可怜的孩子！可是我把您怎么办呢？我后天就要动身了。”

“您愿意怎么办就怎么办好啦，骑士先生，不过您要想办法使我离开巴黎，离开法国。”

“可是我总不能带着您一起去围攻拉罗舍尔呀！”达尔大尼央说。

“当然不能；不过您可以把我安排到外省，安排到您熟悉的某个贵夫人家里去；比如说，到您的家乡去。”

“啊，亲爱的朋友！我家乡的贵夫人都不用贴身使女。不过等等，我有办法了。普朗歇，去替我把阿拉密斯找来，要他马上就来。我们有些十分重要的事情要对他说。”

“我懂得是怎么回事，”阿多斯说，“可是为什么不找波尔朵斯呢？我好像觉得他那位侯爵夫人……”

“他那位侯爵夫人穿衣服时是由她丈夫的那些办事员伺候的，”达尔大尼央笑着说，“再说凯蒂也不愿意住在狗熊街，凯蒂，是不是？”

“要我住在哪儿我就住在哪儿，”凯蒂说，“只要我能躲得好好的，别人不知道我在哪儿就行了。”

“现在，凯蒂，我们就要分手了，因此您就不会再对我有什么嫉妒的念头了……”

“骑士先生，”凯蒂说，“不论我离您远还是近，我总是爱着您的。”

“见鬼！哪儿有这样的恒心？”阿多斯低声说。

“我也一样，”达尔大尼央说，“我也一样，我永远爱你，你放心吧。不过，现在请回答我；我这就要向你提的问题是非常重要的：你是不是听说过有一个在半夜里被绑架的女人？”

“请等一等……啊，我的老天，骑士先生，难道您还爱着这个女人吗？”

“不，是我一个朋友爱着她；喏，就是这位阿多斯。”

“我？”阿多斯嚷道，他的语气就像他差点儿要踩到一条蛇的身上一样。

“当然是您！”达尔大尼央握了握阿多斯的手说，“您很清楚，我们全都关心这位可怜的年轻的博纳希厄太太；而且凯蒂什么也不会说出去的，凯蒂，是不是？你知道，我的孩子，”达尔大尼央接着说，“你在进来时不是看到有个奇丑无比的男人站在门口吗？他就是那个可怜的女人的丈夫。”

“啊，我的天主！”凯蒂叫道，“您这样一说更使我感到害怕了，但愿他没有认出我才好。”

“什么，认出你！这么说你曾见过这个人？”

“他到米莱狄家来过两次。”

“对了。大概在什么时候？”

“大概在十七八天以前吧。”

“完全正确。”

“昨天晚上他还来过。”

“昨天晚上？”

“是的，就在您来以前不多一会儿。”

“我亲爱的阿多斯，我们被密探包围了！你认为他认出你了吗，凯蒂？”

“我一看到他就把帽子拉了下来，不过也许有点儿迟了……”

“您下楼去，阿多斯，他提防您比提防我还差点儿；您去看看他还在不在门口。”

阿多斯走下楼去，但马上又上来了。

“他走了，”阿多斯说，“他家的门关上了。”

“他报信去了，说所有的鸽子眼下都在鸽子笼里。”

“是吗！那我们就飞吧，”阿多斯说，“让普朗歇一个人留在这里，由他替我们通风报信。”

“等等，还有阿拉密斯呢，我们已经派人去找他了！”

“对，阿多斯，我们等等阿拉密斯。”

正在这时，阿拉密斯进来了。

大家把事情告诉了他，并对他说现在最紧急的是要他在他熟悉的所有的上流人士的家里为凯蒂找到一份工作。

阿拉密斯考虑了一会儿，随后涨红着脸说道：

“达尔大尼央，这样做真的是为您效劳吗？”

“我将因此而一辈子感激您的。”

“那好，德·布瓦-特拉西夫人曾为她一位住在外省的女朋友托过我，说是要一个靠得住的贴身使女；您是否能够，我亲爱的达尔大尼央，向我担保这位小姐……”

“啊，先生，”凯蒂高声说，“请您尽管放心，我对那个能使我离开巴黎的人，一定赤胆忠心！”

“那就再好不过了，”阿拉密斯说。

他坐到一张桌子前面，写了几句话，封好后，又用一枚戒指在信封上盖了封印，然后把信交给凯蒂。

“现在，我的孩子，”达尔大尼央说，“你知道，再在这儿待下去，对我们对你都是不好的。我们这就分手，到情况好一些以后我们再会面吧。”

“不论我们今后在什么时候，在什么地点会面，”凯蒂说，“您都会看到我还是像今天一样地爱着您。”

“这是赌徒的誓言，”在达尔大尼央送凯蒂下楼去时阿多斯说。

过了一会儿，三个年轻人在约好了四点钟在阿多斯家碰头以后便分手了，只留下普朗歇看家。

阿拉密斯回他自己的家，阿多斯和达尔大尼央都在盘算如何抵押掉他们的蓝宝石戒指。

就像我们的加斯科尼人所预见的那样，他们没有费什么事就把戒指抵押了三百皮斯托尔。而且，那个犹太人还说，如果他们愿意把戒指卖断，他愿意出到五百皮斯托尔，因为那颗蓝宝石和他另一副漂亮的耳坠十分相配。

阿多斯和达尔大尼央，以两个军人的活动能力和两个行家的专门知识，花了几乎不到三小时的时间，就买齐了火枪手的全部装备。此外，阿多斯是个非常随和的、非常地道的大爵爷。只要东西合他的意，别人要多少钱他就付多少钱，连价钱也不还。达尔大尼央很想在这方面发表一些他的看法，可是阿多斯总是微笑着拍拍他的肩膀，以致达尔大尼央终于明白了，讨价还价这类事情对他这个加斯科尼的小贵族来说是可行的，可是对一个具有王公贵族气派的人来说就不合适了。

火枪手找到了一匹十分英俊的安达卢西亚马，黑得像乌玉般的毛片，火红色的鼻孔，俊美的细腿，六岁牙口，他把那匹马检查了一番，找不到什么缺点。马贩子要价一千利弗尔。

也许用不到这些钱也能买下，可是正在达尔大尼央和马贩子讲价钱时，阿多斯已经数好一百个皮斯托尔放在桌子上了。

格里莫有了一匹矮壮有力的庇卡第马，花了三百利弗尔。

可是在买了这匹马的鞍子和格里莫的各种武器以后，阿多斯的一百五十皮斯托尔已经连一个子儿也不剩了。达尔大尼央请他的朋友在自己分得的一份里用掉一些作为借款，等以后再还就行。

可是阿多斯只是耸耸肩膀作为回答。

“那个犹太人肯出多少钱把蓝宝石戒指买断？”阿多斯问。

“五百皮斯托尔。”

“那就是说还可以多两百皮斯托尔：一百皮斯托尔归您，一百皮斯托尔归我。这可算是一笔真正的财产，我的朋友；请您再到犹太人那儿去一次吧。”

“怎么，您想……”

“这枚戒指肯定会引起我太多的悲惨的回忆；再说我们永远也不会有三百个皮斯托尔去赎还它，那就等于在这笔交易中白白损失了两千利弗尔。达尔大尼央，去对他说戒指归他，带两百皮斯托尔回来。”

“请再考虑考虑吧，阿多斯。”

“眼下现钱是最宝贵的，应该善于作出牺牲。去吧，达尔大尼央。去吧；格里莫带着短枪陪您一起去。”

半个小时以后，达尔大尼央带着两千利弗尔回来了，一路上没有遇到任何意外。

阿多斯就这样在自己家里找到了他原先并未指望得到的财源。

第九章
幻　象

到了四点钟，四位朋友在阿多斯家会面了。他们为装备的担心已经完全消失，但是每张脸上还留着他们各自的秘密的忧虑，因为在眼前幸福的背后还隐藏着一种对未来的恐惧。

突然，普朗歇送来了两封信，信是写给达尔大尼央的。

其中一封是一张折成精致的长方形的短笺，上面盖着漂亮的绿色的封印，封印是一只嘴里衔着一根绿色树枝的鸽子。

另一封是一个四方形的大信封，上面光辉夺目地印着红衣主教公爵法座的吓人的纹章。

一看见那封体积小巧的信，达尔大尼央的心便跳动起来了，因为他相信认出了那上面的笔迹。尽管这种笔迹他只见到过一次，但是印象很深，难以忘怀。

所以他拿起这封小信，立即撕开封印。信上是这么写的：

本星期三傍晚六七点钟，请到通往夏约[①]的那条大路上来散步，并仔细地观察那些过往的四轮马车里面的人，不过，如果您重视您的生命以及爱您的人的生命，您就千万别说一句话，也别做一个动作，让人认为您已认出了那个不顾任何危险想看您一眼的女人。

信末没有签名。

“这是个圈套，”阿多斯说，“别去！达尔大尼央。”

“可是，”达尔大尼央说，“信上的笔迹我好像认识。”

“笔迹可能是伪造的，”阿多斯接着说，“在眼下这个时候，通往夏约的大路到了傍晚六七点钟是很荒凉的：和您到邦迪森林里去散步差不多。”

“可是如果我们全都去呢！”达尔大尼央说，“见鬼！总不会能把我们四个人全都吃了吧，况且还有四个跟班，还有马匹，还有武器。”

“而且这也是炫耀一下我们的装备的机会，”波尔朵斯说。

“不过假使这封信是一个女人写的，”阿拉密斯说，“假使这个女人不想被人看到，那么请想一想，达尔大尼央，您会损害她的名誉；这样做对一位贵族来说是不相宜的。”

“我们可以跟在后面，”波尔朵斯说，“让他一人走在前面。”

“是的，可是一颗手枪子弹很快就会从飞驰的四轮马车里射

① 夏约，古时巴黎西南近郊的一个村庄，在塞纳河右岸。1786 年并入巴黎市区。

出来。”

“唔！”达尔大尼央说，“子弹是打不到我的。我们可以去追那辆四轮马车，把车里面的人杀了。这样至少可以减少几个敌人。”

“他说得对，”波尔朵斯说，“打一仗吧，再说也该试试我们的武器。”

“唔，让我们去乐一乐吧，”阿拉密斯神色温和而冷漠地说。

“随你们的便吧，”阿多斯说。

“各位先生，”达尔大尼央说，“现在是四点半，如果我们要在六点钟赶到去夏约的大路上，时间刚来得及。”

“而且，如果我们出发得太晚，”波尔朵斯说，“别人就看不到我们，这就太遗憾了。我们快准备动身吧，先生们。”

“可是这第二封信呢，”阿多斯说，“您把它忘了；可是我觉得信上的纹章说明它还是值得拆开来看看的。至于我呢，我亲爱的达尔大尼央，我明白地告诉您，我对这封信的担心远远超过了您刚才轻轻地塞进您胸口里去的那封短信。”

达尔大尼央的脸红了。

“好吧！”年轻人说，“先生们，现在来让我们看看我们的法座要我干什么！”

达尔大尼央撕开信念道：

国王卫队德·艾萨尔部下的达尔大尼央先生，请于今晚八点来红衣主教府等候接见。

卫队长　拉乌迪尼埃尔

“见鬼！”阿多斯说，“这个约会比那一个更叫人放心不下。”

“我从第一个约会那儿出来再去赶第二个，”达尔大尼央说，“第一个约会是七点钟，第二个约会是八点钟；时间来得及。”

“哼！我是不会去的，”阿拉密斯说，“一位殷勤的骑士当然不该错过一位贵夫人提出的约会；可是一个谨慎的贵族是可以借故不去见法座的，尤其是在有理由相信那并不是为了恭维他的时候。”

“我同意阿拉密斯的意见，”波尔朵斯说。

“先生们，”达尔大尼央回答，“从前我曾从德·卡伏瓦先生那儿得到过法座的同样的邀请，我当时没有把它当回事，可是第二天我就遭到了巨大的不幸：康斯坦丝不见了！所以现在不论发生什么事情，我都要去。”

“如果已经打定了主意，”阿多斯说，“您就去干吧。”

“万一关进巴士底狱怎么办呢？”阿拉密斯说。

“啊！你们会把我救出来的，”达尔大尼央接着说。

“那当然，”阿拉密斯和波尔朵斯异口同声地说，他们的神态镇静得让人赞美，倒好像这是一件最最轻松平常的事，“我们当然会把您从那儿救出来，不过，我们后天就要上前线去了，您最好别去冒蹲巴士底狱的危险。”

“我们尽量把事情办得妥当些，”阿多斯说，“今天晚上我们别离开他，每人带三个火枪手跟在后面，各自分别看住主教府一扇门。如果看到有一辆车门关着的、形迹可疑的车子从府里出来，我们便扑上去。我们已经有很久没有跟红衣主教先生的卫士们较量了，德·特雷维尔先生一定以为我们全都死光了呢。”

“阿多斯，”阿拉密斯说，“您肯定是个天生的大将军，各位先生，你们觉得这个计划怎么样？”

“妙极了！”几个年轻人齐声说道。

“好吧！”波尔朵斯说，“我赶到队里去通知我的弟兄们，要他们在八点以前准备好，约会地点在红衣主教府前面的广场上；你们各位在这段时间里，叫你们的跟班备马吧。”

“可是我，我没有马，”达尔大尼央说，“不过我可以派人到德·特雷维尔先生那儿去牵一匹。”

“这用不着，”阿拉密斯说，“您可以在我的坐骑中牵一匹去。”

“您现在有几匹马？”达尔大尼央问。

“三匹，”阿拉密斯微笑着回答。

“亲爱的！”阿多斯说，“您肯定是法兰西和纳瓦拉[①]最最讲究骑马的诗人了。”

“请听我说，亲爱的阿拉密斯，您有了三匹马，您自己也不知道怎么办了吧？我真搞不懂您怎么会买了三匹马。”

“不是的，第三匹是今天早上一个没有穿号衣的仆人牵来的，他不肯说出他是谁家的仆人，只是对我说，他是奉了他主人的吩咐……”

“或者是奉了他女主人的吩咐，”达尔大尼央插嘴说。

“这无关紧要，”阿拉密斯红着脸说，“他对我说他奉了他女主人的吩咐，把那匹马牵到我的马厩里，却不肯对我说他是谁派来的。”

“这种事情只有诗人才能遇到，”阿多斯神态严肃地说。

“好吧！这样的话，我们尽量把事情办得好一些，”达尔大尼央说，“在那两匹马当中您准备骑哪一匹：骑您买来的一匹呢还是骑别人送来的一匹？”

“当然骑别人送来的一匹；您也明白，达尔大尼央，我不能得罪……”

“那个送马的陌生女人，”达尔大尼央说。

“或者是那个送马的神秘女人，”阿多斯说。

“您原来自己买的一匹变成没有用的了？”

“差不多是这样。”

“您自己挑选的吗？”

“而且是非常仔细地挑选的；骑马的人的安全，您也知道，几乎总是和他的坐骑有关。”

“好吧！您就把它原价让给我！”

“我本来就是要让给您的，我亲爱的达尔大尼央，等您手头方便的时候再把钱还给我好了。”

---

①纳瓦拉，古时西班牙北部和法国南部的一个独立王国，占有今西班牙纳瓦拉省和法国大西洋沿岸比利牛斯省西部。1515年纳瓦拉的西班牙部分正式并入卡斯蒂利亚王国，1607年纳瓦拉的非西班牙部分并入法兰西王国。

“这匹马您花了多少钱？”

“八百利弗尔。”

“这儿是四十枚双皮斯托尔，我亲爱的朋友，”达尔大尼央说，一边从口袋里掏出这笔钱，“我知道别人就是用这样的现金来付您写诗的稿酬的。”

“您手头上有很多钱？”阿多斯问。

“很多，多极了，亲爱的！”

达尔大尼央说着把口袋里剩下的皮斯托尔弄得叮当作响。

“把您的马鞍子送到火枪队去，有人会把您的马和我们的马一起牵到这儿来的。”

“很好；可是马上要到五点了，我们要赶快才行。”

一刻钟以后，波尔朵斯骑着一匹非常英俊的西班牙马出现在费鲁街的一端，穆斯格东骑着一匹奥弗涅[1]产的马跟在后面，那匹马小了一点，但很漂亮。波尔朵斯兴高采烈，得意洋洋。

就在同一时刻，阿拉密斯骑着一匹英国骏马出现在费鲁街的另一端，巴赞骑着一匹杂色毛片的马跟着它，手里还牵着一匹十分雄壮的德国马：那就是达尔大尼央的坐骑。

这两个火枪手在门口相遇：阿多斯和达尔大尼央从窗口望着他们。

“见鬼！”阿拉密斯说，“您这匹马真是棒极了，我亲爱的波尔朵斯。”

“是的，”波尔朵斯回答，“这就是人家一开始应该替我送来的那匹，做丈夫的恶作剧，把它掉了包；不过后来做丈夫的受到了惩罚，我呢，得到了全部的满足。”

普朗歇和格里莫也来了，手里牵着他们主人的马；达尔大尼央和阿多斯下来了，在他们同伴们的身旁跨上了马鞍，于是四个人一起上路

---

①奥弗涅，法国旧省，在中央高原的中间地区，相当于今康塔尔省，多姆山省和上卢瓦尔省的一部分。

了：阿多斯骑的是他妻子的马，阿拉密斯骑的是他情妇的马，波尔朵斯骑的是诉讼代理人夫人的马，达尔大尼央骑的是他的幸运的马，而幸运是最最好的情妇。

跟班们尾随在后。

就像波尔朵斯原先想象的那样，这队骑士的确是威风凛凛：如果这时科克纳尔夫人正在波尔朵斯经过的路上，能够看到他骑在他的漂亮的西班牙马上有何等气派，就不会为自己从丈夫的钱柜里放血而感到后悔了。

这四个朋友在罗浮宫附近遇见了从圣日耳曼回来的德·特雷维尔先生；他拦住他们，对他们的装备赞美了一番，这样一来便引来了好几百人的围观。

趁此机会，达尔大尼央向德·特雷维尔先生谈到了那封盖着朱红色大封印、印着公爵纹章的信；对于另一封信的情况，他当然只字未提。

德·特雷维尔先生赞同他已经下定的决心，并向他保证，如果第二天他失踪了，他肯定能把他找回来，不论他在什么地方。

这时候，撒马利亚女人水塔上的钟敲响了六点钟的钟声，这四个朋友说有个约会，便向德·特雷维尔先生告辞了。

他们策马狂奔了一阵，来到通往夏约的大路上。这时太阳开始西斜，路上的车辆在不断地来来往往。达尔大尼央由落后几步的朋友们保护着，睁大眼睛往每辆经过的四轮马车里面张望，但没有发现有一张熟悉的脸。

最后，在等了一刻钟，夜幕也完全降下来以后，有一辆马车从通往塞弗尔[①]的那条大路上疾驰而来。有一种预感告诉达尔大尼央，这辆车子里正关着那个写信和他约会的人。年轻人的心突然狂跳起来，连他自己也感到奇怪；几乎就在这同时，有一个妇人的头从车窗里伸了出来，她的两只手指压在嘴上，这既像是要他别开口，也像是向他送一个飞吻。达尔大尼央高兴得轻轻地叫出声来，那个女人，或者说得更确切

---

①塞弗尔，法国上塞纳省城市，在巴黎西南。

些，那个幻象正是博纳希厄太太；因为马车快得像闪电一般一闪而过，所以我们更应该说，那个女人仅仅像是个幻象。

尽管那封信上有过叮嘱，达尔大尼央还是不由自主地策马往前冲去，稍许跳了几步便赶上了那辆马车，不过这时车窗的玻璃已经完全关闭，那个幻象已经消失得无影无踪了。

直到这时达尔大尼央才想起那封信上的叮嘱①："如果您重视您的生命以及爱您的人的生命，那么您就一动也别动，就当作您什么也没有看到。"

因此他立即停住，感到了担心，不过不是为了他自己，而是为了那个可怜的女人；那个女人为了约他这样见上一面肯定冒了很大的危险。

那辆马车始终飞快地往巴黎方向驶去，很快就不见了。

达尔大尼央待在原地愣住了，不知道该怎么想才好。如果这是博纳希厄太太，如果她是回巴黎去，为什么要约他进行这样一次转瞬即逝的会面呢？为什么只是这样匆匆相互看上一眼，丢来一个不能兑现的飞吻呢？反过来如果这不是她，这是很可能的，因为暮色已降，光线昏暗，很可能看错；如果这不是她，会不会是有人知道他爱着这个女人，所以利用她作为诱饵开始向他发动进攻？

这时他三个同伴来到了他的身边。他们三人都清清楚楚地看到车窗里伸出过一个女人的脑袋，可是他们三人除了阿多斯以外都不认识博纳希厄太太。而且据阿多斯说，那个女人肯定是她；不过他不像达尔大尼央那样只顾注意那张漂亮的脸蛋，他还相信看到了另一个人的脸，一个坐在马车深处的男人的脸。

"如果是这样的话，"达尔大尼央说，"他们肯定是在为她转移监狱。可是他们究竟想把这个可怜的女人怎么样啊，我究竟怎样才能和她会面呀？"

"朋友，"阿多斯严肃地说，"请您记住，只有死了的人才不会被世界上的人遇到。关于这方面的事情，您也像我一样多少知道一些，是

①这儿提到的叮嘱与本章前面的信中的内容略有出入。

不是？现在，如果您的情妇没有死，如果我们刚才看到的就是她，那么您迟早会见到她的。而且很可能，我的天主，”阿多斯跟着又用他那特有的愤世嫉俗的语气说，“很可能比您原来指望的还要早一些。”

七点半敲响了；那辆马车比原先约定的时间晚到了二十分钟。达尔大尼央的朋友们提醒他说他还要进行一次拜访，同时也告诉他，如果他想改变主意不去了，在时间上也来得及。

可是达尔大尼央是个既倔强又好奇的人。他早已打定主意要到红衣主教府去走一趟，知道一下法座大人想对他说些什么。他的决定是无论如何也不能改变的。

他们来到圣奥诺雷街和红衣主教府前面的广场，看到了那十二名被邀请来的火枪手正在一边散步一边等着他们。直到这时候他们才对这些火枪手说明了请他们来的原因。

在国王的光荣的火枪队里，达尔大尼央是很有名的，大家知道他不久便可当上火枪手，所以已经预先把他当作弟兄看待了。由于这些原因，大家都很乐意地接受了这项交托给他们的任务。再说，这件事十之八九是要跟红衣主教以及他的部下来一场恶作剧；对这样一些活动，这些可敬的贵族是一向有思想准备的。

阿多斯把这些人分成三组，自己指挥其中的一组，把第二组交给阿拉密斯，把第三组交给波尔朵斯；随后每一组都去埋伏在一扇大门的对面。

达尔大尼央自己则勇敢地从正门进去了。

这个年轻人虽然觉得自己已经有了强大的支持，可是在他一步一步跨上主教府的大楼梯时，心里还是免不了有点儿忐忑不安。他对付米莱狄的那种行径当然不算是什么背叛，但是他很怀疑这个女人和红衣主教之间有着政治关系。而且，那个被他整得够呛的德·瓦尔德又是法座的忠实部下。达尔大尼央知道，如果说法座对他的敌人是可怕的，他对他的朋友倒是相当照顾的。

“如果德·瓦尔德把发生在他与我之间的事全都告诉了红衣主教，这一点是不容怀疑的；如果他认出了是我，这一点是有可能的；那么我几乎应该把我自己看作是一个已经定了罪的人，”达尔大尼央摇着脑袋自言自语地说，“可是他为什么要一直等到今天呢？”这很简单，米莱狄也许带着那种使她变得更加动人的虚假的痛苦控诉了我一番；这最后一件罪行终于使他忍不住了。

“幸好，”他接着说，“我那些好朋友都在下面，他们不会听任我被人带走而不保护我的。可是德·特雷维尔先生的火枪队是不能单独跟掌握着整个法国武装力量的红衣主教开战的；在红衣主教面前，王后没有权威，国王也缺乏意志。达尔大尼央，我的朋友，你是勇敢的，你有各种优秀的品质，可是你将断送在这个娘们手里！”

这是他在走进前厅时得出的悲惨结论。他把那封信交给了值班的掌门官。掌门官把他领进候见厅以后，自己又向府邸的深处走去。

在这个候见厅里待着五六名红衣主教的卫士，他们认出来人是达尔大尼央，也知道他曾刺伤过朱萨克，因此都带着一种古怪的微笑瞅着他。

这种微笑对达尔大尼央来说是一种不祥之兆，只不过我们这个加斯科尼人是不容易被吓倒的，或者说得更确切些，由于他的老乡们天生具有的强烈的自尊心，每当有一种类似恐惧的情感穿过他的心灵时，他是不会轻易地让人看出这种情感的。所以他现在故意神气活现地站在这些卫士先生前面，一只手撑在腰际，保持着一种不乏庄严的神态。

掌门官回来了，他做了个手势，要达尔大尼央跟他走。年轻人似乎觉得自己在离开时那些卫士在低声交谈。

他走完一条走廊后又穿过一间大厅，然后走进一间图书室，来到一个坐在一张书桌前面写字的人的前面。

掌门官引他进来以后便悄悄地走了。达尔大尼央站着没有动，仔细地察看面前的这个人。

达尔大尼央起初以为他要和一个在审查他档案的司法官员打交道，可是他发现坐在书桌前面的那个人在写字，或者说得更确切些，在修改一些长短不一的句子，一面还用手指头计算着音节，他这才发现他面对的是一个诗人。过了一会儿，诗人合上了他的手稿，手稿的封面上写着：《米拉姆》（五幕悲剧）。随后他抬起头来。

达尔大尼央认出了他就是红衣主教。

第十章
一个可怕的幻象

红衣主教胳膊肘支在他的手稿上，手托着面颊，对着年轻人看了一会儿。没有人的目光能比德·黎塞留的目光具有更深的洞察力了；达尔大尼央感到被这种目光看得就像发烧似的，浑身直打哆嗦。

不过他还是很镇定，手里拿着自己的毡帽，不亢不卑地等待着法座垂询。

“先生，”红衣主教问他，“您是不是贝亚恩的达尔大尼央族里的人？”

“是的，大人，”年轻人回答。

“在塔布和它的附近一带有好几支达尔大尼央族里的人，”红衣主教说，“您是属于哪一支的？”

“我的父亲曾经跟随伟大的亨利国王，当今仁慈的陛下的父亲，参加过好几次宗教战争。”

“是的。七八个月前，离开您的故乡，到首都来谋发展的是您吗？”

“正是这样，大人。”

“您经过默恩时，遇到过什么事，我虽然不太知道详情，但总遇到过什么事吧？”

“大人，”达尔大尼央说，“我遇到的事情是这样的……”

“不必了，不必了，”红衣主教微笑着说，这种微笑表示他对这件事的了解跟想把这件事讲给他听的人一样多，“您是被推荐给德·特雷维尔先生的，是不是？”

“是的，大人；不过就是在默恩遇到的那件倒霉事中……”

“那封介绍信丢掉了，”法座接着说，“是的，这件事我知道。不过德·特雷维尔先生是一个善于看面相的行家，他一眼就能把人看透，所以他把您安置在他的妹夫德·艾萨尔先生的卫队里，并且表示您迟早有希望进入火枪队。”

“大人了解得十分正确，”达尔大尼央说。

“从那时候起，您干了很多事情：有一天如果您去了任何其他地方都会更好些，可偏偏您到查尔特勒修道院后面去散步，随后您和您的朋友到福尔日温泉去旅行，您那些朋友都留在半路上，而您，您却继续赶路。这很简单，因为您要去英国办事。”

“大人，”达尔大尼央目瞪口呆地说，“我是去……”

“去打猎，在温莎，或者是在别的地方，这跟任何人都不相干。我知道这件事，因为我的职责就是一切都得知道。您回来以后就受到了一位非常尊贵的人的接见；我很高兴地看到您还保留着那位大人物送给您的纪念品。”

达尔大尼央的手伸向王后送给他的那枚钻石戒指，并且快速把戒面转到里面去，可是已经太晚了。

“在那件事情发生以后的第二天，您曾经接待过德·卡伏瓦的拜访，”红衣主教接着说，“他准备邀请您到我府里来；可是您却没有去回访他；您犯了错误。”

“大人，我那时害怕惹您生气。”

“唔，先生，为什么呢？为了比旁人更聪明更大胆地完成了您上级交给您的任务吗？在您值得称赞时难道会惹我生气吗？我要惩罚的是那些不服从命令的人，而并不是像您那样的执行命令执行得……非常好的人。证据就是，您想想我派人叫您来见我的那一天吧，再想想那天晚上发生了什么事。”

博纳希厄太太就是在那天晚上被绑走的。达尔大尼央打了个寒噤，这时他又记起了半个小时以前那个可怜的女人在他面前经过的情景；毫无疑问，还是从前使她失踪的那些有权势的人把她带走了。

“总之，”红衣主教继续说，“因为我已经有些时候没有听见旁人说起您了，所以想知道您在干些什么。再说，您也真该谢谢我；您自己也注意到了，在所有这些情况中，您受到了多大的照顾。”

达尔大尼央恭敬地弯了弯腰。

“我之所以这样做，”红衣主教继续说，“并不仅仅是出于一种天生的公正的感情，而且还出于一个我为您制定的计划。”

达尔大尼央越来越觉得诧异了。

“我原来想把这个计划在您第一次接到我邀请的那一天告诉您，可是您没有来。幸好这种延误没有造成任何损失，今天您就要听到了。请坐在这儿，坐在我的面前，达尔大尼央先生；您是一个优秀的贵族，不该站着听我讲话。”

红衣主教指指一把椅子要年轻人坐下；达尔大尼央因为对目前发生的事情过于吃惊，因此一直到他的对话者做了第二次手势时才坐下。

“您是勇敢的，达尔大尼央先生，”法座继续说，“您也是谨慎的，这样只有更好。我这个人就喜欢有头脑和有胆量的人；您别怕，”他微笑着说，“我说的有胆量的人，意思就是勇敢的人；可是尽管您还这么年轻，刚刚踏进社会，您却已经有了一些非常强大的敌人：如果您不多加防备，他们会毁了您的！”

“唉，大人，”年轻人回答，“那还用说，他们用不了费多大劲就能办到；因为他们非常强大，而且有后台，而我却是孤身一人！”

“是的，这是真的；可是尽管您孤身一人，您已经做了很多事情，而且您还要做更多的事情，对此我毫不怀疑。不过我相信，您在您现在所进行的冒险生涯中需要有人引导；因为，如果我没有弄错的话，您是带着想青云直上的雄心到巴黎来的。”

“像我这种年龄，什么痴心妄想都会有，大人，”达尔大尼央说。

“只有傻瓜才会有痴心妄想，先生，而您是个聪明人。好吧，在我卫队里当个掌旗官，打完仗以后让您当队长，您看怎么样？”

“啊，大人！”

“您接受了，是不是？”

“大人，”达尔大尼央神情尴尬地说。

“怎么，您拒绝？”红衣主教吃惊地嚷道。

“我是在国王陛下的卫队里当差的，大人，我没有任何理由说我不满意这份工作。”

“可是，我似乎觉得，”法座说，“我的卫队也就是国王陛下的卫队；而且，任何人只要是在法国部队里服务，也就是为国王服务。”

“大人，您没有听懂我的意思。”

“您是希望有个借口吧，对不对？我懂。好吧，这个借口，您已经有了：提升，已经开始的战争，我现在向您提供的机会，这些都是可以公开对人说的。而对您来说，需要可靠的保护；因为最好让您知道，达尔大尼央先生，我已经收到了很多对您的严重的指控，您没有把您白天和黑夜的全部时间都用来为国王服务啊。”

达尔大尼央的脸红了。

“此外，”红衣主教伸手搁在一叠文件上说，“我这儿有整整一卷关于您的档案材料。可是，在阅读它以前，我想跟您谈谈。我知道您是一个坚决果断的人，而您的服务，如果有好的领导，非但不会替您带来麻烦，还可能替您带来很多好处。好吧，仔细考虑考虑，再作出决定吧。”

“您的好心使我感到有点担当不起，大人，”达尔大尼央回答，“我在法座身上看到了一种无比伟大的心灵，使我感到自己渺小得就像一条蚯蚓；可是，既然大人允许我可以坦诚相告……”

达尔大尼央停住了。

“是的，我允许您，请讲吧。”

“好吧，我要对法座说，我所有的朋友都在火枪队和国王卫队里，而我所有的敌人不知为什么命中注定了全是法座的部下。如果我接受了大人的建议，我在这边既不会受到欢迎，在那边还会遭到蔑视。”

“您会不会已经有了那种骄傲的想法，认为我没有把和您相配的东西赠给您，先生？”红衣主教带着一种轻蔑的微笑说。

“大人，法座对我恩宠有加，相反我认为我所做的，还远远配不上法座对我的关怀。拉罗舍尔的围城战即将开始，大人。我将要在法座眼皮底下服务，如果我在这次围城战中的表现有幸引起大人的关注那就好了。以后我至少有些功劳可以用来证明法座对我的保护是不无道理的。做任何事情都应该有适当的时候，大人；也许过些时候我有权利献出我自己，可是现在我却像在出卖自己。”

“这就是说，您拒绝为我服务，先生，”红衣主教说，在气恼的语气中却不乏敬重之意，“那就保持您的自由，保留您的那些恩怨吧。”

“大人……”

“好，好，”红衣主教说，“我不责怪您；可是您要懂得，一个人对他的朋友是既要保护又要奖励，可是对敌人却什么也不欠。我要给您一个忠告： 您要好好保重，达尔大尼央先生，因为，既然我对您撒手不管，那么我不会花一个小钱来救您的命的。”

“我一定尽力而为，大人，”加斯科尼人回答，神态高贵而镇定。

“将来您如果遭到不幸，请想想，”黎塞留加重语气地说，“我曾经找过您，并且我已做了我所能够做的一切，为了避免您遭到这种不幸。”

“不管将来发生什么事情，”达尔大尼央说，一边把手放在胸前躬身说，“我对法座眼下对我所做的一切，都将铭记在心。”

“好吧，就像您说过的一样，达尔大尼央先生，我们到打完仗再见吧；我的眼睛将跟着您，因为我也将去那儿，”红衣主教说，一面向达尔大尼央指着一副他将披挂的漂亮的盔甲说，“好吧，到我们回来的时候，我们再来算账！”

“啊，大人，”达尔大尼央大声说，“请别让我有遭您嫌恶的心理负担；如果您觉得我的表现像个正人君子，那就请您保持中立。”

“年轻人，”黎塞留说，“假如我还能够把我今天对您说过的话再说上一遍，我答应您，我会再对您说的。”

黎塞留这最后一句话表示了一种可怕的疑虑；它比威胁更使达尔大尼央感到沮丧，因为这是一种警告。这么说红衣主教正在设法为他防备一种正在威胁他的不幸。他正要开口回答，可是红衣主教做了一个十分高傲的手势打发他走了。

达尔大尼央走了出来，可是在走到门口时，他几乎失掉了勇气，要退回去了。然而就在这时候，阿多斯的那张庄重威严的脸出现在他脑海里：如果他接受了红衣主教向他提出的条件，阿多斯不会再跟他握手，阿多斯会抛弃他的。

就是这种恐惧感拉住了他；一个真正伟大的性格对周围的人的影响有多大啊！

达尔大尼央从进来时走过的同一座楼梯上走下去，在门口遇到了在等他并等得有点儿焦急的阿多斯和他带领的四名火枪手。达尔大尼央讲了一两句话使他们安下心来，随后普朗歇跑到另外两扇门前去通知说，他的主人已经安全地从红衣主教府出来，所有的岗哨都可以撤走了。

回到阿多斯家里以后，阿拉密斯和波尔朵斯问起了这次奇怪的约见究竟是为了什么；不过达尔大尼央只是告诉他们说，德·黎塞留先生叫他去是为了要他到德·黎塞留先生的卫队里去当掌旗官，他已经拒绝了。

"您做得对，"波尔朵斯和阿拉密斯异口同声地叫了起来。

阿多斯却陷入了沉思，没有答话；但是到了只剩下他和达尔大尼央两人时，他说：

"您做了您应该做的事，达尔大尼央；可是也许您做错了。"

达尔大尼央深深地叹了一口气；因为阿多斯的这个看法正好和他内心里的一个看法相符，那就是有一些大灾大难在等着他。

第二天的白天时间都用来准备起程；达尔大尼央去向德·特雷维尔先生辞行。这时候，大家还是认为国王卫队和火枪队的分开是暂时的，因为国王当天还主持着御前会议，要到明天再出发。因此德·特雷维尔先生只是问了问达尔大尼央是不是需要他帮什么忙，可是达尔大尼央只是得意地回答说他所需要的已经全都有了。

夜里，德·艾萨尔先生手下的卫士和德·特雷维尔先生手下的火枪手聚在一起共叙友情。他们即将分离，而什么时候能够再见或者还能不能再见将全凭天意。可以想象得到，这天夜里是非常热闹的，因为在这种情况下，惟有把一切置之度外才能战胜极度的忧虑。

第二天，听到军号声朋友们便分手了：火枪手往德·特雷维尔先生的府邸跑，卫士往德·艾萨尔先生的府邸跑。两个队长带领着各自队里的弟兄开往罗浮宫，听候国王检阅。

国王神情忧郁，似乎健康不佳，因此使他那不可一世的神气稍微减少了一些。的确，前一天他在主持会议时发过烧，可是这改变不了他当晚就动身的决心。尽管有人劝他要小心，他还是想亲自检阅队伍，希望精神一上来，就能战胜刚开始的小病。

检阅结束了，卫士们单独开拔，火枪手留下来要和国王一起动身，这就使得波尔朵斯有时间连同他华丽的装备，去狗熊街兜个圈子。

诉讼代理人夫人看到他穿着全新的军服，骑着漂亮的骏马经过；她委实太爱波尔朵斯了，不能让他就这样出发。她向他做了个手势要他下马，到她身边来。波尔朵斯非常威风，靴跟的马刺叮当作响，身上的盔甲闪闪发亮，他的剑神气地拍打着他的大腿。这一次那些办事员笑不出来了，波尔朵斯太像一个来割他们耳朵的人。

火枪手被带到科克纳尔先生的身边；科克纳尔先生看到表兄弟全身焕然一新，他的灰色的小眼睛顿时闪耀出愤怒的火花。可是有一件事使他的内心得到了安慰，那就是到处都有人在说，这场战争是很残酷的：他内心深处暗暗地希望波尔朵斯将战死在沙场上。

波尔朵斯向科克纳尔大师讲了些客套话后便向他告辞；科克纳尔大师祝他万事如意。至于科克纳尔夫人，她忍不住流下了眼泪；不过没有人因为她的悲伤而作出任何于她不利的结论；因为谁都知道她很关心她的那些亲戚，为了那些亲戚，她经常跟她的丈夫闹得不可开交。

不过真正的告别是在科克纳尔夫人的房间里进行的；那种情景真是催人泪下。

诉讼代理人夫人在她的眼睛还看得见她的情人的时候，一直扑在窗外挥舞着一块手绢，几乎使人以为她想从窗口跳出来了。波尔朵斯用习惯于看到这些场面的人的气概接受了这些感情的表示。只是在走到大街拐角的当口，才扬了扬他的毡帽作为告别。

阿拉密斯写了一封长信，写给谁呢？没有人知道。在他隔壁的房间里，当天晚上要动身去图尔的凯蒂在等着。

阿多斯小口小口地呷着他的最后一瓶西班牙葡萄酒。

在这段时间里，达尔大尼央正和他的弟兄们一起在队伍中前进。

在走到圣安托万区时，他回过头来高兴地看了看巴士底狱；不过他看的仅仅是巴士底狱，所以他根本没有看到米莱狄；这时米莱狄正骑在一匹浅栗色的马上，向两个面目狰狞的汉子指着达尔大尼央叫他们看，他们两人立刻靠近过来辨认他。接着他们两人向米莱狄使了一个询问的眼色，米莱狄做了个手势表示就是他。随后，她深信他们在执行命令时不会搞错对象，便策马走掉了。

这两个汉子跟在国王卫队后面走；到了圣安托万区的出口处，有一个没有穿号衣的仆人牵着两匹鞍辔齐全的马在等他们；他们两人就骑上马走了。

第十一章

拉罗舍尔围城战

拉罗舍尔围城战是路易十三统治时期最大的政治事件之一，也是红衣主教最大的军事行动之一。因此我们对这件事谈上几句是能够使人感到兴趣的，甚至也是必要的。而且，那次围城战的好些细节都和我们所讲的故事有相当重要的关系，因此我们不能略过不提。

红衣主教在着手进行这次围城战时的政治目标是非常远大的。首先让我们把这些目标摆出来，随后再来说说那些也许对红衣主教的影响并不低于那些政治目标的私人目标。

亨利四世曾经指定一些重要城市给胡格诺教徒作为设防城堡，到这时候只剩下拉罗舍尔了。因此必须摧毁加尔文主义[①]的这最后一座堡垒，因为有许多内忧外患的种子不断地来到这块危险的土壤生根发芽。

感到不满的西班牙人、英国人和意大利人，各国的冒险家，属于不

① 加尔文主义，基督教新教加尔文派的神学学说。16 世纪宗教改革运动时由法国宗教改革家加尔文(1509—1564)倡导，故名。

同教派的那些一心想发迹的士兵，他们一听到召唤都聚集到了新教徒的旗帜之下，组成一个庞大的组织，它的分支轻而易举地分布到了欧洲各地。

由于加尔文派的其他城市已被摧毁，拉罗舍尔因此具有新的重要性，成了滋生不和与野心的温床。而且拉罗舍尔的港口是法兰西王国中英国人最后一个可以自由出入的门户，如果能封闭它，不让我们的世仇英国人出入，那么红衣主教便是完成了贞德①和吉斯公爵②的未竟事业。

巴松皮埃尔就信仰来说他是新教徒，作为圣神骑士团③的享有封地的骑士来说，他是天主教徒。他出生在德国，心却向着法国。最后，他在拉罗舍尔围城战中担负着一种特别的指挥职务，因此在有一次他率领着其他几个和他一样信奉新教的爵爷去冲锋时说：

“先生们，你们将会看到，我们去攻取拉罗舍尔真是太蠢了！”

巴松皮埃尔说得不无道理：炮击雷岛使他预感到将来龙骑兵对塞文山区④新教徒的迫害；夺取拉罗舍尔是废除《南特敕令》⑤的序幕。

---

① 贞德(1412—1431)，一译冉·达克。百年战争末期抗击英国侵略军的法国女英雄。1428 年英军已占据法国北部，并围攻通往南方的门户奥尔良城，形势危急。1429 年贞德率军六千，重创英军，解除城围，扭转了战局。因而被称为“奥尔良姑娘”，后被封建主出卖，1431 年 5 月 30 日被判处火刑。

② 吉斯公爵(1519—1563)，属法国洛林家属；全名为弗朗索瓦·吉斯。1558 年从英国人手中夺回加来港，最终将英国的势力逐出法国和欧洲大陆。1562 年率兵在瓦西镇袭击胡格诺教徒，导致胡格诺战争的爆发。他的儿子亨利·吉斯公爵(1550—1588)，于 1572 年 8 月 24 日凌晨，伙同法国太后卡特琳·德·美迪奇，组织天主教徒在巴黎屠杀胡格诺教徒二千多人，即圣巴托罗缪惨案，致使胡格诺战争再起。

③ 圣神骑士团，1578 年由法国国王亨利三世创立。成员必须信奉天主教。1791 年解散。

④ 塞文山区，法国南部地区，在中央高原的东南边缘。这里曾是法国新教最盛行的地区，在《南特敕令》废除后，这里曾发生对新教徒的血腥镇压。

⑤《南特敕令》，1598 年法国国王亨利四世为结束胡格诺派和天主教派的内战，在南特城颁布的法令。实际上是交战双方妥协的和约。规定：天主教仍为国教，恢复天主教会的原有特权，包括归还已被没收的土地财产；也给予胡格诺派宗教上和政治上一定权利。该敕令还有一项秘密条款，即允许胡格诺教徒保留二百个设防城堡(有效期为九年，后一再拖延)。本章前面提到的拉罗舍尔即这些设防城堡中最后保留下的一个。1685 年法国国王路易十四完全废除《南特敕令》。

这位主张平均主义和简化主义的首相的这些目标在今天已经属于历史范畴；但是我们已经说过，在这些目标之外，编年史家不得不承认，还有一些属于坠入情网的男人和陷入嫉妒的情敌的小小的目标。

黎塞留，就像大家知道的那样，曾经爱过王后。这种爱情在他心里究竟仅仅是出于政治的目的，还是很自然地出于一种奥地利安娜在她周围的男子心中引起的那种绵绵情意，我们就说不上来了。不过无论如何，大家从这部小说的前面的发展情况来看，白金汉公爵占了红衣主教的上风；在两三个事件当中，尤其在钻石坠子事件中，由于三个火枪手的忠诚和达尔大尼央的勇气，白金汉把红衣主教狠狠地戏耍了一番。

因此对黎塞留来说，他的目标不仅仅是要为法国除掉一个敌人，而且还要对自己的情敌进行报复；而且这个报复行动还必须是伟大而辉煌的，在各方面都能配得上一个拥有整个王国的兵力作为战斗武器的人。

黎塞留知道，跟英国打仗就是跟白金汉打仗，打败英国就是打败白金汉；总而言之，使英国在所有欧洲人面前出丑就是使白金汉在王后面前出丑。

从白金汉方面来讲，表面上是为英国的荣誉而战，而实际上也跟红衣主教一样，完全是受了个人利益的驱使。白金汉也是在追求一种个人的报复行动：白金汉现在再也找不到任何借口以大使的身份来到法国，所以他想以征服者的身份来旧地重游。

由此得出的结论是，两个最强大的王国为了两个情敌的个人意愿在进行赌博，而真正的赌注只是让奥地利安娜看上一眼。

一开始是白金汉公爵占优势：他出人意料地率领了九十条战舰和将近两万人的兵力来到雷岛，对为国王镇守该岛的德·图瓦拉斯伯爵[①]进行突然袭击；经过一场血战以后，他登上了雷岛。

我们顺便在这儿交待一下：德·尚塔尔男爵也在这场血战中阵亡了，他留下了一个一岁半的孤女。

---

①德·图瓦拉斯伯爵(1585—1636)，法国元帅，1625年任雷岛总督；1627年保卫雷岛的圣马丁，抗击白金汉的围攻，随后参加拉罗舍尔的围城战。

这个孤女就是后来的赛维涅夫人①。

德·图瓦拉斯伯爵带着他的驻军退到圣马丁要塞里，在一个叫做拉普雷的小炮台里留下一百来人死守。

这种形势迫使红衣主教赶快下了决心；决定由国王和他亲自指挥拉罗舍尔的围城战，在他们两人未到达战场之前，红衣主教请大王爷负责指挥初步的军事行动，并且把所有他能调动的部队都派遣到战场上去。

我们的朋友达尔大尼央就在这种先遣部队之中。

国王呢，我们已经说过，他应该在主持御前会议结束以后马上启程；可是当他在六月二十三日开完御前会议以后，他就觉得身上发烧；他并未因此而不想启程，可是因为病情加重，他不得不在走到维尔鲁瓦时停了下来。

当然，国王停在哪里，火枪手也得停在哪里；可是因为达尔大尼央只不过是个普通的卫士，因此至少要暂时和他的好朋友阿多斯、波尔朵斯和阿拉密斯分开。这种分离对达尔大尼央只不过是一件不太称心的事情，如果他能猜到有那些未知的危险在包围着他，这种分离肯定会变成一种真正的忧虑。

不过他还是在一六二七年九月十日前后平平安安地来到了拉罗舍尔城下的营地里。

战场上的形势没有什么变化： 已经占领了雷岛的白金汉公爵和他的英国人继续在攻打圣马丁要塞和拉普雷炮台，不过没有什么进展。针对拉罗舍尔的敌对行动在两三天前开始了，因为当古莱姆公爵前不久在城市附近筑造了一座炮台。

由德·艾萨尔先生率领的卫队驻扎在米尼姆。

可是我们知道，达尔大尼央的愿望是进入火枪队，他跟现在卫队里的弟兄们没有深交，所以他经常是孤零零的一个人在思考。

他的思考并没有给他带来愉快： 他来巴黎已经两年了，办了一些

① 赛维涅夫人(1626—1696)，法国作家，原名玛丽·德·拉比坦-尚塔尔；所写《书简集》反映当时宫廷和上层贵族的生活，为17世纪法国古典主义散文的代表作。

公务；可是在私生活中，不论关于爱情或者前程方面，都少有收获。

在爱情方面，惟一可以算是他爱过的女人是博纳希厄太太；可是博纳希厄太太失踪了，他至今还没有发现她的下落。

在前程方面，微不足道的他却为自己树立了红衣主教这样一个敌人，而红衣主教却是一个能使全国的大人物——自国王开始——都在他面前发抖的人。

这个人本来可以把他压得粉身碎骨，可是他却没有这样干；对达尔大尼央这样一个聪明人来说，这种网开一面的做法是一线光明，他从中看到了一种较好的前途。

此外，他还为自己树立了另一个敌人，这个敌人据他想也许不像红衣主教那样可怕，可是他从本能上感到也不能掉以轻心：这个敌人就是米莱狄。

作为他干了所有这些事的回报是他得到了王后的保护和恩惠，可是王后的恩惠在当前来说，只不过更是一个受迫害的原因；至于她的保护，大家知道，是没有什么力量的：夏莱和博纳希厄太太两人就是很好的例子。

他从这些事情中得到的比较实在的东西是他戴在手上的那枚价值五六千利弗尔的钻石戒指。不过倘若达尔大尼央有野心，想把这枚戒指留着，以便有朝一日可以在王后面前作为一种感恩的信物拿出来，那么他就不能卖掉它；既然不能卖掉它，那么它的价值就不会比他脚底下踩到的石子更大。

我们之所以说到了他脚底下踩到的石子，那是因为达尔大尼央在思考这些事情时正一个人在一条由营地通往昂古坦村的幽静的小路上散步。由于他心里想着心事，不知不觉地走得很远，这时太阳开始西斜，突然他在夕阳的最后一抹光辉里，看到在一道篱笆后面似乎有一支火枪的枪管闪耀了一下。

达尔大尼央目光锐利，头脑敏捷，他懂得火枪不会自个儿跑到这儿来的，也懂得躲在篱笆后面的拿枪的人也不会是心怀善意的；所以他决定溜之大吉，这时候他又发现在大路另一边的一块岩石后面露出了第二支火枪的枪口。

显而易见这是一次伏击。

年轻人向第一支火枪瞥了一眼，担心地看到枪管正在慢慢地朝他低下来，紧接着又看到枪口停住不动了，这时他立即扑倒在地。就在这时，枪声响了，他听到一颗子弹在他脑袋上空呼啸而过的声音。

没有时间可以耽误了；达尔大尼央一跃而起，就在这时候，另一支火枪的子弹把他刚才扑倒在地时脸贴在上面的那几颗石子打得飞了起来。

达尔大尼央不是那种徒有匹夫之勇的人，为了让人夸自己决不后退一步而莫名其妙地去送死；再说，在这种情况之下也谈不上是否勇敢了，达尔大尼央已经陷入了伏击圈。

“如果有第三枪，”他心里想，“我就死定了！”

所以他马上拔腿飞奔，往营地方向逃去，速度快得可以和他家乡那些以手脚伶俐而著名的人相比。可是尽管他跑得有多么快，那个首先放枪的人已经有时间再装好子弹，并朝他又放了一枪，这一枪瞄得非常准，子弹打穿了他的毡帽，把帽子打飞到十步以外。

可是因为达尔大尼央只有这一顶帽子，所以他又飞速地去把它拾了回来；等到他气喘吁吁地跑回驻地坐下时，脸色非常苍白，不过他对谁也没有提起这件事，只是开始思索起来。

发生这件事可能有三种原因：

第一种原因是最合乎情理的：可能是拉罗舍尔那方面的人的一次伏击，他们当然很乐意干掉一名国王陛下的卫士，因为这首先可以减少一个敌人，其次是这个敌人身上可能有一个装得满满的钱袋。

达尔大尼央拿起他的毡帽，仔细地察看那个被子弹击穿的窟窿，随后摇了摇头。造成这个窟窿的子弹不是当今一般的火枪子弹，而是一种老式火枪的子弹。那一枪打得那么准已经使他想到了对方使用的是一件特别的武器：那就是说这不是一次军事上的埋伏，因为子弹的口径不同。

第二种原因可能是红衣主教先生旧情难忘。刚才靠了那一线幸运的阳光使他看到了枪管时，他正在因法座对他的容忍感到纳闷。

可是达尔大尼央又摇了摇头。对那些伸手便可以抓到的人，法座是很少采用这种方法的。

第三种原因可能是米莱狄的报复。

这种猜测的可能性最大。

他尽力回忆那两个刺客的容貌和服装，但纯属徒劳；因为他当时对他们惟恐避之不及，根本来不及注意这些。

“唉，我可怜的朋友们！”达尔大尼央咕噜着说，“你们都在哪里？我现在多么需要你们啊！”

这天夜里，达尔大尼央睡得很不好。他惊醒了三四次，以为有人拿了匕首到他的床前来刺他。不过一直到天亮，一夜的黑暗也没有带来什么意外。

可是，达尔大尼央非常怀疑这件事不会就这样完了，将来还会出问题。

达尔大尼央整天留在营地里没有外出，并替自己找了个借口，说是天气不好。

第三天早上九点钟光景，响起了集合的鼓声。奥尔良公爵来视察各处的哨所。卫士们都奔去拿武器，达尔大尼央也站进了他弟兄们的行列之中。

大王爷在队伍前面走过；随后所有的高级军官都到他跟前去讨好他，卫队队长德·艾萨尔先生也不例外。

过了一会儿，达尔大尼央似乎觉得德·艾萨尔先生在向他做手势要他过去；他怕自己看错了，所以等着他的上司再做一次手势；果然他又看到了那个手势，于是他离开队伍走上前去接受命令。

“大王爷需要几个志愿人员去完成一项危险的使命，完成这一使命的人将得到无上光荣，所以我向您打招呼要您做好准备。”

“谢谢，我的队长！”达尔大尼央回答，要他在这位副帅面前一显身手真是求之不得。

事情是这样的，拉罗舍尔的守军在头天夜里曾出击过一次，并且把王国的军队两天以前攻占的一座棱堡又夺了回去。现在的任务就是要冒着生命危险去侦察一下城里军队对这座棱堡的防守情况。

果然，过了不多一会儿，大王爷大声说：

“为了完成这项使命，我需要一个可靠的人带领三四个志愿人员一起去。”

“说到可靠的人，我手下就有一个，大人，”德·艾萨尔先生指着达尔大尼央说，“至于四五个志愿人员，大人只要说明意图就行，人总是有的。”

“要四个和我一起去送死的人！”达尔大尼央举起他手里的剑说道。

他的卫士弟兄有两名马上跳了出来，另外有两个士兵也和他们站到了一起，需要的人数够了。达尔大尼央拒绝了所有后来报名的人，因为他不想亏待前面那几位享有优先权的人。

谁也不知道，那些拉罗舍尔的守军，在攻占了那座棱堡以后，究竟是撤退了呢，还是在那儿留下了驻军；必须派人到近处去查明实情。

达尔大尼央带着他的四个伙伴一起顺着壕沟走了：两个卫士和他并肩前进，两个士兵跟在后面。

他们就这样凭着棱堡护坡的掩护，一直来到离棱堡百来步远的地方。就在那儿达尔大尼央回过头来，发现那两个士兵不见了。

他以为他们因为害怕而留在后面了；于是他继续前进。

走到壕沟外护墙的拐角时，他和两个卫士离棱堡大概还有六十步左右。

看不见一个人，棱堡好像已经被放弃了。

三个敢死队员讨论是否再往前走，突然在那巨人般的石头建筑物的周围升起了一圈烟雾，接着便有十二三颗子弹呼啸而至，落在达尔大尼央和他的两个伙伴的周围。

他们知道了他们想要知道的事情：棱堡有人把守。在这个危险的地方再待下去是有害无益的轻率举动；达尔大尼央和另外两个卫士都转过身来，像逃走似的开始撤退了。

壕沟的拐角可以作为他们的掩体，可是在退到那儿以前，一个卫士倒了下来：一颗子弹穿过了他的胸膛。另外一个安然无恙，继续向营地奔去。

达尔大尼央不愿意就这样扔下他的同伴不管，便俯下身子去搀扶他，想帮助他一起回到自己人那边去；可是就在这时又响起了两下枪响，一颗子弹打碎了那个已经受伤的卫士的脑袋，另一颗在离达尔大尼央两三寸的地方飞过去撞扁在石头上。

年轻人立即回头去看，因为这次攻击不可能来自被壕沟拐角遮掩住的棱堡。这时候他想起了刚才那两个不告而别的士兵，又想起了前天想杀死他的刺客。因此这一次他决心要把这件事搞搞清楚，便装作已被打死，横身倒在他同伴的身上。

紧跟着他立刻就看到在三十步以外的一个已废弃了的工事上面露出了两个脑袋：就是那两个士兵的脑袋。达尔大尼央没有猜错；这两个人跟他来的目的只是为了再次谋杀他，想把杀死他的账算在敌人头上。

只不过年轻人可能只是受了伤而没有死，那么他们的罪行就有可能被揭穿；所以他们走过来想结果他的性命。幸好他们被达尔大尼央的诡计蒙住了，竟然粗心大意地没有在他们的枪里再装上弹药。

达尔大尼央刚才倒下去时，非常小心，没有松开手里握着的剑，等他们两人走到离他还有十步远的地方，他突然一下子便跳到了他们的面前。

这两个刺客心里明白，他们如果没有杀掉他而逃回营地去，肯定会被他告发的；因此他们第一个念头便是投敌。其中一人抓着枪管把枪当作一把大头棒似的举起来，恶狠狠地向达尔大尼央挥去，年轻人一闪避开了，可是这个动作却给凶手让开了一条路，使他能立即向棱堡方向逃去。可是守卫棱堡的人并不知道这个人跑过来干什么，向他开了枪；一颗子弹击中他的肩膀，他倒下了。

这时候，达尔大尼央举剑向第二个士兵刺去；交手时间不长，这个坏蛋只能用手里的没有装弹药的老式火枪抵挡。卫士的剑顺着失去效用的枪管滑过去，刺穿了对方的大腿，使他倒在地上。达尔大尼央马上用剑尖抵住了他的喉咙。

“啊，别杀我！”凶手嚷道，“饶命！饶命！我的长官！我把一切都告诉您。”

“你的秘密至少值得我饶你的性命吧？”年轻人收住胳膊问。

“是啊！像您这样一个二十二岁、前程远大、既英俊又勇敢的人；如果您认为生命还有点儿价值，饶我的性命还是值得的。”

“好吧！”达尔大尼央说，“你这个坏蛋，快说，是谁派你来暗杀我的？”

“一个我不认识的女人，别人叫她米莱狄。”

“可是，既然你不认识那个女人，你又怎么知道她的名字呢？”

“我的伙伴认识她，也是这样叫她的。和她打交道的是他而不是我。他口袋里甚至还有一封她的信呢；我听他说过，那封信对您是相当重要的。”

“可是你为什么也参与这个阴谋？”

“他向我提出由我们两人一起来干，我同意了。”

“为了这次漂亮的冒险活动，她给你们多少钱？”

“一百个路易。”

“是吗，太好了！”年轻人笑着说，“她认为我还值点儿钱；一百个路易！对你们这样两个坏蛋来说，的确可以算是一笔钱了，所以我懂得你为什么会同意。我可以饶你一命，但有一个条件！”

“什么条件？”那个士兵担心地问，因为他看到事情还没有完全结束。

“条件就是，去把你伙伴口袋里的信替我找来。”

“可是，”这个士兵嚷道，“这不是用另一种办法杀我么？您叫我怎么到棱堡的火力下面去取那封信呢？”

“可是你非下决心去取不可，否则我发誓要你死在我的手中。”

“饶命！先生，可怜可怜我吧！看在那个您爱着的年轻的太太面上；您可能以为她已经死了，可是她没有死！”那个凶手大声说，一边跪下来，还用一只手撑在地上，因为随着他的血往外流，他的体力已经不支了。

“你又怎么知道有一个我爱着的女人，而且我还以为她已经死了呢？”达尔大尼央问。

“就是从我伙伴口袋里的那封信上知道的。”

“那你已经看得很清楚了，我一定要拿到这封信，”达尔大尼央说，“所以你别再拖时间，别再犹豫了。否则的话，尽管我非常厌恶再一次用你这样一个坏蛋的血来玷污我的剑，可是我以一个正人君子的荣誉发誓……”

讲到这里，达尔大尼央做了一个非常吓人的姿势，使那个受伤的人又站了起来。

“别！别！”他嚷道，由于害怕而又有了勇气，“我这就去……我这就去……”

达尔大尼央取下士兵的枪，让他走在前面，并用他的剑顶着他的腰，推着他向他的同伴走去。

这个倒霉的家伙走过去，一路上留下了一条长长的血迹，脸色就像一个死期在即的人那样苍白，他尽量缩着身子想不让人看见，一面向横在二十步以外地上的他的同谋的身子靠过去；这副情景看上去真有点儿可怕。

他那张冒着冷汗的脸上的神情是那么恐怖，以致达尔大尼央有点于心不忍了；他轻蔑地瞅着他说：

“好吧，我这就来让你看看一个好汉和一个像你这样的懦夫之间有什么不同；你待着吧，我去。”

达尔大尼央迈着轻捷的步子，眼观四方地窥探着敌人的行动，一面借助起伏的地形，终于走到了第二个士兵跟前。

要达到他的目的有两个办法：就在那儿搜他的身；或者是把他当作自己的盾牌背回来，随后在壕沟里搜他的身。

达尔大尼央宁愿用第二个办法，他把那个刺客背到肩上，就在这时，敌人开枪了。

一下轻轻的震动，三颗子弹钻进皮肉里的沉浊的响声，最后一声叫唤，咽气时的痉挛；这一切向达尔大尼央证明了那个原先想刺杀他的人刚才救了他的命。

达尔大尼央又回到壕沟里，把肩上的尸体扔在那个脸色白得像死人一样的、受伤的士兵的身旁。

他立刻开始清点：一只皮夹子，一只显然装着他生前收到的那笔钱的一部分的钱袋，一只掷骰子用的牛角杯和几粒骰子；这些是死者的全部遗产。

他听凭牛角杯和骰子掉落在地上，把钱袋扔给受伤的士兵，自己则急不可耐地打开了那只皮夹子。

在几页无关紧要的纸张中间，他找到了下面这封信，也就是他刚才冒着生命危险去找来的这封信。

既然你们失去了这个女人的踪迹，而且她现在已经进了你们本来无论如何也不该让她进去的修道院，你们至少要设法别放过了那个男的；否则的话，你们也知道我的权势很大，你们要花很大代价来归还我给你们的那一百个路易。

信尾没有签名。不过很明显这封信是米莱狄写的，所以达尔大尼央把它当作物证保存了起来；接着，他躲在壕沟的一个安全的角落里，开始盘问那个受伤的士兵。士兵供认，他和他的伙伴——也就是刚才被打死的那个人，一起负责绑架一个要从拉维莱特门出巴黎的年轻妇人，可是因为他们在一家小酒店里喝酒误了时间，等他们赶到那儿，那辆马车已经过去十分钟了。

“你们本来想怎么处置这个女人？”达尔大尼央不无忧虑地问。

“我们本来应该把她送到王宫广场的一幢府邸里去，”受伤的士兵回答。

“是啊！是啊！”达尔大尼央轻声说，“是这么回事，送到米莱狄的家里。”

这时候年轻人不由得打了一个寒噤，因为他懂得了是多么可怕的报仇渴望在推动这个女人来谋害他以及那些爱他的人；而且她什么都知道，说明了她对宫里的事有多么熟悉。这些消息，她肯定是从红衣主教那儿得到的。

可是在所有这些情况中间，他怀着一种真正的高兴的心情知道了一件事：王后终于发现了关押忠于自己的可怜的博纳希厄太太的监狱，并把她救了出来。到这时候他才弄明白了这个年轻女人寄给他的那封信，还有她像幽灵般经过夏约的大路的这些情况究竟是怎么回事。

因此，就像阿多斯曾经预言过的那样，从此以后，他很有可能再次和博纳希厄太太相会：一座女修院是不难攻破的。

这种想法使他又产生了恻隐之心。他转身面向那个心神不定地看着他脸上各种不同的表情的受伤的士兵，伸出胳膊对他说：

"我们走吧，我不想就这样扔下你不管，挽着我的胳膊，我们一起回营地去。"

"好吧，"士兵说，可是他不太相信达尔大尼央会这样宽宏大量，"可是不会绞死我吧？"

"我说话算数，"达尔大尼央说，"我第二次救你的命。"

受伤的士兵跪在地上，又一次吻救命恩人的脚；可是达尔大尼央这时再也没有任何理由要和棱堡里的敌人靠得这样近，所以要他赶快结束这种对他感恩戴德的表示。

在敌人第一次放枪时便逃回去的那个卫士已经报告说，他四个同伴全都死了。所以当营里的人看到达尔大尼央毫发未伤地回来时，都感到喜出望外。

达尔大尼央解释说，他这个同伴在敌人突然出击时挨了一剑；他又讲述了另一个士兵阵亡的情形和他们所遭到的危险。这个故事对他来说是一个大出风头的机会。这次冒险行动成了这一天全军的谈话资料，连大王爷也派人来向他祝贺。

而且，因为任何伟大的行动都会带来奖励，达尔大尼央的伟大行动的结果就是使他恢复了原已失去的平静。达尔大尼央果真以为他可以放心睡大觉了；因为他的两个敌人，一个已经被打死，另一个已改换门庭，效忠于他的利益了。

这种心安理得证明了一件事情，那就是达尔大尼央对米莱狄这个人还知之不深。

第十二章
安茹[1]葡萄酒

关于国王的健康情况，起先几乎都是些令人失望的坏消息，接着营地中又在开始传说他快要康复了；后来因为他急于亲自来参加围城战，所以马上又纷纷传说只要他能够骑马就会马上启程。

在这段时间里，大王爷知道他统率全军的指挥权迟早会被人取代，目前在争夺这个指挥权的有三个人：当古莱姆公爵、巴松皮埃尔和绍姆贝格，所以他没有做多少事，只是在试探中虚度时光，不敢冒险采取重大行动去赶走雷岛上的英国军队。这时候那些英国人始终在围攻圣马丁要塞和拉普雷炮台，而法国军队则在围攻拉罗舍尔。

达尔大尼央呢，就像我们说过的那样，这时候他的内心已经平静下来了；每当他经过一次危险，而这种危险似乎已经消失了的时候，他总是这样的。现在剩下的惟一使他还有点儿不安的事情，那就是他对他几位朋友的近况一无所知。

不过，在十一月初的一天上午，他收到了一封来自维尔鲁瓦的信，一切都在这封信中得到了充分的解释：

达尔大尼央先生，

阿多斯先生、波尔朵斯先生和阿拉密斯先生在我的店里享用

---

① 安茹，法国西部古省，相当于现在曼恩-卢瓦尔省以及维埃纳、萨尔特、安德尔-卢瓦尔诸省的部分地区。卢瓦尔河一带的葡萄园生产的葡萄酒很出名。

了一餐丰盛的宴席，高兴过度，大吵大闹，致使一个非常严厉的要塞司令处罚他们禁闭数日。不过我还是要完成他们交给我的任务，把得到他们称道的我的安茹葡萄酒送十二瓶给您；他们要您用这种他们赞赏的葡萄酒为他们的健康干杯。

三位火枪手先生下榻的客店老板　戈多手启

“太好了！”达尔大尼央嚷道，“他们在高兴时想到我，就像我在烦闷时想到他们一样；我当然要诚心诚意地为他们的健康干杯，不过我不能一个人独饮。”

达尔大尼央在卫队里有两个关系比较亲密的朋友，他跑到他们那儿去，邀请他们一起来喝从维尔鲁瓦送来的上等的安茹葡萄酒；可是这两位卫士中有一位今晚已经接受了别人的邀请，另一位明天也已有人请他，所以达尔大尼央的聚会决定安排在第三天。

达尔大尼央回来后便把十二瓶葡萄酒送到卫队的酒吧间里去，吩咐那里的人为他妥善保管。随后，到了举行盛会的那天，因为时间定在中午，达尔大尼央在早上九点就派普朗歇去准备一切了。

普朗歇对自己被提升到膳食总管的地位感到很得意，他打算像个聪明伶俐的人那样把一切安排得妥妥当当。为了达到这个目的，他去邀了两个人来帮忙：一个叫富罗，是他主人邀请的两位客人之一的跟班；另一个是那个原本想刺杀达尔大尼央的假冒的士兵，他不属于任何部队；自从达尔大尼央救了他的命以来，他就替达尔大尼央当差，或者说得更确切些，替普朗歇当差。

举行酒宴的时间到了。两位客人来到后入座，桌子上排列着一盘一盘的菜肴。普朗歇胳膊上搭着餐巾在一旁伺候；富罗打开一瓶一瓶的酒；布里斯蒙——这是那个正在康复的士兵的名字——把开了瓶的葡萄酒转倒在长颈大肚的玻璃瓶里，这些酒似乎在长途颠簸中有些沉淀了。第一瓶酒的底部有点儿浑浊，布里斯蒙把这些浑酒倒在一只玻璃杯里；达尔大尼央允许他把这杯酒喝了，因为这个倒霉鬼身体还很虚弱。

大家喝了汤以后，第一杯葡萄酒已经端到了嘴边，突然路易炮台和新炮台的大炮轰鸣起来；两个卫士以为是遭到了突然袭击，也许是被包围的拉罗舍尔人，也许是英国人来了，所以他们都跳起来去取他们的剑。达尔大尼央当然不比他们迟钝，也拿起了剑： 三个人一起奔出去，想跑回到他们的岗位上去。

可是他们刚跑出酒吧间，就发现了产生这种嘈杂声的原因，收住了脚步。到处都在叫着“国王万岁！”“红衣主教万岁！”四面八方都传来了击鼓声。

事实是，国王就像我们刚才说过的那样急不可耐，他带着他的宫廷人员和一万人的增援部队日夜兼程，刚刚赶到。他的火枪手有的在前面引路，有的在后面追随。达尔大尼央和他的弟兄们排成横列，用一种意味深长的手势向他的朋友们和德 · 特雷维尔先生敬礼；他的朋友们的眼睛一直在注视着他，而德 · 特雷维尔先生则一眼便认出了他。

欢迎仪式结束，四个朋友很快便拥抱在一起了。

“好极啦！”达尔大尼央大声说，“来得可真是时候，桌上的肉还没有凉呢，先生们，是不是？”年轻人回头对两个卫士说，一面把他们介绍给他的朋友们。

“啊！啊！好像我们是来赴宴啦！”波尔朵斯说。

“我希望，”阿拉密斯说，“在这次宴席上没有女人。”

“在您这个小地方有没有可以喝喝的葡萄酒？”阿多斯问。

“当然有！就是你们的葡萄酒，亲爱的朋友们，”达尔大尼央回答。

“我们的葡萄酒？”阿多斯不解地问。

“是的，就是你们送来给我的。”

“我们送来给您的葡萄酒？”

“你们当然很清楚，就是那种安茹丘陵地带生产的上等葡萄酒。”

“是啊，我当然很清楚您说的是哪种葡萄酒。”

“你们所偏爱的那一种。”

“当然啰，在我们既没有香槟酒又没有尚贝尔坦葡萄酒的时候。”

“那么，现在既没有香槟酒也没有尚贝尔坦葡萄酒，你们一定会对这种酒满意的。”

“这么说，我们这些品酒专家，我们真的送来了一些安茹葡萄酒？”波尔朵斯问。

“不是的，是有人以你们的名义给我送来的。”

“以我们的名义？”三个火枪手同声问道。

“阿拉密斯，是您吗？”阿多斯问，“是您送酒给他的吗？”

“不，是您吗，波尔朵斯？”

“不，是您吗，阿多斯？”

“不。”

“如果不是你们，”达尔大尼央说，“那就是你们的客店老板。”

“我们的客店老板？”

“是啊！你们的客店老板，名字叫戈多，火枪队的客店老板。”

“真是的，酒从哪儿来就从哪儿来，这没有什么关系，”波尔朵斯说，“我们先尝尝，如果是好酒，我们就喝。”

“不行，”阿多斯说，“我们不能喝来历不明的酒。”

“您说得对，阿多斯，”达尔大尼央说，“你们之中没有人吩咐客店老板戈多送酒给我吗？”

“没有！是不是他以我们的名义送酒给您了？”

“这就是他写的信！”达尔大尼央说。

说着他把信拿出来给他的朋友们看。

“这不是他的笔迹，”阿多斯说，“我认识他的笔迹，在离开客店以前，和他结算大家的费用的是我。”

“这是一封伪造的信，”波尔朵斯说，“我们没有被关过禁闭。”

“达尔大尼央，”阿拉密斯用责怪的语气说，“您怎么能相信我们会大吵大闹？……”

达尔大尼央的脸色发白，全身像痉挛似的抖了起来。

“你使我感到害怕，”阿多斯说，他只有紧急关头才用“你”称呼对方，“究竟出什么事了？”

“快跑，快跑，朋友们！”达尔大尼央嚷道，“我脑子里突然产生了一种可怕的怀疑！会不会又是这个女人的一次报复行动？”

这一次轮到阿多斯脸色发白了。

达尔大尼央朝酒吧间奔去，三个火枪手和两个卫士紧紧跟着他。

达尔大尼央走进酒吧间，第一眼看到的就是躺在地上的布里斯蒙，他浑身抽搐着在地上滚来滚去。

普朗歇和富罗两人的脸色白得像死人一样，他们在设法救他，但是很明显任何救助方法都是不起作用的；这个濒死的人的脸因为剧痛而紧缩成一团了。

“啊！”一看到达尔大尼央他就高声嚷道，“啊！真可怕，您假装饶了我的命，却用毒药来毒死我！”

“我！”达尔大尼央高声说，“我！不幸的人啊！您究竟在说些什么啊？”

“我说这个酒是您给我的，我说这个酒是您要我喝的，我说您是想对我报仇，我说这种事真是太可怕了！”

“别相信会有这样的事，布里斯蒙！”达尔大尼央说，“别相信会有这样的事；我向您发誓，我向您保证……”

“啊！可是天主就在这里！天主会惩罚您的！我的天主啊！将来有一天也该让他尝尝我现在尝到的痛苦！”

“我凭《福音书》发誓，”达尔大尼央赶忙跑到垂死的人的跟前高声说，“我向您发誓，我不知道酒里下了毒，而且刚才我差一点也要跟您一样喝了。”

“我不相信您的话，”布里斯蒙说。

说着他便在一阵剧烈的疼痛之中咽气了。

“真可怕！真可怕！”阿多斯喃喃地说，这时候波尔朵斯把那些酒瓶砸碎；阿拉密斯则吩咐去找个听忏悔的神父来，不过已经迟了。

“啊，朋友们！”达尔大尼央说，“你们刚才又救了我一次性命；不仅仅是救了我，还救了这两位先生，”他接着又向那两个卫士说，“先生们，我劝你们对这件事情一个字也别向旁人提起。有些非常有权势的人很可能参与到你们刚才看到的这件事中来了；所有的恶果还会落在我们头上的。”

“啊，先生！”普朗歇结结巴巴地说，他已经吓得半死不活了，“啊，先生，我总算逃过了这个难关！”

“怎么回事，混蛋，”达尔大尼央嚷道，“难道你也要喝我的酒了？”

“先生，如果不是富罗对我说有人叫我，我就要为国王的健康而干上一小杯了。”

“唉！”富罗说，他吓得牙齿也打起战来了，“我是想把他支开后一个人喝！”

“先生们，”达尔大尼央对两个卫士说，“你们能够理解，在发生了刚才这种事情以后，这次聚会肯定是高兴不起来的；所以请接受我的歉意，这个聚会我们延期举行。”

两个卫士很有礼貌地接受了他的道歉，知道这四位朋友希望单独谈谈，所以就告辞走了。

当只剩下了年轻的卫士和三个火枪手时，他们相互瞧了瞧，所有人的神态都说明了他们知道事态严重。

“首先，”阿多斯说，“我们别待在这间屋子里了；和一个死人，而且是个暴死的死人待在一起，可不是一件舒心的事情。”

“普朗歇，”达尔大尼央说，“我把这个倒霉鬼的尸体交给你。把他葬在教徒的墓地里。他的确犯过罪，但是他已经悔过自新了。”

于是四个朋友走出这间屋子，把布里斯蒙的葬礼交给普朗歇和富罗去安排。

房主人给了他们另外一个房间，给他们吃了几个带壳煮的鸡蛋，阿多斯亲自去水池汲了些水来给大家喝。只讲了几句话以后，波尔朵斯和阿拉密斯便明白了目前的形势。

“嗯！”达尔大尼央对阿多斯说，“您看到了，亲爱的朋友，这是一场生死之战。”

阿多斯点点头。

“是啊，是啊，”他说，“我看得很清楚；不过您相信是她吗？”

“我可以肯定。”

“可是我坦白告诉您，我还是在怀疑。”

“可是那朵烙在肩膀上的百合花呢？”

“有可能是一个在法国犯了罪的英国女人，犯罪以后她被烙上了这朵花。”

“阿多斯，我对您说，她是您的妻子，”达尔大尼央接着又说，“您难道不记得她们两个的体貌特征有多么相像？”

“可是我相信原来的那个已经死了，明明是我把她吊起来的嘛。”

这次轮到达尔大尼央点头了。

“可是该怎么办呢？”年轻人说。

“事实是，一个人不可能像这样在一把永远悬在头顶心的剑下面待下去的，”阿多斯说，“必须摆脱这种困境。”

“可是怎么摆脱呢？”

“请听我说，您要设法见到她，跟她好好谈谈。告诉她：要么讲和，要么开战！我用贵族的人格担保永远不说您的坏话，永远不做任何不利于您的事情；在您这方面，您要庄严地发誓，对我严守中立，要不我就要去找大法官，找国王，找刽子手，我会挑动宫廷里所有的人来反对您，我会揭发您是个受过烙刑的人，我会把您送交法庭审判，而且即使您得到了赦免，我用贵族的人格保证，我也要在大路的某块界石旁边，像杀死一条疯狗一样杀掉您。”

“我很喜欢这个方法，”达尔大尼央说，“可是我怎么才能见到她呢？”

“等待，亲爱的朋友，等待会带来机会；机会是赌输后下的双倍赌注，赌注越大，善于等待的人赢得就越多。”

“是的，可是要在谋杀犯和下毒犯的包围下等待……”

“算了吧！”阿多斯说，“天主一直到现在都在保佑着我们；将来天主还会保佑我们的。”

“是呀，还会保佑我们；况且，我们是男子汉，出生入死毕竟是我们的本分，”说到这儿他又低声加了一句，“可是她呢？”

“她，谁？”阿多斯问。

“康斯坦丝。”

“博纳希厄太太！啊，说得对，”阿多斯说，“可怜的朋友！我忘了您爱着她。”

“那又怎么样！”阿拉密斯说，“在那个死去的混蛋身上找到的那封信上，您不是已经看到她在修道院里吗？在修道院里真是再好没有了；等拉罗舍尔围城战一结束，我向您保证我也要……”

“好了！”阿多斯说，“好了！是的，亲爱的阿拉密斯！我们知道您已经许下了进入教会的愿心。”

“我做火枪手不过是暂时的，”阿拉密斯谦卑地说。

“看来他有很久没有得到他情妇的消息了，”阿多斯嗓音压得很低地说，“不过您不必在意，我们知道是怎么回事。”

“喂，”波尔朵斯说，“我觉得有一个简单可行的办法。”

“什么办法？”达尔大尼央问。

“您说，她在一个修道院里？”波尔朵斯又问。

“是的。”

“好，等围城战一结束，我们就去把她从修道院劫走。”

“可是那还得知道她在哪个修道院里呢。”

“说得不错，”波尔朵斯说。

“不过，我想起来了，”阿多斯说，“亲爱的达尔大尼央，您不是说过，这座修道院是王后替她选的吗？”

“是的，至少我是这么想的。”

“好，在这件事上，波尔朵斯能帮助我们。”

“怎么个帮法？请说说看。”

“还不是通过您那位侯爵夫人，公爵夫人，王妃；她一定很有势力。”

“嘘！”波尔朵斯伸出一个手指头压在自己的嘴唇上说，“我相信她是拥护红衣主教的，什么也不该让她知道。”

“那么，”阿拉密斯说，“这件事由我负责，我，我来打听消息。”

“您，阿拉密斯，”三个朋友齐声嚷道，“您，您有什么办法？”

“我跟王后的指导神父关系很密切，可以通过他去打听……”阿拉密斯说着脸红起来了。

四位朋友这时已吃完了这顿艰苦的午餐；得到了这个保证以后，他们约定当天晚上再见便分手了。达尔大尼央回米尼姆去，三个火枪手回国王的营地，他们要在那儿安排各自的住宿。

第十三章
红鸽棚客店

国王急于和敌人对阵，并且具有比红衣主教更充分的理由憎恨白金汉，刚一抵达就想作出全面的安排；首先赶走雷岛上的英国人，其次加紧对拉罗舍尔的围城战。可是尽管如此，他还是被以德·巴松皮埃尔先生和绍姆贝格先生为一方，当古莱姆公爵为另一方之间爆发的意见分歧耽误了时间。

德·巴松皮埃尔先生和绍姆贝格先生都是法国的元帅，他们两人都要求在国王的统率下指挥军队。可是红衣主教知道德·巴松皮埃尔骨子里信仰新教，英国人和拉罗舍尔城里的人都是他的教友弟兄，害怕他不肯全力猛攻他们，所以反而支持当古莱姆公爵；国王在红衣主教的怂恿下，已经把当古莱姆公爵封为副帅了。由此得出的结果是，为了防止德·巴松皮埃尔先生和绍姆贝格先生会不顾军队一走了之，不得不给他们三人各人一份独立的指挥权：德·巴松皮埃尔先生的驻地在城的北面，防守从拉勒到东皮埃尔这部分地区；当古莱姆公爵的驻地在城的东面，防守从东皮埃尔到佩里尼这部分地区；绍姆贝格的驻地在城的南面，防守从佩里尼到昂古坦这部分地区。

大王爷的住地在东皮埃尔。

国王的住地有时在埃特雷，有时在拉雅里。

最后还有红衣主教，他的住地在拉皮埃尔桥的沙丘地上，一座没有任何防御工事的普普通通的房子里。

根据这样的布局：大王爷监视着德·巴松皮埃尔；国王监视着当古莱姆公爵；红衣主教监视着绍姆贝格先生。

这种安排完成以后，大家就专心研究怎样把雷岛的敌人撵走。

形势是很有利的：英国人首先要吃得好才能好好地打仗，可是现在他们吃的只是咸肉和难以下咽的硬饼干，所以在他们的营地里已经病倒了很多人；此外，大海在每年的这个季节，对大西洋所有的海岸都是很凶险的，每天都要掀翻几条小船；在海滩上，从埃居翁角一直到壕沟里，每次潮水一退，便会看到到处都是平底渔船、斜桅小帆船和各种船舶的残骸。因此连国王的士兵也只能留在兵营里；事情是明摆着的，只是因为性情固执才留在雷岛上的白金汉，总有一天要撤走的。

可是德·图瓦拉克伯爵派人来报告说，敌人的军营里正在为一次新的袭击作一切准备，国王认为必须赶快把这件事结束掉，于是下了一些必需的命令准备决战。

我们不打算在这里写一本围城日记，相反我们只是想叙述一些和我们的故事有关的事件，我们只需要三言两语地说一说：这次军事行动的成功使国王大吃一惊，使红衣主教感到无上光荣。英国人被逼得一步步后退，每次和法国军队相遇均遭败绩，终于在经过卢瓦斯岛时被击溃，上船逃跑，在战场上留下了两千人，其中有五名上校，三名中校，二百五十名上尉和二十来位出身名门的贵族，还有四门大炮和六十面军旗，这些军旗后来被克洛德·德·圣西蒙[①]带回巴黎，悬挂在圣母院的穹顶，蔚为大观。

军营里唱起了感恩赞美诗，歌声一直传遍法国各地。

红衣主教因此可以一心围城，不必，至少暂时不必担心英国人有什么行动了。

可是，就像我们刚才所说的那样，休息只是暂时的。

一个名叫蒙泰居的白金汉公爵派出的特使被抓住了，法国人获得了

---

①克洛德·德·圣西蒙（1607—1693），法国将军、公爵，是路易十三的宠臣。

证据，知道在神圣罗马帝国、西班牙、英国和洛林之间有个联盟。

这个联盟是针对法国的。

还有，白金汉不得不撤离他的营地时比他原先想象的还要匆忙，在他撤离的营地里找到了一些可以证明有这种同盟存在的文件，根据红衣主教在他的回忆录里的十分肯定的说法，这些文件都证实了这个联盟跟德·谢弗勒兹夫人，因此也就是跟王后牵连很深。

所有的责任都落在红衣主教先生身上。因为如果不负责任就不可能是权势熏天的首相，所以他不分昼夜地都在施展他各种天才的所有力量，同时还要仔细静听从那些欧洲大国中的一个传来的哪怕是最最小的风声。

红衣主教了解白金汉的活动能力，尤其是了解他心中的憎恨；如果那个对法国构成威胁的联盟取得胜利，那么他所有的权势都将失去。西班牙的政策和奥地利的政策在罗浮宫的内阁里都将有它们的代表人物，现在它们只不过有几个支持者；而他，黎塞留，法国的首相，出类拔萃的本国首相就得垮台。国王一方面像个孩子似的听从他，另一方面像个小学生恨老师似的恨他，将会听任大王爷和王后对他进行个人的报复；所以他必将垮台，可能法国还会跟着他一起垮台。必须防止发生所有这些事情。

因此在拉皮埃尔桥红衣主教下榻的那幢小房子里，日夜不息地有信使进进出出，而且人数越来越多。

有些是修士，他们穿的修士服都很不合身，让人一眼便看得出他们大多是属于战斗教会[①]的；有些是穿着年轻侍从的衣服感到有点儿拘束的妇女，不过这种宽大的灯笼短裤不能完全遮掩住她们丰满的身体外形；最后还有庄稼人，一双手又黑又脏，但是两条腿倒是很细巧的，隔着一法里路都能让人感觉出他们是些有身份的人。

此外也有令人不太愉快的来访，因为曾经有过两三次谣传，说红衣主教差点儿被人暗杀。

---

① 战斗教会，指全体世间基督教徒；他们并不一定是出家的修士。

法座的敌人们的确都在说，是法座本人派出这些笨拙的刺客到各地去进行活动，为的是一旦机会来到，可以有权进行报复；不过无论是大臣们所说的，还是他们的敌人所说的，都不应该去相信。

对红衣主教本人的英勇气概，即使是攻击他最激烈的敌人也从来没有提出过异议，所以即使有了以上各种谣传，也阻挡不了他在黑夜里外出，有时是去向当古莱姆公爵传达重要命令，有时是去跟国王共同商量事情，有时是去和某个他不愿意让他进入自己营地的信使会面。

在火枪手一方面，因为他们在围城期间是没有什么事情可以做的，所以没有受到严格的管束，生活得自由自在，很快乐。这对我们三位朋友来说更是如此，因为他们是德·特雷维尔先生的朋友，他们很容易得到他的特许，在外面逗留得很晚，甚至可以在闭了营门以后回来。

一天晚上，达尔大尼央在壕沟里值勤，没有陪伴他三位朋友；阿多斯、波尔朵斯和阿拉密斯骑着他们的战马，披着作战时披的披风，一只手放在手枪的枪柄上，三个人正从一家小酒店回来，这家小酒店是阿多斯两天以前在通往拉雅里的大路旁发现的，店名叫红鸽棚客店。他们三人顺着通往军营的路走着，一面就像我们说过的那样，正在聚精会神地提防着是否会遭到什么伏击；在走到离布瓦纳尔村四分之一法里的地方，他们似乎听到有几个骑马的人正在向他们走来。他们三人马上就停住了，彼此紧紧地靠在一起，在大路中央等待着。不多一会儿，就在月亮从云堆中钻出来时，他们看到在大路拐弯处出现了两个骑士；他们在发现了阿多斯等三人以后也勒马停住，好像在商量是继续前进还是后退。这种迟疑不决的神态引起了三个朋友的疑心；于是阿多斯向前走了几步，用坚定的声音喊道：

“是谁？”

“你们是谁？”两个骑马的人中有一个回答。

“这不是回答！”阿多斯说，“是谁？请回答吧，要不我们要动手了。”

“你们要干什么事，可得当心一些，先生们！”一个响亮的嗓音说，这个嗓音似乎是惯于发号施令的。

“一定是某个高级军官在巡夜，”阿多斯对另外两个火枪手说，“先生们，你们看怎么办？”

“你们是谁？”同一个嗓音用同样的命令语气说，“现在轮到你们回答了，否则你们可能会后悔的。”

“国王的火枪手，”阿多斯说，他越来越相信那个在问他们的人有权问他们。

“哪个部队的？”

“德·特雷维尔的火枪队的。”

“听我的命令走过来，向我报告你们这个时候在这儿干什么。”

三个伙伴向前走去，心情有点儿沮丧，因为所有三个人现在都深信他们现在正和一个地位比他们高的人在打交道，他们让阿多斯去跟他谈。

骑士中的一人，也就是第二个发言的那一个，停在他的同伴前十步的地方；阿多斯也向波尔朵斯和阿拉密斯做手势叫他们留在他后面，随后自己一个人往前走去。

“对不起，长官！”阿多斯说，“可是我们不知道我们是在跟谁打交道，而你们也能看到我们在严加防备。”

“您的姓名？”那个用披风掩住一半脸庞的军官问。

“可是您自己的姓名呢？先生，”阿多斯说，他开始对这样的讯问感到不高兴了，“请您把您有权这样问我的证明给我看。”

“您的姓名？”骑士第二次问，一面让披风落下来，露出了他的脸。

“红衣主教先生！”火枪手惊愕地说。

“您的姓名？”法座第三次问。

“阿多斯，”火枪手说。

红衣主教向他的侍从做了个手势，侍从走了过来。

“这三个火枪手要跟着我走，”他轻声对侍从说，“我不愿意让人知道我走出了军营；让他们跟我们一起走，我们就可以肯定他们不会把事情说给别人听了。”

“我们是贵族，大人，”阿多斯说，“您只要让我们作出诺言，就可以完全放心。感谢天主！我们是能够保守秘密的。”

红衣主教的锐利的目光紧盯着这个大胆的对话者。

“您的耳朵真灵，阿多斯先生，”红衣主教说，“可是现在，请听明白了，并不是因为不信任我才请你们跟着我，而是为了我的安全；这两位大概是您的同伴波尔朵斯和阿拉密斯吧？”

“是的，法座，”阿多斯说，这时候站在后面的两个火枪手都把帽子拿在手里走了过来。

“我认识你们，先生们，”红衣主教说，“我认识你们：我知道你们并不完全是我的朋友，我对此感到遗憾，可是我知道你们是勇敢而忠诚的贵族，值得别人信赖。阿多斯先生，给我这个荣誉吧，请您和您两位朋友陪我一起走；这样我就有了一个能使国王陛下也羡慕的卫队了，如果我们遇到他的话。”

骑在马上的三个火枪手深深地鞠了一躬，他们的脑袋碰到了马的脖子。

“好吧！以我的名誉担保，”阿多斯说，“法座有理由要我们陪他一起去；我们在大路上已经遇到过几个脸色凶狠的人，我们甚至还在红鸽棚客店和四个这样的人打了一架。”

“打架，为了什么，先生们？”红衣主教说，“我不喜欢打架，这你们是知道的！”

“就因为这样我才有幸把刚才发生的事情告诉法座，因为法座很可能从别人那儿知道这件事；如果报告不真实，法座会以为是我们的错。”

“这次打架的结果怎么样？”红衣主教皱着眉头问。

“我的这位朋友阿拉密斯的胳膊上稍稍挨了一剑，不过，就像大人看到的一样，如果法座下令登城，那点儿伤是挡不住他明天去冲锋陷阵的。”

“不过你们各位可不是让人用剑刺了会罢休的人，”红衣主教说，“我看，坦率一些吧，先生们，你们一定在某人身上狠狠地回报过了；忏悔吧，你们知道我是有权力赦罪的。”

“我呢，大人，”阿多斯说，“我甚至连剑也没有拔出来，不过我把那个跟我打交道的家伙拦腰抱住后，把他从窗口摔出去了；他跌下去时，好像，”阿多斯稍带犹豫地接着说，“摔断了腿。”

“啊！啊！”红衣主教说，“那么波尔朵斯先生，您呢？”

“我吗，大人，我知道决斗是被禁止的，所以我抓起一条板凳，对准其中一个匪徒敲了下去；我相信他的肩胛骨被敲断了。”

“好啊，”红衣主教说，“还有阿拉密斯先生，您呢？”

“我吗，大人，因为我天性非常温和，再说大人也许不知道，我是即将要进入教会的人。我正想拉开我的朋友，突然这些混蛋中有一个偷偷地给了我一剑，刺中了我的左胳膊；这时候我失去了耐心，也拔出了剑；当他再次进攻，我相信就在他向我扑来时，他的身体被我的剑刺穿了。我只知道他倒在了地上，仿佛有人把他和他的两个同伴抬走了。”

“见鬼，先生们！”红衣主教说，“小酒店里一场争吵使三条汉子丧失了战斗力；你们真是太过分了；不过究竟是为了什么才打架的呢？”

“那些坏蛋喝酒喝醉了，”阿多斯说，“因为他们知道当天晚上客店里住进一个女人，他们想把门强行打开。”

“把门强行打开！”红衣主教说，“为什么？”

“当然是为了向她施暴，”阿多斯说，“我有幸向法座说过这些坏蛋都喝醉了。”

“而这个女人又年轻漂亮，是吗？”红衣主教稍带不安地问。

“我们没有看见她，大人，”阿多斯说。

“你们没有看见她；啊，太好了！”红衣主教马上便接着说，“你们保护了一个女人的名节，干得很好。而且因为我现在就是要到红鸽棚客店去，我就会知道你们各位说的是不是真话。”

“大人，”阿多斯骄傲地说，“我们都是贵族；即使是为了保住我们的脑袋，我们也不会说一句谎言。”

“因此我并不怀疑你们各位对我说的话，阿多斯先生。连一会儿也没有怀疑过；可是，”他为了改变话题而接着说，“那个女人是不是单身？”

“那个女人跟一个骑士一起关在房间里，”阿多斯说，“可是，尽管外面吵得天翻地覆，那个骑士却没有露面，可以猜想到那个骑士是个懦夫。”

“《福音书》上说，不要草率地判断人，”红衣主教说。

阿多斯弯了弯腰。

“现在，先生们，很好，”法座接着又说，“我知道了我想知道的，请跟我走吧。”

三个火枪手都走到红衣主教身后，红衣主教又用披风遮住了脸，策马慢步前进，和他身后的四个伙伴保持八步到十步距离。

他们很快就到达了那座寂静和偏僻的客店；客店老板无疑已经知道了他在等待的是什么样的尊贵的来客，因此他已经把一些惹人讨厌的人打发走了。

走到离客店门口十步远的地方，红衣主教向他的侍从和三个火枪手做了一个手势，要他们停下。一匹鞍辔齐全的马系在护窗板前面，红衣主教用一种特定的方式在窗上敲了三下。

立刻有一个披着披风的人走出店门，和红衣主教很快地交谈了几句；随后他就跨上那匹马，向絮热尔①方向，也就是向巴黎方向驰去。

“请过来吧，先生们，”红衣主教说。

“你们刚才对我说的全是真话，我的贵族先生们，”他对三个火枪手说，“如果我们今天的相遇没有对各位带来好处，那也不是我的错；现在请跟我来吧。”

红衣主教跳下马，三个火枪手也跟着下了马；红衣主教把缰绳扔在侍从的手里，三个火枪手把缰绳系在护窗板跟前。

客店老板站在客店门口；对他来说，红衣主教只不过是一个来拜访一个女人的军官。

“您的客店底层有没有房间，可以让这几位先生一边烤火一边等我？”红衣主教说。

---

①絮热尔，法国滨海夏朗特省城镇，在拉罗舍尔东面。

客店老板打开一间大厅的门，厅里正好最近砌了一座很好的大壁炉，代替一只旧的铁炉子。

“我有一间大厅，”他说。

“很好！”红衣主教说，“进来吧，先生们，请在这儿等我；我用不了半小时。”

三个火枪手走进楼下的大厅，红衣主教没有再问什么话，就像一个不需要别人指路的人那样登上了楼梯。

第十四章
火炉烟囱管的用途

我们的这三个朋友显然是仅仅因为受了他们的骑士性格以及好冒险的脾气的推动，所以想也没有想到，竟然帮了红衣主教给予特别保护的那个人的忙。

现在，这个人究竟是谁？这是三个火枪手首先想到的问题；随后，看到他们的智力所能提供的回答没有一个能使自己满意的，波尔朵斯于是把老板叫来，向他要了一副骰子。

波尔朵斯和阿拉密斯在一张桌子跟前坐下开始赌钱，阿多斯一边踱步一边沉思。

在沉思和踱步时，阿多斯总是在一段已被截去一半的火炉烟囱管前面来来往往，这段烟囱管的另一端通往楼上的房间。每当他走过来和走过去时，他总是听到有轻微的讲话声，这种声音终于引起了他的注意。阿多斯走到烟囱管跟前，很清楚地听到了几句话，他觉得这些话毫无疑问是很有价值的，因此他向他的两个同伴做了个手势，要他们别说话，自己弯腰站着，耳朵的高度和烟囱管断口的下端相平。

“听我说，米莱狄，”红衣主教说，“事情很重要；请坐在这儿，让我们来谈谈。”

“米莱狄！”阿多斯喃喃地说。

“我正在专心致志地恭听法座的指示，”一个女人的嗓音回答；这个嗓音阿多斯听了不由得打了个哆嗦。

“有一条小船，船员都是英国人，船长却是我的人；这条船在夏朗德河[1]口的拉波安特炮台那儿等你；这条船明天早上张帆出海。”

“这么说我今天夜里就一定得去啰？”

“马上就去，也就是说在您接受了我的指示以后就去。您在出去时会在门口找到两个人，他们一路保护您走，您让我先走，在我走了以后半个小时您再走。”

“是，大人，现在我们再回过来谈谈您要交给我的使命；因为我已经决定要一如既往地不辜负法座对我的信任，所以恳请法座把使命交待清楚，说得明白，以免我出任何差错。”

在两个对话者之间，有一会儿变得寂静无声；很明显是红衣主教在字斟句酌地考虑自己要说出的话，而米莱狄正在集中她全部的智慧，以便领会他要说出的话，并把这些话铭记在心。

阿多斯利用这个时机吩咐两个同伴把门从里面关好，并且做了个手势要他们过来和他一起听。

两个火枪手都是喜欢舒服的，他们各自搬来一把椅子，也替阿多斯搬了一把。

于是三个人坐了下来，把脑袋凑在一起，侧耳细听起来。

“您这就动身去伦敦，”红衣主教接着说，“到了伦敦以后，您去找白金汉。”

“我提请法座注意，”米莱狄说，“自从钻石坠子事件以来，公爵对我一直有所怀疑，对我总是有戒心。”

“所以这一次，”红衣主教说，“您不必再去骗取他的信任，而是光明正大地，开诚布公地以一个谈判者的身份去见他。”

“光明正大地，开诚布公地，”米莱狄用一种难以形容的伪善语气

① 夏朗德河，法国西部河流，在夏朗德省流入大西洋的比斯开湾。夏朗德河口在拉罗舍尔的南部不远。

重复着说。

“是的，光明正大地，开诚布公地，”红衣主教用同样的语气接着说，“整个谈判都要毫无掩饰地进行。”

“我会严格地执行法座的指示；我在等待法座给我指示。”

“您用我的名义去找白金汉，告诉他我知道他所做的一切准备工作，不过我并不因此而担心，因为只要他的冒险行动一开始，我就让王后身败名裂。”

“他会相信法座的威胁吗？”

“会相信的，因为我有证据。”

“我一定得把这些证据给他看看，让他自己作出判断。”

“当然可以。您对他说，布瓦-罗贝尔和德·博特吕侯爵曾向我报告，在大元帅夫人[①]家里举行假面舞会的那天晚上，公爵曾和王后会过面；这件事我要公开宣布。为了使他确信无疑，您再对他说，他那次来参加舞会时穿的是一套蒙古皇帝的服装，那套衣服原来是德·吉斯骑士的，是他花了三千皮斯托尔从骑士手里买下来的。”

“知道了，大人。”

“一天夜里，他化装成一个意大利的算命先生进入罗浮宫，他如何进去又如何出来的详情细节我都知道。为了使他对我的情报的正确性没有任何怀疑，您告诉他，在他那次披的披风里面穿的是一件白色的长袍，上面画着很多象征眼泪的黑点子，还有一些在两根交叉的骨头上的死人骷髅头。因为万一被人撞见，他可以被当作是白衣娘娘的鬼魂；大家知道，每逢罗浮宫要发生什么重大事件时，总会有白衣娘娘显灵。”

“还有别的吗，大人？”

“您告诉他，我还知道发生在亚眠的那次冒险活动的细节；我还要叫人把那件事写成一本篇幅不长的小说，情节曲折，有一幅花园的详细的平面图和发生在黑夜里的那场戏中的主要角色的画像。”

“我会把这些都告诉他的。”

---

① 即德·谢弗勒兹夫人，因为她的前夫德·吕伊纳公爵曾任法国大元帅。

“您还可以告诉他，我逮住了蒙泰居；他现在关在巴士底狱，我们在他身上没有搜到什么书信，这是真的；可是只要用用刑就可以使他供出他知道的事情，甚至……他不知道的事情。”

“太好了！”

“最后，您还可以告诉他，公爵大人在仓促撤离雷岛时，把德·谢弗勒兹夫人给他的一封信忘在他的住处没有带走，那封信对王后非常不利，因为它不仅证明了王后陛下竟然爱着国王的敌人，而且还和法国的敌人共同谋反。我对您讲的一切，您已经全都记住了，是不是？”

“法座可以自己判断一下：大元帅夫人的舞会；罗浮宫的深夜；亚眠的傍晚；蒙泰居的被捕；德·谢弗勒兹夫人的信。”

“是的，”红衣主教说，“是这几件事；您的记忆力真好，米莱狄！”

“可是，”这个刚才被红衣主教当面夸奖的女人接着说，“尽管有了这许多理由，如果公爵仍旧不肯罢休，还是要威胁法国，那又怎么办呢？”

“公爵爱得像个疯子，或者说得更确切些，爱得像个傻子，”黎塞留不无辛酸地接着说，“就像中世纪的游侠骑士一样，他发动这次战争只是为了争得他的美人对他望上一眼。如果他知道这场战争可能要以他所说的念念不忘的女人的荣誉为代价，也许还要以她的自由为代价，我向您保证他对这件事会再作考虑的。”

“不过，”米莱狄继续问，这种刨根究底的态度说明她非得把自己担负的使命搞得明明白白不可，“倘若他一意孤行呢？”

“如果他一意孤行，”红衣主教说，“……这是不可能的。”

“这是可能的，”米莱狄说。

“如果他一意孤行……”法座稍许停了一下接着说，“如果他一意孤行，那么，我的希望就要寄托在那种能改变一个国家命运的事件上去了。”

“假使法座能把历史上这类事件举一两件给我听听，”米莱狄说，“也许我就能跟法座一样对未来抱有信心了。”

“好吧，您听着！比如说，”黎塞留说，“一六一〇年，威名远扬的先王亨利四世，为了一个几乎跟今天的公爵发动战争的同样原因，即将出兵弗朗德斯和意大利，使奥地利腹背受敌；可是这时候不是发生了一个使奥地利幸免于难的事件①吗？为什么法国国王就不能有跟奥地利皇帝同样的好运气呢？”

“法座想讲的是铁器店街上的那一刀子吗？”

“正是，”红衣主教说。

“拉瓦亚克后来受尽了酷刑，法座难道不担心那些偶尔想去效法他的人会因此感到害怕吗？”

“在任何时代和在任何国家，尤其是那些因宗教原因而分裂的国家，总是有一些狂热的信徒巴不得自己能以身殉教。请听我说，正巧现在我想到了眼下英国的清教徒②正在怒气冲天地反对白金汉公爵；他们的布道人都把公爵称作是基督的敌人。”

“那又怎样呢？”米莱狄问。

“那又怎样！”红衣主教漫不经心地继续说，“比如现在，只要能找到一个年轻、漂亮、机灵，想为自己对公爵报仇的女人就行了。一个这样的女人是能够遇到的：公爵是个在脂粉堆里过日子的男人，如果他在谈情说爱时立下了许多永不变心的誓言，那么他当然也会因为他永远无法实现的誓言而播下无数仇恨的种子。”

“毫无疑问，”米莱狄冷冷地说，“一个这样的女人是能够遇到的。”

“既然如此，只要有一个这样的女人，把雅克·克莱芒③或者拉瓦亚克的刀子交在一个宗教狂热分子手里，法国就得救了。”

“是的，可是这个女人就成了凶手的同谋犯。”

“难道有人找到过拉瓦亚克或者雅克·克莱芒的同谋犯？”

---

①指1610年5月14日，亨利四世在巴黎铁器店街被宗教狂热分子拉瓦亚克(1578—1610)用匕首刺杀这个事件。在亨利四世被刺杀后，有人指控他的王后玛丽·德·美迪奇参与了这次刺杀阴谋，但无证据。

②清教徒，基督教新教教徒中的一派，因要求“清洗”国教内保留的天主教旧制和繁琐仪文，反对王公贵族的骄奢淫逸，提倡“勤俭清洁”的生活而得名。

③雅克·克莱芒(1567—1589)，历史上刺杀法国国王亨利三世的凶手。

“没有，因为也许是那些人的地位太高，所以没有人敢到他们所在的地方去找他们；没有人会为了随便什么人就去焚烧高等法院的，大人。”

“这么说，您认为高等法院失火决非偶然，而是另有原因啦？”黎塞留问，他的语气就像在提一个鸡毛蒜皮的问题。

“我吗，大人，”米莱狄回答，“我什么也不相信，我只是提到了一个事实而已。不过我说，如果我的名字叫德·蒙邦西埃小姐[①]或者玛丽·德·美迪奇王后，那么我就不必像现在这样小心翼翼了，可是我现在只不过是个名叫克拉丽克的英国夫人。”

“说得不错，”黎塞留说，“那么您还要什么？”

“我还需要一份命令，这份命令要预先证明我今后做的任何事情都是合法的，都是为了法国的最大利益而必须做的。”

“可是首先要找到我刚才提起过的那个女人，要为自己对公爵复仇的那个女人。”

“那个女人已经找到了，”米莱狄说。

“其次要找到将作为天主审判的工具的那个可怜的宗教狂热分子。”

“那个人会找到的。”

“好吧！”公爵说，“到那时候才需要您刚才要求得到的那份命令。”

“法座说得对，”米莱狄说，“是我把这个有幸接受下来的使命搞错了，其实只要我以法座的名义直言不讳地告诉公爵，说您已经知道了在大元帅夫人举行的舞会上，他是怎样靠了化装的帮助接近王后的；说您已经掌握了王后在罗浮宫里同意接见一个意大利星相学家的证据，而这个星相学家就是白金汉公爵；说您正在叫人写一部关于亚眠

---

①德·蒙邦西埃小姐(1627—1693)生于1627年，而本故事发生在1625至1627年(围城结束为1628年)，因此看来米莱狄说的不可能是她。在法国历史上另外有一位德·蒙邦西埃公爵夫人(1552—1596)，她是亨利·德·吉斯公爵的妹妹，是亨利三世的死敌，有些历史学家认为她与亨利三世的被刺不无关系；但无人能提供证据。

的冒险活动的情节曲折的不长的小说，还附有花园里的平面图和主要角色的画像；说蒙泰居关在巴士底狱，说酷刑能使他把他所知道的事情，甚至不知道的事情说出来；最后还要说，您持有一封在他的住处找到的德·谢弗勒兹夫人的信，这封信不仅严重牵连了写信的人，而且还牵连到了授意要她写这封信的人。然后，假使我说了这一切，就像我刚才所说的那些我的任务以内的事情，他仍然一意孤行，那么我只能祈求天主创造奇迹来拯救法国了。是不是就这些事，大人，我没有其他事要做了吧？”

“就是这些，”红衣主教语气生硬地说。

“现在呢，”米莱狄说，仿佛没有注意到这位公爵对她讲话时改变了语调，“关于法座的敌人，我已经得到了指示，大人是不是允许我讲几句有关我的敌人的事情？”

“您居然也有敌人？”黎塞留问。

“是的，大人；我也有一些敌人，您应该全力支持我对付他们，因为我是为法座效劳才招来这些敌人的。”

“是些什么人？”公爵说。

“首先是一个姓博纳希厄的诡计多端的小女人。”

“她关在芒特[①]的监狱里。”

“应该说，她曾经在那儿关过，”米莱狄接着说，“不过王后从国王那儿得到了一道旨意，把她转移到一个修道院去了。”

“转移到一个修道院去了？”

“是呀，转移到一个修道院去了。”

“哪个修道院？”

“我不知道。这件事是严守秘密的。”

“我呀，我会知道的！”

“法座以后会告诉我这个女人在哪个修道院里吗？”

“我看不出这样做有什么不妥当，”红衣主教说。

---

①芒特，法国伊夫林省城市，在巴黎西边不远的塞纳河畔。

“好，现在我还有另一个敌人，对我来说，他要远比博纳希厄太太那个小女人可怕得多。”

“是哪一个？”

“她的情夫。”

“她的情夫叫什么名字？”

“噢，这个人法座很清楚，”突然火冒三丈的米莱狄叫了起来，“他是我们两个人的凶神：在一次和法座的卫队遭遇时，是他保证了国王的火枪手取得胜利，是他把您的密使德·瓦尔德刺了三剑；是他使您的钻石坠子的计划功败垂成；最后还是他，知道了是我绑走了博纳希厄太太以后，发誓要我死于非命。”

“啊！啊！”红衣主教说，“我知道您要说的是谁。”

“我要说的是达尔大尼央这个坏蛋。”

“他是条硬汉子，”红衣主教说。

“就因为他是条硬汉子才更使人害怕。”

“一定要搞到一个他和白金汉暗中勾结的证据，”这位公爵说。

“一个证据！”米莱狄嚷道，“十个我也会有的。”

“这样的话，就再简单也没有了！把证据给我，我就把他送进巴士底狱。”

“好，大人，以后呢？”

“一个人进了巴士底狱，是没有什么以后的，”红衣主教嗓音低沉地说，“啊！见鬼，”他继续说，“如果我除掉我的敌人就像除掉您的敌人那样容易，如果您向我要求的免予处分是为了对付这样的人！……”

“大人，”米莱狄接着说，“货换货，性命换性命，人换人；您把这一个人给我，我把另一个人给您。”

“我不知道您想说什么，”红衣主教接着说，“甚至我也不想知道。不过我希望使您高兴，我也看不出满足您提出的有关那个下流胚的要求有什么妨害；更何况您对我说达尔大尼央那个小子是个浪荡鬼，是个好决斗的人，是个叛徒。”

“一个下流胚，大人，一个下流胚！”

“把纸、笔和墨水给我，”红衣主教说。

“都在这儿，大人。”

这时出现了片刻的寂静，说明红衣主教正在斟酌那些要写在纸上的，或者是正在写在纸上的话。阿多斯对刚才的谈话一字不漏地全都听到了，这时他抓住两个同伴每人一只手，把他们拉到屋子的另一头。

“咦！”波尔朵斯说，“您要干吗，为什么不让我们把他们的谈话听完？”

“嘘！”阿多斯轻声说，“我们需要听到的已经全听到了；并且我也不是不让你们再听下去，不过我现在一定要出去。”

“您一定要出去！”波尔朵斯回答，“可是如果红衣主教问起您，我们怎么回答？”

“你们别等他问起我就先告诉他我去探路了，因为客店老板有些话使我想起路上也许不安全，而且我还得先去跟法座的侍从说两句话。其余的事情由我来办，你们别担心。”

“当心，阿多斯，”阿拉密斯说。

“放心吧，”阿多斯回答，“你们知道，我一向是很冷静的。”

波尔朵斯和阿拉密斯又重新去坐在火炉烟囱管旁边的椅子上了。

阿多斯这时堂而皇之地走出了客店，走到护窗板跟前牵了自己的那匹和两个朋友的马系在一起的马，找主教的侍从短短地交谈了几句，使对方相信有必要在回去的路上派出一个前哨；这时他又装模作样地检查了一下自己的手枪的引火线，把剑咬在嘴里，随后像个敢死队员那样，顺着那条通往营地的大路走去。

第十五章
夫妻相会

就像阿多斯预料的一样，红衣主教很快就下楼了；他打开火枪手们待着的那间屋子的门，看到波尔朵斯正起劲地和阿拉密斯在掷骰子。他向屋子里所有的角落很快地扫了一眼，看到少了一个人。

“阿多斯先生呢?”他问。

“大人，”波尔朵斯回答，“他听了客店老板几句话，认为路上不太安全，出去侦察一下。”

“您呢，您干了什么，波尔朵斯先生?”

“我赢了阿拉密斯五个皮斯托尔。”

“现在，你们可以跟我一起回去了!”

“我们听候法座的吩咐。”

“那就上马吧，先生们；因为时间已经晚了。”

侍从站在门口，手里握着红衣主教骑的那匹马的缰绳。稍许过去一点儿，在黑影里有两个人和三匹马聚在一起；那两个人就是要送米莱狄去拉波安特炮台，并且看着她上船的人。

侍从向红衣主教证实了两个火枪手刚才说的关于阿多斯的去向的话。红衣主教做了一个表示赞许的手势，随后就上路了，在归途中采取了和出发时同样的预防措施。

让他在侍从和两个火枪手的保护之下顺着回营地的那条路走吧；我们回过头来再谈谈阿多斯。

在一百步以内，阿多斯的坐骑的步伐和刚出客店时相同，可是一到了视线之外，他就策马向右绕了个圈子，又退回二十来步，躲在一个矮树林里窥伺着那一小队人马经过。在认出了他的两个同伴的镶花边的帽子和红衣主教先生的披风上的金线流苏以后，他便等着这几个骑马的人绕过大路上的拐角，直到看不到他们的影子以后，他才纵马快步奔回客店，客店的门马上就开了。

老板认出了他。

“我的那位长官，”阿多斯说，“忘记了一件重要的事情没有对二楼的那位夫人说，他派我来告诉她。”

“请上楼，”老板说，“她还在房间里。”

阿多斯得到许可后便步子非常轻地登上了楼梯，走到楼梯平台上，通过半掩着的房门，他看到米莱狄正在系她的帽带。

他走进房间，把身后的房门关上。

米莱狄听到插门闩的声音，回过头来看。

阿多斯站在门前，披着披风，帽子压在眉毛上面。

看到这个像一尊塑像似的一动不动、不言不语的人，米莱狄吓了一跳。

“您是什么人？您想干什么？”她叫了起来。

“不错，果真是她！”阿多斯轻轻地说。

于是他脱掉披风和帽子，向米莱狄走去。

“夫人，您还认得我吗？”他问。

米莱狄往前跨了一步，随后又像见到一条蛇似的往后退。

“嗯，”阿多斯说，“很好，我看您还认得我。”

“德·拉费尔伯爵！”米莱狄喃喃地说，她脸色发白，向后退去，一直退到碰到墙壁、无法再退为止。

“是的，米莱狄，”阿多斯回答，“是德·拉费尔伯爵本人，他专门从另一个世界赶来，为的是享受一下和您久别重逢的乐趣。我们这就坐下吧，并且像红衣主教先生说的那样：让我们来谈谈。”

米莱狄被一种难以形容的恐惧控制住，一声不吭地坐了下来。

“您真是一个被派到人世间来的魔鬼！”阿多斯说，“您的威力是强大的，这我知道；可是您也知道，靠了天主的帮助，人经常能战胜最最可怕的魔鬼。您曾经出现在我前进的道路上，我以为已经让您彻底完蛋了，夫人；可是，要么是我弄错了，要么是地狱又使您复活了。”

听到这些引起她很多可怕的回忆的话，米莱狄轻轻地呻吟了一声，低下了脑袋。

“是的，地狱又使您复活了，”阿多斯接着说，“地狱使您发了财，地狱给了您另一个姓名，地狱甚至还几乎重新改变了您的容貌；可是它没有擦掉您灵魂上的污垢，也没有擦去您肉体上的烙印。”

米莱狄像在弹簧的作用之下猛地站了起来，眼睛里闪出了亮光。阿多斯还是坐着不动。

“就像我以为您已经死了一样，您也以为我已经死了，是不是？在阿多斯的名字后面隐藏着德·拉费尔伯爵，就像米莱狄·克拉丽克的名字后面隐藏着安娜·德·比埃伊一样！在您的可尊敬的哥哥把您嫁给我时，您不是就叫这个名字吗？我们现在的地位真是有趣，”阿多斯一边笑一边接着说，“我们两人所以能活到今天，那只是因为我们都以为对方已经死了；一个回忆总不像一个活生生的人那样使人受到妨碍，尽管有时候回忆是非常折磨人的。”

“可是，”米莱狄用一种低沉的嗓音说，“究竟是谁带您到我这儿来的？您要对我怎么样？”

“我要对您说，在您看不见我的时候，我，我却一直在注视着您。”

“您知道我做过的事情吗？”

“您所进行的活动，我可以按照日子先后一件一件讲给您听，从您为红衣主教当差那天开始一直到今天晚上为止。”

一丝表示不相信的微笑在米莱狄苍白的嘴唇上掠过。

“您听着：是您在白金汉公爵的肩膀上割下两颗钻石坠子；是您派人绑架了博纳希厄太太；是您，爱上了德·瓦尔德伯爵，自以为在跟他过夜，却为达尔大尼央先生打开了房门；是您以为德·瓦尔德欺骗了您，想派他的情敌去杀他；是您在这个情敌发现了您那见不得人的秘密后，又派了两个刺客跟在他后面去杀他；是您看到子弹没能击中他，又送了些毒酒去害他，同时还写了一封假信，想使您的受害者相信这些酒是他的朋友送给他的；最后还是您，刚才在这个房间里，坐在我现在坐的椅子上，和红衣主教黎塞留商量好，由您去找人刺杀白金汉公爵，作为交换条件，他同意您去杀害达尔大尼央。”

米莱狄脸色铁青。

“您是撒旦吗？”她说。

“也许是，”阿多斯说，“可是，不管怎样，您听清楚了：您亲自去或者派人去刺杀白金汉公爵，都与我不相干！我又不认识他，再说他是英国人；不过您可别用您的手指头去碰达尔大尼央的一根头发，他是我喜欢的、也是我要保护的一个忠心的朋友，否则的话，我指着我父亲的脑袋向您发誓，这将是您最后一次犯罪。”

“达尔大尼央先生严重地冒犯了我，”米莱狄嗓音低沉地说，“达尔大尼央先生一定得死。”

“冒犯您，这真的可能吗，夫人？”阿多斯笑着说，“他冒犯了您，他一定得死。”

“他一定得死，”米莱狄接着说，“首先是那个女的，随后是他。”

阿多斯似乎感到一阵头晕：看到这个毫无女人味的女人，勾起了他好些揪心的回忆。他想起在从前有一天不像今天这样危险的日子里，他已经想为自己的荣誉把她牺牲掉了；现在杀人的欲望又在他心中燃起，就像一种高烧症慢慢地侵入他的全身。他也站了起来，把手伸到腰带上，拔出手枪，扳起枪上的扳机。

米莱狄的脸色像尸首一样白，她想喊叫，可是她的舌头僵住了，只能发出一种沙哑的声音；这种声音根本不像人类的语言，而像野兽的喘息。她披头散发，身子贴在深色的壁衣上，就像是个活生生的恐惧的形象。

阿多斯慢慢地举起他的手枪，伸出胳膊，枪口几乎碰到米莱狄的脑门，随后用一种镇静得出奇的嗓音开始讲话；由于这种嗓音包含着一种坚定的决心，所以格外使人感到害怕。

“夫人，”他说，“您马上把红衣主教签给您的那个文件给我，否则的话，我凭我的灵魂发誓，我要把您的脑袋打开花。”

如果是跟另一个男人打交道，米莱狄也许还会有所怀疑，可是对阿多斯她是了解的；然而她还是没有动。

“我给您一秒钟做出决定，”他说。

米莱狄看到他的脸在抽搐，说明枪马上要响了；她急忙把手伸向胸口，从里面取出一张纸，递给了阿多斯。

“拿去吧，”她说，“您这个该死的东西！”

阿多斯接过文件，把手枪重新插在腰带上，走到灯前去看看究竟是不是他要的那样东西，他打开那张纸念道：

为了国家的利益，本文件的持有者按照我的命令，做了他已经做的事情。

黎塞留

一六二七年十二月三日

“现在，”阿多斯说，一面又重新披上披风，把毡帽拉拉低，“现在我已拔掉你的牙齿；你这条毒蛇，你能咬你就咬吧。”

说完他走出了房间，连头也没有回。

走到客店门口时他看到了那两个人和他们牵在手里的马。

“先生们，”他说，“大人的命令你们是知道的，那就是尽快把这个女人送到拉波安特炮台，一直等她上船以后才可以离开她。”

这些话跟他们已经接到的命令是符合的，所以他们点点头，表示同意。

阿多斯轻捷地跨上马鞍，策马疾驰而去；只是他没有顺着大路走，而是从田野中横穿过去，他使劲地用马刺刺他的马，催它快跑，一边又不住地停下来侧耳静听。

在有一次勒马停下时，他听到大路上有几匹马的马蹄声。他肯定那是红衣主教和他的卫士们。他立刻又再次策马向前疾驰，马身子经常在灌木丛和树叶中间擦过；在离军营两百步远的地方，他又从田野里回到了大路上。

“是谁？”当他看到那些骑马的人就远远地喝问。

“我相信，那是我们的勇敢的火枪手，”红衣主教说。

“是的，大人，”阿多斯回答，“是我。”

“阿多斯先生，”黎塞留说，“您为我们提供了非常严密的保护，请接受我的谢意；先生们，我们现在到了。你们走左边的那道门，口令是‘国王’和‘雷岛’。”

红衣主教边说边向三个朋友点头告别，由他的侍从跟着向右边走去，因为这天夜里他在军营里留宿。

“怎么！”波尔朵斯和阿拉密斯等红衣主教走到听不见他们声音的

时候低声说，“怎么！他签了米莱狄要求他签的那份文件！”

“这我知道！”阿多斯平静地说，“因为文件就在这儿。”

这三个朋友在走到他们的宿营地以前，除了向哨兵回答口令以外，没有再多说一句话。

不过他们打发穆斯格东去通知普朗歇，要他的主人在战壕里值完班以后，立刻到火枪手的驻地来。

另一方面，像阿多斯所预料的那样，米莱狄在门口找到了那两个在等她的人，便爽爽快快地跟着他们走了。她有一刹那间很想叫人把她送到红衣主教跟前去，把一切都告诉他；可是她这方面的揭露也会带来阿多斯方面的揭露。她当然可以说阿多斯曾经吊死过她，可是阿多斯也可以说她是上过烙刑的。她想想还是保持沉默为好，先悄悄动身，用她一贯有的机敏去完成她肩负的困难任务；随后，当一切事情办妥，使红衣主教感到满意以后，再求他为自己报仇。

结果是，在经过整整一夜的奔波以后，她在早上七点钟抵达拉波安特炮台，八点钟上船；九点钟，那条带有红衣主教签发的许可证，大家以为要驶往巴荣讷[①]的船，终于张帆起锚，开往英国去了。

第十六章
圣热尔韦棱堡

来到三个朋友的驻地后，达尔大尼央看见他们聚集在同一个房间里：阿多斯在沉思，波尔朵斯在捋着自己的小胡子，阿拉密斯拿着一本漂亮的蓝色天鹅绒封面的小开本的日课经在念祈祷文。

“说真的，先生们！”他说，“我希望各位要对我说的话值得一听，否则的话，我要向你们预先声明，我是不会原谅你们把我叫到这儿

① 巴荣讷，位于法国西南部大西洋沿岸比利牛斯省的海港城市，在拉罗舍尔的南边。

来而不让我休息的；因为昨天整整一夜，我们都在夺取并且拆毁一座棱堡。啊，先生们，你们都不在那儿，那儿的场面真是够热闹的！”

“我们在别的地方，那儿倒也不算冷清！”波尔朵斯回答，一边以他特有的方式捋着他的小胡子。

“嘘！”阿多斯说。

“啊，啊！”达尔大尼央说，他懂得阿多斯为什么微微地皱着眉头，“看来这儿有新闻可听。”

“阿拉密斯，”阿多斯说，“您前天好像在巴尔巴约[①]客店吃过早饭，我说得对吗？”

“是的。”

“那儿怎么样？”

“就我来说，那儿吃得差极了；前天是一个守斋日，可是他们只有荤菜[②]。”

“什么！”阿多斯说，“在一个海港里，他们竟拿不出鱼来？”

“据他们说，”阿拉密斯一边说一边眼睛又盯住了他的日课经，“红衣主教先生派人建造的堤坝把鱼都赶到大海里去了。”

“可是我问您的不是这个，阿拉密斯，”阿多斯接着说，“您在您那儿是不是过得很自在，没有人来打扰您？”

“我好像觉得我们在那儿没有遇上太多的惹人讨厌的人；不错，对您要谈的那件事来说，阿多斯，我们到巴尔巴约客店去谈那确实是再好没有了。”

“那我们就去巴尔巴约客店吧，”阿多斯说，“因为这儿的墙壁像是纸糊的一样。”

达尔大尼央对自己这个朋友的做法已经习以为常，能够从他的一句话、一个手势、一个眼色立即看出形势的严重性；因此他挽住了阿多斯

---

① 巴尔巴约，法语“parpaillot”一词的音译，意为“白蝴蝶”；是对新教徒的戏称，因为新教徒穿白色教士服。

② 基督教有在规定日期内进行减食的虔修方式。天主教一般规定于星期五，也就是守斋日不食肉，不过他们认为鱼虾不是荤菜。

的胳膊，一声不响地和他一起出了门，波尔朵斯和阿拉密斯一边交谈一边跟在他们两人身后。

他们在路上遇到了格里莫，阿多斯对他做了个手势要他过来；格里莫按照他的习惯，默默地服从了。这个可怜的小伙子几乎已经完全丧失了说话的能力。

他们来到巴尔巴约客店的餐厅，时间是早上七点钟，太阳慢慢升起来了。四个朋友要了早饭，走进一个房间，据客店老板说，他们在这个房间里不会受到打扰。

不幸的是，对一个秘密集会来说，这个时间却选得不好，军营里刚刚打过起床鼓，大家都在抖落夜间的瞌睡；为了驱除清晨的潮湿空气，来到餐厅里喝上一杯：龙骑兵，瑞士雇佣兵，卫士，火枪手，轻骑兵一个接着一个地匆匆走了进来，这对老板的生意应该是大有好处的，却使我们四个朋友皱起了眉头。所以他们对这些伙伴们对他们的敬礼、举杯祝酒和插科打诨的答复是冷冰冰的。

“唉！”阿多斯说，“看来我们要跟人大吵一场了，可是我们眼下没有这种需要。达尔大尼央，把您昨天夜里的事讲给我们听听，然后我们把我们的事告诉您。”

“是啊，”一个轻骑兵一边举着一杯烧酒在慢慢品味，一边晃动着身子说，“是啊，卫士先生们，昨天夜里你们在战壕里，好像你们跟拉罗舍尔城里的人有过麻烦，是不是？”

达尔大尼央看看阿多斯，想知道该不该回答这个插进他们谈话的冒失鬼。

“喂，”阿多斯说，“你没有听到德·布西尼先生正在赏光跟您讲话么？既然这几位先生想知道昨天夜里的事情，你就给大家讲讲吧。”

“你们不是攻下了一座棱堡吗？”一个瑞士雇佣兵用发音不准的法语问，他端着一啤酒杯的朗姆酒在喝。

“是的，先生，”达尔大尼央弯了弯腰说，“我们得到了这个荣幸；我们甚至还像你们所能听到的那样，在棱堡的一个角落下面安放了一桶火药；这桶火药把棱堡炸出了一个大缺口。而且这座棱堡已经跟昨天不一样了，它的没有被炸毁的部分已经被震得散架了。”

“这是哪一座棱堡？”一个龙骑兵问；他手里的军刀上串着一只带来烤着吃的鹅。

“圣热尔韦棱堡，”达尔大尼央回答，“拉罗舍尔人在这座棱堡掩护下骚扰我们的工人。”

“这件事干得很热闹吧？”

“是的；我们牺牲了五个弟兄，拉罗舍尔人死了八九个。”

“真他妈的带劲！”瑞士雇佣兵说；尽管德语里有一大批值得赞赏的骂人的词，他还是习惯于用法语骂娘。

“可是很可能，”轻骑兵说，“他们今天很可能派些工兵去把棱堡修复。”

“是啊，这完全有可能，”达尔大尼央说。

“先生们，”阿多斯说，“打个赌怎么样！”

“啊，好啊，打个赌！”瑞士雇佣兵说。

“打什么赌？”轻骑兵问。

“请等等，”龙骑兵说，一边把他那把当作烤肉铁扦用的军刀搁在壁炉的两个柴架上面，“我也参加。该死的客店老板，马上拿一个接油的盘子来，别让我损失掉这只珍贵的家禽中烤出的每一滴油。”

“他说得对，”瑞士兵说，“鹅油拌果酱的味道真是妙极了！”

“好啦！”龙骑兵说，“现在让我们来谈谈打赌的事吧！我们听着，阿多斯先生。”

“是的，谈谈打赌的事吧！”轻骑兵说。

“好！德·布西尼先生，我跟您赌，”阿多斯说，“就这样赌吧，我的三个朋友，波尔朵斯、阿拉密斯和达尔大尼央三位先生，还有我，我们一起到圣热尔韦棱堡里面去吃早饭；不管敌人用什么方法来撵我们走，我们也要手里拿着表，在里面坚守一个小时。”

波尔朵斯和阿拉密斯相互望望，他们开始有点儿懂了。

“可是，”达尔大尼央凑到阿多斯的耳边说，“您这是毫不留情地让我们去送死！”

“如果我们不去那儿，”阿多斯回答，“我们更活不成。”

“啊，说真的，先生们！”波尔朵斯仰坐在他的椅子上捋着他的小胡子说，“这真是一次绝妙的打赌，我希望如此。”

“所以我同意了，”德·布西尼先生说，“现在的问题是决定赌注。”

“你们是四个人，先生们，”阿多斯说，“我们也是四个人，就赌一餐可供八个人尽情享用的晚饭，您看怎么样？”

“太好了！”德·布西尼先生说。

“棒极了，”龙骑兵说。

“行，就这么办！”瑞士雇佣兵说。

在这段谈话中间，那第四位一直在一旁听着，扮着哑巴的角色，这时也点了点头，表示他同意这个建议。

“这几位先生的早饭准备好了，”客店老板说。

“很好，拿来吧！”阿多斯说。

老板听从吩咐。阿多斯叫来格里莫，向他指指放在角落里的一只大筐子，做了个手势叫他把端来的肉全包在餐巾里。

格里莫马上懂得要去野餐了，他拿起筐子，把包好的肉放进去，又加了几瓶酒，随后把筐子挎在胳膊上。

“可是你们这是到哪儿去吃我的早饭啊？”老板问。

“只要付钱给您，”阿多斯说，“这跟您有什么关系？”

说着他神气十足地扔了两个皮斯托尔在桌子上。

“长官，是不是要把零钱找给您？”老板问。

“不必了，只要再给我们两瓶香槟酒就行了，剩下的就算是那几条餐巾的钱。”

老板认为这笔买卖做得并没有他原来想象的那么好，不过他还是用两瓶安茹葡萄酒冒充香槟酒塞给了四位顾客，想多捞一些回来。

“德·布西尼先生，”阿多斯说，“您愿不愿意用您的表来对对我的表，或者是允许我用我的表来对对您的表？”

“再好没有，先生！”轻骑兵说，一边从他的小口袋里掏出一只四周镶有钻石的非常华丽的表，“七点半。”

“七点三十五分，”阿多斯说，“我们知道我的表比您的快五分钟，先生。”

四个年轻人一边向在场的那些目瞪口呆的人点头致意，一边向通往圣热尔韦棱堡的那条路走去，后面跟着挎着筐子的格里莫；格里莫不知道自己要去哪里，可是他在阿多斯身边已经养成了惟命是从的习惯，所以甚至没有想到问一下。

在走出军营区以前，四位朋友没有交谈过一句话；再说在他们身后还跟着一大群看热闹的人，这些人知道了他们打赌的事，想知道打赌的结局如何。可是在他们越过封锁壕，来到田野之中之后，对情况一无所知的达尔大尼央认为要求作出解释的时间到了。

“现在，我亲爱的阿多斯，”他说，“看在我们友情的份上，请告诉我，我们这是去哪儿？”

“您看得很清楚，”阿多斯说，“我们这是去棱堡。”

“可是，我们去棱堡干什么？”

“这您也很清楚，我们去棱堡吃早饭。”

“可是我们为什么不在巴尔巴约客店吃早饭呢？”

“因为我们有一些非常重要的事情要谈，可是在那家客店里有那么多使人讨厌的人；他们来来往往，向人行礼，找人攀谈，那里我们连谈五分钟的话也不可能，而在这里，”阿多斯指指那座棱堡接着说，“至少不会有人来打扰我们。”

“我觉得，”达尔大尼央小心翼翼地说，这种小心谨慎的态度和他非凡的勇敢结合得十分密切，十分自然，“我们能够在海边的沙丘地里找到一个偏僻的地方。”

“只要有人看到我们四个人在一起商谈，用不了一刻钟，红衣主教的探子们便会向他报告说我们正在开会。”

“是的，”阿拉密斯说，“阿多斯说得对：Animadvertuntur in desertis.①”

---

①拉丁文，意思是：有人看见他们在荒野里。

“有一片荒野倒是不坏，”波尔朵斯说，“问题是要找到它。”

“没有一片荒野天上没有一只鸟儿飞过，水中没有一条鱼儿跃起，洞底没有一只兔儿钻出，而我相信，这些鸟儿也好，鱼儿也好，兔儿也好，全都是红衣主教的密探。所以最好还是把我们这个计划继续进行下去，再说事已至此，我们也不能后退了，否则要让人耻笑。我们打了一个赌；打赌是无法预料的，我也不相信有谁能猜到我们打赌的真正原因。为了要赢，我们要到棱堡里去待上一个小时。我们在那里也许会遭到袭击，也许不会遭到袭击。如果没有遭到袭击，我们所有的时间都可以谈话，没有人会听到，因为我可以保证，棱堡的墙是没有耳朵的；如果遭到了袭击，我们还是可以谈我们的事情，而且，因为我们作了抵抗，我们便得到了光荣。您看清楚了这件事横竖都是有利的。”

“是的，”达尔大尼央说，“不过我们肯定要挨枪子。”

“啊，亲爱的朋友，”阿多斯说，“您很清楚，最叫人害怕的枪子不是敌人的枪子。”

“不过，我觉得，”波尔朵斯说，“要作这样一次冒险，我们至少该把我们的火枪都带去。”

“您真傻，波尔朵斯，朋友；为什么我们要背上一个无用的包袱？”

“面对着敌人，我并不认为一支口径合适的好火枪，一打子弹和一壶火药是无用的包袱。”

“嗯，好吧！”阿多斯说，“难道您没有听到达尔大尼央讲过的情况吗？”

“达尔大尼央讲过些什么？”波尔朵斯问。

“达尔大尼央说过，在昨天夜里这场战斗中，牺牲了五个法国人，拉罗舍尔的人也有八九个阵亡了。”

“那又怎么样？”

“因为眼下要办的急事很多，大家都没有时间去打扫战场，是不是？”

“那又怎么样？”

“那又怎么样！我们去找他们的火枪、他们的火药壶和他们的子弹；我们将会得到十五六支火枪和一百来颗可以使用的子弹，而不是四支火枪和一打子弹。”

“啊，阿多斯！”阿拉密斯说，“您真是一个伟大的人物！”

波尔朵斯点了点头表示同意。

只有达尔大尼央好像还没有心悦诚服。

毫无疑问，格里莫也跟这个年轻人一样存有疑虑；因为他看到他们一刻不停地向那座棱堡走去，而他到当时为止，还一直不相信真的会去，所以他拉了拉他主人衣服的下摆，用手势问他：

“我们这是去哪儿？”

阿多斯向他指指棱堡。

“可是，”默不作声的格里莫总是用他的同一种语言说，“我们会把我们的皮留在那儿的。”

阿多斯抬起眼睛，用手指指天。

格里莫把筐子放在地上，一边摇头一边坐到地上。

阿多斯从腰带上拔出手枪，看了看引火线是不是装好，然后扳上扳机，把枪口对着格里莫的耳朵。

格里莫像被弹簧顶了一下似的跳了起来。

阿多斯做了个手势要他拿起筐子走在前面。

格里莫服从了。

格里莫从这幕短暂的哑剧中所得到的全部收获，就是他从后卫变成了先锋。

来到棱堡以后，四个朋友都回过头来向后面看。

在军营门口聚集了三百来个各个兵种的士兵，看得出那里面有德·布西尼先生、龙骑兵、瑞士雇佣兵和那个参加这次打赌的第四个人。

阿多斯脱下帽子，放在剑尖上，举在空中摇晃着。

所有在观看的人都向他还礼，伴随着这种礼节的是一阵一直传到他们耳边的欢呼声。

随后，他们四个人都进入棱堡不见了；格里莫已经在他们之前进去了。

第十七章
火枪手的会议

正如阿多斯所预料的，棱堡里没有别的，只有十来具尸体，其中有法国人，也有拉罗舍尔人。

“先生们，”阿多斯在这次出征中担任指挥，他在格里莫去安排吃早饭的桌子时说，“我们先去收集枪支弹药吧，而且我们可以一边干一边谈话。这几位先生，”他指着那些尸首说，“是听不到我们说话的。”

“不过在查明他们口袋里一无所有以后，”波尔朵斯说，“我们总可以把他们扔到沟里去的吧？”

“是的，”阿多斯说，“这是格里莫的事。”

“这样的话，”达尔大尼央说，“就让格里莫去搜他们，再把他们从围墙上扔下去好了。”

“我们还是好好留着他们吧，”阿多斯说，“他们能为我们效劳的。”

“这些死人能为我们效劳？”波尔朵斯说，“啊，您疯了，亲爱的朋友。”

“不要草率地判断人，《福音书》和红衣主教都是这样说的，”阿多斯回答，“多少支火枪，先生们？”

“十二支，”阿拉密斯回答。

“多少颗子弹？”

“一百来颗。”

“这正好是我们所需要的；我们来装弹药吧。”

四个朋友开始工作。当他们装完最后一支枪时，格里莫走来用手势报告说早饭已经准备好了。

阿多斯也是用手势回答说他干得很好，并向格里莫指指棱堡角上的一个哨亭；后者马上懂得了是要他到那儿去站岗。不过为了减轻站岗时的烦闷，阿多斯同意他带去一块面包、两块排骨和一瓶葡萄酒。

“现在大家入席吧，”阿多斯说。

四个朋友坐在地上，像土耳其人或者说像裁缝一样盘着双腿。

“啊，现在，”达尔大尼央说，“您再也不用害怕说话被别人听到了，我希望您赶快把您的秘密告诉我们。”

“我希望我同时能给你们带来乐趣和光荣，先生们，”阿多斯说，“我邀请各位来作一次惬意的散步；这儿是一顿非常可口的早饭；那边还有五百个人，你们可以通过围墙上的枪眼看到他们，他们那些人正在把我们看作疯子或是英雄；疯子和英雄原本就是非常相像的。”

“不过那个秘密呢？”达尔大尼央说。

“秘密，”阿多斯说，“那就是昨天晚上我又见到了米莱狄。”

达尔大尼央这时刚把酒杯端到嘴边，可是一听到米莱狄这个名字，他的手马上便剧烈地抖动起来，迫使他把酒杯放下，免得把酒洒在地上。

“您看到了您的妻……”

“嘘！”阿多斯马上止住了他，“您忘记了，我亲爱的，这几位先生并不像您一样洞悉我家庭的隐私。我见到了米莱狄。”

“在哪儿？”达尔大尼央问。

“在离这儿两法里左右的红鸽棚客店。”

“如果是这样的话，我完了，”达尔大尼央说。

“不，还没有完全完，”阿多斯接着说，“因为这时候米莱狄大概已经离开法国海岸了。”

达尔大尼央松了一口气。

“可是，”波尔朵斯问，“这个米莱狄究竟是什么玩意儿？”

“是一个千娇百媚的女人，”阿多斯一边品尝着一杯起泡沫的葡萄酒，一边说，“这个该死的客店老板！”他大声叫了起来，“他用安茹葡萄酒冒充香槟酒给我们，以为我们会被他蒙骗过去！”接着他又继续说，“是的，一个千娇百媚的女人，她曾经对我们的朋友达尔大尼央一片好意，可是我也不知道达尔大尼央如何得罪了她，所以她要报仇。一个月以前，她想用火枪杀死他；一星期以前她想毒死他；而昨天，她向红衣主教要他的脑袋。”

“什么！向红衣主教要我的脑袋？”达尔大尼央吓得脸色煞白地嚷道。

“这件事，”波尔朵斯说，“真实得就像《福音书》一样；我是亲耳听见的。”

“我也是，”阿拉密斯说。

“这样的话，”达尔大尼央沮丧地垂下他的双臂，说，“用不着再长时间地斗下去了，还不如我朝自己脑袋上开一枪，一了百了。”

“这是最不应该干的傻事，”阿多斯说，“因为这种傻事是无法补救的。”

“可是有了这样一些敌人，”达尔大尼央说，“我是永远也逃脱不了的。首先是我在默恩遇到的那个陌生人；其次是被我刺了三剑的德·瓦尔德，随后是被我发现了秘密的米莱狄；最后是被我破坏了复仇计划的红衣主教。”

“哎哟！”阿多斯说，“所有这些人加起来不过是四个，我们也是四个，一个对一个。见鬼！如果我们相信格里莫对我们做的手势，我们就要跟另外一批数目大不一样的人打交道了。格里莫，发生什么事了？”阿多斯说，“由于形势危急，我允许您开口说话，我的朋友；不过请您说得简单一点，您看见了什么？”

“一支队伍。”

“多少人？”

“二十个。”

“什么人？”

“十六个工兵，四个步兵。”

“他们离我们还有多远？”

“五百步。”

“好，我们还有时间吃完这只鸡和喝一杯酒来祝你健康，达尔大尼央！”

“祝你健康！”波尔朵斯和阿拉密斯跟着说。

“好吧，就祝我健康吧！尽管我不相信你们的祝愿对我有多大用处。”

“这是哪儿话！”阿多斯说，“主是伟大的，就像穆罕默德[①]的信徒们所说的，未来掌握在他的手里。”

说着，阿多斯干了他杯子里的酒，把空杯子放在一旁；随后他懒洋洋地站起来，顺手捡起一支枪，向一个枪眼走去。

波尔朵斯、阿拉密斯和达尔大尼央也像他一样做了。至于格里莫，他接到命令待在四个朋友身后，替他们在放过的枪里重新装弹药。

过不了一会儿，他们看到那支队伍出现了；那些人正顺着一条羊肠似的壕沟走过来，这条壕沟是棱堡和拉罗舍尔城之间的交通线。

“见鬼！”阿多斯说，“为了这二十来个拿着十字镐、镢头和铲子的家伙，根本不用来惊动我们！只要格里莫向他们做个手势要他们走开，我相信他们一定会让我们得到安静的。”

“我表示怀疑，”达尔大尼央说，“因为他们正步子坚决地朝这儿走来；而且，跟那些工兵一起来的还有四个步兵和一个队长，他们都带着火枪。”

“那是因为他们没有看见我们，”阿多斯说。

“说真的！”阿拉密斯说，“我承认，我真不愿意向这些可怜的城里人开枪。”

“您这个教士真不像话，”波尔朵斯说，“怎么同情起异教徒来了。”

“说实在的，”阿多斯说，“阿拉密斯说得对，我去通知他们。”

“您究竟要去干什么？”达尔大尼央说，“您这不是要去找枪子挨吗，亲爱的。”

可是阿多斯根本不把这个意见当回事，他一手提着枪，一手拿着帽子，爬到了围墙的缺口上。

“先生们！”他对那些士兵和工兵说。那些人看到他的出现吃了一惊，停在离棱堡五十步远的地方；阿多斯还对他们彬彬有礼地敬了个礼后接着说：“先生们！我和我的几个朋友正在这座棱堡里吃早饭。大家

① 穆罕默德(1570—1632)，伊斯兰教的创始人。

都知道，没有比吃早饭被人打扰更让人扫兴的事情了，所以我们要求你们，如果你们一定要到这儿来干什么事，那就等我们吃完早饭，或者过些时候再来也行；除非你们真想弃邪归正，脱离叛党，和我们一起来为法国国王的健康干杯。”

“阿多斯，当心啊！”达尔大尼央嚷道，“您没有看到他们在向您瞄准吗？”

“看到了，看到了，”阿多斯说，“不过那都是些打枪打得很糟糕的小市民，他们是打不中我的。”

果然，四支枪同时响了起来，枪弹落在阿多斯的四周，却没有一颗碰到他。

几乎就在同时，四声枪响马上对他们作了回答，不过这四枪要比进攻者打得准得多：三个士兵被击毙，一个工兵受了伤。

“格里莫，再来一支火枪！”阿多斯说，他仍旧站在缺口上。

格里莫马上按照吩咐去做了。三个朋友也为各自的武器上了弹药。第二阵枪响紧接在第一阵后面，队长和两个工兵倒在地上死了，这支部队剩下的人都逃走了。

“喂，先生们，来一次出击，”阿多斯说。

四个朋友立即跃出棱堡，冲到战场上，捡起了四个士兵的火枪和队长指挥用的短矛。他们深信那些逃走的人一直要逃进城里才会停下来，所以便带着战利品又回到棱堡里。

“把枪里的弹药重新装好，格里莫，”阿多斯说，“我们呢，先生们，我们还是继续吃早饭，继续我们的谈话。我们刚才谈到哪儿啦？”

“我记得，”达尔大尼央说，“您说到米莱狄在向红衣主教要我的脑袋以后，离开了法国海岸。她到哪儿去了？”达尔大尼央很关心米莱狄的去向，又这么问了一句。

“到英国去了，”阿多斯回答。

“什么目的？”

“目的是刺杀或者是派人刺杀白金汉。”

达尔大尼央气愤地惊叫一声。

“真是无耻之极！”他嚷道。

“啊！至于这件事，”阿多斯说，“请您相信我是不太在乎的。”接着他又对格里莫说，“格里莫，现在您要干的事已经干完了，您可以拿起队长的短矛，在它的矛头上系一块餐巾，再把它插在棱堡最高的地方，让拉罗舍尔的叛乱分子看看，和他们打交道的是一些忠于国王的勇敢的士兵。”

格里莫一声不响地照办了。不多一会儿以后，一面白旗[①]在四个朋友的头顶上面飘扬起来。一阵雷鸣般的掌声对它的出现表示敬意：营地里的人有一半都在栅栏跟前观看。

“怎么！”达尔大尼央接着说，“她去刺杀或者派人去刺杀白金汉，您不大在乎？可是公爵是我们的朋友啊！”

“公爵是英国人，公爵正在和我们打仗；她想把公爵怎么样就怎么样吧，我对这件事的关心程度就像关心一只空酒瓶。”

阿多斯把手里一只瓶子里的剩酒全都倒在自己的杯子里，随后把这只空瓶抛到了十五六步以外。

“等等，”达尔大尼央说，“我不能就这样抛弃白金汉；他给了我们好几匹那么漂亮的马。”

“尤其是那些多么华丽的鞍辔，”波尔朵斯说，他这时身上披的披风上的花边就是从那副马鞍上拆过来的。

“而且，”阿拉密斯说，“天主要的是罪人改宗，而不是要罪人死亡。”

“阿门，”阿多斯说，“如果您愿意的话，我们以后再谈这个问题吧。就现在来说，最使我关心的事，达尔大尼央，我肯定您也能理解，就是把她向红衣主教强求来的那份全权证书夺到手。靠了那份证书的帮助，她可以把您甚或把我们一起除掉而不受任何惩罚。”

“这么说，那个女人是个魔鬼吗？”波尔朵斯一边说，一边把他的盘子递给阿拉密斯；阿拉密斯正在分割一只鸡。

---

① 有百合花徽的白旗是法兰西王国的国旗。

“那份全权证书呢？”达尔大尼央问，“那份全权证书还在不在她手里？”

“不，它已经在我手里了，不过我不能说我得来全不费功夫；如果这么说，我就是在撒谎。”

“亲爱的阿多斯，”达尔大尼央说，“我已经算不清您救了我几次命了。”

“这么说，您昨天晚上离开我们就是去找她？”阿拉密斯问。

“正是。”

“红衣主教的文件在您这儿？”达尔大尼央问。

“这就是，”阿多斯说。

说着他从上衣的口袋里取出了那份珍贵的文件。

达尔大尼央的手在发抖，他甚至不愿多加掩饰地便用这只颤抖的手接过文件，打了开来，念道：

为了国家的利益，本文件的持有者按照我的命令，做了他已经做的事情。

黎塞留

一六二七年十二月三日

“是啊，”阿拉密斯说，“这是一份完全符合规定的全权证书。”

“一定得把这份证书撕掉，”达尔大尼央说，他如同念了自己的死刑判决书。

“恰恰相反，”阿多斯说，“一定得好好地保存起来；即使有人用盖满这份文件的金币和我交换，我也不会同意。”

“现在她会怎么干呢？”年轻人问。

“现在吗？”阿多斯漫不经心地说，“她可能会写信告诉红衣主教，有一个名字叫阿多斯的该死的火枪手，用武力抢走了她的安全通行证。在同一封信里，她建议红衣主教在除掉阿多斯的同时，除掉他两个朋友，波尔朵斯和阿拉密斯，红衣主教会想起这几个人就是老挡着他的路的人。于是，在某一天早上，他会派人去逮捕达尔大尼央，为了不让他一个人待在牢里闷得慌，还会把我们三个人一起送进巴士底狱去陪他。”

“啊！是吗！”波尔朵斯说，“我觉得你这是在开一些蹩脚的玩笑，亲爱的朋友！”

“我可不是在开什么玩笑，”阿多斯说。

“你知道不知道，”波尔朵斯说，“拧断这个该死的米莱狄的脖子，虽然有罪，可是要比拧断那些可怜的胡格诺派的脖子的罪要轻得多；因为胡格诺派的罪过只不过是用法语唱圣歌，而不像我们用拉丁文唱；除此以外他们没有别的罪过。”

“神父怎么说？”阿多斯平静地问。

“我说我同意波尔朵斯的意见，”阿拉密斯回答。

“我也一样！”达尔大尼央说。

“幸好她在远处，”波尔朵斯说，“因为我承认，倘若她在这儿，她会让我感到不自在。”

“她在法国让我感到不自在，在英国也让我感到不自在，”阿多斯说。

“不论在什么地方，她都让我感到不自在，”达尔大尼央说。

“可是，既然你已经抓住了她，”波尔朵斯说，“为什么你没有把她淹死，掐死，绞死？只有死人才不会回来。”

“您这么相信吗，波尔朵斯？”阿多斯反问，脸上露出一丝只有达尔大尼央懂得的阴郁的微笑。

“我有一个主意，”达尔大尼央说。

“说呀！”火枪手们一起说。

“快拿起武器！”格里莫喊道。

这几个年轻人赶快站起来，向他们的火枪扑去。

这一次开过来的是一支二十人到二十五人的队伍；可是不再有工兵了，都是驻守在城里的士兵。

“我们是不是回营地去？”波尔朵斯说，“我觉得，双方的力量悬殊。”

“不可能回去，”阿多斯回答，“理由有三个： 首先是我们的早饭还没有吃完；其次是我们还有一些重要的话要谈；第三是还有十分钟才到一个小时。”

“喂，”阿拉密斯说，“可是我们得订一个作战计划。”

“这很简单，”阿多斯说，“一到敌人走进火枪的射程以内，我们就开火；如果他们继续前进，我们再开火，一直到把我们装了弹药的枪打完；倘若他们剩下的人这时候想冲锋，我们就让这些围攻者一直冲到棱堡下面的壕沟里，到那时我们把那一堵由于奇迹才没有倒塌的墙向他们的头上推下去。”

“妙啊！”波尔朵斯说，“阿多斯，你肯定是个天生的将军；红衣主教自以为是一个伟大的军事家，可是和你一比，实在差得远了。”

“先生们，”阿多斯说，“我请求你们别一心二用；每个人都好好瞄准自己的目标。”

“我的瞄好了，”达尔大尼央说。

“我的瞄好了，”波尔朵斯说。

“我的也瞄好了，”阿拉密斯说。

“那么，放！”阿多斯说。

四支枪同时开火，只听到一个响声，可是倒下的有四个人。

马上响起了击鼓声，那支小小的队伍以冲锋的速度前进。

这时候开始的枪声变得断断续续没有规律了，可是始终打得很准；不过拉罗舍尔人似乎知道这几位朋友在人数上占劣势，所以仍旧用跑步的速度往前冲。

三声枪响，又打倒了两个人，可是那些没有倒下的人并没有减慢前进的速度。

冲到棱堡下面时，敌人还剩下十二到十五个；棱堡上朝他们放了最后一排枪，可是并没有挡住他们： 他们跳进壕沟，准备爬上围墙的缺口。

“喂，我的朋友们，”阿多斯说，“我们把他们一下子全结果了吧：推墙！推墙！”

四个朋友，在格里莫的协助下，一起竭尽全力地用他们的枪管猛推一堵很大很大的墙。这堵墙像有风推着似的向外倾斜，墙基部分很快松动了，随着一声巨响塌倒在壕沟里：随后是一阵惨叫声，一片像云一样的烟雾升向天空，事情就此结束。

“我们是不是把他们从头一个到最后一个全压死了？”阿多斯问。

“是的，我想是这样，”达尔大尼央说。

“不，”波尔朵斯说，“那儿有两三个人在一瘸一拐地逃命呢。”

果然，这些不幸的人中有三四个，浑身是泥土和鲜血，正在那条低陷的路上向城里逃去；他们就是那支部队最后剩下来的人。

阿多斯看看自己的表。

“先生们，”他说，“我们在这儿已经待满一个小时了，现在我们已经赢了这次打赌；不过我们应该赢得更加漂亮一些，而且达尔大尼央还没有把他的主意告诉我们呢。”

说完以后，这位火枪手又以他通常的镇静态度，走过去坐在还没有吃完的早餐前面。

“我的主意？”达尔大尼央说。

“是的，您刚才说您有一个主意，”阿多斯说。

“啊！我想起来了，”达尔大尼央接着说，“我再到英国去一次，去找白金汉先生。”

“您不能去，达尔大尼央，”阿多斯冷冰冰地说。

“为什么？我不是已经去过一次了吗？”

“是的，但那时候我们不是交战双方；那时候白金汉先生是一个朋友而不是一个敌人。而您现在要做的事很可能被加上谋反的罪名。”

达尔大尼央懂得这番道理的分量，不再吭声了。

“可是，”波尔朵斯说，“我好像觉得我也有一个主意。”

“大家静一静，听听波尔朵斯先生的主意！”阿拉密斯说。

“我去向德·特雷维尔先生请几天假，不过用什么借口得由你们替我找，我对找借口是不太行的。米莱狄不认识我，我可以接近她，她也不会提防我；等这个美人到了我手掌心里，我把她掐死就完了。”

“嗯！”阿多斯说，“我认为波尔朵斯的主意倒不是不可以考虑的。”

“算了吧！”阿拉密斯说，“杀死一个女人！不，你们听着，我有一个真正的主意。”

“我们就来听听您的主意吧，阿拉密斯！”阿多斯说，他对这个年轻的火枪手是相当尊重的。

“应该通知王后。”

“啊，是的，”波尔朵斯和达尔大尼央同声说，“我相信我们的办法找到了。”

“通知王后！”阿多斯说，“怎么通知？我们在宫廷里有关系吗？我们能派人到巴黎去而不让营里的人知道吗？从这儿到巴黎有一百四十法里路；我们的信还没有送到昂热尔，我们已经被关进牢里了。”

“至于找一个把信送给王后的可靠的人，”阿拉密斯一边说，一边脸红了，“这件事我可以负责，我认识一个住在图尔的很机灵的人……”

阿拉密斯看到阿多斯在微笑便打住了话头。

“嗯！您不想采用这个方法，阿多斯？”达尔大尼央说。

“我并不完全反对，”阿多斯说，“不过我只是要阿拉密斯考虑，他不能离开军营；除了我们之外，任何人都是不可靠的；派出去的人走了两小时以后，红衣主教手下的所有的嘉布遣会修士，所有的警官，所有的奸细都会一字不错地记住您那封信的内容；您和您那个机灵人都将被捕。”

“还没有算上，”波尔朵斯说，“王后会救白金汉先生，但决不会救我们这几个人。”

“先生们，”达尔大尼央说，“波尔朵斯说的话是很有道理的。”

“啊！啊！城里发生什么事了？”阿多斯说。

“在打紧急集合鼓。”

四个朋友侧耳静听，鼓声果然传到了他们的耳边。

“你们将看到他们会派整整一个团来对付我们，”阿多斯说。

“您不打算和整整一个团对抗吧？”波尔朵斯说。

“为什么不呢？”阿多斯说，“我觉得我浑身是劲。如果我们早有准备，只要多带上十来瓶酒，我就可以和一个军对抗。”

“我保证，鼓声越来越近了，”达尔大尼央说。

“让它来吧，”阿多斯说，“从这儿到城里有一刻钟的路，因此从城里到这儿也一样。这点时间让我们定个计划绰绰有余；如果我们离开这儿，我们再也找不到一个这样合适的地方了。听着，先生们，我正好想到了一个真正的主意。”

“那就请说吧。”

“请允许我先向格里莫下几道必不可少的命令。”

他做了个手势要他的跟班走近来。

“格里莫，”阿多斯指着那些横在棱堡里的尸首说，“您去把这几位先生抱起来，让他们靠墙竖着，把帽子戴在他们头上，把枪放在他们手里。”

“啊，了不起的人！”达尔大尼央说，“我懂得您的意思了。”

“您懂得了？”波尔朵斯说。

“你呢，格里莫，你懂不懂？”阿拉密斯问。

格里莫点点头。

“这就行了，”阿多斯说，“我们再来谈谈我的主意。”

“不过我还是想弄弄明白，”波尔朵斯说。

“不必了。”

“是啊，是啊，阿多斯，说说您的主意吧！”达尔大尼央和阿拉密斯同时说。

“这个米莱狄，这个女人，这个婊子，这个恶魔，有一个小叔子；我相信您过去对我说起过，达尔大尼央。”

“是的，我甚至跟他还很熟，我也相信他对他的嫂嫂并无多大好感。”

“这倒不坏，”阿多斯回答，“如果他厌恶她，那就更好。”

“这样的话，对我们将大大有利。”

“不过，”波尔朵斯说，“我还是想弄弄明白格里莫为什么要这样干。”

“别说了，波尔朵斯，”阿拉密斯说。

“这个小叔子叫什么名字？”

“温特勋爵。”

“他现在在哪儿？”

“他一听到要开战的消息就回伦敦去了。”

“好，他正是我们需要的人，”阿多斯说，“我们应该去通知的就是这个人；我们要让他知道，他的嫂嫂正要谋杀一个人，我们要请他时刻注意她。我希望在伦敦总该有一个像妇女感化院之类的机构吧；他可以把他的嫂嫂送到那里去，我们就没事了。”

“是啊，”达尔大尼央说，“等她出来以后，我们又麻烦了。”

“噢，天啊！”阿多斯说，“您的要求也太高了，达尔大尼央，我已经把我所有的全给您了，我已经倾我所有了。”

“我呢，我认为这是最好的办法，”阿拉密斯说，“我们同时通知王后和温特勋爵。”

“是的，可是我们派谁送信到图尔和伦敦去呢？”

“我保证巴赞可靠，”阿拉密斯说。

“我保证普朗歇可靠，”达尔大尼央说。

“是啊，”波尔朵斯说，“如果我们不能离开营地，我们的跟班倒是可以离开的。”

“当然啰，”阿拉密斯说，“我们今天就写信，给他们一些钱，让他们马上动身。”

“给他们一些钱？”阿多斯跟着说了一遍，“这么说你们有钱啰？”

四个朋友面面相觑，刚刚舒展了一会儿的脸上这时又升起了一片阴云。

“当心！”达尔大尼央叫道，“我看见那边有一些黑点子和红点子在晃动；您刚才怎么说是一个团，阿多斯？那是真正的一个军。”

“天啊，是的，”阿多斯说，“他们来了。这些阴险的家伙在悄悄地摸过来，既不打鼓，也不吹号。喂，喂，格里莫，你的事干完了吗？”

格里莫做了个手势表示已经干完，并指了指十来个他已安置好了的姿态逼真的尸体：有几个像是拿着枪，有几个似乎在瞄准，有几个手里握着剑。

“太好了！”阿多斯说，“你的想象力真是丰富。”

“还不是一样？”波尔朵斯说，“我还是想弄弄明白。”

“我们先离开这儿，”达尔大尼央说，“随后你就懂了。”

“等等，先生们，等等！留点儿时间给格里莫收拾我们吃剩的东西。”

“啊！”阿拉密斯说，“那些黑点子红点子很明显地越来越大了，我同意达尔大尼央的意见；我相信我们得赶快回营，不能再拖时间了。”

“真的，”阿多斯说，“我已经不再有反对撤退的理由了。我们打了一个小时的赌，我们现在已经待了一个半小时；没有什么好说了，我们走吧，先生们，我们走吧。”

格里莫已经挎着筐子和吃剩的东西在前面走了。

四个朋友跟在他后面走出棱堡，已经走了十来步。

“呀！”阿多斯突然叫了起来，“我们这是干什么啊，先生们！”

“你是不是忘了什么东西？”阿拉密斯问。

“那面旗子，见鬼！不能把旗子留在敌人手里，即使这面旗子不过是一条餐巾。”

阿多斯又奔进棱堡，登上平台，取下了那面旗子。只不过这时候拉罗舍尔人和棱堡之间的距离已经在火枪射程之内了，他们对这个似乎为了取乐来冒险挨枪子儿的人狠狠地放了一排枪。

但阿多斯身上好像被施过魔法一样，无数子弹在他身边呼啸而过，可是没有一颗碰到他。

阿多斯把背转向从拉罗舍尔过来的人，摇着手里的旗子向营地里的人致敬。两边都在大声叫喊；一边是大声怒吼，另一边是大声欢呼。

紧接在第一排枪后面马上又响起了第二排枪，三颗子弹打穿了那条餐巾，使它变成了一面真正的旗子。整个军营里的人都在呼喊：

“下来！下来！”

阿多斯下来了，他那几个等得心惊肉跳的伙伴，看见他重新出现了，感到说不出的高兴。

“喂，阿多斯，喂，”达尔大尼央说，“放开脚步，放开脚步；现在除了钱以外，我们什么都找到了，再被打死也太傻了。”

可是，不管伙伴们怎么劝说，阿多斯还是那么威风凛凛大摇大摆地走着；他们看到自己的劝说不起作用，于是用整齐的步伐和阿多斯并肩前进。

格里莫和他的筐子在前面打先锋，这时已走出了火枪的射程之外。

过了一会儿，突然又听到一阵激烈的枪声。

“怎么啦？”波尔朵斯问，“他们在向什么开枪？我没有听到枪弹的呼啸声，也没有看见有一个人。”

“他们在向我们的死人开枪，”阿多斯回答。

“不过我们的死人是不会回击的。”

“一点不错；这样一来，他们就会以为是一次伏击，他们会先商量一下，随后派代表过去谈判；当他们发现这不过是一场玩笑时，枪子已经打不到我们了。所以我们大可不必因为急忙奔跑而患上胸膜炎。”

“啊！我懂了，”波尔朵斯喜不自胜地说。

“这真叫人高兴！”阿多斯耸耸肩膀说。

法国人这一方面，看到四个朋友大摇大摆地回来了，发出阵阵热烈的欢呼。

最后又传来一阵火枪声，这一次的枪弹都带着凄厉的呼啸声，落在四个朋友周围的碎石地上。拉罗舍尔人终于占领了棱堡。

“这些家伙都是些木头疙瘩，”阿多斯说，“我们一共打死了他们多少人？十二个吗？”

“也许是十五个吧。”

“压死了他们多少人？”

“八九个吧。”

“而我们却连毫毛也没有伤着一根，是不是？啊，有的！您的手上是怎么回事，达尔大尼央？我好像看见有血？”

“没事，”达尔大尼央说。

“一颗流弹？”

“不是流弹。”

“那么是什么？”

我们已经说过了，阿多斯疼爱达尔大尼央就像疼爱自己的孩子一样，这个性格忧郁而执拗的人有时对这个年轻人却像父亲般地关怀。

“碰破了一点皮，”达尔大尼央接着说，“我的手指被夹在城墙的石块和我的钻石戒指之间，所以把皮肤擦破了。”

“这就是戴钻石戒指的结果，我的先生啊，”阿多斯轻蔑地说。

“嗨，”波尔朵斯叫了起来，“真的有一颗钻石！见鬼！既然有一颗钻石，为什么我们还要埋怨没有钱？”

“喂，你说说清楚！”阿拉密斯说。

“太好了，波尔朵斯；这真能算是一个好主意。”

“当然啰，”波尔朵斯说，他因为受了阿多斯的赞扬而有点儿趾高气扬，“既然有一枚钻石戒指，我们就卖掉它！”

“可是，”达尔大尼央说，“这是王后的钻石戒指呀！”

“那就更有理由卖掉了，”阿多斯接着说，“王后救助白金汉先生，这是理所当然的事，因为他是她的情夫；王后救助我们，这也是合乎道德的事，因为我们是她的朋友。我们把钻石戒指卖掉吧。神父先生对这件事怎么看？我不必问波尔朵斯了，因为他的意见已经讲过了。”

“我想，”阿拉密斯红着脸说，“他的戒指不是情妇送给他的，因此不是爱情的信物；达尔大尼央可以把它卖掉。”

“亲爱的朋友，您讲起话来就像是神学的化身。这么说，您的意见是……”

“卖掉钻石戒指，”阿拉密斯回答。

“好，”达尔大尼央高兴地说，“我们把钻石戒指卖掉，不用再多说了。”

枪声还在继续，可是四个朋友这时已经在敌人的射程之外了，拉罗舍尔人放枪也不过是为了对自己的良心有个交待罢了。

“说真的，波尔朵斯想起这个主意也正是时候。我们已经回到营地。因此，先生们，对这件事一句话也别再说了。他们都在注意我们，就要来迎接我们，我们就要凯旋归营了。”

果然，就像我们已经说过的一样，整个营地已经轰动了；有两千多人像看演出似的观看了这四个朋友的幸运得到成功的疯狂举动，至于这次疯狂举动的真正目的是什么，那是任何人都猜想不到的。到处都有人叫着：国王卫队万岁！火枪手万岁！德·布西尼先生第一个过来握住阿多斯的手，承认他打的赌输了。龙骑兵和瑞士雇佣兵跟在他后面，所有的弟兄又全都跟在他们两人后面。祝贺，握手，拥抱，简直没完没了，一提起拉罗舍尔人，大家都捧腹大笑。临了，因为嘈杂声实在太大，红衣主教先生以为出了什么事，派他的卫队长拉乌迪尼埃尔来了解情况。

大家热情洋溢地把这件事告诉了这位特使。

“什么事？”红衣主教看到拉乌迪尼埃尔回来后问他。

“什么事吗！大人，”卫队长回答，“有三个火枪手和一个卫士跟德·布西尼先生打赌，他们要到圣热尔韦棱堡里去吃早饭；他们在那儿跟敌人周旋了两个小时，打死了我也不知道有多少拉罗舍尔人。”

“您问了这三个火枪手的名字了吗？”

“问了，大人。”

“他们叫什么？”

“他们是阿多斯、波尔朵斯和阿拉密斯三位先生。”

“又是我这三个勇士！”红衣主教喃喃地说，“那个卫士呢？”

“达尔大尼央先生。”

“又是我那个年轻的怪家伙！一定要让这四个人归我所有。”

当天晚上，红衣主教向德·特雷维尔先生谈起了早上那件成为全营谈话资料的丰功伟绩。德·特雷维尔先生已经从进行这次冒险的几位英雄嘴里知道了全部经过，所以他把这个故事详详细细地讲给法座听了，甚至连那块餐巾的插曲也没有忘记。

“很好，德·特雷维尔先生，”红衣主教说，“请您把这块餐巾交给我。我要叫人用金线在上面绣三朵百合花，再还给您，给您的火枪队做队旗。”

“大人，”德·特雷维尔先生说，“这对国王卫队来说就不太公正了：达尔大尼央不是我队里的人，而是德·艾萨尔先生的部下。”

“好，您就把他收下吧，”红衣主教说，“既然这四个军人如此相亲相爱，如果不让他们在同一支部队里服务，是不公道的。”

当天晚上，德·特雷维尔先生向三个火枪手和达尔大尼央宣布了这个好消息，并邀请他们四人第二天一起来吃早饭。

达尔大尼央大喜过望；大家都知道，他一生的梦想就是做火枪手。

三个朋友也都非常高兴。

“说真的！”达尔大尼央对阿多斯说，“你的主意取得了巨大的成功；就像你说过的，我们得到了光荣，并且还进行了一次重要的谈话。”

“现在我们可以继续谈下去也不会有人怀疑我们了；因为靠了天主的帮助，今后我们将被人看作是红衣主教的人了。”

就在当天晚上，达尔大尼央到德·艾萨尔先生那儿去表示敬意，并且把他得到升迁的事告诉他。

德·艾萨尔先生很喜欢达尔大尼央，主动提出可以为达尔大尼央提供一些帮助：部队间的调动需要变换装备，这是很费钱的。

达尔大尼央拒绝了他的好意，不过他觉得这个机会很好，便把钻石戒指交给他，请他叫人估价，说他想把它卖掉。

第二天早上八点钟，德·艾萨尔先生的跟班来到达尔大尼央的驻地，把一个盛着价值七千利弗尔的金币的口袋交给了他。

这就是卖掉王后那枚钻石戒指的代价。

第十八章
家务事

阿多斯想出了“家务事”这个词。家务事是不值得红衣主教去调查研究的；家务事跟谁也不相干；任何人都可以堂而皇之地处理自己的家务事。

因此，阿多斯想出了这个词：家务事。

阿拉密斯想出了这个主意：派跟班去干。

波尔朵斯想出了这个办法：卖掉钻石戒指。

达尔大尼央原是这四个人中最富有想象力的，这一次却什么也没有想出来；不过应该说明，一听到米莱狄的名字，他就心慌意乱，一筹莫展了。

啊！不，我们说错了：他想到了收购钻石戒指的人。

在德·特雷维尔先生那儿吃的那餐早饭吃得非常愉快。达尔大尼央已经穿上了他的火枪手的制服；因为他的身材跟阿拉密斯差不多，而阿拉密斯，我们大家都记得，他卖诗给出版社，收入的稿费很多，置办任何东西都是双份的，所以他让了一整套火枪手的装备给达尔大尼央。

达尔大尼央如果没有看到米莱狄像天际的乌云那样显现在眼前，他本来是会心满意足的。

早饭以后，他们几个商定当晚在阿多斯的住处碰头，把那件事作个了结。

整个白天，达尔大尼央都穿着他的火枪手的制服在营地内所有的街道上炫耀。

到了晚上约定的时间，四个朋友聚在一起了；他们还剩下三件事要决定：

写给米莱狄的小叔子的信的内容；

写给图尔那个机灵人的信的内容；

派哪两个跟班去送信。

每个人都提出要派自己的跟班去：阿多斯谈到了格里莫的小心谨

慎，说他只有在主人同意他说话时才说话；波尔朵斯吹嘘穆斯格东的力大无穷，说他可以打倒四个一般体格的人；阿拉密斯相信巴赞的机灵，用一篇词藻华丽的颂词来推荐自己的候选人；最后，达尔大尼央对普朗歇的勇敢毫不怀疑，并且提到了他是如何处理发生在布伦的那件非常棘手的事情的。

大家久久地讨论了这四种品质的价值，发表了许多精彩的宏论，我们就不再在这儿一一细述，以免故事显得乏味冗长。

“麻烦的是，”阿多斯说，“我们派出去的那个人一定要一身兼有这四种品质。”

“这样一个跟班到哪儿去找啊？”

“根本找不到！”阿多斯说，“这我很清楚，就派格里莫去吧。”

“派穆斯格东去。”

“派巴赞去。”

“派普朗歇去；普朗歇既勇敢又机灵，在这四种品质中他已具备了两种。”

“先生们，”阿拉密斯说，“最重要的不是要知道我们的四个跟班中哪个最小心谨慎，力气最大，最机灵或者最勇敢；最重要的是要知道哪个最爱钱。”

“阿拉密斯讲的话太有道理了，”阿多斯说，“我们应该把希望寄托在人的缺点上，而不是寄托在他们的优良品质上。神父先生，您真是个伟大的伦理学家！”

“毫无疑问是这样，”阿拉密斯说，“因为我们之所以需要有人为我们好好办事，并不单单是为了取得成功，而是为了不致失败；因为如果遭到了失败，那就要影响到脑袋，当然不是指跟班的脑袋……”

“轻点儿说，阿拉密斯！”阿多斯说。

“是的，不是关系到跟班的脑袋，”阿拉密斯接着说，“而是关系到主人的脑袋，甚至关系到几个主人的脑袋！我们的跟班能忠心到为我们去冒生命危险吗？不能。”

“说真的，”达尔大尼央说，“我差不多可以为普朗歇担保。”

“好，亲爱的朋友，请再在他天生的忠心上面加上一笔可以使他的日子过得舒服一些的钱，这样的话，就是对他的双倍保证了。”

“唉，仁慈的天主！尽管这样，还是靠不住的，”阿多斯说，他看事一般总是乐观的，看人却总是悲观的，“他们为了得到钱，什么都能够答应，而到了路上，一害怕就什么都不干了。一旦被人抓住，别人就会拷问他们；他们一受到拷问，就会什么都讲。真见鬼！我们都不是孩子了！要到英国去(阿多斯压低了声音)，一定得穿过到处都是红衣主教的密探和走狗的整个法国；一定要有一张允许上船的通行证；一定要懂得英语，才能在伦敦问路。据我看，这件事情相当困难。”

“一点也不困难，”达尔大尼央说，他坚决要把这件事情办成，“相反我看这件事很容易。见鬼！不用说，如果写给温特勋爵的信中谈到了家务事以外的事情，谈到了红衣主教的可耻行径……”

“讲轻点儿！”阿多斯说。

“谈到国家的阴谋和秘密，”达尔大尼央一边听从他的嘱咐，一边接着说，“不用说我们全都会活生生受车轮刑；可是，看在天主的份上，请别忘了，就像您刚才说过的那样，阿多斯，我们写给他的信里只谈些家务事；我们写信给他的惟一目的，是要他等米莱狄一到伦敦以后，就设法使她无法再陷害我们。因此我想写一封内容大致如下的信……”

“我们来听听看，”阿拉密斯说，他已经预先摆出了一副准备找碴儿的姿态。

“‘亲爱的朋友和先生，……’”

“啊！真不错，亲爱的朋友，写给一个英国人，”阿多斯打断他的话说，“您这个开头真是妙极了，好极了，达尔大尼央！光凭这个称呼，您就不是受车轮刑，而是要被四马分尸了。”

“那好吧；我就简简单单地称他为先生。”

“您不妨就称他为米罗尔，”非常重视礼仪的阿多斯接着说。

“‘米罗尔，您还记得卢森堡宫后面的那片圈起来放羊的荒地吗？’”

“好啊！现在又是卢森堡宫了！别人会以为是影射王太后[①]呢！写得真妙！”阿多斯说。

“好吧！我们可以简单地这样写：米罗尔，您还记得有人在那儿救了您性命的那片圈起来放羊的荒地吗？”

“我亲爱的达尔大尼央，”阿多斯说，“您永远也不会是一个高明的拟稿人，‘有人在那儿救了您性命的那片圈起来放羊的荒地！’这算什么话！对一个上等人，永远也别提起这类帮助。埋怨别人忘恩，就是对他的侮辱。”

“啊！亲爱的，”达尔大尼央说，“您真叫人难以忍受，如果一定要在您的审查下写信，我只能放弃了。”

“您做得对。放枪和击剑，亲爱的朋友，这两项活动您都很在行，可是摇笔杆子呢，您还是交给神父先生吧，这是他的事。”

“啊！是的，确实如此，”波尔朵斯说，“把笔杆子给阿拉密斯，他，他还用拉丁文写过论文呢。”

“好吧，那也行，”达尔大尼央说，“请您给我们起草这封信吧，阿拉密斯，可是，以我们圣父教皇的名义起誓，您也得注意一些，因为我也要找您的碴儿的，我预先告诉您。”

“那真是再好没有了，”阿拉密斯带着一般诗人都具有的那种天真的自信心说，“可是得让我知道情况。当然我在这儿那儿也听到过一些人说他这位嫂嫂是个无恶不作的女人；在听了她和红衣主教谈话以后我甚至得到了证据。”

“讲轻点儿，真见鬼！”阿多斯说。

“可是，”阿拉密斯继续说，“详细情况我不知道。”

“我也一样，”波尔朵斯说。

达尔大尼央和阿多斯相互默默无言地对视了一会儿。阿多斯经过考虑以后，脸色变得比平时还要白，做了一个表示同意的手势；达尔大

① 王太后，指法国国王路易十三之母玛丽·德·美迪奇；卢森堡宫是由她下令于1615至1620年之间建造的。

尼央懂得自己可以说话了。

“好吧！以下就是信上要说的，”达尔大尼央说，“‘米罗尔，您的嫂嫂是一个无恶不作的人，为了继承您的财产，她曾想找人杀死您。不过她本来就不可以嫁给令兄，因为她已经在法国结过婚，后来又被……”

达尔大尼央停住了，看着阿多斯，仿佛在考虑如何措辞。

“又被她的丈夫撵走了，”阿多斯说。

“因为她曾被上过烙刑，”达尔大尼央接着说。

“啊！”波尔朵斯叫了起来，“不可能！她曾经想找人杀死她的小叔子吗？”

“是的。”

“她是结过婚的人？”阿拉密斯问。

“是的。”

“而她的丈夫发现她的肩头上烙了一朵百合花吗？”波尔朵斯大声问。

“是的。”

这三个“是的”都是阿多斯说的，音调一个比一个忧郁。

“谁见过那朵百合花？”阿拉密斯问。

“达尔大尼央和我，如果要讲究时间先后的话，那就应该说是我和达尔大尼央。”

“这个可怕的女人的丈夫还活着吗？”阿拉密斯问。

“他还活着。”

“您能肯定吗？”

“我就是她的丈夫。”

一时间大家都不再说话，在这冷冰冰的沉默中，每个人都由于不同的天性而受到了不同的触动。

“这一次，”阿多斯首先打破了沉默说，“达尔大尼央向我们提供了一份很好的提纲，首先要写的就是这些。”

“见鬼！您说得对，阿多斯，”阿拉密斯接着说，“写起来可不是一件容易的事。要写这样一封信，连司法大臣本人也会感到棘手，尽管他写起诉状来十分得心应手。管他呢，大家别说话，我写啦！”

阿拉密斯果然拿起羽笔，稍加思索，便动手写了八九行字，字体纤细漂亮，像是女人写的；随后用又轻又缓慢的嗓音，就像每一个字都经过仔细推敲似的，读出了以下这封信：

米罗尔：

写这几行字给您的人曾经有幸在地狱街的一小块圈住的荒地里跟您比过剑。从那以后，您曾经好几次很乐意地说您是他的朋友，因此他认为有必要来报答这种友情。您已经有两次差点儿成为您认为是您的女继承人的那位近亲的牺牲品，因为您根本不知道，她在英国完婚以前，在法国早已有了丈夫。她第三次，也就是现在，要对您下手了，您可能要送命的。您的那位亲戚昨夜从拉罗舍尔启程来到英国，请您从她到达的时候起就监视她，因为她有几个事关重大的可怕的计划。如果您一定要知道她能干出些什么事来，那么就请在她左边的肩头上看看她的过去吧。

“行！写得好极了，”阿多斯说，“您有一支抵得上国务大臣的笔，亲爱的阿拉密斯。如果温特勋爵能得到这封信，他就可以严加防范了；即使这封信落到法座本人手里，我们也不会受到牵连。不过因为那个将被派去送信的跟班有可能对我们说他已去过了伦敦，而实际上他却留在沙泰勒罗①，根本没有离开过法国，所以我们在交信给他时只给他一半钱，答应等他带来回信后再给他另外一半。您的钻石戒指带在身边吗？”阿多斯接着问。

“我带在身边的比钻石戒指还要好；我带着现款。”

达尔大尼央说着就把钱袋扔到桌上：一听见金币的响声，阿拉密斯抬起了眼睛，波尔朵斯一阵哆嗦；至于阿多斯，还是泰然自若，不动

---

①沙泰勒罗，法国西部维埃纳省城市。

声色。

“这个小袋子里有多少钱？”他问。

“七千利弗尔，都是每枚值十二法郎的金路易。”

“七千利弗尔！”波尔朵斯嚷道，“这枚不起眼的小钻石戒指值七千利弗尔？”

“看来是的，”阿多斯说，“既然钱就在这儿；我不相信我们的朋友达尔大尼央会把他自己的钱也加进去。”

“可是，先生们，在所有这些话里面，”达尔大尼央说，“我们没有想到王后，让我们稍许关心一下她的亲爱的白金汉的健康。这是我们应该为她做到的最起码的事。”

“说得很对，”阿多斯说，“不过这是阿拉密斯的事。”

“好吧！”阿拉密斯红着脸说，“可是我该怎么办呢？”

“噢，”阿多斯接着说，“这很简单；再写一封信给那个住在图尔的机灵人。”

阿拉密斯再拿起羽笔，重新开始考虑，写了下面这几行字，并马上念给他的朋友们听，以取得他们的同意：

亲爱的表妹……

“啊！啊！”阿多斯说，“这个机灵人是您的亲戚！”

“我的表妹，”阿拉密斯说。

“那就表妹吧！”

阿拉密斯继续念下去：

亲爱的表妹：

红衣主教法座大人——愿天主为了法国的幸福和王国的敌人的遭殃保佑他——，很快就要把拉罗舍尔的反叛的异教徒击溃，英国舰队的援助甚至有可能到不了能见到要塞的距离之内。我甚至敢说，我可以肯定，白金汉先生将因受到某个重大事件的拖累而无法成行。法座是过去的、现在的，还可能是将来的最最杰出的政治家。如果太阳妨碍他，他会使太阳熄灭。我亲爱的表妹，请您把这些好消息转告令姐。我曾梦见这个该诅咒的英国人已经死了。我记不起他是死于兵器还是毒药，惟一我可以肯定的是，我曾梦见他已经死了；而您是知道的，我的梦一直是非常灵验的。请您相信，我不久便会回来。

“妙极了！”阿多斯大声说，“您是诗人之王，我亲爱的阿拉密斯，您说起话来像《启示录》[①]一样；您自己又像《福音书》一样真实。现在您只要把收信人的地址写在信上就行了。”

“这很容易，”阿拉密斯说。

他把这封信折得很精巧，又拿起笔来写上：

送交图尔的女裁缝米雄小姐。

三位朋友相互望望笑了起来：他们上当了。

“现在，”阿拉密斯说，“你们懂得了，先生们，只能派巴赞把这封信送到图尔去；我的表妹只认识巴赞，也只信任他；派任何别人去，这件事就办不成。而且巴赞既有志气又有学问；巴赞读过历史，他知道西克斯图斯五世[②]曾经放过猪，后来却做了教皇。是啊！他是多么希望和我同时出家做修士啊；他对自己日后会成为教皇，或者至少当上红衣主教，从来就没有失去过希望。你们都懂得，一个有了这样的目标的人是不会被人抓住的；或者，即使被人抓住了，他宁愿受刑苦熬也不会开口招供的。”

“好的，好的，”达尔大尼央说，“我完全同意通过巴赞这个人

---

① 《启示录》，基督教《圣经·新约》中的末卷。以“启示文学”体裁，用“见异象”、“说预言”的方式写成。

② 西克斯图斯五世(1520—1590)，意大利籍教皇，原名佩雷蒂，是出身贫苦的方济各会会士。

选，不过也请您同意普朗歇这个人选：有一天米莱狄曾经叫人用棍子把他打出门外；而普朗歇的记性很好。并且我向您保证，如果他能设想出一种可行的报复手段，他是宁愿被打断脊梁骨也不肯放弃的。如果去图尔的事情是您的事情，阿拉密斯，那么去伦敦的事情就是我的事情。所以我请求大家挑选普朗歇，而且他已跟我去过一次伦敦，还能用相当准确的英语说：London， sir， if yon please，[1]和 My master lord d'Artagnan；[2]有了这几句，你们尽管放心，他既去得了也回得来，不会迷路的。"

"这样的话，"阿多斯说，"应该在普朗歇动身前，先给他七百利弗尔，还有七百等他回来后再给他。巴赞呢，去三百回来三百。这样一来还剩下五千利弗尔，我们每人拿一千作为各自的随意开销，还剩下一千给神父保管，作为意外用途或者共同的需要。这样安排你们看是否合适？"

"亲爱的阿多斯，"阿拉密斯说，"您讲话就像涅斯托尔[3]一样；大家都知道，他是希腊最聪明的人。"

"好，就这么说定了，"阿多斯说，"让普朗歇和巴赞去。其实呢，不管怎么样，把格里莫留下我也并不感到不高兴。他已经习惯了我那一套，我少不了他。昨天白天发生的事已经够他受的了，再要他作这次旅行，他肯定得完蛋。"

普朗歇被叫来了，大家告诉了他一些注意事项。他已经从达尔大尼央那儿得到指示；达尔大尼央首先告诉他完成这项任务是多么光荣，随后告诉他将会得到多少报酬，最后告诉他冒的是什么危险。

"我把这封信藏在衣服袖子的镶边里，"普朗歇说，"如果我被抓住，我就把信吃了。"

"不过，这样一来，你就无法完成任务了，"达尔大尼央说。

---

①英语，意思是："请问，先生，去伦敦怎么走。"

②英语，意思是："我的主人达尔大尼央爵爷。"

③涅斯托尔，希腊神话中的皮罗斯国王，为人公正，善于词令，而且足智多谋，是特洛伊战争中的名将。

“今天晚上您再抄一份给我，到明天我就牢记在心了。”

达尔大尼央瞧瞧他的朋友们，意思是说：

“嗯！看我原先是怎样保证他的？”

“现在，”他继续对普朗歇说，“你用八天时间赶到温特勋爵那儿，再用八天时间赶回来；一共是十六天。如果在你动身以后的第十六天晚上八点钟你没有准时赶回，即使你是八点零五分到的，你也拿不到你那七百利弗尔了。”

“这样的话，先生，”普朗歇说，“请买一块表给我。”

“把这块拿去吧，”始终是那么无忧无虑、慷慨大方的阿多斯一边把自己的表给他，一边说，“你要做一个好小伙子。你好好想想，如果你说了什么，如果你多嘴多舌，如果你东游西逛不抓紧时间，你会让你的主人被人砍去脑袋，而你的主人却是这么信任你，向我们保证你是忠心耿耿的。可是你也得想一想，如果你的主人由于你的过错而遭到了不幸，那么不论你在哪里我都能找到你，随后把你开膛剖肚。”

“啊！先生！”普朗歇说，他因为受到怀疑而感到委屈，尤其是因为阿多斯的镇静态度而感到害怕。

“我呢，”波尔朵斯滴溜溜地转着他那双大眼睛说，“你要想一想，我要活剥你的皮。”

“啊！先生！”

“我呢，”阿拉密斯用他柔和而悦耳的嗓音说，“你要想一想，我要像烧野蛮人那样用小火烧死你。”

“啊，先生！”

普朗歇哭出来了；我们不敢说他是因为听到威胁而感到害怕了呢，还是因为看到这四个朋友如此亲如手足而受到了感动。

达尔大尼央握住他的手，拥抱他。

“你看，普朗歇，”达尔大尼央对他说，“这几位先生对你说的这些话，全都是为了关心我；其实他们内心里是很喜欢你的。”

“啊！先生！”普朗歇说，“要么我成功，要么我被砍成四块；即使我被砍成四块，请相信我，也没有任何一块会说话的。”

大家一致决定普朗歇第二天早晨八点动身，为的是在当天夜里，就像他自己说过的那样，能把那封信背出来。这样安排，他就有了整整十二个小时的时间；他应该在第十六天晚上八点钟赶回来。

第二天早上，就在普朗歇要跨上马时，达尔大尼央出于一种内心对白金汉公爵的偏爱，把普朗歇拉到一旁。

“听我说，”达尔大尼央对他说，“你把信交给温特勋爵，等他看完以后，再对他说：‘请注意白金汉爵爷的安全，因为有人企图谋杀他。’不过这两句话，普朗歇，你知道，非常重要，关系重大，甚至我不愿意向我的朋友们承认我要把这个秘密托付给你；而且即使委任我做队长，我也不愿意写下来交给你。”

“请放心好啦，先生，”普朗歇说，“我这个人是否值得信任，您以后会看得到的。”

普朗歇跨上了一匹骏马，他要到六十法里以外去换乘驿车。他策马飞奔；除了火枪手们向他作出的三个约定使他心里略微有点紧张以外，他的整个精神状态还是非常非常好的。

巴赞是第二天早上去图尔的，他有八天时间来完成他的使命。

这四个朋友，在他们两人走了以后，正像我们能想象得到的，比任何时候都睁大着眼睛张望，抬起鼻子嗅，竖起耳朵听。他们白天的时间都用来偷听别人的谈话，窥探红衣主教的举止，猜测来到军营里的信使的任务。有几次，当他们出乎意料地被召去办一些公务时，他们都不由自主地发起抖来了。此外他们还要注意自己的安全；因为米莱狄是个幽灵，一旦在人前出现，就不再会让人安静地睡觉。

第八天早上，巴赞和平时一样精神饱满、脸上带笑地走进了巴尔巴约客店；这时候四个朋友正在吃早饭，他按照原先约定的暗语说：

“阿拉密斯先生，这是您表妹的回信。”

四个朋友交换了一个愉快的眼色：事情已经办成了一半；当然这是比较容易和比较简单的一半。

阿拉密斯的脸不由自主地红了起来，他接过来信，信上的字写得很大，而且拼法有错误。

“仁慈的天主！”他笑着高声说，“我真的很失望；这个可怜的米雄永远也不会写得像德·瓦蒂尔先生那么好。”

“这个可怜的米雄是什么人？”跟他们打过赌的那个瑞士雇佣兵问，信送到时，他正在和四个朋友谈话。

“啊！我的天主！没有什么了不起的，”阿拉密斯说，“一个我非常喜欢的、可爱的女裁缝，我要她亲手写几行字给我留作纪念。”

“好极了！”瑞士雇佣兵说，“如果她是个像她写的字那么大的贵夫人，您真是艳福不浅哪！我的朋友！”

阿拉密斯看完信后就交给了阿多斯，说：

“您倒是来看看她写了些什么，阿多斯。”

阿多斯向那封信瞄了一眼；并且为了消除所有可能产生的怀疑，他高声念了起来：

我的表哥：

我的姐姐和我两人都很会详梦，因此我们甚至很怕做梦；不过关于您的梦，我希望我能够说：任何梦都不可当真。再见吧！请保重身体，并使我们不时地听到有人谈起您。

阿格拉埃·米雄

“她谈的是什么梦啊？”龙骑兵在阿多斯念信时走过来问。

“是啊，谈的是什么梦？”瑞士雇佣兵说。

“啊，见鬼！”阿拉密斯说，“没什么，我做了一个梦，后来讲给她听了。”

“啊，是的，讲自己的梦是非常简单的，可是我从来不做梦。”

“您真是太幸运了，”阿多斯站起来说，“我真希望也能像您一样。”

“从来不做！”瑞士雇佣兵又说，因为有一个像阿多斯那样的人居然还会羡慕他，感到十分高兴，“从来不做！从来不做！”

达尔大尼央看到阿多斯站起来，也跟着站了起来，接着便挽着他的胳膊一起走了出去。

波尔朵斯和阿拉密斯留下来应付龙骑兵和瑞士雇佣兵的纠缠。

至于巴赞，他已经去躺在一捆麦秸上睡觉了；因为他比瑞士雇佣兵富有想象力，他梦见阿拉密斯已经做了教皇，正拿着一顶红衣主教的帽子往他头上套。

不过，正像我们已经说过的那样，巴赞的幸运归来只是替四个如坐针毡的朋友解除了一部分忧虑。等候的日子实在是太漫长了，尤其是达尔大尼央，他真的会跟人打赌，说现在的日子每天都有四十八小时。他忘记了海上航行的缓慢是不可避免的，他过分夸大了米莱狄的能耐。在这个被他视为恶魔一样的女人身边，他又想象出了一些像她一样的神秘莫测的助手。只要有一点点声音，他就以为有人来逮捕他了，而且还带着普朗歇一起来和他以及他的朋友们当面对质。此外，他从前对这个正直的庇卡底人的强烈的信任感，正在日渐减弱。他的这种忧虑越来越大，甚至影响到了波尔朵斯和阿拉密斯。只有阿多斯还是不为所动，就好像在他的周围根本就没有任何危险在威胁他，他仍旧在呼吸和平时一样的空气。

尤其是在第十六天，心神不定的迹象在达尔大尼央和他的两个朋友身上是如此明显，甚至到了坐立不安的地步，他们三个人如同幽灵一般不断地在普朗歇应该从那儿回来的路上来回转来转去。

“说真的，”阿多斯对他们说，“你们这些人呀，不像是大人，而像是些孩子，所以才让一个女人吓成这副模样！你们究竟怕些什么呢？害怕被关进监狱吗？好吧！会有人把我们救出监狱的；博纳希厄太太不就是被人救出来了吗？怕被砍头吗？可是我们不是每天都高高兴兴地到战壕里去冒比这更可怕的危险吗？因为飞来一颗炮弹就可能打断我们的腿。刽子手砍下我们的脑袋固然很痛苦，但是我确信这种痛苦要比外科医生锯掉我们大腿时我们感到的痛苦轻得多。所以请你们安心地等着吧：两小时，四小时，至多六小时以后，普朗歇一定会回到这儿。他答应过要回来，而我，我是非常相信普朗歇的诺言的；我看他是个相当正直的小伙子。”

“可是，如果他不回来呢？”达尔大尼央问。

“嗯，如果他不回来，那是因为他被耽误了时间，不会有其他情况。他可能是从马背上摔下来了；他可能是从桥上跌落到河里；他可能是因为奔跑过度而得了肺炎。啊，先生们，我们要把各种可能发生的情况都考虑进去。生活是由一连串小烦恼串成的念珠，心胸开阔的人是一边笑着一边数这串念珠的。你们也要像我一样心胸开阔，先生们，请坐下喝酒吧；举起一杯尚贝尔坦[①]葡萄酒看看吧，我们的前途就像这种粉红色一样美丽。”

“说得很对，”达尔大尼央回答，“可是每次在喝新开瓶的葡萄酒时，总是担心这瓶酒会不会是从米莱狄的酒窖里拿出来的，担心来，担心去，担心得已经有些厌烦了。”

“您真是难伺候，”阿多斯说，“她是一个多么漂亮的女人啊！”

“一个上过烙刑的女人！”波尔朵斯大笑着说。

阿多斯一阵哆嗦，伸手擦了擦头上的冷汗；出于一种无法克制的神经性动作，他也一下子站了起来。

然而白天慢慢过去，暮色逐渐降临，天终于完全黑下来了。各处小酒店里全都顾客盈门。阿多斯口袋里装着卖掉钻石戒指后分给他的那一部分钱，始终待在巴尔巴约客店。他已经找到了像德·布西尼那样的配得上和他做赌友的人；而且这位先生还请他们吃了一餐如此丰盛的晚饭。所以当钟敲七点钟时，他们还是像平时一样在赌钱，同时听到巡逻队开去加双岗；七点半，响起了归营的号声。

“我们输了，”达尔大尼央在阿多斯耳边说。

“您的意思是我们赌输了吧，”阿多斯一边不慌不忙地说，一边从他口袋里掏出四个皮斯托尔扔在桌子上，接着又说，“好吧，先生们，吹归营号了，我们去睡吧！”

阿多斯走出了巴尔巴约客店，达尔大尼央跟在他的身后。再后面是挽着波尔朵斯胳膊的阿拉密斯。阿拉密斯嘴里叽里咕噜地在背着诗，波尔朵斯不时地拔下一根胡子，表示内心的失望。

---

① 尚贝尔坦，法国东部科多尔省的一个葡萄产区。

可是突然间，在黑暗中出现了一个人影，它的模样达尔大尼央非常熟悉；同时有一个他一听就知道是谁的嗓音响了起来：

“先生，我把您的披风拿来了，因为今天晚上天气很冷。”

“普朗歇！”达尔大尼央欢天喜地地叫了起来。

“普朗歇！”波尔朵斯和阿拉密斯也跟着叫喊。

“嗯！是普朗歇，”阿多斯说，“这有什么可以大惊小怪的呢？他答应过八点钟回来，而现在刚敲八点钟。好样的，普朗歇，你是个说话算数的小伙子；将来万一你要离开你的主人，我在我这儿替你保留一个位子。”

“啊，不行，永远不行，”普朗歇说，“我永远也不离开达尔大尼央先生。”

这时候，达尔大尼央感到普朗歇塞了一封信在他手里。

达尔大尼央真想拥抱一下普朗歇来迎接他的归来，就像他出发时达尔大尼央也曾拥抱过他一样；可是他怕这种在大街上对他的跟班的感情流露也许会使某个过路人感到非同寻常；所以他克制住了。

“我拿到回信了，”他向阿多斯和他的另两位朋友说。

“很好，”阿多斯说，“我们回屋里去看信吧。”

那封信仿佛在燃烧达尔大尼央的手，他想加快步子；可是阿多斯却握住他的胳膊，放在自己胳膊下面挽着，逼着这个年轻朋友和自己同步前进。

他们终于走进了营帐，点燃了一盏灯，普朗歇则站在帐门口，为了不让别人来打扰这四个朋友。达尔大尼央用微微颤抖的手拆开了封蜡，把那封苦苦等待了这么久的信打了开来。

这封信只有半行字，字体完全是英国式的，简洁的风格完全是斯巴达式的。

Thank you, be easy.

这句话的意思是：

谢谢，请放心。

阿多斯从达尔大尼央手里接过信来，放在灯火上点燃了，一直到这封信全部化为灰烬才松手。

随后他把普朗歇叫进来对他说：

“现在，我的孩子，你可以要你的七百利弗尔了，不过带这样一封信你倒是没有冒多大的险。”

“可是我还是想了很多办法来保护它，”普朗歇说。

“好，”达尔大尼央说，“把那些经过讲给我们听听吧。”

“天啊！说来话长呢，先生。”

“你说得对，普朗歇，”阿多斯说，“况且归营鼓已经敲过了，如果别人的灯光已经熄掉而我们的还亮着，时间久了会引人注意的。”

“算了，”达尔大尼央说，“我们睡吧。普朗歇，睡个好觉！”

“是啊，先生！十六天来这将是第一个好觉。”

“我也是！”达尔大尼央说。

“我也是！”波尔朵斯说。

“我也是！”阿拉密斯说。

“嗯，我也对你们讲真话： 我也是！”阿多斯说。

第十九章
厄运当头

然而米莱狄愤怒得发了狂，她像一头装在船上的狮子似的在海船的甲板上咆哮，恨不得跳到海里游回岸上去，因为她想起自己受到达尔大尼央的侮辱，受到阿多斯的威胁，想起没有向他们进行报复就离开法国，实在不甘心。很快，这个想法变得那么叫她难以忍受，以至于她甘愿去冒对她说来可能是很可怕的危险，请求船长把她送到岸上去。但是船长急于摆脱处在法国巡洋舰和英国巡洋舰之间的，就像蝙蝠处在老鼠和飞鸟之间的尴尬处境，希望赶快回到英国去，对她的请求他认为是女人的任性，坚决加以拒绝，但是他的这个女乘客又是红衣主教特别托付给他的，他只好答应她，如果大海和法国人允许的话，就让她在布列塔尼[①]的一个港口，或者在洛里昂，或者在布雷斯特上岸。但是风是逆风，海上浪又大，船一直都在迂回曲折，抢风航行。直到离开夏朗特九天以后，因为悲伤和愤怒而脸色苍白的米莱狄，才看见菲尼斯太尔的蔚蓝色的海岸出现在眼前。

她计算日子，穿过法国的这个角落，回到红衣主教那儿去至少也得三天，加上上岸所需的一天时间，一共是四天；再把这四天加到那九天上去，这就是十三天白白浪费了，在这十三天里伦敦可能发生多少重大的事件啊；——她想到红衣主教毫无疑问会因为她回来而大发雷霆，结果是他会听信别人对她的抱怨，而不会听信她对别人的指责。因此她任凭洛里昂和布雷斯特过去了，没有再坚决地向船长提出要求。船长也竭力避免提醒她。米莱狄继续她的行程；就在普朗歇从朴次茅斯[②]上船回法国的同一天，法座的女使者扬扬得意地进入了港口。

整个城市非常热闹，有四艘新近建造的大军舰刚刚在海边举行下水礼。白金汉站在海堤上，穿着用金线绦子装饰的衣服，和平常一样身上珠光宝气，毡帽上插着一根白羽毛，白羽毛垂落在肩膀上，一群几乎和他一样光彩夺目的参谋人员簇拥着他。

这是个罕见的天气晴朗的冬日，它让英国人想起了世上还有太阳。这个苍白的，但是还很灿烂的星球朝西坠落在天边，用一道道火光把天空和大海染成紫红色，还把最后的金色光辉洒向城里的塔楼和古老房屋，玻璃窗像火灾的反光一样闪闪发亮。米莱狄呼吸着因为接近陆地而变得更强烈、更带有香脂气味的这种海上的空气，注视着她负责去摧毁的所有这些战备力量，也就是说，她应该靠她一个人，靠了她这么一个

---

① 布列塔尼，法国古地区，是西北部的一个半岛，突出于英吉利海峡同大西洋之间，包括今之北滨海省、莫尔比昂省、伊勒—维莱讷省以及下面提到的菲尼斯太尔省。下面提到的洛里昂是莫尔比昂省的一个港市，在拉罗舍尔北面；布雷斯特是菲尼斯太尔省的港市，在洛里昂的北面，布列塔尼半岛的西端。

② 朴次茅斯，英国中南部沿海重要军港和城市，扼英吉利海峡的朴次茅斯湾湾口，在伦敦西南 100 公里处。

女人，用几袋金币去与之战斗的这支军队的全部力量。她在心里把自己和那个可怕的犹太女人犹滴相比；犹滴在深入亚述人的军营时，看见了大量的战车、军马、士兵和兵器，而这一切她应该用一个手势把它们像烟雾似的驱散。

船驶入锚地，但是正准备抛锚的时候，有一条武装到了令人生畏地步的、海岸巡逻艇模样的小快艇驶近商船，放下艇上的小划子，向舷梯划过来。这条小划子上有一名军官、一名水手长和八名桨手。只有军官一个人登上商船，受到极其尊敬的接待，这种尊敬的态度完全是由他的军服引起的。

军官和船长短短地交谈了一会儿，让船长看了他带来的几页文件；船长一声命令，船上所有的人，包括水手和旅客，全都叫到了甲板上。

等到这道类似点名的手续办完以后，军官高声询问双桅横帆船的出发地点，航行路线，沿途停靠地点；船长毫不犹豫，毫无困难地一一回答了所有的问题。于是军官开始上前一个一个审视所有的人，他在米莱狄的面前停下，仔细地打量她，不过没有对她说一句话。

接着他回到船长身边，又对船长说了几句话；仿佛从此以后船应该听从他指挥似的，他下了命令，船员们立刻照他的命令操作；商船于是又重新开始航行，小快艇并排押送它，用六门大炮的炮口威胁着它的舷侧；至于那条小划子，它在大船的航迹中跟随着，和大船这个庞然大物一比，成了一个小小的点子。

在军官检查米莱狄时，米莱狄不用说也在贪婪地盯着他看。这个目光炯炯的女人尽管有丰富的经验，对她需要猜到内心秘密的那些人，她能够一直看到他的内心深处，但是这一次她只找到一张毫无表情的脸，在一番审视后什么也没有发现。那位立在她面前，那么仔细地默默观察她的军官，年龄可能是二十五六岁，白皙的脸上长着一双略微有点凹陷的浅蓝色眼睛。他的嘴长得很细巧，轮廓端正，一直是一动不动地紧闭着；他的下巴有力地突出，显示出在大不列颠的普通百姓典型中通常被叫做顽固的那种意志力；脑门略微有点塌，是对诗人、受神灵启示的人和军人来说很合适的那种脑门，略微被稀疏的短发遮着，头发的颜色和遮满脸的下半部的胡子的颜色一样，是美丽的深褐色。

船进入港口时，天已经黑了。雾使黑暗变得更加浓重，海堤上，一盏盏标志灯和照明灯的周围形成了一个个圆圈，很像在快要下雨的天气里围绕月亮的那种圆圈。空气潮湿，阴冷，让人感到忧伤。

米莱狄，这个如此坚强的女人，不由得感到自己打起哆嗦来了。

军官点清了米莱狄携带的东西，让人把她的行李搬到小划子上；这件事办完以后，他请她本人也下到小划子上去，还伸出手想搀扶她。

米莱狄望着这个人，犹豫不决。

“先生，”她问，“多蒙您好心，对我特别照顾，请问您是谁？”

“您从我的军服上，夫人，应该看出了；我是英国海军的军官，”年轻人回答。

“但是，女同胞到达英国港口时，听候她们的吩咐，甚至殷勤地把她们一直送上岸，难道这是英国海军军官的习惯吗？”

“是的，米莱狄，这是个习惯，不过不是出于殷勤，而是出于谨慎，在战争期间，外国人都得被送到指定的客店，处在政府的监视之下，直到有关他们的情况完全查清。”

这番话说得极其谦恭有礼，而且非常沉着冷静，然而却不能说服米莱狄。

“不过我可不是外国人，先生，”她说，用的是从朴次茅斯到曼彻斯特[①]之间可以听到的那种最纯正的英国口音，“我叫克拉丽克夫人，这种措施……”

“这种措施适用于所有人，米莱狄，您试图避免，是办不到的。”

“既然这样，我跟您走，先生。”

她接受军官的搀扶，开始从舷梯上下去，那条小划子在舷梯底下等她。军官跟在她后面下去；一件大披风铺在船尾，军官请她坐在披风上，然后在她旁边坐下。

“划船，”他对水手们说。

---

① 曼彻斯特，英国城市，棉纺织业中心，在英格兰西北部兰开夏郡内。

八支桨重新插进海水，桨声合成一个，动作整齐划一，小划子好像在水面上飞。

五分钟后小划子靠岸了。

军官跳到码头上，把手伸给米莱狄。

一辆马车在等着。

“这辆马车是接我们的吗？”米莱狄问。

“是的，夫人，”军官回答。

“这么说，客店离得很远吗？”

“在城市的另一头。”

“走吧！”米莱狄说。

说完她果断地登上马车。

在军官照看下，行李仔细地在车厢后面缚牢；这件事办完以后，他在米莱狄旁边坐下，关上车门。

没有下任何命令，也不需要向车夫指出目的地，车夫就立刻把马赶得飞奔，马车钻进了城里的那些街道。

这样离奇的一次接待，迫使米莱狄不得不认真考虑；她看见年轻军官丝毫没有显露出想谈话的样子，于是臂肘支在车厢的一个角落里，对出现在她脑海里的所有假设一个一个地进行思索。

然而一刻钟以后，她对路途这么长感到了惊奇，于是身子俯向窗口，想看看这是把她送到什么地方去。房子已经不再看见，树木在黑暗中出现，像一些黑魆魆的高大的鬼魂，在互相追赶着。

米莱狄发抖了。

“我们已经不是在城里了，先生，”她说。

军官保持沉默。

“如果您不说出您把我送到哪里去，我就不再往前走了；我可把话对您说在头里，先生！”

这句威胁话没有得到任何回答。

“啊，这太过分了！”米莱狄叫了起来，“救人呀！救人呀！”

没有人回答她，马车继续迅速地朝前驶去。军官像一座雕像。

米莱狄望着军官，露出她脸上特有的那种严厉可怕的、很少不令人生畏的表情。愤怒使她的一双眼睛在黑暗中闪闪发亮。

年轻人仍然不动声色。

米莱狄想打开车门跳下去。

“当心，夫人，”年轻人冷冰冰地说，“您跳下去会摔死的。”

火冒三丈的米莱狄又重新坐下；军官也身子侧过来望着她，看见这张先前还是那么美丽的脸，因为满面怒容，几乎可以说是变得丑陋不堪，不禁流露出了惊讶的神色。这个奸诈的女人明白，如果让他这样看透她的内心，那她就完了；她使自己的脸上平静下来，用诉苦般的嗓音说：

“以上天的名义，先生！请告诉我，对我施加的这种暴力，我应该让您负责，让您的政府负责，还是让一个敌人负责？”

“没有对您施加任何暴力，夫人，您遇到的事是我们不得不对所有在英国下船的人采取的一个十分简单的措施的结果。”

“这么说，您不认识我，先生？”

“我是第一次有幸见到您。”

“以您的荣誉发誓，您没有任何恨我的理由，是吗？”

“没有，我向您发誓。”

年轻人的嗓音是那么安详，那么冷静，甚至还是那么温和，米莱狄听了以后安下心来。

走了差不多一个小时以后，马车终于在一道铁栅栏门前停下，门里是一条低凹的路，通向一座建筑式样朴实无华的、庞大的、孤立的城堡。当车轮在细砂上滚动时，米莱狄听见巨大的轰鸣声，她听出这是海浪冲击陡峭的海岸发出的响声。

马车在两座拱门下穿过，最后停在阴暗的方形院子里，车门几乎立即打开了，年轻人轻捷地跳下车，把手伸给米莱狄，米莱狄扶着他的手，也相当沉着地下了车。

“我仍然是个囚犯，”米莱狄一边说，一边望望四周，随后又把目光收回到年轻军官身上，露出最优美动人的笑容，“但是我可以肯定，时间不会很长，”她补充说，“我的良心和您的礼貌，先生，向我做出了保证。”

这番恭维话尽管说得那么中听，军官还是什么也没有回答。但是他从腰带上取下一只小银哨子，和战船上水手长使用的那种哨子很像，他吹了三下，每一下的音调都不同；于是出现了好几个人，卸下大汗淋漓的马，把车子推到车棚底下。

军官仍旧用同样不动声色的彬彬有礼的态度请他的女犯人到房子里面去。她也仍旧带着同样的笑脸，挽住他的胳膊，和他一起经过一扇矮矮的拱形门，进入一条有着拱顶的，仅仅在尽头点着灯的走廊，到了尽头是一座围着一根石柱转的石楼梯；接着他们上楼，来到一扇厚实的门前停下，年轻人把随身带着的一把钥匙插进锁孔以后，这扇门在铰链上沉重地转动，门打开以后里面是为米莱狄准备的房间。

女犯人仅仅扫了一眼，就把整个房间的情况看得一清二楚，任何细节也没有漏掉。

这个房间里的陈设，不论是对牢房来说，还是对一个自由人的住房来说，都是非常适合的；但是窗子上装着一根根铁条，房门外面装着一道道铁闩，说明了这肯定是一间牢房。

这个女人尽管受过大风大浪的磨练，转眼之间就失去了她的全部精神力量。她倒在一把扶手椅上，双臂交叉在胸前，低下头，时时刻刻都期待着进来一个法官审问她。

但是除了两三个海军士兵以外，没有人进来，这两三个海军士兵把行李搬进来，在一个角落里放好以后，什么也不说就退了出去。

所有这些琐碎的小事都由军官亲自安排，他的态度还是像米莱狄一直看到的那样平静。他一句话不说，不是做一个手势，就是吹一声哨子让人照他的意思办。

简直可以说在这个人和他的下级之间，话语已经不复存在，或者说，已经变得没有用了。

最后，米莱狄再也忍受不下去了，她打破了沉默。

“以上天的名义求您，先生！”她叫了起来，“发生的这一切到底是怎么回事？别让我再困惑下去了。对我预见到的任何危险，对我了解的任何不幸，我都有勇气去承受。我这是在哪儿，我为什么在这儿？如果我是自由的，为什么要有这些铁栅栏和这些门？我是犯人吗？我犯了什么罪？”

“您这是在为您安排的房间里，夫人。我接到的命令是到海上去接您，然后把您送进这座城堡。这道命令，我相信，我已经以一个军人所应有的严格，不过也以一个贵族所应有的殷勤执行完毕。我在您身边应该完成的任务至少到现在已经结束，以后的事由另外一个人负责。”

“这另外一个人，他是谁？”米莱狄问，“您不能把他的名字告诉我吗？……”

这时候从楼梯上传来响亮的马刺声；有人说了几句话，接着就不说了。单独一个人的脚步声离门越来越近。

“这个人，他来了，夫人，”军官一边说，一边让开路，露出恭敬服从的神情站立在一旁。

与此同时，门开了；一个男人出现在门口。

他没有戴帽子，身边佩着剑，手指把一条手绢揉得有些皱了。

米莱狄觉得好像认识这个黑暗中的人影；她用一只手在椅子扶手上支起身子，伸出头去好像要看个仔细，证实自己的推测。

那个陌生人慢慢地朝前走来；随着他朝前走进了灯光形成的光圈之内，米莱狄的身子反倒不由自主地在往后缩。

接着，等她不再有什么要怀疑的时候，她惊讶到了极点，叫了起来：

“怎么！我的兄弟！是您吗？”

“是我，美丽的夫人！”温特勋爵一边回答，一边半恭敬半嘲弄地鞠了一个躬，“正是我本人。”

“那么，这座城堡？”

“是我的。”

“这间屋子？”

“是您的。”

“这么说，我是您的犯人？”

“差不多。”

“可这是骇人听闻的滥用权力！”

“不要夸大其词；坐下来，让我们像一个小叔子和一个嫂子应该的那样，心平气和地谈谈。”

接着他朝房门转过身去，看见年轻军官在等候他的最后命令，于是说：

“很好，我感谢您，现在，您可以走了，费尔顿先生。”

第二十章
一个小叔子和一个嫂子的谈话

在温特勋爵关上门，推上一扇护窗板，再把一把椅子移到他嫂嫂的扶手椅跟前的这段时间里，米莱狄陷入沉思之中，她深入地研究各种可能，发现了这是个阴谋，而她甚至一点也没预料到，因为她不知道自己落在谁的手里。她清楚她的小叔子是个善良的贵族，爽直的猎人，勇敢的赌徒，追起女人来胆大妄为，但是在搞阴谋方面的能力只有中等以下水平。他怎么能发现她的来到？怎么能让人抓她？为什么要扣押她？

阿多斯曾经对她说过几句话，这几句话证明了她和红衣主教之间的谈话传到了外人的耳朵里；但是她再怎么也不能相信他能这么迅速，这么大胆地采取对抗措施。

她更担心的倒是她以前在伦敦的行动被发现了。白金汉很可能猜到是她剪下了两颗坠子，对这件小小的背叛行为进行报复。但是白金汉不可能对一个女人干出过分的事来，特别是这个女人被认为是出于嫉妒心才采取了这样的行动。

这个推测在她看来可能性最大。她认为别人打算对过去进行报复，而不是防患于未然。然而，不管怎么说，她落在她的小叔子手里，而不是落在一个真正的、精明的敌人手里，总是一件让她感到高兴的事。她估计她很容易就能摆脱她的小叔子。

“好，让我们谈谈吧，我的兄弟，”她带着一种几乎可以说是愉快的心情说。尽管温特勋爵在谈话中很可能装聋作哑，她还是决定要从谈话中弄清一些为了安排她今后行动所必须知道的情况。

“这么说，您还是决定回到英国来了？”温特勋爵说，“可您在巴黎时却经常向我表示决不再踏上大不列颠领土了。”

米莱狄用另外一个问题来回答这个问题。

“首先，”她说，“讲给我听听，您是怎么让人对我进行如此严密的监视的，不仅事先得知我的到达，而且连我到达的日期、时间和港口都知道。”

温特勋爵采取和米莱狄相同的战术，他心里想，既然他的嫂嫂使用了，这一定是个好战术。

“但是，请您亲自告诉我，我亲爱的嫂子，”他说，“您到英国来干什么。”

“我是来看您的，”米莱狄回答，她仅仅是希望用一句谎话来博取听话人的好感，可不知道她的这种回答反而加重了达尔大尼央的信在她的小叔子心里引起的猜疑。

“啊！来看我？”温特勋爵泰然自若地问。

“当然是来看您。这有什么可以惊奇的？”

“除了看我，您到英国来，就没有别的目的吗？”

“没有。”

“这么说，您不辞辛苦越过英吉利海峡，仅仅是为了我一个人？”

“仅仅为了您一个人。”

“哟！多么深的情义，我的嫂子！”

“我不是您最近的近亲吗？”米莱狄用最动人的天真口气问。

“甚至还是我惟一的继承人，对不对？”温特勋爵凝视着米莱狄的眼睛，跟着问了一句。

不管米莱狄控制自己的力量有多么强，她还是禁不住发抖了；温特勋爵在他说最后那句话时，把手放在他的嫂嫂的胳膊上，因此她的颤抖没有逃过他。

事实上，这个打击确实直接而沉重。出现在米莱狄心里的第一个想法是，她被凯蒂出卖了，她曾经在这个女仆面前，话里不够谨慎地流露出由于自己贪财而对男爵产生的反感，一定是这个女仆把她的这种反感告诉了男爵；她还记起了在达尔大尼央救了她的小叔子性命后，她在狂怒中曾经不够谨慎地对达尔大尼央进行攻击。

"我听不懂，米罗尔，"她说，为的是争取时间，和逼她的对手说出真相，"您想说什么？在您的话里有什么弦外之音？"

"啊！我的天主，没有，"温特勋爵说，表面上显得很天真善良，"您盼望看看我，您来到了英国。我得知您的这种盼望，或者说得更确切些，我猜到了您有这个盼望，为了让您免受夜间到达一个港口的所有那些麻烦，下船上岸的所有那些劳累，我打发了一个军官来接您；我派了一辆马车听候他的使用，他把您接到这座城堡来，我是这座城堡的司令官，我每天都来，为了让我们双方都有的见面的愿望得以实现，我让人替您准备了一个房间。我说的这一切里面有什么比您对我说的那一切里面更令人惊奇的吗？"

"没有，我感到令人惊奇的是您事先得到通知，知道我来。"

"不过这件事也再简单没有了，我亲爱的嫂子：您没有看见您那条小海船的船长在进入锚地时，曾经先派出一条小船，为了得到进入港口的许可，小船上还带着航海日志和船上人员名册？我是港口司令，航海日志被送到我这儿来，我看见了您的名字。我的心对我讲了您的嘴刚证实的事，也就是说，我知道了您冒如此艰险的，或者说，至少在这时候是如此累人的海上旅程的种种危险所要达到的目的，我于是派了我的快艇来接您。其余的您都已经知道了。"

米莱狄明白温特勋爵是在说谎，因此她更加害怕了。

"我的兄弟，"她继续说，"晚上我刚到时，看见在海堤上的不是米罗尔白金汉吗？"

"正是他本人。啊！我明白了，看见他您有点激动，"温特勋爵说，“您来自一个人人对他都应该非常关心的国家，我知道他那些对付法国的军备使您的朋友红衣主教忧心忡忡。”

“我的朋友红衣主教！”米莱狄叫了起来，她看出温特勋爵在这方面和在其他方面一样，完全了如指掌。

“难道他不是您的朋友？”男爵漫不经心地说，“啊！请原谅，我还以为是的呢。不过，我们以后再谈米罗尔公爵吧，现在我们不要偏离谈话已经选定的偏重感情的方向。您说，您是为了看我才来的？”

“是的。”

“好！我已经向您保证过，您会给服侍得周周到到，尽量使您满意，而且我们每天都能见面。”

“难道我要永远住在这儿了？”米莱狄带着几分恐惧地问。

“您也许觉得住得还不够舒服吧，我的嫂子？您缺什么提出来，我会尽快地吩咐下去给您办到的。”

“可是我没有我的那些女用人，也没有我的那些男仆人……”

“您全都会有的，夫人；请告诉我，您的头一个丈夫把您的家安排在怎样的一个标准上，尽管我仅仅是您的小叔子，我也要用同样的标准来安排。”

“我的头一个丈夫！”米莱狄睁着一双惊慌失措的眼睛望着温特勋爵，叫了起来。

“是的，您的法国丈夫；我谈的不是我哥哥。而且，如果您已经忘记了，由于他还活着，我可以写信给他，他会在这件事上向我提供一些情况。”

米莱狄的额头上沁出一阵冷汗。

“您在开玩笑，”她说，声音低得几乎听不见。

“我像在开玩笑吗？”男爵一边问，一边立起来，朝后退了一步。

“更确切地说，您在侮辱我！”她一边继续说，一边用握紧的双手撑在椅子的两边扶手上，双臂一使劲站了起来。

“在侮辱您，我！”温特勋爵鄙视地说，“夫人，您真的认为这可能吗？”

“先生，”米莱狄说，“您真的是醉了，或者是精神失常了；您出去，给我派一个女用人来。”

“女用人往往嘴都不紧，我的嫂子！我不能给您充当侍女吗？这样一来，所有我们的秘密都留在家里，不会外传了。”

“厚颜无耻！”米莱狄叫了起来，像有弹簧似的，她一蹦老高地朝男爵扑过去，男爵不动声色地等着，不过一只手搭在他的剑柄上。

“嗨！嗨！”他说，“我知道您有谋杀人的习惯，但是我通知您，我会自卫的，即使是对您。”

“啊！您说得对，”米莱狄说，“您给我的印象是您这个人相当卑鄙，会对一个女人动手的。”

“也许是的；况且我能找到为我辩解的理由；我想，我的手不是对您动手的头一只男人的手。”

男爵不慌不忙地用一个控告的手势指着米莱狄的左肩，手指几乎碰到了她。

米莱狄发出一声低沉的咆哮，像一头想退到绝境再反扑的豹子一样，一直后退到房间的角落里。

“啊！您想怎么咆哮，就怎么咆哮吧，”温特勋爵叫了起来，“但是不要企图咬人，因为事情会变得对您不利，我预先通知您：这儿没有事先处理遗产继承的诉讼代理人，没有为了被我囚禁的美丽夫人来找我吵架的游侠骑士；不过我已经准备好了几位法官，他们会处置一个厚颜无耻地钻到我的哥哥温特勋爵的床上来的女人，一个重婚的女人；这几位法官，我预先通知您，会把您交给一个刽子手，这个刽子手会把您的两个肩膀搞成一模一样。”

米莱狄的眼睛射出像闪电般强烈的光芒，尽管他是个男子汉，而且手上持有武器，面对一个没有武器的女人，他还是感到恐惧挟带着一股冷气一直钻到他的灵魂深处。他仍然继续说下去，不过怒火越烧越旺。

“是的，我明白，在继承了我哥哥的遗产之后，如果能再继承我的遗产，您一定会感到高兴；但是我预先让您知道，您可以杀我，或者找人杀我，但我的预防措施已经采取；我的财产连一个便士[①]也到不了您的手里。您已经拥有近百万的财产，难道还不够富有吗？如果您做坏事仅仅是为了从做坏事中得到无穷无尽和至高无上的快乐，您就不能在您这条毁灭的道路上中途停止吗？啊！听我对您说，如果不是我哥哥给我留下的回忆是神圣的，我一定让您到国家监狱的黑牢里去蹲上一辈子，或者送您到泰伯恩[②]去满足那些水手的好奇心。我保持沉默，不过您也得安下心来忍受对您的监禁。在十五天到二十天以后我将跟随军队到拉罗舍尔去；不过在我动身的前一天，有一艘海船将来接您，我将看着这艘海船出发，它将送您到我们的南方殖民地去；您放心好了；我会给您增添一个伙伴，您一有冒险回英国或者大陆的企图，他就立刻把您的脑袋打开花。”

米莱狄聚精会神地听着，一双冒着怒火的眼睛瞪得大大的。

“是的，目前，”温特勋爵继续说，“您就待在这座城堡里：墙壁很厚，门很结实，窗子上的铁栅栏很坚固；况且您的窗子简直可以说是高悬在大海之上：我手下的人忠心于我，生死与共，他们在您这座房子周围站岗放哨，监视所有通往院子的通道；再说，即使到了院子，您还有三道铁栅栏要越过。命令是很明确的；只要有一点越狱的可疑迹象，不论是迈出一步，做一个手势，说一句话，就立即朝您开枪。如果把您杀了，我希望，英国司法当局会多少感谢我为他们代劳，省得他们自己动手了。啊！您脸上恢复了平静和自信，您在说：‘十五天，二十天，哼，在那以前，我足智多谋，能想出主意来的；我有恶魔般的才智，我会找到牺牲品的。半个月以后，’您心里在说，‘我会离开这儿的。’啊！啊！您试试吧！”

米莱狄看到自己的心思被猜中，把指甲深深地掐进肉里来控制住自己的情绪；除了焦虑不安的表情以外，不让脸上流露出任何别的表情。

---

① 便士，英国辅币。100 便士等于 1 英镑。

② 泰伯恩，英国泰晤士河左岸小支流。该河从 13 世纪起就成为伦敦的水源。河西岸有中塞克斯绞架，该河因此而闻名。1300 年至 1783 年绞架所在地一直为刑场。

温特勋爵继续说：

“我不在时在这儿负责指挥的惟一一位军官，您见过他，因此您已经认识他。正如您看见的，他懂得如何遵守命令，因为我知道您这个人，您从朴次茅斯到这儿来的路上决不会不试图引他开口说话。您对他有什么看法？难道一尊大理石像能比他更没有表情，更沉默寡言吗？您曾经在许多男人身上试过您的诱惑力，不幸的是您一直都能成功；但是试试这个男人看，见鬼！如果您能达到目的，我承认您就是魔鬼本人。”

他朝门口走去，猛地把门打开。

“去把费尔顿先生找来，”他说，“您再等一会儿，让我把您交给他。”

在这两个人物之间出现了一种异样的寂静，在寂静中传来越来越近的、缓慢匀称的脚步声；很快地在阴暗的走廊里出现一个人影，我们已经认识的那个年轻中尉站在门口，等着男爵的命令。

“进来，我亲爱的约翰，”温特勋爵说，“进来，把门关上。”

年轻军官进来了。

“现在，”男爵说，“看看这个女人：她年轻，她美丽，她拥有人世间的种种诱惑能力。好！她是一个恶魔，才二十五岁，已经犯了那么许多的罪行，您到我们的法院中去看看档案吧，可以看上整整一年。她的嗓音会引起别人对她的好感，她的美丽是引诱牺牲者的诱饵，她的肉体甚至能付出她所允诺的代价，在这一点上倒是应该为她说句公道话。她将试图引诱您，说不定还会试图杀死您。我把您从苦难中拯救出来，费尔顿，我设法让您被任命为中尉，我曾经救过您一次性命，您知道是在怎样的场合中救的。我对您说来，不仅仅是一个保护人，而且是一个朋友；不仅仅是一个恩人，而且是一个父亲；这个女人回到英国来，目的是密谋杀害我的生命，我把这条毒蛇抓在手里；好！我把您叫来，对您说：费尔顿朋友，约翰，我的孩子，保护好我，特别是保护好您自己，不要受到这个女人的伤害；凭您的灵魂得救起誓，好好看住她，让她受她理应受到的惩罚。约翰·费尔顿，我相信您的誓言；约翰·费尔顿，我依赖您的忠诚！”

“米罗尔，”年轻军官说，在他的纯洁的目光中充满了他能在他心里找到的全部仇恨，“米罗尔，我向您发誓，一切都将按照您希望的办到。”

米莱狄像顺从的牺牲者那样承受着他的这种目光；不可能看到比她那张美丽的脸上流露出的表情更顺从、更温和的表情了。连温特勋爵本人几乎都认不出片刻之前他准备与之斗争的那只母老虎了。

“决不许她离开这间屋子，您听好，约翰，”男爵继续说，“不许她与人通信；她只能和您一个人说话，不过那还得您愿意赏脸跟她说话。”

“好了，米罗尔，我发誓。”

“现在，夫人，努力去跟天主和解吧，因为您受到了世人的审判。”

米莱狄搭拉着脑袋，就像她感觉到自己被这次审判压垮了似的。温特勋爵一边朝费尔顿做了个手势，一边走了出去，费尔顿跟在他后面，出去以后把门关上。

过了一会儿以后，从走廊里传来一个海军士兵的沉重的脚步声；他腰上插着斧子，手上握着火枪，在站岗放哨。

米莱狄保持同一个姿势有好几分钟没有动弹，因为她猜想也许有人正在从锁眼里观察她。接着她慢慢地抬起头，脸上恢复了一种咄咄逼人而又满不在乎的可怕表情。她奔到门口听听，又朝窗外望望，走回来倒在一把大扶手椅里，陷入沉思之中。

第二十一章
军　官

这时候红衣主教在等待从英国来的消息，但是除了令人不快和带有威胁性的消息以外，什么消息也没有。

尽管拉罗舍尔被围困得滴水不透，尽管靠了已经采取的那些预防措施，特别是靠了那条不再让一条船进入被包围城市的海堤，胜利看上去已经十拿九稳，但是封锁还需要长时间地继续下去，这对国王的军队是个莫大的耻辱，对红衣主教先生是个莫大的烦恼。红衣主教先生尽管不需要再去挑拨路易十三跟奥地利安娜的不和，因为这件事已经成功，但是他还需要为闹翻了的德·巴松皮埃尔先生和当古莱姆公爵调解。

至于大王爷，围攻是由他开始的，后来他把完成围攻的责任交给了红衣主教。

尽管拉罗舍尔市市长的态度坚定得令人难以置信，城里还是有人进行反叛，图谋投降；市长把那些肇事者处以绞刑。这次死刑的执行使那些最不守本分的人的头脑冷静下来，他们终于打定主意还是听任自己饿死。在他们看来这种死法总比绞死来得慢，而且不像绞死那样必死无疑。

围攻者这方面呢，他们不时抓住拉罗舍尔人派出去给白金汉送信的信使，或者白金汉派到拉罗舍尔人那里去的间谍。对这两类案子的审判都进行得很快。红衣主教先生只简简单单地说这两个字："绞死！"国王应邀来看执行绞刑。他没精打采地来到，坐在最好的位子上仔细观看执行绞刑的每一个细节。这多少总能让他得到一点儿消遣，帮助他耐下心来进行围城战；尽管如此，他还是感到非常无聊，随时都在提出要回巴黎去；因此如果没有这些信使和间谍，法座尽管想象力丰富，还是会感到非常为难的。

然而时间在过去，拉罗舍尔人没有投降。最后捉到的一名间谍身上带有一封信。这封信明确地告诉白金汉，这座城市已陷入了绝境；不过信的结尾没有说："如果您的援助半个月之内不能到达，我们将投降。"而是简简单单地说："如果您的援助半个月之内不能到达，我们将全都饿死。"

因此拉罗舍尔人把希望完全寄托在白金汉身上。白金汉是他们的救世主。显然他们如果有一天确实知道不应该再指望白金汉了，那他们的勇气就会随着他们的希望一起化为乌有。

红衣主教也就因为这个缘故以极大的耐心等候着来自英国的、宣布白金汉不可能来的消息。

用武力强行攻占城市的问题，常常在御前会议上提出来讨论，但总是遭到否决。首先，拉罗舍尔似乎是攻不破的；其次，红衣主教不管嘴里说什么，心里却十分清楚，在这场法国人不得不跟法国人厮杀的冲突中造成的流血恐怖，从政治观点来看，是朝后倒退六十年，而红衣主教在他那个时代里是我们今天称之为进步人士的那种人。在一六二八年，如果洗劫拉罗舍尔，杀害三四千宁死不降的胡格诺派教徒，这确实太像一五七二年的圣巴托罗缪大屠杀[①]了。除此以外，国王这个虔诚的天主教徒虽然对这个极端方法毫无反感，但是这个极端方法每次遇到围城的将军们提出的下面这个理由后总是遭到否决：除了用饥馑这个办法以外，拉罗舍尔是攻不破的。

红衣主教摆脱不掉他那个可怕的女密使在他心里引起的恐惧，因为他也了解这个时而是条蛇，时而是头狮子的女人所具有的非凡能力。她背叛他了吗？她死了吗？不管怎样，他对她有足够的了解，他知道她不论是站在他一边还是站在反对他的一边，不论是作为朋友还是作为敌人而行动，除非遇到巨大的障碍，她决不会待着不动；但是这些障碍来自何方呢？这是他所不能知道的。

尽管如此，他还是有充分理由信赖米莱狄，他猜出在这个女人的过去发生过只有他的红袍才能够遮盖住的可怕的事。他觉出这个女人为了某种原因对他忠诚，因为她只能从他那儿得到保护，来抵挡威胁她的危险。

因此他决定独自进行战争，决定只像期待一种好运气那样企盼着一切靠外来的帮助取得的胜利。他继续派人筑造那条用来迫使拉罗舍尔人挨饿的、出名的海堤；在这同时他朝这座不幸的城市望去，在这座城市里有着那么深重的灾难，有着那么多的英雄业绩；他记起了路易十一[②]的

---

①圣巴托罗缪大屠杀，法国胡格诺战争期间发生的大屠杀事件，因发生于圣巴托罗缪节日（8 月 24 日）前夜和凌晨之间，故名。1572 年，当某些天主教派封建主同胡格诺派谋求和解时，8 月 24 日凌晨，巴黎的天主教派突然大举屠杀胡格诺派，随后蔓延至各省，死者以千数计。此后两派内战更趋剧烈。

②路易十一（1423—1483），法国瓦罗亚王朝国王（1461—1483）。为了加强王权，利用谈判、收买等手段，分化瓦解对方，与大封建主进行长期斗争。最终合并了勃艮第及其他一些地区，基本上完成了法国的统一。

话，路易十一是他的政治先驱者，正如他自己是罗伯斯庇尔①的政治先驱者一样，他记起了特里斯丹②的朋友的这句格言："分而治之。"

亨利四世围攻巴黎时，曾经派人往城墙里面扔面包和食物；红衣主教派人扔的是一些传单，他在传单上告诉拉罗舍尔人，他们的首领的所作所为多么不公正，多么自私，多么野蛮。这些首领有大量的小麦，却不拿出来分配；他们也有他们的准则，他们所遵循的一条准则是：女人、孩子和老人死活并不重要，只要替他们守卫城墙的男人仍旧身强力壮。到当时为止，这条准则虽然还没有被普遍接受，但是或者是由于市民们抱着自我牺牲的精神，或者是由于他们没有力量反抗，已经从理论过渡到实践阶段；不过传单却给它带来了打击。传单提醒男人，被听任饿死的这些孩子、女人、老人是他们的儿子、妻子和父亲；如果人人都分担共同的苦难，才会显得更为公正，到那时相同的处境会使人作出全体一致的决定。

这些传单起到了书写人所期待的作用：它们促使许许多多居民决定和国王的军队单独谈判。

但是就在红衣主教看见自己的方法已经产生效果，为自己使用这个方法感到庆幸的时候，有一个拉罗舍尔的居民，天知道他怎么能够穿过国王军队的一道道防线，因为巴松皮埃尔、绍姆贝格和当古莱姆公爵监视得那么严密，而他们呢又处在红衣主教的监视之下；我们说到有一个拉罗舍尔的居民进了城，他来自朴次茅斯，说他亲眼看见一支规模庞大的舰队已经做好在一个星期之内出航的准备。另外白金汉通知市长，反法的大联盟终于即将宣布组成，王国将同时遭到英国军队、帝国军队和西班牙军队的入侵。这封信在所有的广场上公开宣读，信的抄件还张贴在各条街的街角上，甚至那些已经开始进行谈判的人也终止了谈判，决

① 罗伯斯庇尔（1758—1794），18 世纪法国资产阶级革命时期雅各宾派领袖。领导雅各宾派反对吉伦特派，坚决主张处死路易十六和抗击普奥联军，在保卫和推动法国资产阶级革命向前发展的过程中起过很大作用。1794 年 7 月 27 日热月政变时被捕，次日处死刑。

② 特里斯丹，法国政治家，大法官，路易十一的主要顾问之一，他蔑视审判程序，为人残酷，是路易十一时代的治安工作负责人。

定等待被如此夸张地宣布出来的援助。

这个出乎意料的情况出现后，黎塞留又回复到最初的忧虑之中去了，而且他不由自主地把他的眼睛又重新转向大海的彼岸。

王国军队可没有它的惟一的、真正的首脑的那些忧虑，这时候过着快乐的生活，军营里不缺少食物，也不缺少钱；所有的部队都在互相比胆量，比玩得开心。捉间谍处以绞刑，到海堤上或者海上去，冒险远征，先想出一些冒失事，然后头脑冷静地去干；正是有了这些消遣，军队才觉得日子短，而这些日子不仅受着饥饿和焦虑煎熬的拉罗舍尔人觉得长，而且坚决对他们进行封锁的红衣主教，也觉得非常非常长。

红衣主教经常像军队里最普通的骑兵那样骑着马外出。他从法兰西王国各地招来了一些工程师，在他的指挥下修建工事，他觉得进度太慢。当他用沉思的目光扫视着这些工事时，如果遇到特雷维尔的队伍里的火枪手，就会走到跟前，用一种古怪的眼光望着他，等到认出他不是我们那四个伙伴中的一个以后，就让自己的深邃的目光和广阔的思想转向别处。

有一天，因为既没有与城里人进行谈判的希望，也没有英国来的消息，红衣主教心烦得要命，仅仅由卡于扎克和拉乌迪尼埃尔跟随着出去走走；除了出去走走，这次外出没有别的目的。他骑马沿着沙滩走去，把他无边无际的梦想混入在无边无际的大西洋之中。他让他的马迈着小步来到一座山冈上，从山冈上他看见在一道树篱后面有七个人，他们躺在沙滩上，顺便享受一下在一年的这段时期中是那么罕见的阳光。四周围丢弃着许多空酒瓶。这七个人中有四个是我们的火枪手，他们正准备听他们中间的一个念他刚收到的一封信。这封信是那么重要，连纸牌和骰子都被扔在一面鼓上。

另外三个人在忙着打开一个巨大的坛子的盖子，坛子里装的是科利乌尔①葡萄酒。他们是这些先生的跟班。

红衣主教，正如我们已经说过的，心情极不愉快；当他处在这种心

---

①科利乌尔，法国西南部东比利牛斯省城镇，濒地中海，产葡萄酒。

情中时，没有什么能像别人的快乐那样更增添他的阴郁了。况且他抱有一个奇怪的成见，那就是他始终认为促使别人快乐的正是造成他忧愁的那些原因。他朝拉乌迪尼埃尔和卡于扎克做了一个停住的手势，他从马上下来，朝这些有说有笑、形迹可疑的人走过去，他希望靠了减轻他脚步声的砂子和遮住他前进的树篱的帮助，可以听见几句他们的谈话，他觉得他们的谈话一定很有趣。到了离树篱仅仅还有十步远的地方，他听出了吱吱喳喳的加斯科尼口音。因为他已经知道这些人是火枪手，所以他毫不怀疑其中三个人就是被人称为形影不离者的那三个人，也就是阿多斯、波尔朵斯和阿拉密斯。

我们能够判断出，他偷听谈话的欲望是不是因为这个发现而有所增加。他眼睛里有了一种古怪的表情，他迈着山猫般的步子朝树篱走去；但是他还只能够听见一些含含糊糊的、没有任何肯定意思的音节，就在这时候突然响起一声响亮的、短促的叫喊，吓得他打了个哆嗦，而且引起了火枪手们的注意。

“军官！”格里莫叫道。

“您好像说起话来了，混账东西，”阿多斯用一边的胳膊肘支起身子说，同时用炯炯的目光慑服了格里莫。

因此格里莫一句话也没有再补充，仅仅朝树篱的方向伸出食指，用这个手势通知了红衣主教和他的随从的来到。

四个火枪手一下子蹦了起来，站好，恭恭敬敬地行礼。

红衣主教好像火气很大。

“看来火枪手先生们也派人保卫自己了！”他说，“难道是英国人从陆路来了，还是火枪手把自己看成是高级军官？”

“大人，”阿多斯回答，在普遍的恐惧之中只有他一个人还保持着从来不离开他的那种大贵人才有的沉着和冷静，“大人，火枪手在不值班的时候或者值完班以后喝酒和掷骰子，他们对他们的跟班来说是很高级的军官。”

“跟班，”红衣主教不满地咕哝着，“得到命令在有人经过时通知他们的主人，这样的跟班不再是跟班，而是哨兵。”

“不过法座看得很清楚，如果我们没有采取这个预防措施，我们就完全可能看不见您经过，错过机会向您表示我们的敬意，并且为了您出面把我们聚集在一起的恩情，我们应该向您表示我们的感谢。达尔大尼央，”阿多斯继续说，“您刚才还说您希望能有机会向大人表达您的感激之情；瞧，机会来啦，别错过了。”

说这番话用的冷静的态度，正是使阿多斯在危险时刻显得与众不同的那种不可动摇的冷静态度，还有他表现出的极端的谦恭有礼，使他在某些紧要关头成了一个比那些天生的国王还要威严的国王。

达尔大尼央走过来，结结巴巴说了几句表示感谢的话；但是在红衣主教的阴沉的目光下他很快就说不下去了。

“反正一样，先生们，”红衣主教继续说，阿多斯提出的这件事看来丝毫没有改变他最初的意图，“反正一样，先生们，我不喜欢有些普通士兵，因为有幸在一个享有特权的部队里服役，就大摆其老爷架子，纪律对他们和对所有的人应该是同样的。”

阿多斯让红衣主教把话说完，鞠了一个躬表示同意，然后开口说：

“纪律，大人，我希望，丝毫没有被我们忘记。我们不在值班，我们相信不值班的时候，我们就能够随我们高兴去支配我们的时间。如果我们幸运的话，正巧法座有特殊的命令要下达给我们，我们准备立即服从。大人也能看出，”阿多斯继续说，他皱紧了眉头，因为这种盘问已经使他感到不耐烦，“为了应付任何紧急情况，我们出来都随身带着武器。”

他把四支火枪指给红衣主教看，这四支火枪架在上面放着纸牌和骰子的鼓旁边。

“请法座相信，”达尔大尼央补充说，“如果我们能猜到您在这么少的人的陪同下朝我们走来，我们一定会前来迎接您。”

红衣主教咬住唇髭，也略微咬住了嘴唇。

“你们总是像这样在一起，带着武器，还有你们的跟班保卫着，你们知道你们看上去像什么吗？”红衣主教说，“你们看上去像四个密谋分子。”

"啊！至于这个，大人，这倒是真的，"阿多斯说，"我们搞密谋，正如法座曾经在一天上午能够看到的，不过是为了对付拉罗舍尔人。"

"嘿！政治家先生们！"红衣主教也皱紧眉头说，"你们看见我来了，连忙把信藏起来，如果能像你们看那封信一样看到你们的脑子里，也许可以在你们脑子里发现许多不为人知的秘密。"

阿多斯的脸一下子涨得通红，他朝法座走了一步。

"您好像真的怀疑我们，大人，我们好像是在受一次真正的审问；如果确实如此，那就请法座俯允略微解释一下，让我们至少心中也有个数。"

"如果是审问又怎么样？"红衣主教说，"在你们之前已经有许多人都被问过，阿多斯先生，而且都一一回答了。"

"因此，法座，我也对您说过，您只管问，我们做好了回答的准备。"

"您将要念的，阿拉密斯先生，后来又藏起来的是封什么信？"

"一封女人来的信，大人。"

"噢！我明白了，"红衣主教说，"这种信需要保密；不过让一个听忏悔的神父看看还是可以的，你们也知道，我得到过神品。"

"大人，"阿多斯平静地回答，因为他的这番回答是在拿自己的脑袋冒险，所以他的平静更显得可怕了，"信是一个女人写来的，但是信上签的名字不是马里翁·德·洛尔姆[①]，也不是代吉荣夫人。"

红衣主教的脸一下子白得像死人，从他眼里射出一道狰狞的光芒，他转过身去，好像是为了向卡于扎克和拉乌迪尼埃尔下一道命令。阿多斯看见了他的这个动作，朝火枪走了一步，三个朋友也像不愿意束手就擒的人那样眼睛紧紧盯着火枪。红衣主教连自己才三个人；火枪手包括

---

①马里翁·德·洛尔姆（1611—1650），法国名妓，聪慧、艳丽，曾是包括白金汉公爵在内的许多权贵的情妇，据说与煊赫一时的红衣主教黎塞留也有暧昧关系。

跟班在内一共有七个人。红衣主教认为双方的力量悬殊，如果是阿多斯和他的伙伴们确实是在搞密谋的话，那就会更悬殊了；于是他采用了他随时准备好的那些忽然改变主意的办法，满面的怒容顿时化成了微笑。

“好啦，好啦！”他说，“你们是勇敢的年轻人，在阳光下自豪，在黑暗里忠诚；把别人保护得那么好的人，保护保护自己也没有什么坏处。先生们，我没有忘记你们护送我到红鸽棚去的那个夜晚；如果我担心接着走下去的路途中会有危险的话，我一定请你们送送我；但是没有危险好担心，请你们留下吧，把你们酒瓶里的酒喝完，牌打够，信念完。再见了，先生们。”

他骑上卡于扎克给他牵过来的马，用手向他们打了个招呼，就走了。

四个年轻人站着不动，一句话也不说，两眼跟着他看，一直看到他消失得无影无踪。

然后他们互相望着。

所有人的脸上都露出沮丧的神色，因为法座尽管友好地告别，但是他们明白他是怀着满腔怒火走的。

只有阿多斯一个人脸上带着那种威严的、轻蔑的微笑。

等红衣主教到了既听不见也看不见的距离以外，波尔朵斯恨不得把满肚子的火气发泄到什么人头上，他叫了起来：

“这个格里莫发现得太晚了！”

格里莫正要回答，为自己辩解，阿多斯举起手指，格里莫一声不响了。

“您会把信交出去吗，阿拉密斯？”达尔大尼央说。

“我，”阿拉密斯用他那最狡猾的嗓音说，“我已经决定：如果他非要我把这封信交出不可，那我就一只手把信交给他，另一只手用我的剑刺穿他的身体。”

“我早已经料到了，”阿多斯说，“就是因为这个缘故我站到了您和他的中间。说真的，这个人像这样跟别的男人说话，未免太冒失；他简直就像一直光跟女人和孩子在打交道。”

“我亲爱的阿多斯，”达尔大尼央说，“我佩服您，不过说到底是我们理亏。”

“怎么，我们理亏！”阿多斯说，“我们呼吸的这个空气属于谁？我们的目光投在上面的这片大西洋属于谁？我们躺在上面的这片沙滩属于谁？有关您的情妇的那封信属于谁？难道属于红衣主教？以我的荣誉起誓，在这个人的想象中，认为全世界都属于他；您站在他面前，结结巴巴，目瞪口呆，惊慌失措；简直就像巴士底狱矗立在您面前，这个庞大的墨杜萨①把您一下子变成了石头。请问，爱上了人也是搞密谋？您爱上了一个被红衣主教关起来的女人，您想把她从红衣主教的手里救出来；这是您和法座之间的一场赌博，这封信就是您手中的牌，为什么您要让您的对手看您的牌呢？这绝对不可以。好极了，让他猜吧！我们呢，我们能猜到他手中的牌！”

“不错，”达尔大尼央说，“阿多斯，您说的这些，完全合情合理。”

“既然如此，那就不要再谈刚才发生的事了，让阿拉密斯从被红衣主教打断的地方起继续念她表妹写来的那封信吧。”

阿拉密斯从口袋里掏出信，三个朋友聚到他跟前，三个跟班重新又回到那个酒坛子周围。

“您仅仅念了一两行，”达尔大尼央说，“还是从头开始重新念吧。”

“好的，”阿拉密斯说。

我亲爱的表哥，我想我就要做出动身到斯特内②去的决定了，我的姐姐已经把我们的小女用人送进了那里的加尔默罗会修道院；这个可怜的孩子安于天命，她知道她生活在别的地方她的灵魂的得救就要遭到危险。然而如果我们家的事能像我们希望的那样安排好，我相信她会冒受到天罚的危险，回到她怀念的那些人

---

①墨杜萨，希腊神话中的怪物。原为美女，因触犯女神雅典娜，头发变为毒蛇，面貌奇丑无比。谁看她一眼，谁就立刻变成化石。后为英雄珀尔修斯所杀。
②斯特内，法国东北部默兹省城镇，在离凡尔登不远的默兹河边。

身边来，特别是因为她知道有人一直在想念她。眼下她并不是太不幸；她惟一希望得到的是她的未婚夫的一封信。我知道这种东西很难从铁栅栏门通过；但是我已经一次次向您证明过，我亲爱的表哥，我毕竟不是一个太笨手笨脚的人，让我来负责送这封信。我的姐姐感谢您对她的殷切的永恒的怀念。她一度感到非常担心；不过她现在终于稍微有点放心了，因为她把她手下的伙计派到那边去，防止发生什么意外的事。

再见，我亲爱的表哥，尽可能常常地，也就是说，每当您能够有把握做到时，给我们送来您的消息。我拥抱您。

玛丽·米雄

"啊！我多么感谢您呀，阿拉密斯！"达尔大尼央叫了起来，"亲爱的康斯坦丝！我终于得到了她的消息；她活着，她安全地待在一座修道院里，她在斯特内！斯特内在哪儿，阿多斯？"

"在洛林[①]，离阿尔萨斯[②]边境几法里；一旦撤围了，我们可以到那边去转一圈。"

"那一天不会远了，应该说有盼头了，"波尔朵斯说，"因为今天早上绞死一个间谍，这个间谍说拉罗舍尔人已经落到吃他们的皮鞋面子的地步了。假定他们把鞋面吃光了，他们就吃鞋底，我看不出到那时他们还剩下什么，除非是互相吞食。"

"这些可怜的笨蛋！"阿多斯一边说，一边斟了一杯非常好的波尔多[③]葡萄酒；波尔多葡萄酒在当时还没有享有它今天享有的声誉，不过质量一点也不差；"这些可怜的笨蛋，倒好像天主教不是最有好处、最愉快的宗教似的！不管怎样，"他舌头抵住上颚发出一下咂嘴声后接着

---

①洛林，法国东北部地区及旧省名，接连法国，包括今摩泽尔、默尔特-摩泽尔、默兹和孚日四省。

②阿尔萨斯，法国东北部地区及旧省名，隔莱茵河接连德国。西面与洛林接壤，包括今上莱茵和下莱茵两省。

③波尔多，法国西南部经济中心，加龙河下游的港市，酿酒业中心，出口驰名的波尔多葡萄酒。

说，“他们是些好小伙子。不过，见鬼，您在干什么，阿拉密斯？”阿多斯继续说，“您把这封信塞进口袋？”

“对，”达尔大尼央说，“阿多斯有道理，应该把它烧掉；即使烧掉，谁知道红衣主教先生还会不会有审问纸灰的秘诀？”

“他一定有，”阿多斯说。

“那您打算把这封信怎么处置呢？”波尔朵斯问。

“到这儿来，格里莫，”阿多斯说。

格里莫站起来，照吩咐的做。

“为了惩罚您没有得到允许就说话，我的朋友，您要把这张纸吃下去；然后，为了奖赏您帮我们这个忙，把这杯酒喝下去；先是这封信，使劲嚼。”

格里莫露出了微笑，眼睛盯住阿多斯刚斟得满满的那杯酒，牙齿嚼烂信纸，吞了下去。

“好极了，格里莫师傅！”阿多斯说，“现在喝这个；好，我免掉您说谢谢。”

格里莫默默地大口喝着杯子里的波尔多葡萄酒，但是他那向天空抬起的眼睛，在干这件愉快事儿的整个时间里，却用一种语言倾诉着，这种语言虽然是不出声的，但是表达力仍然非常强。

“现在，”阿多斯说，“除非红衣主教先生想到打开格里莫的肚子这个巧妙的主意，我相信我们差不多可以放心了。”

在这段时间里，法座继续他那心情忧郁的散步，上唇蓄着小胡子的嘴里嘟嘟囔囔地说：

“这四个人，必须让他们归到我手下来。”

第二十二章

囚禁的第一天

我们刚才把目光投向了法国海岸，因此有一会儿没有看见米莱狄了，现在让我们再回过头来谈谈她吧。

我们再找到她时，她仍然处在我们离开她时的那种绝望的境地，她为自己挖掘了一个充满悲观的想法的深渊，一个阴郁的地狱；她几乎把全部希望都留在这个地狱的门外，因为她头一次丧失了信心，头一次感到了害怕。

她有过两次运气不佳，有过两次被人识破并且被出卖；这两次，她遇到了肯定是天主派来打败她的那个凶神恶煞而遭到惨败：达尔大尼央战胜了她这个不可战胜的恶的力量。

他利用了她的爱情，羞辱了她的高傲，挫败了她的野心，现在他又毁掉了她的前途，损害了她的自由，甚至威胁到她的生命安全。更有甚者，他撩起她的假面具的一角，这个假面具是她用来掩盖自己，并且使她变得如此强大的盾牌。

她正像她恨所有她以前爱过的人那样恨着白金汉，黎塞留曾经企图利用王后酝酿一场暴风雨来威胁白金汉，是达尔大尼央帮助白金汉摆脱了这场暴风雨。她对德·瓦尔德忽然产生了母老虎才有的那种强烈的爱，产生了在她这种性格的女人身上通常难以抑制的那种强烈的爱，达尔大尼央乘机冒充了德·瓦尔德。达尔大尼央知道了她的那个可怕的秘密，而她曾经发誓说过谁知道了这个秘密谁就得死。最后，就在她刚得到一份签名授予全权的空白证书，她可以借助这份全权证书向她的敌人进行报复时，这份全权证书却被人从她手里夺走；正因为达尔大尼央，她成为囚犯，正因为他，她将被送往肮脏的植物学湾①，送往印度洋里某一个污秽不堪的泰伯恩。

她遇到的这一切，毫无疑问，都来自达尔大尼央；堆积在她头上的这么多耻辱，如果不是来自他，又会来自谁呢？只有他才有可能把命中注定了由他一件件发现的所有那些秘密转告温特勋爵。他认识她的小

---

①植物学湾，澳大利亚新南威尔士州小海湾。1770年库克船长在此首次登上澳大利亚大陆，因在当地发现许多新植物而得名。1788年后被英国作为犯人的教养中心。但这是在本书故事发生后100多年的事。

叔子，他可以给她的小叔子写信。

她浑身散发出多少仇恨啊！她在那儿，一动不动，两只冒着火光的眼睛紧紧盯住空房间的深处，低沉的咆哮声不时从她的胸脯里随同她的呼吸迸发出来，与波涛声配合得那么和谐，波涛升起来，轰鸣着，吼叫着，像一个永无休止的、无能为力的绝望，冲向这座阴森森的、傲慢的城堡建立在其上的悬崖峭壁，撞得粉碎。在暴风雨般的狂怒中她的心头亮起了阵阵闪电，在这闪电的光芒照耀下，她构思出一个个消失在遥远的迷雾中的、对付博纳希厄太太，对付白金汉，特别是对付达尔大尼央的宏伟的报复计划！

是的，为了报复，必须获得自由；当一个人被囚禁时，为了获得自由，必须凿穿墙壁，拆除铁栅栏，打通楼板；所有这些事换了一个有耐心的、身体强健的男人，他可以坚持干到底，但是一个女人，而且是处在急躁的恼怒状态中，肯定会遭到挫折。况且为了办成这一切，必须有时间，几个月，几年，而她呢……照她的亲如手足的、严厉可怕的监狱看守温特勋爵对她说的，她只有十到十二天。

然而，如果她是个男人，她一定会试着去干这一切，说不定她还会获得成功。为什么老天要犯下这样大错误，把这个男性的灵魂放进这个脆弱的、娇嫩的肉体里！

因此，囚禁的最初时刻是可怕的：她不能控制住由狂怒引起的那几下痉挛性动作，这是女性的弱点的自然流露。但是渐渐地她控制住了她的狂怒的发作，震动她的肉体的神经性颤抖也消失了，现在她像一条在休息的疲乏的蛇那样，身子缩成一团。

"够啦，够啦！我像这样发火简直是疯了，"她一边说，一边照镜子，镜子里映出了她的火热的目光，她仿佛在用这火热的目光询问自己，"不应当暴躁，暴躁是软弱的表现。首先我从来没有用这个方法取得过成功。如果我使用我的体力对付女人，也许我能有机会发现她们比我还要弱，因而战胜她们；但是我是在同男人作斗争，对他们来说我只是一个女人，让我作为女人去斗争，我的力量就在我的弱点里。"

她好像是为了让自己知道她能够控制她的如此富于表情、如此多变的容貌似的，同时让它做出各种表情，从使她的脸皱紧的愤怒表情，一直到最温柔多情、最富有诱惑力的微笑的表情。接着她的头发在她的巧手的摆弄下，连续呈现出她相信对她的脸蛋儿的魅力能够有所帮助的发式。最后她对自己感到满意了，低声说：

“好，什么也没有失去。我仍旧很美丽。”

这时候大约是晚上八点钟。米莱狄看见一张床；她想，休息几个小时不仅能使她的头脑和思路清醒，而且能使她的气色变得更鲜艳。然而在躺下来以前，她又有了一个更好的主意。她刚才听人谈起过晚餐。她来到这间屋子已经有一个小时了，晚餐可能很快就给她送来。女囚犯不希望浪费时间，她决定从当天晚上起就试探试探，摸摸底，研究一下负责看管她的那些人的性格。

从门底下漏进来一道灯光，这灯光表明她的监狱看守们回来了。米莱狄站了起来，连忙奔过去重新坐在扶手椅上，头往后仰，美丽的头发解开后披散着，胸脯裸露在揉皱的花边底下，一只手放在心口上，另一只手搭拉着。

有人拉开门闩，门扇在铰链上吱嘎作响，房间里响起了脚步声，而且越来越近。

“放在这张桌子上，”女囚犯听出说这句话的是费尔顿。

命令得到执行。

“你们送一些蜡烛来，再让哨兵换岗，”费尔顿继续说。

年轻中尉朝同一些人下的这双重命令，向米莱狄证明了服侍她的和看守她的是同一些人，也就是说是一些士兵。

而且费尔顿的命令是在沉默之中迅速得到执行的，这充分说明他有极其严明的纪律。

费尔顿还没有朝米莱狄看过一眼，最后他朝她转过身来。

“啊！啊！”他说，“她睡着了，很好；她醒了以后再吃晚饭。”

他走了几步准备出去。

“不过，中尉，”一个士兵说，他没有他的长官那么坚定，曾经走到过米莱狄的跟前，“这个女人不是睡着了。”

“怎么，她不是睡着了！”费尔顿说，“那她在干什么？”

“她昏过去了；她的脸色很苍白，我听来听去，听不见她的呼吸声。”

“您说得对，”费尔顿没有朝米莱狄走一步，只是从他站的地方望了望她以后，说，“去通知温特勋爵，他的女囚犯昏过去了，我不知道该怎么办，这个情况事先没有估计到。”

士兵走出去执行他的长官的命令。房门旁边，正好有一把扶手椅，费尔顿坐下等着，没有说一句话，也没有做一个动作。米莱狄掌握着女人们精心研究的这种高超本领：隔着长睫毛观看而眼皮看起来并没有睁开。她看见费尔顿背朝着她。她继续看他看了差不多有十分钟，在这十分钟里，无动于衷的看守人一次也没有转过身来。

她接着想起温特勋爵就要来了，他的出现会给她的监狱看守增添新的力量，那她的第一个考验就完了，因此她就像对自己的本领抱有信心的女人那样打定了主意，抬起头，张开眼睛，轻轻地叹了口气。

听到这声叹气，费尔顿终于转过身来。

“啊！您醒了，夫人！”他说，“这样一来我在这儿没事了！如果您需要什么，您可以打铃。”

“啊！我的天主！我的天主！我多么难受啊！”米莱狄低声说，用的那种悦耳的嗓音，很像古代女巫的嗓音，能够把所有她想毁掉的人迷住。

她在扶手椅上坐起来，坐着的姿势比她躺着时的姿势还要优美，还要放肆。

费尔顿站了起来。

“每天像这样供应您三顿饭，夫人，”他说，“早上九点钟，中午一点钟，还有晚上八点钟。如果您觉得不合适，您可以另外规定时间，代替我向您提出的时间，在这一点上我们可以满足您的要求。”

“不过，我难道要永远一个人待在这间又大又闷的房间里吗？”米莱狄问。

“已经通知住在附近的一个女人，她明天来城堡，随时听候您的使唤。”

“我感谢您，先生，”女囚犯谦恭地回答。

费尔顿略微鞠了鞠躬，朝门口走去。正在他跨出门槛的时候，温特勋爵出现在走廊里，后面跟着那个给他送去米莱狄昏过去的消息的士兵。他手里拿着一瓶嗅盐。

“嗯！怎么回事？这儿到底发生了什么事？”他望着已经醒过来的女囚犯和准备离去的费尔顿，用嘲笑的口气问，“我们的这个死人难道已经复活了？见鬼，费尔顿，我的孩子，难道你没有看出别人把你看成一个涉世不深的新手，在跟你演一出喜剧的第一幕？当然我们会很高兴把这出喜剧从头看到结束的。”

“我也想到了这一层，米罗尔，”费尔顿说，“但是，不管怎么说，女囚犯毕竟是一个女人，我希望像任何一个出身高贵的男人对待一个女人那样对她有几分尊重，即使这个男人不是为了她，也是为了他自己。”

米莱狄浑身上下打了个哆嗦。费尔顿的这番话像块冰似的通过了她的所有血脉。

“这么说，”温特笑着说，“这巧妙地披散的美丽的头发，这雪白的皮肤，还有这懒洋洋的眼神，都还没有能够把你勾引上，真是铁石心肠！”

“是的，米罗尔，”毫不动心的年轻人回答，“请相信我，为了腐蚀我，需要的远不止是女人的那些手段和卖弄风情。”

“既然如此，我的勇敢的中尉，让米莱狄去寻找别的东西，咱们去吃晚饭吧。啊！放心吧，她有丰富的想象力，喜剧的第二幕紧跟着第一幕很快就要上演了。”

说着这些话，温特勋爵挽住费尔顿的胳膊，一边说着，一边把他带走了。

“哼！我肯定能找到你所需要的东西，”米莱狄低声地咕哝，“放心吧，你这个可怜的人，你原该出家当修士，却把一件修士服给自己裁剪成了军服，改变主意当了兵。”

“顺便说说，”温特在门口停下说，“米莱狄，千万别让这次失败影响您的胃口。尝尝这只小鸡和这些鱼，我以荣誉担保，我没有让人在里面下过毒。我对我的厨师还相当满意；因为他不会继承我的遗产，所以我对他完全信任。您就像我一样做吧。再见，亲爱的嫂子！等您下次昏过去再见。”

米莱狄所能忍受的也就是这一切了：她的一双手紧紧地抓住她坐着的扶手椅，她的牙齿咬得咯咯响，她的眼睛跟随着在温特勋爵和费尔顿背后关上的门扇转动；等到只剩她一个人，绝望又突然攫住了她；她朝桌子上看看，看见一把刀闪着亮光，她扑过去，抓住它；但是她大失所望：刀身是柔韧的银质的，尖端又是圆形的。

从没有关好的门后面响起了哈哈大笑声，门又打开了。

“哈！哈！”温特勋爵叫了起来，“哈，哈，哈！你看见了吧，我的好费尔顿，你看见我对你说过的事了吧；这把刀子是对付你的；我的孩子，她会把你杀了的；你看见了吧，凡是妨碍她的人，她都要像这样用某种方法把他除掉，这是她的怪脾气之一。如果我听你的话，刀子就会是尖的，纯钢的；就不会再有费尔顿，她会杀死你，杀死你以后，还会杀死所有的人。瞧瞧，约翰，她握那把刀子握得多么在行。”

米莱狄的手里确实还紧紧握着那件进攻性武器，但是这最后的几句话，这对她的最大的侮辱，使她松开手，丧失了体力，甚至丧失了意志力。

刀子掉落在地上。

“您是对的，米罗尔，”费尔顿说，用的那种深恶痛绝的语气震得米莱狄胆战心惊，“您是对的，是我错了。”

他们两个人又出去了。

但是这一次米莱狄竖起耳朵比头一次听得更仔细，她听见他们的脚步声逐渐远去，消失在走廊深处。

“我完了，”她低声说，“我现在受到这样一些人的摆布，我对他们能起的作用并不比我对青铜塑像或者花岗石雕像能起的作用大。他们对我了如指掌，能抵挡我的各种武器。

“然而结局决不可能像他们所决定的那样。”

事实上，也正像最后的这个想法所表明的那样，她出自本能地恢复了希望，恐惧和那些脆弱的思想感情在她的深不可测的心灵里不会长时间地出现。米莱狄坐到桌前，吃了好几样菜，喝了一点儿西班牙葡萄酒，感到她的决心又完全恢复了。

在她上床睡觉以前，她已经对她的对话者进行过全面的评价、分析、反复考虑，并从各方面研究了他们的谈吐、步伐、手势、特征，甚至还研究了他们的沉默。从这深刻的、熟练的和细心的研究得出的结论是：总的说来，费尔顿是迫害她的两个人中较易于攻击的一个。

有一句话女囚犯记得特别清楚：

“如果我听了您的话，”温特勋爵曾经对费尔顿说。

因此费尔顿曾经说过对她有利的话，既然温特勋爵不愿意听从他的话。

“不论是微弱还是强烈，”米莱狄重复说，“这个人的心灵总还有那么一点怜悯的火花；我将把这点火花扇成一场大火，把他吞没。

“至于另外一个人，他了解我，他怕我，知道万一我从他手里逃脱，我能干出些什么事来；因此在他身上作任何打算都是徒劳的。但是费尔顿就完全是另一回事了，他是一个天真的、纯洁的年轻人，好像还很有德行。这个人，我有可能把他毁掉。”

米莱狄躺到床上，嘴唇上带着微笑睡着了；沉睡中的她，谁看了都会说这是一个梦见了在即将到来的节日里戴上花冠的年轻姑娘。

第二十三章
囚禁的第二天

米莱狄梦见自己终于逮住了达尔大尼央，梦见自己亲临刑场，看见他的可憎的鲜血从刽子手的斧头下流出来，她的嘴唇上露出了微笑。

她就像一个开始有了一线希望而安然入睡的囚犯那样，进入了梦乡。

第二天有人走进她的房间时，她还在床上。费尔顿待在走廊里，他带来了头天谈起过的，刚刚来到的女人；这个女人走进房间，来到米莱狄的床边，表示愿意为她效劳。

米莱狄的脸色通常总是很苍白，因此头一次见到她的人往往会被她的脸色骗住。

“我在发烧，”她说，“昨天整整一夜，我连一分钟也没有睡着过，我难受得要命；您对待我会比昨天的那些人仁慈一些吗？况且我所要求的只不过是允许我继续躺在床上。”

“要不要给您找一个医生？”那个女人说。

费尔顿听着她们的对话，没有说一句话。

米莱狄考虑后认为，她周围的人越多，她需要花力气去引起他们怜悯的人也就越多，而且温特勋爵的监视也会成倍地增加。况且医生可能说病是假装出来的；米莱狄在输了第一局以后，不愿意再输第二局了。

“去找一个医生，”她说，“有什么用？这些先生昨天就说过我的病是一出喜剧，今天毫无疑问他们还会这么说；因为从昨天晚上起，他们有的是时间去通知医生。”

“好，”费尔顿失去了耐心，说，“您倒是自己说说看，夫人，您希望接受怎样的治疗。”

“哟！我，我怎么知道，我的天主！我仅仅感到我身上难受，别的没有什么；你们愿意给我什么就给我什么吧，对我反正一样。”

“去把温特勋爵找来，”费尔顿说，他对这种没完没了的抱怨感到厌烦了。

“啊，不！不！”米莱狄叫了起来，“不；先生，别去叫他，我求求您，我感到我好多了，我什么也不需要，别去叫他。”

她在她的呼喊中倾注了如此惊人的激昂情绪和如此动人的说服力，以至于费尔顿被打动了，他跨过门槛，在屋里走了几步。

“他过来了，”米莱狄想。

“不过，夫人，”费尔顿说，“如果您真的感到难受，我们就派人去请医生；如果您欺骗我们，哼！那对您只有更糟，但是，至少在我们这方面，没有什么好责备自己的了。”

米莱狄没有回答；不过美丽的脑袋倒在枕头上，她泪如雨下，抽抽噎噎地哭了起来。

费尔顿像平时一样无动于衷地望着她，望了一会儿以后，看到她的发作有可能持续下去，于是走了出去；那个女人跟在他后面也出去了。温特勋爵没有出现。

“我相信我已经开始弄清楚了，”米莱狄怀着无法遏止的快乐低声咕哝。为了不让所有那些可能在偷偷观察她的人看见她心满意足的激动情绪，她把整个身子藏在被窝里。

两个小时过去了。

“现在病应该好了，”她说，“起来吧，从今天起就应该多少取得一些胜利；我只有十天时间，到今天晚上两天就过去了。”

早上进入米莱狄房间的人，曾经给她送来了早餐；她心里想，很快就会有人来搬桌子，到那时她又可以见到费尔顿了。

米莱狄没有猜错。费尔顿重新露面，他没有注意米莱狄是不是碰过饭菜，做了个手势，叫人把通常都是摆上饭菜后送进来的桌子搬出房间去。

费尔顿留在最后，他手里拿着一本书。

米莱狄躺在壁炉旁边的一把扶手椅上，美丽，苍白，顺从，看上去就像是一个在等待殉教的童贞圣女。

费尔顿走到她跟前，说：

“夫人，温特勋爵像您一样是天主教徒，他认为您丧失了参加您的宗教的仪式和祭礼的机会，会感到痛苦。因此他同意您每天念您的日课常规经，这本书里面有经文。”

米莱狄注意到费尔顿把这本书放在她身边小桌子上的态度，他说“您的日课”这四个字的口气，以及一边说一边露出的轻蔑的笑容；她抬起头，更加注意地望着这个军官。

于是从他那端正的发型，从他那朴素得过分的服装，从他那像大理石一样光洁，但是也像大理石一样坚硬、一样难以穿透的额头，她认出了他是她经常可以在詹姆士国王[1]的宫廷里和法兰西国王的宫廷里遇到很多的那种阴郁的清教徒，尽管对圣巴托罗缪惨案的记忆犹新，清教徒们有时候还是到法兰西国王的宫廷里来寻找庇护。

因此她正像天才人物一样，灵机一动，有了主意；那些天才人物处在危急时刻，处在对自己的前途或者性命必须作出决定的紧急关头，往往会灵机一动，有了主意。

“您的日课”这四个字，还有她投向费尔顿的那简简单单的一瞥，事实上已经使她明白了她所要作出的回答有多么重要。

但是靠了她特有的敏捷的智力，这个回答很快就完全想好了，出现在她的嘴边。

“我！”她说，口气里的轻蔑程度，和她注意到年轻军官的嗓音里所有的轻蔑程度完全一致，“我，先生，我的日课！温特勋爵，这个腐化堕落的天主教徒，他明明知道我信的和他信的不是同一种宗教，这是他对我布下的一个圈套！”

“那您信的是哪一种宗教，夫人？”费尔顿惊讶地问，他尽管有很强的自我克制能力，还是不能完全隐瞒他的惊讶。

“等到我为了我的信仰受够了痛苦的那一天，”米莱狄装出一副慷慨激昂的样子，大声嚷道，“我会说的。”

费尔顿的目光告诉米莱狄，她刚刚用这一句话为自己获得了多么大的成功。

然而年轻军官仍然一声不响，一动不动，只有他的目光吐露出他的心声。

“我落在我那些敌人的手里，”她继续用她知道的清教徒已经习以为常的那种激奋的语调继续说，“好吧！让我的天主救我，或者让我为我的天主去死！这就是我请您替我带给温特勋爵的回答。至于这本书，”她一边补充说，一边指着日课经，不过她的指尖没有碰到它，仿

---

① 詹姆士国王，指英国的国王詹姆士一世(1566—1625)。在位期间为1603年至1625年。晚年朝政几乎由查理王子(也就是后来的查理一世)和白金汉公爵包办。

佛接触它会玷污自己似的，“您可以带走，留给您自己使用，因为您毫无疑问在两方面成了温特勋爵的同谋，您是他进行迫害的同谋，也是他传播异端的同谋。”

费尔顿什么也没有回答，怀着他已经显露过的、相同的厌恶感情拿起书来，沉思着走了出去。

温特勋爵在晚上五点钟左右来了；米莱狄在整个白天里有充分时间来制定自己的行动计划。她接待他时，已经是一个完全恢复了自己的所有优势的女人。

“看来，”勋爵一边说，一边在米莱狄占用的扶手椅对面的一把扶手椅上坐下，很随便地把两只脚伸向壁炉，“看来咱们干了一件小小的背教的事！”

“您这是什么意思，先生？”

“我的意思是自从上次见面以后，咱们改变了宗教信仰；莫非您嫁了第三个丈夫，他是个清教徒？”

“请您解释解释清楚，米罗尔，”女囚犯神色庄严地说，“因为我郑重地向您宣布我听见了您说的话，但是我不明白是什么意思。”

“这么说，您根本没有宗教信仰；我倒是宁愿如此，”温特勋爵冷笑着说。

“可以肯定这更符合您的道德准则，”米莱狄冷静地说。

“啊！我向您承认，这对我来说完全无所谓。”

“啊，您用不着承认您对宗教的不关心，米罗尔，您的放荡和您的罪行会对此作出证明的。”

“哼！您谈到了放荡，梅萨利纳夫人[①]，麦克佩斯夫人[②]！或者是

---

① 梅萨利纳夫人（约22—48），罗马皇帝克劳狄的第三个妻子，以淫乱和阴险出名。由于她的诬陷，许多元老都死于屠刀之下。后来经人揭发，她与情夫已经秘密结婚，并阴谋夺取政权。克劳狄终于把她处死。

② 麦克佩斯夫人，苏格兰国王麦克佩斯（？—1057）的妻子。他的生平故事构成莎士比亚《麦克佩斯》一剧的基本情节。他原是北苏格兰莫雷省省长。在他的妻子鼓动下杀死了堂兄弟国王邓肯后自立为王。麦克佩斯夫人在梦游症中看到鲜血；后自杀。麦克佩斯被邓肯之子部下包围，死于混战之中。

我没听清楚，或者是您这个人，没错儿，太恬不知耻了！”

“您这样说话，是因为您知道有人在听我们说话，先生，”米莱狄冷静地说，“是因为您想引起您的那些监狱看守和您的那些刽子手对我的反感。”

“我的那些监狱看守！我的那些刽子手！唷，夫人，您用的是诗歌般悲壮的调子，昨天晚上的喜剧今天晚上变成了悲剧。不过，一个星期以后您就到了您应该去的地方，我的任务也就完成了。”

“卑鄙可耻的任务！违背教义的任务！”米莱狄用受害者向审判官提出挑衅的那种激昂口气说。

“以荣誉担保，”温特站起来，说，“我相信这个坏女人发疯了。行了，行了，冷静下来吧，清教徒夫人，否则我就让人把您关进牢房。妈的！是我的西班牙葡萄酒的酒力冲上了您的头，对不对？不过，尽管放心，这种酒喝醉了不会有危险，不会有严重后果。”

温特勋爵走了，嘴里骂着街，在那个时代这是上流人的一个习惯。

费尔顿确实是在门背后，这场争吵中谈的话他一句也没有漏听。

米莱狄猜中了。

“是的，走吧！走吧！”她对她的小叔子说，“正相反，后果很快就会出现，不过，蠢货，你要等到来不及避开的时候才会看见。”

寂静恢复，两个小时过去了；有人送晚餐进来，发现米莱狄正在专心地高声做祈祷，祈祷经文是从她第二个丈夫的一个老仆人那儿学来的，这个老仆人是个非常严肃刻苦的清教徒。她看上去已经出了神，甚至对周围发生的事好像都没有注意。费尔顿做了个手势，叫人不要打扰她；等到一切都安排好了以后，他悄悄地带着士兵们出去了。

米莱狄知道自己可能受到监视，因此她继续祈祷一直到结束，她觉得站在门外站岗的那个士兵不再像原来那样走来走去，好像是在听。

她暂时感到心满意足，不再有所求了。她站起身来，坐到桌前，稍微吃了一点，只喝水，没喝别的。

一个小时以后有人来抬桌子，但是米莱狄注意到费尔顿这一次没有和士兵们一起来。

这么说，他是害怕经常看见她。

她朝墙壁转过身去微笑，因为在她的微笑里流露出了那么得意的表情，单单她的微笑就有可能暴露她的真面目。

她又让时间过去半个小时，这时候古城堡里一片寂静，只听见永无休止的哗哗的波涛声，这是大西洋无边无际的呼吸。于是，她用她那圆润的、悦耳的、响亮的嗓音，开始唱当时受到清教徒特别喜爱的那首赞美诗的头一段：

为了检验我们是否虔诚；
主啊，你离开了我们；
后来看到我们坚定不移，
你又亲手把荣耀赐给了我们。

这几行诗并不完美，甚至可以说还差得很远；但是正如我们所知道的，清教徒并不自夸他们的诗做得好。

米莱狄一边唱，一边听：在她门外站岗的那个士兵，就像变成石头似的，停住不动了。因此米莱狄能够判断出她产生的影响有多么大。

于是她怀着难以形容的热忱和感情继续唱下去，她觉得她的歌声在拱顶底下传得很远很远，像魔法似的使她的看守们的心变软了。然而那个站岗的士兵毫无疑问是个虔诚的天主教徒，他似乎摆脱了魔法，因为他隔着门说：

“别唱了，夫人，您的歌忧伤得像哀悼经，除了在这儿站岗的快乐以外，还得听这种东西，真叫人没法忍受。”

“住嘴，”这时有一个严肃的嗓音说，米莱狄听出是费尔顿的嗓音，“您管起什么事来了，混账东西！您得到过命令禁止这个女人唱歌吗？没有。要您做的是看住她，如果她企图逃跑，就朝她开枪。好好看住她；如果她逃跑，您就杀死她，但是对下达的命令不可做丝毫的改变。”

米莱狄的脸上出现了无法形容的快乐表情，一下子显得容光焕发，但是这种表情像闪电一样短暂；接着，就像她没有听见她连一个字也没有漏掉的对话，她把魔鬼赋予她的嗓音的魅力、响度和诱惑力又完全施展出来，继续唱下去：

我有我的青春和祈祷，
来对付我的眼泪和苦恼，
还有流放、徒刑和坐牢；
天主将会计算我苦难受多少。

米莱狄的嗓音响亮得出奇，而且充满了崇高的激情，从而使这首赞美诗的粗糙的、没有经过修饰的诗句有了一种魔力和一种表现力，这种魔力和表现力连最狂热的清教徒也难得在他们弟兄们的歌唱中找到，因此他们总是不得不发挥他们全部想象力来加以丰富。费尔顿相信他听见了天使在唱歌，安慰在烈火的窑中受煎熬的那三个希伯来人。①

米莱狄继续唱下去：

但是，公正而强大的主啊，
我们得救的日子就已经在望；
如果他使我们的希望落空，
我们总还剩有苦难和死亡。

这段赞美诗，可怕的女魔法师竭尽全力把她的全部感情投入其中，终于给年轻军官的心里带来了混乱；他猛地打开门，米莱狄看见他出现

①《圣经·旧约·但以理书》第3章中提到巴比伦王尼布甲尼撒造了一个金像，要人俯伏敬拜，有三个犹太人沙得拉、米煞、亚伯尼歌不敬拜神像，尼布甲尼撒大怒，将他们捆绑，扔在烈火的窑中。尼布甲尼撒看到窑中有第四个人，没有捆绑，在火中游行，并没有受伤，那第四个人相貌好像神子。于是把他们三人放出，说："沙得拉、米煞、亚伯尼歌的神是应当称颂的。他差遣天使救护依靠他的仆人，他们不遵王命，舍去己身，在他们神以外不肯事奉敬拜别神。"

时脸色还是像平时一样苍白，但是一双眼睛激昂如焚，而且几乎丧失了理智。

“为什么您要像这样，”他说，“而且用这种声音唱？”

“请原谅，先生，”米莱狄语气温和地说，“我忘了我的歌在这所房子里唱不合时宜。我也许冒犯了您的宗教信仰；但是我可以向您发誓，我不是故意的。因此请原谅我犯下的一个也许很大很大，但是可以肯定是无意的错误。”

米莱狄这时候是那么美丽，她仿佛投入其中的那种宗教性的忘我出神的状态，给她的脸添上了一种人间所没有的表情，以至于费尔顿眼花了，相信自己亲眼看见了刚才他还仅仅相信听见她在唱歌的那位天使。

“是的，是的，”他回答，“是的；您打扰了，您惊动了住在这座城堡里的人。”

这个可怜的丧失理智的人没有注意到自己的这些话前后不连贯，在这同时，米莱狄的那双锐利的眼睛一直看到了他内心的最深处。

“我不唱了，”米莱狄说着垂下了眼睛，她的声音尽可能做到温和，她的态度尽可能做到顺从。

“不，不，夫人，”费尔顿说，“只不过唱起来声音低些，特别是在夜里。”

说完这些话，费尔顿感到自己不可能把他对这个女囚犯的严肃态度再保持下去，急忙匆匆地从屋里走了出去。

“您做得很对，中尉，”士兵说，“她的歌让人心里乱得慌，不过最后会习惯的；她的嗓音真美！”

第二十四章

囚禁的第三天

费尔顿来了；但是还有一件事必须做到： 必须留住他，或者说得更确切些，必须让他单独留下来；米莱狄还仅仅模模糊糊地看到能使她得到这个结果的方法。

另外还必须做到：应该使他开口说话，这样她就能跟他说话，因为米莱狄清楚地知道，她的最大的诱惑力是在她的嗓音里；所有的音阶从凡人的说话一直到天国的语言，她都能巧妙地加以运用。

然而尽管拥有这种诱惑力，米莱狄还是可能失败，因为费尔顿得到过警告，哪怕是最小的意外情况也要防范。从这时候起，她注意自己的所有行动，所有谈吐，甚至自己眼睛里的最简单的眼神，甚至自己的手势，甚至可能被人理解为叹气的她的呼吸。总之，就像一个能干的演员刚接受了还不习惯扮演的角色时那样，她用心研究一切。

对付温特勋爵，这就比较容易了；而且头天晚上她已经对自己的举止做出了决定。在他面前保持沉默和尊严，时不时用一个装出来的轻蔑表示，用一句鄙视的话来激怒他，逼他说出一些威胁的话，做出一些粗暴的举动，与她的逆来顺受的态度形成强烈的对比，这就是她的计划。费尔顿会看在眼里，也许他什么也不会说，但是他会看在眼里。

早上，费尔顿像平常一样来了；但是米莱狄让他安排早餐的准备工作，没有对他说话。因此到了他要退出去时，她有了一线希望，因为她相信他就要开口说话了；但是他的嘴唇动了动，没有任何声音从他嘴里发出来，他竭力控制住自己，把即将从他的双唇间说出的话重新又关进他的心里，走了出去。

中午前后，温特勋爵进来了。

这是冬天里的一个相当晴朗的日子，英国的太阳苍白无力，一道阳光从牢房的窗栅栏照进来，带来了亮光，却没有带来温暖。

米莱狄望着窗外，假装没有听见开门的声音。

“啊！啊！”温特勋爵说，“在演了喜剧，又演了悲剧以后，现在我们又演起什么伤感剧来了。”

女囚犯没有回答。

“对，对，”温特勋爵继续说，“我明白了；您是希望在这边海岸上获得自由；您是希望乘上一艘大海轮在这绿得像翡翠一样的大海上破浪前进；您是希望不论是在陆地上还是在海洋上，为我设下您是那么善于安排的那种巧妙的小小埋伏。耐心点！耐心点！四天以后，海岸将给您自由，大海将对您开放，比您所希望的还要开放；因为四天以后英国将要摆脱您。”

米莱狄双手合掌，朝天抬起她那双美丽的眼睛。

“主啊！主啊！”她说，不论手势和声调都温柔得像天使一般，“请原谅这个人，像我本人原谅他一样原谅他吧。”

“好，祈祷吧，该死的女人，”勋爵叫了起来，“你的祈祷，因为你落到了，我可以向你发誓，因为你落到了一个决不会饶恕你的人手里，就显得更加宽宏大量了。”

说完他就走了出去。

在他出去的时候，有一道锐利的目光从微微打开的门缝里钻了进来，她看到费尔顿急忙退到一边，不愿被她看见。

她于是跪下来，开始祈祷。

“我的天主！我的天主！”她说，“您知道我为了什么神圣的事业在忍受痛苦；因此把忍受痛苦的力量赐给我吧。”

门又轻轻打开了；美丽的女哀求者装作没有听见开门的声音，用饱含泪水的嗓音继续祈祷：

“复仇的天主！仁慈的天主！您就让这个人去完成他那些可怕的计划吧！”

说到这儿，她才假装听到了费尔顿的脚步声，立刻站了起来，脸也红了，好像她对跪着时被人撞见感到不好意思似的。

“我不喜欢打扰在做祈祷的人，夫人，”费尔顿严肃地说，“因此我请求您，不要因为我而中断您的祈祷。”

“您怎么知道我在祈祷，先生？”米莱狄用被呜咽哽住的嗓音说，“您错了，先生，我没有在祈祷。”

“夫人，”费尔顿回答，虽然语气比较温和，但是嗓音还是和刚才一样严肃，“难道您认为我相信我有权利阻止天主创造出来的一个世人匍匐在他的造物主面前吗？但愿不是这样，况且，悔恨对罪人来说是很合适的。一个罪人不管犯下多么大的罪，他跪在天主脚边，对我来说都是神圣不可侵犯的。”

“罪人，我！”米莱狄说，脸上露出的笑容能在最后审判时解除天使的武装，“罪人！我的天主，您知道我是不是这样的人！请您说我是被定罪的人，先生，这才对；不过，您也知道，天主喜爱殉教者，允许世人有时也给那些清白无辜的人定罪。”

“如果您是被定罪的人，如果您是殉教者，”费尔顿回答，“那就更有理由祈祷了，我自己呢，也会用我的祈祷来帮助您。”

“啊！您，您是一个正直的人，”米莱狄急忙跪倒在他的脚边，叫了起来，“瞧，我不能再支持多久了，因为我担心在我需要坚持斗争，公开表示自己的信仰的时刻缺乏力量；因此请听我这样一个在绝望中的女人的恳求。您受到了欺骗，先生，不过我要谈的不是这个问题，我仅仅请求您帮我一个忙，如果您答应，我在这个世界上和另外一个世界上都将为您祝福。”

“去对我的长官讲吧，夫人，”费尔顿说，“我呀，幸好我不担负饶恕和惩罚的责任，天主把这个责任交给了比我地位高的人。”

“对您讲，不，只对您一个人讲。听我说吧，这总比助长我遭到的毁灭好，总比助长我蒙受的耻辱好。”

“如果您理应受到这种羞辱，夫人，如果您给自己招来了这种耻辱，您就应该听从天主的意旨，忍受它。”

“您在说什么！啊！您不了解我！当我谈到耻辱时，您以为我说的是什么惩罚，是监禁或者死亡！天主保佑！我才不在乎死亡或者监禁呢！”

“我不再了解您了，夫人！”费尔顿说。

“或者是装作不再了解我，先生，”女囚犯面带怀疑的笑容回答。

“不，夫人，我可以用军人的荣誉，基督徒的信仰保证！”

“怎么！您竟然不知道温特勋爵对付我的计划！”

“我不知道。”

“不可能，您是他的亲信！”

“我从来不说谎话，夫人。”

“啊！他可不怎么隐瞒自己的事，这些计划很容易就可以猜到。”

“我什么事都不想花力气去猜，夫人；我等着别人告诉我；温特勋爵除了当着您的面说给我听的以外，什么也没有告诉过我。”

“这么说，”米莱狄叫了起来，口气真诚得令人难以置信，“您不是他的同谋？您不知道他决定要让我蒙受比人世间任何惩罚都要可怕的耻辱？”

“您错了，夫人，”费尔顿一边说，一边脸红了，“温特勋爵决不可能犯下这样大的罪行。”

“好，”米莱狄心里想，“他还不知道是怎么回事，却把它叫做一桩罪行了！”

接着她大声说：

“无耻之徒的朋友是什么都能干出来的。”

“您把谁叫作无耻之徒？”费尔顿问。

“难道适合用这样一个称呼的人在英国有两个吗？”

“您是指乔治·维利尔斯[①]？”费尔顿说，两只眼睛冒出了怒火。

“是那些异教徒，那些非基督教徒称呼他白金汉公爵的那个人，”米莱狄说，“我不相信在整个英国还有一个英国人需要这么长时间的解释才能辨认出我讲的那个人是谁！”

“天主的手已经伸向他，”费尔顿说，“他不会逃脱理应受到的惩罚。”

费尔顿仅仅是表达出所有英国人对公爵怀有的憎恶感情，甚至连天主教徒也把他叫做敲诈勒索者，贪污分子，腐化堕落的人，清教徒则简简单单地叫他撒旦。

“啊！我的天主！我的天主！”米莱狄叫了起来，“当我求您惩罚这个应当受到惩罚的人时，您知道我追求的不是我个人的报复，而是我在恳求拯救整个民族。”

“莫非您认识他？”费尔顿问。

---

①乔治·维利尔斯是白金汉公爵的名字。

“他终于问我了，”米莱狄心里在说，她没想到这么快就获得这么大的成绩，高兴到了顶点。

“啊！我是不是认识他！啊，认识！这是我的不幸，我的永远摆脱不掉的不幸。”

米莱狄就像痛苦到了极点似的绞着自己的双手。

费尔顿无疑感到自己失去了力量，他朝门口走了几步；女囚犯密切地注视着他，追过去，拦住他。

“先生，”她大声嚷道，“行行好，发发慈悲，听听我的恳求：那把刀子，勋爵出于不可避免的谨慎心，从我手里夺走了，因为他知道我要用它干什么；啊！请听我把话说完！那把刀子，请您开开恩，可怜可怜我，把它还给我，只需一分钟！我抱吻您的双膝；您看我恨的不是您，天主！我怎么能恨您，我遇到过的世上仅有的正直、善良、富有同情心的人，怎么能恨您，也许是我的救命恩人的人！您可以把门关上，一分钟，这把刀子，一分钟，仅仅一分钟，我从门上的小窗洞还给您；只需一分钟，费尔顿先生，您就可以挽救我的荣誉！”

“您想自杀！”费尔顿惊骇得叫了起来，忘掉从女囚犯的手里抽回自己的手，“您想自杀！”

“我说出了，先生，”米莱狄压低声音喃喃地说，同时让自己瘫倒在地板上，“我说出了我的秘密！他知道了一切！我的天主！我完了！”

费尔顿仍旧站着，一动不动，犹豫不决。

“他还有怀疑，”米莱狄想，“我还不够真实。”

从走廊里传来走动的响声；米莱狄听出是温特勋爵的脚步声。费尔顿也听出了，他朝门口走了一步。

米莱狄扑过去。

“啊！一句也别说，”她压低嗓音说，“我刚对您说的那些话一句也别对他说，否则我就完了，是您，您……”

接下来，因为脚步声越来越近，她害怕自己的声音被听见，闭上了嘴不再说下去，还惊恐万分地把她美丽的手按在费尔顿的嘴上。费尔顿轻轻推开米莱狄，米莱狄过去倒在一把长椅上。

温特勋爵在门前经过没有停下，脚步声渐渐远去。

费尔顿脸色非常苍白，他竖起耳朵，听了一会儿，等到脚步声完全消失以后，他像一个突然从梦中醒来的人那样喘了口气，接着就急匆匆地走出房间。

“啊！”米莱狄说，她又在仔细地听费尔顿的脚步声，费尔顿的脚步声远去的方向和温特勋爵的脚步声正相反，“你终于属于我了！”

接着她的额头又变得阴沉起来了。

“如果他告诉勋爵，”她说，“我就完了，因为勋爵清楚地知道我不会自杀，会当着他的面把一把刀子放到我的手里，他将会看清楚，我的悲痛绝望的表示仅仅是在演戏。”

她来到镜子前面，照了照自己，她从来不曾这么美丽过。

“啊！是的！”她微笑着说，“不过他不会对勋爵说。”

晚上，晚餐送来时温特勋爵也来了。

“先生，”米莱狄对他说，“难道您的到场是我的囚禁的一个必不可少的附带条件吗？您就不能免掉我忍受您的探望给我造成的额外折磨吗？”

“怎么回事，亲爱的嫂子！”温特说，“您这张今天对我如此残酷的漂亮的小嘴唇，不是曾经情意深切地表明过，您这趟到英国来惟一的目的就是让您能够得到和我见面的快乐；这种快乐，您还说，您那么痛切地感到失去了这种快乐，因此您甘心为它冒一切危险：晕船，暴风雨，被俘！好吧！我就在这儿，该满意了吧；况且这一次我的探望有一个原因。”

米莱狄打了一个哆嗦，她以为费尔顿说出来了。这个曾经体验过那么多强有力的截然不同的情绪波动的女人，有生以来，也许还从来不曾感觉到自己的心这样猛烈地跳动过。

她坐着；温特勋爵抓住一把扶手椅，拉过来，在她旁边坐下以后，从口袋里掏出一张纸，慢慢摊开。

“瞧，”他对她说，“我想让您看看我亲自起草的这种护照，从今以后在我同意让您过的生活中充当您的身份证件。”

接着他把目光从米莱狄身上收回到纸上，念道：

“‘押送名叫夏洛特·贝克森的女犯去……’地名空着，”温特念到这儿停下来说，“您如果有什么喜欢的地方，可以向我指出，只要在离伦敦一千法里以外，您的要求都可以得到满足。好，我接着念下去：‘押送名叫夏洛特·贝克森的女犯去……的命令，该犯曾被法兰西王国司法部门打过烙印，但是在惩罚后被释放，她将长期居留此地，活动范围永远不得超出三法里以外，如有潜逃企图，立即处以死刑。她每日领取五先令[①]作为住宿费和伙食费。’”

“这道命令与我无关，”米莱狄冷静地回答，“因为上面写的是另外一个人的姓名，不是我的姓名。”

“姓名！难道您有姓名？”

“我有您哥哥的姓。”

“您错了，我哥哥仅仅是您的第二个丈夫，您的第一个丈夫还活着。把他的姓告诉我，我用它来换下夏洛特·贝克森这个名字。不？……您不愿意？……您保持沉默？很好！您将用夏洛特·贝克森这个名字登记在犯人花名册上。”

米莱狄一直默不作声；不过这一次不是经过考虑假装出来的，而是出于恐惧。她相信命令已经做好了执行的准备，她以为温特勋爵把她送走的时间提前了；她甚至相信当天晚上她就得动身。因此她头脑中想好的一切，在刹那间全都完蛋了。谁知就在这时候她突然发现命令上还没有任何人的签字。

这个发现使她感到的快乐是那么强烈，以至于她再也无法掩饰。

“是的，是的，”温特勋爵说，他看出她心里起的变化，“是的，您在寻找签字，您心里在说：还没有完全完蛋，因为这份证书还没有签字；让我看只不过是吓唬吓唬我，没有别的。您想错了：明天这份命令就要送给白金汉公爵；后天在他亲手签过字，盖过他的印章以后送回来，在二十四小时以后，我可以向您保证，它将开始得到执行。再

① 先令，原英国货币单位，20 先令为 1 镑。

见，夫人，这就是我要对您说的。”

“我呢，我将回答您，先生，这种滥用权力，这种使用假名字的流放，是卑鄙无耻的行为。”

“您更喜欢用您的真名字被绞死吗，米莱狄？您也知道，英国的法律对重婚罪是毫不留情的；让我们坦率地说说明白吧：尽管我的姓，或者说我哥哥的姓被牵连到这件事里，为了能肯定一劳永逸地摆脱您，我将不怕丢脸，进行公开诉讼。”

米莱狄没有回答，但是脸色白得像死尸。

“啊！我看出您更喜欢长途旅行。好极了，夫人，有一句老话说得好：旅行增长年轻人的才智。说真的！您没有错，生活毕竟是美好的。也正是因为这个缘故我不担心您会致我于死命。现在剩下的还有五个先令这件事需要谈谈妥当；我显得有点小气，是不是？这是因为我不愿意让您去收买您的看守。况且您还剩下您的美貌可以用来引诱他们。使用它吧，如果您在费尔顿面前遭受的挫折还没有使您对这种企图感到沮丧。”

“费尔顿没有说出来，”米莱狄对自己说，“那就什么也没有完蛋。”

“现在，夫人，再见了。明天我来向您宣布我的信使已经出发。”

温特勋爵站起来，嘲弄地向米莱狄行个礼，走了出去。

米莱狄缓了口气；她还有整整四天；四天的时间足够她用来引诱费尔顿了。

然而她忽然产生了一个可怕的想法，这就是温特勋爵也许会派费尔顿本人去请白金汉在命令上签字。这样一来，费尔顿就从她的手心里逃走了，因为女囚犯要获得成功，必须继续像施展魔法一样施展她的诱惑，不能中断。

然而正如我们说过的，有一件事使她放下心来：费尔顿没有说出来。

她不愿意因为受到温特勋爵的威胁而显得心烦意乱，于是就坐到桌前，吃了起来。

接着像头天做的一样，她跪下来，高声地做她的祈祷。像头天一样，士兵不再走动，停下来听她祈祷。

很快地她就听见了脚步声，比哨兵的脚步声轻，从走廊深处过来，停在她的门前。

“这是他，”她说。

接着她开始唱起来了，唱的是头天曾经使费尔顿激动得那么厉害的同一首宗教歌曲。

但是，尽管她的温柔、饱满、响亮的嗓音从来不曾这么悦耳，这么令人心碎，门却一直关着。米莱狄偷偷朝门上的小窗洞看了几眼，隔着紧密的铁栅栏她好像看到了年轻人的一双火热的眼睛；但是不论她看到的真的是他的眼睛，还是一个幻象，反正这一次他有足够的力量控制住自己没有进去。

不过米莱狄在她唱完了她的宗教歌曲以后，过了一会儿，相信自己听见了一声深长的叹息；随后是脚步声，和她曾经听见渐渐走近的脚步声相同的脚步声，慢慢地，而且好像极不情愿似的远去了。

第二十五章

囚禁的第四天

第二天，费尔顿走进米莱狄的房间时，发现她站在一把扶手椅上，手里拿着一根绳子，这根绳子是用几条麻纱手绢撕成长条编起来，然后再一段一段接成的。听到费尔顿开门的响声，米莱狄从扶手椅上轻轻地跳下来，企图把这根拿在手里的，临时接成的绳子藏在身后。

年轻人的脸色比平时还要苍白，因为失眠他的眼睛发红，说明他在极度兴奋中度过了一夜。

然而他脸上的表情比以往任何时候都更加严峻。

他慢慢地朝米莱狄走过去，米莱狄已经坐下，手里握住那根上吊用的绳子的一头，不小心地，或者也许是故意地让绳子露了出来。

“这是什么，夫人？”他冷静地问。

“这个吗？没什么，”米莱狄微笑着说，同时脸上带有她善于赋予她的微笑的那种痛苦表情，“烦闷是囚犯们的致命的敌人，我感到烦闷，编这根绳子作为消遣。”

费尔顿把目光投向室内的墙壁，他刚才发现米莱狄就是在这堵墙壁前面，站在现在她坐着的那把扶手椅上；他看到在她的头顶上面有一只砌在墙壁上的镀金钩子，是用来挂衣服或者武器的。

他打了个哆嗦，女囚犯看到了他打的这个哆嗦，因为尽管她头低着，可什么也逃不过她的眼睛。

“您站在这把扶手椅上想干什么？”他问。

“这与您有什么关系？”米莱狄回答。

“不过，”费尔顿接着又说，“我希望知道。”

“请不要问我，”女囚犯说，“您也知道，我们这些真正的基督徒是禁止说谎的。”

“好吧！”费尔顿说，“让我来说给您听听您在干什么，或者说得更确切些，您正要干什么；您是要实现您心里怀有的那个不祥的打算。好好想想吧，夫人，如果说我们的天主禁止说谎，他也更加严厉地禁止自杀。”

“当天主看到他创造出的世人中有一个受到不公正的迫害，处在自杀和受辱之间时，请相信我，先生，”米莱狄用深信不疑的口气说，“天主会饶恕他自杀，因为在这种情况下，自杀就是殉教。”

“您讲得太多，或者说，太少了；说吧，夫人，以上天的名义，请您说说清楚吧。”

“要我把我的不幸讲给您听，好让您把它们当成笑料；要我把我的打算告诉您，好让您去向迫害我的人检举告发，不，先生；况且一个不幸的女犯人的生死与您有什么关系呢？您仅仅对我的躯体负责，对不对？只要您交出一具尸体，只要让人认得出是我的尸体，对您就不会有更多的要求，甚至也许还会加倍奖赏您呢。”

“我，夫人，我！”费尔顿叫了起来，“居然认为我会拿您的生命去换取奖赏；啊！您没有想想您在说些什么。”

“让我去做吧，费尔顿，让我去做吧，”米莱狄情绪激昂地说，

“每个军人都应该有雄心壮志，对不对？您是中尉，好！您将佩带上尉军衔参加为我送葬的行列。”

“可是，我到底对您做过什么事，”费尔顿说，决心有些动摇了，“使您在世人和天主的面前要我负这样一个责任？再过几天您就要离开这儿，夫人，您的生命将不再由我保护，”他叹了口气补充说，“到那时您愿意怎么处置它，就怎么处置吧。”

“这么说，”米莱狄就像再也克制不住圣洁的怒火，叫了起来，“您，一个虔诚信教的人，被人称为正直的人，您只要求一件事，就是不要因为我的死亡受到控告，受到追究。”

“我应该保护您的生命，夫人，我将尽力保护。”

“但是，您了解您所执行的任务吗？如果我确实有罪，您的任务已经够残酷的了，如果我是清白无辜的，您怎么来形容您的任务呢？天主又怎么来形容它呢？”

“我是军人，夫人，我执行我接到的命令。”

“您以为到最后审判的那一天，天主会把盲目的刽子手和极不公正的审判者分开吗？您不希望我毁灭我的肉体，您却充当了希望毁灭我的灵魂的人的代理人！”

“但是，我再向您重复一遍，”决心动摇的费尔顿说，“没有任何危险在威胁您，我可以像替我自己做出保证一样替温特勋爵做出保证。”

“失去理智的人！”米莱狄嚷道，“可怜的失去理智的人，在最明智的人，最符合天主意愿的人，对是否能替他们自己做出保证都感到犹豫不决的时候，居然敢替别人做出保证，居然站到最强的、最幸运的人一边，来欺骗一个最弱的、最不幸的女人！”

“不可能，夫人，不可能，”费尔顿低声说，他打心底里感觉到她提出的这个理由是正确的，“在您囚禁期间，您不会因为我而恢复自由，在您活着期间，您不会因为我而失去生命。”

“是的，”米莱狄叫了起来，“不过我会失掉比生命更宝贵的东西！我会失掉荣誉，费尔顿；我将在天主面前和世人面前要您对我遭受到的羞耻和污辱负责。”

费尔顿尽管沉着冷静，或者装着沉着冷静，这一次他却不能抵挡已经控制他的这种暗中的影响：看到这个如此美丽、洁白得像最纯洁的幻象的女人，看到她时而泪流满面，时而咄咄逼人；同时又受到她的痛苦和美貌的极大影响，这对一个爱幻想的人来说太过分了，这对被狂热的信仰所产生的热烈的梦想侵蚀的头脑来说太过分了，这对同时受到对上天怀有的能烧毁一切的爱和对世人怀有的能吞食一切的恨所煎熬的心来说太过分了。

米莱狄看出他的这种慌乱心情，她凭直觉感觉到了两种对立的激情的火焰把年轻的宗教狂的血管里的血烧得沸腾起来，她像一位看到敌人准备退却，发出一声胜利的欢呼，立即朝敌人进军的、精明强悍的将军一样，站了起来，美得像一个古代的女祭司，而且像一个信奉基督教的童贞女一样受到神灵启示；她一条胳膊伸着，领口敞开，头发披散，一只手害羞地把衣服拉上来遮住她的胸部，眼睛里燃烧着已经给年轻的清教徒的理智造成混乱的那种火焰；她朝他走过去，用她的如此温柔的、在必要时她能赋予它一种可怕的音调的嗓音，按照一支高亢激昂的曲调大声唱了起来：

把牺牲献给巴力①吧，
把殉教者扔给狮子吧。
天主将会使你后悔！……
我向他吁求深渊。

费尔顿在这种奇怪的斥责下停住了，而且好像发了呆。

“您是什么人，您是什么人？”他双手合掌叫了起来，“您是天主派来的，您是地狱的使者，您是天使还是魔鬼，您叫爱洛亚②还

① 巴力，古代近东许多民族，特别是迦南人所崇奉的丰产神，是众神之王。常以人作为牺牲祭祀他。

② 爱洛亚，法国浪漫主义诗人维尼(1797—1863)于1824年写过一首长诗叫《爱洛亚》。诗中的爱洛亚是耶稣的一滴眼泪化成的女天使。

是叫阿斯塔特[1]？”

“你不认识我了吗，费尔顿？我既不是天使，也不是魔鬼；我是尘世间的女子，我是和你有着同一种宗教信仰的姐妹，仅此而已。”

“是的！是的！”费尔顿说，“我原来还怀疑，但是现在我相信了。”

“你相信，然而你却是那个被人称为温特勋爵的彼列[2]之子的帮凶！你相信，然而你却把我留在我的敌人、英国的敌人、天主的敌人的手里！你相信，然而你却把我交给那个用异端邪说和淫逸放荡来充满这个世界，玷污这个世界的人，交给那个被盲目的人称为白金汉公爵，被信徒们叫做反基督者的，卑鄙无耻的沙达那帕路斯[3]。”

“我，把您交给白金汉！我！您在说些什么呀？”

“他们有眼睛，”米莱狄大声叫喊，“他们却看不见；他们有耳朵，他们却听不见。”

“是的，是的，”费尔顿说，他的双手在大汗淋漓的额头上抹来抹去，就像要把最后的一点怀疑抹去似的，“是的，我认出了在我梦中对我说话的那个声音；是的，我认出了每天夜里出现在我眼前的那个天使的容貌，这个天使朝着我不能入眠的灵魂叫喊：‘打击吧，挽救英国，挽救你自己吧，免得你将来死去，没有能够平息天主的怒火！’讲吧！讲吧！”费尔顿大声叫喊，“我现在能够了解您了。”

一道可怕的，但是迅如闪电的快乐的光芒，从米莱狄眼睛里迸发出来。

尽管这道凶光是那么短暂，费尔顿还是看见了，就像这道亮光照亮了这个女人的内心深处似的，他打了个哆嗦。

费尔顿猛然记起了温特勋爵的警告，记起了米莱狄的引诱，她刚到时的初步企图；他朝后退了一步，低下头，但是一直不断地看着她，就像中了这个奇怪的女人的魔法，他的眼睛再也不能摆脱她的眼睛。

米莱狄决不是那种会把他犹豫的原因搞错的女人。她这个人尽管

---

①阿斯塔特，古代近东地区所崇拜的女神。据传为巴力的配偶。

②彼列，《圣经·新约》中对魔鬼撒旦的称呼。

③沙达那帕路斯，传说中的亚述国王，以其奢侈的生活方式闻名。

表面上情绪激动，内心里却始终保持着异乎寻常的冷静。赶在费尔顿回答她以前，赶在她必须把这次难以再维持在相同的激昂慷慨的程度上的谈话再继续下去以前，她让自己的双手无力地垂落下去，就像女人的软弱重新又压倒了受神灵启示的人的狂热，她说：

“不，我可不是将从这个敖罗斐乃手里拯救拜突里亚城的犹滴[①]，不是我。永恒之主的宝剑对我的胳膊来说太沉重。因此请让我用死亡来逃避侮辱，请让我躲避到殉教里去。我既不像一个囚犯会要求的那样向您要求自由，也不像一个异教徒会要求的那样向您要求报复。请让我死吧，这就是我向您提出的全部要求。我求您，我跪下来哀求您：请让我死吧，我的最后一声叹息将是对我的救星的祝福。”

听到她的这种温柔的、哀求的嗓音，看到她的这种胆怯的、沮丧的目光，费尔顿又朝她走近一步。渐渐地这个女魔法师又佩戴了她可以随意取舍的那些具有魔力的装饰品，也就是说，美丽，温柔，眼泪，尤其是混合着宗教狂热的神秘色彩的性感的不可抗拒的诱惑力，而混合着宗教狂热的神秘色彩的性感是性感中最具有毁灭力的一种。

“唉！”费尔顿说，“如果您向我证明您是一个受害者，我只能做到一件事，就是对您表示同情！但是温特勋爵对您有着强烈的不满。您是基督教徒，您是我宗教方面的姐妹，我感到有一股力量使我接近您，而我以前只爱过我的恩人，我在生活中只遇到过一些叛徒，一些亵渎宗教的人。但是您，夫人，您实际上是那么美丽，您看上去又是那么纯洁，温特勋爵这样虐待您，一定是您干过什么不公正的事？”

“他们有眼睛，”米莱狄用难以描述的痛苦口气再次说，“但是他们看不见；他们有耳朵，但是他们什么也听不见。”

“既然如此，”年轻军官叫了起来，“那就讲吧，讲吧！”

“把我的耻辱讲给您听！”米莱狄叫了起来，脸羞得通红，“因为一个人的罪恶常常是另外一个人的耻辱；您，一个男人，我，一个女

---

① 《圣经》次经中的 1 卷《犹滴传》中叙述的犹太女英雄犹滴拯救祖国的事迹。参见本书第 298 页注①。

人，把我的耻辱讲给您听！啊！”她一边继续说，一边用手害羞地蒙住眼睛，“啊！我决不能，决不能！”

“讲给我听，讲给一个兄弟听！”费尔顿嚷道。

米莱狄望了他很长时间，年轻军官把她脸上的表情当成了怀疑，其实她仅仅是在观察他，她有决心要把他迷住。

现在轮到费尔顿双手合掌，流露出恳求的目光。

“好吧，”米莱狄说，“我信任我的兄弟，我下了决心要讲！”

就在这时候，他们听到了温特勋爵的脚步声；但是，这一次米莱狄的严厉可怕的小叔子没有像前一天那样仅仅在门外走过，而是停下来，和卫兵谈了两句话，然后门开了，他走了进来。

在他们谈这两句话时，费尔顿连忙朝后退，温特勋爵进来时，他离着女囚犯有几步距离。

勋爵慢慢地走进来，探究的目光从女囚犯身上转到年轻军官身上。

“您在这儿，约翰，待的时间很长啦，”他说，“这个女人把她犯下的罪行讲给您听了吗？如果是这样，我能理解谈话的时间为什么这么长。”

费尔顿打了个哆嗦，米莱狄明白如果不立刻去帮助已经陷入窘境的清教徒，她自己也要完了。

“啊！您担心您的女囚犯会从您手里逃跑！”她说，“好吧，问问您的可敬的看守，我刚才向他恳求给予我什么恩典。”

“您请求得到一个恩典，”起了疑心的勋爵说。

“是的，米罗尔，”局促不安的年轻人承认。

“说说看，什么恩典？”温特勋爵问。

“一把刀子，她收到以后，隔一分钟再从门上的小窗洞还给我，”费尔顿回答。

“这么说，这儿有什么人藏着，这个可爱的人儿想要杀死他？”温特勋爵用他那嘲笑的、轻蔑的嗓音又问。

“有我，”米莱狄回答。

“我曾经让您在美洲和泰伯恩之间选择，”温特勋爵说，“选泰伯恩吧，米莱狄，请相信我，绳子比刀子还要可靠。”

费尔顿脸色发白，朝前走了一步，他想到他进来时，米莱狄手上拿着一根绳子。

“您说得对，”米莱狄说，“这点我已经想到过；”接着又用低沉的嗓音补充说，“我以后还会想到的。”

费尔顿打了个寒战，感到身上一直冷到骨头里；也许温特勋爵看到了这个动作。

“当心，约翰，”他说，“约翰，我的朋友，我信赖你，多留点神！我事先就告诉过你！况且，鼓起勇气来，我的孩子，再过三天，我们就可以摆脱这个女人，到了我送她去的地方，她再也不会危害任何人了。”

“您听见他说的了吧！”米莱狄大声嚷了起来，为的是让勋爵以为她是对上天讲的，而费尔顿能够明白这是对他讲的。

费尔顿低下头，思索。

勋爵一边挽住军官的胳膊，一边回过头去望着米莱狄，一直望到他出去为止。

“嗨，嗨，”女囚犯在门关上以后说，“我还没有取得我原来料想到的进展。温特以往总是那么蠢笨，现在变得谨慎得让人认不出了。这正是复仇愿望的表现，这种愿望能使人得到多大程度的提高啊！至于费尔顿，他在犹豫。啊！他不是像该死的达尔大尼央那样的人。一个清教徒仅仅崇拜贞女，他双手合掌地崇拜她们。一个火枪手爱女人，他抱在怀里爱她们。”

然而米莱狄迫不及待地等着，因为她料到她当天一定会再见到费尔顿。在发生了我们刚讲述过的那段情节以后，过了一个小时，她终于听见有人在门外低声谈话，紧接着门开了，她认出是费尔顿。

年轻人匆匆走进屋里，让身后的门开着，朝米莱狄做了个手势要她别吱声。他的脸上流露出十分激动的神色。

“您要我做什么？”她说。

“听好，”费尔顿低声回答，“我刚把卫兵支走，为的是待在这儿而不让人知道我来过，为的是和您谈谈而不让人能听见我对您说的话。勋爵刚对我讲了一个骇人听闻的故事。”

米莱狄露出她那种逆来顺受的受害者的微笑，并且点了点头。

“或者您是个魔鬼，”费尔顿继续说下去，“或者勋爵，我的恩人，我的父亲，是个恶魔。我认识您才不过四天，我爱他已经爱了有两年；因此我在你们两人之间难以作出选择。您不必为我说的话感到惊慌，我需要的是能让我信服。今天夜里，十二点钟以后我来看您，到时候您来说服我吧。”

“不，费尔顿，不，我的兄弟，”她说，“这个牺牲太大，我知道您要付出多高的代价。不，我已经完蛋，您不要跟着我一起完蛋。我的死将比我的生更有说服力，尸体的沉默将比女囚犯的话语更能说服您。”

“别说了，夫人，”费尔顿叫了起来，“别对我说这种话；我来是为了要您以您的荣誉答应，要您以您的最神圣的东西发誓，您决不企图自杀。”

“我不愿意保证，”米莱狄说，“因为没有人比我更尊重誓言，如果我作出保证，我就必须遵守。”

“好吧！”费尔顿说，“那就仅仅保证到您再见到我的时候为止。您再见到我以后，如果您仍然坚持，好！您就完全有处置您自己的自由，我呢，我会把您向我要过的武器给您。”

“好！”米莱狄说，“为了您我将等着。”

“发个誓吧。”

“我以我们的天主的名义发誓。您满意吗？”

“很好，”费尔顿说，“今天夜里见！”

他匆匆地走出房间，重新关上门，在外面等着，手上握着士兵的短矛，就像他在代替士兵站岗似的。

士兵回来了，费尔顿把武器还给他。

米莱狄已经靠近门上的小窗洞，这时候她从小窗洞望出去，看见年轻人十分虔诚地在胸前划了个十字，欣喜若狂地沿着走廊走远了。

至于她，她回到原来的地方，嘴角上挂着轻蔑的狞笑。她嘴里骂着街，一再提到天主这个可怕的名字；她曾经以天主的名义发誓，但是从来不曾学会认识他。

“我的天主！”她说，“丧失理智的宗教狂！我的天主！就是我，我自己和那个要帮助我进行报复的人。”

第二十六章
囚禁的第五天

然而米莱狄还是获得了一半胜利，而且她得到的成功使她的力量得到了成倍的增长。

正像她直到当时为止所做的一样，战胜那些动辄就让自己被勾引上的，而且很快就因为在宫廷里受的风流放荡的教育而掉进陷阱的男人，并不是一件困难的事；米莱狄相当美丽，她不会遇到来自肉体方面的阻力，而且她相当机智，能够克服所有精神上的障碍。

但是这一次她要与之斗争的是一个天性孤僻、拘谨，由于严肃刻苦而变得冷漠的人。宗教信仰和苦行使得费尔顿变成了一个对通常的那些诱惑无动于衷的人。在他的狂热的头脑里反复考虑的是一些如此庞大的计划，是一些如此纷乱的打算，再没有地方容得下任何一种爱，不论是空想的还是肉体的，都容不下，而爱这种感情需要靠闲暇来维持，需要在腐化堕落里成长。米莱狄因此用她的虚假的德行，在一个事先得到了对她极为不利的通知的人的看法里打开了一个缺口，而且用她的美貌在一个纯洁天真的人的心里和感情里打开一个缺口。总之，这是天性和信仰所能给她的研究提供的最难对付的对象，她在对这个对象所做的试验中，充分发挥出到当时为止连她自己也不知道自己具有的那些才能。

然而，当天晚上，她还是一次次对命运，对自己感到了绝望。我们也都知道，她不乞求天主，但是她相信邪神，相信这个强大的力量，相信它左右着生活中的所有细节，而且正如阿拉伯民间故事中讲的那样，仅仅用一粒石榴子可以重建整个失去的世界。①

米莱狄已经做好了接待费尔顿的准备，能够制定出第二天的行动计划。她知道自己还剩下两天的时间，这道命令一旦白金汉签署了（因为这道命令上用的是一个假名字，白金汉不可能知道用这个名字的女人是谁，所以他签署起来就更加容易了），我们再重复一遍，这道命令一旦签署了，男爵就会立刻把她送上船；她也知道，被判处流放的女人在进行诱惑时使用的武器，远没有那些所谓的贞洁女人有力量，因为那些所谓的贞洁女人有上流社会的太阳照耀着她们的美貌，有时髦人士的声音夸奖她们的才智，有贵族身份的具有魔力的光芒给她们镀上一层金。被判处可耻的加辱刑，对一个女人说来，这并不能成为她的美丽的障碍，但却永远是阻止她重新变得强有力的绊脚石。像所有真正有才能的人一样，米莱狄知道什么环境适合于她的性格，适合于她的能力。贫穷让她感到厌恶，屈辱会使她的伟大减低三分之二。米莱狄仅仅在王后中间才能成为王后。对她的统治说来，必须有自尊心得到满足后所带来的快乐。统治低下的人对她说来宁可说是一种屈辱而不是一种快乐。

当然，她会从流放中回来，对这一点她连一分钟也没有怀疑过；但是这次流放会持续多长时间呢？对像米莱狄这样生性活跃、雄心勃勃的性格来说，凡是不能用于向上爬的日子都是凶日；但愿我们能找到用来称呼那些我们向下滑的日子的名称；失去一年，两年，三年的时间，也就等于失去了永无尽期的时间；等她回来时，幸运的、胜利的达尔大尼央，还有他的那些朋友，已经从王后那里得到了因为他们的效劳而理应得到的奖赏。一个像米莱狄这样的女人不能忍受的正是这些折磨人的想法。况且，在她心中发作的像暴风雨般的怒火使她的力量成倍地增长，如果她的肉体的力量也能够达到她的精神的力量的高度，哪怕只有

① 阿拉伯民间故事《一千零一夜》中有一则故事，题名为《努伦丁和白迪伦丁的故事》，叙述了一对新婚夫妇在新婚之夜后分离，多少年后靠了石榴子全家团圆的故事。

一刹那，她肯定能一下子把监狱的墙壁打穿。

除了这些以外，还有对红衣主教的记忆在激励着她。心神不定、疑心重重、不轻易信任人的红衣主教，对她的沉默会怎么想，怎么说呢？红衣主教，不仅现在是她惟一的依靠，惟一的支持，惟一的保护，而且还是她未来取得成功和进行报复的主要工具。她了解他的为人，她知道自己如果不能完成使命回去，即使推说自己遭到了监禁，即使添枝加叶地叙述自己遭受到多么大的磨难，都不会有任何用处，红衣主教会用怀疑论者的，同时因为他的权力和才华而显得强有力的、嘲弄的平静口气回答：“您就不该让人抓住！”

米莱狄于是集中全部精力，心里默默念着费尔顿的名字，他现在是一直照到她陷入其中的地狱里的惟一的一线阳光；就像一条蛇为了了解自己有多大力量，把身子盘起来，伸展开，伸展开又盘起来一样，她已经事先用她的具有创造性的想象力把费尔顿一圈又一圈地缠绕起来了。

然而时间在消逝；一个小时接着一个小时过去，一次次仿佛把时钟唤醒，青铜钟锤的每一下敲打声都在女囚犯的心头引起回响。九点钟，温特勋爵进行例行的巡视，他看了窗子和铁栅栏，探测了地板和墙壁，检查了壁炉和各扇门，在这次又长又仔细的巡视中，他和米莱狄两个人都始终没有说一句话。

两个人毫无疑问都明白情况变得太严重，没有时间好浪费在讲没有用处的空话和发不起作用的脾气上。

“行了，行了，”勋爵在离开她时说，“您今天夜里仍旧逃不出去！”

十点钟，费尔顿来布置了一个卫兵；米莱狄听出了他的脚步声。米莱狄现在像一个情妇猜测心上人的脚步声一样猜测他的脚步声，然而她心里既厌恶又轻视这个意志薄弱的宗教狂。

约定的时间还没有到，费尔顿没有进来。

两个小时以后，午夜十二点的钟声敲响了，那个卫兵被换下岗。

这一次时间到了，因此从这一时刻起米莱狄迫不及待地等着。

新换上岗的卫兵开始在走廊里踱来踱去。

十分钟以后费尔顿来了。

米莱狄仔细听着。

"听好，"年轻人对卫兵说，"在任何情况下都不要离开这扇门，因为您也知道，昨天夜里有一个士兵离开了岗位，虽然只离开了一会儿，还是受到了米罗尔的惩罚；尽管在他短暂离开的时间里，还有我代替他站岗。"

"是的，我知道，"士兵说。

"因此我叮嘱你要保持最严格的警戒状态。我呢，"他补充说，"我要进去，对这个女人的房间做第二次检查。这个女人，我担心她对她自己有不祥的打算，而且我接到了监视她的命令。"

"好，"米莱狄低声说，"这个一本正经的清教徒说起谎话来啦！"

至于那个士兵，他仅仅微微笑了笑。

"见鬼！我的中尉，"他说，"您接到这样的差使，并没有什么好抱怨的；如果米罗尔准许您到她的床上去监视，那就更没有说的了。"

费尔顿脸红了；换一个场合，他一定会斥责这个胆敢开这种玩笑的士兵；但是他的良心感到十分有愧，他的嘴不敢张开来。

"如果我招呼你，"他说，"你赶快来；如果有人来，你也赶快招呼我。"

"是，我的中尉，"士兵说。

费尔顿走进米莱狄的房间。米莱狄站起来。

"您终于来啦？"她说。

"我答应过要来的，"费尔顿说，"我现在来了。"

"您还曾经答应我别的事。"

"什么事？我的天主！"年轻人说，他尽管有自制力，还是感到自己的双膝在发抖，脑门上冒出了汗珠。

"您曾经答应给我带一把刀来，而且在我们谈完话以后把刀留下。"

"请不要谈这件事，夫人，"费尔顿说，"不管多么可怕的处境，也不允许天主创造出来的人去自杀。我再三考虑后，认为我决不应该让自己犯下这样的罪行。"

"啊！您考虑过了！"女囚犯一边说，一边带着轻蔑的微笑，在她的扶手椅上坐下，"我也考虑过了！"

"考虑过什么？"

"对一个不遵守诺言的人，我没有什么话可说。"

"啊，我的天主！"费尔顿低声说。

"您可以走了，"米莱狄说，"我不会说的。"

"刀子在这儿！"费尔顿一边说，一边从口袋里掏出刀子，这件武器他按照他的许诺带来了，但是他下不了交给女囚犯的决心。

"让我看看它，"米莱狄说。

"为什么看它？"

"以荣誉保证，我马上就还给您；您可以把它放在这张桌子上，您待在它和我之间。"

费尔顿把武器递给米莱狄，她仔细地察看了刀锋，并且在自己的指尖上试了试刀尖。

"很好，"她说着把刀子还给年轻军官，"这把刀是好钢打的；您是一个忠实的朋友，费尔顿。"

费尔顿接过武器，正像刚才和女囚犯说好的那样，放在桌子上。

米莱狄两只眼睛跟随着他看，做了一个满意的手势。

"现在，"她说，"请听我讲吧。"

这句叮嘱其实是多余的，因为年轻军官站立在她面前，如饥似渴地在等着听她说。

"费尔顿，"米莱狄说，庄严的口气中充满了悲愤，"费尔顿，您就假定是您的姐妹，您父亲的女儿在对您说话吧： 在我年纪还轻的时候，不幸的是我长得相当美丽，有人使我落入了一个陷阱，我进行反抗；那个人在我周围大量地使用诡计和暴力，我进行反抗；因为我呼唤我事奉的宗教和我崇敬的天主来救助我，那个人就辱骂这位天主和这个宗教，我进行反抗；于是那个人对我百般侮辱，因为他不能毁掉我的灵魂，他就打主意要永远玷污我的肉体。最后……"

米莱狄停住不说下去，一丝苦涩的微笑在她唇间掠过。

“最后，”费尔顿说，“最后，那个人干了什么？”

“最后，有一天晚上，那个人决定摧毁他不能战胜的反抗：一天晚上，他在我喝的水里加进了一种效力强大的麻醉药。我刚吃完了饭，就感到自己渐渐陷在一种从来不曾有过的迷迷糊糊的状态里。尽管我没有起疑心，我还是隐隐约约感到了担心，我试图和困倦进行斗争。我站起来，我想跑到窗口去呼救，但是我的双腿不听使唤。我觉得天花板塌了下来，全部重量压在我头上，把我压垮了。我伸出双臂，试着说话，我只能发出一些含糊不清的声音。难以抗拒的麻木控制着我，我感到自己快要倒下去，连忙扶着扶手椅，但是很快地就支持不住了，先是一条腿跪下去，接着第二条腿又跪了下去，我想祈祷，但是我的舌头发僵了。天主毫无疑问没有看见我，也没有听见我的声音，我倒在地板上，陷入死一般的沉睡中。

“在这次沉睡中发生的事，还有睡了多长时间，我完全回忆不起来了；我只记得一件事，就是我醒来时躺在一间圆形的卧房里，家具非常豪华，光线从开在天花板上的一个窗洞透进来。而且看上去好像没有一扇进出的房门，简直可以说是一间富丽堂皇的牢房。

“我过了很长时间才能够弄清楚我所待的地方和我刚才讲的所有那些细节，为了摆脱我不能从中挣脱出来的这次沉睡造成的沉重的黑暗，我的头脑好像进行过努力，但是没有成功。我有一些模模糊糊的感觉，好像经过了一段路程，好像有马车的滚动声，好像做了一场耗尽了我的体力的噩梦；但是所有这一切在我的脑海里是那么朦胧，那么模糊，以至于这些事仿佛属于另外一个人的生活，而不是属于我的生活，然而它又和我的生活混在一起，如同我这个人具有荒诞古怪的双重性。

“有一段时间，我所处的那种状态，让我感到那么古怪，以至于我相信我是在做梦。我摇摇晃晃地起来，我的衣服就在我旁边的椅子上，我不记得我脱过衣服，也不记得我躺下来过。就在这时候，现实出现在我眼前，充满了使人为自己的贞操感到担心的恐怖：我已经不是在我住的那所房子里；就我根据阳光来判断，白天已经过去了三分之二，我是在前一天傍晚睡着的；这么说，我的睡眠延续了将近二十四小时。在这次长时间的睡眠中发生过什么事?

“我尽可能快地穿好衣服。我的动作又慢又僵硬，证明了麻醉药的作用还没有完全消失。况且，这间卧房是按照接待一个女人的需要而布置的；即使是最卖弄风情的女人，也不会再有什么要求，她只要朝屋子里扫视一下，就会看到她的要求已经完全实现了。

“当然我不是被关在这间华丽的牢房里的第一个女俘虏；但是，您也明白，费尔顿，牢房越漂亮，我心里越感到害怕。

“是的，这是一间牢房，因为我试图出去，却怎么也出不去。我轻轻地敲打四面的墙壁，想发现一扇门，墙壁上处处都发出实心的、沉浊的声音。

“我在这间卧房里也许绕了有二十个圈子，想寻找一个出口，但是无论什么样的出口也没有。疲倦和恐惧把我压垮了，我倒在一把扶手椅上。

“在这段时间里，黑夜迅速地降临；随着黑夜的降临我的恐惧也增加了。我不知道我是不是应该留在我坐的地方；我觉得我好像被我不知道的危险包围着，每走一步都会遇到这些危险。尽管我从头一天起就什么也没有吃过，恐惧却使我一点也感觉不到饥饿。

“没有任何可以帮助我估计时间的声音从外面传进来，我仅仅能推测出是晚上七八点钟；因为当时是在十月里，天已经完全黑了。

“突然间一扇门的铰链转动的吱嘎声把我吓了一跳。一盏圆形灯罩的灯出现在天花板的装着玻璃的窗洞上面，把明亮的灯光投入我的卧房，我惊骇万分地发现有一个男人站在离我几步远的地方。

“一张桌子像变魔术似的放置在屋子中间，上面摆着两副餐具，还有一顿完全准备好的晚餐。

“这个男人就是追求我有一年之久的那个人。他曾经发誓说要玷污我，听了他嘴里说出的头几句话，我心里就明白了他在前一天夜里已经达到了目的。”

“卑鄙无耻的坏蛋！”费尔顿低声说。

“啊！是的，卑鄙无耻的坏蛋！”米莱狄叫了起来，她看出年轻军官好像听得出了神，对她的这段离奇的故事非常关心，“啊！是的！卑鄙无耻的坏蛋！他以为他只要在我睡着以后战胜我，就什么问题都解决了。他来了，指望我会接受对我的受辱！既然我的受辱已经是既成事实。他来向我提出以他的财产交换我的爱情。

“一个女人心里所能容纳下的那些极度的蔑视和藐视的话，我把它们一股脑儿全都向他泼过去；毫无疑问他对这种斥责已经习以为常，因为他双臂交叉在胸前，面带微笑，冷静地听着我说。等他相信我已经说完了以后，他向我走过来；我一步蹦到桌边，抓起一把刀子，抵在自己的胸口上。

“‘您再走一步，’我对他说，‘除了我的受辱以外，您还将为了我的死亡而自责。’

“在我的目光里，在我的嗓音里，在我整个身上，毫无疑问有着能使灵魂最邪恶的人深信不疑的那种动作、姿势和语气的真实性，因为他停了下来。

“‘您的死亡！’他对我说，‘啊！不，您是一位太可爱的情妇，我决不会同意在有幸仅仅占有您一次以后，就这样失去您。再见，我的美人儿！我等着您心情好起来以后再来看您。’

“说到这儿，他吹了一声哨子；那盏照亮我的房间的罩着圆形灯罩的灯朝上升去，接着不见了；我又陷在黑暗之中。隔了一会儿以后重新出现了一扇门开关的相同响声，那盏罩着圆形灯罩的灯又降落下来，屋子里只剩下我一个人。

“这个时刻是可怕的；如果我曾经对我的不幸还有过一些疑惑，这些疑惑在令人绝望的现实里也消失了。我完全处在一个我不仅厌恶而且蔑视的人的摆布之下，这个人什么事都干得出来，而且他对他可能干出的事已经向我做出了极其不幸的证明。”

“但是，这个人是谁？”费尔顿问。

“我在一把椅子上度过这一夜，有一点响声就吓得发抖；因为午夜十二点左右，那盏灯熄了，我重新陷在黑暗之中。但是在这天夜里我的迫害者再没有新的企图。天亮了，桌子已经不见踪影；不过我手上还有那把刀子。

“那把刀子，它是我的全部希望。

“我已经疲惫不堪，因为彻夜未眠，两只眼睛感到刺痛。我连一分钟也不敢合上眼睛。天亮了，我的心也放下来了，我握着救命用的刀子，扑倒在床上，我把刀子藏在枕头底下。

“当我醒来时，又出现了一张摆好饭菜的桌子。

“这一次尽管我还感到恐惧，还感到不安，我却感觉到了难熬的饥饿，我已经有四十八小时没有吃任何食物。我吃了一些面包和几个水果；接着我记起了曾经有人在我喝的水里掺过麻醉药，我没有碰放在桌子上的水。洗脸盆上面的墙上砌着一个大理石水箱，我过去从水箱里放了一杯水。

“然而，尽管采取了这个防范措施，一开始有一段时间我还是感到非常担心。但是我的忧虑这一次是没有根据的：整个白天过去了，在我身上没有出现一点我担心的情况。

“为了防备我的怀疑被人发现，我把水瓶里的水倒掉一半。

“夜晚来到，黑暗也跟随着降临；然而尽管非常非常黑，我的眼睛已经开始习惯；在黑暗中我看见桌子陷落到地板下面去；一刻钟以后，它又重新出现，上面放着我的晚餐；过了一会儿，靠了那同一盏灯，我的房间重新又亮了起来。

“我决定只吃一些不可能加进任何催眠药的东西：两个鸡蛋和几个水果构成了我的这一顿饭；接着我从对我起保护作用的水箱里斟了一杯水，开始喝起来。

“喝了头几口我觉得水的味道和早上不同，我顿时起了疑心，不再喝下去；但是我已经喝下去半杯。

“我惊骇万分地把剩下的水倒掉；我等着，脑门上吓得出了冷汗。

“毫无疑问，有一个看不见的人曾经看见我斟这个水箱里的水，于是利用我的信任，来更有把握地达到这个已经如此冷酷决定了的，而且正在如此残忍地继续干下去的毁掉我的目的。

“半个小时还没有过去，同样的征兆出现了；不过这一次我只喝了半杯水，我挣扎的时间比较长，而且我没有完全睡着，而是陷在一种半睡半醒的状态里，能感觉到周围发生的事，但是又失去了自卫或者逃跑的力量。

“我摇摇晃晃地朝我的床走去，想去取我还剩下的惟一的一件防御武器，我的那把救命的刀子。但是我没有能够一直走到床头；我跪倒下去，双手紧紧抓住床脚的一根柱子；这时候我明白我完了。”

费尔顿脸色白得吓人，整个身体起了一阵痉挛性的战栗。

“更加可怕的是，”米莱狄继续说下去，她的嗓音变了，就像她又感到了在那个可怕时刻感到的焦虑不安，“这一次我意识到了威胁着我的危险；我的灵魂，如果我能这么说的话，在我沉睡的肉体里一直醒着；我看得见，也听得清：不错，这一切都好像是在一场梦里，但是这样一来反而更加可怕。

“我看见灯向上升，渐渐地把我留在黑暗之中；接着我听见那扇门的如此熟悉的吱嘎声，尽管那扇门只开过两次。

“我出自本能地感觉到有人在走近我；据说在美洲的荒原上迷路的不幸的人就是这样感觉到毒蛇的接近。

“我想做一次努力，我试图叫喊；在一股难以置信的意志力的推动下，我居然站了起来，但是紧接着又倒了下去……倒在我的迫害者的怀抱里。”

“告诉我，这个人到底是谁？”年轻军官叫了起来。

米莱狄一眼就看出了她在叙述中强调的每个细节，引起了费尔顿多大的痛苦；但是她并不打算免除他忍受这种痛苦的折磨。她越能使他的心破碎得彻底，也就越能肯定他会为她报仇。因此她继续说下去，就像她没有听见他的喊叫似的，或者是她认为回答的时机还没有来到似的。

“只不过卑鄙无耻的坏蛋这一次对付的，不再是一个像死尸似的毫无生气、毫无感觉的人。我曾经对您说过：我的身心各方面的能力都已经没法完全运用，但是我还剩下对我的危险的感觉。因此我尽一切力量挣扎，尽管我非常衰弱，毫无疑问我还是进行了很长时间的反抗，因为我听见他叫喊：

“‘这些该死的女清教徒！她们使得那些对她们进行宗教迫害的人感到厌烦，这一点我知道，但是我还以为她们对她们的情夫不会那么厉害。’

“唉！这种绝望的反抗不能持续很长时间，我感到我已经精疲力竭；那个坏蛋这一次利用的不是我的沉睡而是我的昏厥。”

费尔顿听着；除了发出一种低沉的咆哮声以外，他没有别的表示。不过汗珠从他大理石般的额头上往下淌，他藏在衣服里的那只手抓破了他的胸口。

“我恢复知觉后的头一个动作，是在我的枕头底下寻找那把我没有能够摸到的刀子。那把刀子如果不能用来防卫，至少可以用来赎罪。

“不过拿起那把刀子时，费尔顿，我有了一个可怕的想法。我曾经发誓把一切都告诉您，因此我将把一切都告诉您；我曾经答应您讲真话，因此我将讲真话；哪怕讲出来会毁了我。”

“您有了对这个人报仇的想法，对不对？”费尔顿叫了起来。

“嗯，是的！”米莱狄说，“我知道这个想法不是一个女基督徒应该有的想法。毫无疑问这个想法是我们灵魂的永恒的敌人，那头不停地在我们周围吼叫的狮子，①把这个想法送到我们心里来。总之，我将对您怎么说呢，费尔顿？”米莱狄继续说，用的是一个指责自己犯罪的女人的那种口气，“我有了这个想法，毫无疑问再也摆脱不掉它了。我今天受到惩罚，就是因为有这个杀人的念头。”

“说下去，说下去，”费尔顿说，“我急于要知道您是怎么报仇的。”

“啊！我决定尽可能早地报这个仇，我毫不怀疑他当天夜里还会来。白天我没有什么可以害怕的。

“因此，当吃早饭的时间来到后，我毫不犹豫地又吃又喝；我决心假装吃晚饭，但是什么也不吃，因此我必须早上吃饱，来抵挡晚上

①《圣经 · 新约 · 彼得前书》第5章中说，“……你们的仇敌魔鬼，如同吼叫的狮子，遍地游行，寻找可吞吃的人，你们要用坚固的信心抵挡他。”这儿提到的狮子和永恒的敌人，皆指魔鬼撒旦。

挨饿。

“不过，我藏起了一杯水，是我从早饭里省下来的，我一连四十八小时不喝也不吃时，我最感到痛苦的就是干渴。

“白天过去了；除了使下定决心的我更加坚决以外，这个白天没有对我起到任何别的影响。不过我很注意，不让我脸上暴露出我心里的想法，因为我知道我受到了监视；甚至有好几次我感觉到我忍不住，唇边露出了微笑。费尔顿，我不敢告诉您，我想到了什么才微笑的，您听了会对我反感的……”

“说下去，说下去，”费尔顿说，“您看得很清楚，我在听，而且急于要知道结果。”

“夜晚来临了，一切照常，没有出现什么意外；在黑暗中我的晚餐照例又准备好了，接着那盏灯点亮，我坐下吃饭。

“我仅仅吃了几只水果，我假装从水瓶里倒水，但是我只喝我保存在我的杯子里的水；而且这次掉换我喝的水，干得非常灵巧，如果确实有暗探在侦察我，那些暗探肯定不会起任何疑心。

“吃过晚饭以后，我装出了和前一天相同的迷迷糊糊的样子；但是这一天就像我抵挡不住疲劳，或者我已经对危险习惯了似的，我摇摇晃晃地朝床走去，脱下连衣裙就躺下了。

“这一次我找到了我的那把藏在枕头底下的刀子，我假装睡着了，手却紧紧地握住刀柄。

“两个小时过去了，却没有发生什么新的情况：这一次，我的天主啊！换了在头一天有谁会相信呢，我竟然开始担心他不来了！

“最后我终于看见灯慢慢地升高，消失在天花板上的深渊里。我的卧房里充满了黑暗，但是我尽力用我的目光穿透这黑暗。

“将近十分钟过去了。除了我的心跳声外，我什么声音也没有听见。

“我恳求老天让他来！

“最后，我听见门开了又关上的如此熟悉的响声。尽管地毯很厚，我还是听见踏得地板轧轧响的脚步声；尽管很黑，我还是看见一个人影走到我的床边。”

“快说下去，快说下去！”费尔顿说，“难道您没有看出您的每一句话都像熔化的铅一样烫痛了我？”

“这时候，”米莱狄继续说下去，“这时候我集中了全身的力量，我对自己说报仇的时刻，或者说得更确切些，伸张正义的时候来到了。我把自己看成是又一个犹滴；我身子蜷缩着，刀子握在手里；我看见他来到我身边，伸出双臂寻找他的受害者；就在这时候我发出最后一声痛苦和绝望的叫喊，朝他的胸部中间刺去。

“坏蛋！他什么都预料到了。他的胸部罩着锁子甲；刀子反而卷了口。

“‘啊！啊！’他一边叫喊，一边抓住我的胳膊，夺走我手中的对我毫无帮助的刀子，‘您想要我的命，我的美丽的女清教徒！这不止是仇恨，这是忘恩负义！好啦，好啦，安静下来，我的小美人儿！我原来以为您已经心软下来。我不是那种用强制手段把女子留住不放的暴君。您不爱我，我原来不相信，因为我这个人一向太自负；现在我相信了。明天您就可以得到自由。’

“我只有一个愿望，就是让他把我杀了。

“‘当心！’我对他说，‘因为我得到自由就意味着您声名狼藉。’

“‘请您解释解释，我的美丽的西比尔①。’

“‘好吧，因为我一旦从这儿出去，就把什么都说出来，我要说出您对我所使用的暴力，我要说出我的被监禁。我要揭露这座卑鄙无耻的府邸；您的地位非常高，米罗尔，但是，发抖吧！在您上面还有国王，在国王上面还有天主。’

“我的迫害者，尽管他看上去是那么有自制力，还是按捺不住，发起脾气来了。我不能看见他脸上的表情，但是我的手放在他的胳膊上，

① 西比尔，希腊传说和文学中的女预言家。她的预言记述于希腊的六音步格诗之中并留传下来。公元前5世纪至公元前4世纪初，西比尔这个名字一直用单数；从公元前四世纪晚期起，西比尔的数目有所增加。传说认为，她们遍布于所有著名的神示所中心和其他地方，她们各自有着各自的名字，而“西比尔”就成了一个头衔。

我感觉到了他的胳膊在抖动。

“‘如果这样，您就别想从这儿出去！’他说。

“‘好，好！’我叫了起来，‘如果这样，我受折磨的地方也将是埋葬我的地方。好！我将死在这儿；而您将会看到，一个在控诉的鬼魂是不是比一个在威胁的活人更可怕！’

“‘我们不给您留下一件武器。’

“‘还有一件武器，绝望已经把它放在任何一个有勇气使用它的人的手边。我会让自己活活饿死。’

“‘想想看，’那个坏蛋说，‘和平是不是总比像这样的一场战争好？我立刻把自由还给您，我公开宣扬您是美德的化身，我管您叫作英格兰的卢克丽霞①。’

“‘我，我要说您是塞克斯都；我，我要向世人揭发您，正像我已经向天主揭发您那样。如果我需要像卢克丽霞那样用我的血来签署我的控诉书，我也一定会用血来签署的。’

“‘哈！哈！’我的敌人用嘲笑的口气说，‘如果这样，那就是另外一回事了。说真的，您在这儿毕竟过得挺不错，您什么也不会缺，如果您让您自己饿死，那就得怪您自己了。’

“说完这些话，他退了出去，我听见门打开后又关上的声音，我陷在痛苦之中，不过我承认，更多的是陷在报仇没有成功的羞愧之中。

“他遵守了他的诺言。第二天整个白天，整个夜里过去了，我没有再看见他。但是我也遵守了我的诺言，我既不吃也不喝；我像我对他说过的那样，下决心让自己饿死。

“我在祈祷中度过白天和黑夜，因为我希望天主能饶恕我自杀。

“第二天夜里，门开了；我当时躺在地板上，已经开始没有力

---

①卢克丽霞，古罗马烈女。贵族科拉提努斯的美丽而贤淑的妻子，被罗马暴君卢齐乌斯·塔尔奎尼乌斯之子塞克斯都奸污。她要求父亲和丈夫为她复仇，随即自杀（公元前509年）。此后布鲁图举着血淋淋的刀子，率领被激怒的群众起事，把塔尔奎尼乌斯家族赶出罗马。这一事件标志着罗马共和国的诞生。

气了。

“听见声音我用一只手支起身体。

“‘听着！’有一个人的嗓音对我说，这嗓音在我耳朵里引起那么可怕的回响，我不可能听不出是谁的嗓音，‘听着！您的态度是不是有点儿缓和了，您是不是愿意单单用保持沉默的诺言来换取您的自由？瞧，我是一个宽宏大量的人。’他补充说，‘尽管我不喜欢清教徒，我还是承认他们的正当权利，对女清教徒也是如此，只要她们长得漂亮。好，您指着十字架给我发一个小小的誓言，我别的不再要求您了。’

“‘指着十字架！’我一边叫嚷，一边站了起来，因为我听见让我厌恶透顶的这个嗓音，我的力气一下子完全恢复了，‘指着十字架！我发誓任何诺言，任何威胁，任何折磨都不能封住我的嘴。指着十字架！我发誓要到处揭露您是一个谋杀犯，是一个窃取荣誉的盗贼，是一个卑怯的小人；指着十字架！我发誓如果有一天我能从这儿出去，我要向全人类提出向您报仇。’

“‘当心！’那个声音用我还从来没有听见过的威胁口气说，‘我还有一个非到最后关头不使用的最有效的方法，可以封住您的嘴，或者至少能不让人相信您说出的每一句话。’

“我集中全身的力量，用一阵大笑来作为回答。

“他看出在我们之间从此以后是一场永无休止的斗争，一场你死我活的斗争。

“‘听好，’他说，‘我仍然把今天夜里剩下的时间和明天整个白天的时间给您，好好考虑考虑：如果您答应保守秘密，等着您的将是财富，尊敬，甚至荣誉。如果您以把这件事说出去作为威胁，我会判处您加辱刑。’

“‘您！’我叫了起来，‘您！’

“‘终身的，永远洗刷不掉的加辱刑！’

“‘您！’我重复说。啊！我对您说吧，费尔顿，我当时以为他发疯了。

“‘是的，我！’他说。

“‘啊！离开我，’我对他说，‘如果您不愿意我在您面前朝着墙撞开我的头，就赶快出去！’

“‘好吧，’他说，‘随您的便，明天晚上见！’

“‘明天晚上见！’我一边回答，一边倒下去，狂怒地咬着地毯……”

费尔顿靠在一件家具上，米莱狄怀着恶魔般的快乐看到，他说不定在她讲完以前就会支持不下去了。

第二十七章
古典悲剧的手法

米莱狄为了观察听她说话的年轻人，沉默了片刻时间，接着又继续说下去：

“我差不多有三天时间没有喝也没有吃，忍受着难以忍受的折磨：有时候好像有云雾裹紧我的额头，蒙住我的眼睛，这是精神错乱初期的症状。

“天黑了，我的身体已经那么虚弱，经常昏过去，每次昏过去我都感谢天主，因为我相信自己就要死了。

“在一次昏迷中，我听见门开了；恐惧使我清醒过来。

“他走进了我的房间，后面跟着一个戴面具的人。他自己也戴着面具，但是我听得出他的脚步声，我听得出他的嗓音，我认得出地狱为了造成人类的不幸而给予他这个人的威严气派。

“‘怎么样！’他对我说，‘您已经决定按照我的要求，向我发誓吧。’

“‘您自己也说过：清教徒说话算数。我的话您已经听见过，这就是：在尘世上我要到世人的法庭上去控诉您，到了天上，我要到天主的法庭上去控诉您。’

“‘这么说，您坚持到底？’

“‘我在听得见我说话的天主面前发誓：我将请全世界的人为您的罪行作证，直到我找到一个复仇者。’

“‘您是一个娼妇，’他用雷鸣般的嗓音说，‘您将受到惩处娼妇的刑罚，在您要去求助的世人眼里，您是打过烙印的，您努力去向这些人证明您既没有罪，也没有发疯吧！’

“接着他对跟他来的人说：

“‘刽子手，尽你的职责！’”

“啊！他的名字，他的名字！”费尔顿叫了起来，“他的名字，快把他的名字告诉我！”

“当时我叫喊，我反抗，因为我开始明白了等待着我的是比死还要糟的情况，但是不管我怎么叫喊，不管我怎么反抗，刽子手还是抓住我，把我翻倒在地板上，使劲地压住我，我哭得透不过气来，几乎失去知觉，我祈求天主保佑，天主却没有听见我的话。我突然因为疼痛和羞愧发出了一声可怕的叫喊：一块灼热的烙铁，一块通红的烙铁，刽子手的烙铁，在我的肩膀上烙出了一个印记。”

费尔顿发出一声怒吼。

“瞧，”米莱狄这时候一边说，一边站起来，威严得像一个王后，“瞧，费尔顿，瞧瞧有人想出了怎样一种新奇的折磨人的办法来对付纯洁的，然而成为一个恶棍的暴行的受害者的年轻姑娘。您要学会认识人心，从今以后不要那么轻易地成为他们非正义的报复的工具。”

米莱狄动作迅速地解开她的连衣裙，撕破遮住她的胸部的细麻布内衣，把玷污了这个如此美丽的肩膀的、永远不能消除的烙印指给年轻人看，她的脸因为虚假的愤怒和装出来的羞愧而涨得通红。

“不过，”费尔顿叫了起来，“我看见的是一朵百合花！”

“这正是卑鄙可耻的地方，”米莱狄回答，“如果是英国的烙印……那就需要证明是哪个法庭给我烙上的，而且我可以向王国的所有法庭提出上诉；但是法国的烙印……啊！有了这个烙印，我蒙受的耻辱真的洗刷不掉了。”

这在费尔顿看来太过分了。

他脸色苍白，一动不动，被这骇人听闻的揭露压垮了，被这个女人的超出常人的美迷惑住了。这个女人恬不知耻地向他裸露出自己的身体，但是他却认为她的恬不知耻非常崇高。最后他跪倒在她面前，就像初期的基督教徒跪倒在那些纯洁的、神圣的女殉教者面前一样——那些迫害基督徒的皇帝们把这些女殉教者送进竞技场，供嗜血的、淫荡的平民们取乐。烙印消失了，只有美留了下来。

“请原谅，请原谅！”费尔顿叫了起来，“啊！请原谅！”

米莱狄从他的眼睛里看到：爱情，爱情！

“原谅什么？”她问。

“原谅我参加到那些迫害您的人中间。”

米莱狄把手伸给他。

“这么美丽，这么年轻！”费尔顿连连吻着这只手，大声喊叫。

米莱狄的目光落在他身上，这是那种能使一个奴隶变成国王的目光。

费尔顿是个清教徒，他放下这个女人的手去吻她的脚。

他已经不再是爱她，而是崇拜她了。

这阵冲动过去了，米莱狄看上去好像恢复了冷静，其实冷静她从来就不曾失去过；费尔顿看到爱情的宝物重新被掩盖在贞洁的幕布后面，藏得这么好，是为了让他更强烈地希望得到它们。

“啊！现在，”他说，“我只有一件事要问您，就是那个折磨您的真正的刽子手的名字，因为对我来说只有一个真正的刽子手；另一个人是工具，仅此而已。”

“怎么，兄弟！”米莱狄叫了起来，“还需要我把他的名字告诉你，你还没有猜到是谁？”

“怎么！”费尔顿又说，“他！……又是他！……永远是他！……怎么！真正的罪犯……”

“真正的罪犯，”米莱狄说，“是那个英国的蹂躏者，真正的信徒们的迫害者，多少妇女的贞操的卑鄙可耻的破坏者，由于他那颗腐化堕落的心的一时任性，他要让英国血流成河，他今天保护新教徒，明天又出卖他们……”

“白金汉！这么说是白金汉！”费尔顿怒气冲天地叫了起来。

米莱狄用双手捂住脸，仿佛她不能忍受这个人名使她想起的耻辱。

“白金汉，那个折磨这个天使般的女人的刽子手！”费尔顿叫了起来，“你竟没有用雷劈死他，我的天主！你反而听任他地位显赫，受人尊重，权势大得能把我们全都毁掉！”

“天主舍弃放纵自己，为所欲为的人，”米莱狄说。

“那是天主希望把保留给该下地狱的人的惩罚招引到他的头上！”费尔顿继续说，情绪越来越激昂，“那是天主希望世人的报复先于上天的公正审判！”

“世人怕他，宽容他。”

“啊！我，”费尔顿说，“我不怕他，我不会宽容他！……”

米莱狄感到自己的心灵沉浸在恶魔般的快乐中。

“不过，温特勋爵，我的保护人，我的父亲，”费尔顿问，“他怎么会参与到这一切中间去的？”

“听我说，费尔顿，”米莱狄回答，“即使是在卑鄙无耻的、令人蔑视的人旁边，也还有心地高尚，宽宏大量的人。我有一个未婚夫，一个我爱他，他也爱我的人；一颗像您的心一样的心，费尔顿，一个像您一样的人。我去找他，把一切都告诉了他。这个人，他了解我，连一瞬间的怀疑也没有产生。他是个大贵人，是个在各方面都和白金汉不相上下的人。他什么也没有说，仅仅佩好他的剑，披上他的披风，到白金汉府去了。”

“是的，是的，”费尔顿说，“我明白了，尽管对付这种人，应该使用的不是剑而是匕首。”

“白金汉作为使者被派往西班牙，头天动身了。他是去西班牙为当时还是威尔士亲王的查理一世国王向西班牙公主求婚。我的未婚夫回来了。

“‘听我说，’他对我说，‘这个人已经动身了，因此他暂时逃脱了我的报复；不过眼下让我们像我们本来就应该的那样结合吧，然后您就把这件事托付给温特勋爵，来保持他的荣誉和他妻子的荣誉。’”

“温特勋爵！”费尔顿叫了起来。

“是的，”米莱狄说，“温特勋爵；现在您应该完全明白了，是不是？白金汉离开了将近一年。在他回来的一个星期之前，温特勋爵突然去世了，留下了我是他的惟一继承人。这个打击来自何方？无所不知的天主毫无疑问知道，我呢，我不怪罪任何人……”

“啊！多么可怕的罪恶深渊，多么可怕的罪恶深渊！”费尔顿叫了起来。

“温特勋爵生前什么也没有告诉他的弟弟。可怕的秘密应该对所有人隐瞒，直到有一天它像晴天霹雳似的在罪人的头上炸响。您的保护人看到他的哥哥和一个没有家产的年轻姑娘结婚，心里感到不快。我明白我不能期望从一个继承遗产的希望落了空的人那里得到支持。我到了法国，决定在那里度过我的余生。但是我全部财产都在英国；由于战争，两国之间的交通中断了，我变得一无所有，因此不得不回来，六天前我在朴次茅斯上了岸。”

“后来呢？”费尔顿说。

“后来吗！白金汉毫无疑问知道我回来了，向已经对我抱有成见的温特勋爵谈起我，告诉他，他的嫂子是一个妓女，一个打过烙印的女人。我的丈夫已经不能活过来用他的真诚的、高尚的声音为我辩护。温特勋爵特别是因为相信别人对他说的话对他有好处，所以他更加轻易地就相信了。他派人把我逮捕，送到这里，交给您看管。其余的您都知道了。后天他就要把我驱逐出境，终身流放；后天他就要把我安置在那些可耻的人中间去。啊！阴谋策划得非常好，是呀！圈套安排得非常巧妙，我的荣誉将不复存在了。您看得很清楚，我应该死，费尔顿；费尔顿，把这把刀子给我！”

说完这些话，米莱狄就像全身力量耗尽了似的，虚弱、疲惫地倒在年轻军官的怀抱里。爱情，愤怒，还有直到当时还未曾感受过的肉欲的快感，使年轻军官忘乎所以，他万分激动地接住她，紧紧地搂在自己的心口上，闻到从这张如此美丽的嘴里呼出的气息，浑身直打哆嗦，接触到这个颤动得如此厉害的胸部，完全失去了理智。

“不，不，”他说，“不，你将受人尊敬，清清白白地活下去，你将为了战胜你的敌人们而活下去。”

米莱狄一边用手慢慢地推开他，一边又在用目光吸引他。费尔顿也一边搂住她不放，一边像哀求神灵似的哀求她。

“啊！死亡，死亡！”她说，嗓音变得模糊，眼皮合了起来，“啊！宁愿要死亡也不要耻辱；费尔顿，我的兄弟，我的朋友，我恳求您！”

“不，”费尔顿叫了起来，“不，你将活下去，你将在报仇成功后活下去。”

“费尔顿，我给我周围的每个人带来不幸！费尔顿，别管我，费尔顿，让我死吧！”

“好，那就让我们一块儿死吧！”他叫了起来，同时用自己的嘴唇贴紧女囚犯的嘴唇。

有人一连敲了好几下门；这一次米莱狄真的把他推开了。

“听，”她说，“有人听见我们说话，有人来了；一切都完了，我们没救了！”

“不，”费尔顿说，“仅仅是通知我要去巡逻的卫兵来了。”

“那您赶快跑过去，亲自开门。”

费尔顿照她吩咐的去做；这个女人已经主宰他的全部思想，占有他的全部灵魂。

出现在他面前的是一个率领一支巡逻队的军士。

“嗯！有什么情况？”年轻中尉问。

“您曾经对我说，如果我听见呼救，就赶快开门，”那个士兵说，“但是您忘记了把钥匙留给我。我听见您叫喊，不明白您在说什么，我想打开门，门从里面关上了，因此我叫了一个军士来。”

“我在这儿，”军士说。

费尔顿惊慌失措，几乎快发疯了，他站着连一句话也说不上来。

米莱狄明白这个局面要靠她来对付，她奔到桌边，拿起费尔顿放在桌上的那把刀子。

“您有什么权利阻止我去死？”她说。

“伟大的天主！”费尔顿看见刀子在她手里闪闪发光，叫了起来。

就在这时候，走廊里响起了含有奚落意味的大笑声。

温特勋爵被闹声吸引来了，他身上穿着室内便袍，剑夹在胳膊底下，站立在门口。

“哈，哈！”他说，“我们现在到了悲剧的最后一幕；您看见了吧，费尔顿，这出戏按照我曾经指出的一个个阶段在发展；但是，您放心，血不会流出来的。”

米莱狄明白，如果她不立即拿出可怕的证据来向费尔顿证明她有勇气，那她就完了。“您错了，米罗尔，血会流出来的，但愿这血溅落到使它流出来的那些人身上！”

费尔顿发出一声喊叫，朝她扑过去，但是太迟了，米莱狄已经刺了自己一刀。

但是那把刀子幸运地，我们应该说是巧妙地碰到了铁制的胸衣撑，在那个时代，像护胸甲一样，胸衣撑是用来保护妇女的胸部的。刀子一滑，刺破了连衣裙，斜着在肌肉和肋骨之间刺了进去。

不过米莱狄的连衣裙还是在一秒钟的时间里被血染红了。

米莱狄仰面倒下去，好像昏过去了。

费尔顿夺下刀子。

“瞧，米罗尔，”他神色阴郁地说，“一个在我看管下的女人自杀了！”

“放心，费尔顿，”温特勋爵说，“她没有死，恶魔是不会这么容易死掉的；放心吧，到我屋里去等我。”

“不过，米罗尔……”

“去吧，我命令您。”

费尔顿服从他上司的这个命令；但是在出去时他把刀子贴胸塞到了衣服里面。

至于温特勋爵，他仅仅把服侍米莱狄的那个女人叫来；等她来了以后，他把一直昏迷不醒的女囚犯托付给她，留下了她单独一个人陪着女囚犯。

然而他尽管抱怀疑态度，这个刀伤也有可能很严重，所以他立即派人骑上马去请医生。

第二十八章
逃　跑

正如温特勋爵所推测的，米莱狄的伤势并没有危险性；因此等到剩下她单独一个人跟男爵派人叫来的那个女人在一起，在那个女人急急忙忙给她脱衣服的时候，她就立刻睁开了眼睛。

然而她必须装出身体虚弱，伤口疼痛的样子；对一个像米莱狄这样的喜剧演员来说，这并不是难事。因此那个可怜的女人完全被女囚犯瞒骗住了，坚持要留下来整夜地守护她，尽管她一再说没有这个必要。

但是这个女人在场并不妨碍米莱狄思索。

再也不必怀疑了：费尔顿已经深信不疑，费尔顿已经属于她。如果有一个天使出现在这个年轻人眼前谴责米莱狄，就他当时的心情来说，他肯定会把这个天使当成是魔鬼的使者。

米莱狄想到这儿露出了笑容，因为费尔顿从此以后是她惟一的希望，是她得救的惟一工具。

但是温特勋爵很可能对费尔顿产生怀疑，费尔顿现在很可能也受到了监视。

凌晨四点钟左右，医生来了；但是米莱狄在自己身上刺出的伤口到这时候已经收口；因此医生既不能测出方向也不能测出深度，他仅仅根据伤者的脉搏断定情况并不严重。

早上米莱狄借口夜里没有睡好，需要休息，把在身边看护她的那个女人打发走了。

她有一个希望，就是费尔顿能在吃早饭时来到，但是费尔顿没有来。

她的担心成为事实了吗？费尔顿受到温特勋爵怀疑，在关键时刻不能来帮助她了吗？她还剩下一天的时间；温特勋爵曾经向她宣布她在二十三日上船，而今已经是二十二日上午了。

然而她还是耐心地等着，一直等到吃午饭的时候。

尽管她早上没有吃，午饭还是按时送来了；米莱狄惊恐地发现看守她的士兵们的制服已经换了。

于是她大着胆子询问费尔顿的情况。卫兵告诉她说，费尔顿在一小时以前已经骑马走了。

她打听温特勋爵是不是还在城堡；那个士兵回答说温特勋爵还在城堡，另外他得到命令，如果女囚犯希望找温特勋爵谈话，要及时通知温特勋爵。

米莱狄回答说，她暂时还太弱，她惟一的愿望就是单独一个人待着。

士兵出去，留下摆好了午餐的桌子。

费尔顿被打发走了，海军士兵被调换来了，这么说费尔顿遭到了怀疑。

这是对女囚犯的最后一击。

剩下她一个人以后，她从床上起来。她为了让人相信自己受了重伤，一直谨慎地躺在床上；躺在这张床上简直就像身子底下有一盆炽热的炭火在烤她似的难以忍受。她朝房门看了一眼，温特勋爵让人在房门的小窗洞上钉了一块木板；毫无疑问他是担心她还能够用什么魔鬼的方法通过这个窗洞引诱那些看守。

米莱狄高兴地露出了微笑。这样一来她可以尽情地发泄自己的感情，而不会被人看见了。她像一个狂怒的疯子或者一头关在铁笼子里的老虎那样激动地在屋里走来走去。如果刀子还留在她手里，她肯定会想到杀人，不过这一次不再是想到自杀，而是想到杀死温特勋爵。

六点钟，温特勋爵进来了；他一直武装到了牙齿。这个男人，一直到当时为止米莱狄仅仅把他看成是一个相当幼稚无知的公子哥儿，没想到一下子竟变成一个了不起的监狱看守。他好像什么都能料到，什么都能猜到，什么都能预防。

他仅仅朝米莱狄看了一眼，就明白了在她内心里有什么想法。

“好吧，”他说，“不过您今天还杀不了我；您没有了武器，况且我有了戒备。您开始把我可怜的费尔顿引入邪路；他已经受到您的邪恶的影响，但我要拯救他。他不会再见到您，一切都结束了。把您的衣服收拾收拾好，明天您就动身。我本来把上船的日期定在二十四日，但是我想这件事越是早办越安全。明天中午我将得到白金汉签署的流放您的命令。您在上船以前，不论对谁哪怕只说一句话，我的军士将用枪把您的脑袋打开花，他得到了这个命令。在船上，您在得到船长允许以前，不论对谁说一句话，船长会叫人把您扔进海里，这是讲定了的。再见，我今天要对您说的，全都说了。明天我再来看您，给您送行！”

说完这些话，勋爵出去了。

米莱狄听着这长长的一大串咄咄逼人的话，嘴唇上始终挂着轻蔑的微笑，但是心里却充满了怒火。

晚饭送进来了；米莱狄感到自己需要增加体力，她不知道在即将来临的这个黑夜里会发生什么事，看来这个黑夜将不会平静，因为大块的乌云在天空疾驰而过，出现在远处的闪电预示着一场暴风雨即将来临。

暴风雨在夜里十点钟左右发作了。米莱狄看到大自然分担她内心的混乱，感到了安慰；雷电在空中，正如愤怒在她的心里一样，隆隆作响；她好像感觉到那吹过的狂风，吹乱了她额头上的头发，正像它刮弯了那些树的树枝，刮跑了树叶一样。她像狂风暴雨一样呼号，她的声音消失在大自然的巨大的声音里，大自然好像也在呻吟，也感到了绝望。

突然间她听见有人敲玻璃窗，在一道闪电的微光下，她看见出现在窗栅栏后面的一个人的脸。

她跑过去，把窗子打开。

“费尔顿！”她叫了起来，“我得救了！”

“是的，”费尔顿说，“不过别出声，千万别出声！我需要时间锉断这些窗栅栏。只不过要当心，别让他们从门上的窗洞看见您。”

“啊！这是天主支持我们的一个证据，费尔顿，”米莱狄说，“他们用一块木板把窗洞封住了。”

“很好，天主使他们失去了理智！”费尔顿说。

“我应该做什么呢？”米莱狄问。

“什么也别做；只要把窗子再关上就行了。您去躺下来，或者至少穿着衣裳上床去躺着；等我干完了，我会敲窗玻璃。不过，您能跟上我吗？”

“啊！我能。”

“您的伤口呢？”

“痛虽痛，但是并不妨碍我走路。”

“那您就做好准备等头一个信号。”

米莱狄把窗子关上，吹熄了灯，照费尔顿嘱咐的，蜷缩在床上。在暴风雨的吼叫中她听见锉刀锉铁栅栏的吱吱声；在每一次闪电的亮光中，她都看见窗玻璃后面的费尔顿的影子。

一个小时过去了，在这一个小时里她紧张得呼吸困难，喘着气，额头上挂满汗珠，每次听见走廊里有响动，她都会吓得心惊肉跳。

有时候几个小时会长得像一年。

一个小时以后，费尔顿又敲窗子了。

米莱狄跳下床，去开窗子。少了两根铁栅栏，形成一个缺口，正好能让一个人通过。

“您准备好了吗？”费尔顿问。

“准备好了。我应该带什么东西吗？”

“如果您有金币，就带上金币。”

“有，幸好他们让我留着我的金币，没有拿走。”

“好极了，因为我租了一条小船，把我的钱全花光了。”

“接着，”米莱狄说着把满满的一袋金路易递到费尔顿手里。

费尔顿接过袋子，把它扔到墙脚下。

“现在，”他说，“您愿意来吗？”

“我这就过来。”

米莱狄爬上一把扶手椅，整个上半身伸到窗外；她看见年轻军官踩在一条绳梯上，高高地悬在深渊之上。

一阵毛骨悚然的恐惧感使她第一次记起了自己是个女人。

下面的深渊使她感到害怕。

“我已经料到了，”费尔顿说。

“没关系，没关系，”米莱狄说，“我闭着眼睛下去。”

“您信任我吗？”费尔顿说。

“这还用问？”

“两只手靠拢，交叉起来，很好。”

费尔顿用他的手绢把她的两个手腕扎起来，然后在手绢上面再扎上一条绳子。

“您干什么？”米莱狄惊讶地问。

“您把胳膊套在我的脖子上，不要害怕。”

“不过我会使您失去平衡的，我俩都会摔得粉身碎骨。”

“放心，我是海员。”

没有一秒钟好浪费了；米莱狄把胳膊套在费尔顿的脖子上，身子滑到了窗外。

费尔顿开始慢慢地，一级一级地踩住绳梯往下爬。尽管两个身体的分量很重，他们在空中还是被暴风雨的狂风吹得摇摆不定。

费尔顿突然停下。

“怎么回事？”米莱狄问。

“别出声，”费尔顿说，“我听见有脚步声。”

“我们被发现了！”

他们沉默了一会儿。

“没有，”费尔顿说，“没什么。”

“但是这声音到底是怎么回事？”

“是要在巡查道上经过的巡逻队的声音。”

“巡查道在哪儿？”

“正好在我们脚底下。”

“巡逻队要发现我们了。”

“只要没有闪电就不会。”

“他们会碰到绳梯的下端。”

“幸好离地面还有六尺的距离。”

“他们来了，我的天主！”

“别出声！”

两个人在离地面二十尺高的地方，一动不动，连气也不敢透；这时候，士兵们有说有笑，在他们底下经过。

对两个逃跑者来说，这是一个可怕的时刻。

巡逻队过去了；他们听见脚步声越来越远，嘁嘁喳喳的说笑声也越来越轻。

“现在，”费尔顿说，“我们得救了。”

米莱狄叹了口气，昏过去了。

费尔顿继续往下爬。到了绳梯的下端，他感到他的脚找不到支撑以后，于是用双手攀住梯级；最后他终于到了最后一级，靠了他的双腕的力量让自己吊着，触到了地面。他弯下身子，拾起盛金币的口袋，用牙齿咬住它。

接着他把米莱狄捧在怀里，朝着和巡逻队相反的方向迅速走去。他很快就离开了巡查道，在悬崖峭壁间往下走，到了海边，吹了一声哨子。

一声相同的暗号回答他；五分钟以后，他看见过来一条小船，船上有四个人。

小船尽可能近地划向海岸，但是水不够深，小船不能靠岸。费尔顿不愿意把他的宝贵的负荷交给别人，走进了齐腰深的水里。

幸好暴风雨开始平静了，不过大海上还是波涛汹涌；小船像一只胡桃壳似的在海浪上颠簸。

“到单桅帆船上去，”费尔顿说，“尽可能快地划。”

四个人开始划桨；但是海浪太大，四条桨起不了多大作用。

然而城堡还是离得越来越远了；这是最主要的。夜色漆黑，从小船上已经几乎不可能分辨出海岸，从海岸上就更不可能分辨出小船了。

一个黑点在海上摇晃。

这是那条单桅帆船。

当四个人竭尽全力划着小船朝单桅帆船前进时，费尔顿解开绳子，然后又解开缚住米莱狄双手的那条手绢。

等到她的双手解开以后，他舀了点海水，浇在她的脸上。

米莱狄叹了口气，睁开眼睛。

“我在什么地方？”她问。

“您得救了，”年轻军官回答。

“啊！得救了！得救了！”她叫了起来，“是的，这儿是天空，这儿是大海！我呼吸的空气，是自由的空气。啊……谢谢，费尔顿，谢谢！”

年轻人把她搂在心口上。

“可是我的手怎么啦？”米莱狄问，“我觉得我的两只手腕好像被人用虎钳钳碎了。”

米莱狄举起双臂，两只手腕确实有伤痕。

“唉！”费尔顿望着这一双美丽的手，慢慢地摇着头说。

“啊！没关系，没关系！”米莱狄叫了起来，“现在我记起来了！”

米莱狄用眼睛在周围寻找。

“在这儿，”费尔顿说着，用脚把盛金币的袋子踢过来。

这时候离单桅帆船近了。值班水手招呼小船，小船作出回答。

“这艘海船是怎么回事？”米莱狄问。

“我替您租用的。”

“它把我送到什么地方去？”

“到您希望去的地方去，不过您得先把我送到朴次茅斯。”

“您到朴次茅斯去干什么？”米莱狄问。

“执行温特勋爵的命令，”费尔顿带着阴沉的笑容说。

“什么命令？”米莱狄问。

“您难道还不明白？”费尔顿说。

“不明白；我请求您说说清楚。”

“因为他不信任我，所以他希望亲自看守您，派我代他去请白金汉签署流放您的命令。”

“可是，他如果不信任您，怎么会把这份命令交给您呢？”

“他会认为我知道送的是什么东西吗？”

“说得有理。您到朴次茅斯去？”

“我没有时间好耽误了：明天是二十三日，白金汉明天率领船队出发。”

“他明天出发，到什么地方去？”

“到拉罗舍尔去。”

“他不应该出发！”米莱狄叫了起来，她忘了她已经习以为常的沉着镇定。

“放心，”费尔顿回答，“他不会出发的。”

米莱狄快活得浑身打颤；她刚刚一直看到了年轻人心灵的最深处，那儿清清楚楚地写着：杀死白金汉。

“费尔顿……”她说，“您像犹大·马加比[①]一样伟大！如果您死了，我跟您一起死，我能对您说的话全在这儿了。”

“别出声！”费尔顿说，“我们到了。”

小船确实靠到了单桅帆船边上。

费尔顿先爬上梯子，把手伸给米莱狄，水手们在下面托住她，因为大海上的波涛非常汹涌。

只不过一会儿工夫他们全都到了甲板上。

“船长，”费尔顿说，“这就是我对您谈起过的人，应该安全地把她送到法国。”

“代价是一千皮斯托尔，”船长说。

---

①犹大·加马比（？—前161），犹太游击队领导人，他捍卫国家，抗击塞琉西国王安条克四世的入侵，使犹太免于希腊化，因而保存了犹太人的宗教。胜利后他修复了耶路撒冷圣殿。公元前164年塞琉西人允许犹太人信仰自由，但他继续作战，争取祖国在政治上获得解放。两年后战死，其弟继续战斗，终于使犹太获得独立。

“我已经付给您五百。”

“完全正确，”船长说。

“另外五百在这儿，”米莱狄指着盛金币的袋子说。

“不，”船长说，“我说话算数，我已经向这个年轻人许下诺言；另外五百皮斯托尔等到了布伦再付给我。”

“我们到得了吗？”

“保证平安到达，”船长说，“像我的名字叫杰克·巴特勒一样错不了。”

“好吧！”米莱狄说，“如果您遵守诺言，我将给您的不是五百，而是一千皮斯托尔。”

“乌拉！我美丽的夫人，”船长喊道，“但愿天主经常给我送些像夫人您这样的顾客来！”

“现在，”费尔顿说，“您先把我们送到那个小海湾；您也知道，您把我们先送到那儿是说好了的。”

船长用指挥必要的操作来作为回答；早上七点钟左右，小海船在指定的海湾抛锚。

在这段旅程中，费尔顿把一切都讲给米莱狄听：他怎样没有去伦敦，租了这艘小海船；他怎样回来；他怎样在爬墙的时候，随着他往上爬，在石头缝里插进了一些扣钉，好让脚有踩的地方；最后他怎样爬到了窗栅栏那儿，拴住了绳梯；其余的米莱狄都知道了。

米莱狄呢，她试图鼓励费尔顿完成他的计划；但是她头几句话刚说出口，就清楚地看到年轻的宗教狂更需要的是劝他克制自己，而不是加强他的决心。

他们商量后决定：米莱狄等费尔顿一直等到十点钟；如果十点钟他还不回来，她就出发。

假定到那时他没有失去自由，他可以到法国贝蒂讷[1]的加尔默罗会女修道院去找她。

---

① 贝蒂讷，法国北部加莱海峡省城镇。位于拉韦河和埃尔运河汇流处。

第二十九章
一六二八年八月二十三日发生在朴次茅斯的事

费尔顿向米莱狄告别，像一个仅仅出去散散步的弟弟向姐姐告别那样，吻了吻她的手。

他整个人显得和平常一样平静，只是在他的眼睛里闪耀着一种不寻常的光芒，好像是发烧病人的那种目光，他的脸比平时还要苍白。他牙齿咬紧，他的话说得又急促又不连贯，表明他心里有着一个阴郁的想法在翻腾。

在那条把他送到岸上去的小船上，他的脸一直转过来朝向米莱狄；而米莱狄呢，则站在单桅帆船的甲板上，以目相送。他们两个人都放心了，不再怕受到追捕，因为在九点钟以前决不会有人进入米莱狄的房间，而从城堡到伦敦又需要三个小时。

费尔顿踏上陆地，爬上通往悬崖顶上的那个小山脊，向米莱狄作最后一次致意，然后朝城市方向走去。

走了一百步，因为地势渐渐地下降，他已经只能看见那艘单桅帆船的桅杆了。

他立刻朝朴次茅斯方向匆匆走去，他看见朴次茅斯就在面前差不多半英里的地方，塔楼和房屋浮现在晨雾里。

在朴次茅斯另一边的海面上布满了军舰，桅杆像冬天里落光树叶的杨树林，被风吹得摇晃不定。

费尔顿匆匆地走着，一一回想起了对詹姆士一世和查理一世的那位宠臣的有的正确，有的错误的指责。这些指责是他在两年之久的像古人一样的严肃思考中，以及在清教徒中间长期的逗留中集聚起来的。

费尔顿拿这位大臣公开犯下的罪行，明显的罪行，如果可以这样说的话，在全欧洲犯下的罪行，和米莱狄控诉他犯下的秘密的、不为人知的罪行相比较，认为在白金汉身上所包含的两个人中间最有罪的是公众不知道他怎样生活的那个人。事实上是费尔顿的那种如此奇怪的，如此陌生的，如此热烈的爱情促使他过分夸张地看待温特夫人的卑鄙可耻的、纯属想象的指责，正像我们通过放大镜把一些事实上比蚂蚁还要难以觉察的细小的东西看成了可怕的庞然大物。

他匆匆地赶路，使得他的周身血液更加沸腾。他想到他把他心爱的，或者说得更确切些，把他像崇拜圣女一样崇拜的女人留在后面，她会有遭受到可怕的报复的危险。这种想法，还有过去的激动，现在的疲乏，所有这一切使他达到了一般人的感情所不能达到的精神激昂状态。

早上八点钟左右他进入朴次茅斯；全市居民都已经起床，街上和港口上响着咚咚的鼓声。上船的军队朝海边开去。

费尔顿到了海军司令部，浑身尘土，大汗淋漓。他的脸平时是那么苍白，这时却因为热和愤怒，变成了红色。卫兵想挡住他；但是费尔顿叫来了警卫班长，从口袋里掏出由他送的那封信。

“温特勋爵送来的急件，”他说。

大家都知道温特勋爵是公爵大人的密友；警卫班长听见温特勋爵这个名字，立即下令让费尔顿通过，况且费尔顿本人也穿着海军军官制服。

费尔顿冲进了司令部。

就在他进入前厅时，有一个人也进来了；这个人浑身尘土，气喘吁吁，把驿马留在门外，这匹马累得刚一停下就跪倒在地。

费尔顿和那个人同时对公爵的心腹随身男仆帕特里克讲话。费尔顿说出温特勋爵的名字，而那个陌生人却不愿意说出任何人的名字，声称他只能对公爵一个人说。两个人都争着要先见公爵。

帕特里克知道温特勋爵和公爵不仅有公务上的联系，而且还有友谊关系，把优先权给了以他的名义来的人。另外一个人只好等着，不难看出他对自己被耽搁了有多么气愤。

随身男仆领着费尔顿穿过一间大厅，大厅里有德·苏比斯亲王[①]率

---

①德·苏比斯亲王(1583—1642)，法国军人，法国胡格诺派领袖之一，在拉罗舍尔围城战中曾和他的哥哥德·罗昂公爵一起抵抗路易十三的军队，后去英国争取白金汉公爵的援助。

领的拉罗舍尔的代表们在等候着。随身男仆接着把费尔顿领到一间书房门口，白金汉刚洗完澡，正在房间里作最后的打扮，这一次也和平常一样，他对自己的穿戴非常注意。

“费尔顿中尉，”帕特里克说，“温特勋爵派来的。”

“温特勋爵派来的！”白金汉跟着说了一遍，“让他进来。”

费尔顿进来。这时候白金汉把一件金线刺绣的、华丽的室内便袍扔在长沙发上，换上一件缀满珍珠的蓝天鹅绒紧身短上衣。

“温特勋爵为什么不亲自来？”白金汉问，“我今天早上在等他。”

“他委托我转告大人，”费尔顿回答，“他十分遗憾，不能享有这个荣幸，因为他必须留在城堡里看管犯人，分不开身。”

“是的，是的，”白金汉说，“我知道这件事，他有一个女囚犯。”

“我想和大人谈的，正是这个女囚犯，”费尔顿说。

“好！谈吧。”

“我要对您说的只能让您一个人听见，米罗尔。”

“出去吧，帕特里克，”白金汉说，“不过留在叫人铃声听得见的距离之内；我随时都会叫您。”

帕特里克出去了。

“现在只剩下我们两个人，先生，”白金汉说，“谈吧。”

“米罗尔，”费尔顿说，“温特勋爵那天写信给您，请求您在一份与一个叫夏洛特·贝克森的女人有关的流放命令上签字。”

“是的，先生，我已经答复他，他可以亲自或者派人把这道命令送来让我签。”

“在这儿，米罗尔。”

“给我，”公爵说。

他从费尔顿手里接过那张纸，匆匆地看了一眼。他看清楚这确实是对他说起过的那道命令，于是放在桌子上，拿起羽笔，准备签上自己的名字。

“请原谅，米罗尔，”费尔顿阻止公爵签字，说，“您知道夏洛特·贝克森这个名字不是这个年轻女人的真名字吗？”

“是的，先生，我知道，”公爵一边回答，一边把羽笔伸进墨水瓶蘸了蘸。

“这么说，大人知道她的真名字？”费尔顿语气生硬地问。

“我知道。”

公爵手中的羽笔已经接近那张纸。费尔顿脸色发白。

“大人知道这个真名字，”费尔顿又问，“仍旧要签吗？”

“当然，”白金汉说，“不是一次，我更愿意签两次。”

“我不能相信，”费尔顿继续说，语气变得越来越生硬，越来越不连贯，“大人知道事关温特夫人……”

“我完全知道，尽管对您也知道这件事我感到奇怪！”

“大人签这道命令不感到内疚吗？”

白金汉傲慢地望着年轻人。

“居然有这种事，先生，您知道不知道，”他对年轻人说，“您向我提出了一些奇怪的问题，我要是回答您，也未免太糊涂了。”

“请您回答，大人，”费尔顿说，“情况也许比您想象的要严重得多。”

白金汉想到年轻人是温特勋爵派来的，当然是以他的名义在说话，态度也变得缓和了。

“丝毫不感到内疚，”他说，“温特勋爵像我一样知道米莱狄是一个罪大恶极的罪犯，对她的惩罚仅限于终身流放，这几乎等于赦免她了。”

公爵把羽笔放在纸上。

“您不会签署这道命令，米罗尔！”费尔顿说着，朝公爵走了一步。

“我不会签署这道命令！”白金汉说，“为什么？”

“因为您得扪心自问，您得公平地对待米莱狄。”

“要公平对待她，就该把她送往泰伯恩，”白金汉说，“米莱狄是个十恶不赦的女人。”

“大人，米莱狄是个天使，您清楚地知道这一点；我要求您释放她。”

“居然有这种事！”白金汉说，“跟我说这种话，您莫非疯了不成？”

“米罗尔，请原谅我！我尽我所能地说；我克制住自己。然而，米罗尔，考虑考虑您将要做的事，您该担心别把事情做得过分！”

“您再说一遍？……天主饶恕我！”白金汉叫了起来，“不过我看他是在威胁我！”

“不，米罗尔，我还是在恳求您，我要对您说：多加一滴水，满杯的水就会溢出来；再犯一个小小的错误就可能给尽管犯了那么多罪行可仍然得到宽容的人招来惩罚。”

“费尔顿先生，”白金汉说，“您给我从这儿出去，立刻叫人把您送进禁闭室。”

“请听我说完，米罗尔。您引诱了这个年轻姑娘，您侮辱了她，玷污了她。请您弥补您对她犯下的罪行，让她自由地离开吧，我不向您要求别的。”

“您不要求！”白金汉惊讶地望着费尔顿说，他把刚说的四个字中的每一个字都念得很重。

“米罗尔，”费尔顿继续说，随着他往下说，他越来越激昂慷慨，“米罗尔，请您当心，整个英国都对您的不公正感到厌倦；米罗尔，您滥用了几乎被您篡夺了的属于国王的权力；米罗尔，您遭到世人和天主的厌恶。天主以后将惩罚您，但是我，我今天就要惩罚您。”

“啊！这真是太过分了！”白金汉一边喊叫，一边朝房门走了一步。

费尔顿拦住他。

“我谦恭地向您请求，”费尔顿说，“请求您签署释放温特夫人的命令；请您想想，这是个被您败坏名誉的女人。”

“给我出去，先生，”白金汉说，“不然我就叫人了，我要让人给您戴上镣铐关起来。”

“您叫不成人了，”费尔顿说着，一边站到公爵和放在一张镶银的独脚小圆桌上的叫人铃中间，“您现在落到了天主的手里。”

“您的意思是说，落到了魔鬼的手里，”白金汉叫了起来，他提高喉咙是为了吸引人来，然而并没有直接喊人。

“签署吧，米罗尔，签署释放温特夫人的命令吧，”费尔顿说着把纸推向公爵。

“强迫我签！您开玩笑！喂，帕特里克！”

“签吧，米罗尔！”

“决不签！”

“决不签？”

“来人哪！”公爵喊道，同时他向他的剑跳过去。

但是费尔顿不让公爵有时间拔出剑来，他从怀里拔出准备好的、米莱狄用来自杀的那把刀子。他一步朝公爵跳了过去。

就在这时候帕特里克走进房间，嚷道：

“米罗尔，一封法国来的信！”

“法国来的！”白金汉叫了起来，他想到这封信是谁来的，把一切都忘了。

费尔顿利用这个机会，把刀子深深地刺进他的左肋，只露出刀柄在外面。

“啊！叛徒！”白金汉叫嚷道，“你杀了我……”

“杀人啦！”帕特里克大声喊叫。

费尔顿打算逃走，朝周围看看，他看到门开着，奔进了隔壁房间，也就是我们说过的，拉罗舍尔的代表们在里面等着的那个房间；他奔跑着穿过房间，冲向楼梯；但是在头一级梯级上他遇到了温特勋爵。温特勋爵看见他脸色苍白发青，精神失常，手上和脸上沾着血，于是扑上去掐住他的脖子，同时，叫了起来：

“我已经知道了，我已经猜到了这件事，可惜迟了一分钟！啊！我这个人真不幸！真不幸！”

费尔顿没作任何反抗；温特勋爵把他交给卫兵们，卫兵们把他押到俯视大海的小平台上，等候新的命令。温特勋爵奔进白金汉的书房。

费尔顿在候见厅里遇见过的那个人，听见公爵发出的叫声，又听见帕特里克的喊声，急忙冲进书房。

他看见公爵躺在一张沙发上，抽搐着的手紧紧按在伤口上。

“拉波尔特，”公爵用奄奄一息的声音说，“拉波尔特，您是她派来的吗？”

“是的，爵爷，”奥地利安娜的忠实的持衣侍从回答，“不过，也许太迟了。”

“别出声，拉波尔特！别人会听见您说的话；帕特里克，不要让任何人进来。啊，我不能知道她转告我什么了！我的天主，我要死了！”

公爵昏了过去。

这时候温特勋爵，代表们，远征军的首领们，白金汉的侍从军官们，都一起涌进了这间房间，到处都可以听到绝望的叫喊。使海军部充满了哀叹声和呻吟声的这个消息很快就从海军部传出去，传遍了整个城市。

一声炮响，宣布刚才发生了什么意外的新情况。

温特勋爵揪自己的头发。

“迟了一分钟！”他叫了起来，“迟了一分钟！啊，我的天主，我的天主，多么不幸啊！”

经过情况是这样的，早上七点钟有人来通知他，从城堡的一个窗子上有一条绳梯挂下来；他立刻跑到米莱狄的房间，发现房间空了，窗子敞开，窗栅栏被锉断，他立刻记起了达尔大尼央托信使口头转告他的警告，不禁为公爵担起心来了。他奔到马厩，来不及让人替马加上鞍子，跳上了遇到的第一匹马，就策马飞奔，到了院子里跳下马，匆匆奔上楼梯，在最上面一级，我们已经说过，遇到了费尔顿。

不过公爵还没有死，他又醒过来，睁开眼睛；所有人的心里又重新燃起了希望。

“先生们，”他说，“让我单独跟帕特里克和拉波尔特在一起。”

“啊！您在这儿，温特！您今天早上给我派来了一个奇怪的疯子。您看他把我弄成了这个样子。”

“啊！米罗尔！”勋爵叫了起来，“我永远不会原谅自己了。”

“那您就错了，我亲爱的温特，”白金汉一边说，一边朝他伸过手去，“我不知道有什么人值得另外一个人为他抱憾终身的；好，出去吧，我请求您。”

勋爵哭着走了出去。

书房里只剩下了受伤的公爵、拉波尔特和帕特里克。

有人去找医生，但是没有找到。

“您会活下去的，米罗尔，您会活下去的，”奥地利安娜的忠实仆人跪在公爵的沙发前面，一遍又一遍地说。

“她给我的信上说些什么？”白金汉有气无力地说，血不停地往外淌，为了谈谈他心爱的人，他忍着难以忍受的疼痛，“她给我的信上说些什么？把她的信念给我听听。”

“啊！米罗尔！”拉波尔特说。

“照我吩咐的做，拉波尔特；你没有看到我没有时间好耽误了吗？”

拉波尔特拆开火漆封印，把那张羊皮纸放到公爵眼睛前面；白金汉尽力想看清羊皮纸上的字，但是没有办到。

“快念吧，”他说，“念吧，我看不见了；念吧！因为我也许很快就会听不见，到死也不会知道她给我的信上说些什么了。”

拉波尔特不再提出异议，他念道：

米罗尔：

自从认识您以来，就因为您以及为了您我受尽了痛苦，看在这个份上，我恳求您，如果您关心我的安宁，就中断您为了对付法国而进行的大规模扩充军备，停止这场战争吧；对这场战争，人们在公开的场合说它的显而易见的起因是宗教，而私下里却说，它的秘而不宣的起因是您对我的爱情。这场战争不仅可能给法国和英国带来巨大的灾难，而且可能给您，米罗尔，带来使我抱恨终身的不幸。

您的生命受到威胁，请多加提防；从我将不再被迫把您看作一个敌人的时候起，您的生命对我将是宝贵的。

您的亲爱的

安娜

白金汉集中他剩下的生命力，听拉波尔特念信。等信念完以后，就像这封信里给他带来了苦痛的失望似的，他问：

“您再没有什么话要当面对我说了吗，拉波尔特？”

“有，爵爷：王后委托我告诉您，要多加提防，好好保护您自己，因为她得到消息，有人要谋杀您。”

“就这些，就这些吗？”白金汉迫不及待地又问。

“她还委托我告诉您，她永远爱您。”

“啊！”白金汉说。“谢天谢地！这么说，我的死对她说来将不是一个毫不相干的人的死！……”

拉波尔特泪如雨下。

“帕特里克，”公爵说，“把放钻石坠子的那个小匣子替我拿来。”

帕特里克把公爵要的东西拿来，拉波尔特认出这件东西曾经是王后的。

“现在把上面有珍珠缀成她的姓名起首字母组成的图案的那个白缎子小口袋拿来。”

帕特里克又听从了他的吩咐。

“瞧，拉波尔特，”白金汉说，“这是我从她那儿得到的仅有的两件信物：这个小银匣子和这两封信。您把它们还给王后陛下；作为最后的纪念……（他在身边想寻找一样珍贵的东西）……您再添上……”

他还在寻找；但是，死亡临近，他的眼睛已经模糊不清，只看到从费尔顿手里掉下来的那把刀子，刀身上染满鲜红的血，还在冒着热气。

“您再添上这把刀子，”公爵抓住拉波尔特的手说。

他还能够把小口袋放进银匣子，在让刀子落进去时，他向拉波尔特做做手势，表示他不能说话了；接着是最后一次痉挛，他再也没有力气与它作斗争了，从沙发上滚落到地板上。

帕特里克大声喊叫起来。

白金汉想最后一次微笑，但是死亡使他的这个想法停住，像爱情的最后一吻似的刻在他的额头上。

这时候公爵的医生惊慌失措地来到了；他已经到了旗舰上，去找他的人不得不到旗舰上去把他找来。

他来到公爵身边，抓起公爵的手，在自己的手里握了一会儿以后又重新放下。

“毫无办法可想，”他说，“他已经死了。”

“已经死了，已经死了！”帕特里克叫了起来。

听到这声叫喊，那一群人又回到房间里，到处是一片沮丧和混乱。

温特勋爵看见白金汉断气了，立刻跑去找费尔顿。费尔顿仍旧被士兵们看押在海军司令部的平台上。

“坏蛋！”温特勋爵对年轻人说，这个年轻人从杀死白金汉以后，又恢复了平静和沉着，看来这平静和沉着不会再离开他了，“坏蛋！你干了什么？”

“我替自己报了仇！”他说。

“替你自己！”勋爵说，“你应该说你做了那个该死的女人的工具；不过，我要向你发誓，这桩罪行将是她的最后一桩罪行。”

“我不明白您说的是什么意思，”费尔顿平静地说，“而且我不知道您想谈的是谁，米罗尔；我杀了白金汉先生是因为他两次拒绝您提升我为上尉。我仅仅惩罚了他的不公正，没有别的。”

温特惊愕地望着那些捆绑费尔顿的士兵，不知对他这种冷漠态度该怎么想了。

然而有一件事情给费尔顿的神情坦然的额头添上了阴云。这个天真的清教徒听到每一个响声，都相信自己听出是米莱狄的脚步声和嗓音，他担心米莱狄会跑来投入他的怀抱，承认自己有罪，跟他一起去死。

突然间他打了一个哆嗦，从他所在的平台可以俯览整个海面，他的目光盯住了海上的一个点子。换一个人会把这个点子看成是一只海鸥在波浪上摇晃，他用他那海员的鹰一般锐利的目光，认出了这是朝法国海岸驶去的单桅帆船的船帆。

他脸色发白，手按在他的已经破碎的心上，他明白了米莱狄的整个背叛行为。

“请给我最后一个恩惠，米罗尔！”他对勋爵说。

“什么恩惠？”勋爵问。

“几点钟了？”

勋爵掏出表来。

“九点差十分，”他说。

米莱狄把她离开的时间提前了一个半小时；她一听见宣布不幸事故的炮声，就立刻吩咐起锚开船。

那条船在蓝天下航行，离海岸的距离已经很远。

“这是天主的旨意，”他抱着宗教狂的那种顺从天意的态度说，然而他没法把视线从那条小船上移开，毫无疑问他相信自己分辨出了他的生命将为之牺牲的，船上的那个女人的白色影子。

温特顺着他的目光望去，再观察他的痛苦表情，猜到了一切。

“你一个人先受到惩罚，坏蛋，”温特勋爵对被押走的，但是眼睛一直盯着大海的费尔顿说，“不过我凭着我如此爱戴的哥哥的身后名声向你发誓，你的同谋犯也逃不了。”

费尔顿低下头，一言不发。

至于温特，他匆匆走下楼梯，到港口去了。

第三十章

在 法 国

英国国王查理一世在知道白金汉遇刺身亡以后，头一件担心的事是，这个如此可怕的消息传出去会使拉罗舍尔人气馁。黎塞留在《回忆录》中说，查理一世试图尽可能长时间地向他们隐瞒，关闭了他的王国的所有港口，在白金汉准备好的军队出发以前，密切注意，不让一艘船出海，而且他亲自代替白金汉，担负起了监督军队出发的责任。

他要求严格执行他的这道命令，甚至连已经辞行过的丹麦使臣们，还有应该把查理一世归还给联省共和国①的东印度舰队领回到符利辛根港②的荷兰常任大使，都被留在英国。

但是他在事件发生后五小时，也就是在下午两点钟，才想到发布这道命令，因此已经有两艘船出了港口：其中一艘，我们已经知道，带走了米莱狄。米莱狄已经猜到发生了什么事，等到她看到旗舰的桅杆上飘扬的那面黑旗，她更加深信自己的猜测是对的了。

至于第二艘船，我们以后再说这艘船上载的是什么人，它是怎样离开的。

在这段时间里，拉罗舍尔的营地里却没有什么新情况，只有国王像平常一样感到非常无聊，在营地里说不定比在别的地方还要多感到几分无聊，于是决定偷偷到圣日耳曼去过圣路易节③。他要求红衣主教给他准备一支仅由二十名火枪手组成的护送队。国王的无聊有时候也会感染红衣主教，因此他十分乐意给他的这位副手假期。他的这位身居王位的副手答应在九月十五日左右回来。

德·特雷维尔先生得到法座的通知后，立刻整理自己的鞍囊，因为他知道，不过并不知道是什么原因，他的那些朋友热切地盼望，甚至迫切地需要回巴黎去，所以不用说他指派他们参加了护送队。

四个年轻人只比德·特雷维尔先生晚一刻钟知道这个消息，因为他们是他通知的头一批人。到这时候达尔大尼央才看到红衣主教给他的恩典有多大价值；是红衣主教最后把他调进火枪队的，如果不是这样，他的朋友们走了，而他却不得不留在营地里。

---

①联省共和国，尼德兰资产阶级革命时期，尼德兰北方七省和南方部分城市于1579年1月23日缔结乌得勒支同盟，1581年由北方各省宣布废除西班牙国王腓力二世，正式成立联省共和国，亦称荷兰共和国，简称荷兰。

②符利辛根港，荷兰西面耳得河口的伐耳赫伦岛上的港市，海军基地。

③圣路易节，节日在8月25日。圣路易是法国卡佩王朝国王路易九世（1214—1270）。1270年率第八次十字军远征突尼斯，同年八月染疫死于突尼斯城附近。

他迫不及待地想回到巴黎去，不用说是因为博纳希厄太太在贝蒂讷修道院如果碰见她的死敌米莱狄肯定会有危险。因此正如我们已经说过的，阿拉密斯曾经立即写信给结识一些极有权势的人的图尔的内衣女商人玛丽·米雄，托她代他们去请求王后准许博纳希厄太太离开修道院，躲藏到洛林或者比利时去。答复没有让人久等，八九天以后，阿拉密斯接到了这封信：

我亲爱的表哥：

您认为贝蒂讷修道院的空气对我们的年轻女仆不利，今随信附上我姐姐准许她离开贝蒂讷修道院的证明。我的姐姐十分愉快地把这份证明寄给您，因为她非常喜欢这个年轻姑娘，期待着以后还有机会能帮助她。

我拥抱您。

玛丽·米雄

这封信附有一份证明文件，措词如下：

贝蒂讷女修道院院长接本证明后，请将我推荐进入该院并受我保护的初学修女交给递交本文件的人。

安娜，一六二八年八月十日于罗浮宫

我们不难想象，在阿拉密斯和一个把王后叫作姐姐的内衣女商人之间的这种亲戚关系，引起了这些年轻人多么强烈的开玩笑的兴致。但是阿拉密斯听了波尔朵斯的那些粗俗的玩笑，脸有两三次涨得通红以后，他恳求朋友们不要再回到这个话题上来，还郑重其事地宣称，如果再就这个话题对他多说一句，以后遇到这类事情，他再也不找他的表妹出来做中间人了。

因此四个火枪手再也不提玛丽·米雄，况且他们已经如愿以偿，得到了准许博纳希厄太太离开贝蒂讷的加尔默罗会修道院的证明文件。

只要他们留在拉罗舍尔的营地里，也就是说留在法国的另一头，说真的，这道命令就帮不了他们多大的忙。因此达尔大尼央正要去向德·特雷维尔先生请假，老老实实地把他请假的重要原因告诉他，可就在这时候，有人给他和他的三个伙伴传达了这样的消息：国王要带二十名火枪手组成的护送队动身到巴黎去，而且他们四个人都参加护送队。

他们的高兴劲儿是无法形容的。他们打发跟班带着行李先走，自己在次日上午出发。

红衣主教送国王陛下，从絮热尔送到莫兹①。到了莫兹后国王和红衣主教互相告别，充分表现出了深厚的友谊。

国王尽可能快地赶路，因为他希望赶在二十三日到达巴黎，然而他一边赶路，一边还要寻找消遣，不时停下来看放鹰捕喜鹊，他对这种消遣的爱好还是从前由吕依纳②培养出来的，并且一直对它特别偏爱。遇到这种情况，二十个火枪手中，有十六个尽情地玩乐，但是另外四个却拼命地低声抱怨。特别是达尔大尼央，他耳朵里老是嗡嗡地响个不停，对此波尔朵斯是这么解释的：

“有一位很高贵的夫人告诉我，这种情况说明有人在什么地方念叨您。”

护送队终于在二十三日夜里穿过巴黎市区；国王感谢德·特雷维尔先生，答应他给部下放四天假，条件是享受假期的人一个也不可以在公共场合露面，违者关进巴士底狱。

头四个获得假期的人，不用说，当然是我们的四个朋友。不仅如此，阿多斯还说服了德·特雷维尔先生多给了两天假，不是四天而是六天，而且在这六天之外还添了两夜，因为他们二十四日晚上五点钟动身，德·特雷维尔先生出于好意，把填写的日期推迟到二十五日早晨。

“哟，我的天主！”达尔大尼央说，他这个人，正如我们知道的，

---

①莫兹，法国西部德塞夫勒省城市，在邻近拉罗舍尔的絮热尔的东面。
②吕依纳（1578—1621），1611 年成为路易十三的驯猎鹰手，变成路易十三的宠臣，在 1617 年至 1621 年间支配年轻的路易十三的政府，封为公爵。

从来就信心十足，“我觉得我们为了一件极其简单的事，给自己添了许多麻烦。用两天时间，累死两三匹马(我不在乎，我有钱)，我就可以抵达贝蒂讷，我把王后的信交给修道院院长，把我心爱的宝贝带回来，我不把她藏在洛林，不把她藏在比利时，我要把她藏在巴黎。在巴黎她可以藏得很好，尤其是在红衣主教先生远在拉罗舍尔期间。一旦仗打完了回来，一方面我们有阿拉密斯的表妹的保护，另一方面，我们又为王后效过劳，王后一定会答应照我们希望的去做的。因此你们留在这儿，大可不必累个半死。有我和普朗歇就足以应付这趟极其平常的奔波。”

阿多斯听了后，平静地回答：

“钱，我们也有；因为我还没有把卖钻石戒指分到的钱喝酒喝光，波尔朵斯和阿拉密斯也没有把他们的那一份吃光。因此我们也可以像累死一匹马一样累死四匹马。不过好好想想，达尔大尼央，”他补充说，嗓音是那么阴沉，年轻人听了不由得打了个哆嗦，“好好想想，贝蒂讷是红衣主教和一个到哪儿给哪儿带来灾祸的女人的约会地点。如果您要对付的仅仅是四个男人，达尔大尼央，我就让您单独一个人去；而您要对付的是这个女人，让我们四个人一起去吧，但愿再加上我们的四个仆人，人数就足够了。”

“您吓坏我了，阿多斯，”达尔大尼央叫了起来，“您到底怕什么呢，我的天主？”

“什么都怕！”阿多斯回答。

达尔大尼央端详着伙伴们的脸，他们的脸也像阿多斯的脸一样，流露出深深担忧的表情。他们策马飞奔，继续赶路，没有再说一句话。

二十五日晚上他们进入阿腊斯，达尔大尼央刚刚下马到金钉齿耙客店喝一杯葡萄酒，有一个骑马的人从驿站的院子里出来，这个人刚在驿站里换了一匹精神饱满的马，朝通往巴黎方向的大路奔驰而去。就在他经过沿街的大门时，风掀开了虽然在八月里他身上还裹着的披风，并且掀起了他的帽子，就在帽子已经离开他的脑袋时，他抓住它，连忙又戴上拉得低低的，遮到眼睛上。

达尔大尼央眼睛盯住这个人，脸色变得非常白，手上的杯子也落到了地上。

“您怎么啦，先生？”普朗歇说……“啊！快来，先生们，我的主人发病了！”

三个朋友跑过来，看到达尔大尼央非但没有发病，反而朝他的马奔过去。他们在门口拦住他。

“见鬼！您这是往哪儿去呀？”阿多斯向他嚷道。

“这是他！”达尔大尼央叫了起来，他气得脸色苍白，额头上淌满汗水，“这是他！让我去追他！”

“他，到底是谁？”阿多斯问。

“他，就是那个人。”

“哪个人？”

“那个该死的人，每逢有什么不幸威胁我的时候，我总会看到的我的灾星。就是我第一次遇见时陪着那个可怕的女人的那个人，就是我要求我的朋友阿多斯决斗时我在寻找的那个人，就是在博纳希厄太太被绑架的当天早上我看见的那个人！我看见了，这是他，当风掀开他的披风时我认出了他。”

“见鬼！”阿多斯若有所思地说。

“上马，先生们，上马；让我们去追他，我们能抓住他。”

“我亲爱的，”阿拉密斯说，“您想想他去的方向和我们去的方向正相反；他骑的是一匹精神饱满的马，而我们骑的是四匹疲惫不堪的马；因此我们就是把我们的马累死，也不可能追上他。让那个人走吧，达尔大尼央，我们要去救那个女人。”

“喂！先生！”一个管喂马的伙计一边追赶那个陌生人，一边叫喊，“喂！先生！这儿有一张从您的帽子里掉出来的纸！喂！先生！喂！”

“我的朋友，”达尔大尼央说，“半个皮斯托尔换这张纸！”

“好吧，先生，非常乐意！在这儿！”

这个伙计对自己作成的这笔好买卖感到非常高兴，回到客店的院子里去了；达尔大尼央打开那张纸。

“怎么样？”他的朋友围住他，问。

“只有一个词儿！”达尔大尼央说。

“不错，”阿拉密斯说，“不过这是一个城市或者一个村庄的名字。”

“‘阿尔芒蒂埃尔[①]。’”波尔朵斯念道，“阿尔芒蒂埃尔，我不知道在哪里！”

“这个城市或者村庄的名字是她亲手写的！”阿多斯叫了起来。

“这样的话，让我们小心保存这张纸，”达尔大尼央说，“也许我那半个皮斯托尔没有白白浪费。上马，我的朋友们，上马！”

四个伙伴在通往贝蒂讷的大路上奔驰而去。

第三十一章

贝蒂讷的加尔默罗会女修道院

罪大恶极的罪犯的命运都是预先注定的，因而他们能克服所有的障碍，逃过所有的危险，直到上苍感到了厌倦，确定结束他们的邪恶的好运气的时刻为止。

米莱狄的情况正是这样。她在敌对两国的巡洋舰中间穿过，到达布伦，没有遇到任何意外。

在朴次茅斯上岸时，米莱狄自称是一个英国人，受到法国迫害，从拉罗舍尔被驱逐了出来。经过了两天的航程，在布伦上岸时，她又把自己说成是一个法国人，在朴次茅斯受尽那些对法国怀恨在心的英国人的折磨。

况且米莱狄有着最有效的一种执照，那就是她的美貌，她的尊贵的仪表，她的挥霍起皮斯托尔来的慷慨气派。上了年纪的港口总监吻她的手，脸上露出和蔼可亲的微笑，态度殷勤地免除她履行例行手续；她在

---

①阿尔芒蒂埃尔，法国北方的北部省城镇，在利斯河边。

布伦只稍作停留，寄了一封信，信的内容如下：

致拉罗舍尔城前营地，红衣主教德·黎塞留法座

法座，请放心，白金汉公爵大人绝不会出发来法国了。

米莱狄

二十五日晚，贝蒂讷

又及：按照法座的要求，我到贝蒂讷的加尔默罗会女修道院去等候指示。

米莱狄确实是在当天晚上就动身了。黑夜来临，她在一家客店停下留宿。接着在第二天早晨五点钟出发，三个小时以后她进入贝蒂讷。

她打听到加尔默罗会女修道院的地址，立刻就进入了该修道院。

女院长来迎接她。她让院长看红衣主教的命令。院长吩咐给她一间房间，并且替她准备早餐。

过去的一切已经在这个女人的心目中消失，她的目光紧紧地盯着未来，她只看到红衣主教为她准备好的荣华富贵；她这次为他效劳获得这么大的成功，而且丝毫没有把他的名字牵连到这桩血淋淋的案件中去。不断产生出来的新的贪欲在煎熬着她，使得她的生活看上去就像那些在天空飞奔的云，时而反射出天蓝色，时而反射出火红色，时而又反射出暴风雨的浓黑色，在大地上除了破坏和死亡以外没有留下其他的痕迹。

吃过早餐以后，院长来看她。修道院里没有什么消遣，善良的院长急于要结识来寄宿的新客人。

米莱狄想讨好院长；对这个出人头地的女人说来，这是件很容易的事；她力图显得和蔼可亲；她长得娇美动人，用她的引人入胜的谈话和她全身散发出来的优雅风度吸引住善良的院长。

院长是贵族出身，特别喜欢听宫廷故事，宫廷故事难得传到王国的边远角落，尤其是越过修道院的高墙，就更加困难，世俗社会的声音传到修道院门口就消失了。

米莱狄正相反，五六年来她一直生活在贵族的倾轧中间，她对所有

这些贵族的尔虞我诈都了如指掌；因此她开始和善良的院长谈法国宫廷里的，与国王的对宗教的过分笃信混杂在一起的社交习俗。她叙述宫廷里的那些院长十分耳熟的爵爷们和夫人们的丑闻，她还略微谈到王后和白金汉的爱情。她谈了许多，是希望对方也能多少谈一点。

但是院长仅仅听，仅仅露出笑容，一句话也不回答。然而米莱狄看到讲这类事情院长非常喜欢听，所以她继续讲下去；只不过她的话题转到了红衣主教身上。

但是她又感到非常为难；她不知道院长是国王派还是红衣主教派，因此她谨慎地保持不偏不倚的中立态度。但是院长呢，保持一种比刚才还要谨慎的克制态度，每逢女旅客提到法座的名字，她仅仅深深地点一下头。

米莱狄开始相信她在修道院会感到非常烦闷；因此她决定冒一下险，好马上知道该怎么对付。她想看看这位善良的院长的谨慎能坚持到什么地步，开始说红衣主教的坏话，先说得很隐晦，到后来说得很详细，她讲到了这位大臣和代吉荣夫人、马里翁·德·洛尔姆以及其他几个轻佻的女人之间的爱情。

院长听得比较注意了，她渐渐地兴奋起来，而且露出了笑容。

“好，”米莱狄想，“她对我说的感到兴趣了。如果她是红衣主教派，她至少不会盲目地相信。”

于是她谈到了红衣主教对他的敌人们进行的迫害。院长仅仅在胸前划十字，既不表示赞成，也不表示不赞成。

这使米莱狄更确信自己的看法正确，这个出家的女人比较起来更像是国王派，而不像红衣主教派。米莱狄继续说下去，添油加醋，越说越离谱。

“我对所有这些事一无所知，”院长最后说，“但是尽管我们离宫廷十分遥远，尽管我们置身于尘世的利益之外，我们还是有一些和您讲的情况相同的非常悲惨的例子。我们这儿寄宿的女客人中间就有一个深受红衣主教报复和迫害之苦。”

“在您这儿寄宿的一个女客人？”米莱狄说，“啊！我的天主！可怜的女人，我同情她。”

“您说得对，因为她确实值得同情：监狱，威胁，虐待，她什么苦都吃过了。不过，话说回来，”院长接着又说，“红衣主教先生也许有说得过去的理由要这样做；尽管她看上去像一个天使，不过我们总不应该根据相貌来判断人。”

“好！”米莱狄对自己说，“谁知道呢！我也许要在这儿发现什么情况，我的运气真好。”

接着她脸上尽力装出一副极其老实的表情。

“唉！”米莱狄说，“这一点我知道，大家都这么说，不应该相信人的外貌；但是如果连天主的最美丽的创作都不应该相信，那还有什么好相信的呢？至于我，我这一辈子也许都要上当受骗，但是我将永远信任一个容貌能引起我好感的人。”

“这么说，”院长说，“您愿意相信这个年轻女人是无辜的吗？”

“红衣主教先生不仅仅追究罪恶，”她说，“有些美德他追究得比严重的罪行还要严厉。”

“请允许我，夫人，向您表示我的惊讶，”院长说。

“对什么感到惊讶？”米莱狄天真地问。

“当然是对您的说法。”

“您觉得这种说法有什么可奇怪的呢？”米莱狄笑容满面地问。

“既然是红衣主教把您打发来这儿，那就是说您是他的朋友，可是……”

“可是我说他的坏话，”米莱狄接口说，把院长的想法和盘托了出来。

“至少您没有说他的好话。”

“这是因为我不是他的朋友，”她叹了口气说，“而是他的受害者。”

“可是他写的那封把您介绍给我的信呢？……”

“是一道命令，要我留在一种监狱里，等以后他的那些打手中有人来把我带走……”

“为什么您不逃走？”

“往哪儿逃？您认为如果红衣主教愿意伸出手去，在这个世界上还有他不能达到的地方！如果我是一个男人，在迫不得已的情况下也许还能做到；但是一个女人，您要一个女人怎么办呢？在您这儿寄宿的那个年轻女人，她曾经试图逃跑吗？”

“没有，这倒是真的；但是她，是另外一回事，我相信她是因为爱情才留在法国的。”

“如果是这样，”米莱狄叹了口气说，“她在爱，就不是一个完全不幸的人。”

“如此说来，”院长怀着不断增长的兴趣望着米莱狄说，“在我面前的是又一个可怜的被迫害的女人吗？”

“唉，是的！”米莱狄说。

院长担心地望着米莱狄，望了一会儿，好像在她的心里产生了一个新的想法。

“您不是我们的神圣信仰的敌人吧？”她结结巴巴地说。

“我，”米莱狄叫了起来，“我，新教徒？啊！不，我请在听我们说话的天主作证，正相反，我是虔诚的天主教徒。”

“如果这样，夫人，”院长微笑着说，“请您放心；您待在里面的这所房子不会成为一座非常冷酷的监狱，为了使您喜欢您的监禁生活而必须做的事，我们都会做到的。另外您还能在这儿找到那个毫无疑问是由于宫廷里的什么密谋而受到迫害的年轻女人。她和蔼可亲，讨人喜欢。”

“她叫什么名字？”

“她是一位地位很高的人托付给我的，用的名字是凯蒂。我没有打算去了解她另外的名字。”

“凯蒂！”米莱狄叫了起来，“什么！您能肯定？……”

“肯定她叫这个名字吗？当然，夫人，您可能认识她吗？”

米莱狄想到这个年轻女人可能就是她从前的那个侍女，不由得暗自笑了起来。她想起这个年轻姑娘，就怒火填膺；进行报复的愿望使米莱狄脸上显出激动的神色，不过这张脸儿几乎立刻又恢复了这个脸色善变的女人刚才失去的那种平静而和蔼的表情。

“我对这个年轻女人已经产生了如此强烈的好感，什么时候可以见到她？”米莱狄问。

“今天晚上，”院长说，“甚至就在今天白天。但是您亲口对我说过，您旅行在外已经有四天之久；今天早上您五点钟就起来了，您一定需要休息。躺下来睡一觉，到吃晚饭的时候我们会叫醒您。”

一次新的冒险活动使那颗渴望策划密谋的心感到了兴奋，尽管在这种兴奋的情绪的支持下，她完全可以不用睡觉，她还是接受了院长的建议。两个星期来，她经受了种种不同的情绪的波动，即使她的铁打的肉体还能够支持住疲劳，她的心灵还是需要休息的。

因此她和院长告辞以后，就躺到了床上，凯蒂这个名字自然而然地重新引起的报复念头哄着她渐渐入睡。她记起了红衣主教曾经答应她，如果她这次获得成功，她就有几乎可以说是无限的采取行动的自由。她已经获得成功，因此达尔大尼央要受她的摆布了！

惟一让她感到忧心忡忡的，是她想到了她的丈夫。她原来以为德·拉费尔伯爵已经死了，或者至少已经移居国外，没想到他变成了阿多斯，达尔大尼央的最要好的朋友，重新出现在她面前。

不过，如果他是达尔大尼央的朋友，他一定也在王后用来挫败法座的计划的那些诡计中助了达尔大尼央一臂之力。如果他是达尔大尼央的朋友，他也就是红衣主教的敌人。毫无疑问，她也能成功地把他引进她希望用来致年轻的火枪手于死地的报复圈套里。

所有这些希望对米莱狄来说都是愉快的，因此在这些想法哄骗下，她很快就睡着了。

她被从床脚传来的温和的嗓音叫醒。她睁开眼睛，看见院长由一个年轻女人陪着，这个年轻女人有着金黄色的头发，气色很好，盯着她看，目光里充满了善意的好奇。

这个年轻女人的脸对她说来是完全陌生的。她们两个人一边交换惯常使用的客套话，一边仔细地互相观察着。她们两个都非常美，不过是完全不同的美。然而米莱狄露出了微笑，因为她看出她在高贵的气派和优雅的举止上远远胜过年轻女人。年轻女人身上穿的初学修女的服装对支持这种竞赛来说，也确实是不太有利。

院长给她们互相做了介绍；接着在这个手续完成以后，因为她的职责要求她到教堂去，她就把这两个年轻女人单独留下了。

初学修女看到米莱狄躺着，想跟随院长离开，但是米莱狄留住了她。

“怎么，夫人，”米莱狄对她说，“我刚见到您，您已经要使我失去您的陪伴？然而，我向您承认，为了我不得不在这儿度过的时间，我多少指望着得到您的陪伴。”

“不，夫人，”初学修女回答，“只不过我担心我挑选的时间不妥当，您在睡觉，您一定很疲倦。”

“哎呀！”米莱狄说，“睡觉的人还能要求什么呢？醒来后身心愉快。这种醒来后的身心愉快您已经给我了；让我尽情地享受享受吧。”

米莱狄抓住她的手，把她拉到床旁边的一把扶手椅跟前。

初学修女坐下。

“我的天主！”她说，“我有多么不幸！我来到这儿已经有六个月，连一点儿消遣也没有；您来了，以后有您作伴可就太好啦，而且我随时都有可能离开修道院！”

“怎么！”米莱狄说，“您很快就要出去了？”

“至少我希望如此，”初学修女说，脸上流露出她丝毫不打算掩饰的快乐表情。

“我好像听说您因为红衣主教吃过不少苦，”米莱狄继续说下去，“这又会是一个使我们之间产生好感的原因。”

“这么说，我们好心的院长嬷嬷告诉我的是真的了，您也是这个坏教士的一个受害者？”

“嘘！”米莱狄说，“即使在这儿，我们也别像这样谈论他；我的所有不幸都来自我当着一个女人的面说了和您刚才说的差不多相同的话，我相信这个女人是我的朋友，但是她出卖了我。您呢，您也是被人出卖的受害者吗？”

“不，”初学修女说，“我是我的忠心的受害者，我对我爱的一个女人忠心，为了她我可以付出我的生命，为了她我现在还可以付出我的生命。”

“她抛弃了您，是这样！”

“我也曾经有过这个错误的想法，但是两三天前我得到了相反的证据，我要为此感谢天主；如果真的相信她把我忘了，我会非常难过的。不过您呢，夫人，”初学修女继续说，“我，觉得您是自由的，如果您想逃走，那全取决于您本人了。”

“在法国的这一部分我不熟悉，也从来不曾来过的土地上，我没有朋友，也没有钱，您要我到哪儿去呢？……”

“啊！”初学修女叫了起来，“说到朋友，无论您到哪儿都会有，您看上去是那么善良，而且您又长得那么美！”

“尽管如此，”米莱狄一边说，一边使她的微笑变得更温和，为的是让自己具有一种天使般的表情，“我仍然是孤孤单单，受到迫害。”

“请听我说，”初学修女说，“应该对上天抱着希望；我们做过的好事在天主面前为我们辩护的时刻总会来到的。瞧，尽管我地位低微，又无权无势，您遇到了我，也许对您来说是件幸运事，因为如果我从这儿出去，嗯！我有几个有权有势的朋友，他们在为我进行活动以后，也可能会为您进行活动。”

“啊！我说我孤孤单单，”米莱狄说，她希望用谈她自己来引得初学修女开口，“并不是说我没有地位高的熟人；地位高的熟人我也有几个，但是他们见了红衣主教也要发抖。连王后也不敢支持别人反对这位可怕的大臣；我有证据可以证明，王后陛下尽管心地极其善良，也不止一次地在法座发怒的情况下，不得不抛弃那些为她效力的人。”

“请相信我，夫人，王后可能看上去好像抛弃了那些人，但是不应该相信表面：那些人越是受到迫害，她越是想到他们。往往在他们最想不到的时刻，他们却得到了她亲切地想着他们的证据。”

“唉！”米莱狄说，“这一点我相信，因为王后是那么心地善良！”

“啊！这么说，这位美丽、高贵的王后，您一定认识她，所以才会这样谈论她！”初学修女兴奋地叫了起来。

“应该说，”米莱狄回答，她已经被逼到了绝路，“我没有认识她本人的荣幸；但是我认识她的许多最亲密的朋友：我认识德·皮唐热先生；我在英国认识迪雅尔先生，我还认识德·特雷维尔先生！”

“德·特雷维尔先生！”初学修女叫了起来，“您认识德·特雷维尔先生。”

“当然认识，甚至可以说很熟。”

“国王的火枪队队长？”

“国王的火枪队队长。”

“啊！您就要看到，”初学修女叫道，“我们马上就会成为完全熟识的人，几乎可以说是朋友了。如果您认识德·特雷维尔先生，您一定到他家里去过？”

“经常去！”米莱狄说，她已经被逼上这条路，看到谎话获得成功，打算把谎话一直说到底。

“在他家里，您一定见过他的火枪手？”

“凡是他经常接待的我都认识！”米莱狄回答，这次谈话开始真的让她感到兴趣了。

“把您认识的举几个出来，您将看到他们会是我的朋友。”

“好吧，”米莱狄为难地说，“我认识德·皮唐热先生，德·库蒂伏隆先生，德·费吕萨克先生。”

初学修女让她说下去，看到她停住了，于是问：

“您不认识一个叫阿多斯的贵族吗？”

米莱狄脸色变得像她躺在上面的床单一样白，尽管她能控制自己，还是忍不住发出一声叫喊，同时抓紧对方的手，目不转睛地望着对方。

“咦！您怎么啦？啊！我的天主！”这个可怜的女人问，“莫非我说了什么让您感到不快的话？”

“没有；不过这个名字引起了我的惊讶，因为我也认识这位贵族，我发现另外有人看上去对他非常熟悉，不免感到了奇怪。”

“啊！是的！非常熟悉！非常熟悉！不仅仅他，还有他的朋友们：波尔朵斯和阿拉密斯两位先生！”

“真的！我也认识他们！”米莱狄叫了起来，她感到一股寒气一直透进她的心窝里。

“哟！如果您认识他们，您一定知道他们都是些好心的、坦诚的人。如果您需要帮助，为什么不找他们？”

“应该说，”米莱狄结结巴巴地说，“实际上我跟他们中间任何人都没有很深的交情，我了解他们是因为我听他们的一个朋友，达尔大尼央先生，经常谈起他们。”

“您认识达尔大尼央先生？”初学修女也抓紧米莱狄的手，目不转睛地望着她，叫了起来。

接着她注意到米莱狄眼睛里有一种奇怪的表情，于是说：

“请原谅，夫人，您认识他，是什么关系？”

“噢，”米莱狄为难地回答，“是朋友关系。”

“您骗我，夫人，”初学修女说，“您是他的情妇。”

“您才是，夫人，”米莱狄也叫了起来。

“我！”初学修女说。

“是的，您；我现在认出您来了，您是博纳希厄太太。”

年轻女人充满了惊讶和恐惧，一步步朝后退。

“啊！别不承认！回答吧，”米莱狄接着又说。

“好吧！是的，夫人！”初学修女说，“我们是情敌吗？”

一股怒火猛然升起，米莱狄的脸涨得通红，换了在另外的情况下，博纳希厄太太会吓得逃走，但是她完全被自己的嫉妒心控制住了。

“好，说吧，夫人，”博纳希厄太太接着又说，她居然能说得那么坚定有力，简直令人难以置信，“您曾经是还是现在是他的情妇？”

“啊！不！”米莱狄叫了起来，她的口气不容许对她说的实话有丝毫怀疑，“从来就不是！从来就不是！”

“我相信您说的，”博纳希厄太太说，“不过，您刚才为什么这样大声叫了起来呢？”

“怎么，您不明白！”米莱狄说，她已经从心慌意乱中恢复过来，又变得和原来一样沉着了。

“您要我怎么明白呢？我什么也不知道呀。”

“您不明白达尔大尼央先生是我的朋友，把我当成了他的知己？”

“真的！”

“您不明白我什么都知道，知道您在圣日耳曼的那所小房子里被绑架，知道他的失望，他的朋友们的失望，知道他们从那时候起一直在徒然地寻找您！想想看，我在完全没有料到的情况下，突然和您，和我们经常在一起谈到的您，和他全心全意爱着的您，和他使我在没见到您以前已经爱上了的您见了面，您要我怎么不感到惊奇呢！啊！亲爱的康斯坦丝，我找到您啦，我终于见到您啦！”

米莱狄说着朝博纳希厄太太伸出双臂。博纳希厄太太对米莱狄刚说的这番话深信不疑，不一会儿以前她还相信这个女人是她的情敌，现在把这个女人仅仅看成是一个真挚的和忠实的朋友了。

“啊！原谅我！原谅我！”她一边大声说，一边情不自禁地伏在米莱狄的肩头上，“我是那么地爱他！”

两个女人互相拥抱了一会儿。如果米莱狄的力气和她的仇恨一般大，可以肯定博纳希厄太太决不可能活着从这次拥抱中摆脱出来。但是米莱狄不能闷死她，只好向她微笑。

“啊，亲爱的美人！我的好孩子！”米莱狄说，“见到您我多么高兴！让我好好看看您，”她一边这么说，一边的确仔仔细细地看她，“啊！根据他对我说的，我现在认出您来了，我完全认出您来了。”

可怜的年轻女人不可能猜到在这开朗的额头后面，在这如此明亮的，她只看到关心和同情的眼睛后面，有着多么残酷可怕的想法。

“这么说，您知道我受过多少苦，”博纳希厄太太说，“因为他对您说过他受过多少苦。但是为他受苦，这是一种幸福。”

米莱狄机械地跟着说：

“是的，这是一种幸福。”

她脑子里在想着别的事。

“再说，”博纳希厄太太继续说下去，“我的苦难就要结束了；明天，也许今天晚上，我将再见到他，到那时过去就不复存在了。”

“今天晚上？明天？”米莱狄叫了起来，博纳希厄太太的几句话把她从沉思中拉了出来，“您这是什么意思？您在等他的什么消息吗？”

“我等的是他本人。”

“他本人；达尔大尼央，上这儿来！”

“他本人。”

“可是这不可能呀！他跟随红衣主教在围攻拉罗舍尔；要等城攻下来以后他才能回来。”

“您这么相信，但是对我的达尔大尼央，这个高贵而忠诚的贵族说来，难道还有什么不可能的事！”

“啊！我不能相信您说的！”

“好吧！看看这个！”不幸的年轻女人在过分的骄傲和快乐中一边说一边把一封信递给米莱狄。

“德·谢弗勒兹夫人的笔迹！”米莱狄暗自思量，“啊！我早就知道他们在这方面有勾结！”

接着她急急忙忙地看下面这几行字：

我亲爱的孩子，做好准备吧；我们的朋友很快就要来看您了，他来看您，仅仅是为了把您从您的安全需要您躲藏在里面的监狱里接出去。因此做好动身的准备，永远不要对我们感到失望。

我们的极其可爱的加斯科尼人新近又一如既往地表现出了勇敢和忠诚，请告诉他，有人对他的警告非常感谢。

“是的，是的，”米莱狄说，“是的，这封信写得很明确。您知道这个警告指的是什么吗？”

“不知道。我猜想是他把红衣主教的什么新的阴谋诡计通知了王后。”

“对，肯定是这样！”米莱狄说着把信还给博纳希厄太太，同时让她的陷在思索之中的脑袋垂落到胸口上。

就在这时候传来了一匹马的奔跑声。

“啊！”博纳希厄太太叫了起来，朝窗口奔去，“难道是他已经来了？”

米莱狄留在床上，惊讶得愣住了；一下子发生了那么多出乎意料的事，她平生头一次慌了神。

“他！他！”她低声叨唠着，“难道他来了？”

她留在床上，两眼发呆。

“唉，不是的！”博纳希厄太太说，“是一个我不认识的人，不过看样子是朝这儿来；是的，他跑得慢下来了，他停在门口，他在拉门铃。”

米莱狄从床上跳下来。

“您能肯定不是他？”她说。

“啊！是的，我能肯定！”

“您也许看错了。”

“啊！我只要看到他的毡帽上的羽毛，他的披风的下摆，就能立刻认出他来！”

米莱狄继续穿衣服。

“没关系！您说这个人是上这儿来的？”

“是的，他进来了。”

“他或者是来找我，或者是来找您。”

“啊！我的天主！您看上去多么激动啊！”

“是的，我承认，我不像您那么信心十足，我害怕从红衣主教那儿来的一切。”

“嘘！”博纳希厄太太说，“有人来了！”

果然门开了，院长走了进来。

“您是从布伦来的吗？”她问米莱狄。

“是的，我是从布伦来的，”米莱狄回答，她竭力保持冷静，“谁找我？”

“一个不愿意说出自己名字，但是受红衣主教派遣来的人。”

“他要找我说话？”米莱狄问。

“他要找一个从布伦来的夫人说话。”

“好吧，院长嬷嬷，请让他进来吧。”

“啊！我的天主，我的天主！”博纳希厄太太说，“会是什么坏消息吗？”

“我担心是的。”

“我留下您会见这个陌生人，不过等他一走，如果您允许的话，我立刻就回来。”

“当然可以！我求您了。”

院长和博纳希厄太太出去了。

米莱狄一个人留下，眼睛盯住房门；过了一会儿从楼梯上传来马刺碰着梯级的响声。接着脚步声越来越近，接着门开了，一个人走进来。

米莱狄发出一声快乐的叫喊；这个人是德·罗什福尔伯爵，法座的死心塌地的效忠者。

第三十二章

两种魔鬼

“啊！”罗什福尔和米莱狄同时叫了起来，“是您！”

“是的，是我。”

“您从哪儿来？”米莱狄问。

“从拉罗舍尔来，您呢？”

“从英国来。”

“白金汉呢？”

“不是死了，就是伤势严重。我离开时什么有关他的情况都没能得到，只知道有一个宗教狂刚刺杀了他。”

“啊！”罗什福尔露出笑容说，“真是一个令人高兴的巧合！法座听了一定会感到满意！您通知他了吗？”

“我在布伦写了一封信给他。但是您怎么会到这儿来的？”

“法座不放心，派我来找您。”

“我昨天刚到。”

“从昨天起干了什么？”

“我没有浪费时间。”

“啊！这一点我能猜到！”

“您知道我在这儿遇到了谁？”

“不知道。”

“猜猜看。”

“我怎么能猜得出？”

“王后营救出狱的那个年轻女人。”

“年轻的达尔大尼央的情妇？”

“对，博纳希厄太太；红衣主教不知道她躲在哪儿。”

“哟！”罗什福尔说，“这又是一个巧合，能和另外一个巧合具有同等价值；红衣主教先生确实是个运气特别好的人！”

“当我和这个女人面对面相见时，”米莱狄继续说，“您能想得出我有多么惊讶吗？”

“她认识您？”

“不。”

“这么说，她把您看成一个陌生人了？”

米莱狄露出笑容。

“我成了她最要好的朋友！”

“说真的，”罗什福尔说，“只有您，我亲爱的伯爵夫人，能创造出这种奇迹来。”

“结果真是幸运，骑士，”米莱狄说，“因为您知道将要发生什么事吗？”

“不知道。”

“有人要在明天或者今天下午带着王后的命令来接她出去。”

“当真！是谁来接她？”

“达尔大尼央和他的朋友们。”

“他们要真的这么干，我们就不得不把他们送进巴士底狱。”

“这件事为什么以前没能做到？”

“有什么办法！因为红衣主教先生对这几个人有些偏爱，我真弄不懂是什么缘故。”

“真的吗？”

“是的。”

“好吧！您把这件事告诉他，罗什福尔：告诉他，他和我在红鸽棚客店的谈话被这四个人听见了，告诉他，在他离开以后，他们中间的一个上楼来，把他给我的全权证书强行夺走；告诉他，他们把我到英国去的事通知了温特勋爵；还有，他们差一点又像他们使有关钻石坠子的使命受挫一样使我这一次的使命受挫；告诉他，在这四个人中只有两个让人畏惧，就是达尔大尼央和阿多斯；告诉他，第三个，阿拉密斯，是德·谢弗勒兹夫人的情夫；应该让这一个活着，我们能知道他的秘密，也许对我们有用；至于第四个，波尔朵斯，这是个傻瓜，自命不凡的人，糊涂虫，他根本用不着把这个人放在心上。”

“不过这四个人眼下应该在围攻拉罗舍尔。”

“我原来也和您一样这么相信，但是博纳希厄太太接到元帅夫人①的一封信，而且冒冒失失地让我看了，这封信使我相信这四个人和我原来相信的相反，他们正在采取行动，到这儿来把她接走。”

“见鬼！怎么办呢？”

“关于我，红衣主教对您有什么吩咐？”

“拿到您的书面的或者口头的报告后，骑驿马赶回去。等他知道您

---

①元帅夫人：指德·谢弗勒兹夫人，因为她的第一个丈夫德·吕依纳公爵于1621年3月被路易十三任命为陆军元帅，同年12月身亡。参见本书第30页注①。

做过的事以后，再考虑您下一步应该干什么。”

“这么说，我应该留在这儿？”

“留在这儿或者附近。”

“您不能带我一起走吗？”

“不能，命令是明确的。在营地附近，您会被认出来；况且您的出现，您也明白，会连累法座。”

“这么说，我应该留在这儿或者附近。”

“不过，您得先告诉我，您在什么地方等候红衣主教的消息，要让我知道到什么地方去找您。”

“听好，我多半不能留在这儿。”

“为什么？”

“您忘了我的那些敌人随时都有可能来到这儿。”

“这倒是真的；不过这样一来，这个年轻女人要从法座手里溜走啦。”

“得啦！”米莱狄露出只有她才有的那种笑容说，“您忘了我是她最好的朋友。”

“啊！这倒是真的！因此关于这个女人，我可以对红衣主教说……”

“他只管放心好了。”

“就这些？”

“他知道是什么意思。”

“他猜得出。现在，让我们看看我应该做些什么？”

“立即动身回去；我觉得您带去的消息值得您赶紧走。”

“我的四轮马车刚进入利莱尔①就坏了。”

“好极了！”

“怎么好极了？”

“是的，我需要您的马车。”

---

① 利莱尔，法国北部加来海峡省小城，在贝蒂讷西北，相距 13 公里。

“那我怎么走呢？”

“快马加鞭。”

“您说得倒轻松，一百八十法里地呢。”

“那算得了什么？”

“就这样办吧，还有呢？”

“还有吗，在经过利莱尔时，把您的马车给我派来，同时吩咐您的仆人听从我的差遣。”

“好。”

“您身上一定带着红衣主教的什么命令吧？”

“我带着给我的全权证书。”

“您拿出来让院长看看，您就说或者是今天，或者是明天，有人来找我，我必须跟随以您的名义来的那个人走。”

“很好！”

“别忘了在对院长谈到我时，要狠狠地骂我两句。”

“这为什么？”

“我是红衣主教的一个受害者。我必须引起那个可怜的年轻女人，博纳希厄太太的信任。”

“完全正确。现在您愿不愿意写一份关于所有发生的事的报告交给我？”

“我已经把这些事讲给您听过了，您的记忆力很好，把我对您说过的话复述一遍就行了，一张纸可能丢失。”

“您说得有理。不过得让我知道上哪儿去找您，别让我在附近一带到处空跑。”

“完全正确，您等一等。”

“您要一张地图吗？”

“啊！我对这个地方了如指掌。”

“您？什么时候您来过这个地方？”

“我是在这个地方长大的。”

“真的吗？”

“您看，在某一个地方长大，有时候也能派上用处。”

“那您在哪儿等我？……”

“让我考虑一下，噢，就在阿尔芒蒂埃尔吧。”

“阿尔芒蒂埃尔，是什么地方？”

“利斯河边的一座小城；只要过了河，我就到了外国地界。”

“好极了！不过，当然是在危急的情况下您才过河。”

“当然。”

“在这种情况下，我怎么知道您在哪儿呢？”

“您不需要您的跟班吧？”

“不需要。”

“他是一个可靠的人吗？”

“经得起考验。”

“把他给我；没有人认识他，我把他留在我离开的地方，他可以把您领到我所在的地方。”

“您是说您在阿尔芒蒂埃尔等我？”

“是阿尔芒蒂埃尔。”

“把这个地名给我写在一张小纸片上，我怕我会忘掉；一个地名，不会连累什么人，您说是不是？”

“谁知道呢？没关系，”米莱狄一边说，一边在半页纸上写下地名，“我不在乎。”

“啊！”罗什福尔说着，从米莱狄手里接过那半页纸，折起来，放到毡帽的夹层里面，“况且，请您放心，我会像孩子们一样，怕丢掉了这张纸，一路上不停地背这个地名。现在，再没有什么了吧？”

“我看没有了。”

“让我们好好回忆一下：白金汉不是死了就是受了重伤；您和红衣主教的谈话被四个火枪手听见了；温特勋爵得到您到达朴次茅斯的通知；达尔大尼央和阿多斯应该关进巴士底狱；阿拉密斯是德·谢弗勒兹夫人的情夫；波尔朵斯是个自命不凡的人；博纳希厄太太找到了；尽快地把马车给您送来；让我的跟班听从您的差遣；为了不让院长起疑心，

得把您当成红衣主教的一个受害者；阿尔芒蒂埃尔在利斯河旁边。就这些？”

“真的，我亲爱的骑士，您的记忆力好得令人惊奇。对了，还要加上一件事……”

“什么事？”

“我看见有片漂亮的树林，它该是紧靠着修道院的花园，您就说允许我在这片树林里散步；谁知道呢？我也许会需要从一扇后门出去。”

“您什么都想到了。”

“可您忘了一件事……”

“什么事？”

“忘了问我需不需要钱。”

“对，您想要多少？”

“您带着的全部金币。”

“我差不多有五百皮斯托尔。”

“我也有这么多；有一千皮斯托尔可以应付一切了；把您的口袋掏空吧。”

“全在这儿了。”

“好！您就动身吗？”

“一个小时以后；稍许吃点东西，同时我还要派人去找一匹驿马。”

“好极了！再见，骑士！”

“再见，伯爵夫人！”

“请代我向红衣主教致意。”

“请代我向撒旦致意。”

米莱狄和罗什福尔相视一笑，然后就分手了。

一个小时以后，罗什福尔骑上马，奔驰而去；五个小时以后，他路过阿腊斯。

我们的读者已经知道他怎样被达尔大尼央认出；在认出他以后，四个火枪手又怎样因为担心而更加急急忙忙朝前赶路。

第三十三章

一 滴 水[①]

罗什福尔刚出去，博纳希厄太太就又进来了。她发现米莱狄笑容满面。

“哎呀！”年轻女人说，“您担心的事终于发生了；今天晚上或者明天，红衣主教要派人来带走您吗？”

“谁对您说的，我的孩子？”米莱狄问。

“我听见那个信使亲口讲的。”

“到这儿来，坐在我身边，”米莱狄说。

“我来了。”

“等一等，让我查看一下是否有人在听我们说话。”

“为什么要采取所有这些预防措施？”

“您就会知道了。”

米莱狄站起来，走到门口，打开门，朝走廊里望了望以后，回来在博纳希厄太太身边坐下。

“哟，”她说，“他的角色扮演得真好。”

“谁？”

“就是作为红衣主教的使者来见院长的那个人。”

“难道他是在扮演一个角色？”

“对，我的孩子。”

“这个人难道不是……”

“这个人，”米莱狄压低了嗓音说，“是我的哥哥。”

“您的哥哥！”博纳希厄太太叫了起来。

“好！只有您知道这个秘密，我的孩子；如果您把这个秘密说给任何人听，我就完了，您说不定也会完了。”

---

① 法语中有这么一句谚语：“再加上一滴水，杯子里的水就会溢出来。”这一滴水的意思就是使人再也无法容忍的最后一击。

“啊！我的天主！”

“听好，事情的经过是这样的：我的哥哥来救我，如果需要的话，他打算使用武力把我从这儿抢走，没想到他碰上了奉红衣主教命令来带走我的密使。于是，他就盯密使的梢。在路上到了一个荒凉偏僻的地点，他拔剑在手，责令使者交出携带的证件；这个使者打算抵抗，我的哥哥把他杀了。”

“啊！”博纳希厄太太打着哆嗦说。

“这是惟一的办法，您想想看。我的哥哥于是决定以计谋来代替武力；他把证件取到手，扮成红衣主教的密使本人来到这儿，在一两个小时之后，就会有一辆法座派来的马车把我带走。”

“我明白了；这辆马车是您哥哥给您派来的。”

“对，但是这还不是全部：您接到的那封信，您以为是德·谢弗勒兹夫人写的……”

“怎么样？”

“它是假的。”

“怎么会呢？”

“不错，是假的；这是一个圈套，好让他们来带走您时，您不会反抗。”

“可是，来的人是达尔大尼央啊。”

“您错了，达尔大尼央和他的朋友们还在围攻拉罗舍尔，回不来。”

“您怎么知道的？”

“我的哥哥遇见了一些穿火枪手衣服的红衣主教的密使。他们将会到门口来叫您，您以为是朋友来了，他们就劫持您，把您带回巴黎。”

“啊！我的天主！在这乱糟糟的一大堆罪恶企图中间，我的脑袋都给吓昏了。我感到如果再这样继续下去，”博纳希厄太太双手捧住额头，接着说，“我会发疯的！”

“等等……”

“什么？”

“我听见马蹄声，这是我哥哥骑马走了；我想向他最后告别，来。”

米莱狄打开窗子，朝博纳希厄太太做了个手势，要她也过来。年轻女人走了过去。

罗什福尔骑着马奔驰而过。

“再见，哥哥，”米莱狄喊道。

骑在马上的人抬起头，看见两个年轻女人，他一边跑，一边朝米莱狄做了一个友好的手势。

“这个好心的乔治！”她说着关上窗子，脸上充满了友爱和伤感的表情。

她回到原来的位子上坐下，好像陷入了与她个人的事有关的沉思之中。

“亲爱的夫人！”博纳希厄太太说，“请原谅我打扰了您！不过您建议我怎么办呢？我的天主！您比我有经验，说吧，我听您的。”

“首先，”米莱狄说，“很可能是我弄错了，达尔大尼央和他的朋友们真的会来救您。”

“啊！那可真是太好了！”博纳希厄太太叫了起来，“这样美满的幸福不是为我准备的！”

“这么说，您明白了；这仅仅是一个时间问题，一种比谁先到的竞赛。如果是您的朋友们在速度上获胜，您就得救了；如果是红衣主教的仆从们获胜，您就完了。”

“啊！对，对，无可挽回地完了！怎么办呢？怎么办呢？”

“有一个十分简单，十分自然的办法……”

“什么办法，说说看？”

“在附近躲藏起来等待，这样就可以查明来找您的那些人是什么人。”

“但是在哪儿等待呢？”

“啊！这个问题不难解决；我自己也要停下来，躲藏在离这儿几法里以外，等候我的哥哥来接我；好吧！我带您一起走，我们在一起躲藏，在一起等待。”

“可是这儿的人不会放我走，我在这儿几乎可以算是一个囚犯。”

“既然这儿的人相信我是根据红衣主教的命令走的，就不会相信您也会急着想跟我一起走。”

“怎么样？”

“是这样！马车停在门口，您向我告别，您登上踏脚板，为了最后一次把我抱在怀里；来接我的我哥哥的仆人事先得到通知，他朝马车夫做个暗示，马就拉着我们奔驰而去。”

“但是，达尔大尼央，达尔大尼央，如果他来了呢？”

“难道我们不会知道吗？”

“怎么才会知道呢？”

“再容易没有了。我们把我哥哥的那个仆人再派到贝蒂讷，我已经说过，对这个人我们可以完全信任。他化装，住到修道院的对面，如果来的人是红衣主教的密使，他就待着不动；如果是达尔大尼央先生和朋友们，他就把他们带到我们所在的地方。”

“难道他认识他们？”

“当然认识，他不是在我家里见过达尔大尼央先生吗？”

“啊！是的，是的，您说得对；这么一来，一切顺利；一切都安排得再好也没有了。但是我们不要离这儿太远。”

“离这儿最多七八法里；不过我们要停留在边界上，一有紧急情况我们就离开法国。”

“从现在到那时之间，做什么呢？”

“等待。”

“不过，他们要是来了呢？”

“我哥哥的马车比他们先到。”

“如果来接您的人到了，我不在您身边，譬如说，在吃午饭或者吃晚饭呢？”

“您要做一件事。”

“什么事？”

“对您的好心的院长说，为了我们尽可能少分开，您要求她允许您和我一块儿吃饭。”

“她会允许吗?”

“这会有什么坏处呢?”

“啊!很好!这样一来我们连一分钟也不会分开了!”

“好吧!您下楼到她那儿去,向她提出您的请求!我感到头发胀,我要到花园里去走走。”

“去吧,我到哪儿找您?”

“这儿,一个小时以后。”

“这儿,一个小时以后;啊!您真好,我感激您。”

“我怎么能不对您关心呢?即使您不是这么美丽可爱,您不也是我的最要好的朋友的女朋友吗!”

“亲爱的达尔大尼央,啊!他会怎样感激您啊!”

“但愿如此。好!一切都说定了,让我们下楼吧。”

“您到花园里去?”

“是的。”

“走这条走廊,有一座小楼梯通到花园。”

“好极了!谢谢。”

两个女人相互交换了一个亲切的微笑后分手了。

米莱狄讲的是真话,她的脑袋确实发胀,因为她的那些没有理好的计划还像一堆乱麻似的纠缠在她的脑袋里。她需要单独一个人待着,把她的思路理理清。她隐隐约约地看到以后的事;但是她需要一点儿安静和安宁,好让她的所有那些还很模糊的打算能有一个明确的步骤,一个不可更改的计划。

最紧急的一件事是把博纳希厄太太骗走,安置在一个安全的地方,必要时把她留在那里作为人质。米莱狄开始在为这场可怕的斗争的结局担心,在这场斗争中她的那些敌人表现出的坚决程度和她表现出的顽强程度是不相上下的。

另外她还像我们感觉到暴风雨即将来临一样,感觉到这个结局即将来临,而且这个结局一定是非常可怕的。

因此正如我们已经说过的，对她来说，最主要的是把博纳希厄太太掌握在自己手里。博纳希厄太太，就是达尔大尼央的一切；她的性命，他心爱的女人的性命对他说来，比他本人的性命还要宝贵；在运气不好的情况下，她可以成为谈判的筹码，而且肯定可以因此而获得有利的条件。

然而有一点已经确定：博纳希厄太太会毫不怀疑地跟她走。一旦带着她躲藏在阿尔芒蒂埃尔，很容易让她相信达尔大尼央没有到贝蒂讷来。顶多半个月，罗什福尔就可以回来了；况且在这半个月里，她还可以考虑怎么来向这四个朋友进行报复。谢天谢地，她不会感到烦闷，因为她有了现实向她这种性格的女人提供的最愉快的消遣，这就是把一个报复计划考虑得尽可能地周密。

米莱狄一边思索，一边朝四周围张望，把花园的地形牢牢地记在脑子里。她好像一个善于打仗的将军，既预见到了胜利，也预见到了失败，按照战争的各种可能性，做好前进或者后退的准备。

一个小时以后，她听见有人叫她，嗓音温和悦耳，是博纳希厄太太的嗓音。好心的院长当然完全表示同意，作为开始，她们将在一起吃晚饭。

到了院子里，她们听见一辆马车停在门口的声音。

米莱狄仔细听。

“您听见了吗？”她说。

“听见了，是一辆马车的行驶声。”

“是我哥哥给我们派来的那辆马车。”

“啊！我的天主！”

“好，拿出勇气来！”

有人拉修道院的门铃，米莱狄没有弄错。

“上楼到您的房间去，”她对博纳希厄太太说，“您一定有几件珠宝要带走。”

“我有他写给我的信，”博纳希厄太太说。

“好吧！快去取，然后到我的房间来找我，让我们赶快把晚饭吃好；我们也许要赶一段夜路，应该积蓄一些体力。”

“伟大的天主！”博纳希厄太太把手放在胸口上，说，“我的心跳得我喘不过气来，我不能走路了。”

“勇敢些，听我说，勇敢些！想想看，再过一刻钟您就得救了，别忘了您是为了他才去做您要做的事。”

“啊！对了，一切都是为了他。您用一句话就使我恢复了勇气；您去吧，我等一会儿来找您。”

米莱狄急急忙忙上楼到了自己的房间里；她见到了罗什福尔的跟班，向他一一做了指示。

他应该等候在门口；万一火枪手来了，马车立即迅速离开，围绕修道院转个圈子，到位于树林另一边的小村子里去等米莱狄。在这种情况下，米莱狄就穿过花园，徒步走到那个村子；我们已经说过，米莱狄对法国的这个地区十分熟悉。

如果那些火枪手没有来，一切都照讲定了的进行：博纳希厄太太借口向她告别，登上马车；她把博纳希厄太太带走。

博纳希厄太太进来了，为了消除她可能有的疑心，米莱狄又当着她的面，把指示的后面一部分对跟班原原本本重复说了一遍。

米莱狄问了几句有关马车的话：这是一辆三匹马拉的轻便马车，赶车的是一个驿站车夫；罗什福尔的跟班作为前导，应该骑着马走在车子前面。

米莱狄担心博纳希厄太太起疑心，是担心错了；这个可怜的年轻女人太纯洁，不可能怀疑一个女人会干出这样阴险恶毒的事来；况且她从院长嘴里听到的温特伯爵夫人这个名字，对她说来完全陌生，她甚至不知道有一个女人在她遭到的不幸中起到了那么巨大，那么致命的作用。

“您看见了，”米莱狄在跟班出去以后说，“一切都准备好了。院长没有起丝毫疑心，她以为红衣主教派人来带我走。这个人去下最后的指示；您吃点东西，喝口葡萄酒，我们就走。”

“好，”博纳希厄太太机械地说，“好，我们就走。”

米莱狄做了个手势要她在对面坐下，给她斟了一小杯西班牙葡萄酒，又给她叉了一块鸡胸脯肉。

“您看看，”米莱狄对她说，“一切都在帮助我们： 天开始黑下来啦，我们天亮时就可以到达我们的躲藏地点，没有人会知道我们在哪里。哦，勇敢些，吃点东西。”

博纳希厄太太机械地吃了几口，又抿了抿杯子里的葡萄酒。

“喝吧，喝吧，”米莱狄把自己的杯子举到唇边，说，“像我这样喝。”

但是就在她把杯子举到嘴边的时候，她的手停住不动了。她刚刚听到大路上好像有由远而近的奔驰的马蹄声；接着几乎就在同时，她好像还听见了马的嘶叫声。

这声音就像暴风雨的响声把人从美梦中吵醒一样，把她一下子从快乐中拉了出来。她脸色苍白，朝窗口奔过去，这时候博纳希厄太太浑身哆嗦着立起来，靠在椅子上才没有摔倒。

还看不见什么，仅仅能听见越来越近的奔驰的马蹄声。

“啊！我的天主，”博纳希厄太太说，“这是什么声音？”

“不是我们的朋友就是我们的敌人来了，”米莱狄说，态度冷静得可怕，“留在您待的地方，我会告诉您的。”

博纳希厄太太仍旧站着，她一声不响，一动不动，脸色苍白，像一座雕像。

声音更加响了，那些马不会在一百五十步以外。如果说还看不见它们，那是因为大路拐了一个弯。然而声音变得那么清晰，根据马蹄铁的断断续续的响声可以判断出有好几匹马。

米莱狄集中全部注意力望着大路；天色还够亮，她可以认出来的人是什么人。

突然间在大路的拐弯处，她看见镶着饰带的帽子在闪闪发光，帽子上的羽毛在飘动。她数了数，两个，五个，骑马的人一共有八个；他们中间的一个比所有其他的人超前了两匹马的距离。

米莱狄发出一声被抑制住的低低的呻吟。她认出带头的那个人是达尔大尼央。

“啊！我的天主！我的天主！”博纳希厄太太叫了起来，“到底发生了什么事？”

“是红衣主教先生的卫士的制服；没有一分钟好耽搁了！”米莱狄叫了起来，“让我们赶快逃，赶快逃！”

“对，对，赶快逃！”博纳希厄太太重复说，但恐惧把她牢牢地钉在原来的位置上，一步也迈不动。

她们听见骑马的人在窗子底下经过。

“快走呀！快走呀！”米莱狄一边叫喊，一边试着拽年轻女人的胳膊，“多亏有花园，我们还能逃，我有钥匙，不过我们得赶快，再过五分钟就来不及了。”

博纳希厄太太刚试着走了两步，就双膝跪倒在地上。

米莱狄试着扶她起来，想把她带走，却没有成功。

就在这时候传来了马车的隆隆声；车夫看见火枪手，把车子赶得飞快地离开了。接着响起了三四下枪声。

“最后一次问您，您想不想走？”米莱狄叫了起来。

“啊！我的天主！我的天主！您看得很清楚，我一点力气也没有了。您看得很清楚，我不能走路了。您一个人逃吧！”

“一个人逃！把您留在这儿！不，不，决不能，”米莱狄嚷道。

突然间她站住不动，一道不祥的凶光从她的眼睛里射出来。她跑到桌前，动作极其迅速地打开一个镶嵌宝石的戒指底座，把里面的东西倒在博纳希厄太太的杯子里。

这是一粒淡红色的小丸子，到了葡萄酒里立刻就溶化掉了。

接着她一只手坚定地拿起杯子，说：

“喝下去，这杯葡萄酒会给您增添力气，喝下去。”

她说着把杯子送到年轻女人的嘴边，年轻女人机械地喝了下去。

“啊！我本来不愿意这样来为自己报仇，”米莱狄一边说，一边脸上带着恶魔般的微笑，把杯子放回到桌上，“不过，说真的，我已经尽了我的力量去做。”

接着她冲出了房间。

博纳希厄太太望着她逃走，却不能跟着她；她正像有些梦见有人在追赶自己，而自己想走却又迈不动脚的人一样。

几分钟过去了，从大门口传来可怕的响声；博纳希厄太太时时刻刻都在期望着米莱狄重新出现，但是米莱狄没有再出现。

有好几次，毫无疑问是因为恐惧，她的滚烫的额头上冒出了冷汗。

最后她听到打开铁栅栏门的嘎嘎声，接着从楼梯上传来皮靴声和马刺声，还有一片越来越近的嘁嘁喳喳的说话声，在这片说话声中她好像听见有人提到她的名字。

突然间她快乐得大声叫了起来，向房门口奔过去，她听出了达尔大尼央的声音。

“达尔大尼央，达尔大尼央！”她大声叫喊，“是您吗？我在这儿，我在这儿。”

“康斯坦丝！康斯坦丝！”年轻人回答，“您在哪儿？我的天主！”

在这同时，房间的门与其说是打开了，不如说是被撞开了；几个男人冲进来；博纳希厄太太倒在扶手椅上，再也不能动一动了。

达尔大尼央把握在手上的一把还在冒烟的手枪扔掉，跪倒在他的情妇面前；阿多斯把自己的一把手枪插回到腰带上；握着剑的波尔朵斯和阿拉密斯把剑重新插进剑鞘。

“啊！达尔大尼央！我心爱的达尔大尼央！您终于来啦，您没有骗我，真的是您！”

“是的，是的，康斯坦丝！我们又聚在一起了！”

“啊！她胡说什么您不会来了，但是我心里还抱着希望；我不愿意逃走，啊！我做得多么对，我多么幸福啊！”

正安安静静坐着的阿多斯，听见这个“她”字，猛地站了起来。

“她！她是谁？”达尔大尼央问。

“我的一个女伴，她出于对我怀有的友谊，想帮助我摆脱那些迫害我的人；她把你们当成了红衣主教的卫士，刚刚逃走了。”

“您的女伴！”达尔大尼央叫了起来，脸色变得比她的情妇的白头巾还要白，“您说的到底是怎么样的一个女伴？”

“是有辆马车停在门口的那个女伴，是一个自称是您的朋友的女人，达尔大尼央；是一个您把什么都讲给她听的女人。”

“她叫什么名字，什么名字！”达尔大尼央叫了起来，“我的天主！难道您不知道她的名字？”

“知道，有人在我面前说起过；等一等……可是，真奇怪……啊！我的天主！我的脑袋发晕，我的眼睛看不见了。”

“快来，朋友们，快来！她的手冰凉，”达尔大尼央叫了起来，“她感到不舒服；伟大的天主！她失去知觉了！”

在波尔朵斯高声呼救时，阿拉密斯跑到桌边去取一杯水；但是看见阿多斯的脸色变得十分可怕，他停住不动了。阿多斯站在桌旁，头发倒竖，眼睛吓得发了呆，他望着几只玻璃杯中的一只，仿佛受到了最可怕的怀疑的折磨。

“啊！”阿多斯说，“啊！不，这不可能！天主不允许犯这样的罪行。”

“水，水，”达尔大尼央喊道，“水！”

“可怜的女人呀，可怜的女人！”阿多斯用激动得发抖的嗓音低声说。

博纳希厄太太在达尔大尼央的亲吻下，重新睁开了眼睛。

“她醒过来了！”年轻人叫了起来，“啊！我的天主，我的天主，我感谢你！”

“夫人，”阿多斯说，“夫人，看在老天的份上！这个空杯子是谁的？”

“是我的，先生……”年轻女人用奄奄一息的声音回答。

“这只杯子里的葡萄酒是谁斟给您的？”

“她。”

“她到底是谁？”

“啊！我记起来了，”博纳希厄太太说，“温特伯爵夫人……”

四个朋友同时发出一声叫喊，但是阿多斯的叫喊声比其他人都高。

这时候博纳希厄太太的脸变成了灰白色，一阵隐痛痛得她难以忍受，她气喘吁吁地倒在波尔朵斯和阿拉密斯的怀里。

达尔大尼央抓住阿多斯的双手，痛苦得难以形容。

“怎么！”他说，“你认为……”

他已经泣不成声了。

“我认为什么都有可能，”阿多斯说，他咬住嘴唇，不让自己喘气，把血都咬了出来。

“达尔大尼央，达尔大尼央！”博纳希厄太太嚷道，“你在哪儿?别离开我，你看得很清楚，我就要死了。”

达尔大尼央松开他这时还紧紧握着的阿多斯的双手，朝她跑过去。

她的那张如此美丽的脸完全变了样，她的呆滞的双眼已经失去光彩，一阵痉挛性的颤抖摇动着她的身体，汗水在她的额头上往下淌。

“看在天主的份上，快去找人呀；波尔朵斯，阿拉密斯，快去找人来救她！”

“没有用了，”阿多斯说，“没有用了，她下的毒没有解毒药。”

“对，对，救救我，救救我！”博纳希厄太太喃喃地说，“救救我。”

接着她集中全身的力气，用双手捧住年轻人的脑袋望了一会儿，就像她的整个灵魂都注入在她的目光里。接着她伤心地哇的一声哭了出来，然后把自己的嘴唇贴在他的嘴唇上。

“康斯坦丝！康斯坦丝！”达尔大尼央叫了起来。

从博纳希厄太太的嘴里吐出一声叹息，在达尔大尼央的嘴边掠过；随着这声叹息，这个如此纯洁、如此多情的灵魂重新升到天上去了。

达尔大尼央抱在怀里的仅仅是一具尸体。

这个年轻人发出一声叫喊，倒在他的情妇身边，像她一样苍白，像她一样冰凉。

波尔朵斯哭了，阿拉密斯向上天扬起了拳头，阿多斯在胸前划十字。

这时候有一个人出现在门口，脸色几乎和屋子里的人一样苍白，他朝周围望望，看到了死去的博纳希厄太太和昏过去的达尔大尼央。

他正好在紧跟着大灾大祸而来的那种惊魂未定的时刻出现。

“我没有弄错，”他说，“这是达尔大尼央先生，你们是他的三个朋友，阿多斯先生，波尔朵斯先生和阿拉密斯先生。”

被提到名字的人惊奇地望着陌生人，他们三个人都觉得他有些面熟。

“先生们，”新来的人继续说，“你们和我一样在寻找一个女人，这个女人，”他露出可怕的笑容，补充说，“一定曾在这儿经过，因为我看到一具尸体！”

三个朋友仍旧默不作声。只不过他的嗓音和他的脸一样，使他们想起了一个曾经见过的人；然而他们回忆不起是在什么场合见过的。

“先生们，”陌生人继续说，“既然你们不肯费心来认出一个可能受了你们两次救命之恩的人，那就应该由我来说出自己的名字：我是温特勋爵。那个女人的小叔子。”

三个朋友惊讶得叫了起来。

阿多斯站起来，伸过手去和他握手。

“欢迎，米罗尔！”他说，“您是我们的自己人。”

“我比她晚五小时离开朴次茅斯，”温特勋爵说，“我比她晚三小时到达布伦，我到圣奥梅只和她相差二十分钟；最后在利莱尔我失去了她的踪迹。我盲目地走，遇到人就打听，就在这时我看见你们奔驰而过；我认出了达尔大尼央。我喊你们，你们没有回答我；我想跟着你们，但是我的马太疲乏，跟不上你们的马的速度。然而看来不管你们怎么赶，你们还是来得太迟了！”

“您看，”阿多斯一边说，一边把死去的博纳希厄太太和昏过去的达尔大尼央指给温特勋爵看，这时波尔朵斯和阿拉密斯正在尽力使达尔大尼央苏醒过来。

“他们两人都死了吗？”温特勋爵冷静地问。

“不，”阿多斯回答，“幸好达尔大尼央先生只是昏过去了。”

“啊！太好了！”温特勋爵说。

果然这时候达尔大尼央睁开了眼睛。

他从波尔朵斯和阿拉密斯怀抱里挣脱出来，像发了疯似的扑到他的情妇的尸体上。

阿多斯站起来，迈着缓慢而庄严的步子朝他的朋友走过去，亲切地拥抱他的朋友，当他的朋友嚎啕大哭时，他用他那如此庄重，如此具有说服力的嗓音说：

“朋友，要像个男子汉。女人为死人流泪，男子汉为死人报仇！”

“啊！对，”达尔大尼央说，“对！如果是为了替她报仇，我准备跟随你到任何地方去！”

阿多斯趁着报仇的希望使他不幸的朋友暂时恢复力量的时刻，叫波尔朵斯和阿拉密斯去找修道院院长。

两个朋友在走廊里遇到她。出了这么多事后惊慌失措的她还没有平静下来；她叫来了几个修女，她们不顾修院的习俗，出现在五个男人的面前。

“院长嬷嬷，”阿多斯挽着达尔大尼央的胳膊，说，“我们把这个不幸的女人的尸体留给您按照教规给予料理。她在变成天上的天使以前是人世间的天使。把她作为您的修女中的一个对待吧。将来有一天我们会回来在她的墓前祈祷的。”

达尔大尼央把脸埋在阿多斯的胸口上，嚎啕大哭。

“哭吧，”阿多斯说，“哭吧，充满了爱情、青春和生命力的心！唉！我真希望我也能像您一样哭！”

他把他的朋友带走了，像一个父亲一样充满深情，像一个教士一样给人安慰，像一个经历过许多苦难的人一样形象高大。

五个人，后面跟着他们的跟班，牵着马，一同朝郊区已经近在眼前的贝蒂讷城走去。他们停在遇到的头一家客店门前。

“可是，”达尔大尼央说，“我们不去追赶这个女人吗？”

“以后再追赶，”阿多斯说，“我要先采取一些措施。”

“她会从我们手里逃脱的，”年轻人又说，“她会从我们手里逃脱的，阿多斯，那将是您的过错。”

“我担保她逃不了，”阿多斯说。

达尔大尼央对他朋友说的话完全相信，低着头，走进了客店，再也没有说什么。

波尔朵斯和阿拉密斯互相望望，一点也不明白阿多斯怎么会如此自信。

温特勋爵以为他这么说是为了减轻达尔大尼央的痛苦。

“现在，先生们，”阿多斯在问清楚了客店里有五间空房间以后说，“我们各人回到各人房间里去；达尔大尼央需要单独一个人去哭泣，去睡觉。一切由我负责，放心好了。”

“然而，”温特勋爵说，“我觉得要采取什么措施对付伯爵夫人，这与我有关，她是我的嫂子。”

“我呢，”阿多斯说，“她是我的妻子。”

达尔大尼央露出了笑容，因为他明白阿多斯有把握报仇，才会泄露这样的秘密。波尔朵斯和阿拉密斯互相望着，脸色发了白。温特勋爵心里想，阿多斯一定是疯了。

“各人回到各人的房间去，”阿多斯说，“让我去做吧。你们看得很清楚，身为丈夫，这件事与我有关。只不过，达尔大尼央，从那个人帽子里掉出来的、上面写着村名的那张纸，如果您没有丢掉，请您交给我……”

“啊！”达尔大尼央说，“我明白了，她亲手写的那个地名……”

“你看得很清楚，”阿多斯说，“天上有一个天主。”

第三十四章
披红披风的人

阿多斯的绝望变成了一种强忍住的痛苦，使得他本来就智慧过人的头脑变得更加清晰了。

他脑子里只有一个想法，想的是怎么实现他已经许下的诺言，怎么尽到他已经负起的责任。他最后一个回到自己的房间去，他请客店主人给他找来一张本省的地图，身子俯在地图上，研究上面标出的一条条线，查明了有四条不同的路从贝蒂讷通往阿尔芒蒂埃尔，接着他把跟班们叫来。

普朗歇、格里莫、穆斯格东和巴赞进来了，他们接受阿多斯的命令，命令明确、严格而又认真。

他们应该在第二天拂晓时动身，各人走一条不同的路到阿尔芒蒂埃尔去。普朗歇在四个人中最聪明，他应该走的路，是四个朋友开枪射击的那辆马车逃走的那条路；我们还记得，也就是罗什福尔的仆人护送的那辆马车。

阿多斯让跟班们出场，首先是因为自从这些人为他和他的朋友们效力以来，他深知他们每个人各不相同的和主要的长处。

其次，跟班向行人打听，非但不会像他们的主人那样容易引起行人的怀疑，而且可以得到被他们询问的人的更多的好感。

最后还有米莱狄认识主人，但不认识跟班；相反的跟班们全都认识米莱狄。

所有四个人应该在第二天十一点钟集合。如果他们发现了米莱狄的藏身之处，三个人留在当地守住她，第四个人回到贝蒂讷来通知阿多斯，并且为四个朋友做向导。

布置完毕以后，跟班们退了出去。

阿多斯于是从椅子上起来，把剑佩好，裹上披风，走出了客店。这时候差不多有十点钟了。我们都知道到了晚上十点钟，外省的街上变得十分冷清。然而阿多斯显然是想找个人，好向他打听一件事。最后他遇到了一个夜晚还在外面行走的过路人，他朝这个人走过去，问了几句话。被他问到的这个人吓得直往后退，不过他还是用手指了指路，作为对火枪手的问话的回答。阿多斯拿出半个皮斯托尔，想请这个人带路，但是被这个人拒绝了。

阿多斯走进指路人用手指的那条路；可是到了十字路口，他又停住，显然他感到了为难。然而十字路口总比别的地方更能给他提供遇到人的机会，所以他在十字路口停住不动。过了不一会儿，果然有一个守夜的人走过。阿多斯向他提出他已经向遇到的头一个人提过的问题，守夜的人流露出同样的恐惧，也拒绝陪阿多斯去，只是用手指了指他应该走的路。

阿多斯朝指出的方向走去，到了郊区，这个郊区在城市的另一头，与他和他的朋友们进城时经过的郊区方向正好相反。到了那儿，他好像又感到不安和为难，于是第三次停了下来。

幸好有一个乞丐路过，他走到阿多斯跟前，请求施舍。阿多斯拿出一个埃居要他把自己领到自己要去的地方。乞丐犹豫了片刻，不过看到那枚在黑暗中闪闪发亮的银币，他还是下了决心，走在前面给阿多斯带路。

到了一条街的拐角，他指指远处的一所孤立的、偏僻的、凄凉的小房子。阿多斯朝小房子走过去，那个乞丐接到赏钱之后，撒腿跑掉了。

阿多斯绕了一圈，才在这所房子漆着的淡红颜色中间把门辨认出来。没有一点灯光从护窗板的裂缝里漏出来，没有一点声音能使人猜想里面有人住，整所房子就像一座坟墓一样黑暗、寂静。

阿多斯敲了三次门，没有人回答。不过在敲第三下时，里面有了越来越近的脚步声。最后门微微打开了，一个高身材、脸色苍白、头发和胡子都是黑的男人出现了。

阿多斯和他低声交谈了几句，接着这个高身材的人向火枪手示意，他可以进去。得到这个许可，阿多斯立刻加以利用，紧接着门在他背后又关上了。

阿多斯跑了那么远路来找，好不容易才找到的这个人，把阿多斯领进了他的实验室。他正忙着用铁丝把一具骨头架子的当啷当啷响的骨头连接起来。整个身体已经接好了，只剩下一个头颅骨还放在桌子上。

室内的其他陈设说明了主人正在从事自然科学的研究工作；有盛满蛇的短颈大口瓶，瓶子上贴着品种标签；有放在大黑木框子里的、像琢磨过的绿宝石一样闪闪发光的、晒干了的蜥蜴；最后还有一束束气味芳香、毫无疑问具有一般人不知道的性能的野草，悬挂在天花板上，垂落在房间的各个角落里。

而且这个高身材的人没有亲人，也没有仆人，独自一个人住在这所房子里。

阿多斯用冷淡的、漠不关心的目光，朝所有我们刚才描述过的东西看了一眼。在他来寻找的那个人的请求下，挨近那个人坐下。

于是他说明他这趟来访的目的，他要求对方帮什么忙；但是他刚陈述完他的请求，一直站立在火枪手面前的陌生人吓得直往后退，连声拒绝。阿多斯于是从口袋里掏出一小张上面写着两行字，并且附有签名，盖有印章的纸，递给这个过早地表示出不同意的人。高身材的人刚念过这两行字，看过签名，辨认了印章，立刻就点头表示他没有任何异议，准备服从。

阿多斯没有更多的要求了；他站起来，行完礼，走了出去。他沿着来的那条路往回走，回到了客店，把自己关在自己的房间里。

拂晓时分，达尔大尼央走进他的房间，问他应该怎么办。

“等待，”阿多斯回答。

过了不多一会儿，修道院院长派人来通知火枪手们，葬礼在中午举行。至于那个下毒的女人，没有一点有关她的消息；只不过她一定是从花园逃走的；在花园的沙地上找到了她的脚印，而且还发现花园的门锁着；至于钥匙，已经不见了。

到了指定时间，温特勋爵和四个朋友到修道院去。钟使劲地敲响，教堂的门开着，祭坛的铁栅栏门关闭着。在祭坛中间停放着受害者的尸体，身上穿着她的初学修女的服装。祭坛的每一边和朝向修道院开的铁栅栏门的后面是加尔默罗会修女聚集的地方，她们在那儿听大弥撒，和教士们一同歌唱，但是她们看不见俗人，俗人也看不见她们。

在教堂门口，达尔大尼央感到自己的勇气又失去了；他转过身来找阿多斯，但是阿多斯不见了。

阿多斯下定决心要完成自己的报仇使命，他让人领到花园里，在沙地上看见了那个无论到什么地方都留下血腥的痕迹的女人的轻浅的脚印，他沿着脚印一直走到朝向树林的那扇门，让人把门打开，走进了树林。

于是他所有的怀疑都得到了证实：那辆逃走的马车所走的路绕过

树林。阿多斯眼睛盯着地面沿着这条路走了一会儿，路面上有点点的血迹，可能是作为先导骑着马走在车前的那个人受了伤，也可能是三匹马中的一匹受了伤。走了将近四分之三法里，到了离费斯蒂贝尔有五十步远的地方，出现了一块比较大的血迹；地面被马践踏过。树林和这个发生过情况的地点之间，稍微在被马蹄刨开的地面后面一点，又找到了和花园里相同的小小的脚印；马车肯定在这儿停过。

米莱狄就是在这个地点走出树林，登上了马车。

这个发现证实了自己的所有怀疑，阿多斯感到满意，回到客店后，看到普朗歇在焦急地等他。

一切都和阿多斯预料的相符合。

普朗歇沿着阿多斯注意到有血迹的那条大路朝前走，他像阿多斯一样认出了马停留的地点；不过他比阿多斯走得更远，因此他在费斯蒂贝尔村的一家客店喝酒时，不用打听就知道了头天晚上，八点半钟，有一个人护送一位乘驿站快车旅行的夫人，受了伤，不能再朝前走，只得留下来。受伤的原因据说是在树林里遇到强盗企图拦劫马车。这个人留在村子里，那位夫人换了马，继续赶路。

普朗歇寻找赶驿车的车夫，把他找到了。他说他赶车把那位夫人一直送到弗罗梅尔，从弗罗梅尔她又动身到阿尔芒蒂埃尔去了。普朗歇抄近路，早上七点钟就到了阿尔芒蒂埃尔。

当地只有一家客店，就是驿站的客店。普朗歇到客店去，说自己是一个在寻找雇主的没有工作的跟班。他和客店里的人谈了还不到十分钟就知道有一个单身女人晚上十一点钟到达，要了一个房间，并且把客店老板找去，说她希望在附近一带逗留一段时间。

普朗歇不需要知道更多的了。他奔到集合地点，找到了三个准时来到的跟班，让他们守候在客店的每一个出口，然后来找阿多斯。阿多斯刚听完普朗歇提供的情况，他的朋友们就回来了。

所有人的脸，甚至连阿拉密斯的那张温和的脸，都是阴沉沉的，蹙紧了眉头。

“应该怎么办？”达尔大尼央问。

“等待，”阿多斯回答。

各人回到各人的房间里去。

晚上八点钟，阿多斯吩咐给马加上鞍子，并且让人通知温特勋爵和朋友们做好远行的准备。

一转眼五个人全都准备好了。各人检查各人的武器，把武器收拾停当。阿多斯最后一个下楼，看见达尔大尼央已经骑在马上，露出不耐烦的神气。

“耐心点，”阿多斯说，“我们还缺少一个人。”

四个骑在马上的人惊奇地朝周围张望，因为他们想来想去还是想不出他们缺少什么人。

这时候普朗歇把阿多斯的马牵来了；这个火枪手轻捷地跨上马背。

“等等我，”他说，“我就回来。”

接着他策马飞奔而去。

一刻钟以后，他果然回来了，和他一起来的还有一个戴着面具，披着一件红色的大披风的人。

温特勋爵和三个火枪手用眼光互相询问。他们中间没有一个人能向别人提供情况，因为他们全都不知道这个人是谁。然而他们认为既然这件事是阿多斯安排的，那就应该如此。

九点钟，这一小群骑马的人由普朗歇领路出发，走的就是那辆马车走过的路。

这六个人让人看了真觉得凄惨，他们默默地奔驰着，各自都陷入沉思之中，一个个就像失望和惩罚的化身，严厉可怕。

第三十五章
审　判

这是一个阴暗的暴风雨之夜，大块大块的乌云在天上飞奔，遮住了星光；月亮要到午夜时才会升起。

时不时在天边亮起一道闪电，可以看见荒僻的、白苍苍的大路展现在眼前；接着闪电熄灭了，一切又重新回到黑暗之中。

每时每刻阿多斯都在招呼一直超到这支小小的队伍前头去的达尔大尼央，强迫他回到自己的位置上来，但是一转眼他又冲到前面去了；他脑子里只有一个念头，就是勇往直前，他也确实是在勇往直前。

他们悄悄地穿过费斯蒂贝尔村，受伤的仆人就留在这个村里；接着他们沿里什布尔树林走，到了埃尔利埃，一直在领路的普朗歇领着队伍向左转去。

有好几次，或者是温特勋爵，或者是波尔朵斯，或者是阿拉密斯，试图找那个披红披风的人说话；但是不论问他什么，他只是弯弯腰，不回答。旅人们于是明白了这个陌生人一定有什么理由保持沉默，他们也就不再找他说话了。

况且暴风雨即将来临，闪电接连不断地迅速出现，隆隆的雷声开始响起来；狂风，暴风雨的前驱，在骑马人的羽饰和头发里呼啸。

这一队骑马的人开始策马大步小跑。

过了弗罗梅尔不远，雨下起来了。他们展开披风挡雨，还剩下三法里路要走，他们冒着滂沱的大雨前进。

达尔大尼央脱掉毡帽，也没有披上披风，他喜欢让雨水在他滚烫的额头上和激动得像发寒热病一样颤抖的身体上往下淌。

这一小群人越过戈斯卡尔以后，即将到达驿站时，有一个躲在一棵树底下避雨、在黑暗中与树干融合在一起的人，离开树干，一直走到大路中间，把手指放在嘴唇上。

阿多斯认出了格里莫。

"到底出了什么事？"达尔大尼央叫了起来，"她离开了阿尔芒蒂埃尔了吗？"

格里莫点点头表示同意。达尔大尼央把牙齿咬得格格响。

"别出声，达尔大尼央！"阿多斯说，"是我负责一切，因此让我来问格里莫。"

"她在哪里？"阿多斯问。

格里莫把双手伸向利斯河的方向。

“离这儿远吗？”阿多斯问。

格里莫向他的主人伸出弯曲的食指。

“单独一个人吗？”阿多斯问。

格里莫点点头。

“先生们，”阿多斯说，“她单独一个人待在朝那条河的方向，离这儿半法里远的地方。”

“很好，”达尔大尼央说，“快领我们去，格里莫。”

格里莫穿过田地，为这队骑马的人带路。

走了差不多五百步，遇到一条小溪，他们涉水而过。

在一道闪电的照耀下，他们看见了昂甘盖姆村。

“在那儿吗，格里莫？”阿多斯问。

格里莫摇摇头。

“安静！”阿多斯说。

这一群人继续赶路。

另一道闪电亮了；格里莫伸出胳膊，他们在像一条火蛇一样的淡蓝色的亮光中，看见了一所孤立的小房子，在河边上，离渡口有一百步远。

一扇窗子透出灯光。

“我们到了，”阿多斯说。

这时候有一个躺在一条沟里的人站起来，这是穆斯格东；他指了指有灯光的窗子。

“她在那儿，”他说。

“巴赞呢？”阿多斯问。

“窗子由我看守，他看守门。”

“很好，”阿多斯说，“你们都是忠心的仆人。”

阿多斯跳下马，把缰绳交到格里莫手里，做了个手势，要其余的人绕到门口那边去，自己朝窗子走去。

这所小房子被一道有两三尺高的绿篱围着，阿多斯跨过绿篱，一直来到窗前，窗子没有护窗板，但是遮住窗子下半截的短窗帘已经完全拉拢。

他爬上石头窗台，让他的眼睛可以从窗帘上面望进去。

一盏灯点着，在灯光下他看见一个裹着深色斗篷的女人坐在即将熄灭的炉火旁的矮凳上。她的双肘搁在一张破旧的桌子上，两只白得像象牙的手托着脑袋。

她的脸看不清楚，但是一丝凶险的微笑在阿多斯的唇边掠过。决不会弄错，这正是他要找的她。

这时候有一匹马嘶叫，米莱狄抬起头，看到了贴在窗玻璃上的阿多斯的那张苍白的脸，哇的一声叫了起来。

阿多斯明白自己被认出来了，他用膝盖和手猛撞窗子，窗子撞开了，玻璃被撞得粉碎。

接着阿多斯像个复仇的幽灵似的跳进了房间。

米莱狄奔过去，打开门；达尔大尼央在门口，脸色比阿多斯还要苍白，还要严厉可怕。

米莱狄发出一声叫喊，朝后退。达尔大尼央以为她有办法逃走，担心她会逃脱他们的手掌，于是从腰间拔出了手枪；但是阿多斯举起了手。

“把武器放回去，达尔大尼央，”他说，“这个女人应当受到审判，而不是马上把她杀了。再耐心等一会儿，达尔大尼央，你会感到满意的。进来吧，先生们。”

达尔大尼央服从了，因为阿多斯有着天主亲自派来的审判官那样的庄严的嗓音和强有力的手势。波尔朵斯、阿拉密斯、温特勋爵，还有那个披红披风的人也跟在达尔大尼央的后面进来了。

四个跟班守住门和窗户。

米莱狄倒在她的椅子上，好像要把出现在眼前的幻象赶走似的，两只手向前伸着。她看见她的小叔子，发出一声可怕的叫喊。

“你们要干什么？”米莱狄叫了起来。

“我们吗？”阿多斯说，“我们找夏洛特·贝克森，她原先叫德·

拉费尔伯爵夫人，后来叫温特夫人和谢菲尔德男爵夫人。”

“是我，是我！”她在极端恐惧中低声说，“你们找我干什么？”

“我们要根据您的罪行审判您，”阿多斯说，“您有申辩的权利；如果您能够的话，就为您自己辩护吧。达尔大尼央先生，首先由您来控告。”

达尔大尼央走向前去。

“在天主和世人的面前，”他说，“我控告这个女人毒死了昨天死去的康斯坦丝·博纳希厄。”

他朝波尔朵斯和阿拉密斯转过身去。

“我们作证，”两个火枪手同时说。

达尔大尼央继续说下去：

“在天主和世人的面前，我控告这个女人也曾经想毒死我本人，毒下在她派人从维尔鲁瓦送来的葡萄酒里，她伪造了一封信，让我相信酒是我的朋友们送来的。天主救了我；但是有一个人代替我死了，他的名字叫布里斯蒙。”

“我们作证，”波尔朵斯和阿拉密斯重复说了一遍。

“在天主和世人面前，我控告这个女人曾经图谋让我杀害德·瓦尔德男爵；因为在这里没有人可以证明我的这个控告的真实性，所以由我自己来作证，我说完了。”

达尔大尼央和波尔朵斯、阿拉密斯一起退到房间的另一边去。

“轮到您了，米罗尔！”阿多斯说。

温特勋爵走了过来。

“在天主和世人的面前，”他说，“我控告这个女人唆使人杀害了白金汉公爵。”

“白金汉公爵被杀害了？”所有在场的人异口同声地叫了起来。

“是的，”温特勋爵说，“被杀害了！根据你们写给我的那封通知信，我派人逮捕了这个女人，我把她交给一个忠于我的人看管；她腐蚀了这个人，把匕首交到他的手里，唆使他杀死了公爵；此时此刻费尔顿也许正在为了这个恶毒女人犯下的罪行付出他的头颅作为代价。”

听到对这些还不为人知的罪行的揭发，在场的审判官们全都不由自主地发抖了。

“这还不是全部，”温特勋爵接着又说，“我的哥哥让您做他的继承人，他生了一种奇怪的病，三个小时就死了，全身留下了青紫斑痕。我的嫂嫂，您的丈夫是怎么死的？”

“多么可怕！”波尔朵斯和阿拉密斯叫了起来。

“杀害白金汉的凶手，杀害费尔顿的凶手，杀害我哥哥的凶手，我要求给您应得的惩罚；同时我宣布：如果这个目的达不到，我将亲自动手。”

温特勋爵说完，过去站在达尔大尼央身边，把位子空出来，让给下一个控告人。

米莱狄双手捧住垂下的额头，力图理清在一阵致命的眩晕中变得乱糟糟的想法。

“轮到我了，”阿多斯说，他像狮子见到蛇那样在颤抖，“轮到我了。在这个女人还是个年轻姑娘时，我娶了她，我不顾家里人反对娶了她；我把我的财产给了她，我把我的姓氏给了她；有一天我发现这个女人打过烙印：这个女人的左边肩膀上烙有一朵百合花。”

“啊！”米莱狄站起来说，“我看你们绝对找不到对我做出这个卑鄙可耻的判决的法庭。我看你们绝对找不到执行这个判决的人。”

“安静！”有人说，“对这一点该由我来回答！”

那个披红披风的人这时走了过来。

“这个人是谁？这个人是谁？”米莱狄叫了起来，她吓得透不过气来，头发松开，就像活了似的，在她脸色铁青的脑袋上倒竖起来。

所有的眼睛都转向这个人，因为除了阿多斯以外，没有一个人认识他。

可是阿多斯也同样惊讶地望着这个人，因为他不明白这个人怎么会和这时候正在结束的这场可怕的悲剧有什么关系。

陌生人迈着缓慢而又庄严的步伐向米莱狄走过去，走到只有一张桌子把她和他隔开以后，揭下了脸上的面罩。

米莱狄望着这张被黑头发和黑颊髯围绕着的、冷冰冰毫无表情的、苍白的脸，望了一会儿，越来越感到恐惧。接着她突然站起来，一直退到墙边，同时还一边说：

“啊！不，不，这是地狱里来的鬼魂！这不是他！快来救我呀！快来救我呀！”她声音嘶哑地叫喊，同时朝墙壁转过身去，就像她能够用自己的双手在墙壁上打开一条通道似的。

“您到底是什么人？”所有目击这个场面的人都叫了起来。

“问这个女人吧，”披红披风的人说，“因为你们看得很清楚，这个女人，她认出我来了。”

“里尔①的刽子手，里尔的刽子手！”米莱狄大声叫喊，已经吓得失去了理智，双手扶住墙才没有倒下去。

所有的人向后退，只剩下披红披风的人一个人留在房间的中央。

“啊！发发慈悲！发发慈悲！饶恕我！”这个坏女子一边叫喊，一边跪了下来。

陌生人等着她安静下来。

“我对你们说过，她认出我来了！”他接着又说，“不错，我是里尔城的刽子手，请听我说说过去的一段经历。”

所有的人都盯住这个人，迫不及待地等着他说下去。

“这个年轻女人从前是一个和她今天一样美丽的姑娘。她是唐普尔玛尔的本笃会②修道院的修女。有一个心地单纯、笃信天主的年轻教士，主持这座修道院的教堂；她开始勾引他，并且获得了成功。她这个人，甚至能把一个圣人勾引上。

“他们两人发下的誓愿③都是神圣的，不可收回的；他们的私情不可能长久地继续下去而不把他们两人都毁掉。她说服他同意离开当地；

---

① 里尔，法国北部的北部省省会。在贝蒂讷以东，距比利时边界 14 公里。下面提到的唐普尔玛尔是离里尔 8 公里的一个小镇。

② 本笃会，天主教隐修院修会之一。529 年由意大利人本笃创立，故名。

③ 罗马教廷对各类修会作出规定，会士或修女必须发誓守清规。一般称为“三愿”，或“三绝誓愿”，即神贫愿、贞洁愿、听命愿。其中贞洁愿即不结婚，又称绝色。

但是要离开当地，一同逃走，逃到没有人认识他们，他们可以安心生活的法国其他地方去，就必须有钱；他们两人都没有钱。教士偷了圣器卖掉；可是正当他们准备一同离开时，两个人都被逮捕了。

“一个星期后，她勾引上监狱看守的儿子，她逃走了。年轻教士被判处戴上镣铐监禁十年，而且打上了烙印。正如这个女人说的，我是里尔城的刽子手。我必须给犯人打烙印，而这个犯人，先生们，他却是我的弟弟！

“我于是发誓：这个女人毁掉了他的一生，既然是她唆使他犯罪，她就不止是他的同谋犯，至少，也应该分担他受到的惩罚。我料到她会躲藏到什么地方去，于是去找她，结果找到了她，我把她捆绑起来，给她打上了和我打在我弟弟身上的相同的烙印。

“我回到里尔的第二天，我的弟弟也成功地越狱逃走了，我被指控为同谋犯，判处代替他关在狱中，直至他回来自首入狱的那一天为止。我可怜的弟弟并不知道这次判决；他又找到了这个女人；他们一同逃到贝里；在贝里他当上了本堂神父，主持一个不大的本堂区。这个女人冒充他的妹妹。

“本堂神父的教堂所在地的领主看到了这个冒牌妹妹，爱上了她，而且爱得那么深，向她提出了娶她的要求。于是她离开被她毁掉的那个人，嫁给了也必然会被她毁掉的人，变成了德·拉费尔伯爵夫人……”

所有的眼睛都转过来望着阿多斯，这是他的真正姓名。阿多斯点了点头，表示刽子手说的都是真的。

“于是，”刽子手接着说下去，“我那可怜的弟弟发疯了，绝望了，决定摆脱一种被她夺走了的荣誉和幸福，夺走了一切的生活，回到了里尔，他知道我代替他服刑的判决以后，投案自首，当天晚上在他的牢房里的气窗上吊死了。

“对那些判我徒刑的人也应该说句公道话，他们遵守了诺言，等尸体辨认出以后，他们立即恢复了我的自由。

“以上就是我控告的罪行，以上就是她被打上烙印的原因。”

“达尔大尼央先生，”阿多斯说，“您要求对这个女人判什么刑罚？”

“死刑，”达尔大尼央回答。

“温特勋爵，”阿多斯继续说，“您要求对这个女人判什么刑罚？”

“死刑，”温特勋爵回答。

“波尔朵斯先生和阿拉密斯先生，”阿多斯接着又说，“你们是审判官，你们判这个女人什么刑罚？”

“死刑，”两个火枪手用低沉的嗓音同时回答。

米莱狄发出一声可怕的叫喊，两膝跪着向审判官们挪动了几步。

阿多斯伸出手去，阻止她。

“夏洛特·贝克森，德·拉费尔伯爵夫人，温特勋爵夫人，”他说，“您的罪行已经让尘世上的人和天上的天主感到无法容忍。如果您还会念什么祈祷经文，那就念念吧，因为您已经定罪，马上就要处死了。”

米莱狄听了这几句没有给她留有任何希望的话，站起来，挺直身子，准备说话，但是她没有一点力气；她感觉到有一只强有力的、无情的手抓住她的头发，像命运拉走人一样无可挽回地拉走她。因此她甚至不试图反抗，走出了茅屋。

温特勋爵、达尔大尼央、阿多斯、波尔朵斯和阿拉密斯跟在她后面出来。跟班们跟在主人的身后，剩下了那间空空的房间，窗子破碎了，门开着，冒烟的灯凄凄凉凉地在桌上点着。

第三十六章

执行死刑

将近午夜十二点，弯弯的下弦月被暴风雨留下的最后残迹染成了血红色，从阿尔芒蒂埃尔这个小村子的背后升起；在暗淡的月光下，村里的房屋的黑糊糊的轮廓和透空的、高高的钟楼的骨架，一一勾勒出来。利斯河在前面流淌着，看上去河里流淌的像是融化了的锡；河对岸可以看到一片黑糊糊的树木清晰地在暴风雨的天空显现出来，天空中布满了大块的古铜色云彩，使得这半夜时分好像出现了一种暮色。左边矗立着一座废弃的老磨坊，风车的翼子纹丝不动，磨坊的废墟里面有一只猫头鹰发出间歇的、单调的尖叫声。在这支阴郁的队伍走的那条路的左右两边的平原上，到处都可以见到几棵低矮粗壮的树，看上去就像是一些畸形矮人，在这个凶多吉少的时刻蹲在那儿，窥视着来人。

不时有一道宽阔的闪电照亮了整个天边，在那片黑糊糊的树木上空弯弯曲曲地延伸过来，像一把吓人的土耳其弯形大刀把天空和河水切成两部分。空气闷热，没有一丝风。死一般的寂静笼罩着整个大自然；刚下过雨，地面很潮，很滑，恢复了生机的青草更加使劲地散发着香气。

两个跟班一人抓住米莱狄的一条胳膊，拉着她朝前走；刽子手走在后面，温特勋爵、达尔大尼央、阿多斯、波尔朵斯和阿拉密斯走在刽子手的后面。

普朗歇和巴赞走在最后面。

两个跟班带着米莱狄朝河边走去。她的嘴默不作声，但是她的一双眼睛却用好得无法形容的口才在说话，轮流地向她望着的两个人中的一个哀求。

因为她走在前面，和其他人相隔几步，所以她对两个跟班说：

“如果你们保护我逃走，我给你们每个人一千皮斯托尔；如果你们把我交给你们的主人，在附近就有一些替我报仇的人，他们会让你们为我的死付出昂贵的代价。”

格里莫犹豫不决。穆斯格东浑身直打哆嗦。

阿多斯听到米莱狄的说话声，急忙走上前，温特勋爵也跟了过去。

“把这两个跟班换掉，”阿多斯说，“她跟他们说过话，他们不再可靠。”

普朗歇和巴赞被叫来代替格里莫和穆斯格东。

到了河边，刽子手走到米莱狄跟前，把她的手脚捆起来。

这时候她打破沉默，叫了起来：

“你们是懦夫，你们是卑鄙可耻的杀人犯，你们十个人杀害一个女人；当心吧，如果我不能得救，会有人替我报仇的。”

“您不是一个女人，”阿多斯冷酷地说，“您不属于人类，您是从地狱逃出来的恶魔，我们现在就要把您送回去。”

“啊！道德高尚的先生！”米莱狄说，“请你们当心，谁碰我头上的一根头发，谁也就是一个杀人犯。”

“刽子手可以杀人而并不因此成为一个杀人犯，夫人，”披红披风的人一边说，一边拍拍他的那把阔剑，“这是最后的审判官，喏，就是这么回事。正像我们的邻人德国人说的：Nachrichter①。”

当他一边说着这番话，一边捆米莱狄时，米莱狄发出两三声尖厉的叫喊，在黑夜中向上升，消失在树林的深处，给人一种凄切而又奇怪的印象。

“不过，如果我有罪，如果我犯了你们控告我犯下的罪行，”米莱狄号叫，“那就把我送到一个法庭上去吧；你们不是法官，你们没有权力定我的罪。”

“我曾经向您提出过泰伯恩，”温特勋爵说，“为什么您不愿意去？”

“因为我不愿意死！”米莱狄一边挣扎，一边叫喊，“因为我还太年轻，不应该死！”

“您在贝蒂讷毒死的那个女人比您还要年轻，夫人，然而她死了，”达尔大尼央说。

“我可以进修道院，我可以当修女，”米莱狄说。

“您曾经进过修道院，”刽子手说，“您为了毁掉我的弟弟从那里逃了出来。”

米莱狄发出一声恐惧的叫喊，双膝跪倒在地。

刽子手双手伸到她的胳膊下面，把她拉起来，打算把她带到船上去。

---

①德语，意思是：刽子手。

“啊，我的天主！”她叫了起来，“我的天主！难道您要把我淹死！”

这些叫喊声听上去是那么令人心碎，以致起初是最坚决追捕米莱狄的达尔大尼央，这时候也一屁股坐在一个树墩上，低下头，用掌心堵住两个耳朵；然而，尽管如此，他还是听见了她的威胁，她的叫喊。

达尔大尼央是所有这些人中最年轻的一个，他缺乏勇气。

“啊！我不能看这可怕的场面！我不能同意这个女人这样死去！”

米莱狄听见了这几句话，她又有了一丝希望。

“达尔大尼央！达尔大尼央！”她大声叫喊，“别忘了我爱过你！”

年轻人站起来，朝她走了一步。

但是阿多斯站起来，拔出剑，挡住他的去路。

“如果您再多迈一步，达尔大尼央，”他说，“就让我们交锋吧。”

达尔大尼央跪下来，祈祷。

“喂，”阿多斯说，“刽子手，快尽你的责任吧。”

“我很乐意，大人，”刽子手说，“因为正像我是虔诚的天主教徒一样千真万确，我坚定不移地相信我对这个女人行使我的职责是伸张正义。”

“很好。”

阿多斯朝米莱狄走了一步。

“我饶恕您对我的伤害，”他说，“尽管我的前途毁了，我的幸福失去了，我的爱情遭到了玷污，我的灵魂得救受到了您使我陷入其中的绝望的影响，我还是饶恕您。您安心地死吧。”

温特勋爵跟着也走向前。

“我饶恕您毒死我的哥哥，”他说，“我饶恕您谋杀白金汉公爵大人；我饶恕您造成可怜的费尔顿的死，我饶恕您企图杀害我本人的未遂罪。您安心地死吧。”

“我呢，”达尔大尼央说，“请饶恕我，夫人，使用了一个与贵族不相称的欺骗手段，激起您的愤怒；作为交换，我也饶恕您杀害了我可怜的女友，对我进行了残忍的报复，我饶恕您，我为您哭泣。您安心地死吧。”

“I am lost！”[1]米莱狄用英语低声说，“I must die．”[2]

于是她自己站了起来，向四周围投去那种仿佛是从在冒着火焰的眼睛里射出的明亮的目光。

她什么也没有看见。

她仔细听，她什么也没有听见。

她的周围只有敌人。

“我到哪儿去死？”她说。

“在对岸，”刽子手回答。

于是他把她带上小船；在他正要跨上小船的时候，阿多斯交给他一笔钱。

“拿着，”阿多斯说，“这是执行死刑的费用，要让人看到我们一切都按照审判官那样办事。”

“很好，”刽子手说，“现在也要让这个女人知道，我不是在从事我的职业，而是在尽我的责任。”

他把钱扔进河里。

小船载着罪犯和刽子手离开，朝利斯河左岸移动。其余的人全都留在右岸，跪倒在地上。

一片苍白的云彩低低地悬垂在水面上，在这片云彩的倒影里，小船沿着横在渡口河面的绳索缓缓滑行。

可以清楚地看到小船停靠在对岸，两个黑糊糊的人影呈现在淡红色天边的背景上。

米莱狄渡河期间成功地把捆住她双脚的绳子解开了；因此一到岸边，她就轻快地跳上岸开始逃走。

但是地面潮湿；到了斜坡顶上，她脚底下一滑，跪倒在地上。

毫无疑问这时她突然产生了一个迷信的想法：她认为上天已经拒绝帮助她，她继续保持下跪的姿势，低着头，双手合掌。

---

①英语，意思是：我完了！

②英语，意思是：我死定了。

这时候对岸的人看见刽子手慢慢举起双臂，一道月光照在他的阔剑的剑身上，寒光闪闪，双臂重新落下去。对岸的人听见阔剑的一声呼啸和受刑人的一声叫喊；这一剑砍下去以后，紧接着被砍掉了脑袋的身体瘫倒在地上。

这时候刽子手脱下红披风，摊在地上，先把尸体平放在上面，然后把脑袋扔在上面，拉起红披风的四个角打了个结，扛在肩膀上，重新登上小船。

到了利斯河中间，他停住小船，一边拎着悬在水面上的包袱，一边高声叫喊：

“让天主的审判得以实现。”

接着他让尸体掉落在河水的最深处，河水把它淹没了。

三天以后，四个火枪手回到巴黎；他们的假期还没有超出期限。当天晚上他们对德·特雷维尔先生进行例行的拜访。

“嗯！先生们，”正直的队长问他们，“你们这趟旅行，觉得好吗？”

“再好没有了！”阿多斯以他的名义，也以他的朋友们的名义回答。

结 局

下个月六日，国王遵守他向红衣主教许下的离开巴黎回拉罗舍尔的诺言，离开了首都。白金汉新近遭到暗杀的消息刚刚传开，国王还没有从惊愕中恢复过来。

王后尽管以前得到过通知，她如此心爱的人有危险，但是当有人向她宣布这一消息时，她还是不愿意相信；她甚至冒冒失失地叫起来：

“这是假的！他刚给我写过信。”

但是第二天她不得不相信这条极其不幸的消息是真的了。拉波尔特曾经像所有人一样根据查理一世国王的命令被扣留在英国，他带着白金汉送给王后的最后的、临终前的礼物回来了。

国王心里非常高兴，他没有花费心思去隐瞒这种高兴，甚至在王后面前还故意地显露出来。路易十三像所有意志薄弱的人一样，缺少宽宏大量的气度。

但是国王很快地又变得闷闷不乐，浑身不舒坦了。他的额头不是那种能够长时间保持开朗的额头。他感觉到自己回到营地，又得过处处受到束缚的生活，然而他还是回去了。

红衣主教对他说来是具有慑服力的蛇，他是鸟儿，在树枝间飞来飞去，却不能从蛇的控制中逃走。

因此返回拉罗舍尔的旅程是十分愁闷的。特别是我们的四个朋友让他们的同伍弟兄们感到惊奇；他们在一起并排朝前走，眼神阴郁，脑袋搭拉着。只有阿多斯一个人时不时抬起他那宽阔的前额；有一道亮光从他的眼里闪出，有一丝辛酸的微笑在他的嘴边掠过，然后他又像他的朋友们一样，重新陷在沉思之中。

护送队每逢到了一个城市，把国王送到住处以后，四个朋友立刻退回到自己的房间或者一家偏僻的小酒店去，他们在小酒店里既不赌钱，也不喝酒，只是低声地交谈，一边交谈还注意地观看是不是有人在听。

有一天国王在大路上停下来放猎鹰捕喜鹊，四个朋友按照他们的习惯，没有跟随国王去打猎，而是停留在大路边上的一家酒馆里。有一个从拉罗舍尔纵马飞驰而来的人在门口停下来，喝一杯葡萄酒，他朝酒店里面张望，里面坐着四个火枪手。

“喂！达尔大尼央先生！”他说，“我在那边看见的不是您吗？”

达尔大尼央抬起头，发出一声快乐的叫喊。原来是他叫做他的幽灵的那个人，也就是他在默恩、掘墓人街和阿腊斯遇到的那个陌生人。

达尔大尼央拔出剑，朝门口冲去。

但是陌生人这一次非但没有逃，反而跳下马，迎着达尔大尼央走了过来。

“啊！先生，”年轻人说，“我终于找到您了；这一次您不会从我手里逃脱啦。”

“我也没有这个打算，先生，因为这一次我是来找您的；我以国王的名义，逮捕您。我要求您交出您的剑，先生，不许反抗；我通知您，事关您的脑袋。”

“您到底是什么人？”达尔大尼央一边问，一边放低他的剑，不过还不打算把剑交出去。

“我是德·罗什福尔骑士，”陌生人回答，“德·黎塞留红衣主教先生的侍从，我奉命押您回去见法座。”

“我们正是回到法座那儿去，骑士先生，”阿多斯走向前说，“当然，您可以得到达尔大尼央先生的保证，他会直接去拉罗舍尔。”

“我应该把他交到卫士的手里；由他们押往营地。”

“我们以贵族的荣誉向您保证，先生，由我们来尽这个责任。不过我们也要以贵族的荣誉向您保证，”阿多斯皱紧眉头，补充说，“我们决不会让达尔大尼央先生离开我们。”

德·罗什福尔骑士朝后面看了一眼，看见波尔朵斯和阿拉密斯站立在他和店门的中间；他明白自己完全处于这四个人的摆布之下。

“先生们，”他说，“如果达尔大尼央先生愿意把剑交给我，而且愿意和你们一同做出保证，我可以接受你们的把达尔大尼央先生送往红衣主教的营地的诺言。”

“您得到我的保证，先生，”达尔大尼央说，“这儿是我的剑。”

“这对我来说只有更好，”罗什福尔补充说，“因为我需要继续我的旅行。”

“如果是去找米莱狄，”阿多斯冷冷地说，“那就不必了，您不可能找到她了。”

“她出什么事了？”罗什福尔急忙问。

“回到营地去吧，您会知道的。”

罗什福尔思索了片刻；因为到絮热尔只有一天的路程，而红衣主教又要到絮热尔来迎接国王，所以他决定采纳阿多斯的意见，跟他们一起回去。

况且回去对他说来还有一个好处，他可以亲自监视他的犯人。

大家又重新上路。

第二天下午三点钟到达絮热尔，红衣主教已经在那里等候路易十三。这位首相和国王十分亲热地互相问候，互相庆贺由于天赐良机使法国摆脱了那个煽动全欧洲反对它的死敌。在这以后，红衣主教得到罗什福尔的报告说达尔大尼央已经抓到，急于要见到他，于是向国王告辞，并且邀请国王第二天去看看已经竣工的海堤工程。

红衣主教当天晚上回到位于石桥的自己的营地时，看到没有佩剑的达尔大尼央和三个武装的火枪手站立在他住的那所房屋的门前。

这一次他这边人多势众，所以他神色严厉地望着他们，用目光和手势示意达尔大尼央跟着他。

达尔大尼央服从了。

“我们等着你，达尔大尼央，”阿多斯说，声音高到让红衣主教能够听见。

法座皱紧眉头，停了一会儿，然后继续走他的路，没有说一句话。

达尔大尼央跟在红衣主教后面进去，达尔大尼央进去后门被人守住。

法座走进充当书房的那个房间，向罗什福尔做了一个手势，要他把年轻的火枪手带进来。

罗什福尔遵命，带进年轻的火枪手以后，退了出去。

达尔大尼央单独留下来面对着红衣主教；这是他第二次和黎塞留见面，他后来承认他当时相信这是最后一次了。

黎塞留一直站着，靠在壁炉上，在他和达尔大尼央之间隔着一张桌子。

“先生，”红衣主教说，“您是根据我的命令被逮捕的。”

“有人对我说过了，大人。”

“您知道为什么吗？”

“不知道，大人；因为惟一的一件我可能因为它而被逮捕的事，法座还不知道。”

黎塞留目不转睛地注视着年轻人。

“哦！”他说，“这句话是什么意思？”

“如果大人愿意先告诉我别人指控我犯下了什么罪行，我就会把我做过的事说给您听。”

“别人指控您犯下的那些罪行，使得一些比您地位高的人也会脑袋落地，先生！”红衣主教说。

“什么罪行，大人？”达尔大尼央问，口气冷静得连红衣主教都感到惊讶。

“有人控告您和王国的敌人有通信联系，指控您窃取国家的机密，指控您企图挫败您的将领的计划。”

“这都是谁在指控我，大人？”达尔大尼央说，他已经料到这些指控都是来自米莱狄，“是一个被我们国家的法庭打过烙印的女人，一个在法国嫁过一个人，在英国又嫁过一个人的女人，一个毒死他的第二个丈夫，而且还打算毒死我本人的女人！”

“您这是在说什么？先生，”红衣主教惊奇地叫了起来，“您这是在说哪个女人？”

“我说的是温特夫人，”达尔大尼央回答，“是的，我说的是温特夫人。法座赐给她荣幸，对她充分信任，毫无疑问，法座当时并不知道所有这些罪行。”

“先生，”红衣主教说，“如果温特夫人犯过您所说的那些罪行，她将受到惩罚。”

“她已经受到了，大人。”

“是谁惩罚她的？”

“我们。”

“她关在监狱里？”

“她死了。”

“死了！”红衣主教跟着重复说，他不能相信他听见的话，“死了！您是说她已经死了？”

“她曾经三次企图杀死我，而我原谅了她，但是她杀死了我心爱的女人。于是我的朋友们和我，我们抓住她以后，经过审判，判处她死刑。”

达尔大尼央接着叙述了博纳希厄太太在贝蒂讷的加尔默罗会女修道院被毒死，叙述了在那所偏僻的房子里进行的审判，以及在利斯河岸上执行的死刑。

红衣主教不由得浑身打了个哆嗦，然而他并不是容易打哆嗦的人。

但是，就像受到了一个没有说出口的想法的影响，红衣主教到当时为止一直阴沉着的脸色，突然间慢慢开朗起来，最后达到了心平气和，十分安详的程度。

“这么说，”红衣主教说，嗓音的温和和言词的严厉形成了强烈的对比，“你们自己任命自己做法官，却没有想到，不负有惩办任务而进行惩办的人是杀人犯！”

“大人，我向您起誓，我不曾有过任何想在您面前保护我的脑袋的打算。我接受法座愿意加在我身上的惩罚。我不是一个贪生怕死的人。”

“是的，我知道，您是一个勇敢的人，先生，”红衣主教说，嗓音几乎变得充满深情了，“因此我可以事先告诉您，您将要受到审判，甚至被判处死刑。”

“换一个人也许会回答法座说，他口袋里有他的特赦证；我呢，我将仅仅对您说：下命令吧，大人；我已经做好准备。”

“您的特赦证？”黎塞留惊奇地说。

“是的，大人，”达尔大尼央说。

“是谁签署的？是国王吗？”

红衣主教说这些话时，流露出一种奇怪的鄙视表情。

“不，是法座签署的。”

“是我签署的？您发疯了，先生？”

“大人肯定认得出自己的笔迹。”

达尔大尼央把阿多斯从米莱狄那里夺来，后来给了达尔大尼央做安全通行证的那份宝贵的证书交给红衣主教。

法座接过证书，缓慢地，字字着力地念道：

为了国家的利益，本文件的持有者按照我的命令，做了他已经做的事情。

黎塞留

一六二八年八月五日

于拉罗舍尔营地①

红衣主教念了这两行字以后，陷入沉思之中，但是没有把证书还给达尔大尼央。

“他在考虑用哪种酷刑处死我，”达尔大尼央对自己说，“好吧，我做出保证，他将看到一个贵族怎样去死。”

年轻的火枪手泰然自若，他做好了英勇地死去的准备。

黎塞留还在思索，那张证书在他的双手里卷拢又展开，展开又卷拢。最后他抬起头，用他那鹰隼般的目光注视着达尔大尼央的相貌忠实、坦率、聪颖的脸，从这张留着眼泪残痕的脸上看出他一个月来忍受的所有痛苦，第三次或者是第四次想到这个二十一岁的年轻人有着多么

---

①此文件的内容、日期、地点，和本书下卷第15章内提到的该文件均有所不同。恐系作者之疏忽。

远大的前程，他的精力、他的胆量和他的智慧能给一个英明的主人提供多么大的帮助。

另一方面，米莱狄的罪行、能力和恶魔般的才华不止一次地使他感到害怕。想到永远摆脱了这个危险的同谋者，他心里好像感到了一种秘而不宣的快乐。

他把达尔大尼央如此宽宏大量地交还给他的那张证书慢慢地撕碎。

“我完了，”达尔大尼央在心里对自己说。

接着他对着红衣主教深深地弯腰鞠躬，如同说“天主啊，愿您的旨意得到实现！”

红衣主教走到桌边，没有坐下，在一张已经有三分之二写满字的羊皮纸上写了几行字，然后盖上他的印章。

“这是我的死刑判决书，”达尔大尼央说，“他免掉我去忍受巴士底狱里的烦闷无聊和审判过程的拖延之苦。这又是他那方面的盛情好意。”

“拿着，先生，”红衣主教对年轻人说，“我从您这儿拿了一份空白的全权证书，现在我还给您另外一份。这份证书上姓名空着，您自己去填吧。”

达尔大尼央犹豫不决地接过这张羊皮纸，朝上面看去。

原来是火枪队副队长的委任状。

达尔大尼央跪倒在红衣主教脚下。

“大人，”他说，“我的生命属于您，从今以后听凭您支配；但是您赐给我的这个恩典，我不配得到。我有三个朋友，他们比我更配得上，更应该得到……”

“您是个正直的孩子，达尔大尼央，”红衣主教因为自己制服了生性倔强的达尔大尼央，感到非常高兴，亲热地拍着他的肩膀，打断他的话，说，“这份委任状您愿意怎么处置就怎么处置吧。不过，您应该记住，尽管姓名一项空着，可我是给您的。”

“我永远不会忘掉，”达尔大尼央回答，“请法座放心。”

红衣主教转过身去，高声喊道：

“罗什福尔！”

骑士毫无疑问就在门后，立即走了进来。

“罗什福尔，”红衣主教说，“这一位是达尔大尼央先生，我已经接纳他为我的朋友之一。因此你们要互相抱吻，如果你们想保住你们的脑袋，那就放老实点！”

罗什福尔和达尔大尼央拥抱，仅仅互相用唇尖碰了碰对方的脸颊；不过红衣主教在那儿，他用警觉的目光在观察他们。

他们同时从房间里出来。

“我们后会有期，对不对，先生？”

“随您什么时候，”达尔大尼央说。

“会有机会的，”罗什福尔回答。

“嗯？”黎塞留打开门说。

两个人互相笑笑，握握手，又向法座行礼。

“我们开始有点不耐烦了，”阿多斯说。

“我来了，朋友们！”达尔大尼央回答，“不仅仅自由了，而且还得到了恩典。”

“您讲给我们听吗？”

“今天晚上就讲。”

果然就在当天晚上，达尔大尼央来到了阿多斯的住处，看见阿多斯正在喝光他那瓶西班牙葡萄酒，这是他每天晚上都要严格做到的一件事。

达尔大尼央把红衣主教和自己之间发生的事讲给阿多斯听，接着从口袋里掏出委任状，说：

“拿着，我亲爱的阿多斯，它理应属于您。”

阿多斯露出他那种温和的、可爱的笑容。

“朋友，”他说，“对阿多斯来说这太多了；对德·拉费尔伯爵来说，这又太少了。留着这份委任状，它是属于您的，唉！我的天主！您花了相当高的代价才换来的。”

达尔大尼央走出阿多斯的房间，又走进了波尔朵斯的房间。

他看见波尔朵斯身穿一件绣满了华丽的花纹的、非常漂亮的上衣，在照镜子。

“啊，啊！”波尔朵斯说，“是您呀，亲爱的朋友！您觉得这件衣服我穿着合身吗？”

“再合身没有了，”达尔大尼央说，“不过我来向您提供一件更合身的衣服。”

“什么衣服？”波尔朵斯问。

“火枪队副队长的衣服。”

达尔大尼央把他和红衣主教见面的情况讲给波尔朵斯听，接着从口袋里掏出委任状，说：

“拿着，我亲爱的，把您自己的名字写上，做一个待我好的长官。”

波尔朵斯看了看委任状，然后还给了达尔大尼央，使年轻人不免大吃一惊。

“是的，”他说，“这会使我感到受宠若惊的，但是我不可能长时间地享受这个恩典。在我们远征贝蒂讷期间，我的公爵夫人的丈夫死了；因此，我亲爱的，那位死者的银箱在向我招手，我要娶这位寡妇。瞧，我现在正在试穿结婚礼服。留着这份副队长的委任状吧，我亲爱的；留着吧。”

他把委任状还给了达尔大尼央。

年轻人走进了阿拉密斯的房间。

他看见阿拉密斯跪在跪凳上，额头俯在打开的日课经上。

他把他和红衣主教见面的情况讲给阿拉密斯听，第三次从口袋里掏出委任状，说：“您，我们的朋友，我们的明灯，我们的暗中的保护人，接受这份委任状吧；就您的智慧和您的总是会得到好结果的建议来说，您比任何人更配得到它。”

“唉，亲爱的朋友！”阿拉密斯说，“我们最近的这些惊险遭遇，使我对人生和军职完全感到了厌恶。这一次，我已下定决心；在围城结束以后我要进辣匝禄会[①]。留着委任状吧，达尔大尼央，军人的职业对

---

①辣匝禄会，天主教修会。1625 年由法国人味增爵创立于巴黎的辣匝禄教堂而得名。以派遣会士往乡下贫民区传教为宗旨，故又名“遣使会”。

您合适，您会成为一个勇敢的、富有冒险精神的队长。”

达尔大尼央的眼睛既充满了感激的泪水，又充满了快乐的光芒，他又回来找阿多斯，看到阿多斯还坐在桌边，在灯光下凝视着最后一杯马拉加[①]葡萄酒。

“您看！”他说，“他们也都拒绝我！”

“这就是说，亲爱的朋友，没有人比您更配得到它。”

他拿起一支羽笔，在委任状上填好达尔大尼央的名字以后，交给达尔大尼央。

“这么说，我以后不再有朋友了，”年轻人说，“唉，什么也没有了，除掉一些辛酸的回忆……”

他说着，垂下了脑袋，用双手捧着，两滴泪珠沿着脸颊淌下来。

“您呢，您年轻，”阿多斯回答，“您的辛酸的回忆还有时间变为甜蜜的回忆！”

---

①马拉加，西班牙地中海沿岸省份，所产葡萄酒非常著名。

尾　声

拉罗舍尔失去英国舰队和白金汉所许诺的军队的支援，在遭到围攻一年以后，投降了。一六二八年十月二十八日签订了投降条约。

同年十二月二十三日国王进入巴黎。他受到热烈的欢呼，就像他战胜的是敌人而不是法国人。他是从巴黎的郊区圣雅各区一座青枝绿叶搭成的拱门下进城的。

达尔大尼央得到了他的军阶。波尔朵斯退了役，次年娶了科克纳尔夫人，他如此垂涎的那口钱柜里面装有八十万利弗尔。

穆斯格东有了一件华丽的号衣，而且得到了满足，他终身渴望得到的满足；这就是站立在一辆镀金的四轮马车的后面。

阿拉密斯到洛林旅行了一次以后，突然失踪，而且不再给他的朋友们写信。后来才听说他在南锡①的一座修道院里出了家；这件事是德·谢弗勒兹夫人对她的两三个情夫说的。

巴赞变成了不受神品的办事修士。

阿多斯留下来在达尔大尼央的指挥下做火枪手，一直到一六三一年；那年他到都兰②去旅行了一趟回来以后，也退了役，用的借口是他刚刚在鲁西荣③继承了一笔小小的遗产。

格里莫跟着阿多斯去了。

达尔大尼央和罗什福尔决斗过三次，刺伤了他三次。

"我很可能在第四次把您杀死，"他一边伸手扶起罗什福尔，一边说。

"这么说，我们就此住手，对您，对我，只有更好，"伤者回答，"见鬼！我是您的好得超出您的想象的朋友，因为从第一次相遇后，我只要对红衣主教说一句话，就可以叫您的人头落地。"

他们互相抱吻，不过这一次，是出自真心，没有一点不可告人的想法。

普朗歇靠罗什福尔的帮助，在卫队里得到了中士的军衔。

博纳希厄先生日子过得很平静，他完全不知道他的妻子的下落，也不为他的妻子担心。有一天他竟轻率地托人向红衣主教问好，红衣主教叫人回答博纳希厄先生，他会供应一切，使博纳希厄先生今后什么也不会缺少。

果然博纳希厄先生在第二天晚上出门到罗浮宫去，就再也没有在掘墓人街上出现。据那些看来消息最灵通的人说，他吃住都在王室的某一个城堡里，费用由慷慨的法座供给。

---

①南锡，法国东部洛林大区的默尔特-摩泽尔省省会。

②都兰，法国古省，包括现今的安德尔-卢瓦尔省以及卢瓦尔-谢尔省和安德尔省的一部分。省会为图尔。

③鲁西荣，法国南部古省，相当于今天的东比利牛斯省。

译文名著精选书目

傲慢与偏见	〔英〕简·奥斯丁 著 王科一 译
简·爱	〔英〕夏洛蒂·勃朗特 著 祝庆英 译
基督山伯爵	〔法〕大仲马 著 韩沪麟 周克希 译
少年维特的烦恼	〔德〕歌德 著 侯浚吉 译
茶花女	〔法〕小仲马 著 王振孙 译
呼啸山庄	〔英〕艾米莉·勃朗特 著 方平 译
悲惨世界	〔法〕雨果 著 郑克鲁 译
堂吉诃德	〔西班牙〕塞万提斯 著 张广森 译
红与黑	〔法〕司汤达 著 郝运 译
雾都孤儿	〔英〕狄更斯 著 荣如德 译
欧叶妮·葛朗台／高老头	〔法〕巴尔扎克 著 王振孙 译
莎士比亚四大悲剧	〔英〕莎士比亚 著 孙大雨 译
泰戈尔抒情诗选	〔印〕泰戈尔 著 吴岩 译
乱世佳人	〔美〕玛格丽特·米切尔 著 陈良廷等 译
鲁滨孙历险记	〔英〕笛福 著 黄杲炘 译
安娜·卡列尼娜	〔俄〕列夫·托尔斯泰 著 高惠群等 译
十日谈	〔意〕薄伽丘 著 方平 王科一 译
福尔摩斯探案精选	〔英〕柯南·道尔 著 梅绍武 屠珍 译
老人与海	〔美〕海明威 著 吴劳等 译
漂亮朋友	〔法〕莫泊桑 著 王振孙 译
巴黎圣母院	〔法〕雨果 著 管震湖 译
双城记	〔英〕狄更斯 著 张玲 张扬 译
最后一片叶子	〔美〕欧·亨利 著 黄源深 译
瓦尔登湖	〔美〕梭罗 著 徐迟 译
一九八四	〔英〕奥威尔 著 董乐山 译
复活	〔俄〕列夫·托尔斯泰 著 安东 南风 译
三个火枪手	〔法〕大仲马 著 郝运 王振孙 译
苔丝	〔英〕哈代 著 郑大民 译
变色龙	〔俄〕契诃夫 著 汝龙 译
钢铁是怎样炼成的	〔俄〕奥斯特洛夫斯基 著 王志冲 译
浮士德	〔德〕歌德 著 钱春绮 译
太阳照常升起	〔美〕海明威 著 赵静男 译
莎士比亚喜剧五种	〔英〕莎士比亚 著 方平 译
理智与情感	〔英〕简·奥斯丁 著 武崇汉 译
罪与罚	〔俄〕陀思妥耶夫斯基 著 岳麟 译
羊脂球	〔法〕莫泊桑 著 郝运 王振孙 译
鼠疫	〔法〕加缪 著 刘方 译
青年艺术家画像	〔爱尔兰〕乔伊斯 著 朱世达 译

我是猫	〔日〕夏目漱石 著 刘振瀛 译
神曲	〔意〕但丁 著 朱维基 译
红字	〔美〕霍桑 著 苏福忠 译
到灯塔去	〔英〕伍尔夫 著 瞿世镜 译
格列佛游记	〔英〕斯威夫特 著 孙予 译
大卫·考坡菲	〔英〕狄更斯 著 张谷若 译
道连·葛雷的画像	〔英〕王尔德 著 荣如德 译
童年／在人间／我的大学	〔俄〕高尔基 著 高惠群等 译
城堡	〔德〕卡夫卡 著 赵蓉恒 译
汤姆·索亚历险记	〔美〕马克·吐温 著 张建平 译
九三年	〔法〕雨果 著 叶尊 译
铁皮鼓	〔德〕格拉斯 著 胡其鼎 译
卡拉马佐夫兄弟	〔俄〕陀思妥耶夫斯基 著 荣如德 译
远大前程	〔英〕狄更斯 著 王科一 译
马丁·伊登	〔美〕杰克·伦敦 著 吴劳 译
名利场	〔英〕萨克雷 著 荣如德 译
嘉莉妹妹	〔美〕德莱塞 著 裘柱常 译
细雪	〔日〕谷崎润一郎 著 储元熹 译
哈克贝里·芬历险记	〔英〕马克·吐温 著 张万里 译
儿子与情人	〔英〕劳伦斯 著 张禹九 译
野性的呼唤	〔英〕杰克·伦敦 著 刘荣跃 译
牛虻	〔英〕伏尼契 著 蔡慧 译
包法利夫人	〔法〕福楼拜 著 周克希 译
达洛卫夫人	〔英〕伍尔夫 著 孙梁 苏美 译
永别了，武器	〔美〕海明威 著 林疑今 译
喧哗与骚动	〔美〕福克纳 著 李文俊 译
猎人笔记	〔俄〕屠格涅夫 著 冯春 译
圣经故事	〔美〕阿瑟·马克斯威尔 著 杨佑方等 译
希腊神话	〔俄〕库恩 编著 朱志顺 译
格林童话	〔德〕格林兄弟 著 施种等 译
月亮和六便士	〔英〕毛姆 著 傅惟慈 译
失乐园	〔英〕弥尔顿 著 刘捷 译
海底两万里	〔法〕凡尔纳 著 杨松河 译
丧钟为谁而鸣	〔美〕海明威 著 程中瑞 译
安徒生童话	〔丹麦〕安徒生 著 任溶溶 译
了不起的盖茨比	〔美〕菲茨杰拉德 著 巫宁坤等 译
虹	〔英〕劳伦斯 著 黄雨石 译
摩格街谋杀案	〔英〕爱伦·坡 著 张冲 张琼 译
坎特伯雷故事集	〔英〕乔叟 著 黄杲炘 译
战争与和平	〔俄〕列夫·托尔斯泰 著 娄自良 译
环游地球八十天	〔法〕凡尔纳 著 任倬群 译
人生的枷锁	〔英〕毛姆 著 张柏然 张增健 倪俊 译